KATHLEEN E. WOODIWISS

Der Wolf und die Taube

Buch

Man schreibt das Jahr 1066. Herzog Wilhelm von der Normandie erobert England, nachdem sein Gegner, König Harold, in der Schlacht bei Hastings gefallen ist.
Unter der Kriegsbeute, die den Normannen in die Hände fällt, ist die schöne Sächsin Aislinn. Ragnor, einer von Wilhelms Rittern, vergewaltigt sie. Als Wulfgar, auch er Normanne, sie für sich will, entbrennt zwischen den zwei Männern ein heißer Kampf. Wulfgar behält die Oberhand, und Aislinn wird seine Sklavin, bald auch seine Frau, denn sie hat sich in ihren Befreier verliebt.
Haßerfüllt verfolgt Ragnor den Gang dieser Beziehung. Seine Eifersucht kennt keine Grenzen, und nach einem raffinierten Plan entführt er Aislinn und ihr Kind, um sie für immer an sich zu binden. Erneut nimmt Wulfgar die Herausforderung an...

Autorin

Kathleen E. Woodiwiss wurde in Alexandria/Louisiana geboren. Heute lebt sie mit ihrem Mann und ihren drei Söhnen in Minnesota. Ihr Roman »Shanna« wurde sofort nach Erscheinen zu einem Weltbestseller. Inzwischen haben ihre Bücher allein in den USA eine Auflage von über zwanzig Millionen Exemplaren erreicht.

Außer dem vorliegenden Band sind von Kathleen E. Woodiwiss als Goldmann-Taschenbücher erschienen:

Geliebter Fremder. Roman (9087)
Eine Rose im Winter. Roman (41432)
Shanna. Roman (41090)
Tränen aus Gold. Roman (42695)
Was der Sturmwind sät. Roman (42814)
Wie Staub im Wind. Roman (6503)
Wohin der Sturm uns trägt. Roman (41091)

KATHLEEN E.
WOODIWISS

Der Wolf und die Taube

Aus dem Amerikanischen
von D. D. Melur

GOLDMANN

Ungekürzte Ausgabe
Titel der Originalausgabe: The Wolf and the Dove
Originalverlag: Avon Books, New York

Umwelthinweis:
Alle bedruckten Materialien dieses Taschenbuches
sind chlorfrei und umweltschonend.
Das Papier enthält Recycling-Anteile.

Der Goldmann Verlag
ist ein Unternehmen der Verlagsgruppe Bertelsmann

Genehmigte Taschenbuchausgabe 2/82

Umschlagentwurf: Design Team München
Umschlagillustration: Ennis / Schlück, Garbsen
Druck: Elsnerdruck, Berlin
Verlagsnummer: 6404
MV · Herstellung: Gisela Ernst/sc
Made in Germany
ISBN 3-442-06404-X

15 17 19 20 18 16

I

28. Oktober 1066

Das Schlachtgetöse war verhallt. Die Schreie und das Stöhnen der Verwundeten erstarben. Ruhig lag die Nacht über dem Land, und die Zeit schien aufgehoben. Ein blutroter und erschöpfter Herbstmond beschien den verschwommenen Horizont. In der Ferne durchzitterte das Heulen eines jagenden Wolfs die Nacht, betonte noch die geisterhafte Stille. Nebelfetzen trieben über das Marschland, über die zerschmetterten und zerschlagenen Leiber der Toten hinweg. Ein Junge von kaum zwölf Jahren lag neben dem Vater. Dahinter erhob sich der dunkle, massige Schatten von Darkenwald-Hall, deren einziger Wachtturm wie ein Speerschaft in den Himmel stach.

In der großen Halle kauerte Aislinn auf dem schilfgedeckten Boden vor dem Stuhl, von dem aus ihr Vater, der hingeschiedene Herr von Darkenwald, sein Leben lang regiert hatte. Ein rauhes Seil war um ihren zarten Hals geschlungen. Es endete am linken Handgelenk eines großen, dunklen Normannen, der den gepanzerten Leib in Lord Erlands Herrschaftssitz geworfen hatte.

Ragnor de Marte sah zu, wie seine Männer in wilder Wut die Halle plünderten. Bei ihrer Suche nach Wertsachen stürmten sie die Stufen zu den Schlafgemächern hinauf, traten schwere Türen ein, durchwühlten Kästen und Truhen. Die wertvolleren Trophäen wurden auf ein Tuch zu seinen Füßen geworfen. Aislinn erkannte ihren juwelenverzierten Dolch und den aus feinem Goldfiligran gearbeiteten Gürtel, den man ihr erst kurz zuvor von den Hüften gerissen hatte.

Das Bier floß in Strömen. Fleisch, Brot oder was sonst sich fand, wurde auf der Stelle verschlungen. Der eisenbewehrte Ritter aus Wilhelms Horde, in dessen Gewalt sich Aislinn befand, leerte ebenfalls fleißig das Trinkhorn. Er ließ sich den

Wein durch die Kehle rinnen, ohne auch nur einen Gedanken daran zu verschwenden, daß das Blut ihres Vaters noch immer in dunklen Flecken seine Brust- und Armpanzerung färbte.

Hatte er gerade nichts anderes im Sinn, riß der Normanne an dem Strick, dessen rauhe Fasern sich brutal in die weiche, weiße Haut von Aislinns Kehle gruben. Jede dieser Mißhandlungen ließ den Ausdruck des Schmerzes über ihr Gesicht zucken. Er quittierte das mit einem grausamen Auflachen. Aber noch lieber hätte er sie am Boden kriechen und um Gnade winseln sehen.

Sie aber blieb gesammelt und gelassen. Wenn sie ihn ansah, stand in ihren Augen eine stille Herausforderung. Andere hätten sich zu seinen Füßen gewunden und sein Erbarmen erfleht, aber dieses Mädchen – irgend etwas in Aislinn schien immer wieder die Oberhand über ihn zu gewinnen, so oft er auch an der Fessel zerrte. Aber er war fest entschlossen, sie noch vor Ende der Nacht auf die äußerste Probe zu stellen.

Sie und ihre Mutter, Lady Maida, hatten ruhig inmitten der Halle gestanden, als er und seine Männer durch das schwere Tor hereinbrachen. Es sah so aus, als ob die beiden Frauen allein der gesamten normannischen Invasionsarmee trotzen wollten. Ragnor war, das blutige Schwert kampfbereit, unmittelbar hinter der Schwelle stehengeblieben, während seine Männer vorwärts stürmten, um nach Verteidigern zu suchen, die bereit waren, um ihr Leben zu kämpfen. Doch da sie niemandem begegneten außer den beiden Frauen und einigen bellenden und knurrenden Hunden, senkten die Eindringlinge die Waffen. Mit einigen gut gezielten Tritten und Hieben trieben sie die Hunde zurück und ketteten sie in einer Ecke an, um sich dann den Frauen zuzuwenden.

Ragnors Cousin, Vachel de Comte, trat auf das Mädchen zu, um es zu seiner Beute zu erklären. Aber Maida warf sich dazwischen und wollte ihn von der Tochter abhalten. Er versuchte die ältere Frau zur Seite zu schieben. Doch Maidas krallenartige Finger hatten seinen Dolch gefunden und hätten ihn auch aus der Scheide gerissen, wenn er nicht den Griff gespürt und sie mit einem Schlag seines schweren Panzerhandschuhs zu Boden geworfen hätte. Mit einem Aufschrei stürzte Aislinn neben der Mutter in die Knie. Bevor Vachel seinen Anspruch geltend machen konnte, trat Ragnor dazwischen und riß ihr mit einem raschen Ruck das Stirnband ab. Frei floß die schwere Flut des glänzenden kupferfarbenen Haars über die Schultern des Mädchens. Der normannische Ritter vergrub seine Hand darin und riß Aislinn mit einer raschen Drehung wieder auf die Füße. Dann schleppte er sie hinter sich her zu einem Stuhl, warf sie hinein und fesselte ihre Hand- und Fußgelenke an das schwere Holzgestell.

Maida war noch völlig benommen. Sie wurde hinübergezerrt und zu Füßen ihrer Tochter festgebunden! Dann hatten sich die beiden Ritter wieder dem allgemeinen Plündern der Stadt angeschlossen.

Jetzt kauerte das Mädchen völlig ausgeliefert und nahe den dunklen Pforten des Todes zu Ragnors Füßen. Aber noch immer flehte sie mit keinem Wort um Gnade oder Schonung. Ragnor konnte nicht wissen, was es Aislinn kostete, die zitternde Wut zu unterdrücken und jene stolze Miene aufrechtzuerhalten, mit der sie ihrer Mutter zusah.

Maida hatte man so die Füße gefesselt, daß sie nur humpeln konnte. So mußte sie die Eindringlinge bedienen. Das Strickende ihrer Fessel schleifte hinterher, und die Männer schienen keinen größeren Spaß zu kennen, als immer wieder den Fuß daraufzusetzen. Brüllendes Gelächter erhob sich, wenn Maida zu Boden stürzte. Bei jedem Fall erbleichte Aislinn noch mehr. Es wäre ihr leichter gefallen, diese Qual selbst zu erdulden, als die Mutter so leiden zu sehen. Trug Maida ein Brett mit Essen und Getränken, das sie bei ihrem Sturz mit zu Boden riß, war die Freude doppelt groß. Und bevor sie sich wieder aufrappeln konnte, mußte sie für ihre Ungeschicklichkeit ein paar Fußtritte einstecken.

»Genug!« brüllte Ragnor. »Laßt die alte Hexe in Ruhe, damit sie uns bedienen kann.«

Aislinn stützte die Hände auf den Boden und starrte aus dunkelvioletten, vor Haß funkelnden Augen zu ihrem Bezwinger hoch. Das lange, kupferfarbene Haar hing in unordentlichen Strähnen über die Schultern und die bebenden Brüste. Sie glich in diesem Augenblick einer wilden Wölfin, die sich dem Feinde stellt. Sie erinnerte sich daran, wie Ragnor mit bluttriefendem Schwert die Halle betrat, und vor ihrem inneren Auge sah sie noch einmal das frisch vergossene Blut ihres Vaters auf dem schimmernden Kettenhemd des Normannen. Sie kämpfte gegen die Panik an, die sie genauso ihrer letzten Kraft berauben und zur Unterwerfung verführen konnte wie das quälende Wissen um den toten Vater, der dort draußen auf der kalten Erde lag. War Gnade diesen Männern aus der Normandie so völlig fremd, daß sie nicht einmal jetzt, nach ihrem Sieg, einen Priester holten und für ein angemessenes Begräbnis der Besiegten sorgten?

Ragnor blickte auf das Mädchen hinab, das mit geschlossenen Augen und halb geöffneten, zitternden Lippen dasaß. Er sah nicht, wie sehr ihre Widerstandskraft in Bedrängnis geriet. Seine Gedanken wanderten zu dem niedrig geborenen Ritter, der all das hier für sich beanspruchen würde.

Noch vor der Abenddämmerung waren sie gekommen und mit der Kühnheit von Eroberern zum Herrschaftshaus hinaufgaloppiert, um die Übergabe der Stadt zu verlangen. Darkenwald war diesem Feind gegenüber völlig unvorbereitet. Nach Wilhelms blutigem Sieg über König Harold bei Senlac vor vierzehn Tagen hatte man Gerüchte gehört, daß der Normannenherzog auf Canterbury zumarschierte. Seine Geduld mit den Engländern, die ihm trotz ihrer Niederlagen noch immer die Krone verweigerten, sei zu Ende. Erleichtert atmete man in Darkenwald auf, denn diese Marschrichtung führte weit an der Stadt vorbei. Sie hatten nicht mit den kleineren Abteilungen gerechnet, die ausschwärmten, um Ortschaften an ihrem Wege einzunehmen oder zu brandschatzen. Als dann der Ausguck plötzlich die Annäherung von Normannen meldete, ließ die Angst die Herzen vieler erstarren. Erland hing noch immer mit größter Treue dem toten König an, doch er kannte die Schwäche seiner Befestigungsanlagen und wäre bereit gewesen, sich zu unterwerfen, wäre er nicht auf unerträgliche Weise beleidigt und herausgefordert worden.

Unter den Normannen wurde nur Ragnor de Marte von unguten Vorahnungen beschlichen, während sie über das Feld und an den Hütten der Bauern vorbei auf das graue, aus Stein gefügte Herrschaftshaus zuritten. Als sie davor Aufstellung nahmen, blickte er sich um. In oder vor den Nebengebäuden regte sich nichts, alles wirkte wie verlassen. Die eisenbeschlagene schwere Eichentür, die den Haupteingang schützte, war fest vor ihnen verrammelt. Über die unteren Fenster des Hauses waren Tierhäute gespannt, die man dünngeschabt und eingeölt hatte; sie ließen kein Licht nach draußen dringen. Und auch die Fackeln, die zu beiden Seiten des Tors in eisernen Halterungen steckten, waren noch nicht entzündet. Kein Laut war aus dem Hausinnern zu hören. Doch als der junge Herold sich ankündigte, wurde die schwere Tür langsam aufgezogen. Ein alter Mann mit weißem Haupt- und Barthaar und großem, kräftigem Wuchs trat heraus, ein blankes Schlachtschwert in der Hand. Er schloß die Tür hinter sich, und Ragnor hörte, wie der Riegel wieder vorgeschoben wurde. Dann wandte sich der Sachse den Eindringlingen zu. Ruhig und besonnen stand er da. Der Herold entrollte ein Pergament und begann zu lesen. »Höret, Erland, Herr von Darkenwald. Wilhelm, Herzog der Normandie, fordert England durch allerhöchstes Recht zu seinem Eigentum – «

Der Herold las auf englisch die Worte, die Ragnor französisch aufgesetzt hatte. Damit hatte der schwarze Ritter die Urkunde ersetzt, die Sir Wulfgar, ein Bastard mit normannischem Blut in den Adern, diktiert hatte. Denn in Ragnors Augen war sie eher eine demütige Bitte gewesen als eine Übergabeforderung, wie sie ihnen rechtens zustand. Was waren diese Sachsen schon anderes als schändliche Heiden, deren arroganter Widerstand nur durch die völlige Niederwerfung gebrochen werden konnte! Trotzdem hatte Wulfgar sie wie ehrbare Leute behandeln wollen. Sie waren geschlagen, dachte Ragnor, und nun sollten sie fühlen, wer ihre Herren waren.

Ragnor sah nun das Gesicht des alten Mannes rot vor Wut werden, als Erland hörte, daß jeder Mann, jede Frau und jedes Kind sich auf dem Platz versammeln sollte, um das Zeichen der Sklaverei auf die Stirn gebrannt zu bekommen. Der Lord und seine Familie wurden aufgefordert, sich als Geiseln in die Hände der Sieger zu geben und so für ihre Leute zu bürgen.

Ragnor rutschte unruhig im Sattel hin und her. Er hörte das Gackern einer Henne, das Gurren einer Taube im Schlag. Eine leichte Bewegung ließ ihn am Herrenhaus hochschauen. Dort hatte sich die Lade vor einem Fenster kaum merklich geöffnet. Er konnte in der Dunkelheit hinter den rohen hölzernen Brettern nichts erkennen, doch er spürte, daß sich dort jemand befand und ihn beobachtete. Vorsichtig geworden, warf er den roten Wollumhang über die Schultern zurück, um den Schwertarm und den Griff seiner Waffe freizubekommen.

Wieder heftete sich sein Blick auf den stolzen alten Mann, in dessen Haltung er plötzlich ein wenig von seinem Vater zu erkennen glaubte – unbeugsam, überheblich und nicht bereit, auch nur einen Schritt zurückzuweichen, bevor man ihm eine Meile entgegenkam. Von neuem stiegen Haßgefühle in Ragnors Brust auf. Er hörte die weiteren, maßlosen Forderungen des Herolds und sah, wie sich das Gesicht des Lords noch verfinsterte. Plötzlich streifte eine Brise seine Wange. Das Kriegsbanner über ihnen begann zu flattern. Leise hörte er seinen Cousin Vachel hinter sich murmeln. Auch Vachel fühlte nun die lastende Spannung.

Urplötzlich drang aus dem Mund des alten Lords ein rasender Laut, und mit dämonischer Wildheit schwang er sein Schwert. Das Haupt des Herolds rollte zu Boden, und langsam sank der Leib darüber hin. In diesem Augenblick brachen Leibeigene aus ihren Verstecken hervor, mit Heugabeln, Sensen und anderen Gegenständen bewaffnet.

Sir Ragnor rief seinen Männern einen Befehl zu, voller Wut gegen sich selbst, weil er sich auf diese Weise hatte übertölpeln lassen. Er spornte sein Streitroß mitten durch die angreifenden Bauern hindurch. Viele Hände reckten sich, um ihn aus dem Sattel zu zerren. Links und rechts verteilte er Hiebe, spaltete Schädel und trennte Hände von den ausgestreckten Armen. Vor sich sah er Lord Erland kämpfen, der es mit drei Normannen zugleich aufnahm. Sein Ziel war jetzt der alte Lord von Darkenwald.

Die Bauern spürten seine Absicht und setzten alles daran, ihn doch noch aus dem Sattel zu ziehen. Sie kämpften tapfer um das Leben ihres Lords, doch dabei verloren sie das eigene. Für kriegserprobte Männer konnten sie keine Gegner sein. Ragnors mächtiges Schlachtroß stampfte über gefallene Leiber hinweg, bis sein Lenker es nicht mehr weitertrieb. Lord Erland sah das über seinem Haupt geschwungene Schwert. Sein Tod kam rasch.

Als die Bauern sahen, daß ihr Lord gefallen war, brachen sie den Kampf ab und flüchteten. Der Streitlärm wurde vom Wehklagen der Frauen und dem Weinen der Kinder abgelöst. Dazu wurde mit schweren Stößen ein Baumstamm gegen das Tor von Darkenwald-Hall gerammt, um die letzte Barriere niederzureißen.

Seither hatten die Frauen die Willkür der Sieger zu spüren bekommen.

Maida war den Normannen zu Diensten, aber ihre aufgeplatzten Lippen begannen sich zu regen und formten einen leisen, eintönigen Singsang. Die sächsischen Worte drangen in Aislinns Ohr. Mit kaum verhohlenem Schrecken erkannte sie, daß ihre Mutter die abscheulichsten Flüche und Verwünschungen gegen die Fremden ausstieß. Wäre auch nur eines ihrer Worte verstanden worden, hätte man Maida ohne viel Federlesen aufgespießt wie ein Spanferkel. Aislinn wußte, daß ihr Überleben von der kleinsten Laune der neuen Herren abhängen konnte.

Auch das Schicksal ihres Verlobten war äußerst ungewiß. Sie hatte die Normannen von einem Bastard reden hören, der auf Wilhelms Befehl gen Cregan gezogen war, um die Übergabe der Stadt zu erzwingen. War Kerwick also auch tot, nachdem er bei Hastings so tapfer an König Harolds Seite gefochten hatte?

Ragnor beobachtete Maida. Er dachte daran, welch königliche Haltung und reife Schönheit diese Frau besessen hatte, bevor sie geschlagen und gedemütigt worden war. In dieser schmutzigen Kreatur, die stolpernd und mit verzerrtem Gesicht den rüden Befehlen seiner Männer nachzukommen versuchte, war nichts mehr davon zu finden. Das rostbraune, mit grauen Strähnen durchsetzte Haar war jetzt von Blut und Schmutz verfilzt. Vielleicht sah Aislinn zu seinen Füßen sich selbst, während sie so eindringlich zu ihrer Mutter hinüberstarrte. Ein Schrei lenkte Aislinns Aufmerksamkeit von der Mutter ab. Sie wandte sich um und sah, wie Hlynn, die Dienstmagd, zwischen zwei Kriegern hin- und hergerissen wurde, die sich laut um sie stritten. Das schüchterne Mädchen, das gerade erst ins fünfzehnte Jahr trat, hatte noch keinen Mann gekannt, und jetzt drohte ihm der Alptraum einer Vergewaltigung unter den brutalen Händen dieser rohen Kerle.

Aislinn spürte die ganze Angst des Mädchens. Sie wußte nur zu gut, daß auch sie bald das Opfer der wilden Leidenschaft eines Mannes werden würde. Man hörte das Reißen von Stoff, als Hlynns Gunna über der Brust zerrissen wurde. Schwer legte sich eine Hand auf Aislinns Schulter, um sie zur

Zurückhaltung zu ermahnen. Grausame und gefühllose Hände griffen nach dem Jungmädchenkörper, tasteten ihn prüfend ab, brannten sich in das zarte Fleisch. Aislinn schauderte voller Entsetzen, doch ihre Augen hingen gebannt an dem Schauspiel. Mit einem Schlag gegen den Kopf setzte der eine der Männer den Rivalen außer Gefecht. So wild auch Hlynn um sich schlug und schrie, der Kerl hob sie auf seine Arme und verschwand mit ihr durch die Tür. Voller Verzweiflung fragte sich Aislinn, ob das Mädchen wohl diese Nacht überleben würde.

Die Hand auf ihrer Schulter schien Aislinn plötzlich völlig unerträglich. Die veilchenfarbenen Augen blitzten vor Widerwillen, als sie sich zu ihrem Bezwinger umwandte. Die Augen des Normannen gaben die Herausforderung zurück. Ein höhnisches Lächeln umspielte die vollen, genüßlichen Lippen, die sich über ihren Trotz lustig machten. Doch Aislinn hielt ihm stand. Verächtlich härtete sich ihr Blick, bis sein Grinsen erfror. Sie fühlte, wie seine Finger sich fester um ihre Schulter spannten und schmerzhaft in ihr Fleisch griffen. Unfähig, sich noch länger zu beherrschen, schrie Aislinn wütend auf und hob die Hand, um seine Wange zu treffen. Doch er packte mühelos ihren Arm und bog ihn hinter ihren Rücken, so daß sie fest gegen sein Kettenhemd gepreßt wurde. Ihr Gesicht war dicht vor dem seinen. Sie spürte seinen heißen Atem ihre Wange streifen, als er amüsiert über ihre Hilflosigkeit auflachte. Sie kämpfte und wand sich, um von ihm freizukommen, während seine freie Hand langsam und bedächtig über ihren Körper strich und voller Genuß die sanften, vollen Rundungen unter dem Stoff erkundete.

»Schmutziges Schwein!« zischte sie auf französisch. Es war ihr eine kleine Genugtuung, ihn dabei zusammenzucken zu sehen.

»He!« Vachel de Comte richtete sich überrascht auf. »Verdamm mich, Vetter, das Frauenzimmer ist nicht nur schön, sondern auch noch gelehrt. Habt Ihr ein Glück, das einzige Weib unter diesen Heiden aufzutreiben, das Eure Befehle im Bett auch verstehen kann.« Er ließ sich mit einem Grinsen in seinen Sessel zurückfallen. »Denn man muß ja in Rechnung stellen, daß eine Vergewaltigung auch ihre Nachteile hat. Da das Mädchen Euch versteht, könnt Ihr Euch vielleicht ihr Einverständnis abschmeicheln. Was spielt es dabei schon für eine Rolle, daß Ihr ihren Vater getötet habt?«

Ragnor warf Vachel einen haßerfüllten Blick zu. Er ließ Aislinn wieder zu Boden sinken. Erneut hatte seine Überlegenheit einen schweren Schlag bekommen. Während das Mädchen französisch sprach, hatte er keine Ahnung von Englisch.

»Halt's Maul, Bursche«, fuhr er den jüngeren Mann an. »Dein Geschwätz macht mich verdrießlich.«

Vachel erwog die Gründe für Ragnors Unwillen und lächelte. »Lieber Vetter, Ihr macht Euch zu viele Sorgen, wie ich meine, sonst würdet Ihr sehen, daß ich nur scherze. Was kann Wulfgar schon sagen, wenn Ihr ihm berichtet, daß wir von diesen erbärmlichen Heiden angegriffen wurden? Der alte Mann war ein listiger Fuchs. Herzog Wilhelm wird Euch keine Vorwürfe machen. Aber welchen Bastard fürchtet Ihr mehr? Den Herzog oder Wulfgar?«

Aislinn horchte auf, als sie sah, wie sich Ragnors Züge vor Zorn dunkel färbten. Seine Brauen zogen sich zusammen wie Sturmwolken. »Ich fürchte keinen Mann«, grollte er.

»Oho!« spottete Vachel. »Das klingt recht tapfer. Aber welcher Mann hier fürchtet sich nicht vor den Folgen unserer Tat? Wulfgar hatte Befehl gegeben, die Einwohner nicht in einen Kampf zu verwickeln. Aber wir haben viele von denen erschlagen, die er zu Leibeigenen wollte.«

Aislinn lauschte angestrengt auf den Wortwechsel der Männer. Einiges davon klang fremd in ihren Ohren, aber das meiste konnte sie verstehen. War dieser Wulfgar, von dem sie so besorgt sprachen, etwa mehr zu fürchten als diese schrecklichen Eindringlinge? War er vielleicht Darkenwalds neuer Lord?

»Der Herzog hat Wulfgar diese Ortschaften versprochen«, sagte Vachel. »Aber ihr Wert ist gering ohne Bauern, die die Felder bestellen und die Schweine hüten. Ja, Wulfgar wird einiges dazu zu sagen haben, und wie ich ihn kenne, wird das kaum besonders freundlich klingen.«

»Namenloser Köter!« Ragnor spuckte aus. »Welches Recht hat er auf diese Ländereien?«

»Ja, Vetter, Euer Groll ist gerechtfertigt. Selbst ich bin nicht frei davon. Der Herzog gab sein Wort, Wulfgar hier zum neuen Lord zu machen, während wir, die Hochgeborenen, leer ausgehen. Euer Vater wird zutiefst enttäuscht sein.«

Ragnor schürzte voller Verachtung die Oberlippe. »Eines Bastards Treue zum anderen führt nicht selten zu Ungerechtigkeiten gegenüber Würdigeren.« Er hob eine glänzende Flechte rotgoldenen Haars von Aislinns Schulter und rieb sie gedankenverloren zwischen den Fingern. »Ich könnte schwören, Wilhelm würde Wulfgar noch zum Papst machen, wenn er es nur könnte.«

Vachel strich sich nachdenklich übers Kinn und meinte finster: »Es wäre unrecht zu behaupten, Wulfgar wäre ganz und gar unwürdig. Welcher Mann hat ihn je im Turnier besiegt, ihn je im Kampf geschlagen? Bei Hastings focht er mit dem wütenden Ungestüm von zehn. Er hielt noch stand, als wir alle Wilhelm bereits für tot hielten. Aber Wulfgar deswegen zum Lord zu machen – aaah!« Voller Abscheu hob er die Hände. »Zweifellos wird er jetzt denken, er wäre unseresgleichen.«

»Wann hat er je etwas anderes gedacht?« parierte Ragnor.

Vachels Blick wanderte zu Aislinn. Jung war sie. Vachel schätzte, daß sie weniger als zweimal zehn Jahre zählte. Ihr ungestümes Temperament hatte er bereits erlebt. Es würde nicht leicht sein, es sich gefügig zu machen. Aber ein Mann mit einem Auge für Schönheit fände Grund genug, diesen kleinen Fehler zu übersehen. Wulfgar, ihr neuer Herr, würde zweifellos recht zufrieden sein. Das kupferfarbene Haar umstrahlte sie, im flackernden Feuerschein erglänzte jede einzelne der dicken Flechten. Eine ungewöhnliche Farbe für eine Sächsin. Doch es waren die Augen, die alles andere überstrahlten. Jetzt, unter seinem musternden Blick, glommen sie dunkel und purpurn. War sie jedoch ruhig und gelassen, wechselte die Farbe zu einem sanften Violett, so klar und leuchtend wie das Heidekraut auf den Hügeln. Schlug sie den Blick nieder, ruhten die langen, tiefschwarzen Wimpern auf elfenbeinweißer Haut. Die Wangenknochen waren zart und hoch angesetzt. Ein zartes Rot schmückte den fein geschwungenen Mund. Der Gedanke, sie heiter und unbeschwert lachen zu sehen, erregte Vachels Vorstellungskraft, denn sie besaß wundervoll weiße Zähne, ohne jede Spur der schwarzen Fäule, die so viele andere Schönheiten verunstaltete. Die kleine, leicht geneigte Nase gab ihr ein keckes, herausforderndes Aussehen, verstärkt noch durch das zierlich-energische Kinn. Ja, sie würde nicht leicht zu zähmen sein, aber der Erfolg würde für die Mühe reichlich entschädigen. Sie war nicht nur größer und schlanker als die meisten ihrer Geschlechtsgenossinnen, sondern verfügte auch über die vollen Rundungen einer Frau.

»Ah, Vetter«, fuhr Vachel fort. »Am besten vergnügt Ihr Euch gleich heute nacht mit dieser Demoiselle, denn morgen schon könnte sich Wulfgar um sie kümmern.«

»Dieser Tölpel?« schnaubte Ragnor. »Wann hat er sich je mit Frauen eingelassen? Er haßt sie, das schwöre ich. Vielleicht, wenn wir einen hübschen Junker für ihn fänden . . .«

Vachel lächelte boshaft. »Wenn dem nur so wäre, Vetter, dann hätten wir ihn in der Hand. Ja, er meidet die Frauen in der Öffentlichkeit wie die Pest, aber ich glaube, insgeheim genießt er sie kaum weniger als wir. Ich habe beobachtet, wie er ein, zwei Fräuleins so aufmerksam musterte, als wolle er unbedingt ihre Vorzüge erkunden. Kein Mann schaut eine Frau auf diese Weise an, wenn irgendein Lakai eine größere Versuchung für ihn darstellt. Daß er seine Affären so gut zu verbergen weiß, scheint ihn für die Frauen nur noch interessanter zu machen. Allerdings staune ich immer wieder über all die jungen Dämchen an Wilhelms Hof, die ihre Taschentücher vor Wulfgar fallen lassen oder durch ihr geistloses Geplapper seine Aufmerksamkeit zu erregen versuchen. Wahrscheinlich ist es gerade diese verdammte Zurückhaltung, die sie so reizt.«

»Ich habe noch kaum ein Frauenzimmer gesehen, das von ihm schwärmen würde«, entgegnete Ragnor.

Vachel lachte vergnügt. »Nein, Vetter, das könnt Ihr auch nicht. Schließlich habt Ihr ja mehr als genug mit Euch selbst zu tun. Dauernd seid ihr dabei, die Demoiselles auf Abwege zu führen, so daß Ihr nicht auch noch darauf achten könnt, welche der Damen Wulfgar schöne Augen macht.«

»Ihr scheint in der Tat mehr zu wissen als ich, Vachel, denn ich kann trotz allem nicht glauben, daß irgendein Mädchen sich für ihn interessieren könnte, fluchbeladen und entstellt wie er ist.«

Vachel hob die Schultern. »Was bedeutet schon eine kleine

Narbe da und dort. Schließlich beweist sie nur, daß ihr Träger ein mutiger Mann ist.

Vachel deutete durch ein Kopfnicken an, daß er sein Trinkhorn aufgefüllt wünschte, und Maida kam zitternd seinem Befehl nach. Sie wechselte mit ihrer Tochter einen raschen Blick, um dann wieder ihren leisen Singsang aufzunehmen.

»Keine Angst, Vetter«, grinste Vachel, »bis jetzt ist der Kampf für uns noch nicht verloren. Was schert es uns, daß Wilhelm diesen Wulfgar eine Zeitlang bevorzugt? Unsere Familien haben schließlich Einfluß. Sie werden seine Anmaßung nicht lange hinnehmen.«

Ragnor knurrte. »Mein Vater wird nicht gerade erfreut sein, wenn er erfährt, daß ich hier der Familie keinerlei neue Ländereien erobern konnte.«

»Seid nicht zu bitter, Ragnor. Guy ist ein alter Mann und hat altmodische Vorstellungen. Da er seine Besitztümer mit eigener Kraft errungen hat, meint er eben, daß Ihr seinem Beispiel nacheifern müßtet.«

Ragnors Hand spannte sich um das Trinkhorn, bis die Knöchel weiß hervorstachen. »Es gibt Augenblicke, Vachel, in denen glaube ich ihn zu hassen.«

Sein Vetter zuckte mit den Schultern. »Auch ich neige zu Unduldsamkeit gegenüber meinem Vater. Könnt Ihr Euch vorstellen, daß er drohte, mich hinauszuwerfen und zu enterben, wenn ich mit irgendeinem Frauenzimmer noch einen weiteren Bastard in die Welt setzte?«

Zum erstenmal, seit er Darkenwalds Tor gesprengt hatte, warf Ragnor de Marte den Kopf in den Nacken und lachte. »Ihr müßt zugeben, Vachel, daß Ihr Euch auf diesem Gebiet auch schon einiges geleistet habt.«

Vachel lachte mit ihm. »Und ihr, Vetter, seid auch keiner, der so leicht etwas anbrennen läßt.«

»Wahr gesprochen, aber ein Mann muß sein Vergnügen haben«, lächelte Ragnor. Dabei fielen seine dunklen Augen auf das rothaarige Geschöpf, das zu seinen Füßen kauerte. Er liebkoste ihre Wange. In seinen Gedanken sah er diesen schlanken Mädchenleib sich fest gegen seinen pressen. Voller Ungeduld krallten sich seine Finger in die Gunna; als Aislinn unwillig sich zu befreien versuchte, riß das Tuch. Die heißen, gierigen Augen der Eindringlinge weideten sich an dem Anblick der halb entblößten Brüste. Wie zuvor bei Hlynn stachelten die Männer ringsum mit wüsten Späßen Ragnor an. Aber Aislinn verlor keineswegs ihre Beherrschung. Sie raffte das zerrissene Tuch vor der Brust zusammen. Nur ihre Augen schleuderten jedem einzelnen ihren Haß und ihre Verachtung entgegen. Dieser Blick ließ einen nach dem andern verstummen. Sie schlichen sich an ihre Plätze zurück und spülten ihr Unbehagen durch einen mächtigen Schluck Bier hinunter.

Lady Maida preßte mit weiß hervortretenden Knöcheln einen Weinschlauch gegen die Brust. Gepeinigt mußte sie dabei zusehen, wie Ragnor ihre Tochter herzte. Bedächtig streichelten seine Hände das seidige Fleisch und verschwanden unter dem Kleid, wohin sich noch keines anderen Mannes Hand gewagt hatte. Aislinn zitterte vor Abscheu.

Maidas Augen hoben sich zu der im Dunkel liegenden Treppe, die zu den Schlafgemächern hinaufführte. In ihrer Vorstellung sah sie die Tochter bereits auf dem Bett des alten Lords mit Ragnor ringen, auf jenem Bett, das sie mit dem Gatten geteilt und worin sie Aislinn das Leben geschenkt hatte. Weder würde der Normanne Erbarmen kennen noch Aislinn darum flehen.

Maida zog sich in die dunklen Schatten der Halle zurück. Zuerst mußte ihre Rache über den Mörder des Gatten kommen, bevor der Gerechtigkeit Genüge getan wäre.

Ragnor erhob sich, zog Aislinn mit hoch und klammerte seine Arme fest um den geschmeidigen Leib. Er lachte auf, als sie sich wand, um von ihm freizukommen. Voll grausamen Vergnügens sah er den Schmerz über ihr Gesicht zucken, als seine Finger sich hart in ihre Arme gruben.

»Wie kommt es, daß Ihr die Sprache Frankreichs beherrscht?« wollte er wissen.

Aislinn warf den Kopf zurück, um seinem Blick zu begegnen, doch sie schwieg, die Augen voll kalter Verachtung. Ragnor wußte, daß nichts ihren Hochmut brechen konnte und lockerte den Griff. Keine noch so grausame Folter konnte diesen Lippen eine Antwort entlocken, wenn sie nicht wollten. Schon zuvor waren sie stumm geblieben, als er sie herrisch nach ihrem Namen befragt hatte. Ihre Mutter hatte ihn schließlich genannt, nachdem er gedroht hatte, Gewalt gegen das Mädchen anzuwenden. Doch es gab noch andere Mittel und Wege, um diese hochmütigste aller Demoiselles zu demütigen.

»Sprecht, Aislinn, oder ich reiß Euch die Kleider vom Leib und laß jeden dieser Männer hier tun, was ihm mit Euch gefällt. Mit Eurem königlichen Auftreten wär's dann rasch zu Ende, das schwör' ich Euch.«

Widerstrebend kam Aislinns Antwort. »Ein fahrender Troubadour hat sich in meiner Kindheit oft in dieser Halle aufgehalten. Bevor er zu uns kam, streifte er von Land zu Land. Vier Sprachen waren ihm vertraut. Die Eure hat er mich gelehrt, um sich einen Spaß daraus zu machen.«

»Ein fahrender Troubadour, der sich einen Spaß machen wollte? Was für ein Spaß soll das sein, ich sehe keinen«, erwiderte er.

»Man sagt, Euer Herzog hätte sich seit seiner Kindheit England einverleiben wollen. Mein fröhlicher Troubadour wußte davon, da er vor den Hochgeborenen Eures Landes zu spielen pflegte. Zwei- oder dreimal hat er in seiner Jugend auch Euren Herzog erfreut, bis ihm Wilhelm den kleinen Finger abschneiden ließ, weil er in seiner Gegenwart von einem niedrig geborenen Ritter gesungen hatte. Mein Troubadour machte sich nun einen Spaß daraus, mich in Eurer Sprache zu unterweisen: Falls des Herzogs Ehrgeiz sich eines Tages erfüllen würde, sollte ich Euch sagen können, welcher Abschaum Ihr seid, und Ihr solltet mich verstehen.«

Ragnors Gesicht verfinsterte sich, aber Vachel gluckste in den Becher.

»Wo weilt Euer galanter Troubadour jetzt, Demoiselle?« wollte der junge Normanne wissen. »Der Herzog mag es heute vielleicht noch weniger, wenn man ihn einen Bastard nennt. Vielleicht verliert Euer Mann diesmal den Kopf und nicht nur einen Finger.«

Aislinns Worte waren voller Sarkasmus. »Er ist, wo kein Sterblicher ihm noch etwas anhaben kann, also auch nicht Euer Herzog.«

Der Anblick von Aislinns Schultern, die verlockend aus dem zerrissenen Kleid schimmerten, gaben Ragnors Gedanken eine andere Richtung. Er beugte sich zu ihr hinab und riß sie trotz ihrer wütenden Proteste in seine Arme. Es war erstaunlich, wie viele Schimpfworte sie in der fremden Sprache beherrschte. Lachend parierte er ihre wilden Versuche, ihm zu entkommen. Fast wäre es ihr gelungen, doch dann preßte er sie hart gegen sich, und sein eiserner Griff ließ jeden Widerstand erlahmen. Ein boshaftes Lächeln umspielte seine Lippen, als er den Kopf zu ihr neigte und seinen Mund feucht und versengend auf ihre Lippen preßte.

Plötzlich zuckte er schmerzvoll zurück. Aus seiner Unterlippe rann ein schmales Blutrinnsal. »Du heimtückische kleine Schlange!« würgte er hervor. Mit einem bösen Knurren warf Ragnor Aislinn über die Schulter. Ihr Atem stockte, als sich der harte Panzer in ihren Bauch bohrte. Halb besinnungslos hing sie hinter seinem Rücken herab.

Er griff nach einer Kerze, die ihm den Weg über die dunkle Treppe weisen sollte. Dann durchquerte er die Halle und begann hinaufzusteigen. Den Lärm der rohen Eindringlinge ließ er hinter sich, als er das herrschaftliche Schlafgemach betrat. Ein Fußtritt schloß die Tür. Nachdem er die Kerze abgesetzt hatte, trat er auf das Bett zu und warf Aislinn darauf. Einen Augenblick sah man lange, schlanke Beine aufschimmern.

Doch schon hatte sie sich aufgerafft und wollte vom Bett springen. Aber das rauhe Seil um ihren Hals verhinderte den Versuch. Mit grausamem Lächeln wand Ragnor es wieder und wieder um sein Handgelenk, bis sie ganz dicht vor ihm kniete wie ein Hund, der seinem Peiniger nicht mehr entkommen kann. Er lachte über ihren furchtlosen Blick, löste den Strick von seinem Gelenk und machte ihn an einem der unteren Bettpfosten fest. Langsam und ohne jede Rücksicht auf sie begann er sich auszuziehen. Zuerst ließ er das Schwertgehänge, dann das Kettenhemd und schließlich das Lederwams zu Boden fallen. Jetzt war er nur noch mit linnenem Leibchen und langen, eng sitzenden Unterhosen bekleidet. So ging er zur Feuerstelle hinüber.

In wachsender Angst zerrte Aislinn verzweifelt an dem Strick um ihrem Hals. Aber ihre Finger konnten den straffen Knoten nicht öffnen. Er fachte das Feuer stärker an und legte mehr Holz nach. In der wohligen Wärme zog er nun auch noch das Leibchen und die wollene Hose aus. Beim Anblick seines schlanken, muskulösen Körpers blieb Aislinn fast der Atem stehen. Jede Hoffnung erlosch, ihn sich mit ihren schwachen Kräften vom Leib zu halten.

Sein Lächeln schien fast heiter, als er jetzt auf sie zukam und mit den Fingerknöcheln sanft über ihre Wange streichelte. »Die Blüte unter den Dornen«, murmelte er. »Ja, wahrlich, und mein ist sie. Wulfgar ermächtigte mich, mir nach Ausführung seiner Anweisungen eine entsprechende Belohnung zu nehmen.« Ragnor lachte fast vergnügt auf. »Ich kann mir keine angemessenere Belohnung denken als dieses kostbare Kleinod hier. Alles andere in der Stadt verdient kaum mein Interesse.«

»Ihr erwartet also noch eine Belohnung für Eure Morde?« zischte Aislinn.

Er zuckte mit den Schultern. »Diese Narren hätten es besser wissen müssen. Schwer bewaffnete Ritter anzugreifen und den Boten des Herzogs zu erschlagen, das besiegelte das Schicksal des alten Mannes. Wir haben in Wilhelms Namen ein gutes Tagwerk geleistet. Ich verdiene meine Belohnung.«

Aislinn schauderte es, mit welcher Kälte Ragnor von seinen Bluttaten sprach. Sie sprang vom Bett und brachte so viel Raum zwischen ihn und sich, wie ihre Fessel nur zuließ.

Ragnor warf mit lautem Gelächter den Kopf in den Nacken. »Meine kleine Taube möchte vor mir fliehen?« Er griff nach dem Seil und zog sie zu sich her. »Komm, mein Täubchen«, lockte er sanft, »komm, mein Täubchen und teil mein Nest mit mir. Ragnor wird sehr lieb zu dir sein.«

Mit zusammengepreßten Zähnen versuchte sie, ihr Schluchzen zu unterdrücken, und mit aller Kraft stemmte sie sich dem Zug des Seils entgegen. Doch schließlich lag sie auf den Knien vor ihm. Seine Hand hatte den Knoten unter ihrem Kinn gepackt und zwang nun ihren Kopf zurück in den Nakken. Mit keuchendem Atem und zornigen Augen mußte sie nun zu ihm aufblicken. Er griff hinter sich nach einem Weinschlauch, der auf einer Truhe lag. »Probier ein bißchen von dem Wein, mein Täubchen«, schmeichelte er. Sein Gesicht berührte fast das ihre, als er den Schlauch zwischen ihre Lippen preßte. Aislinn würgte und rang nach Atem, während die brennende Flüssigkeit durch ihre Kehle rann. Dann ließ er sie los und setzte sich auf dem Bett zurück, um selbst zu trinken. Endlich hatte er genug. Mit glänzenden Augen wischte er sich Gesicht und Brust, um dann den Schlauch zur Seite zu legen und wieder nach dem Seil zu greifen.

Diesmal hatte Aislinn kaum noch die Kraft, sich gegen ihn zu wehren. Er zog sie so nahe an sich heran, daß sein von Bier und Wein säuerlich geschwängerter Atem sie fast zum Erbrechen brachte. Doch ganz plötzlich spürte sie seine Hand in ihrem Nacken. Mit einer raschen Bewegung riß er ihr das Gewand von den Schultern und warf es achtlos zur Seite. Ebenso plötzlich lockerte sich sein Griff, und sie taumelte nach hinten. Mit einem Lächeln sank er auf dem Bett zurück und nahm einen neuerlichen Schluck aus dem Schlauch. Er ließ sie nie aus den Augen, und voller Angst und Scham versuchte sie, sich zu bedecken.

»Nun komm doch, mein Täubchen. Wehr dich doch nicht so«, lockte er. »Schließlich verfüge ich über einigen Einfluß an Wilhelms Hof. Du hättest es schlimmer treffen können.« Die Trunkenheit stimmte ihn gnädig. Seine gierigen Augen wanderten genußvoll über jede der verführerischen Rundungen ihres Körpers. »Genausogut hättest du diesen schmutzigen Tölpeln dort unten in die Hände fallen können.«

Aislinns Augen weiteten sich angstvoll, und wieder zerrten ihre Finger an dem harten Knoten.

»Aber nein, mein Täubchen.« Grinsend streckte er die Hand aus und zog so kraftvoll am Seil, daß sie sich auf Händen und Knien vor ihm am Boden wand. Schwer atmend vor Schmerz und Hilflosigkeit verharrte sie in dieser Stellung. Doch den Kopf hatte sie erhoben, und ihr Blick schleuderte ihm ihren ganzen Haß entgegen. Wieder glich sie einem wilden Tier, das zum Sprung auf ihn ansetzt. Heiß schoß es in seine Lenden; das Verlangen nach ihr wuchs von Augenblick zu Augenblick.

»Ah, also doch kein Täubchen«, murmelte er heiser. »Viel eher eine Füchsin, wahrhaftig. Wenn du nicht zu mir kommst, werde ich eben zu dir kommen.«

Er erhob sich vom Bett. Aislinn stockte der Atem, denn er stand jetzt vor ihr, so strotzend und kühn wie nur je ein Mann. Voller Verlangen glühten seine Augen. Mit einem halben Lächeln auf den Lippen kam er näher. Aislinns Körper straffte sich. Angstvoll wich sie vor ihm zurück. Ihr Atem ging rasch und stoßweise, bis er fast einem Schluchzen glich. Sie wollte schreien, ihre ganze Angst hinausschreien, wie Hlynn es getan hatte. Doch die Panik schnürte ihr die Kehle zu. Aber mit aller

Kraft versuchte sie, gegen die erstickende Angst der äußersten Hoffnungslosigkeit anzukämpfen. Er kam näher und näher, die Lippen verzerrt von böser Lust. Mit gierigen, starren Falkenaugen verschlang er jede einzelne ihrer verzweifelten Bewegungen.

Schließlich hatte sie das äußerste Ende des gestrafften Seils erreicht. Ihre Glieder schienen plötzlich nicht mehr ihrem Willen zu gehorchen.

Er streckte eine Hand aus und legte sie auf ihre Brust. Mit einem Schrei wich Aislinn zurück. Doch er umklammerte sie und schob sie vor sich her, bis sie beide auf das mit Fellen bedeckte Bett sanken. Jetzt war sie gefangen. Hilflos lag sie unter ihm. Seine Stimme klang seltsam erstickt an ihr Ohr. »Jetzt seid Ihr mein, Demoiselle.« Er rieb sein Gesicht gegen ihren schlanken Hals. Sein heißer Atem schien sie bis ins Mark zu versengen. Sein Mund liebkoste ihre Brüste. Erneut murmelte er: »Ihr seid mein. Ich bin Euer Gebieter.«

Aislinn war zu keiner Bewegung mehr fähig. Sie war in seiner Gewalt und hatte sich völlig aufgegeben. Das Gewicht seines nackten Körpers preßte sie tiefer und tiefer in die Felle. Bald würde alles vorüber sein.

Maida starrte auf die verschlungenen Leiber. Das Paar lag nun still. Sie warf den Kopf in den Nacken und stieß ein schrilles Gelächter aus. Das Heulen eines hungrigen Wolfs zerriß die Nacht, und die beiden Schreie vermengten sich. Drunten in der großen Halle wurde es mit einem Male still. Einige der frechen Eindringlinge bekreuzigten sich; nie zuvor hatten sie ähnliches vernommen. Andere, voller Furcht vor Wulfgars Wüten, dachten, er wäre bereits gekommen.

2

Wie aus weiter Ferne hörte Aislinn sich beim Namen gerufen und kam langsam zu sich. Nur allmählich fand sie zurück ins volle Bewußtsein. Nun versuchte sie, die drückende Last auf ihrer Brust zur Seite zu schieben. Der Normanne an ihrer Seite bewegte sich und rückte von ihr ab. Der Schlummer ließ Ragnors Gesicht voller Unschuld erscheinen. Trotzdem blieb Aislinns Blick finster, während sie ihn musterte. Voller Abscheu dachte sie an das, was er ihr angetan hatte. Zu frisch noch war die Erinnerung an seine Hände auf ihrer Haut und an diesen harten, nackten Körper, der sie in die Felle gezwungen hatte. Ein Anflug von Raserei ließ sie den Kopf schütteln, denn sie hatte allen Grund zu der Sorge, jetzt ein Kind von ihm unter dem Herzen zu tragen. Oh, möge Gott das verhüten!

»Aislinn.« Wieder hörte sie diese Stimme, und als sie sich umwandte, sah sie ihre Mutter neben ihrem Bett, die voll ängstlicher Ungeduld die Hände rang.

»Wir müssen uns sputen. Wir haben nicht viel Zeit.« Maida schob der Tochter eilfertig eine Gunna zu. »Wir müssen uns davonmachen, solange die Schildwache noch schläft. Spute dich, Tochter, ich bitte dich.«

Aislinn spürte die Todesangst, die aus der Stimme der Mutter sprach. Sie selbst aber blieb völlig ruhig und gelassen. In ihrem Herzen schien jedes Gefühl abgetötet zu sein.

»Wenn uns die Flucht gelingen soll, müssen wir uns jetzt aufmachen«, bat Maida von neuem. »Komm, bevor sie alle erwachen. Laß uns jetzt an unsere Sicherheit denken.« Mühsam erhob sich Aislinn, gepeinigt von Müdigkeit und Schmerzen. Sie zog sich die Gunna über den Kopf, ohne auch nur im geringsten das Scheuern und Kratzen des Wolltuchs auf der Haut zu spüren, das sie nun ohne den üblichen Unterrock überstreifte. Die Angst, den schlafenden Normannen zu wekken, ließ sie einen vorsichtigen Blick über die Schulter werfen. Aber er schlief tief und fest.

Aislinn wandte sich rasch ab und trat ans Fenster. Mit einer ungeduldigen Bewegung stieß sie die Läden auf. Im scharfen weißen Licht der aufgehenden Sonne wirkte sie blaß und übernächtigt, die Gestalt zart und zerbrechlich. Sie begann ihr Haar zu ordnen, die Knoten mit den Fingern zu glätten. Doch die Erinnerung an Ragnors lange, braune Finger, die sich in ihr Haar krallten, ließ sie abrupt innehalten. Sie strich die schwere Flut nach vorn über die Schulter, so daß sie lose über den Busen und hinab bis zu den Schenkeln fiel. Dann kam sie durchs Zimmer zurück.

»Nein, Mutter«, sagte sie mit großer Entschlossenheit, »wir werden heute nicht fliehen. Nicht solange unsere lieben Toten noch den Raben und Wölfen zum Fraß ausgesetzt sind.«

Mit energischen Schritten verließ Aislinn das Gemach, gefolgt von der Mutter, die hilflos die Hände rang. Die Frauen bahnten sich den Weg hinab in die Halle mit größter Vorsicht über die Normannen hinweg, die in trunkenem Schlummer den Boden übersäten.

Wie eine Geistererscheinung schwebte Aislinns Gestalt vor der Mutter durch die Halle. Mit aller Kraft ihres zarten Leibs stemmte sie sich gegen das zersplitterte Tor Darkenwalds. Wie angewurzelt verharrte sie, als es nach außen schwang. Der Geruch des Todes ließ sie taumelnd nach Luft ringen. Übelkeit stieg in ihrer Kehle auf. Sie schleppte sich an den erschlagenen Leibern vorbei, bis sie auf den toten Vater stieß.

Kalt und starr lag er mit weit ausgebreiteten Armen da, die Schultern fest gegen die teure Erde gepreßt, die Faust noch immer um das Schwert geklammert. Trotz und Verachtung umspielten selbst im Tod noch die Lippen.

Eine Träne rann über Aislinns Wange, als sie in stiller Trauer neben dem Toten stand. Er war gestorben wie er gelebt hatte – in Ehren. Sein Blut tränkte nun die Erde, die ihm so teuer gewesen. Sie würde ihn sehr vermissen, selbst seine Wutausbrüche. Welche Verzweiflung bringt doch der Tod! Die alte Herrin Darkenwalds trat an ihre Seite. Schwer atmend suchte sie bei der Tochter Halt. Maida blickte starr auf den erschlagenen Gatten hinab. Dann rief sie ihm nach: »Ah, Erland, es ist nicht recht von dir, uns mit diesen Dieben allein zu lassen, die die Halle verwüsten, und deine eigene Tochter diesen glattrasierten Tölpeln als billige Beute zu überlassen!«

Die Frau fiel auf die Knie und zerrte am Kettenhemd ihres toten Gebieters, als ob sie ihn aufrichten wollte. Doch ihre Kräfte waren zu schwach, und klagend sank sie wieder in die Knie. »Was wird nun aus mir? Was soll nun werden?«

Aislinn trat behutsam über den Leichnam hinweg und entwand der toten Hand das Schwert. Sie packte den Arm, der sie früher so oft liebend umfaßt, und versuchte, den Toten an eine sanftere Ruhestätte zu bringen. Ihre Mutter bemächtigte sich des anderen Arms. Dabei löste sie den großen Siegelring vom knorrigen Finger des Alten.

Aislinns vorwurfsvoller Blick ließ sie sich weinend verteidigen. »Er gehört mir! Aus meiner Mitgift! Sieh her, der Helmbusch meines Vaters.« Sie hielt den Ring Aislinn unter die Augen. »Laß ihn mir«, flehte die Mutter.

Ein lauter Ruf schreckte sie plötzlich auf. Voller Angst sprang die alte Frau auf die Beine. Sie ließ den Arm des toten Gatten los und lief erstaunlich flink über das Schlachtfeld davon, um im Unterholz am Rande des Sumpfes zu verschwinden. Auch Aislinn ließ den Arm des Vaters zurücksinken und wandte sich langsam der neuen Bedrohung zu.

Ihre Augen weiteten sich beim Anblick des großen Kriegsmannes auf dem riesigen Hengst. Noch nie hatte sie ein solches Tier gesehen. Es trug seinen schwer gepanzerten Herrn so mühelos, als ob er ein Knabe wäre. Fast spielerisch suchte es sich seinen Weg zwischen den Gefallenen hindurch. Aislinn stand wie gebannt, und nun stieg doch Angst in ihr auf.

Das Gesicht des Reiters wurde durch den Helm beschattet, doch hinter dem Nasenschutz blitzten stahlgraue Augen, die sie zu durchbohren schienen. Sein Schild, das einen zum Sprung ansetzenden Wolf auf rotgoldenem Grund mit einem Schrägbalken zur Linken zeigte, hing am Sattel. Aislinn erkannte daran, daß er ein Bastard war. Hätten seine Riesengröße und der ungeheure Wuchs seines Streitrosses sie nicht in Furcht und Schrecken gehalten, würde sie ihm ihre Verachtung ins Gesicht geschleudert haben. Doch so konnte sie nur in hilflosem Trotz das Kinn recken und ihm mit ihren violetten, vor Haß sprühenden Augen entgegenstarren.

Verachtung kräuselte seine Lippen. Klar kamen die französischen Worte aus seinem Mund. »Sachsenschwein! Ist denn nichts sicher vor euren diebischen Händen?« höhnte er.

Aislinns Stimme klang etwas erregter, doch keineswegs weniger verächtlich, als sie ihm mit gleicher Münze heimzahlte. »Wie meinet Ihr, Herr Ritter? Können unsere tapferen normannischen Eroberer es nicht ertragen, wenn wir unsere Toten friedlich zur letzten Ruhe betten?« Sie wies mit bitterer Geste über das Schlachtfeld.

Mißbilligend rümpfte er die Nase. »Nach dem Gestank zu urteilen, habt ihr damit viel zu lange gewartet.«

»Ich wage zu sagen, nicht lange genug für einen von Euren Gefährten. Wenn er erwacht, wird er sich sicher über mein Verschwinden beklagen«, gab sie verächtlich zurück.

Der Fremde schien sich im Sattel zu entspannen, während seine Augen sie eingehender musterten. Sie fühlte seinen Blick gemächlich über ihre Gestalt gleiten. Eine plötzliche Brise drückte die wollene Gunna fester gegen die sanften Rundungen ihres Körpers. Seine Augen wanderten wieder nach oben und blieben an dem schön gerundeten Busen hängen. Heiße Röte überflutete Aislinns Wangen. Es machte sie rasend, wie eine blöde Milchmagd den frechen Blicken dieses Eroberers ausgesetzt zu sein. »Seid dankbar, daß Ihr Sir Ragnor mehr zu bieten hattet als diese hier«, knurrte er mit einer Handbewegung in Richtung der Toten.

Aislinn stammelte vor Wut, als er sich vom Pferd schwang und auf sie zutrat. Sein durchdringender Blick ließ sie verstummen. Er nahm den Helm vom Haupt und klemmte ihn in die Armbeuge. Dann öffnete er die oberen Haken der Kopfhaube und schlug sie zurück auf die Schultern. Sein Lächeln wurde weicher, als er sie erneut musterte. Nun streckte er eine Hand aus, um eine der seidenen Locken von der Brust zu streifen. »Ja, seid froh, daß Ihr mehr zu bieten hattet, Demoiselle.«

»Sie gaben das Beste, das sie hatten. Hätte nur auch ich ein Schwert ergreifen und ebensoviel geben können wie sie.« Während er sich halb umdrehte und mit offensichtlichem Abscheu die Folgen des blutigen Gemetzels betrachtete, drang ein Laut der Verachtung aus seinem Mund.

Trotz ihrer Worte studierte Aislinn ihn mit unverhohlenem Interesse. Groß und kräftig stand er vor ihr, überragte sie um mindestens zwei Handbreit, obwohl auch sie nicht gerade klein geraten war. Sein lohfarbenes Haar war zerzaust und von der Sonne gebleicht. Trotz seines langen, schweren Kettenhemds bewegte er sich mit erstaunlicher Leichtigkeit und großem Selbstvertrauen. Sie vermutete, daß er in höfischen Gewändern so mancher Jungfrau heimliche Seufzer entlockt hatte. Die Augen standen weit auseinander, überwölbt von herrischen Brauenbögen. Wenn sie sich wie jetzt voller Zorn über der Nasenwurzel zusammenzogen, glich sein Gesicht dem eines wilden Tiers auf der Jagd. Der breit geschwungene Mund besaß schmale, wohl geformte Lippen. Eine lange Narbe rann vom Wangenknochen bis zum Kinn. Sie war jetzt bleich, da er voller Wut die Zähne zusammenpreßte.

Mit einem raschen Ruck wandte er Aislinn wieder sein Antlitz zu. Der Atem drohte ihr zu stocken, als sie in diese kalten grauen Augen starrte. Die Lippen schürzten sich über den kräftigen, weißen Zähnen. Tief aus dem Innern seiner Kehle kam ein leises, wildes Knurren – wie bei einem Hund, der eine Fährte aufgenommen hat. Nein, viel gefährlicher; er war ein Wolf, dessen Rache über jeden Feind kommen würde. Abrupt wandte er sich von ihr ab und ging mit weit ausgreifenden Schritten auf das Tor der Halle zu, in der er verschwand.

Kaum war er drinnen, schien ein Gewitter Darkenwald in seinen Grundfesten zu erschüttern. Aislinn hörte seine dröhnende Stimme, die Befehle bellte. Ihre Empörung war vergessen. Voller Spannung stand sie da und harrte der Dinge. Ihre Mutter war bis zu einer Ecke der Halle geschlichen und wollte Aislinn herbeiwinken.

Widerstrebend lenkte Aislinn ihre Gedanken wieder auf ihre unmittelbare Aufgabe. Erneut griff sie nach dem Arm des toten Vaters, um ihn wegzutragen. Doch ein lauter Schrei ließ sie zusammenzucken. Als sie erschreckt aufblickte, sah sie Ragnor nackt aus Darkenwalds Tor fliegen. Gleich darauf landeten seine Kleider und sein Schwert neben ihm im Staub.

»Unverschämter!« tobte der Riese, der auf den Stufen über ihm erschien. »Tote haben für mich keinerlei Wert!«

Aislinns Augen strahlten vor Zufriedenheit, als sie sah, wie Ragnor unbeholfen wieder auf die Füße zu kommen versuchte. Man sah ihm an, wie sehr er unter dieser Demütigung litt. Mit einem wütenden Knurren entblößte er die Zähne und griff nach seinem Schlachtschwert. In seinen Augen flackerte es gefährlich.

»Nimm dich in acht, Ragnor, damit sich dein Gestank nicht mit dem deiner Opfer vermischt.«

»Wulfgar, du Sohn des Satans!« Ragnor wurde von seinem Zorn fast erstickt. Tollkühn versuchte er den anderen herauszufordern. »Kommt her, damit ich dich aufspießen kann.«

»Ich hab' im Augenblick keine Lust, mich mit einem nackten, prahlenden Schakal zu schlagen.« Als er Aislinns Interesse bemerkte, deutete er mit der Hand auf sie. »Obwohl die Dame dort Euch liebend gern tot sähe, kann ich leider auf Eure Dienste noch nicht verzichten.«

Ragnor schnellte überrascht herum. Der amüsierte Blick in Aislinns Augen ließ sein Gesicht vor Grimm und Demütigung noch dunkler werden. Mit einem zwischen den Zähnen hervorgestoßenen Fluch griff er nach seinen Beinkleidern und zog sie über, bevor er zu ihr hinüberging.

»Was bringt Euch hierher?« wollte er wissen. »Warum habt Ihr die Halle verlassen?«

Aislinn lachte laut auf, die Augen voller Abscheu. »Weil es mir so gefiel.«

Ragnor starrte sie an. Nie zuvor war ihm ein Frauenzimmer begegnet, das es gewagt hätte, sich einem Mann auf diese Weise entgegenzustellen. Er streckte die Hand aus und umklammerte ihr zartes Gelenk. »Zurück in die Halle und erwartet mich dort. Ihr werdet rasch begreifen, daß Ihr mein seid und mir zu gehorchen habt.«

Aislinn machte sich unwillig frei. »Denkt Ihr, nur weil Ihr mich einmal in Euer Bett gezwungen habt, wäre ich die Eure?« zischte sie. »Oh, Herr Ritter, Ihr habt noch viel zu lernen. Nie werde ich die Eure sein. Mein Haß gegen Euch macht mich für immer zu Eurem Feind. Das Blut meines Vaters tränkt die Erde und gemahnt mich fortwährend an Eure Tat. Ob Ihr es zulaßt oder nicht, ich werde seinen Leib bestatten. Ihr könnt mich nur daran hindern, wenn Ihr auch mein Blut vergießt.«

Ragnor packte sie erneut hart an den Armen; seine Finger gruben sich schmerzhaft in ihr zartes Fleisch. Er war sich bewußt, daß Wulfgar ihn mit größter Aufmerksamkeit beobachtete. »Es gibt andere, die das Begraben besser verstehen«, knurrte er zwischen den Zähnen hindurch. »Macht, was ich Euch befohlen.«

Aislinns Kinn trat scharf hervor, als sie fest in seine schwarzen Augen blickte. »Nein«, keuchte sie, »ich möchte, daß dies durch die Hände seiner Lieben geschieht.«

Ein stummer Kampf entbrannte zwischen ihnen. Ragnors Hand preßte sie noch fester, als ob er sie schlagen wollte, doch dann schleuderte er sie ohne Warnung von sich. Sie taumelte in den Staub. Mit einem Schritt stand er über ihr, Aislinn zog rasch die Gunna wieder über die entblößten Schenkel und erwiderte kalt seinen Blick.

»Diesmal gebe ich nach, Demoiselle. Aber stellt mich kein zweitesmal auf die Probe«, warnte er sie.

»Wirklich sehr freundlich, Herr Ritter«, höhnte sie, während sie aufstand. Sie rieb sich das schmerzende Gelenk. Noch einen Augenblick ruhten ihre Augen voller Verachtung auf Ragnor, um dann hinüberzuschweifen zu dem großen Krieger, der nicht weit von der Treppe der Halle gelassen dastand. Der Normanne gab ihren Blick zurück, ein spöttisches Lächeln umspielte seine Lippen.

Aislinn wandte sich unvermittelt ab, um erneut nach dem Arm des Vaters zu greifen. Die beiden Männer beobachteten sie reglos. Schließlich trat Ragnor hinzu und wollte ihr helfen. Doch sie stieß seine Hand zur Seite.

»Hinweg mit Euch!« schrie sie. »Könnt Ihr uns nicht zumindest diesen kurzen Augenblick allein lassen? Er war mein Vater! Ich will ihn begraben.« Ragnor ließ die Arme sinken; er wagte nicht mehr, ihr seine Hilfe aufzudrängen.

Mit großer Entschlossenheit schleppte Aislinn den Vater über den Hof, hinüber zu einem Baum. Ein Vogel hüpfte über ihr durch die Äste. Als er aufflog, beneidete sie ihn schmerzlich um seine Freiheit. Ihre Augen folgten ihm noch immer, als unbemerkt Wulfgar hinter sie trat. Erst als ein schwerer Gegenstand plötzlich neben ihren Füßen zu Boden fiel, zuckte sie zusammen und wirbelte herum.

Er wies auf die Schaufel. »Auch die liebenden Hände der Angehörigen brauchen etwas Hilfe, Demoiselle.«

»Ihr seid genauso freundlich wie Euer normannischer Bruder, Herr Ritter«, bemerkte sie schnippisch. »Oder muß es jetzt ›Euer Lordschaft‹ heißen?«

Er machte eine steife Verbeugung. »Ganz wie es Euch beliebt, Demoiselle.«

Aislinn reckte das Kinn. »Mein Vater war der Lord hier. Es würde mir sehr schwerfallen, Euch als Lord von Darkenwald anzureden«, antwortete sie kühn.

»Man kennt mich unter dem Namen Wulfgar«, erwiderte der normannische Ritter, ohne sich auch nur die geringste Wirkung anmerken zu lassen.

Aislinn, die ihn hatte herausfordern wollen, war mit sich nun gar nicht zufrieden. Natürlich war ihr der Name nicht unbekannt. Deutlich erinnerte sie sich an die Unterhaltung zwischen Sir Ragnor und dessen Vetter am vergangenen Abend.

»Es könnte doch sein, daß Euer Herzog diese Ländereien einem anderen überläßt, nachdem Ihr sie für ihn gewonnen habt«, versuchte sie ihn aus seiner Reserve zu locken. »Ihr seid noch nicht zum Lord ernannt, und vielleicht wird es nie so weit kommen.«

Wulfgar lächelte bedächtig. »Ihr werdet schon noch erfahren, daß Wilhelm ein Mann ist, der zu seinem Wort steht. Das Land hier ist schon so gut wie mein, genau wie England bald ihm gehören wird. Laßt Eure Hoffnungen nicht von Euren Wünschen leiten, Demoiselle, sie werden Euch nicht weit führen.«

»Welche Hoffnung habt Ihr mir noch gelassen?« fragte Aislinn voller Bitterkeit. »Welche Hoffnung bleibt denn England noch?«

Spöttisch hoben sich seine Brauen. »Gebt Ihr denn so leicht auf, Chérie? Ich dachte schon, ich hätte im Schwung Eurer Röcke so etwas wie teuflisches Feuer und wilde Entschlossenheit bemerkt. Sollte ich mich getäuscht haben?«

Aislinns Ungestüm wurde durch seinen Spott erneut herausgefordert. »Ihr lacht zu früh über mich, Normanne.«

Er amüsierte sich über ihren Zorn. »Ich sehe schon, keiner Eurer liebestollen Verehrer hat zuvor Eure hübschen Federn gezaust. Zweifellos waren sie alle viel zu betört, um Euch zu zeigen, wo Ihr hingehört.«

»Denkt Ihr vielleicht, das würde Euch besser gelingen?« spottete sie. Sie machte eine Kopfbewegung zu Ragnor hinüber, der sie aus einiger Entfernung beobachtete. »Wie wollt

Ihr es denn anfangen? Er hat mir Schmerzen zugefügt und meinen Körper vergewaltigt. Habt Ihr etwa dasselbe vor?«

Wulfgar schüttelte den Kopf. Er streckte die Hand aus und hob ihr Kinn. »Nein, ich verfüge über feinere Methoden, um ein kleines Biest wie Euch zu zähmen. Wo die Schmerzen nichts vermögen, könnte das Vergnügen die bessere Waffe sein.«

Aislinn schob seine Hand hinweg. »Euer Selbstvertrauen ist höchst unangebracht, Sir Wulfgar, wenn Ihr meint, Ihr könntet mich durch Freundlichkeit gewinnen.«

»Ich war nie freundlich zu Frauen«, erwiderte er beiläufig.

Sie forschte in seinen Augen, ohne die Bedeutung seiner Worte ergründen zu können. Stumm griff sie nach der Schaufel und begann zu graben. Wulfgar beobachtete ihre unbeholfenen Bewegungen und lächelte.

»Ihr hättet Ragnor gehorchen sollen. Nur weil Ihr sein Bett mit ihm geteilt habt, braucht Ihr doch nicht diese Mühe auf Euch zu nehmen.«

»Denkt Ihr, wir wären alle Huren und würden immer den leichtesten Weg wählen?« schleuderte sie ihm entgegen. »Würde es Euch überraschen zu erfahren, daß ich das hier sehr viel angenehmer finde als mich mit Ungeziefer einlassen zu müssen?« Sie starrte ihm herausfordernd in die grauen Augen. »Normannen – Ungeziefer. Meiner Meinung nach gibt es da keinen Unterschied.«

Wulfgar sprach langsam, als ob er seinen Worten eine ganz besondere Bedeutung geben wollte. »Bevor Ihr nicht mit mir ein Bett geteilt habt, Demoiselle, solltet Ihr mit Euren Urteilen über Normannen vorsichtiger sein. Vielleicht findet Ihr nämlich Euren Spaß daran, von einem Mann genommen zu werden, statt von einem prahlerischen Großmaul.«

Aislinn starrte ihn verwirrt an, unfähig zu einer Antwort. Er schien lediglich eine Tatsache festzustellen, keineswegs zu drohen, und sie wußte plötzlich mit großer Sicherheit, daß es nur eine Frage der Zeit war, bis sie mit diesem Normannen das Bett teilen würde.

Sie mußte an die vielen Männer denken, deren Heiratsanträge sie voller Verachtung zurückgewiesen hatte, bis ihr Vater schließlich die Geduld verlor und Kerwick zu ihrem künftigen Gatten bestimmte. Doch eine fürstliche Braut war sie nicht länger, nur noch eine rechtlose Magd, die man benützte, um sie dann dem nächsten zuzuwerfen, dem der Sinn nach ihr stand.

»Ihr mögt Euch England unterworfen haben, Normanne, aber so leicht werdet Ihr meine Unterwerfung nicht erringen«, zischte sie.

»Ich verbürge mich dafür, daß dieser Kampf mir sehr viel mehr Spaß machen wird, Weib. Und mit noch größerer Freude werde ich die Früchte meines Sieges genießen.«

Aislinn warf ihm einen Blick voller Verachtung zu. »Ihr dünkelhafter Lümmel! Ihr denkt, Ihr habt es mit einer willenlosen normannischen Hure zu tun. Wenn Ihr meint, ich würde mich auf ein Kopfnicken von Euch einfach hinlegen, so werde ich Euch rasch eines besseren belehren.«

Er lachte. »Ganz sicher wird es einige Lektionen zu lernen geben, aber ich frage mich, für wen.«

Damit wandte er sich ab und schritt davon. Im Innern zutiefst aufgewühlt, starrte sie ihm nach. Dabei sah Aislinn zum erstenmal, daß er hinkte. War es die Folge einer in der Schlacht empfangenen Wunde oder ein Gebrechen, das ihn seit der Geburt zeichnete? Was es auch sein mochte, Aislinn hoffte aus ganzem Herzen, daß es ihm heftige Schmerzen verursache.

Da sie Ragnors Blick auf sich ruhen fühlte, drehte sie sich rasch um. Sie stach jetzt die Schaufel mit aller Kraft in den Boden, als ob es sich um einen ihrer Widersacher handeln würde. Dann bemerkte sie, daß die beiden Männer sich immer hitziger miteinander zu unterhalten begannen. Wulfgars Stimme blieb leise, aber ein zorniger Unterton klang darin.

Auch Ragnor versuchte seine Stimme zu kontrollieren, um nicht auch noch den letzten Rest von Würde zu verlieren. »Man befahl mir, diesen Ort für Euch zu sichern. Die englischen Ratgeber des Herzogs sagten, daß nichts als alte und im Kampfe unerprobte Männer hier zu finden wären. Wie sollten wir ahnen, daß der alte Lord uns angreifen und seine Leibeigenen sich auf uns stürzen würden? Was hätten wir Eurer Meinung nach tun sollen, Wulfgar? Uns einfach töten lassen, ohne unsere Waffen zu unserer Verteidigung einzusetzen?«

»Habt Ihr nicht das Euch mitgegebene Friedensangebot verlesen lassen?« wollte Wulfgar wissen. »Der alte Mann hatte seinen Stolz. Das verlangte ein taktvolles Vorgehen, um Blutvergießen zu vermeiden. Warum habt Ihr nicht mit mehr Umsicht gehandelt, anstatt hier wie freche Eroberer aufzutreten, die ihm sein Heim streitig machen? Mein Gott, seid Ihr so unfähig, daß man Euch keinen Schritt alleine machen lassen kann? Muß man Euch immer wieder zeigen, wie mit Männern dieses Schlags umgegangen werden muß? Was habt Ihr zu ihm gesagt?«

Ragnor höhnte. »Warum seid Ihr so sicher, daß es nicht gerade Eure Worte waren, die ihn in Zorn versetzten? Der alte Mann griff uns an, trotz Eures so geschickt gefaßten Ersuchens. Ich habe den Herold nur das mir von Euch überreichte Pergament verlesen lassen.«

»Ihr lügt«, grollte Wulfgar. »Ich bot ihm und den Seinen Frieden und Sicherheit, wenn er die Waffen streckte. Er war kein Mann ohne Verstand. Er hätte die Unterwerfung angenommen, um seine Familie zu retten.«

»Offensichtlich seid Ihr einem Irrtum verfallen, Wulfgar«, reagierte Ragnor mit gekünsteltem Lächeln. »Wer könnte je das Gegenteil beweisen? Meine Männer haben keine Kenntnis von ihrer heidnischen Zunge. Lediglich der Herold beherrschte sie höchst gewandt. Und nur er und ich sahen das Dokument. Wie wollt Ihr also Eure Anschuldigungen gegen mich beweisen?«

»Das bedarf keines Beweises«, knurrte Wulfgar, »ich weiß, daß Ihr diese Männer ermordet habt.«

Ragnor lachte verächtlich auf. »Was zählt schon das Leben von einigen Sachsen, die das Schwert von ihrem elenden Dasein befreite? Ihr habt bei Hastings sehr viel mehr getötet als die paar Bauerntölpel hier.«

Wulfgars Gesicht schien versteinert. »Es war ein Fehler, daß ich mich persönlich an der Einnahme von Cregan beteiligte. Wenn ich daran denke, daß Ihr es nicht einmal vermocht habt, diesen alten Mann von einem sinnlosen Kampf abzuhalten . . . Ich bedaure, Euch hierhergeschickt zu haben. Der Tod des alten Mannes ist ohne jede Bedeutung. Aber die Bauern werden sich nur schwer ersetzen lassen.«

Diese Worte schnitten Aislinn tief ins Herz. Sie stolperte über die Schaufel und schlug hart zu Boden. Vor Schmerz aufseufzend, blieb sie in ihrem Elend liegen. Mühsam unterdrückte sie den Wunsch, ihre Qual und ihren Zorn laut hinauszuschreien. Für diese beiden Männer spielte ein Menschenleben keine Rolle.

Der hitzige Wortwechsel kam zu einem Ende, und die Männer wandten sich erneut dem Mädchen zu. Wulfgar rief gebieterisch nach einem der Leibeigenen aus der Halle. Ham erschien, ein untersetzter Junge von zehn und drei Jahren. Ein normannischer Stiefeltritt ließ ihn die Stufen herabstolpern.

»Begrab deinen Lord«, befahl Wulfgar.

Doch der Junge begriff nicht, was man von ihm verlangte. Der Normanne gestikulierte zu Aislinn hinüber, die seine Worte übersetzen sollte. Widerwillig reichte sie dem Jungen die Schaufel. Mit ernster Miene sah sie zu, wie Ham das Grab aushob. Gleichzeitig hörte sie die Befehle des normannischen Bastards, der seine Männer anwies, die Toten wegzuschaffen.

Aislinn und Ham schlugen den Leichnam des toten Lords in ein Wolfsfell und trugen ihn zur Grube. Sein mächtiges Schlachtschwert legten sie ihm auf die Brust. Nachdem die letzte Schaufel Erde auf ihn gehäuft worden war, kam Maida voller Scheu herbei und warf sich auf den Erdhügel, um schluchzend ihrem Schmerz Ausdruck zu verleihen.

»Einen Priester«, verlangte sie aufweinend. »Das Grab muß gesegnet werden.«

»Ja, Mutter«, murmelte Aislinn. »Wir werden einen holen lassen.«

Diesen kleinen Trost mußte Aislinn ihrer Mutter Maida spenden, obwohl sie keine Ahnung hatte, wo sie einen Priester finden sollte. Darkenwalds Kapelle war seit dem Tod ihres Priesters vor einigen Monaten verwaist. Ein Feuer hatte sie überdies kurz darauf in Asche verwandelt. Bis ein anderer Geistlicher gefunden wäre, hatte der Mönch aus Cregan die Einwohner Darkenwalds versorgt. Ihn herbeizuholen, würde ihr Leben in größte Gefahr bringen, selbst wenn sie es schaffen sollte, sich unbemerkt davonzuschleichen, was sehr unwahrscheinlich war. Ihr Pferd stand in der Scheune, in der auch einige Normannen ihre Strohlager hatten. Sie wußte, wie wenig sie für Maida tun konnte. Doch ihre Mutter war gefährlich nahe an der Grenze des Wahnsinns, und Aislinn fürchtete, ein Abschlagen ihrer Bitte würde sie diese Grenze überschreiten lassen.

Aislinns Augen richteten sich auf Wulfgar. Er nahm seinem Pferd den Schutzpanzer ab. Daran erkannte sie, daß er in Darkenwald bleiben wollte. Darkenwald hatte zwar weniger Einwohner als Cregan, doch sein Herrenhaus war größer und für die Bedürfnisse einer bewaffneten Truppe besser geeignet. Es war aus Stein errichtet und deshalb Feuersbrünsten und Angriffen gegenüber besser gerüstet als das hölzerne Herrenhaus in Cregan. Ja, Wulfgar würde hierbleiben, und seine Worte hatten Aislinn deutlich zu verstehen gegeben, daß sie schon bald seinem Vergnügen zu dienen hätte. Die Angst, diesem Eindringling so völlig hilflos ausgeliefert zu sein, machte es ihr schwer, ihren Schicksalsgenossen helfend und aufmunternd zur Seite zu stehen.

»Gnädige Frau?« wandte Ham sich an sie. Voller Angst hingen seine Augen an ihr. Sie bettelten um Rat, da er nicht wußte, wie er sich gegenüber diesen Männern verhalten sollte. Mutlos hob Aislinn die Schultern, sie wußte ihm keine Antwort zu geben. So wandte sie sich von ihm ab und ging langsam auf Wulfgar zu.

Wulfgar streichelte die silberne Mähne des Rosses. Als er sie anblickte, ruhte seine Hand auf der Trense.

»Euer Lordschaft«, sagte Aislinn steif. Diese Anrede kam sie hart an, doch um ihrer Mutter willen und um den Männern von Darkenwald zu einem christlichen Begräbnis zu verhelfen, war sie bereit, ihren Stolz eine Zeitlang hintanzustellen. »Gestattet mir eine bescheidene Bitte –« Er nickte wortlos, während seine durchdringenden, kühlen Augen sie aufmerksam musterten. Sie spürte sein Mißtrauen und hätte nichts lieber getan, als diesem Fremden ihre ganze Verachtung ins Gesicht zu schleudern.

Es war ihr noch nie leicht gefallen, sich zu beherrschen. Selbst als ihr Vater mit ihr zürnte, weil sie sich standhaft weigerte, sich für einen ihrer Bewerber zu entscheiden, war sie durch nichts einzuschüchtern gewesen. Unerschrocken hatte sie sein Wüten über sich ergehen lassen. Trotzdem wußte Aislinn, daß sie ihren Willen oft leichter mit Sanftheit und Nachgiebigkeit durchsetzen konnte. Und nun wollte sie dieselbe List auch gegen diesen Normannen einsetzen.

»Euer Lordschaft, um einen Priester bitte ich. Gewiß keine große Sache – aber für diese toten Männer hier – «

Wulfgar gab nickend sein Einverständnis. »Es soll dafür gesorgt werden.«

Aislinn sank vor ihm in die Knie. So demütigte sie sich für einen kurzen Augenblick vor ihm, doch ein angemessenes Begräbnis schien ihr diesen Preis wert zu sein.

Mit einem Laut des Unmuts beugte sich Wulfgar zu ihr und zog sie wieder auf die Füße. Aislinn starrte überrascht zu ihm hinauf. Ihre großen Augen durchforschten sein Gesicht. »Steht aufrecht, Weib. Euren Haß ehre ich mehr«, knurrte er, bevor er sich umwandte und zum Herrenhaus ging.

Wohlbewacht durch eine Handvoll von Wulfgars Männern, kamen Leibeigene von Cregan herüber, um Darkenwalds Tote zu bestatten. Zu ihrem Erstaunen erkannte Aislinn unter ihnen plötzlich Kerwick, der sich kraftlos hinter einem riesigen Wikinger zu Pferd herschleppte. Voller Freude ihn am Leben zu sehen, wollte sie zu ihm hineilen.

Aber Maida hielt sie an ihrer Gunna zurück. »Sie würden ihn erschlagen – die beiden, die um dich streiten.«

Aislinn erkannte die Weisheit dieser Worte und war ihrer Mutter für diesen kleinen Vernunftsbeweis dankbar. Sie zwang sich zur Ruhe und blickte ihrem Verlobten bewegungslos entgegen. Als die Wächter versuchten, den Leibeigenen ihre Aufgabe zu erklären, gab es zunächst Verständigungsprobleme. Mit einiger Verwunderung sah Aislinn, daß Kerwick sich zu verstellen schien, denn sie selbst hatte ihm Französisch beigebracht, und er war ein äußerst gelehriger Schüler gewesen. Doch schließlich begriffen die Bauern und machten sich an die Bestattung der Leichen. Nur Kerwick stand noch immer wie betäubt da. Der schreckliche Anblick seiner hingeschlachteten Landsleute schien ihn zu lähmen. Plötzlich wandte er sich ab und erbrach sich. Wulfgars Männer brachen in lautes Gelächter aus. Aislinn verfluchte sie insgeheim dafür. Ihr Herz war bei Kerwick, da sie ahnte, wieviel Schlimmes ihm in diesem Krieg widerfahren war. Und doch hätte sie gewünscht, er würde sein Haupt erheben und diesen Normannen mit Würde und Festigkeit begegnen. Stattdessen ließ er sich zum Gegenstand ihres Spotts machen.

Rasch wandte sie sich ab und floh in die Halle. Mit gesenktem Haupt und ohne die starrenden Männer zu beachten, stolperte sie direkt in Wulfgars Arme.

Wulfgar hatte das Kettenhemd abgelegt und stand nun im ledernen Waffenrock bei Ragnor, Vachel und dem Nordmann, der Kerwick und die anderen hergeführt hatte.

Ohne sie freizugeben, hielten Wulfgars Hände sie dicht vor seiner Brust. »Schönste Demoiselle, darf ich zu hoffen wagen, daß es die Ungeduld nach meinem Bett ist, die Euch so blind macht?« neckte er sie mit spöttisch hochgezogener Braue. Allein der Wikinger lachte über diesen Spaß, Ragnors Miene dagegen verfinsterte sich. Voller Eifersucht und Haß blitzten seine Augen Wulfgar an. Aislinn verlor nun jede Selbstbeherrschung. Diese Demütigung war unerträglich. Ihr Stolz flammte auf. Weißglühend vor Zorn holte sie aus und versetzte Wulfgar einen heftigen Hieb quer über die vernarbte Wange.

Die Männer ringsum hielten den Atem an. Sie erwarteten alle, daß Wulfgar dieses unverschämte Weib mit einem Fausthieb zu Boden strecken würde. Sie alle wußten, wie er mit Frauen umzugehen pflegte. Im allgemeinen hatte er nicht viel für sie übrig. Seine finstere Miene war bei den Fräuleins gefürchtet. Und nun hatte diese Demoiselle hier, für die alles auf dem Spiel stand, gewagt, ihn zu schlagen!

Der kurze Augenblick, in dem Wulfgar sie erstaunt musterte, reichte aus, um Aislinn wieder zur Besinnung zu bringen, und damit kehrte auch die Angst zurück. Violette und graue Augen starrten sich an. Sie war über ihre Tat nicht weniger erschrocken als er erstaunt.

Ohne jede Warnung schlossen sich Wulfgars Hände plötzlich wie Sklavenspangen um ihre Oberarme und rissen sie in eine machtvolle Umarmung. Sie hatte das Gefühl, gegen eine eiserne Statue gepreßt zu werden. Ihr Aufstöhnen wurde sofort erstickt, als sich sein Mund auf den ihren drückte. Die Männer feuerten Wulfgar laut schreiend an. Nur Ragnor schien mit diesem Schauspiel nicht sehr zufrieden zu sein. Mit wutrotem Gesicht stand er da, ballte krampfhaft die Fäuste, als ob er sie mit Gewalt davon zurückhalten müßte, die beiden auseinanderzureißen.

Wulfgars Hand legte sich hinter Aislinns Kopf und zwang ihr Gesicht gegen das seine. Seine Lippen glitten über ihren Mund, suchend, fordernd. Sein Herz pochte wie mit Schmiedehämmern gegen ihre Brust, und sein harter Leib preßte sich bedrohlich gegen ihre zarte Gestalt. Gnadenlos umklammerte ein Arm die geschmeidige Taille, während eine große, kräftige Hand ihren Kopf hielt.

Aber irgendwo in den tiefsten, dunkelsten, unbekannten Abgründen ihrer Seele glomm ein Funke auf, schlug heller und heller empor, bis er schließlich ihren Leib und ihre Seele erfaßte. Wie ein alles versengender und verbrennender, schmelzender Wirbel riß es sie zu Empfindungen hin, in denen jede Zurückhaltung von ihr abfiel. Ihr ganzes Sein wurde erfüllt vom Gefühl seines Körpers, seines Geruchs, seiner Haut. Jede einzelne Nervenfaser schien von dieser warmen Erregung überflutet, und sie ergab sich. Als ob sie einen eigenen Willen hätten, so legten sich ihre Arme um seinen Rücken. Alles, was zuvor eisige Zurückhaltung gewesen, schmolz nun dahin. Weder schien es noch eine Rolle zu spielen, daß er ihr Feind war, noch daß seine Männer sie beobachteten und laut ihre Zustimmung bekundeten. Nur allein sie beide zählten noch.

Nie hatte Kerwick diese Macht besessen, nie sie so willenlos gemacht. Seine Küsse hatten keine Leidenschaft in ihrer Brust geweckt, kein Verlangen und keine Ungeduld, ihm völlig anzugehören. Aber jetzt, hilflos gefangen in der erbarmungslosen Umarmung dieses Normannen, erwiderte sie seinen Kuß mit einer Leidenschaft, die ihr bisher völlig fremd war.

Wulfgar löste sich abrupt von ihr. Zu Aislinns größter Verwirrung schien ihn das Geschehene völlig unberührt zu lassen, während es sie in ihren Grundfesten erschütterte. Weder Schmerz noch Angst hätten sie je so tief demütigen können. Scham überfiel sie, als sie ihre eigene Schwachheit vor diesem Mann erkannte, eine Schwachheit, die nicht durch Angst, sondern durch Verlangen genährt war.

In dieser Erkenntnis bediente sie sich der einzigen Waffe, die ihr noch geblieben war, ihrer Zunge. »Namenloser normannischer Köter! In welcher Gosse hat dein Erzeuger wohl deine Mutter bestiegen?«

Man hörte, wie die Männer in der Halle erneut den Atem anhielten. In Wulfgars Miene ließ sich jedoch kaum ein Echo auf diese Beleidigung erkennen. Sie verlor jede Hoffnung, ihn doch noch verwunden zu können.

Wulfgar blickte sie mit hochgezogener Braue an. »Eure Art

Dankbarkeit zu bezeigen, ist mir recht fremd, Demoiselle«, meinte er dann. »Habt Ihr denn völlig vergessen, daß Ihr nach einem Priester verlangtet?«

Ihre Wildheit war sofort vergessen. Aislinn erschrak über ihre Unbesonnenheit. Sie hatte versprochen, daß die Toten Darkenwalds in Ehren zur letzten Ruhe gebettet würden, und nun war das alles durch ihre Schuld in Frage gestellt.

Wulfgar lachte grimmig. »Fürchtet nichts, Demoiselle. Mein Wort ist mein Schwur. Ihr werdet Euren Priester bekommen. Das steht genau so fest wie Eure baldige Anwesenheit in meinem Bett.«

Gelächter klang bei diesen Worten durch die Halle. Aislinns Herz aber machte einen schmerzhaften Sprung.

»Nie, Wulfgar!« schrie Ragnor in wilder Wut. »Bei allem, was heilig ist, nie wird das geschehen! Habt Ihr mir nicht Euer Wort verpfändet, daß ich mir meine Belohnung für meine Dienste selbst bestimmen kann? Nehmt Euch in acht, denn ich habe mir dieses Mädchen hier zum Lohn für die Einnahme dieses Orts erwählt.«

Langsam und bedächtig wandte sich Wulfgar dem wütenden Ritter zu. Leise, doch mit einem Unterton des Zorns drangen die Worte über seine Lippen. »Sucht Eure Belohnung dort drüben auf den Feldern, wo sie gerade begraben wird. Das soll Euer Lohn sein. Hätte ich gewußt, welcher Preis hier von mir verlangt wird, hätte ich einen besonneneren Ritter mit dieser Aufgabe betraut.«

Ragnor wollte Wulfgar an die Kehle fahren. Doch Vachel warf sich rasch dazwischen und packte ihn bei den Armen. »Nicht doch, Vetter, besinnt Euch«, zischte er in Ragnors Ohr. »Den Wolf angehen, während wir von seiner eigenen Meute umgeben sind, die nur darauf lauert, unser Blut zu kosten? Nehmt Euch zusammen, Mann. Habt Ihr das Weib nicht bereits gebrandmarkt? Der Bastard wird sich einmal fragen müssen, wessen Bastard sie wirft.«

Ragnor wurde zusehends ruhiger bei diesen Worten. Wulfgars Gesichtsausdruck verriet keinerlei Regung. Nur die Narbe auf seiner Wange trat weiß aus der bronzefarbenen Haut hervor. Ruhig erwiderte er: »Ich sehe da keine Schwierigkeit. Der Same des Schwächlings verfehlt leicht sein Ziel. Der Starke dagegen weiß fruchtbaren Grund zu finden.«

Aislinn freute sich insgeheim über diese Feindseligkeiten. Sie würde alles tun, um ihre Wut gegeneinander weiter zu schüren. Diese Überlegungen erfüllten sie mit neuer Zuversicht. Stolz hob sie wieder das Haupt – und begegnete Wulfgars forschendem Blick. Seine grauen Augen schienen bis ins Innerste ihrer Seele zu dringen und alle dort verborgenen Geheimnisse ans Licht zu ziehen.

»Das Mädchen hat sich noch nicht geäußert«, meinte er dann mit einer Wendung zu Ragnor. »Lassen wir das Mädchen sich zwischen uns entscheiden. Seid Ihr es, De Marte, werde ich mich ohne Widerspruch fügen. Ihr könnt dann nach Belieben mit ihr verfahren.«

Mit einem Schlag waren Aislinns Hoffnungen wieder zunichte gemacht. Es würde keinen Kampf um sie geben. Wulfgar war bereit, kampflos auf sie zu verzichten; alle ihre Pläne waren damit hinfällig.

Sie sah, daß Ragnors dunkle Augen voller Verlangen auf ihr ruhten und süßen Lohn versprachen. Wulfgar dagegen schien sich über sie lustig zu machen. Nicht einmal kämpfen wollte er um sie. Ihr verletzter Stolz schrie danach, Ragnor zu wählen und sich so an dem Bastard zu rächen. Aber sie wußte zugleich auch, daß sie sich freiwillig Ragnor nie hingeben konnte. Er war ihr genauso verhaßt wie das Natterngezücht aus den Sümpfen. Die Antwort fiel ihr doppelt schwer, da in diesem Augenblick die normannischen Wächter Kerwick in die Halle führten. Umringt von diesen hoch aufragenden Männern, die aller Augen auf sich zogen, konnte sie kaum erwarten, von ihm nicht bemerkt zu werden. Und ihr Verlobter sah sie auch sofort. Als sein gepeinigter Blick auf sie fiel, hob sie langsam den Blick zu seinem von Elend und Verzweiflung gezeichneten Gesicht.

Er schien unverletzt. Wams und Hosen waren dreckverschmiert. Die goldenen Locken hingen ihm unordentlich ins Gesicht. Er war immer mehr ein Gelehrter gewesen, hatte Bücher und geistige Betätigungen der Kriegskunst vorgezogen. Hier schien er völlig fehl am Platz, dieser zarte Mann inmitten der wilden Gestalten der Eindringlinge. Aislinn empfand Mitleid für ihn, aber sie konnte nichts für ihn tun, vor allem nicht in diesem Augenblick, da die Feinde eine Antwort von ihr erwarteten.

»Demoiselle«, drängte Wulfgar, »wir harren Eurer gütigen Entscheidung.« Spöttisch lächelnd fuhr er fort: »Wen von uns erwählt Ihr zu Eurem Liebhaber?«

Sie sah, wie Kerwicks Augen sich erschreckt weiteten. Die lüsternen Augen der Männer, die voller Spannung auf ihre Entscheidung warteten, verursachten ihr Übelkeit. Aber sie durfte sich nichts anmerken lassen. Auch Kerwick mußte mit seinem Schmerz allein fertig werden. Denn jedes Wort, das sie an ihn richtete, würde den Normannen ihr wahres Verhältnis aufdecken und ihn noch mehr demütigen.

Also konnte sie nur noch das alles so rasch wie möglich hinter sich bringen. »Ich muß mich also zwischen dem Wolf und dem Falken entscheiden. Vom Falken weiß ich bereits, daß sein Geschrei eher dem des Raben gleicht, der sich in der Schlinge gefangen hat.« Sie legte ihre kleine Hand auf Wulfgars Brust. »Deshalb erwähle ich Euch. Ihr sollt mein Liebhaber sein, Euch kommt es zu, die Füchsin zu zähmen.« Sie lachte kläglich auf. »Und was hat Euch nun dieses kindische Spiel eingebracht?«

»Eine artige Demoiselle, die mir das Bett wärmt«, gab Wulfgar zurück und fügte mit neuem Spott hinzu: »Oder sollte es etwa mehr sein?«

»Nie und nimmer«, zischte Aislinn und blitzte ihn an.

Ragnors Innerstes war in Aufruhr. Doch nur die krampfhaft geballten Fäuste ließen erkennen, was in ihm vorging. Über Aislinns Blondkopf hinweg fixierten ihn Wulfgars Augen, der sich mit gefährlich leiser Stimme jetzt an ihn wandte.

»Aus meinen Befehlen war klar ersichtlich, daß jeder einen gerechten Anteil an der Beute erhalten sollte. Bevor Ihr Euch wieder Euren anderen Pflichten zuwendet, Ragnor, werdet Ihr und Eure Männer alles dorthin zurücklegen, was ihr euch heimlich in die eigenen Taschen gesteckt habt.« Er wies auf den Beutehaufen. »Herzog Wilhelm wird sich als erster seinen Anteil nehmen. Dann, und erst dann, werdet Ihr für Eure Dienste entlohnt werden.«

Ragnor schien sich kaum noch beherrschen zu können. Seine Kinnbacken mahlten, und die Hand schloß sich um den Schwertgriff. Doch dann zog er einen kleinen Beutel aus dem Wams und entleerte seinen Inhalt über dem Beutehaufen.

Aislinn erkannte den großen Ring ihrer Mutter und einige Goldstücke, die dem Vater gehört hatten. Ragnor warf seinen Männern einen Blick zu. Einer nach dem andern trat an ihm vorbei und legte sein Beutestück zu den übrigen, bis der Haufen sich schließlich fast um die Hälfte vergrößert hatte. Nachdem alle Wulfgars Befehl nachgekommen waren, machte Ragnor auf dem Absatz kehrt und verließ mit langen, wütenden Schritten die Halle. Dicht folgte ihm Vachel.

Als sich das große Tor hinter ihnen geschlossen hatte, machte Ragnor seinem Ärger Luft. »Ich bring' ihn um«, schwor er, »mit bloßen Händen breche ich ihm alle Glieder. Was findet dieses Mädchen bloß an ihm? Sehe ich nicht sehr viel besser aus?«

»Zügelt Euren Zorn«, versuchte Vachel ihn zu beruhigen, »auch seine Zeit wird kommen. Diese Hexe will uns nur aufeinander hetzen. Ich sah es an ihren Augen, als Ihr Euch gestritten habt. Die giert nach dem Blut der ganzen Normandie. Nehmt Euch vor ihr in acht wie vor einer Viper. Doch denkt auch daran, daß sie uns von Nutzen sein könnte, denn sie hat nicht mehr Liebe für Wulfgar in ihrem Herzen als wir.«

Ragnor hatte sich wieder unter Kontrolle. Höhnisch meinte er: »Ja, wie sollte sie auch? Dieser Bastard, übersät mit häßlichen Narben – welcher Frau könnte er schon gefallen?«

Vachels Augen glänzten tückisch. »Wir lassen ihr Zeit, den Wolf mit ihrem Liebreiz zu betören. Und wenn sie ihn genug geschwächt hat, stellen wir ihm eine Falle.«

»Ja«, Ragnor nickte bedächtig, »das wird ihr bestimmt gelingen. Ich könnte schwören, daß sie auch mich bereits verhext hat, Vachel. Meine Lenden verzehren sich nach dieser Füchsin. Mit allen Sinnen spüre ich noch ihren Leib gegen den meinen, und hätte ich nur die Möglichkeit, würde ich mich auf der Stelle erneut über sie hermachen.«

»Geduld, Vetter, bald wird sie wieder Euer Lager teilen, und der Wolf wird Euch dann nicht mehr im Weg sein.«

»Das ist ein Versprechen, Vachel, ich werde Euch daran erinnern«, gab Ragnor hitzig zurück. »Denn ich muß sie haben, auf die eine oder die andere Weise.«

3

Die wenigen Gefangenen, die man in Darkenwald gemacht hatte, wurden am Morgen freigelassen, nachdem sie die kalte Oktobernacht hatten gefesselt im Freien verbringen müssen. Scheu und wie betäubt standen sie herum, als ob sie die Niederlage vom Vortag noch immer nicht richtig begriffen hätten. Die Frauen kamen mit Wasser und Nahrung auf den Platz. Wer Verwandte fand, gab ihnen zu essen und zu trinken und führte sie dann nach Hause. Andere, deren Gatten, Brüder oder Söhne erschlagen waren, standen jammernd bei den Toten, bis diese in die Grube gesenkt wurden. Wieder andere suchten sowohl unter den Lebenden als auch unter den Toten vergeblich nach vertrauten Gesichtern. Sie verließen mit der verzweifelten Frage den Platz, ob sie wohl je ihre Lieben wiedersehen würden.

Voller Trauer stand Aislinn unter dem Tor der Halle und beobachtete das Geschehen. Die Toten wurden durch die von Cregan herübergeschickten Leibeigenen bestattet, die unter Aufsicht von zwei verläßlichen Rittern Wulfgars standen. Aislinn sah ihre Mutter auf das Grab unter der Eiche zugehen. Maida legte ein kleines Sträußchen Herbstblumen auf den Hügel und kauerte sich dann nieder. Mit verzweifelten Gesten und Worten schien sie mit Erland zu sprechen.

Maida erhob sich erschöpft. Langsam machte sie sich auf den Rückweg zur Halle. Die Beine schienen ihr schwer zu werden, als ob sie sich weigern wollten, sie in jenes Haus zu bringen, das jetzt voll fremder Gesichter war. Einige der Frauen traten an sie heran, um bei ihr Trost und Hilfe zu finden. Wohl hörte Maida ihnen kurze Zeit zu, doch die starren Augen hinter den geschwollenen Lidern zeigten keinerlei Verständnis oder Empfindung. Aislinn schauderte, als sie ihre früher so schöne Mutter beobachtete, die jetzt eher einer Verrückten als einer herrschaftlichen Dame glich.

Plötzlich riß Maida die Arme hoch, als ob sie die Klagen der Frauen nicht länger ertragen könnte. »Hinweg mit euch! Mein Erland starb für euch, und nun begegnet ihr seinen Mördern gerade nur mit ein paar schiefen Blicken. Ja! Ihr habt sie in mein Haus gelassen, habt zugesehen, wie sie meine Tochter demütigten und mir meine Schätze stahlen – ah!«

Die Dorfbewohnerinnen zogen sich erschrocken zurück. Mit schleppendem Schritt näherte sich Maida der Halle. Als sie Aislinn bemerkte, blieb sie stehen. »Laß sie selbst die Kräuter suchen und ihre Wunden verbinden«, murmelte sie mit geschwollenen Lippen. »Ich habe genug von ihren Klagen, Wunden und Sorgen.«

Aislinn blickte ihr traurig nach. Das war nicht mehr die Frau, die sie gekannt hatte. Ihr Leben lang war Maida hinaus in Sümpfe und Wälder gegangen auf der Suche nach Kräutern und Wurzeln, die sie getrocknet zu Tränken, Salben und Arzneien verwandte, mit denen sie jedem half, der an ihre Tür klopfte. Gewissenhaft hatte sie auch Aislinn in der Kunst des Heilens unterwiesen und ihr nicht nur die besonderen Eigenschaften der Kräuter selbst, sondern auch ihre Fundstellen sorgsam eingeprägt. Und jetzt stieß Maida die Hilflosen einfach von sich, nicht einmal mehr bereit, sich ihre Klagen nur anzuhören. Aislinn wußte, daß sie jetzt diese Verantwortung übernehmen mußte.

Gedankenverloren strichen ihre Hände über die wollene Gunna. Zunächst mußte sie sich umkleiden, um den lüsternen Augen der Normannen die Beute zu entziehen – und dann an die Arbeit. Sie stieg die Treppe hinauf und betrat ihre Kammer, wo sie sich wusch und die Haare kämmte. Dann legte sie einen weichen Unterrock an und streifte darüber eine frische Gunna aus leichter malvenfarbener Wolle.

Weder Gürtel noch Halsband waren ihr geblieben, um sich ein wenig herauszuputzen. Die Gier der Normannen war wirklich unersättlich. Aislinn nahm sich fest vor, nicht mehr länger den verlorenen Schätzen nachzutrauern.

Sie verließ die Kammer und ging hinüber ins elterliche Schlafgemach, wo die Mutter ihre Kräuter und Tinkturen aufbewahrte – und in dem sie die letzte Nacht mit Ragnor verbracht hatte. Sie stieß die schwere Tür auf und blieb überrascht stehen. Wulfgar saß anscheinend nackt vor dem offenen Feuer im Stuhl ihres Vaters. Zu seinen Füßen kniete Sweyn, der Wikinger. Er beugte sich tief über den Schenkel seines Herrn und schien ihn zu untersuchen.

Ihr Eintreten ließ beide auffahren. Wulfgar richtete sich halb aus dem Stuhl hoch und griff nach dem Schwert. Dabei sah Aislinn, daß er keineswegs völlig nackt war, sondern das seinem Stand angemessene schmale Lendentuch trug. Sie bemerkte auch einen vor Schmutz und Blut dunklen Lappen, der den Schenkel umwand. Sweyns große plumpe Finger ruhten noch immer drauf. Wulfgar legte das Schwert wieder zur Seite und sank in den Stuhl zurück. Von diesem zarten Mädchen drohte ihm bestimmt keine Gefahr.

»Bitte um Vergebung, Euer Lordschaft«, sagte Aislinn beherrscht. »Ich wollte nur die Kräuter und Arzneien meiner Mutter holen. Ich konnte nicht wissen, daß Ihr hier seid.«

»Dann nehmt Euch, wozu Ihr gekommen seid«, befahl Wulfgar und ließ seine Augen über ihren veränderten Aufzug gleiten.

Aislinn trat an den kleinen Tisch, auf dem die Kräuter standen. Als sie sich mit dem Tablett in der Hand wieder umwandte, waren die beiden erneut über den Verband gebeugt. Als Aislinn näherkam, erkannte sie deutlich das angetrocknete Blut auf dem Lappen und eine bösartige rote Schwellung, die unter dem Verband hervortrat.

»Nimm deine groben Hände weg, Wikinger«, befahl sie, »außer du möchtest in Zukunft Amme bei einem einbeinigen Bettler spielen. Mach Platz.«

Der Nordmann schaute sie fragend an, rückte aber dann doch zur Seite. Aislinn stellte das Tablett ab und kniete sich zwischen Wulfgars gespreizte Knie. Mit äußerster Vorsicht hob sie den Verband an und besah die Wunde. Der klaffende lange Spalt war mit gelblicher Flüssigkeit gefüllt.

»Sie eitert«, sagte sie. »Ihr hättet sie von neuem aufgerissen.«

Aislinn erhob sich und ging zum Feuer hinüber. Sie tauchte ein Leinentuch in einen Kessel mit kochendem Wasser, der über den glühenden Kohlen hing. Mit Hilfe eines Stockes zog sie das Tuch wieder heraus. Ein seltsames Lächeln überzog ihr Gesicht, während sie das heiße, nasse Tuch über den Verband legte.

Wulfgar bäumte sich in seinem Stuhl auf, doch er biß die Zähne zusammen und zwang sich zur Ruhe. Verdammt wollte er sein, wenn er dieser sächsischen Hexe seine Schmerzen zeigte. Er blickte zu ihr hoch, die mit seitlich aufgestützten Armen vor ihm stand. In seinen Augen stand Zweifel über ihre Künste.

Sie wies bestimmt auf sein Bein. »Das wird den Schorf lösen und die Wunde austrocknen.« Mit bitterem Auflachen fügte sie noch hinzu: »Ihr behandelt Eure Pferde besser als Euch selbst.«

Sie machte auf dem Absatz kehrt und ging mit raschem Schritt hinüber zu Wulfgars Wehrgehänge. Als sie den kurzen Dolch aus der Scheide zog, verengten sich Sweyns Augen voller Mißtrauen, und er trat einen Schritt näher zu seiner riesigen Streitaxt. Doch sie trug den Dolch lediglich zum Feuer hinüber und legte die Klinge der Waffe zwischen die glühenden Kohlen.

Beim Aufstehen sah sie, daß die beiden Männer noch immer nicht wußten, was sie von all dem halten sollten. »Fürchten sich der tapfere normannische Ritter und der wilde Wikinger vor einem schlichten sächsischen Mädchen?« fragte sie.

»Es ist nicht Furcht«, antwortete Wulfgar. »Aber Eure Liebesdienste scheinen mir auf einen Normannen verschwendet. Warum gewährt Ihr sie mir?«

Aislinn wandte sich von ihm ab und holte das Tablett mit den Tinkturen der Mutter. Sie zerrieb ein getrocknetes Blatt und streute es über Gänsefett. Während sie das Ganze zu einer gelben Salbe verrührte, antwortete sie: »Meine Mutter und ich dienten unserem Ort schon lange als Heilkundige. Ihr braucht also keine Angst zu haben, daß es mir an den notwendigen Fertigkeiten fehlt. Würde ich Böses mit Euch im Schilde führen, träte Ragnor an Eure Stelle, und seine Herrschaft würde uns alle noch mehr leiden lassen, nicht zuletzt mich selbst. Deshalb werde ich Euch für eine gewisse Zeit mit meiner Rache verschonen.«

»Das ist gut«, nickte Wulfgar bedächtig. »Wäre es anders, so schwöre ich Euch, daß Sweyn nicht besonders freundlich mit Euch verfahren würde. Er hat einen großen Teil seines Lebens damit verbracht, mich die Schliche der Frauen zu lehren.«

»Dieser grobe Klotz«, erwiderte sie verächtlich.

Wulfgar lehnte sich vor und meinte gleichmütig: »Sein Volk hat die Kunst des Tötens lange Zeit geübt und erfindet noch immer neue Möglichkeiten des Leidens.«

»Wollt Ihr mir drohen, Euer Lordschaft?« fragte Aislinn.

»Nein. Ich würde Euch nie drohen.« Er warf ihr einen eindringlichen Blick zu, bevor er sich wieder zurücklehnte. »Falls Ihr aber doch etwas mit mir im Schilde führt, wüßte ich gern den Namen, mit dem man Euch ruft.«

»Aislinn. Euer Lordschaft. Aislinn, ehemalige von Darkenwald.«

»Wohlan, Aislinn, verfahrt mit mir nach Eurem Gutdünken, solange ich Euch ausgeliefert bin.« Er lächelte. »Meine Zeit kommt früh genug.«

Aislinn zuckte zusammen. Heiß durchfuhr es sie bei dieser Mahnung an ihr künftiges Schicksal. Sie stellte den Napf mit der Salbe auf eine Herdplatte neben dem Stuhl. Dann kniete sie nieder und preßte ihre Seite gegen das Knie, um es ruhig zu halten. Hart drückten die Eisenmuskeln seines Beins gegen ihre Brust. Nachdem sie das feuchte Tuch vorsichtig abgenommen hatte, ließ sich der Verband sauber lösen. Die Wunde darunter klaffte rot von knapp über dem Knie bis fast zum Schritt.

»Eine englische Klinge?« erkundigte sie sich.

»Ein Andenken an Senlac«, erwiderte er mit einem Schulterzucken.

»Der Mann hat schlecht gezielt«, meinte sie. »Eine Handbreit weiter oben, und er hätte mir viel erspart.«

Sie füllte einen Napf mit heißem Wasser und setzte sich dann wieder, um die Wunde auszuwaschen. Nachdem alle verschmutzten Lappenreste und der Blutschorf entfernt waren, griff sie nach dem Dolch im Kamin. Sie sah, wie Sweyn seine Axt aufnahm und sich neben sie stellte. Ruhig begegnete sie dem mißtrauischen Blick des Nordmannes.

Wulfgar verzog das Gesicht zu einem bitteren Lächeln. »Ihr solltet nicht versuchen, das Werk der sächsischen Klinge doch noch zu vollenden, nur um Euch meine Gesellschaft in Eurem Bett zu ersparen.« Er hob die Schultern. »Sweyns Männlichkeit ist schon oft und mit Erfolg geprüft worden. Er hätte gern, daß mir auch die meine erhalten bleibt.«

Aislinn richtete ihre kalten, violettfarbenen Augen auf ihn. »Ah, Euer Lordschaft, verspürt Ihr den Wunsch nach Söhnen?«

Wulfgar nahm diese Frage recht verdrießlich auf. »Es würde mir nicht viel bedeuten, wenn ich keine bekäme. Zu viele Bastarde bevölkern schon diese Welt.«

Sie lächelte bitter. »Auch ich würde mich wohl kaum besonders darum grämen, Euer Lordschaft.«

Sie drückte die glühende Klinge gegen die Wunde und führte sie rasch nach unten, um so das klaffende Fleisch zusammenzuzwingen und die verfaulten Ränder wegzubrennen. Wulfgar gab keinen Laut von sich. Der scheußliche Gestank versengten Fleisches stieg auf. Sein Körper spannte sich schmerzvoll und die Wangenmuskeln traten heftig hervor. Vorsichtig rieb Aislinn die Salbe in die Wunde und über die Ränder.

Von einem Teller auf der Feuerstelle nahm sie angeschimmeltes Brot und verrührte es mit Hilfe von Wasser zu einer dicken Paste, die sie über die ganze Wunde verteilte. Danach wurde der Oberschenkel fest mit sauberen Leinenstreifen umwickelt.

Aislinn trat einen Schritt zurück und begutachtete ihre Arbeit. »Das muß drei Tage so bleiben, danach werde ich es abnehmen. Im übrigen würde ich während dieser Zeit viel Ruhe empfehlen.«

»Der Schmerz läßt bereits nach«, murmelte Wulfgar, der noch etwas bleich wirkte. »Aber ich muß mich bewegen, sonst wird das Bein lahm.«

Schulterzuckend sammelte Aislinn ihre Arzneien wieder ein. Sie wollte sich gerade zum Gehen wenden, als sie auf seinem Rücken eine weitere kleine Wunde sah, deren Aussehen auf eine Entzündung schließen ließ. Als sie mit dem Finger vorsichtig darüberstrich, zuckte Wulfgar schmerzvoll zusammen. Er warf ihr einen so kläglichen Blick über die Schulter zu, daß sie auflachen mußte.

»Ausbrennen wird hier nicht nötig sein. Ein kleiner Piekser mit dem Messer und etwas Salbe dürften ausreichen, Euer Lordschaft.« Sie machte sich ans Werk.

Ein Klopfen an der Tür unterbrach sie. Sweyn öffnete und ließ Kerwick eintreten, der einen Teil von Wulfgars Habe brachte. Aislinn schaute kurz auf, doch als sie ihren Verlobten erkannte, senkte sie rasch wieder den Blick auf ihre Arbeit, um Wulfgar keinerlei Hinweise zu geben.

Aufmerksam sah Wulfgar dem jungen Mann dabei zu, wie er Kleider und eine kleine Truhe neben dem Bett abstellte. Kerwick hielt kurz inne, doch als er Aislinns abgewandtes Gesicht sah, ging er ohne ein Wort rasch wieder hinaus.

»Mein Zaumzeug!« brummte Wulfgar. »Sweyn, bring's wieder zurück und sorg dafür, daß sie nicht auch noch Hun auf mein Zimmer bringen.«

Nachdem der Nordmann die Tür hinter sich geschlossen hatte, griff Aislinn erneut nach ihrem Tablett, um ebenfalls zu gehen.

»Einen Augenblick, Demoiselle«, befahl Wulfgar.

Aislinn wandte sich um und wartete. Gleichmütig beobachtete sie, wie er sich mühsam aus dem Stuhl stemmte und behutsam das verletzte Bein auf den Boden setzte. Als er sich vergewissert hatte, daß es ihn trug, streifte er sich sein Hemd über und ging zum Fenster, um die Läden aufzustoßen. Dann wandte er sich um und begutachtete das Gemach im vollen Tageslicht. »Das hier wird meine Kammer.« Seine Stimme klang kühl. »Sorgt dafür, daß die Sachen Eurer Mutter verschwinden und alles gründlich gereinigt wird.«

»Um Vergebung, Euer Lordschaft«, reagierte Aislinn mit spöttischer Stimme, »wo soll ich sie hinbringen? In den Koben zu den englischen Schweinen?«

»Wo schlaft Ihr?« fragte er, ihren Hohn ignorierend.

»In meiner Kammer, so lange sie mir nicht weggenommen wird.«

»Dann bringt sie dorthin, Aislinn.« Er blickte ihr voll in die wutblitzenden Augen. »Ihr werdet sie von nun an sowieso kaum noch gebrauchen.«

Aislinn stieg heiß die Röte ins Gesicht. Wütend über diese freche Anspielung wich sie seinem Blick aus. Sie wartete darauf, von ihm entlassen zu werden. Im Raum wurde es still. Sie hörte, wie er zum Feuer ging und darin herumstocherte. Dann schlug er den Truhendeckel zu. Ganz plötzlich erklang seine laute, grobe Stimme: »Was bedeutet Euch dieser Mann?«

Aislinn schnellte herum und starrte ihn einen Augenblick in größter Verwirrung an.

»Kerwick. Was bedeutet er Euch?« wiederholte er.

»Nichts«, preßte sie mühsam hervor.

»Aber Ihr kennt ihn, und er kennt Euch!«

Aislinn gewann einen Teil ihrer Fassung zurück. »Natürlich. Er ist der Lord von Cregan, und wir pflegten einen regen Tauschhandel mit seiner Familie.«

»Zum Handeln ist ihm nichts mehr geblieben. Und Lord ist er auch nicht mehr.« Wulfgar studierte sie aufmerksam. »Er erschien erst, nachdem der Ort sich bereits ergeben hatte. Als ich ihn zur Unterwerfung aufforderte, warf er sofort sein Schwert zu Boden und lieferte sich mir als Sklave aus.« Er stieß diese Worte fast verächtlich hervor.

Aislinns Erwiderung klang gemäßigt, sie war sich ihrer selbst nun wieder sicherer. »Kerwick ist eher ein Gelehrter als ein Kriegsmann. Sein Vater ließ ihn aber zum Ritter ausbilden, und er kämpfte tapfer an Harolds Seite.«

»Er verlor jede Haltung angesichts ein paar Erschlagener. Kein Normanne kann ihn noch respektieren.«

Aislinn schlug die Augen nieder. »Er ist von zartem Gemüt, und die da draußen waren seine Freunde. Er unterhielt sich mit ihnen und besang in Versen ihr schweres Los. Er hat zu viele Tote gesehen, seit ihr Normannen in unser Land gekommen seid.«

Wulfgar legte die Hände auf den Rücken. Groß und einschüchternd stand er vor ihr. »Und was ist mit jenen, die nicht gestorben sind?« fragte er. »Wieviele sind geflohen und halten sich in den Wäldern verborgen?«

»Ich weiß von keinem«, erwiderte sie. Das war nur eine halbe Lüge. Wohl hatte sie einige gesehen, die nach dem Tod ihres Vaters den Rand des Sumpfes erreichen konnten, doch sie kannte weder ihre Namen noch wußte sie, ob sie sich wirklich noch in Freiheit befanden.

Wulfgar streckte eine Hand aus und hob spielerisch eine ihrer Flechten. Er befühlte die wundervolle seidene Weichheit des Haares. Seine Augen gaben sie einfach nicht frei. Aislinn spürte, wie ihr Wille dahinschwand. Sein Lächeln, das sich allmählich über sein ganzes Gesicht ausbreitete, sagte ihr, daß er ihr Spiel durchschaute.

»So, Ihr wißt also von keinem?« Seine Stimme machte sich lustig über sie. »Doch gleichviel. Sie werden von allein zurückkommen und sich ihrem Herrn zur Verfügung stellen, genau wie Ihr.«

Wulfgars Hand sank auf ihre Schulter, zog sie dichter heran.

»Ich bitt' Euch –«, Aislinns Stimme war nur noch ein heiseres Flüstern.

Seine Hand glitt in einer sanften Liebkosung über ihren Arm und ließ sie dann plötzlich los. »Kümmert Euch um die Gemächer«, befahl er dann mit leiser Stimme. »Und wenn andere Eure Hilfe beanspruchen, dann behandelt sie ebenso gut wie Ihr mich behandelt habt. Sie sind mein Eigentum und so wenige, daß jeder von ihnen kostbar ist.«

Vor der Kammer wäre Aislinn fast mit Kerwick zusammengestoßen. Auf seinen Armen trug er weitere Ausrüstungsgegenstände seines neuen Herrn. Sie hastete mit gesenktem Blick an ihm vorbei. Wie gehetzt floh sie in ihre Kammer. Vergeblich bemühte sie sich, das Zittern ihrer Finger unter Kontrolle zu bringen. Daß dieser Normanne sie so aus der Fassung zu bringen vermochte, versetzte sie in Raserei. Welch unbekannte Macht strahlte aus jenen grauen Augen, daß sie sie so in ihren Bann schlugen?

Aislinn trat aus der Halle und beobachtete voller Abscheu, wie ein gutes Dutzend Leibeigener auf den Hof geführt wurde. Da ihre Fußknöchel zusammengebunden waren, konnten sie sich nur qualvoll hüpfend an der Seite ihrer berittenen Bewacher fortbewegen. Auf seinem großen Streitroß wirkte Wulfgar furchteinflößend auf die einfachen Gemüter dieser Leute, die um ihr Leben bangten.

Wie eine Schweineherde trieb man sie auf den Hof. Mit einem Seufzer der Erleichterung sah Aislinn, daß keiner von ihnen verwundet war. Sie trat einen Schritt zurück, als Wulfgar sein Pferd vor ihr zügelte und abstieg.

»Ihr habt in den Wäldern doch niemand getötet?« fragte sie voller Angst.

»Nein, sie stellten sich nicht, sondern dachten wie jeder gute Sachse an nichts als Flucht«, verhöhnte er sie.

Aislinn funkelte ihn wütend an, während sein spöttisches Lächeln sie traf. Abrupt wandte sie sich um und verschwand in der Halle.

Ein Anflug von Ordnung bemächtigte sich Darkenwalds.

Die Normannen waren alle untergebracht, die Streitereien beigelegt, denn jeder wußte, daß Wulfgar die Zügel fest in der Hand hatte.

Beim Abendessen fand sich Aislinn plötzlich als erste Dame der Halle geehrt. Sie nahm jenen Platz ein, der rechtmäßig ihrer Mutter zugestanden hätte. Doch keinen Augenblick gelang es ihr, die alles andere überwältigende Gegenwart Wulfgars an ihrer Seite zu vergessen. Er unterhielt sich mit Sweyn, der zu seiner Linken saß. Sie schien er völlig vergessen zu haben, obwohl er doch ausdrücklich darauf bestanden hatte, daß sie diesen Ehrenplatz einnahm. Nur widerstrebend hatte sie sich dazu bereit gefunden, denn ihre Mutter mußte sich, genau wie die Leibeigenen, mit den Abfällen vom Tisch zufriedengeben.

»Der Platz eines Leibeigenen ist nicht an der Seite des Lords«, hatte sie ihn voller Bitterkeit erinnert. Wulfgar hatte mit kühlem, durchbohrendem Blick erwidert: »Er ist es, wenn der Herr es befiehlt.«

Während des Essens wartete Kerwick auf wie ein ganz gewöhnlicher Diener. Aislinn fühlte sich in seiner Gegenwart höchst unbehaglich. Sie haßte diesen Ausdruck der Resignation in jeder seiner Bewegungen. Auch Ragnor ließ sie nicht aus den Augen. Sein finsterer Blick verriet Aislinn die Größe seines Hasses auf Wulfgar; sie hatte das Gefühl, ihn mit Händen greifen zu können. Andererseits amüsierte es sie fast, daß er dem Bastard ihren Besitz so sehr mißgönnte.

Mit blau geschlagenem Auge und geschwollener Wange bediente Hlynn die Normannen ängstlich mit Bier. Sie zuckte jedesmal zusammen, wenn einer von ihnen ihr einen Befehl zubrüllte, oder Hände sich ausstreckten, um prüfend über eine Brust oder Hinterbacke zu streichen. Ihr Gewand war notdürftig mit einem Zwirnsfaden geflickt worden, und die Männer ließen sich darüber ein, wer ihn wohl als erster zerreißen würde.

Maida schien das Elend des Mädchens nicht zu kümmern. Ihre ganze Aufmerksamkeit richtete sich auf die Essensreste, die man den Hunden unter dem Tisch zuwarf. Ab und zu sah Aislinn, wie sie sich hastig einen erbeuteten Bissen in den Mund schob.

Das Essen war fast vorüber, und Hlynns Gewand hatte bis

jetzt allen Übergriffen der gierigen Männerhände getrotzt. Doch nun entlud sich Ragnors unterdrückter Zorn an dem armen Mädchen. Er riß sie brutal an sich und zerschnitt mit seinem Dolch die Bänder ihrer Gunna. Mit der Klinge streifte er die zarten Brüste, auf die er dann die grausamen Lippen preßte, ohne auf ihre Tränen zu achten.

Rasch wandte sich Aislinn ab. Sie blickte auch nicht auf, als Ragnor mit dem Mädchen auf den Armen die Halle verließ. Als sie sich wieder etwas gefaßt hatte und den Kopf hob, blickte sie in Wulfgars Augen, die sie eindringlich musterten.

»Die Zeit hat schnelle Schwingen, Aislinn«, meinte Wulfgar. »Ist sie Euer Feind?«

Sie konnte diesem Blick nicht standhalten, denn sie wußte sehr wohl, was seine Worte bedeuteten. Auch er war jetzt des Schlemmens müde und verlangte nach anderen Genüssen.

»Ich frage Euch, Demoiselle, ist die Zeit Euer Feind?« Sie wandte sich ihm zu und sah, daß seine Augen tief in die ihren tauchten.

»Nein«, hauchte sie, »ich denke nicht.«

»Ihr habt also keine Angst vor mir?« fuhr Wulfgar fragend fort.

Aislinn schüttelte tapfer den Kopf. »Ich fürchte niemand, außer Gott.«

»Und betrachtet Ihr ihn als Euren Feind?« wollte Wulfgar jetzt wissen.

»Ich hoffe inständig, daß es nicht so ist«, erwiderte sie. »Denn er ist meine einzige Hoffnung.« Hochmütig hob sie das Kinn. »Man sagt, Euer Herzog sei ein frommer Mann. Da wir alle denselben Gott verehren – wie konnte er so viele Menschen töten, nur um den Thron zu gewinnen?«

»Esward und Harold hatten seinen Anspruch darauf mit Eiden bekräftigt. Erst als Harold ein vertrauliches Gespräch mit dem sterbenden König geführt hatte, begann er sich selbst Hoffnungen darauf zu machen und verkündete, Edward hätte mit seinem letzten Wort ihm die Krone zugesprochen. Niemand konnte beweisen, daß er log, aber –«, Wulfgar zuckte mit den Schultern, »aufgrund seiner Geburt beansprucht Wilhelm die Krone zu Recht.«

Aislinn blickte ihm scharf in die Augen. »Der Enkel eines gewöhnlichen Lohgerbers? Ein –« Sie hielt erschrocken inne.

»Ein Bastard, Demoiselle?« fuhr Wulfgar an ihrer Statt fort. Er lächelte schmerzlich amüsiert. »Ein Unglück, das, wie ich leider bestätigen muß, nicht wenige mit ihm teilen.«

Die Röte schoß ihr in die Wangen. Betroffen schlug Aislinn die Augen nieder.

»Auch Bastarde sind Menschen, Aislinn. Ihre Bedürfnisse und Begierden gleichen denen anderer Männer. Und ein Thron hat für einen illegitimen Sohn dieselben Reize wie für den rechtmäßig geborenen, wenn nicht noch größere.«

Er erhob sich und zog sie am Arm mit sich hoch. Spöttisch hoben sich die Brauen über den amüsiert funkelnden Augen. Seine Hände glitten über ihre schmale Taille und zogen ihren geschmeidigen Leib enger an seinen großen harten Körper.

»Kommt jetzt, Liebste, es verlangt mich nach der Widerspenstigen Zähmung. Von Männern und Kriegsgetümmel hab' ich genug. Heute nacht gelüstet es mich nach zärtlicherem Ringen.«

Sie blitzte ihn giftig an, doch ehe sie ihm eine gebührende Antwort erteilen konnte, zerriß ein heiserer Wutschrei die Halle. Aislinn wirbelte herum und sah, wie Kerwick mit einem Dolch in der Hand auf sie zustürzte. Wie erstarrt erwartete sie seinen Angriff, von dem sie nicht wußte, ob er ihr oder Wulfgar galt. Erst als der Normanne sich schützend vor sie stellte, um Kerwick mit bloßen Händen entgegenzutreten, löste sich ein Schrei aus ihrem Mund.

Sweyn, der immer Mißtrauische, hatte schon lange geahnt, daß der junge Sachse mehr als nur Mitleid für das Mädchen empfand. Er handelte rasch. Seine weitausholende Faust sandte Kerwick zu Boden. Er setzte ihm den Fuß brutal in den Nacken, entwand ihm mühelos den Dolch und schleuderte ihn gegen die Wand. Der Nordmann hob seine Streitaxt, um dem gestürzten Kerwick den Schädel zu spalten.

Aislinn schrie in größter Angst auf: »Nein! Gott, erbarmt Euch, nein!«

Sweyn blickte zu ihr hinüber. Jedes Auge in der Halle war jetzt auf sie gerichtet. Von Weinkrämpfen geschüttelt, klammerte sie sich an Wulfgars Wams. »Nein! Nein! Ihr dürft ihm nichts antun. Verschont ihn, ich flehe Euch an!«

Maida schlich herbei und streichelte sanft den Rücken ihrer Tochter. »Zuerst erschlugen sie dir den Vater und jetzt den

Verlobten. Nichts lassen sie dir.« Wulfgar wandte sich ruckartig der alten Frau zu. »Was sagst du da, du Hexe? Er ist ihr Verlobter?« Maida nickte angstvoll. »Ja. In Kürze sollten sie heiraten.«

Wulfgar ließ seine Augen von Aislinn zu dem jungen Sachsen schweifen. Wie anklagend verweilte der Blick schließlich auf dem Mädchen. Schließlich wandte er sich Sweyn zu. »Bring ihn zu den Hunden und kette ihn dort an«, bellte er. »Ich werde mich morgen früh um ihn kümmern.«

Der Wikinger nickte und riß Kerwick hoch. »Keine Angst, kleiner Sachse«, raunte ihm der Nordmann böse auflachend zu. »Heute nacht hat dich dieses Frauenzimmer gerettet. Ein guter Stern scheint dich zu schützen.«

Aislinn zitterte noch immer vor Angst. Betroffen sah sie, wie Kerwick ans andere Ende der Halle geschleppt wurde, wo die Hunde lagen. Sweyn warf ihn mitten unter sie, so daß die Meute erschrocken bellend und wild um sich schnappend aufstob. In diesem Durcheinander bemerkte niemand, wie Maida den am Boden liegenden Dolch Kerwicks aufhob und unter ihr Gewand schob.

Aislinn wandte sich Wulfgar zu. »Ich stehe in Eurer Schuld«, murmelte sie leise und mit bebender Stimme.

Er knurrte. »Wirklich? Wohlan, nicht lange, und wir werden genauer wissen, wie es um Eure Dankbarkeit bestellt ist. Als ich Euch diesen Priester gewährte, habt Ihr mich kurz darauf voller Wut beschimpft. Im übrigen habt Ihr mich angelogen, als Ihr sagtet, dieses Milchgesicht wäre von keinerlei Bedeutung für Euch.« Er lachte voller Verachtung. »Es wäre besser gewesen, ich hätte aus Eurem Munde gehört, daß er Euer Verlobter ist, als es jetzt zufällig durch diese alte Hexe zu erfahren.«

Aislinns Ärger entfachte sich erneut. »Ich log, damit Ihr ihn nicht umbringen solltet«, erwiderte sie hitzig. »Denn das hättet Ihr doch getan – oder nicht?«

Wulfgars graue Augen funkelten dunkel und drohend. »Haltet Ihr mich für einen solchen Narren, Demoiselle, wertvolle Sklaven einfach zu töten? Aber ganz sicher hätte er eben den Tod geschmeckt, würde das Weib dort ihn nicht zu Eurem Verlobten erklärt haben. Zumindest verstehe ich jetzt den Grund für sein närrisches Verhalten.«

»Für den Augenblick habt Ihr ihn verschont, aber was wird morgen?« drang sie in ihn.

»Was seid Ihr bereit für sein Leben zu geben? Etwa Euch selbst? Aber das wäre kein anständiger Handel, denn ich hab' ja keine Ahnung, was ich dabei bekomme.« Wulfgar packte ihr Handgelenk. »Kommt, laßt es uns begutachten.«

Aislinn versuchte sich freizumachen. Aber seine Finger hielten sie eisern umklammert.

»Habt Ihr etwa Angst, Ihr wärt ein Menschenleben nicht wert?« höhnte er.

Aislinns Widerstand war nur noch schwach, als er sie über die steinernen Stufen hinaufzog. Er entließ die Wache, die vor der Kammer stand, drückte die Tür auf und schob Aislinn hinein. Dann verriegelte er die Tür hinter sich. Er lehnte sich daneben gegen die Wand, die Arme vor der mächtigen Brust verschränkt.

Ein Lächeln kroch über seine Lippen. »Ich warte, Demoiselle.« Seine Augen wanderten über jede Rundung ihres Leibs. »Ich warte voller Verlangen.«

Aislinns Haltung strahlte Würde aus. »Ihr werdet lange warten müsse, Messire«, entgegnete sie hochmütig. »Ich spiele nicht die Hure für Euch.«

Wulfgar lächelte bedachtsam. »Nicht einmal für den armen Kerwick? Schade. Morgen früh wird er sich sicher wünschen, Ihr hättet es getan.«

Aislinn warf ihm einen feindseligen Blick zu. »Was verlangt Ihr von mir?«

Lässig hob er die breiten Schultern. »Es wäre kaum mehr als recht und billig, mir jetzt die Tauschware zu zeigen.« Er lächelte. »Wir sind ganz unter uns, seid also nicht so schüchtern.«

Aislinns Augen blitzten. »Ihr seid ein Scheusal!«

Sein Lächeln verstärkte sich. »Nur wenige Frauen haben das bis jetzt gesagt, aber die erste seid ihr nicht.« Dann schmeichelte er: »Kommt jetzt, Aislinn. Ich werde ungeduldig. Laßt sehen, ob sich der Handel lohnt.«

Sie stampfte mit dem kleinen Fuß auf. »Nein! Nein! Nein! Ich spiele nicht die Metze!!!«

»Armer Kerwick«, seufzte er.

»Ich hasse Euch«, schrie sie ihn an.

Das schien ihn nicht weiter zu kümmern. »Auch ich bin Euch nicht in Liebe verfallen. Ich mag keine lügnerischen Frauen.«

»Wenn Ihr mich nicht mögt, warum dann das alles!!« wollte sie wissen.

Wulfgar lachte in sich hinein. »Es ist nicht notwendig, Euch zu lieben, um mit Euch ins Bett zu wollen. Ich begehre Euch, das ist genug.«

»Nicht für mich!« schrie sie.

Wulfgars Schultern zuckten vor Lachen. »Ihr seid doch keine Jungfrau mehr, was macht da schon ein Mann mehr oder weniger?«

»Ein einziges Mal hat man mich gegen meinen Willen genommen. Das bedeutet nicht, daß ich eine Schlampe bin.«

Er musterte sie unter den Brauen hervor. »Nicht einmal, um Kerwick zu helfen?«

Aislinn unterdrückte ein Aufschluchzen und wandte in hilfloser Verzweiflung den Blick. Diesem Hohn hatte sie nichts entgegenzusetzen. Langsam löste sie die Gunna und ließ sie zu Boden gleiten. Das Unterkleid folgte. Die beiden Gewänder legten sich um die schlanken Mädchenfesseln.

Sie hörte Wulfgar näherkommen und vor ihr haltmachen. Die brennenden Augen glitten gemächlich ihren Körper abwärts und genauso gemächlich wieder zurück. Die Sorgfalt, mit der sie jede einzelne der sanften Rundungen ihres Leibes betasteten, drohte ihr den letzten Atem zu rauben. Stolz und hoch aufgerichtet stand sie vor ihm. Ihr Haß mischte sich jedoch immer stärker mit einer seltsamen Erregtheit, wie sie Aislinn zum erstenmal überfiel.

»Ja, Ihr seid wundervoll«, seufzte Wulfgar und streckte die Hand nach einer wohl gerundeten Brust aus.

Aislinn erstarrte. Doch beschämt mußte sie fühlen, wie es unter der Wärme und Zartheit dieser Hand ihren Leib lustvoll durchflutete.

Sein Zeigefinger verfolgte sanft das liebliche Tal zwischen ihren Brüsten und streichelte dann hinab bis zu der geschmeidigen Taille. Ja, sie war wunderschön, schlank und mit langen Gliedern. Dennoch hatte sie reife, schwellende Brüste, die jetzt unter seinem Blick rosig überhaucht und für seine Liebkosungen bereit waren.

»Nun, haltet Ihr mich das Leben eines Mannes für wert?« preßte sie eisig hervor.

»Das ganz gewiß«, war seine Erwiderung. »Aber das war auch nie die Frage. »Kerwicks Schuld ist nicht die Eure. Sein Leben liegt in seiner Hand. Ich schenke es ihm. Ja, er wird bestraft werden, denn er wagte zu viel, und das verlangt nach Vergeltung. Aber nichts, was in Euren Kräften steht, könnte an dem, was ich über ihn beschlossen habe, etwas ändern.«

Aislinn erbleichte und wollte in ihrem Zorn nach ihm schlagen. Aber Wulfgar fing ihr Gelenk und zog sie hart an sich. Aislinn spürte seine Hände überall auf ihrem Leib. Mühelos wehrten sie alle ihre Angriffe ab. Lächelnd bohrte sich sein Blick in ihre wutfunkelnden Augen. Ihr Ungestüm schien ihm große Freude zu bereiten.

»Mein wildes Füchslein, du bist das Leben jedes Mannes wert, selbst wenn alle Königreiche der Welt dabei auf dem Spiele stünden.«

»Du Schurke, du armseliger Schuft!« schrie sie. »Du – du Bastard!«

Eisern schloß sich sein Griff um sie, und sein Gesicht erstarrte. Er drückte sie so fest an sich, daß ihre Leiber zu verschmelzen schienen. Aislinn keuchte vor Schmerz und biß die Lippen zusammen, um nicht laut hinauszuschreien. Ihre Schenkel lagen gefangen auf den seinen, und sie gewahrte sein rasendes Verlangen.

»Denkt immer daran, Demoiselle«, gab er ihr kalt zu verstehen, »ich habe nur geringe Verwendung für Frauen und für Lügnerinnen noch weniger. Wenn Ihr mich das nächstemal belügt, werdet Ihr mehr zu erdulden haben als das hier.«

Damit stieß er sie abrupt von sich, so daß sie zu Boden fiel. Mit zitterndem, schmerzendem Leib lag sie am Fußende des Bettes. Sie hörte, wie er sich bewegte. Als sie wieder zu ihm aufblickte, sah sie die Kette in seinen Händen, mit denen ihr Vater die Hunde anzuleinen pflegte. Hatten ihre Worte ihn so sehr verletzt, daß er sie damit schlagen wollte? Ihr Herz hämmerte, als er sich über sie beugte. Vor Angst keuchend versuchte sie ihm auszuweichen, und ihre Füße stießen nach seinen ausgestreckten Händen.

Mit einem Sprung war sie auf den Beinen, doch sofort war er wieder hinter ihr her. »Nein!« kreischte sie und hetzte mit letzter Kraft zur Tür. Doch ihre zitternden Finger waren außerstande, den Riegel zur Seite zu schieben. Trotz seiner Verletzung hatte Wulfgar sie sofort wieder eingeholt. Bedrohlich spürte sie seinen heißen Atem im Nacken.

Nun eilte sie auf die Feuerstelle zu, um hier vielleicht irgend etwas zu ihrer Verteidigung zu finden. Zu ihrem Entsetzen verfing sich ihr Fuß in dem davor ausgebreiteten Wolfspelz und ließ sie stolpern. Bevor sie ihr Gleichgewicht wiedergefunden hatte, erreichte er sie. Seine Arme schlangen sich um ihre Taille, und zusammen schlugen sie zu Boden. »Laßt mich los!« keuchte sie. Ihr ganzer Körper bebte. Obgleich sie spürte, daß sein Blick auf ihr ruhte, hielt sie die Augen fest geschlossen. »Laßt mich los, bitte!«

Zu ihrem Erstaunen erhob er sich tatsächlich und zog sie mit sich hoch. Mit seltsamem Lächeln blickte er in ihre verängstigten Augen. Dann streifte er mit einer zärtlichen Geste eine Haarsträhne, die ihr ins Gesicht gefallen war, zurück.

Aislinn schlang die Arme um den Leib, um ihre Nacktheit vor ihm zu bedecken. Trotzig erwiderte sie seinen Blick.

Wulfgar lachte. Er nahm ihre kleine Hand in die seine und führte sie zurück zum Fußende des Bettes. Dort bückte er sich nach der Kette. Mit einem trockenen Schluchzen wollte sich Aislinn erneut von ihm losreißen. Aber er zwang sie zu Boden. Nun hakte er das eine Kettenende am Bettpfosten ein, während er das andere um ihren Knöchel schloß. Ihre Verwirrung war vollkommen. Er mußte lächeln. »Ich habe nicht den Wunsch Euch zu verlieren, wie es Ragnor geschah«, spottete er. »Da es dort draußen keine tapferen und törichten Sachsen mehr zu begraben gibt, zweifle ich sehr, ob Ihr in Darkenwald verharren würdet, wenn man Euch gestattete, sich während meines Schlafes frei zu bewegen. Die Kette ist lang genug, um Euch die notwendige Bewegungsfreiheit zu geben.«

»Eure Großmut ist unübertrefflich, Milord«, erwiderte sie. Ihre Wut begann die Furcht erneut zu besiegen. »Ich hatte keine Ahnung, daß Euch Eure Schwachheit zwingt, mich anzuketten, während Ihr mir das Schlimmste antut.«

»Es ist kräftesparend«, lachte er. »Ich erkenne wohl, ich brauche jede Hilfe, die ich nur bekommen kann, um diese Widerspenstige zu zähmen.«

Er erhob sich und schritt zum Feuer hinüber. Dort begann

er sich zu entkleiden. Aislinn beobachtete ihn finster aus den Augenwinkeln, während sie sich auf dem kalten Boden zusammenkauerte. Als er nur noch in Beinkleidern war, starrte er lange und nachdenklich ins Feuer. Gedankenverloren rieb er über den Schenkel, als ob der Schmerz sich so lindern ließe.

Aislinn fragte sich, wie viele Schlachten er wohl schon erlebt haben mochte. Die bronzefarbene Brust trug eine mächtige Narbe, die wahrscheinlich von einem Langschwert stammte. An verschiedenen Stellen des Körpers fanden sich kleinere Narben. Die Muskeln, die unter der sonnengebräunten Haut spielten, legten Zeugnis von einem harten und entbehrungsreichen Leben ab, das vor allem dem Schwingen eines Schwerts und dem Reiten gewidmet war.

Jetzt, im flackernden Feuerschein, wirkte er plötzlich müde und abgehärmt. Aislinn meinte, seine Erschöpfung fühlen zu können. Einen Augenblick lang verspürte sie so etwas wie Mitleid für ihren normannischen Feind, den nur die schiere Willenskraft noch aufrecht hielt. Wulfgar seufzte und streckte die müden Muskeln. Er setzte sich, streifte die Beinkleider ab und legte sie zu den übrigen Kleidungsstücken. Als er sich Aislinn zuwandte, drohte ihr beim Anblick seiner männlichen Nacktheit der Atem zu stocken. Sie kauerte sich noch ängstlicher zusammen und versuchte, ihre eigene Nacktheit zu verbergen.

Ihre Bewegung ließ Wulfgar zusammenzucken, als ob er sich erst jetzt wieder ihrer Gegenwart erinnerte. Ihre veilchenfarbenen Augen waren zu ihm erhoben, und er las darin die Angst. Um seinen Mund spielte ein spöttisches Lächeln, als er ans Bett herantrat und einige der darüber gebreiteten Wolfsfelle ergriff.

Mit raschem Schwung warf er sie ihr zu. »Gute Nacht, Liebste«, sagte er schlicht.

Erstaunen und Erleichterung mischten sich in ihrem Gesicht. Dann wickelte sie sich hastig in die Felle und machte es sich auf dem harten Steinboden bequem.

Wulfgar blies die Kerzen aus und rückte in die Mitte ihres elterlichen Bettes. Es dauerte nicht lange, und sein schwerer Atem füllte den Raum.

4

Ein herzhafter Hieb auf die Hinterbacken riß Aislinn am nächsten Morgen unsanft aus dem Schlaf. Mit einem Schmerzensschrei schreckte sie hoch und sah sich Aug in Auge Wulfgar gegenüber, der grinsend auf der Bettkante saß. Er warf ihr ihre Kleider zu, während seine Augen sie verschlangen. Vor allem die Brüste und die geschmeidigen, elfenbeinfarbenen Schenkel fesselten seinen Blick, bevor sie das Unterkleid darüberstreifte.

»Du bist ein faules Frauenzimmer«, schalt er. »Auf jetzt und hol mir Wasser zum Waschen! Dann hilfst du mir beim Ankleiden. Mein Leben ist nicht so faul wie deines.« Aislinn blitzte ihn an, ohne etwas zu sagen. »Dein Schlaf scheint recht gut zu sein«, fügte er vorwurfsvoll hinzu.

»Ich hoffe, auch Ihr habt gut geschlafen, Euer Lordschaft«, erwiderte sie und hob den Kopf, um ihm voll ins Gesicht zu sehen. »Ihr scheint mir zumindest erholt.«

Wulfgar musterte sie bedächtig mit freundlichen und warmen Augen. »Ja, ich fühle mich erfrischt, Demoiselle.«

Aislinn errötete. »Ich hole das Wasser«, sagte sie und floh aus der Kammer. Als sie aus dem Kessel, der über dem Feuer in der Halle hing, einen Eimer heißen Wassers abfüllte, trat Maida an ihre Seite.

»Er verriegelt die Tür oder läßt sie bewachen«, jammerte die alte Frau. »Was können wir nur tun, um dich vor ihm zu schützen? Ich hörte dich schreien letzte Nacht.«

»Er hat mich nicht angerührt«, sagte Aislinn und wunderte sich selbst darüber. »Die ganze Nacht schlief ich am Fußende des Bettes.«

»Was ist das bloß für ein Mann?« fragte Maida. »Er hat dich bestimmt nicht aus Großmut geschont, das schwöre ich. Wart nur bis heute abend, dann nimmt er dich ganz bestimmt. Es ist höchste Zeit. Flieh! Flieh!«

»Das kann ich nicht«, antwortete Aislinn. »Er fesselt mich ans Bett.«

Maida stieß einen Schrei der Empörung aus. »Er behandelt dich wie ein Tier.«

Aislinn hob die Schultern. »Zumindest schlägt er mich nicht.« Doch dann erinnerte sie sich genauer und rieb mit der Hand über eine ihrer Hinterbacken. »Beziehungsweise nur ein bißchen.«

»Oh, aber er würde dich umbringen, wenn er sich über dich ärgert.«

Aislinn schüttelte den Kopf. Sie erinnerte sich an jenen Augenblick, als er sie mit aller Kraft an sich preßte. Selbst in größter Wut hatte er ihr nichts zuleide getan. »Nein, er ist anders als die andern.«

»Woher willst du das wissen? Seine Leute fürchten ihn doch.«

»Aber ich fürchte ihn nicht«, erwiderte Aislinn stolz.

»Du bist eine Närrin!« jammerte Maida. »Aber es wird dir nichts einbringen, genauso starrköpfig wie dein Vater zu sein.«

»Ich muß jetzt gehen«, murmelte Aislinn, »er will sich waschen.«

»Ich werde schon einen Weg finden, um dir zu helfen!«

»Mutter, laß das sein! Ich habe Angst um dich. Der, den sie Sweyn nennen, behütet den Rücken seines Herrn mit Falkenaugen. Er wird dich töten, wenn du irgend etwas wagen solltest.«

»Was ist mit Kerwick?« zischte Maida und warf einen Blick in die Ecke hinüber, wo er zusammengerollt zwischen den Hunden schlief.

Aislinn zuckte mit den Schultern. »Ragnor hat das alles zunichte gemacht.«

»Kerwick ist da anderer Meinung. Er will dich noch immer.«

»Dann muß er endlich begreifen, daß wir in einer anderen Welt leben als noch vor einer Woche. Wir sind nichts anderes als Sklaven. Wir haben keine anderen Rechte als die, die man uns gewährt.«

Maida lachte höhnisch auf. »Es ist seltsam, Tochter, das gerade von dir zu hören, nach deinem früheren Hochmut.«

»Was ist uns noch geblieben, auf das wir stolz sein könnten, Mutter?« fragte Aislinn müde. »Es geht nur noch darum, am Leben zu bleiben und uns gegenseitig zu helfen.«

»Dein Blut gehört zum besten Angelsachsens. Dein Vater war ein großer Lord. Ich will nicht, daß du diesem Bastard Junge wirfst.«

Aislinn warf Maida einen verärgerten Blick zu. »Hättest du lieber, daß ich einen Balg von diesem Ragnor bekomme, dem Mörder meines Vaters?«

Maida rang verwirrt die Hände. »Schelte mich nicht Aislinn, ich denke doch nur an dich.«

»Das weiß ich, Mutter«, seufzte Aislinn. »Bitte, warte zumindest noch etwas ab. Wir wollen sehen, mit was für einem Menschen wir es zu tun haben. Er war ergrimmt über das Gemetzel. Vielleicht erweist er sich als redlicher Mann.«

»Ein Normanne?!« kreischte Maida.

»Ja, ein Normanne. Aber jetzt muß ich gehen.«

Als Aislinn die Kammer betrat, empfing Wulfgar sie mit bösen Blicken. Er war halb angezogen.

»Du hast dir Zeit gelassen, Mädchen«, knurrte er.

»Um Vergebung, Euer Lordschaft.« Sie setzte ihre Last ab und blickte zu ihm auf. »Meine Mutter war voller Sorge über die letzte Nacht. Ich verspätete mich nur, weil ich sie beruhigen mußte, daß mir nichts Böses geschehen sei.«

»Deine Mutter? Wer ist das? Ich habe keine Dame des Hauses gesehen, obwohl Ragnor mir sagte, sie sei noch am Leben.«

»Es ist die, die Ihr immer alte Hexe nennt«, antwortete Aislinn mit leiser Stimme.

»Also die«, knurrte er. »Eine harte Faust hat ihr offensichtlich ziemlich zugesetzt, würde ich meinen.«

Aislinn nickte. »Ich bin alles, was ihr geblieben ist. Sie sorgt sich um mich.« Sie schluckte heftig. »Sie will sich rächen.«

Wulfgar fixierte sie nun mit größter Aufmerksamkeit. »Willst du mich etwa warnen? Wird sie mich zu töten versuchen?«

Aislinns Augen senkten sich ängstlich. »Wohl möglich. Ich weiß es nicht genau, Euer Lordschaft.«

»Du sagst mir das, weil du nicht willst, daß man sie tötet?«

»Oh, Gott verhüte!« preßte Aislinn zitternd hervor. »Ich

könnte mir nie vergeben, wenn ich das zulassen würde. Im übrigen würde Euer Herzog uns alle töten lassen, wenn Euch etwas zustoßen sollte.«

Wulfgar lächelte. »Deine Warnung soll beherzigt werden. Ich will dafür sorgen, daß man auf sie aufpaßt. Sweyn kann das übernehmen.«

Aislinn atmete auf. »Ich danke Euch, Messire.«

»Also, Mädchen«, meinte er mit einem schweren Seufzer, »hilf mir jetzt beim Ankleiden. Dieses Wasser hier kommt zu spät, um jetzt noch von Nutzen zu sein. Aber heute abend will ich ein Bad nehmen. Wenn du dann wieder so lange ausbleibst, wird mein Zorn dich treffen.«

Außer Kerwick war niemand in der Halle, als Aislinn hinter Wulfgar die Treppe herabschritt. Ihr Verlobter lag noch immer gefesselt unter den Hunden, hatte jetzt aber die Augen geöffnet. Beharrlich verfolgten sie Aislinn, als sie hinter ihrem neuen Herrn auf den Tisch zutrat.

Maida wartete ihnen auf. Sie beeilte sich, Brot, Fleisch und weiche Honigwaben vorzulegen. Wulfgar setzte sich und befahl Aislinn durch ein Nicken an seiner Seite Platz zu nehmen. Maida wartete, bis Wulfgar und Aislinn sich bedient hatten. Dann trug sie die Reste zu Kerwick hinüber. Nur ein kleines Stück behielt sie für sich. Sie kauerte sich neben ihn und begann mit ihm zu flüstern.

Eine Zeitlang warf Wulfgar ihnen über sein Essen hinweg aufmerksame Blicke zu. Dann klopfte er plötzlich herrisch mit dem Messergriff auf den Tisch. Aller Augen wandten sich ihm zu. Aislinn sah, wie es verärgert über sein Gesicht huschte, das angespannt und nachdenklich wirkte.

»Alte Hexe, kommt hierher«, rief er.

Maida schlich noch gekrümmter und ängstlicher als sonst an den Tisch heran. »Steht gerade, Weib«, befahl Wulfgar. »Nehmt den Kopf hoch, denn ich weiß, daß Ihr es könnt.«

Langsam richtete sich Maida zu ihrer vollen Größe auf. Als sie ihm ins Gesicht blickte, beugte sich Wulfgar in seinem Sessel vor.

»Seid Ihr diejenige, die man früher als Lady Maida kannte, bevor Euer Herr erschlagen wurde?«

»Ja, Herr.« Maida nickte wie ein kleiner Vogel. Beunruhigt warf sie ihrer Tochter einen Seitenblick zu.

»Und seid Ihr es auch«, forschte Wulfgar weiter, »die hier die Dame des Hauses war?«

Maida mußte heftig schlucken, bevor sie erneut nicken konnte. »Ja, Herr.«

»Dann, meine Dame, leistet Ihr mir keinen guten Dienst, wenn Ihr Euch selbst zum Narren macht. Ihr geht in Lumpen und balgt Euch mit den Hunden um einen Krumen Brot, während Ihr gleichzeitig Euer Elend bejammert. Hättet Ihr nur ein wenig vom Mut Eures Gatten gezeigt und nicht Eure Stellung verleugnet, wärt Ihr behandelt worden, wie es Euch geziemt. Ihr habt vor Euren Leuten mit mir ein falsches Spiel getrieben. Deshalb befehle ich Euch jetzt, sucht Eure Kleider hervor und legt sie an. Vor allem aber, wascht Euch! Und daß Ihr mir dieses Spiel nicht noch weiter treibt! Die Kammer Eurer Tochter soll die Eure sein. Begebt Euch jetzt dorthin.«

Nachdem Maida gegangen war, beugte sich Wulfgar wieder über sein Essen. Als er aufblickte sah er, daß Aislinns Blick mit fast zärtlichem Gesichtsausdruck auf ihm ruhte.

»Zeigt Euer Herz etwa eine gewisse Gewogenheit für mich, Demoiselle?« Er lachte, als sich ihr Gesicht sofort wieder verfinsterte. »Nehmt Euch in acht, Mädchen. Ich will ehrlich zu Euch sein. Nach Euch wird eine andere kommen und dann wieder eine neue. Es gibt keine Bande, die mich an eine einzige Frau fesseln könnten. Hütet also Euer Herz.«

»Euer Lordschaft, Ihr scheint Eure Anziehungskraft auf mich bei weitem zu überschätzen«, erwiderte sie hoheitsvoll. »Ihr seid mein Feind, und dem entsprechen meine Gefühle für Euch.«

»Tatsächlich?« Er forschte mit einem Lächeln in ihren Augen. »Dann erklärt mir, Demoiselle – küßt Ihr Eure Feinde immer so heiß?«

Aislinns Wangen wurden dunkelrot. »Ihr irrt Euch, mein Lord, was Ihr für Zuneigung hieltet, war nichts als hitziger innerer Widerstand.«

Wulfgars Lächeln verstärkte sich. »Soll ich Euch erneut küssen zum Beweis, daß ich recht habe?«

Aislinn gab seinen Blick kühl zurück. »Fern sei es von einem Sklaven, seinem Herrn zu widersprechen. Wenn Ihr es für Zuneigung halten wollt, wie käme ich dann dazu, das Gegenteil zu behaupten?«

»Ihr enttäuscht mich, Aislinn«, schalt er. »Zu rasch gebt Ihr auf.«

»Mir bleibt doch keine Wahl, Euer Lordschaft, denn sonst muß ich einen weiteren Kuß oder vielleicht noch Schlimmeres erdulden. Da gebe ich schon lieber nach.«

»Tut das bei passender Gelegenheit, Demoiselle.« Als plötzlich das große Tor aufgestoßen wurde, zog sich Kerwick scheu wieder in den Schatten zurück. Auf der Schwelle stand Ragnor. Er schritt auf Aislinn zu, musterte sie kurz und machte dann eine spöttische Verbeugung.

»Guten Morgen wünsche ich, meine Taube. Mich dünkt, Ihr hattet eine angenehme Nacht.«

Aislinns Mundwinkel hoben sich zu einem reizenden Lächeln. Sie war bereit, dieses falsche Spiel der Höflichkeit mitzuspielen. »Fürwahr, Herr Ritter, da habt Ihr recht.«

Sie genoß Ragnors Verblüffung und merkte, daß Wulfgar sie amüsiert beobachtete.

»In einer kalten Nacht wie dieser ist es besonders angenehm, die Wärme eines Weibs zu spüren«, fügte Ragnor hinzu. Dann wandte er sich an Wulfgar. »Ihr solltet einmal diese Hlynn probieren, wenn Ihr der Dornen und Nesseln in Eurem Bett überdrüssig seid. Sie tut ohne Sträuben, was man ihr befiehlt und ganz gewißlich sind ihre Zähne auch nicht annähernd so scharf wie die von der hier.«

Wulfgar knurrte unwillig: »Ich ziehe etwas lebhaftere Vergnügungen vor.«

Ragnor hob gleichmütig die Schultern und goß sich einen herzhaften Schluck Bier in ein Trinkhorn. Er stürzte es in einem Zug hinab. »Ahhh.« Ragnor holte tief Luft und setzte dann das leere Horn grob auf den Tisch. »Die Bauern sind bei der Arbeit, wie von Euch befohlen, Wulfgar. Ein Teil unserer Leute ist als Wache gegen Räuber und Plünderer aufgestellt. Andere bewachen jeweils zu zweit die Leibeigenen.«

Wulfgar nickte zufrieden. »Stellt Patrouillen zusammen, die den ganzen Umkreis des Gebiets abreiten sollen.« Bei jeder seiner Anordnungen klopfte die Spitze seines Messers nachdrücklich auf die roh gezimmerte Tischplatte. »Jeder Trupp soll aus fünf Mann bestehen und nach jeweils drei Tagen hierher zurückkehren. Ihr schickt, außer am Sabbat, jeden Morgen einen neuen Trupp los, und zwar jeweils in eine andere Himmelsrichtung. Nach einer Meile soll ein Trompetenstoß, nach fünf Meilen ein Feuerzeichen die Nachfolgenden benachrichtigen. So wissen wir stets, ob die Trupps unbehelligt vorankommen oder nicht, und können entsprechende Maßnahmen ergreifen.«

Ragnor stieß böse hervor: »Ihr habt das vorzüglich geplant, Wulfgar, als ob Ihr schon immer davon überzeugt gewesen wärt, als Lord über dieses Land gesetzt zu werden.«

Wulfgar hob verärgert eine Braue, äußerte sich aber nicht zu dem Vorwurf. Das Gespräch wandte sich in etwas gespannter Atmosphäre anderen Themen zu.

Aislinn beobachtete die beiden Männer genau. Auch bei dieser Unterhaltung waren die Unterschiede zwischen ihnen unübersehbar. War Ragnor herrisch und anmaßend, so blieb Wulfgar ruhig und zurückhaltend. Und forderte der erste mit roher Gewalt von seinen Leuten gehorsame Unterwerfung, so ging der zweite den seinen mit gutem Beispiel voran und vertraute darauf, daß sie ihm freiwillig folgten.

Da ließ ein zufälliger Blick zur Treppe Aislinn überrascht aus dem Stuhl aufschrecken. Mit angehaltenem Atem sah sie dort ihre Mutter stehen, so wie sie sie seit vielen Jahren gekannt hatte. Die zierliche Gestalt war stolz aufgerichtet. Maida stand frisch gewaschen und in ihre herrschaftlichen Gewänder gehüllt da. Das Haar schmückte ein Schleier, der auch einen großen Teil des geschwollenen und geschundenen Gesichts gnädig verhüllte. In anmutiger und zugleich völlig natürlich wirkender Haltung schritt sie durch die Halle. Dieser Anblick ließ Aislinns Herz vor Freude und Erleichterung zittern.

Wulfgar war ganz offensichtlich mit dieser Veränderung höchst zufrieden. Ragnor dagegen kam mit einem Fluch auf die Füße und packte die Frau, bevor ihn jemand daran hindern konnte, grob bei den Haaren. Er riß ihr den Schleier ab. Maida stürzte mit einem Schreckensschrei zu Boden. Voller Bestürzung mußte Aislinn zusehen, wie das geliebte Antlitz der Mutter sich wieder in eine Hexenfratze verwandelte.

Ragnor hob wütend die Faust gegen die alte Frau. »Du wagst es, dir prächtige Kleider anzulegen und vor deinen Herren wie eine Dame aus königlichem Geblüt einherzustolzieren? Das wird dir schlecht bekommen, denn ich werde dafür sorgen, daß bald die Wölfe deine faserigen Knochen benagen!« Er bückte sich, um sie erneut zu packen.

Aber in diesem Augenblick hieb Wulfgars Faust laut dröhnend auf den Tisch. »Haltet ein!« befahl er. »Tut der Alten nichts zuleide. Auf meine Anordnung ist sie hier in diesem Aufzug erschienen.«

Ragnor trat einen Schritt zurück und warf dem andern einen finsternen Blick zu. »Wulfgar, jetzt überschreitet Ihr Eure Befugnisse. Ihr stellt diese Hexe über uns! Es war Wilhelms Absicht, alle einheimischen Lords, die sich widersetzten, mitsamt ihrer Sippschaft ihrer Herrschaft zu entheben und unsere tapferen, siegreichen Helden an ihre Stelle zu setzen. Zuerst habt Ihr mich um meinen verdienten Lohn gebracht, und nun gebt Ihr auch noch dieser hier wieder Gewalt über die sächsischen Tölpel, so daß –«

»Laßt Eure Wut nicht Euren Scharfblick trüben«, gab Wulfgar zurück. »Denn ganz sicher könnt auch Ihr begreifen, daß diese armen Teufel es kaum noch länger ertragen hätten, ihre frühere Herrin so erniedrigt zu sehen. Nicht mehr lange, und sie hätten für sie erneut zu den Waffen gegriffen und sich gegen uns gewandt. Dann bliebe uns keine andere Wahl, als so lange unter ihnen zu wüten, bis uns nur noch kraftlose Greise und Wickelkinder zu Diensten stünden. Wollt Ihr vielleicht, daß wir, die Soldaten des Herzogs, selbst die Felder bestellen und die Ziegen melken? Oder ist es nicht besser, den Sachsen ein wenig von ihrem Stolz zu lassen und ihre Furcht zu lindern, um sie unseren Anweisungen gefügig zu machen, bis das Land wirklich fest in unserer Hand ist? Im Grunde gebe ich ihnen nichts, aber in ihren Augen erscheint es bedeutend. Und so werden sie schließlich meine Steuern bezahlen, und ich werde der Gewinner sein. Ein wenig Nachgiebigkeit und Bequemlichkeit, und es wird weder Märtyrer noch Heilige geben. Sie ist noch immer ihre Herrin, und so wird ihnen verborgen bleiben, daß sie in allem nichts anderes als meinen Willen tut.«

Ragnor schüttelte den Kopf. »Wulfgar, ich habe keinen Zweifel, daß Ihr, sollte Wilhelm jemals fallen, Euch als sein lang verschollener Bruder erweist und vielleicht sogar die Krone erkämpft. Aber hört mich wohl«, er lächelte voll giftiger Heimtücke, »solltet Ihr Euch auch nur einmal irren, dann werde ich es wahrnehmen und Eurer Herrlichkeit ein grausames Ende bereiten.« Mit einer spöttischen Verbeugung verließ er die Halle.

Als das Tor hinter dem schwarzen Ritter ins Schloß fiel, eilte Aislinn an die Seite der Mutter und versuchte sie zu beruhigen. Die alte Frau kauerte noch immer ängstlich wimmernd am Boden. In ihrer Verwirrung hatte sie gar nicht bemerkt, daß ihr Peiniger verschwunden war. Aislinn legte ihr den Arm um die Schulter und bettete Maidas Kopf an ihre Brust. Beruhigend flüsterte sie auf sie ein. Erschrocken bemerkte Aislinn plötzlich, daß Wulfgar herangetreten war. Sie hob die Augen zu ihm auf und erkannte in seinem Blick etwas wie Mitleid für Maida.

»Bringt sie in ihre Kammer und kümmert Euch um sie.« Aislinn wollte bei diesem barschen Befehl sofort wieder aufbrausen, aber er hatte ihr bereits den breiten Rücken zugewandt und schritt zur Tür. So wandte sie ihre Aufmerksamkeit wieder der Mutter zu, half ihr auf die Füße und geleitete sie sorgsam die Treppe hinauf in ihre frühere Jungmädchenkammer.

Sie brachte die alte Frau zu Bett und streichelte immer wieder über das graugesträhnte Haar. Maidas Wimmern ging in leises Schluchzen und dann in die unregelmäßigen Atemzüge eines unruhigen Schlummers über. Stille senkte sich über den Raum.

Aislinn machte sich daran, wieder etwas Ordnung zu schaffen, denn die wilden Eindringlinge hatten bei ihrer Suche nach Beute keinen der Gegenstände an seinem Platz gelassen. Mit leisem Schritt ging Aislinn dann zum Fenster und stieß die Läden auf, um die warme Morgenbrise in die Kammer zu lassen. Eine Stimme drang zu ihr herauf. Sie hörte, daß hier Kerwicks Urteil verkündet wurde – zwanzig Peitschenhiebe.

Sie beugte sich aus dem Fenster und blickte auf das Geschehen hinab. Kerwick war mit nacktem Oberkörper auf ein Holzgestell gefesselt. Neben ihm auf dem Platz vor der Halle stand Wulfgar. Er hatte sich seines Helms, der Handschuhe und des Kettenhemds entledigt und sie über sein Schwert gehängt, das fest in die Erde gerammt war. Auch waffenlos blieb er der Lord. In der Hand hielt er ein armlanges Tau, das zu zwei Dritteln aufgeflochten und am Ende jedes Strangs mit einem kleinen Knoten versehen war. Die Worte erstarben. Dann hob sich Wulfgars Arm, und das schwere Tau klatschte mit einem beißenden Zischlaut auf Kerwicks bloßen Rücken. Ein Klagelaut stieß aus der Menge der versammelten Dorfbewohner. Und wieder hob sich Wulfgars Arm und sauste herab. Diesmal stöhnte Kerwick auf. Den dritten Hieb nahm er wieder ruhig hin, doch der vierte entriß ihm einen Schrei. Beim zehnten Schlag erstarben die Schmerzenslaute zu einem heiseren Gurgeln. Der fünfzehnte ließ den gepeinigten Leib nur noch kraftlos in den Fesseln zucken. Als endlich der zwanzigste Hieb gefallen war, seufzten die Dorfbewohner wie aus einer Brust auf. Entsetzt riß Aislinn die Augen von diesem schrecklichen Schauspiel los.

Es war ihr, als ob sie während der ganzen Dauer des schrecklichen Strafgerichts einfach zu atmen vergessen hatte. Jetzt eilte sie aus der Kammer und über die Treppe hinab durch die Halle. Mit tränenüberströmtem Gesicht kämpfte sie gegen das schwere Tor. Ihre Selbstvorwürfe trieben sie an die Seite des Gequälten. Doch Kerwick hing besinnungslos in seinen Fesseln. In hilfloser Wut wandte sie sich gegen Wulfgar und schleuderte ihm ihre Empörung entgegen.

»Ihr habt diesen armen Mann also nur vor den Hunden bewahrt, um hier jetzt Eure wüste Laune an seinem hilflosen Rücken auszutoben! Reicht es denn nicht, daß Ihr ihm sein Land genommen und ihn zum Sklaven gemacht habt?«

Wulfgar hatte die neunschwänzige Katze nach dem letzten Schlag fallen lassen und wischte sich nun Kerwicks Blut von der Hand. Er beherrschte seine Stimme mit eiserner Gewalt.

»Frau, dieser Narr hat mich inmitten meiner Leute zu töten versucht. Ich hab' Euch erklärt, daß er damit sein Schicksal herausgefordert hat, und daß Ihr Euch in diese Sache nicht weiter einmischen sollt.«

Aislinn hob das Kinn und öffnete den Mund zu einer Erwiderung. Aber Wulfgar fuhr fort. »Seht sie Euch an!« Er wies mit der Hand auf die Dorfleute. »Sie wissen jetzt, daß jede unbesonnene Tat auf diese Weise bestraft wird. Erbost mich also nicht mit Euren Vorwürfen und der geheuchelten Unschuld, Aislinn von Darkenwald, denn dies war auch Euer Spiel. Ihr, die Ihr mir die Wahrheit vorenthalten habt, solltet eigentlich auch einen Teil des Schmerzes tragen.«

Dann wandte sich Wulfgar seinen Männern zu. »Schert jetzt diesen Tölpel«, befahl er. »Danach sollen seine Leute Salz in seine Wunden streuen, und er möge sich ausruhen. Ja, schert sie alle! Laßt sie nun die normannische Mode tragen.«

Aislinn starrte ihn verwundert an. Erst als Kerwicks Haupt- und Barthaar mit einer wohlgeschliffenen Klinge abgeschnitten wurde, verstand sie den Sinn seiner Worte. Erregtes Gemurmel klang von den Dorfleuten herüber. Die Männer versuchten zu fliehen, wurden aber sofort von Normannen umringt. Einer nach dem andern wurde zur Platzmitte geschleppt, wo er Kerwicks Schicksal teilte. Verwirrt und verärgert tasteten die Finger über die rasierten Kinne und nach den gekürzten Locken. Gedemütigt und beschämt flohen die Leute in ihre Hütten, denn jetzt trugen sie die Brandmarkung der Normannen und hatten das letzte äußere Zeichen ihres sächsischen Stolzes verloren.

In Aislinn stieg eine neue Woge der Wut hoch. Sie verließ den Platz vor der Halle und ging entschlossen über die Treppe hinauf ins elterliche Schlafzimmer. Dort kramte sie die Schere der Mutter hervor, löste das Band aus dem Haar und wollte gerade die erste dicke Flechte abschneiden, als die Tür aufgestoßen wurde. Ein Schlag auf die Hand ließ die Schere zu Boden fallen. Zugleich legte sich eine schwere Hand auf ihre Schulter und wirbelte sie herum. Stahlgraue Augen bohrten sich in ihre. »Ihr stellt mich hart auf die Probe, Mädchen«, grollte Wulfgar, »ich warne Euch ein letztes Mal. Für jede Eurer Locken, die Ihr abschert, verspreche ich Euch einen Hieb auf den bloßen Rücken!« Klein und hilflos stand sie vor ihm. Die eiserne Klammer seines Griffs machte ihr die Unbesonnenheit ihres Vorhabens schmerzhaft bewußt. Heiser flüsternd unterwarf sie sich. »Ja, Euer Lordschaft, ich werde gehorchen. Bitte, Ihr tut mir weh.«

Die Härte in Wulfgars Augen verlor sich. Auch seine Stimme war jetzt heiser, als er flüsterte: »Dann gehorcht mir in allem, unterwerft Euch mir ganz.« Einen unendlichen Augenblick lang preßten sich seine Lippen leidenschaftlich auf die ihren, drohten sie fast zu ersticken. Doch trotz der Wildheit dieser Umarmung fühlte sie es süß und warm in sich aufsteigen, schien dieser grobe und besitzergreifende Mund ihr jeden eigenen Willen zu rauben.

Als er endlich von ihr abließ, traf sie ein seltsam verhangener und unergründlicher Blick aus seinen Augen. Dann stieß er sie roh von sich, und sie fiel rücklings über das Bett. Mit weit ausgreifenden Schritten eilte er zur Tür. »Frauen!« schnaubte er und warf die Tür hinter sich ins Schloß.

Aislinns Blick haftete an der geschlossenen Tür. Bestürzt überdachte sie ihr Verhalten. Was hatte dieser Mann nur an sich, daß sie ihn einerseits so abgrundtief hassen und zugleich so viel süßes Vergnügen an seiner Umarmung finden konnte?

Wulfgar trat aus der Halle und rief seinen Männern einen Befehl zu. Sweyn kam herbei und überreichte ihm Helm und Kettenhemd.

»Die Maid ist recht ungestüm«, lächelte der Wikinger.

»Ja, aber sie ist recht gelehrig«, erwiderte Wulfgar.

»Die Männer schließen Wetten darauf ab, wer wen zähmen wird«, fuhr Sweyn bedächtig fort.

Wulfgar lachte. »Laß sie ruhig wetten, wenn es ihnen Spaß macht. Du und ich wissen, wie rasch ein Mädchen vom Wolf verschlungen ist, wenn es versucht, ihm ins Maul zu fassen.«

Wulfgar ließ den Blick über den Horizent schweifen. »Wir wollen uns aufmachen. Ich fühle ein Verlangen, dieses mir verheißene Land zu erkunden.«

Im Herrenhaus war es jetzt ruhiger. Wulfgar hatte nur wenige Leute zu seinem Schutz zurückgelassen. Aislinn war dankbar dafür, eine Zeitlang von weniger Augen angestarrt zu werden. Besonnen kümmerte sie sich um die Verwundeten. Wulfgar hatte seinen Männern befohlen, sich an sie zu wenden und von ihr behandeln zu lassen. Gegen Abend war die letzte Wunde gereinigt und ausgebrannt, und Aislinn atmete auf.

Einige Zeit später trugen zwei Leibeigene Kerwick in die Halle und setzten ihn vorsichtig wieder in der Ecke der Hunde ab. Die Meute umschwärmte ihn bellend. Mit wütenden Worten und Gesten trieb Aislinn sie auseinander.

»Warum bringt ihr ihn hierher?« wollte sie von den Bauern wissen. Mit ihren gestutzten Locken und den nackten Gesichtern waren die beiden Männer fast unkenntlich.

»So lautet Lord Wulfgars Befehl, Milady. Sobald seine Wunden mit Salz eingerieben und er wieder zu Bewußtsein käme, sollten wir ihn hierherbringen zu den Hunden.«

»Eure Augen haben euch wohl getäuscht«, brauste sie zornig auf und deutete auf Kerwick, der in tiefer Bewußtlosigkeit lag.

»Milady, er verlor auf dem Weg hierher erneut das Bewußtsein.«

Mit einer ungeduldigen Handbewegung entließ Aislinn die beiden und kniete sich neben den Verlobten.

»Oh, Kerwick, was mußt du nur um meinetwillen so leiden!«

Ham brachte Kräuter und Wasser herbei, sein Gesicht war noch immer tränenüberströmt. Er kniete sich neben sie, reichte ihr die Arzneien. Aislinn rührte eine wohlriechende Salbe an. Eine ins Gesicht fallende Strähne ließ sie innehalten. Da gewahrte sie Hams schmerzerfülltes Gesicht.

»Lord Kerwick war immer gut zu mir, Milady«, murmelte er »und sie zwangen mich, das alles mitanzusehen, ohne ihm auch nur ein wenig helfen zu können.«

Aislinn beugte sich über den Verlobten. »Es gab nichts, was ein Mann englischen Blutes hätte tun können. Dies sollte uns alle warnen. Ihre Strafe wird schnell und hart über uns kommen. Der nächste, der einen von ihnen anzugreifen versucht, wird bestimmt getötet werden.«

Voller Haß erwiderte der junge Mann: »Dann werden zwei dafür mit ihrem Leben bezahlen. Der eine, der Euren Vater erschlagen hat, und jener Wulfgar, der Euch entehrte und dies hier Lord Kerwick angetan hat.« »Laß dich nicht zu solchen Tollkühnheiten hinreißen«, mahnte Aislinn.

»Süß wird diese Rache schmecken, Milady.«

»Nein! Du darfst an so etwas nicht denken!« wies Aislinn den Jungen mit großem Nachdruck zurecht. »Mein Vater starb wie ein Held, mit dem Schwert in der Hand. Und er nahm nicht wenige von ihnen mit sich. Was Kerwick betrifft, so war das Auspeitschen sogar noch eine Gnade, denn seine unüberlegte Tat hätte ihm den Tod bringen können. Und es war nicht Wulfgar, der mir die Ehre raubte, sondern der andere, Ragnor. Wenn also Rache genommen werden muß, dann nur an ihm, er hat sie verdient. Aber Ham, diese Rache ist mein! Bei allem, was heilig ist, ich werde beweisen, daß meine Ehre nicht weniger wert ist als das Blut dieses Normannen.« Sie hob die Schultern und fuhr dann mit größerer Besonnenheit fort. »Wir wurden nach hartem Kampf besiegt und müssen uns zumindest für einige Zeit fügen. Du solltest also nicht dem Verlorenen nachtrauern, sondern das Morgen zu gewinnen suchen. Geh jetzt, Ham, unterlaß alles, was neues Unheil heraufbeschwören könnte.«

Der Junge schien noch etwas sagen zu wollen, doch dann beugte er sich ihrer Klugheit und verließ die Halle.

Als Aislinn sich wieder ihrer Arbeit zuwenden wollte, sah sie Kerwicks blaue Augen auf sich gerichtet.

»Ihr sucht Eure Rache auf recht seltsame Weise. Fast frohgemut eilt Ihr in seine Kammer und sucht ihn dadurch zu Tode zu bringen, daß Ihr Euch unter ihn legt. Oh, verwünscht! Verwünscht!« stöhnte er. »Gilt Euch Euer Eid denn gar nichts mehr? Ihr seid mein!« Er versuchte sich aufzurichten, sank aber mit einem Schmerzenslaut zurück.

»Oh, Kerwick«, begann Aislinn leise. »Hört mich an.« Sie drückte ihn gegen seinen Willen zurück. »Die Salbe wird bald Euren Schmerz lindern und die Wunde schließen. Aber ich fürchte, es gibt keine Arznei gegen die Verletzungen, die Eure Zunge mir zufügt. Ich wurde gegen meinen Willen genommen. Wir haben es mit wohlgewappneten Rittern zu tun. Ihr seid nichts anderes mehr als ein Sklave, keine einzige Klinge steht Euch mehr zu Diensten. Wenn Ihr nicht wollt, daß Euer Kopf über den Dorfgrund rollt, dann unternehmt nichts, was jetzt nur noch hinterrücks bewerkstelligt werden könnte, ich beschwöre Euch! Ihr wißt, ihre Strafe ist hart. Sorgt dafür, daß ich neben dem Grab meines Vaters kein zweites ausheben muß. Ich kann nicht für Schwüre einstehen, die gegen meinen Willen gebrochen wurden, und ich kann auch von Euch nicht verlangen, Euren Eid zu halten und Euch zu einer entehrten Braut zu bekennen. Meine Pflicht stellt mich jetzt vor neue Aufgaben. Sie gehört jenen armen Kreaturen, die meinen Vater als Lord ehrten und ihm folgten bis ans Ende. Wenn ich ihre Leiden auch nur um ein Geringes erleichtern kann, so will ich das mit Freuden tun. Also sprecht kein zu hartes Urteil über mich, Kerwick, ich flehe Euch an.«

Kerwick schluchzte kläglich auf. »Ich liebte Euch! Wie könnt Ihr einen anderen Mann in Eure Nähe kommen und Euch umarmen lassen? Ihr wißt, ich begehrte Euch wie jeder Mann die geliebte Frau begehrt. Doch Ihr batet mich, Eure

Ehre zu achten, bis wir verheiratet wären. Wie ein Narr kam ich Eurer Bitte nach. Und jetzt habt Ihr Euch diesen Normannen zum Liebhaber genommen ohne alle Bedenken. Hätte ich Euch wirklich besessen, wäre es jetzt vielleicht weniger schwer, Euch aus meinem Sinn zu tilgen. So aber bleibt mir nichts als die grausame Qual der Vorstellung, welche Freuden Ihr meinem Feind bereitet.

»Ich bitte, vergebt mir«, murmelte Aislinn leise.

Er begrub das Gesicht im Stroh, den Körper von Schluchzen geschüttelt. Voller Trauer erhob sich Aislinn und entfernte sich. Sie wußte, daß sie weder den Wunden seines Rükkens noch denen seiner Seele weitere Linderung verschaffen konnte.

Von der Tür herüber kam ein Laut. Als Aislinn aufblickte, sah sie Wulfgar breitbeinig über der Schwelle stehen. Die grauen Augen musterten sie aufmerksam. Dieser Blick trieb ihr die Röte ins Gesicht, da sie nicht wußte, wieviel er mitgehört hatte. Doch dann fiel ihr wieder ein, daß er ja ihrer Sprache nicht mächtig war.

Abrupt wandte sie sich ab und floh die Treppe hinauf. Sie spürte seine Augen auf ihrem Rücken und fühlte sich erst wieder etwas sicherer, als die Kammertür sich hinter ihr schloß. Aufschluchzend warf sie sich auf das Bett.

Nie würde Kerwick verstehen, warum sie sich den Normannen zu ihrem Gebieter erwählt hatte. Er mußte sie für eine Metze halten. Dann mußte sie an die höhnische Verachtung des Normannen denken. Er denkt, ich hätte mich in allem seinen Launen zu unterwerfen, wütete sie in stillem Zorn. Aber der Wolf wird noch viel lernen müssen! Denn noch hat er mich nicht besessen, und er wird mich auch nicht bekommen, solange es mir gelingt, seine simple normannische Logik zu übertrumpfen. Und eh er sich's versieht, werde ich ihn gezähmt haben.

Sie war so sehr in ihren Gedanken befangen, daß sie nicht merkte, wie sich die Kammertür öffnete und wieder schloß. Mit einer wilden Bewegung fuhr sie auf, als sie Wulfgar sagen hörte: »Es scheint, als ob Ihr den Kanal mit Euren Tränen zum Überfließen bringen wolltet.«

Ihre wütend funkelnden Augen waren auf ihn gerichtet. Mit aller Kraft versuchte sie, ihr Elend für den Augenblick zu vergessen. Rasch glättete sie ihr Haar. »Mein Elend ist groß, Lord Wulfgar. Der Vater erschlagen, die Mutter als Sklavin gedemütigt, mein Heim verwüstet und meine Ehre geschändet. Wer will mir also das Recht auf Tränen verweigern?«

Wulfgars Augen hatten jede ihrer Bewegungen verfolgt.

»Ich anerkenne Eure Tränen und Eure Gründe dafür, also vergießt sie, wenn Ihr nicht anders könnt. Aber fürchtet nichts Böses von mir. Fürwahr, Ihr habt mehr Seelenstärke bis jetzt bewiesen als jede Frau, die ich kenne.« Er lächelte. »Es scheint, als ob das Unglück Euch nichts anhaben könnte.« Er trat auf sie zu. Nun war sie gezwungen, den Kopf zu heben, um ihm in die Augen blicken zu können. »Denn die Wahrheit, mein Füchslein, ist, daß ihr von Tag zu Tag schöner werdet.« Dann wurde sein Blick wieder hart. »Aber selbst ein schönes Frauenzimmer muß wissen, wer sein Herr ist.« Er hob die Hand mit den Handschuhen und warf sie zu ihren Füßen. »Hebt sie auf und wisset, daß Ihr Euch damit in meine Hände gebt. Wie diese Handschuhe seid Ihr mein und niemand untertan außer mir.«

Aislinns Augen färbten sich voller Zorn violett. »Ich bin keine Sklavin«, erwiderte sie hochmütig, »und auch kein Handschuh, den man eine Weile trägt und dann nachlässig einfach wegwirft.«

Die lohfarbene Braue hob sich, und seine Lippen verzogen sich zu einem langsamen, hämischen Lächeln. Noch immer wirkten die Augen wie kalter Stahl.

»Seid Ihr nicht, Demoiselle? Noch in diesem Augenblick wäre es mir möglich, Euch zu besteigen. Nach einem kleinen Ritt zwischen Euren Schenkeln brauchte ich keinen weiteren Gedanken an Euch zu verschwenden und könnte mich meinen eigentlichen Pflichten zuwenden. Ihr denkt zu hoch von Euch, denn Ihr seid nun einmal nichts anderes als meine Sklavin.«

»Nein, Euer Lordschaft«, erwiderte Aislinn leise, aber mit größter Bestimmtheit. »Ein Sklave hat sich für Selbstaufgabe und Knechtschaft entschieden. Sollte ich aber dazu gezwungen werden und mein Wille überhaupt keine Gültigkeit mehr haben, werde ich nicht zögern, nach dem Rettungsanker des Todes zu greifen.«

Wulfgar streckte die Hand aus und legte sie unter ihr Kinn, um so ihr Gesicht heranzuziehen und mit größter Aufmerksamkeit zu mustern. Seine Augen nahmen die Farbe des grauen Sturmhimmels an, als er ihren inneren Widerstand fühlte.

»Wahrlich«, murmelte er dann aber zärtlich, »Ihr seid keines Mannes Sklave, denke ich.« Er zog die Hand zurück und wandte sich unerwartet heftig ab. »Aber übertreibt es nicht, Demoiselle.« Er blickte über die Schulter auf sie zurück. »Es könnte sonst sein, daß ich es mir anders überlege und die Probe aufs Exempel mache.«

Wieder trieb ihr dieser Blick die Röte in die Wangen. »Und was wäre dann, Euer Lordschaft?« gab sie zurück. »Wäre auch ich dann nichts anderes als eine jener Frauen, die kurze Zeit Euer Vergnügen stillten, um dann zur Seite geworfen zu werden wie Eure Handschuhe? Hat denn noch keine Frau Eure Gunst gewinnen und Euren Sinn länger beschäftigen können?«

Wulfgar lachte in sich hinein. »Oh, sie haben es versucht und gern die Röcke gehoben. Aber es war für mich nie mehr als ein Spiel. Keine von ihnen hat mir je etwas bedeutet.«

Aislinn sah ihren Sieg zum Greifen nahe. »Auch nicht Eure Mutter?« stieß sie triumphierend hervor und meinte, die Falle wäre zugeschnappt.

Doch der nächste Augenblick versetzte sie in Todesangst. Sein Gesicht wurde dunkel vor Zorn, die Augen blitzten und sein ganzer Körper bebte. Sie mußte fürchten, von seiner mächtigen Faust zu Boden geschlagen zu werden.

»Nie!« wütete er zwischen zusammengepreßten Zähnen hervor. »Am wenigsten diese noble Dame!«

Er wirbelte herum und verließ mit weit ausholenden Schritten die Kammer. Dieser Umschwung war so heftig erfolgt, daß sie nun wußte: nie würde die Mutter auch nur einen Funken Liebe bei ihrem Bastardsohn finden.

5

Wulfgar stürmte aus der Halle. Plötzlich erklang ein Schrei, und ein Arm wies in eine bestimmte Richtung. Wulfgars Augen folgten ihm und sahen hinter einer Hügelkuppe eine schwarze Rauchfahne aufsteigen. Er brüllte einen Befehl. Einige seiner Leute schwangen sich fast gleichzeitig mit ihm und Sweyn in die Sättel ihrer Rösser. Die schweren Hufe rissen große Klumpen aus der schweren dunklen Herbsterde.

Einige Augenblicke später hatten sie die Hügelkuppe überwunden und donnerten auf der anderen Seite hinab. Vor ihnen lagen ein großer Heuschober und eine bescheidene Hütte, aus denen wilde Flammen schlugen.

Als sie näher herankamen, übermannte Wulfgar ein Schauder. Sieben oder acht Leichen lagen über den Platz verstreut, darunter auch die beiden Freisassen, die er zum Schutz des einsamen Anwesens herbeordert hatte. Aus den Leibern der übrigen ragten lange Schäfte, wie sie von normannischen Bogen versandt wurden. Näher bei der Hütte lag der verrenkte Körper eines jungen Mädchens, das aufs grausamste mißbraucht und tot zurückgelassen worden war. Eine verschmutzte und mit Wundmalen übersäte alte Frau kroch jammernd aus einem Graben und warf sich wehklagend neben dem Mädchen zu Boden.

Man sah vielleicht ein Dutzend Männer in der Ferne zu Fuß durch die Felder fliehen. Wulfgars Aufmerksamkeit galt jedoch mehr sechs Berittenen, die gerade in einem Dickicht verschwanden. Er befahl seinen Leuten, die Männer zu verfolgen, die zu Fuß flohen, nickte dann Sweyn zu und gab seinem Pferd die Sporen.

Die mächtigen Streitrosse kannten ihre Aufgabe. Kraftvoll spannten und streckten sich die Muskelstränge unter dem Fell. Mit weit ausgreifenden Sprüngen setzten sie hinter ihrer Jagdbeute her. Der Abstand wurde rasch verringert. Nun riß

Wulfgar das Schwert aus der Scheide und hob die Stimme zu einem schrecklichen Schlachtruf. Sweyns Baß schloß sich ihm an.

Zwei der Reiter wurden langsamer, warfen ihre Pferde herum und stellten sich den Verfolgern. Wulfgar lenkte sein Roß an ihnen vorbei, während sich Sweyn in vollem Galopp auf sie stürzte. Einen von ihnen ritt er im ersten Ansturm nieder. Tief grub sich seine Streitaxt in die Brust des andern. Als Wulfgar sich noch einmal umwandte, sah er Sweyn mit dem Überlebenden fechten. Von einem einzelnen Gegner drohte dem Freund keine Gefahr, so daß sich Wulfgar jetzt unbesorgt den vieren vor sich widmen konnte.

Sie zügelten jetzt ebenfalls die Pferde, um sich dem Kampf zu stellen. Wieder hallte Wulfgars markerschütternder Schlachtruf durch die Wälder. Mit Hun preschte er in vollem Galopp mitten unter sie. Wulfgars Schild hallte von ihren Hieben wider, doch dann zischte seine lange Klinge durch die Luft und spaltete einem der Angreifer den Schädel. Mit unsicheren Schritten trug das Pferd seinen toten Herrn davon. Pferd und Reiter waren durch die Wucht des Ansturms zwischen den Gegnern hindurchgetragen worden. Ein Schenkeldruck brachte Hun schlitternd zum Stehen. Dann wurde er nach links gerissen. Der Schwung dieser Bewegung übertrug sich auf das nun wieder weit ausholende Schwert Wulfgars. Es zerschmetterte den Schild seines zweiten Gegners und biß sich tief in dessen Kehle. Mit einem Gurgellaut sank der Mann in sich zusammen. Wulfgars Fuß schnellte hoch und warf ihn aus dem Sattel.

Mit hoch erhobenem Schwert drang jetzt der dritte auf Wulfgar ein. Stummes Entsetzen weitete aber plötzlich seine Augen, und er starrte verständnislos auf seine armlose Schulter. Ein zweiter rascher Hieb erlöste ihn von seinem Leiden. Leblos fiel er zwischen die stampfenden Hufe. Als der vierte den letzten seiner Kamraden unter dem blitzenden Stahl fallen sah, wandte er sich verzweifelt zur Flucht. Aber Wulfgars wütende Waffe grub sich erbarmungslos in seinen Rücken und sandte ihn kopfüber in den aufwirbelnden Staub.

Sweyn preschte heran, um Wulfgar beizustehen, doch der stand bereits als Sieger auf der blutigen Walstatt. Der Nordmann wurde beim Anblick der schmutzigen und zerlumpten

Toten nachdenklich. Ihre ritterlichen Waffen und Schilde wollten so gar nicht zum übrigen passen. »Strauchdiebe?« fragte er sinnend.

Wulfgar nickte und schob sein Schwert in die Scheide zurück. »Ja, und wie es scheint, haben sie die blutigen Felder von Hastings nach Beute abgesucht.« Mit dem Fuß drehte er einen der Schilde um. Seine Vorderseite schmückte ein englisches Wappen. »Diese Aasgeier haben nicht einmal ihre eigenen Leute mit ihrer Gier verschont.«

Die beiden Krieger fingen die Pferde ein und warfen ihnen die Leichname über. Dann führten sie ihre traurige Karawane zurück zu der Hütte. Die Sonne versank jetzt endgültig hinter dem westlichen Horizont. In der rasch fortschreitenden Dunkelheit begruben sie die Toten. Elf der durch die Felder geflohenen Männer hatten sich ohne Gegenwehr ergeben. Nur zwei hatten das Schwert erhoben, sich damit aber nicht mehr als ein paar Quadratfuß Erde erworben. Wulfgar überließ der alten Frau ein Pferd und eine kleine Summe Geld. Die Alte war überrascht über so viel Großzügigkeit. Man fesselte den Strauchdieben die Hände auf den Rücken und legte ihnen dann eine lange Leine um den Hals, so daß sie gezwungen waren, im Gänsemarsch hintereinander herzutappen. Als die kleine Gruppe vor Darkenwald anlangte, stand der Mond schon hoch am Himmel.

Vor dem Herrenhaus sprang Wulfgar vom Pferd. Er befahl, die Plünderer über Nacht einzuschließen und gut zu bewachen. Den Rest seiner Männer entließ er und betrat dann die Halle. Sein Blick wanderte in die Ecke, in der Kerwick schlafend unter den Hunden lag. Stirnrunzelnd hielt er einen Augenblick inne.

Dann schritt er rasch durch den Saal und goß sich einen herzhaften Schluck frisch gebrauten Oktober-Ales ein. Das starke Gebräu wärmte ihm den Leib.

Beschwingt schritt er die Treppe hinauf und öffnete die Tür. Nur die Flammen des herabgebrannten Feuers und eine einzige Kerze beleuchteten das Gemach. Wulfgar lächelte zufrieden, als er sah, daß die große hölzerne Wanne halb gefüllt mit warmem Wasser bereitstand. Über dem Feuer hing ein großer Kessel, in dem heißes Wasser zum Nachgießen dampfte. Auf den Herdplatten gewahrte er ein Schneidebrett mit Fleisch,

Käse und Brot. Zumindest würde es ihm bei dieser Aislinn nicht an Bequemlichkeit mangeln. Die Sklavin hatte immerhin schon zu gehorchen gelernt.

Seine Augen verweilten auf der schlanken Gestalt, die sich in dem großen Stuhl vor dem Feuer zusammengekuschelt hatte. Das schlafende Gesicht war ohne jeden Makel. Das Haar glänzte im Feuerschein wie geschmolzenes Kupfer. Unter dem Stoff ihres Gewands hob und senkte sich die Brust. Wulfgar beugte sich hinab und hob mit den Fingerspitzen vorsichtig eine der losen Flechten von ihrer Wange. Er führte sie an seine Lippen und atmete ihren frischen, reinen Duft ein. Fast erschrocken richtete er sich wieder auf, weil ihn dieser Duft so seltsam verzauberte. Mit dieser Bewegung schlug die Schwertscheide gegen den Stuhl.

Mit ängstlichem Gesicht schreckte Aislinn hoch. Aber als sie ihn erkannte, glitt ein verträumtes Lächeln über ihre Züge, sie streckte die Arme und seufzte zufrieden auf. »Euer Lordschaft.«

Der Anblick dieser sich ihm entgegenreckenden biegsamen Gestalt ließ sein Blut in den Schläfen pochen. Er trat einen Schritt zurück, um gegen jede Versuchung gefeit zu sein. Dann begann er Stück um Stück seine Ausrüstung abzulegen. Angetan nur noch mit leichten linnenen Brust- und Beinkleidern, wandte sich Wulfgar wieder Aislinn zu. Als sein Blick sie streifte, erhob sie sich rasch und trat ans Feuer, um ein neues Scheit nachzulegen.

»Was zögert Euren Schlummer hinaus, Demoiselle?« fragte er mit kaltem Ton. »Die Stunde ist spät. Wolltet Ihr noch etwas von mir erfragen?«

»Mein Herr befahl, daß ein heißes Bad ihn bei seiner Rückkunft erwarte. Ich habe Wasser und Abendbrot warmgehalten.«

Er musterte sie scharf. »Ihr hattet keine Angst um Eure eigene Sicherheit, während ich fort war? Habt Ihr so großes Vertrauen in die Normannen?«

Aislinn erwiderte seinen Blick und faltete die Hände hinter dem Rücken. »Ich hörte, daß Ihr Ragnor mit einem Auftrag wegschicktet. Und da ich Euer Eigentum bin, habe ich von Euren Männern nichts zu fürchten. Ihre Angst vor Euch scheint wirklich groß zu sein.«

Wulfgar überging diese Stichelei. »Mein Hunger würde für einen ganzen gerösteten Eber reichen. Also gebt mit zuerst zu essen, das Bad kann noch warten.«

Als sie sich umwandte, um seinem Wunsch Genüge zu tun, folgten seine Augen ihrem schlanken Rücken. Er bewunderte das anmutige Schwingen ihrer Hüften, und in seine Vorstellung drängte sich das Bild ihres nackten Körpers, an den er sich nur zu gut erinnerte. Der siegreich bestandene Tag hatte seine Sinne aufgewühlt, und ihre betörende Nähe ließ sein Blut hitzig und ungestüm wie nie zuvor durch die Adern schießen. Als sie die Augen zu ihm hob, gewahrte sie seinen zugleich aufmerksamen wie verlorenen Blick, und er sah im Flackerlicht des Feuers und der Kerze, wie ihr die Röte ins Gesicht schoß.

Irgend etwas ließ sie zögern, und als er auf sie zutrat, wich sie einen Schritt zurück. Dicht vor ihr hielt er inne und versenkte seinen Blick in diese veilchenfarbenen Augen. Seine Hand streckte sich aus und umfaßte ihre Brust. »Ich kann ebenso zärtlich sein wie Ragnor«, flüsterte er heiser.

»Aber er war nicht zärtlich, Euer Lordschaft«, murmelte sie unschlüssig, ob sie fliehen oder sich dem Kampf stellen sollte. Die Hand bewegte sich nicht. Nur sein Daumen preßte sich gegen ihre Brustspitze.

»Was habt Ihr denn da, Mädchen?« machte er sich über sie lustig. »Das könnte mich interessieren.«

Aislinns Kinn hob sich. »Ihr habt dieses Spiel schon oft genug gespielt, Euer Lordschaft. Ich habe Euch nichts zu bieten, was Ihr nicht schon kennt.«

»Aaah, Eure Rede klingt kalt, Mädchen. Das Feuer sollte Eurem Blut etwas Wärme geben.«

»Ich würde es lieber sehen, wenn das Eure sich etwas abkühlen würde, Euer Lordschaft.«

Wulfgar warf den Kopf in den Nacken und lachte schallend. »Oh, ich glaube, mit Euch könnte das sehr vergnüglich sein, in und außerhalb des Bettes.«

Aislinn schob seine Hand weg. »Kommt zu Tisch, Euer Lordschaft. Wenn Ihr schon nicht abkühlt – Euer Essen wird es bestimmt.«

»Ihr sprecht wie ein Eheweib, dabei habe ich Euch noch nicht einmal zu meiner Mätresse gemacht«, schalt er.

»Auf die ehelichen Pflichten bin ich wohl vorbereitet«, erwiderte Aislinn, »aber nicht auf die einer Buhlerin.«

Wulfgar zuckte mit den Schultern. »Dann denkt einfach, Ihr wärt meine Eheweib, wenn Euch das besser gefällt, meine kleine Aislinn.«

»Ohne den Segen eines Priesters ist mir das unmöglich«, wies sie ihn kalt zurecht.

Wulfgars Blick ruhte noch immer voll Wohlgefallen auf ihr. »Und diese wenigen Worte würden ausreichen, um Euch dieses Gefühl zu geben?«

»Ja, das würden sie, Euer Lordschaft«, sagte sie feierlich. »Den Mädchen wird nur selten zugestanden, sich den Gatten frei zu wählen. Und Ihr seid so gut wie jeder andere Mann, außer daß Ihr Normanne seid.«

»Aber Ihr sagtet, Ihr würdet mich hassen«, erinnerte er sie spöttisch.

Aislinn hob die Schultern. »Ich kannte viele Mädchen, die ihre Gatten haßten.«

Wulfgar trat noch dichter an sie heran. »Alte Männer, die nur mit Hilfe fremder Hände ihre Braut besteigen konnten?« fragte er.

»Das weiß ich nicht mehr, Euer Lordschaft«, wich sie aus.

Wulfgar lachte in sich hinein und hob einen der Lockenkringel von ihrer Brust. »Ich weiß, daß Ihr Euch sehr wohl erinnert, Demoiselle. Kein Frauenzimmer wird sich beklagen, wenn es einen kräftigen und lendenstarken Mann ins Bett gelegt bekommt. Und in meinem Bett würdet Ihr Euch gewißlich nicht zu beklagen haben.«

Aislinn blickte ihn mit spöttischen Augen an. »Euer Lordschaft, bittet Ihr etwa um meine Hand?«

Wulfgar richtete sich ruckartig auf und musterte sie mit hochgezogenen Brauen. »Was? Damit ich dann immer dieses Joch trage? Nie!«

Er trat einen Schritt zurück, aber sie wandte den Blick nicht von ihm. »Und was ist mit Euren Bastardsöhnen?« fragte sie. »Wie steht es damit?«

Er grunzte. »Bis jetzt kann davon keine Rede sein.« Er ließ den Blick erneut über sie schweifen, dann zuckte es spöttisch in seinen Mundwinkeln. »Mit Euch allerdings könnte sich das rasch ändern.«

Aislinns Wangen röteten sich vor Ärger. »Meinen Dank für Eure Warnung«, erwiderte sie sarkastisch. Wieder haßte sie ihn wegen seines Vermögens, sie nach seinem Belieben in Zorn zu versetzen und sich dann an ihrer Raserei zu ergötzen.

Er hob die Schultern. »Aber vielleicht seid Ihr auch unfruchtbar.«

»Oh!« Die Wut drohte Aislinns Kehle zu verschließen. »Das würde Euch zweifellos sehr entgegenkommen. Gleichwohl wäre es ein großes Unrecht, mich ohne die vorgeschriebenen Gelübde in Euer Bett zu zwingen.«

Er lachte und setzte sich zu Tisch. »Und Ihr, jungfräuliches Eheweib, seid stur wie ein Ochse. Würde ich Euch zu meiner Gattin wählen, wolltet Ihr wohl versuchen, mir Herz und Hand zu erweichen, um Eurem Volk zu helfen. Sich für die Bauern und die Familie zu opfern – ein nobler Gedanke.« Seine Brauen zogen sich finster zusammen. »Aber ich kann diesem Edelmut nichts abgewinnen.«

»Der Priester ist heute nicht gekommen«, sagte sie, unvermittelt das Thema wechselnd. Er wandte nun seine Aufmerksamkeit dem Essen zu. »Habt Ihr Euer Versprechen vergessen, daß er kommen und die Gräber segnen sollte?«

»Nein«, erwiderte Wulfgar kauend. »Er mußte anderswohin, aber sobald er nach Cregan zurückkehrt, werden meine Leute ihn herschicken. Wahrscheinlich in ein paar Tagen, habt noch etwas Geduld.«

»Einige der Dorfbewohner sahen Hildas Hof brennen. Strauchdiebe wahrscheinlich. Habt Ihr sie gefangen?«

»Ja.« Er starrte sie an. »Habt Ihr etwa daran gezweifelt?«

Sie erwiderte seinen Blick, ohne mit der Wimper zu zucken. »Nein, Herr. Ich weiß inzwischen, daß Ihr ein Mann seid, der bekommt, wonach ihn verlangt.« Sie wandte sich zur Seite. »Was werdet Ihr mit ihnen tun?«

»Sie erschlugen die Tochter der alten Frau, und ich habe vier von ihnen getötet«, sagte er. »Meine Männer erledigten ebenso viele. Die übrigen werden morgen früh die Katze zu spüren bekommen und danach das Wehrgeld abarbeiten, um die Alte für den Verlust der Tochter zu entschädigen. Anschließend reihe ich sie in die Schar meiner Sklaven ein.«

Er kaute einen Mundvoll Fleisch, während seine grauen

Augen sie in ihrem Bann hielten. Nervös begannen Aislinns Finger sich mit einer Hausarbeit zu beschäftigen.

»Haben sich die Diebe zum Kampf gestellt?« fragte sie leise. »Für gewöhnlich sind sie feige. Sie waren auch früher schon hier und machten meinem Vater große Sorgen.«

»Nein, gekämpft haben nur die, die Sweyn und ich verfolgten.«

Sie ließ ihren Blick über seine hohe Gestalt gleiten. »Und Ihr habt keine Verwundung davongetragen?«

Wulfgar lehnte sich zurück und erwiderte ihren Blick. »Nein, außer dem hier.« Er drehte seine Handteller nach oben. Aislinn stockte der Atem, als sie die Blasen und Schwielen sah. »Die Handschuhe sind nun einmal notwenig, Demoiselle. Ich war ein Narr, sie zurückzulassen.«

»Ihr müßt das Schwert mit aller Kraft geführt haben.« »Das tat ich. Mein Leben hing davon ab.«

Als er sich erhob und sein Unterzeug abzulegen begann, um in die Wanne zu steigen, wandte sich Aislinn rasch ab. Irgendeine Hausarbeit schien ihre ganze Aufmerksamkeit zu beanspruchen.

Wulfgar entblößte sich bis auf das kurze Lendentuch. Dann rief er nach ihr. Aislinn warf einen Blick über die Schulter und sah, daß er auf sein Bein und den Verband deutete. Sie griff nach der Schere und ging zu ihm hinüber. Sie kniete sich nieder, schnitt den Verband auf und schälte dann mit größter Vorsicht den Umschlag ab. Die Wunde war sehr viel besser geworden. Sie warnte ihn vor heftigen Bewegungen, damit sie nicht wieder aufbreche. Nachdem sie die Reste des Verbands aufgehoben hatte, wandte sie sich rasch wieder ab und wartete, bis sie ihn ins Wasser steigen hörte.

»Wollt Ihr Euch mir nicht anschließen, Demoiselle?« Aislinn wirbelte herum und starrte ihn mit ungläubigen Augen an. »Euer Lordschaft!«

Er lachte auf, und sie begriff, daß er sie wieder einmal nur geneckt hatte. »Ein andermal, Aislinn – vielleicht, wenn wir uns etwas besser kennen«, lächelte er sie an.

Aislinn wurde über und über rot und zog sich in die Schatten des Gemachs zurück. Von dort aus konnte sie ihn betrachten, ohne von ihm gesehen zu werden. Dabei bemerkte sie sehr wohl, daß er immer wieder in ihre Richtung blickte. Doch seine Augen versuchten vergeblich, die Dunkelheit zu durchdringen.

Schließlich stieg er erfrischt aus dem Wasser. Seine Worte ließen sie aufschrecken. »Kommt hierher, Aislinn.«

Die Angst griff mit eisigen Fingern nach ihr. Sie zögerte, von der bangen Frage bedrängt, was er wohl tun würde, wenn sie erneut zu fliehen versuchte. Sie sah, daß er vergessen hatte, die Tür zu verriegeln. Vielleicht konnte sie sie vor ihm erreichen. Aber sie ließ den Gedanken rasch wieder fallen. Zitternd erhob sie sich und ging mit weichen Knien zu ihm. Als sie dann vor ihm stand, fühlte sie sich klein und hilflos. Doch trotz ihrer Furcht wagte sie es, ihm voll in die Augen zu blikken. Sie sah, daß er wieder einmal sein spöttisches Lächeln aufgesetzt hatte.

»Dachtet Ihr etwa, ich hätte die Kette vergessen, meine Dame? So sehr vertraue ich Euch dann doch nicht.«

Die Angst wich der Erleichterung. Gefügig blieb sie stehen, während er sich niederbeugte und die Fessel um ihren Knöchel legte. Dann verriegelte er wortlos die Tür, blies die Kerze aus und stieg ins Bett, ohne weiter auf sie zu achten. In Gedanken verloren blieb sie stehen. Schließlich wandte sie sich um und ging zum Fußende seines Lagers, wo noch immer die Wolfsfelle auf dem Boden lagen.

Als sie die Gunna ablegte, fühlte sie seinen Blick auf sich ruhen, und voller Scham behielt sie ihr Unterkleid an. Dann löste sie die Haare und begann die langen, glänzenden Locken mit größter Sorgfalt auszukämmen. Der warme Feuerschein überhauchte ihre Gestalt. Sie fragte sich, warum dieser Mann, der doch nur die Hand nach ihr auszustrecken brauchte, von ihren Reizen so völlig unberührt schien. Doch als sie einen Blick zu ihm hinüberwarf, sah sie, daß er sich auf einem Ellbogen aufgerichtet hatte und sie aufmerksam musterte.

»Sofern Ihr nicht bereit seid, heute nacht in diesem Bett meine Gefährtin zu sein, Mädchen«, sagte er mit heiserer Stimme, »würde ich Euch raten, Eure Schönheitspflege auf morgen früh zu vertagen. Ihr riskiert sonst, daß ich plötzlich alle meine Bedenken vergesse und mir gegen Euren Willen nehme, was mich reizt.«

Aislinn nickte stumm und suchte rasch den Schutz ihres Fellagers auf, in das sie sich bis zum Kinn einpackte.

Einige Tage vergingen ohne neues Unheil, aber Aislinn vergaß nie Wulfgars Warnung. Sie besserte seine Kleidung aus, bediente ihn beim Essen und half ihm beim Ankleiden. Tagsüber schien er sie völlig vergessen zu haben. Er war vollauf beschäftigt, mit seinen Männern Verteidigungsanlagen gegen Räuberbanden und aufständische königstreue Sachsen anzulegen.

Dann kam von Wilhelm die Botschaft, daß sein Heer durch eine Seuche aufgehalten werde. Wulfgar sollte seine Stellung halten, bis es wieder marschfähig wäre. Obwohl Wulfgar sich mit keinem Wort dazu äußerte, hatte Aislinn den Eindruck, daß er diese Verzögerung fast begrüßte. Manchmal beobachtete sie ihn aus der Ferne. Es schien keine Situation zu geben, der er nicht gewachsen war.

Wurde die Kammertür abends verriegelt, und sie waren wieder allein, galt Wulfgars Augenmerk wieder fast ausschließlich Aislinn.

Seine grauen, sinnenden Augen verfolgten jede ihrer Bewegungen mit einer solchen Intensität, daß ihre Finger zu zittern begannen.

Von ihrem Fellbett gewahrte sie sehr wohl, daß er oft bis tief in die Nacht wach auf seinem Lager lag.

Eines Nachts wachte sie zitternd vor Kälte auf. Sie erhob sich und wollte zum Feuer hinübergehen, um Holz nachzulegen. Unschlüssig und frierend stand sie da, die bloßen Arme um den Oberkörper geklammert. Eine Bewegung hinter ihr ließ sie herumfahren. Sie sah, wie Wulfgar die langen Beine aus dem Bett schwang und sich aufsetzte. In der Dunkelheit war sein nackter Körper nicht mehr als ein Schatten. »Ist Euch kalt?« fragte er.

Zähneklappernd nickte sie. Er nahm eines der Felle von seinem Bett und trat zu ihr. Nachdem er es ihr fest um die bloßen Schultern gewickelt hatte, ging er zum Feuer hinüber und legte kleine Äste und Scheite in die glühende Asche. Er hockte sich davor und schürte das Feuer, bis die Flammen wieder aufschlugen. Dann kam er wieder zu ihr, ging in die Knie und löste die Fußfessel. Die Kette warf er achtlos zur Seite. Er erhob sich und blickte sie eindringlich an. Das neu entfachte Feuer ließ seine markanten Gesichtszüge jetzt deutlich hervortreten.

»Ich werde mich mit Eurem Ehrenwort begnügen, daß Ihr mir nicht davonlauft. Wollt Ihr es mir geben?«

Aislinn nickte. »Wohin sollte ich wohl gehen?« »Dann seid Ihr frei.«

Sie lächelte dankbar. »Ich mochte sie nicht, diese Kette.«

»Ich genausowenig«, erwiderte er brüsk und verkroch sich rasch wieder in seinem Bett.

Danach durfte Aislinn hingehen, wohin sie wollte. Sie konnte durch den Ort streifen, ohne von Wachen verfolgt zu werden. Doch an dem Tag, an dem Ragnor zurückkam und sich ihr auf dem Hof vor dem Herrenhaus näherte, stellte sie fest, daß sie auch jetzt noch bewacht wurde. Zwei von Wulfgars Leuten machten deutlich ihre Anwesenheit kund.

»Er bewacht Euch gut und mich schickt er mit immer neuen Aufgaben in die Ferne«, knurrte Ragnor, als er die Männer gewahrte. »Er scheint Angst zu haben, Euch zu verlieren.«

Ihr Mund verzog sich zu einem spöttischen Lächeln. »Vielleicht weiß er nur zu gut, wozu Ihr sonst fähig wärt, Sir Ragnor.«

Er warf ihr einen finsteren Blick zu. »Ihr scheint Euch recht wohl zu fühlen. Ist Euer Herr denn ein so großartiger Liebhaber? Das kann ich kaum glauben. Mir schien immer, er würde hübschen Knaben den Vorzug vor schönen Frauen geben.«

Aislinns Augen weiteten sich in gespielter Unschuld. »Aber Sir, Ihr scherzt doch sicherlich! Nie zuvor bin ich einem so geschickten und ausdauernden Liebhaber begegnet.« Sie sah, wie er verärgert die Lippen aufeinanderpreßte und begann ihr Spiel zu genießen. Mit leiser Stimme fuhr sie fort. »Hoffentlich ist es nicht unschicklich zu sagen, daß er mich einfach überwältigt.«

Ragnors Gesicht versteinerte. »Aber er sieht doch nicht gut aus.«

»Oh? Ich bin da anderer Ansicht. Aber das eine hat doch nichts mit dem andern zu tun, meint Ihr nicht auch?«

»Ihr haltet mich zum Narren«, meinte Ragnor.

Sie setzte ein mitfühlendes Gesicht auf. »Oh, Sir! Ich versichere Euch, dem ist nicht so. Ich weiß, Eure Zeit ist kostbar, und ich kann unmöglich von Euch verlangen, daß Ihr mir so lange Euer Ohr leiht, bis ich Euch erklärt hätte, warum eine

Frau einen bestimmten Mann als ihren wahren Herrn anerkennt.«

Das Donnern von Hufen zerriß in diesem Augenblick die Stille über dem Ort. Als sie sich umwandten, sahen sie Wulfgar und seine Männer herbeisprengen. Mit finsterem Gesicht brachte Wulfgar sein Streitroß neben ihnen zum Stehen. Er stieg ab und übergab die Zügel Gowain, einem seiner Ritter. Dann wandte er sich den beiden zu.

»Ihr kehrt früh zurück.«

»Ja«, erwiderte Ragnor bitter. »Ich kundschaftete den Norden aus, wie Ihr befahlt, aber ohne jedes Ergebnis. Die Engländer haben sich in ihren Häusern und Städten verbarrikadiert. Es ist unmöglich zu sagen, was sie hinter ihren Mauern treiben. Vielleicht amüsieren sie sich auch nur ausgiebig mit ihren Weibern, wie Ihr es offensichtlich auch mit dieser Maid hier getan habt.«

Wulfgar warf Aislinn einen Blick zu. Sie war über und über rot geworden.

»Sie sagt übrigens, Ihr wärt ein wahrer Meister dieses Spiels«, fuhr Ragnor fort und fixierte den Bastard mit hochgezogener Braue.

Ein Lächeln umspielte Wulfgars Lippen. »So, das sagt sie also?« Wie selbstverständlich legte sich seine Hand auf Aislinns Schulter und liebkoste ihren Nacken, obwohl er spürte, wie sie sich unter seinem Griff versteifte. Sein Lächeln wurde breiter. »Auch sie bereitet mir die höchsten Wonnen.«

»Ich sage, sie lügt«, stieß Ragnor verärgert hervor.

Wulfgar lachte auf. »Weil sie sich Euch widersetzte? Wie jedes ehrbare Fräulein möchte sie eben durch Zärtlichkeiten gewonnen werden.«

Ragnor gab seiner ganzen Verachtung Ausdruck. »Sie gleicht doch in nichts einem Knaben, Wulfgar.«

Aislinn spürte am sich verfestigenden Griff seiner Finger, wie der Zorn in ihm aufstieg. Aber er behielt die Kontrolle über sich, und seine Worte klangen beherrscht.

»Ihr seid höchst unbesonnen, mein Freund. Ich ahnte nicht, daß Ihr die Maid sogar um den Preis Eures Lebens begehrt. Aber ich vergebe Euch, denn dieses Mädchen rechtfertigt jede Tollkühnheit eines Mannes. Vielleicht verhielte ich mich in Eurer Lage genauso.« Seine Hand glitt zu Aislinns Taille, die er sanft liebkoste, während er sie enger an sich zog. »Ihr wärt wohl beraten, Euch an Hlynn zu halten. Denn morgen früh werdet Ihr uns verlassen und Euch dem Kommando des Herzogs unterstellen. Es bleibt Euch also nicht mehr sehr viel Zeit, Eure Gelüste zu befriedigen.«

Er ließ Ragnor stehen und zog Aislinn mit sich die Stufen zur Halle hinauf. Als sie eintraten, starrte Kerwick aus seiner Ecke, wo er gefesselt unter den Hunden lag, zu ihnen herüber. Wut und Eifersucht verzerrten sein Gesicht, als er sah, wie der Normanne Aislinn einen zärtlichen Klaps auf die Hinterbakken gab, bevor er sie freiließ. Dieser Anblick traf ihn so sehr, daß er Aislinns unwillige Reaktion nicht mehr bemerkte. Das Mädchen wirbelte herum und floh über die Treppe nach oben.

Wulfgar trat an Kerwick heran. »Kleiner Sachse, wenn du meine Sprache verstehen würdest, könnte ich dich zu deinem guten Geschmack beglückwünschen. Aber du und de Marte seid höchst unklug, dieses Mädchen so sehr zu begehren. Sie hat eure Herzen achtlos zur Seite geschoben. Ihr tätet gut daran, den Frauen nicht zu trauen.« Er goß sich Ale in sein Trinkhorn und hob es hoch, als ob er einen Trinkspruch auf den gefesselten Mann ausbringen wollte. »Frauen! Bedien dich ihrer. Nimm sie und verlaß sie. Aber schenke ihnen nie deine Liebe, mein Freund. Ich habe diese Lektion schon als kleiner Junge begreifen müssen.«

Damit wandte sich Wulfgar ab und stieg die Treppe hinauf. Er fand sein Schlafgemach zu seiner großen Überraschung leer. Ärger überflutete ihn, als er überlegte, welchen Streich die Füchsin ihm jetzt wohl wieder spielen wollte. Er verstand sehr wohl, daß sie sich an Ragnor zu rächen versuchte, aber verdammt wollte er sein, wenn er sich selbst zum Opfer ihrer Rachsucht machen ließe!

Zornig schritt er hinüber zur Kammer ihrer Mutter und stieß die Tür auf. Aislinn schreckte in der Wanne hoch. Verschämt schlug sie die Arme über den bloßen Brüsten zusammen. Hlynn hätte fast den Eimer heißen Wassers fallen lassen, aus dem sie nachgoß. Das Mädchen zog sich scheu zurück, als Wulfgar an die Wanne herantrat und auf Aislinn hinabstarrte. Mit wutrotem Gesicht erwiderte sie seinen Blick. »Mißfällt Euch irgend etwas, Milord?« stieß sie unwirsch hervor.

Er lächelte, und ihre Wangen färbten sich unter seinem wohlgefälligen Blick dunkelrot. »Nein, Demoiselle, ganz im Gegenteil.«

Aislinn tauchte voller Grimm ins Wasser zurück. Links und rechts schwappte es über den Rand. Voller Unmut und Widerwillen blitzten ihn ihre Augen an. Sein ungezwungenes Wesen mußte Hlynn glauben machen, sie seien schon ein Liebespaar.

Wulfgar deutete auf das Mädchen. »Ich glaube, Ragnor ist ihrer bedürftig.«

»Ich bedarf ihrer hier«, widersprach Aislinn energisch.

»Höchst seltsam«, meinte Wulfgar mit spöttischem Ton. »Sagt mir, Demoiselle, liegt es daran, daß Ihr den Gedanken nicht ertragen könntet, Ragnor de Marte könnte sich mit einer anderen amüsieren – wollt Ihr deshalb das Mädchen hier bei Euch behalten?«

Aislinn warf ihm einen mörderischen Blick zu. »De Marte mag sich mit seinen normannischen Schlampen vergnügen, wie und so oft es ihm gefällt. Aber Hlynn ist der Barbarei seiner Liebesspiele hilflos preisgegeben. Er verletzt das Mädchen, und wenn Ihr auch nur einen Funken Mitleid in Eurer Seele hättet, würdet Ihr sie ihm nicht so einfach überlassen.«

»Die Sorgen und Nöte von euch Frauen gehen mich nichts an«, meinte Wulfgar schulterzuckend. Seine Hand streckte sich aus, um nach einer kupferfarbenen Locke zu fassen. »Das weiß ich«, fauchte Aislinn.

Hlynn hatte sich angstvoll in einer Ecke zusammengekauert. Unwirsch fragte Wulfgar Aislinn: »Muß sie denn immer so verängstigt blicken? Sagt ihr, daß ich ihre Herrin für mein Lager auserwählt habe, nicht sie.«

Aislinn blickte zu dem zitternden Mädchen hinüber. »Mein Herr wird dir nichts Böses tun, Hlynn«, sagte sie auf Englisch. »Vielleicht gelingt es sogar, seinen Schutz für dich zu erlangen. Beruhige dich also.«

Das flachsblonde Mädchen richtete sich etwas auf, blickte aber noch immer ängstlich auf den großen Normannen.

»Was habt Ihr ihr gesagt?« fragte Wulfgar.

Unter den verzehrenden Blicken Wulfgars erhob sich Aislinn aus dem Wasser und griff nach einem Tuch, um ihre Blöße zu bedecken. Rasch schlang sie es um den zarten Körper und stieg dann aus der Wanne.

»Ich sagte, Ihr führet nichts Böses gegen sie im Schilde«, antwortete sie, »genau wie Ihr mir befohlen habt.«

»Beherrschte ich nur Eure Sprache, um sicher sein zu können, von Euch nicht zum Narren gehalten zu werden.«

»Ein Mann macht sich selbst zum Narren. Ein anderer wird das kaum zustandebringen, wenn er es ihm nicht erlaubt.«

»Ihr seid so klug wie schön«, murmelte er. Sein Finger streichelte langsam und zärtlich über ihren nackten Arm. Aislinn blickte ihn mit flehenden Augen an. Sie stand so dicht an ihn gedrängt, daß sich ihr Bein gegen seinen Schenkel preßte. Wulfgars Nähe machte Aislinn schwach und unsicher. Bei ihm dagegen reagierte sein ganzer Körper. Er ballte die Fäuste, um der Versuchung zu widerstehen, sie in seine Arme zu reißen. Er wußte, daß sie von Hlynn beobachtet wurden und wunderte sich, daß er trotz dieses forschenden Blicks so von der Leidenschaft überwältigt werden konnte. Er war dankbar, daß er noch immer sein Kettenhemd trug, denn das feuchte Tuch um Aislinns dampfenden Leib legte seiner Selbstbeherrschung schwerste Probleme auf. Der Versuchung konnte er nur mit eisernem Willen widerstehen.

»Euer Lordschaft«, murmelte Aislinn, »Ihr sagtet, wir wären nicht mehr als Sklaven. Ihr könnt also Hlynn jedem überlassen. Aber ich flehe Euch an, verfahrt gnädig mit ihr. Sie hat mir immer in allem redlich gedient. Würdigt sie nicht zur Dirne herab, die jedem Eurer Männer zu Willen sein muß. Ihre Gefühle sind zart. Bitte, seid also barmherzig.«

Wulfgars Blick verfinsterte sich. »Bettelt Ihr wieder einmal um ein Leben, Aislinn? Wärt Ihr denn bereit, mein Lager mit mir zu teilen, um dieses Mädchen davor zu bewahren, wieder Ragnor ausgeliefert zu werden?«

Aislinn holte tief Luft. »Nein, Wulfgar, ich bitte Euch lediglich um etwas, weiter nichts.« Wulfgar musterte sie eindringlich. »Ihr verlangt viel, seid aber nicht bereit, dafür auch etwas zu geben. Zuerst habt Ihr Euch für diesen Kerwick verwendet und jetzt auch noch für dieses Mädchen. Wann erbittet Ihr eigentlich einmal etwas für Euch selbst?«

»Steht denn mein Leben auf dem Spiel?« fragte sie, und ihre Augen forschten in seinem Gesicht.

»Und wenn es so wäre?« stellte er sie auf die Probe.

»Ich denke, ich würde nicht einmal dann bereit sein, dafür die Hure zu spielen«, erwiderte sie bedächtig.

»Würdet Ihr denn aus eigenem Antrieb kommen, wenn Ihr mich liebtet?« Sein Blick drang tief in ihre verhangenen Augen.

»Wenn ich Euch liebte?« wiederholte sie. »Meine Liebe ist alles, worüber ich noch frei verfügen kann. Ragnor nahm mir, was ich für meinen Ehegatten aufsparen wollte. Meine Liebe aber ist noch immer ein Geschenk, das ich gewähren oder verweigern kann, ganz wie mein Herz es mir befiehlt.«

»Habt Ihr Kerwick geliebt?«

Sie schüttelte bedächtig den Kopf und antwortete wahrheitsgemäß: »Nein, ich habe noch keinen Mann geliebt.«

»Und ich keine Frau«, erwiderte er, »aber ich habe viele begehrt.«

»Ich begehre keinen Mann«, sagte sie ruhig.

Seine Hand liebkoste ihre Wange und streichelte dann hinab zu ihrer Kehle. Er fühlte sie unter seiner Berührung zittern und meinte dann mit einem spöttischen Lächeln: »Ich glaube nicht, daß Eure Träume so ganz jungfräulich sind, Demoiselle.«

Ihre Augen blitzten ihn an. Sie wollte ihm gerade eine entsprechende Antwort geben, als er ihr einen Finger auf die Lippen legte.

»Hlynn soll Euch aufwarten, bis Ragnor morgen früh von hier wegreitet. Er wird nicht lange nach ihr suchen, sondern sich rasch mit einer andern trösten. Euch bitte ich, zu Eurem eigenen Besten, in meiner Nähe zu bleiben. Jeder weiß, daß es Ragnor nach Euch verlangt. Während meine Männer Euch nicht belästigen werden, ist von seinen nicht dasselbe zu erwarten. Ihr würdet rasch die Sicherheit unseres Nestes in jener Kammer dort schätzen lernen, wenn Ihr Euch auf Eure eigene Kraft verlaßt.«

Aislinn lächelte, und ein Grübchen umspielte ihren Mundwinkel. »Ich bin mir natürlich der Wohltaten vollauf bewußt, die ich in Eurer Nähe genieße, auch wenn ich lediglich bei Euch und nicht mit Euch schlafe, Euer Lordschaft.«

Wulfgars Gesicht zeigte ein fast teuflisches Grinsen, als er sich erhob und zur Tür schritt. »Auch diese Wohltat werdet

Ihr in Bälde schätzen lernen, meine Dame, seid dessen versichert.«

Beim abendlichen Gelage saß Aislinn auf ihrem gewohnten Platz neben Wulfgar. Ragnor drängte sich an ihre andere Seite. Als sie sich Wulfgar zuwandte, um ihm eine Frage zu beantworten, verschlangen Ragnors Augen ihre geschmeidige Gestalt und verweilten einen Augenblick auf ihrem zarten, schimmernden Nacken. Ein rasendes, alles verzehrendes Verlangen brannte in seinem Innern.

Er beugte sich zu ihr hinüber. »Er schickt mich zu Wilhelm«, flüsterte er, »aber es wird ihm nicht gelingen, mich für immer von Euch fernzuhalten.« Sanft streiften seine Handknöchel an ihrem Ärmel entlang. »Ich kann Euch mehr bieten als er. Meine Familie hat großen Einfluß. Sie wird mich in meinem Fortkommen unterstützen. Kommt mit mir, Ihr werdet es nicht bereuen.«

Aislinn schob unwillig seine Hand zur Seite. »Mein Zuhause ist Darkenwald. Nach größeren Schätzen verlangt mich nicht.«

Ragnor musterte sie. »Dann bekommt Euch also der, dem Darkenwald gehört?«

»Es ist Wulfgars Besitz, und ich bin sein eigen«, erwiderte sie kalt, um damit das Gespräch zu beenden. Ragnor lehnte sich in seinem Sessel zurück und überdachte ihre Antwort.

Nach dem Mahl mußte Wulfgar die Halle für kürzere Zeit verlassen. Aislinn wollte sich in ihr Schlafgemach zurückziehen, wie er ihr geraten hatte. Doch Ragnor hatte ihr im Schutz der Dunkelheit vor der Kammer aufgelauert. Als er überraschend aus seinem Versteck hervortrat, blieb sie wie angewurzelt stehen.

Ein selbstgewisses Lächeln umspielte seine Lippen, als er dicht an sie herantrat und ihre Arme packte.

»Wulfgar ist sehr unvorsichtig mit Euch, Aislinn«, murmelte er heiser.

»Er konnte schließlich nicht damit rechnen, daß Ihr Euch so närrisch gebärden würdet«, erwiderte sie eisig und versuchte, sich aus seinem Griff zu befreien.

Ragnors Hand strich genußvoll über eine runde Brust und verweilte dann auf ihrer Hüfte.

»Ich hätte nie gedacht, daß die Erinnerung an irgendeine

Frau mich so peinigen könnte, wie die an Euch in den vergangenen Tagen«, sagte er mit belegter Stimme.

»Ihr begehrt mich einzig und allein, weil Wulfgar mich zu seinem Besitz erwählt hat«, widersprach sie. Mit aller Kraft stemmte sie sich gegen seine harte Brust. »Laßt mich los! Sucht Euch jemand anderen, um Eure Gelüste zu befriedigen.«

»Keine gefällt mir so gut wie Ihr«, murmelte er dicht an ihrem Haar. Er griff hinter ihren Rücken und stieß die Kammertür auf. »Wulfgar wird bestimmt noch einige Zeit mit seinen Pferden und den Leuten beschäftigt sein, dieser Narr! Und Vachel hat mir versprochen, hier vor der Tür Wache zu halten und mir seine Rückkunft zu melden. Ein Klopfen wird uns vor dem Bastard warnen. Also kommt jetzt, meine Taube, wir haben keine Zeit zu verlieren.«

Aislinn verstärkte ihre Abwehr und versuchte, ihm das Gesicht zu zerkratzen. Aber Ragnor hatte ihre Handgelenke gepackt, bevor sich ihre Nägel in seine Haut bohren konnten. Er bog ihr die Arme auf den Rücken und preßte sie noch fester an sich. Mit bösem Grinsen starrte er auf sie hinab.

»Auf mein Wort, Füchsin, Ihr seid ein viel aufregenderer Teufelsbraten als dieses einfache Landmädchen, das Wulfgar mir zugedacht hat.« Der Gedanke an den Rivalen ließ ihn böse auflachen. »Ich werde mich nicht mit den Abfällen von seinem Tisch zufriedengeben!«

Ragnor hob sie mühelos in seine Arme und trug sie in die Kammer. Mit dem Fuß warf er die Tür hinter sich ins Schloß.

»Ihr kriechendes Ungeziefer! Ihr Schlange aus dem Hades!« beschimpfte ihn Aislinn.

»Eher werde ich sterben, als Euch erneut zu Willen sein!«

»Daran zweifle ich sehr, meine Taube, außer Ihr könnt bereits im nächsten Augenblick den Tod herbeizitieren. Ergebt Euch lieber in Euer Schicksal, dann werde ich recht zärtlich mit Euch sein.«

»Niemals!« schrie Aislinn.

»Dann habt Ihr Euch alles selbst zuzuschreiben«, gab er wütend zurück.

Er warf sie aufs Bett. Bevor sie sich zur Seite rollen konnte, war er über ihr. Aislinn kämpfte wie ein wildes Tier, das sich gegen die Gefangennahme wehrt. Sie warf sich unter ihm hin und her, um ihn irgendwie abzuschütteln. Vielleicht reichte ihre Kraft aus, um das Schlimmste zu verhindern, bis Wulfgar zurückkehrte.

Doch der Kampf um das bißchen Würde, das ihr noch geblieben war, wurde rasch aussichtslos. Ragnor zerrte an ihren Gewändern und riß ihr schließlich die Gunna von den Brüsten. Sie fühlte seinen heißen, feuchten Mund auf den zarten Hügeln und schauderte in hilflosem Ekel.

»Wenn du mit diesem Eber das Lager zu teilen vermagst«, murmelte er atemlos an ihrer Kehle, »wirst du auch das Vergnügen zu schätzen wissen, das dir ein wirklich erfahrener Liebhaber bereiten kann.«

»Ihr ungeschickter Tölpel«, keuchte sie. »Verglichen mit ihm seid Ihr ein tapsiger Jüngling.«

Beide erstarrten, als es vor der Kammertür plötzlich laut wurde. Ragnor ließ erschrocken von ihr ab und starrte mit offenem Mund auf die Kammertür. Als Aislinn sich halb aufrichtete, flog die Tür plötzlich weit nach innen und Wulfgar erschien in ihrem Rahmen. Zu seinen Füßen wand sich leise jammernd Vachel. Lässig lehnte Wulfgar gegen den Türpfosten und setzte dem Besiegten mit ruhiger Selbstsicherheit den Fuß auf die Brust.

Seine Augen wanderten zuerst hinüber zu Aislinn. Er sah, daß er gerade noch zur rechten Zeit erschienen war. Hastig raffte das Mädchen das zerrissene Gewand über der bloßen Brust zusammen, um dann die Gunna über die schimmernden weißen Schenkel zu streifen. Dann senkte sich Wulfgars finsterer Blick auf ihren bleichen Peiniger.

»Es ist nicht meine Gewohnheit, um einer Frau willen einen Mann zu töten«, begann er gefährlich ruhig. »Aber Ihr, Sir de Marte, stellt meine Geduld auf eine harte Probe. Was mir gehört, untersteht meinem Schutz, daran lasse ich keinen Zweifel. Zum Glück berichtete mir Sweyn, daß er Vachel sich im Schutz der Dunkelheit vor meiner Kammer herumdrücken sah. Das hieß, daß Ihr irgend etwas im Schilde führtet. Wärt Ihr auch nur bei dem Mädchen weniges weiter vorgedrungen, hättet Ihr das Licht der Morgensonne bestimmt nicht mehr gesehen.«

Wulfgar wandte sich ab. Eine herrische Bewegung ließ Sweyn in der Kammertür erscheinen. Aislinn richtete sich jetzt vollends auf und beobachtete dankbar, wie der mächtige

Wikinger Ragnor packte und vom Lager zog. Vergeblich wand sich Ragnor in Sweyns festem Griff.

»Wirf diesen Kadaver in den nächsten Koben«, befahl Wulfgar und wies dann mit einer verächtlichen Geste auf Vachel. »Danach holst du dann den hier und machst mit ihm dasselbe. Sie dürften dort genau in der richtigen Gesellschaft sein und genug Zeit haben, um sich klar darüber zu werden, wie gefährlich es ist, sich an meinem Eigentum zu vergreifen.«

Nachdem Sweyn sein Werk getan hatte, schloß Wulfgar die Kammertür und wandte sich nach Aislinn um. Ein strahlendes Lächeln der Dankbarkeit belohnte ihn. Aber als er auf sie zutrat, sprang sie rasch vom Lager.

»Nach diesem Angriff auf seine Ehre hat Sir Ragnor jetzt allen Grund Euer Fell zu fordern«, meinte sie lächelnd. »Ohne das Schwert gegen ihn zu erheben, habt Ihr seinem Stolz einen vernichtenden Schlag versetzt. Ich hätte mir nie träumen lassen, daß meine Ehre so rasch und auf so wirksame Weise gerächt würde.«

Wulfgars Augen hafteten auf ihr, als sie mit stolz erhobenem Haupt wie eine Königin an ihm vorbeischritt, wobei sie sorgsam das zerrissene Gewand zusammenhielt.

»Und das scheint Euch ganz ausnehmend gut zu gefallen, Aislinn. Zwei Eurer Feinde kämpfen um Euch. Vielleicht sagt Ihr mir noch, welchen Ihr lieber loswerden wollt? Immerhin bedrohe ich Euren Seelenfrieden ganz offensichtlich stärker als er.«

Aislinn wandte sich ihm zu und lächelte ihm offen in die grauen Augen. »Milord, haltet Ihr mich denn für eine Närrin? Schließlich könnte ich keinen sicheren Schritt machen, stünde ich nicht unter Eurem Schutz, weil Ihr mich als Euer Eigentum begehrt. Ich weiß sehr wohl, daß ich mich für diesen Vorzug noch in keiner Weise erkenntlich gezeigt habe und tief in Eurer Schuld stehe. Doch hege ich weiter die Hoffnung, daß Euer ritterlicher Anstand Euch verbietet, eine Art der Belohnung von mir zu fordern, die einer Dame unwürdig ist, die keine ehelichen Bande an Euch knüpfen.«

Er knurrte: »Ritterlicher Anstand – davon habe ich nie viel gehalten, Aislinn, besonders nicht gegenüber Damen. Ihr dürft versichert sein, daß Ihr bezahlen werdet, ja, daß Ihr gut bezahlen werdet.«

Das bezaubernde Lächeln umschwebte noch immer ihre Lippen. »Ich glaube, Euer Lordschaft, Euer Knurren ist gefährlicher als Euer Biß.«

Die lohfarbene Braue hob sich. »So, glaubt Ihr das, Demoiselle? Dann werdet Ihr eines Tages wünschen, meine Ankündigung ernster genommen zu haben.«

Mit diesen Worten blies er die Kerzen aus, entkleidete sich im Schein des flackernden Feuers und warf sich schwer auf sein Lager.

Hart und bestimmt drangen seine Worte zu ihr herüber in den Schatten. »Morgen früh werdet Ihr einen Dolch anlegen zu Eurem Schutz. Er wird vielleicht weiteren Anschlägen auf Eure Tugend vorbeugen.«

Mit einem Lächeln rollte sich Aislinn auf ihrem Fellager zusammen. Träumend erinnerte sie sich an das Spiel der flakkernden Flammen auf seiner bronzefarbenen Haut.

6

Viel erfuhr Aislinn über Ragnors Abschied am nächsten Morgen nicht. Es hieß lediglich, er wäre überhastet, wütend und wortlos verschwunden. Mit leichtem Herzen und beschwingten Schrittes machte sie sich an ihre täglichen Pflichten. Nicht wenig trug der Dolch an ihrem Gürtel zu dem neu gewonnenen Selbstvertrauen bei. Wulfgar selbst hatte ihn ihr am Morgen überreicht, als sie sich für den Tag ankleidete. Ihre Dankesworte wies er wie gewöhnlich mit einer spöttischen Bemerkung zurück.

Es war später Vormittag. Aislinn saß zusammen mit der Mutter an Erlands Grab. Als sie einmal kurz aufblickte, sah sie zu ihrer Überraschung, wie sich zwischen den Bäumen hindurch ein Mann auf die Halle zuschleppte. Irgend etwas an ihm kam ihr seltsam vor, bis ihr plötzlich bewußt wurde, daß sein Haupthaar lang und zottig war und sein Kinn von einem Vollbart umrahmt wurde. Überrascht hielt sie den Atem an, was ihre Mutter ebenfalls aufblicken ließ. Da Aislinn sich nichts anmerken lassen wollte, lächelte sie ihr beruhigend zu. Maida wandte darauf den Blick wieder traurig auf den niederen Erdhügel und setzte mit leiser Stimme ihren Klagegesang fort.

Aislinn vergewisserte sich mit ängstlichen Blicken, ob einer der Normannen den Fremdling ebenfalls erspäht hatte. Doch nichts deutete darauf hin. So erhob sie sich und schritt bedächtig auf die Ecke des Herrenhauses zu. Als sie ganz sicher war, daß niemand sie beobachtete oder gar verfolgte, verschwand sie rasch dahinter und hetzte über die Lichtung, um im dichtesten Teil des Unterholzes am Rand des Sumpfes zu verschwinden. In seinem Schutz wechselte sie erneut die Richtung und arbeitete sich zurück auf festen Grund, ohne auf die Äste und Dornen zu achten, die sich in ihrem Umhang verfingen oder ihr die Haut aufrissen.

Plötzlich sah sie den Fremdling unmittelbar vor sich zwischen den Bäumen. Er schien am Ende seiner Kräfte zu sein. Sie erkannte in ihm Thomas, einen Ritter und Vasallen ihres Vaters. Freude und Erleichterung überwältigten sie, denn auch ihn hatte sie tot geglaubt. Mit einem Schrei stürzte sie auf ihn zu. Zunächst hielt er erschrocken inne, doch als er sie erkannte, beschleunigte er seine Schritte.

»Milady, fast schon hatte ich geglaubt, Darkenwald nie wieder zu sehen«, sagte er, und die Tränen stiegen ihm in die Augen. »Wie geht es Eurem Vater? Ich wurde bei Stamford Bridge verwundet und blieb dort zurück, während das Heer weiter nach Süden zog, um dort auf Wilhelm zu treffen.« Trauer überzog sein Gesicht. »Das sind schlechte Zeiten für England. Wir sind verloren.«

»Sie sind schon hier, Thomas«, murmelte sie, »und Erland ist tot. Wir müssen Euch vor ihnen verbergen.«

Erschrocken wanderte sein Blick zum Herrenhaus hinüber. Erst jetzt begriff er die Bedeutung ihrer Worte, und seine Hand legte sich auf den Schwertknauf. Aislinn legte ihm die Hand auf den Arm und drängte: »Geht zu Hilda und versteckt Euch dort. Ihr Gatte fiel neben Erland, und ihre Tochter wurde von Strauchdieben erschlagen. Sie wird Euch willkommen heißen. Ich werde Euch dort aufsuchen, sobald es mir möglich ist, und etwas zu essen mitbringen.«

Er nickte und hastete dann zwischen den Bäumen davon. Aislinn blickte ihm nach, bis er verschwunden war, dann machte sie sich auf den Rückweg zur Halle. Mit Hlynns Hilfe beschaffte sie sich etwas Brot, Käse und Fleisch und verbarg alles unter ihrem weiten Umhang. Hilda erwartete sie unter der Tür ihrer Hütte und führte sie rasch hinein.

»Geht es ihm gut?« erkundigte sich Aislinn leise und warf einen Blick zu Thomas hinüber, der mit raurig gesenktem Kopf vor dem Herdfeuer saß.

»Nur sein Herz verlangt nach Heilung, Lady, genau wie meines«, erwiderte Hilda. »Ich werde mich aber um ihn kümmern.«

Aislinn reichte ihr das Bündel. »Falls jemand fragen sollte, woher du dieses Fleisch hast, sagst du, daß ich es gestohlen hätte. Ich möchte nicht, daß man dich meinetwegen züchtigt.«

»Sie sollen mich ruhig töten«, erwiderte die alte Frau. »Mein Leben ist fast schon vorüber, aber Eures hat gerade erst begonnen.«

»Wulfgar würde mich nicht töten«, sagte Aislinn, ohne davon wirklich überzeugt zu sein. »Also, hast du hier die Möglichkeit, Thomas zu verstecken, falls sie ihn suchen kommen? Sie dürfen ihn nicht bei dir finden.«

»Keine Angst, Milady. Wir werden schon ein gutes Versteck finden.«

»Dann muß ich jetzt wieder gehen.« Aislinn wandte sich zur Tür. »Ich werde neue Vorräte bringen, wenn es mir möglich ist.« Sie hatte gerade die Tür geöffnet und war im Begriff hinauszutreten, als Hilda erschreckt ausrief: »Die Normannen!«

Aislinn hob den Blick und erstarrte. Draußen stand Wulfgar, flankiert von zwei seiner Gefolgsleute. Eisige Angst kroch ihr über den Rücken, als sich seine stahlgrauen Augen in sie bohrten. Er trat einen Schritt vor und wollte die Hütte betreten, doch sie verstellte ihm den Weg. Ein unwilliges Grunzen war seine einzige Antwort. Er streckte die Hand aus und schob sie mühelos zur Seite.

»Nein! Er hat nichts getan!« schrie sie verzweifelt und klammerte sich an Wulfgars Arm. »Laßt ihn in Ruhe!«

Wulfgar blickte auf die kleinen Hände hinab, die sich in seinen Ärmel krallten. Mit warnendem Unterton in der Stimme wies er sie zurecht: »Ihr vergeßt Euch, Aislinn von Darkenwald. Dieser Sachse hier betrifft Euch in keiner Weise.«

Aislinn blickte voller Angst zu Thomas hinüber, der mit kampfbereitem Schwert dastand. So wandte sie sich erneut Wulfgar zu. »Euer Lordschaft, Thomas ist ein tapferer Krieger. Muß auch sein Blut noch vergossen werden, obwohl die Entscheidungschlacht geschlagen ist und er nicht mehr tat, als treu an der Seite seines Königs zu fechten, dem er und mein Vater Gefolgschaft geschworen hatten? Oh, Seigneur, beweist auch in diesem Fall Eure Weisheit und Barmherzigkeit. Dafür bin ich bereit, Eure Handschuhe aufzuheben und Eure Sklavin zu sein.«

Wulfgars Gesicht blieb versteinert. »Ihr bietet Dinge an, die schon lange mein sind. Wollt Ihr Euch wieder in meine Entscheidungen mischen? Nehmt Eure Hände weg und kümmert

Euch um Eure Angelegenheiten.« Nun löste Wulfgar ihre Finger von seinem Ärmel und schob sie zur Seite. Dann schritt er auf Thomas zu, gefolgt von seinen beiden Männern.

»Ihr nennt Euch Thomas?« fragte Wulfgar.

Thomas blickte verständnislos zu Aislinn überüber.

»Euer Lordschaft, er spricht nicht Eure Sprache«, erklärte sie.

»Sagt ihm, er solle sein Schwert niederlegen und mit uns kommen«, befahl Wulfgar.

Als sie Wulfgars Worte übersetzte, hafteten Thomas' Augen auf den drei Normannen.

»Milady, werden sie mich töten?«

Ihr Blick blieb nachdenklich an Wulfgars Rücken hängen. Sie musterte die breiten, gepanzerten Schultern und sah die nachlässig auf dem Schwertknauf ruhende Hand.

»Nein«, erwiderte sie mit wachsender Entschiedenheit, »das glaube ich nicht. Der neue Herr von Darkenwald pflegt gegenüber seinen Untertanen Gerechtigkeit walten zu lassen.«

Noch immer zögernd ließ Thomas das Schwert sinken und bot es dann mit ausgestreckten Händen Wulfgar dar. Der Normanne nahm es an, wandte sich um und schritt auf den Ausgang der Hütte zu. Als er an Aislinn vorbeikam, ergriff er sie am Arm und schob sie vor sich her. Thomas folgte den beiden, eskortiert von Wulfgars Männern.

Draußen im Sonnenlicht blickte das Mädchen etwas verwirrt zu Wulfgar auf. Wortlos zog er sie mit sich fort. Doch seine Miene blieb unbewegt. Er schien sie überhaupt nicht zu beachten. Sie hatte Mühe, seinen weitausholenden Schritten zu folgen und stolperte immer wieder über Unebenheiten. Doch jedesmal spannte sich seine Hand fester um ihren Arm und gab ihr Halt. Erst in der Halle gab Wulfgar den Arm des Mädchens frei und schien seine ganze Aufmerksamkeit nun Thomas zuzuwenden. Aislinn wollte diese Gelegenheit nützen und rasch in ihre Kammer eilen.

»Nein!« bellte er und wies mit dem Finger auf sie.

Aislinns Herz drohte ihre Brust zu sprengen. Mit bangem Blick schaute sie zu Kerwick hinüber, der Wulfgar furchtsam anstarrte. Auch Maida war unter der wütenden Stimme aufgeschreckt.

»Euer Lordschaft?« fragte Aislinn leise. »Was ist Euer Wille?«

Seine Stimme klang barsch, kalt. »Ich will, daß Ihr mich mit Eurer Gegenwart beehrt, bis ich Euch zu gehen gestatte. Setzt Euch irgendwohin.«

Sie nickte und nahm auf der Bank am Eßtisch Platz. Wulfgar schnellte herum und wies auf Kerwick. »Nehmt ihm die Ketten ab und bringt ihn her!«

Kerwick erbleichte, doch er wehrte sich vergeblich gegen die Normannen. Rasch war er überwältigt und fand sich vor dem neuen Herrn, dessen unerbittlichem Blick er kaum standzuhalten vermochte.

Sweyn fand das komisch. »Der kleine Sachse zittert vor Furcht. Was er bloß angestellt hat, um sich so fürchten zu müssen?«

»Nichts!« schrie Kerwick. »Laßt mich los!«

Sweyn lachte noch lauter. »Ah, du sprichst also doch unsere Sprache, Wulfgar hatte demnach recht.«

»Was wollt Ihr von mir?!« fragte Kerwick, und seine Augen hingen an Aislinn.

Wulfgars Gesicht wurde von einem bedächtigen Lächeln überzogen. »Thomas hier versteht unsere Sprache nicht, du wirst also für mich übersetzen.«

Aislinn atmete erleichtert auf. Aber warum hatte er nicht sie übersetzen lassen, da er doch wußte, wie gut sie seine Sprache beherrschte? Scharf behielt sie Wulfgar im Auge. Wie beiläufig begann er zu sprechen. Den verwirrten Vasallen schien er kaum zu beachten, musterte Kerwick dafür aber desto aufmerksamer. »Sprich mit diesem Mann und erkläre ihm: Er hat die Wahl, das Leben eines Sklaven zu führen und Ketten zu tragen wie die Strauchdiebe, oder er kann seine alte Stellung wieder einnehmen, wenn er allerdings drei Bedingungen erfüllt. Erstens muß er die Waffen strecken und schwören, sie nicht mehr zu erheben, außer wenn ich es befehle. Zweitens muß er sich sein Haupt- und Barthaar scheren lassen, wie es bei uns Sitte ist. Und drittens verlange ich, daß er augenblicklich den Lehnseid auf Herzog Wilhelm ablegt.«

Während diese Bedingungen für Thomas übersetzt wurden, trat Wulfgar an Aislinns Seite und setzte sich, ein Bein halb untergeschlagen, vor ihr auf den Tisch. Zunächst schien das Mädchen ihn kaum wahrzunehmen, da sie aufmerksam dem Wortwechsel zwischen Thomas und Kerwick folgte. Vor allem wehrte sich der Sachse gegen den Verlust seines langen blonden Haarschmucks. Erst als Kerwick seinen Rücken entblößte und ihm die Spuren der normannischen Peitsche zeigte, fügte er sich und gab nickend sein Einverständnis.

Spielerisch hatte sich Wulfgars Hand auf Aislinns Schulter gelegt. Zärtlich glitten seine langen Finger über ihr Schlüsselbein, verfolgten die Linie ihres Kinns und streichelten den Nacken, um schließlich auf der sanften Schwellung ihres Brustansatzes liegen zu bleiben. Verwirrt sah sie, daß Kerwick sie mit wutrotem Gesicht und geballten Fäusten beobachtete. Plötzlich erkannte sie, was Wulfgar vorhatte. Aber als sie zum Sprechen ansetzen wollte, verfestigte sich Wulfgars Griff. Ein Blick in diese grauen Augen sagten ihr deutlich, daß sie sich zurückhalten solle. »Es dünkt mich, Ihr laßt Euch ablenken, Kerwick«, sagte er, ohne seine Augen von ihr zu nehmen. »Bringt Euer Geschäft zum Abschluß.«

Kerwick rang verzweifelt um Fassung. Er versuchte fortzufahren, doch seine Stimme klang gepreßt und war kaum zu verstehen.

»Sprich lauter, Sachse. Deine Zunge scheint am Gaumen zu kleben. Ich möchte, daß meine Worte in deinem Englisch deutlich zu verstehen sind.«

»Ich vermag es nicht«, brach es plötzlich aus Kerwick heraus. »Und warum nicht?« fragte Wulfgar in fast liebenswürdigem Ton. »Ich bin Euer Lord. Ist es also nicht schicklich, daß Ihr mir gehorcht?«

Kerwick reckte den Arm in Aislinns Richtung. »Dann laßt sie in Ruhe! Ihr habt kein Recht, sie zu liebkosen! Sie ist mein!«

Ganz unvermittelt wandelte sich Wulfgars Verhalten. Sein langes Schwert flog aus der Scheide, und mit weit ausgreifenden Schritten stürmte er zum Feuer hinüber. Er ließ die blitzende Klinge auf einen mächtigen Klotz herabsausen und spaltete ihn mitten durch. Dann wechselte er rasch den Griff, trieb die Schwertspitze durch die dicken Bohlen einer Bank auf Kerwick zu, dessen Gesicht bleich geworden war. Wulfgar blieb breitbeinig und drohend vor dem jüngeren Mann stehen.

»Gott ist mein Zeuge, Sachse«, donnerte er, »Ihr stellt mich auf schwere Proben! Ihr seid kein Lord und Landbesitzer mehr, sondern mein Leibeigener!« Seine Stimme senkte sich und wurde zu einer Art Knurren. Mit einer Handbewegung zu Aislinn fuhr er fort: »Ihr beide beherrscht die französische Zunge, aber sie bereitet mir außerdem noch Vergnügen, was man von Euch ganz gewiß nicht sagen kann. Wenn Ihr auch nur noch einen Tag länger leben wollt, dann laßt ein- für allemal diese Sache auf sich beruhen.« Fast schon wieder ruhig, fügte er noch hinzu: »Erkennt Ihr die Wahrheit meiner Worte?«

Kerwick senkte den Blick und beugte das Haupt. »Ja, Euer Lordschaft.« Doch dann richtete er sich wieder auf. »Aber es wird sehr schwer für mich sein, denn Ihr müßt wissen, ich habe sie geliebt.«

Zum erstenmal spürte Wulfgar eine gewisse Zuneigung und Achtung für diesen schmächtigen Sachsen. Jeder Mann, der durch Frauen betört und betrogen wurde, durfte auf sein Mitgefühl rechnen.

»Dann betrachte ich diese Angelegenheit als erledigt«, sagte er ruhig. »Ihr werdet nicht mehr angekettet, außer Ihr zwingt mich wieder dazu. Nehmt jetzt diesen Mann hier mit Euch sorgt dafür, daß man ihm die Haare schert. Dann bringt Ihr ihn zurück, damit er vor dem Kreuz seinen Eid ablegt.«

Wulfgar wandte sich zur Treppe, während seine Leute hinter Kerwick und Thomas die Halle verließen. Nach wenigen Stufen hielt er inne und blickte zurück auf Aislinn, die noch immer wie benommen dasaß. »Ihr scheint etwas verwirrt, Demoiselle«, neckte er sie. Doch ernst fuhr er fort: »Die Männer dieser Stadt sind eingeladen, in ihre Häuser zurückzukehren. Der Winter naht, und es wird der Anstrengung aller bedürfen, den Hunger fern zu halten. Solltet Ihr also wieder einen von ihnen finden, dann bringt ihn zu mir, anstatt ihn verbergen zu wollen. Es soll ihm kein Leid geschehen. Kommt jetzt, damit wir essen und unseren Durst stillen können.« Aislinn erhob sich. So würdevoll wie möglich schritt sie unter seinen amüsierten Blicken an ihm vorbei die Treppe hinauf. Im Schlafgemach angelangt, schloß er hinter ihnen die Tür, um dann Stück für Stück seiner Rüstung abzunehmen und an den gewohnten Platz zu legen.

Aislinn stand unschlüssig da und schaute ihm zu. Seine Ungezwungenheit schmerzte sie. Als er sich dem Feuer zuwandte, um sich aufzuwärmen, schien ihr der richtige Augenblick gekommen. Rasch wandte sie ihm den Rücken zu und begann sich zu entkleiden.

Wahrscheinlich war es ein Geräusch, das sie herumfahren ließ. Sie sah, wie Wulfgars begehrlich glänzende Augen sich an ihr festsaugten. Er machte noch nicht einmal den Versuch, sein Verlangen zu bemänteln. Langsam wanderte sein Blick über ihren makellosen Rücken und weidete sich dann an den festen, runden Hüften und den schlanken, langen Schenkeln. Sie hatte das Gefühl, ihr ganzer Leib stehe in Flammen. Seltsamerweise fühlte sie aber keine Verlegenheit. Vielmehr breitete sich in ihrem Innern eine ständig wachsende Erregtheit aus, die keineswegs unangenehm war.

Es bereitete ihr sichtlich Mühe, das Kinn zu heben und ihrer Stimme einen spöttischen Klang zu geben. »Ich hoffe, meinem Herrn gefällt, was er sieht? Schenkt mir doch bitte eine Antwort darauf, bevor ich diesen armen Leib wieder bedecke. Denn sonst würde es mir leid tun, Euch auch nur eine Eurer wertvollen Münzen dafür ausgeben zu sehen.«

Seine Augen suchten ihr Gesicht. Sie sah, wie der leidenschaftliche Glanz darin erlosch. Seine Miene wurde finster und ohne ein weiteres Wort stürmte er aus der Kammer.

In der Morgendämmerung bedeckten dunkle, wintergraue Wolken den Himmel. Einzelne Tropfen fielen, dann ergoß sich ein rauschender Wolkenbruch, der das Erdreich durchtränkte. Aislinn streckte sich genußvoll auf ihrem Fellbett. Schlaftrunken öffnete sie ein Auge, um zu sehen, woher das Licht kam, das sie geweckt hatte. Sollte Wulfgar etwa schon zu so früher Stunde sich erhoben und die Läden geöffnet haben? Einen Augenblick lang starrte sie in den fallenden Regen hinaus und erfreute sich an dem beruhigenden Klang. Dann schob sich plötzlich ein Schatten vors Fenster, und sie fuhr erschreckt hoch. Wulfgar war tatsächlich schon aufgestanden und stand völlig angekleidet vor ihr. Er trug einen Waffenrock und lederne Beinkleider.

»Euer Lordschaft, um Vergebung. Ich konnte nicht ahnen, daß Ihr schon zu so früher Stunde auf sein würdet. Ich werde sofort etwas zu essen besorgen.«

»Nein«, er schüttelte den Kopf, »ich habe keine dringenden Geschäfte. Der Regen weckte mich.«

Sie ging zum Fenster hinüber an seine Seite. Mit einer Kopfbewegung schleuderte sie eine glänzende Strähne aus dem Gesicht. Ihr Haar fiel in losen Flechten auf die Schultern. Als sie zu ihm aufblickte, streckte er die Hand aus und hob eine der dicken Locken von ihrer Brust.

»Ihr seid sehr spät zu Bett gegangen, Milord. Was hielt Euch auf?«

Er blickte ihr in die Augen. »Bestimmt nicht das Vergnügen zwischen den Schenkeln irgendeines Frauenzimmers, wenn Ihr das meint.«

Sie wurde rot und beugte sich rasch aus dem Fenster, um mit ihren zu Kelchen geformten Händen die Regentropfen einzufangen. Als sie das Spiel wiederholen wollte, bemerkte sie Wulfgars Blick auf sich ruhen. Einen Augenblick lang starrte sie bewegungslos hinaus in die regenverhangene Landschaft. Sie meinte die Gegenwart dieses Mannes bis in die letzte Faser ihres Leibes zu spüren.

»Euer Lordschaft«, begann sie bedächtig, ohne den Blick zu wenden. »Ihr sagtet, Ihr wolltet keine Dankbarkeit von mir. Doch ich muß Euch sagen, wie glücklich mich die Güte macht, die ihr Kerwick erweist. Er ist auch keineswegs so unbesonnen, wie es Euch scheinen mag.«

»Sofern er nicht gerade durch die Heimtücke einer Frau getrübt ist«, murmelte er gedankenverloren.

Aislinn fuhr herum. Mit zornroten Wangen erwiderte sie: »Ich habe Kerwick die Treue gehalten, bis Euer Gefolgsmann mir diese Verantwortung abnahm.«

»Ich frage mich, Demoiselle, ob Eure Treue nicht auch ohne Ragnors Nachhilfe sehr rasch ins Wanken geraten wäre.«

Sie reckte sich, um ihm direkt ins Gesicht zu blicken. »Kerwick war die Wahl meines Vaters, und ich hätte diese Wahl bis zum Tag meines Todes in Ehren gehalten. Ich bin keines dieser leichtfertigen Mädchen, das in jedes Bett fällt und sich von jedem vorbeikommenden Bock bespringen läßt.«

Nachdenklich haftete sein Blick an ihr.

»Aber erklärt mir doch bitte, Sir, warum Ihr so große Angst vor den Frauen und ihrer Untreue habt?« Sie sah sein Gesicht sich verfinstern. »Warum haßt Ihr nur die Frauen und verachtet sogar jene, die Euch das Leben schenkte? Womit hat sie das verdient?«

Die Narbe auf Wulfgars Wange schien zu glühen. Es war, als mußte er an sich halten, um nicht nach ihr zu schlagen. Abrupt wandte er sich ab und durchquerte mit zornigen Schritten den Raum. Neben dem Bett blieb er längere Zeit stehen. Ohne sich umzuwenden, begann er dann zu sprechen.

»Ja, sie schenkte mir das Leben, sonst aber nichts. Zuerst war sie es, die mich verachtete. Der kleine Junge, der nach Liebe bettelte, bekam nichts als böse Blicke. Als er etwas größer geworden war und sich einem Mann zuwandte, den er sich als Vater wünschte, zerstörte sie auch das. Sie entledigten sich meiner, als ob ich in der Gosse gezeugt worden wäre!«

Plötzlich spürte Aislinn den heftigen Wunsch, zu Wulfgar hinüberzugehen und seinen Kopf an ihre Brust zu drücken, um diesen jammervollen Gesichtsausdruck verschwinden zu sehen. Noch nie in ihrem Leben hatte sie eine solche Zärtlichkeit für einen Mann verspürt. Dieser Mann war doch ihr Feind? Trotzdem war sie bereit, alles zu tun, um seine Leiden zu lindern. Welcher Wahnwitz trieb sie?

Sie trat an Wulfgar heran und legte ihm sanft die Hand auf den Arm. Ihre Augen bettelten um Verzeihung, als sie zu ihm aufblickte. »Meine Zunge ist scharf und schlägt leicht Wunden. Es ist ein Fehler, den man mir schon häufig vorgehalten hat. Bitte vergebt mir. So traurige Erinnerungen sollte man ruhen lassen.«

Wulfgar streichelte zärtlich ihre Wange. »Ich habe kein Vertrauen in Frauen, ich gebe es zu.« Er lächelte gezwungen. »Es ist ein Fehler, den man mir oft vorhält.«

Aislinns Augen hielten ihn liebevoll gefangen. »Alles geschieht irgendwann zum erstenmal, Milord. Wir wollen abwarten.«

7

Der Feuerschein züngelte über die blitzende Schwertklinge, als Wulfgar sie hochhielt und mit dem Daumen ihre Schärfe prüfte. Dann beugte er sich erneut über die Waffe, um die Scharten abzuschleifen. Im Rhythmus seiner Bewegungen spannten und dehnten sich die Muskelstränge seines Rückens und seiner Arme unter der straffen Haut. Es war ein wundervoller Anblick für Aislinn, die am Fußende des Bettes auf ihrem Platz saß und seine Beinkleider ausbesserte. In ihrem leichten, weißen Unterkleid saß sie mit untergeschlagenen Beinen und lang über die Schultern herabfallendem Haar auf ihrem Pelzlager. Man hätte sie für eine Wikingerbraut aus alten Zeiten halten können. Sie biß den letzten Faden durch, als sie plötzlich von der Vorstellung überfallen wurde, tatsächlich ein wildes Wikingermädchen zu sein. Ganz sicher würde sie dann zu ihm hinübergehen, um sich zärtlich an diesen glatten, glänzenden Rücken zu schmiegen und die Hände über diese mächtigen Arme gleiten zu lassen –

Sie mußte auflachen, als sie sich vorstellte, was dann wohl geschehen würde.

Der Klang ihrer Stimme ließ Wulfgars graue Augen sich fragend auf sie richten, und Aislinn wandte sich rasch wieder ihren Pflichten zu.

Wulfgar zuckte mit einem leisen Fluch zusammen. Er hob den Daumen und zeigte ihr eine kleine Wunde, aus der helles Blut tröpfelte. »Eure gute Laune hat mich verletzt«, scherzte er. »Wirkt mein Anblick so erheiternd auf Euch?«

»Nein, Euer Lordschaft!« Sie wurde über und über rot. Sie war über sich selbst erstaunt, denn es schien fast so, als ob sie sich in seiner Gesellschaft wohlfühlte. War sie tatsächlich sehr viel eher ein durch die Liebe betörtes Mädchen als die auf Rache sinnende Füchsin?

Wulfgar beschäftigte sich erneut mit seinen Waffen. Auch

sie nahm sich ein anderes Kleidungsstück vor, das sie mit größter Sorgfalt auszubessern begann.

Ein leises Klopfen an der Tür störte diese häusliche Idylle. Auf Wulfgars Antwort drückte sich Maida ins Gemach, verneigte sich leicht vor dem Lord und setzte sich dann dicht neben Aislinn.

»Wie verbrachtest du deinen Tag, mein Kind?« fragte die Mutter. »Nirgends sah ich dich, denn man verlangte nach meiner Hilfe bei einigen Verwundeten und Leidenden in der Stadt.«

Wulfgar beugte sich mit einem spöttischen Knurren noch tiefer über die Klinge seines Schwerts und schärfte sie mit größter Sorgfalt. Frauengewäsch! Aislinn dagegen blickte fragend die Mutter an, denn sie wußte, daß Maida sich um die Leiden ihrer früheren Untertanen so gut wie gar nicht mehr kümmerte. Als Maida sah, daß Wulfgars Aufmerksamkeit von anderen Dingen in Anspruch genommen war, senkte sie die Stimme und sprach im vertrauten Sächsisch auf die Tochter ein. »Er läßt dich wohl keinen Augenblick unbewacht? Seit heute früh schon versuche ich, mit dir zu sprechen, aber immer fand ich einen Normannen in deiner Nähe.«

Aislinn machte eine Bewegung, um Maida zum Schweigen zu bewegen. Ängstlich wanderte ihr Blick zu Wulfgar hinüber. Aber die alte Frau schüttelte den Kopf. »Dieser tumbe Fremdling ist unserer sanften Zunge nicht mächtig.« Voll Eifer fuhr sie fort: »Aislinn, Kerwick und ich haben die Flucht vorbereitet, und ich erwarte von dir, daß du dich uns anschließt, wenn der Mond sich neigt.« Sie mißachtete Aislinns erschrockenen Blick. »Wir verlassen unser Gefängnis hier im Süden und schlagen uns nach Norden durch, wo unser Volk noch frei ist, und wir einige Verwandtschaft haben. Dort warten wir ab, bis ein neues Heer aufgestellt ist, mit dem wir hierher zurückkehren und unsere Heimat von diesen Vandalen befreien.«

»Mutter, tut nichts dieser Art, ich flehe Euch an.« Aislinn versuchte mit leiser Stimme zu sprechen. »Die Normannen sind in der Überzahl, und ihre Patrouillen streifen überall durchs Land. Sie würden uns wie Strauchdiebe hetzen und wieder einfangen. Überlegt nur, was sie diesmal mit Kerwick tun würden.«

»Ich kann nicht anders«, zischte Maida. »Ich ertrage es nicht, dieses Land hier, das einst unser war, unter dem normannischen Absatz schmachten zu sehen. Und noch mehr schmerzt es mich, diesen« – sie machte mit dem Kopf eine Bewegung zu Wulfgar hinüber – »Bastard mit Euer Lordschaft anreden zu müssen.«

»Nein, Mutter, es ist Narrheit«, widersprach Aislinn. »Wenn Ihr so entschlossen seid, dann flieht, aber verlangt es nicht von mir. Das kann ich nicht, solange unser Volk unter dem Joch des Normannenherzogs leidet. Im übrigen scheint dieser Lord hier« – sie warf einen Blick zu Wulfgar hinüber – »zumindest ein wenig Mitgefühl für uns zu empfinden und zu gewissen Zugeständnissen bereit zu sein, auch wenn wir sie uns schwer erkämpfen müssen.«

Maida sah, daß Aislinns Augen weich und zärtlich schimmerten. Voller Hohn stieß sie heraus: »Also hat mein eigenes Fleisch und Blut, meine früher so sanfte Tochter ihr Herz an diesen normannischen Bastard verloren und läßt um seiner gemeinen Gesellschaft willen ihr Volk im Stich!!«

»Ach, Mutter, vielleicht ist er ein Bastard und ganz sicher ein Normanne. Aber er ist auch ein Mann, und zwar einer, wie mir noch nie zuvor einer begegnet ist.«

Ihre Mutter lachte höhnisch auf. »Ich verstehe, er bereitet dich gut.«

Aislinn schüttelte den Kopf und reckte das Kinn. »Nein, Mutter. Hier, wo ich jetzt sitze, ist mein Lager. Noch nie bin ich ihm des Nachts näher gekommen, obwohl ich schon manchmal daran dachte, welches Abenteuer es wohl sein würde, mich diesem Schicksal in die Arme zu werfen.«

Sie gab der Mutter ein Zeichen, und die beiden unterhielten sich wieder auf Französisch über Dinge, wie sie nur Frauen interessieren. Plötzlich erhob sich Wulfgar, steckte das Schwert in die Scheide zurück und verließ mit einem kurzen Seitenblick auf die Frauen das Gemach. Die beiden lauschten reglos, bis sie ihn über die Treppe in die Halle hinabschreiten hörten.

Aislinn versuchte von neuem, die Mutter von ihrem unsinnigen Plan abzubringen. Sie sollte sich dafür stärker um das Elend der Stadtbewohner kümmern.

Es dauerte nicht lange, bis Wulfgar zurückkehrte. Mit einem verdrießlichen Knurren in ihre Richtung ließ er sich wieder am Feuer nieder und begann seinen Schild mit einem ölgetränkten Lappen zu polieren.

Maida erhob sich jetzt. Sanft streichelte sie den Nacken der Tochter, bevor sie aus dem Gemach schlüpfte. Aislinn saß tief in Gedanken verloren. Ihre anfängliche Zufriedenheit war neuer Sorge gewichen. Als sie schließlich die Augen hob, sah sie, daß Wulfgar seine Arbeit unterbrochen hatte und sein Blick mit einem fast zärtlichen Lächeln auf ihr ruhte. Er schien auf irgend etwas zu warten. Quälend reihte sich Augenblick an Augenblick. Wulfgar war noch immer über seine Arbeit gebeugt, während Aislinns Nerven bis zum Zerreißen gespannt waren.

Und ganz plötzlich geschah es. Von der Halle herauf hörte man Maidas durchdringenden Schrei. Es folgte lautes Poltern wie bei einem Handgemenge. Genauso unvermittelt wurde es wieder ruhig.

Aislinns Augen weiteten sich erschrocken. Sie warf alles, was sie in Händen hielt, zu Boden und rannte zur Kammertür, riß sie auf und eilte zur Treppe, von wo aus sie die Halle überblicken konnte. Zunächst schien sie kaum zu begreifen, was ihre Augen sahen. Kerwick lag wieder gefesselt und geknebelt unter den Hunden. Seine Augen funkelten wuterfüllt zu ihr herauf. Maida hing hilflos in Sweyns Armen. Ihr armer Körper war wieder in die früheren Lumpen gehüllt, und zu ihren Füßen lag ein großes Bündel, das sie offensichtlich mitgeführt hatte.

Zorn wallte in Aislinn auf, und ihre Augen glühten dunkler und dunkler.

Hinter ihr erschallte plötzlich Wulfgars Stimme. »Was bringt Euch dazu, mein Obdach und meinen Tisch zu verlassen? Haßt Ihr Euer Heim so sehr? Biete ich Euch nicht Gerechtigkeit und Belohnung, sofern Ihr Euren Pflichten nachkommt – oder besitzen etwa die Moore des Nordens so große Reize für Euch?«

Drei Augenpaare richteten sich erschrocken auf ihn. Kerwick und Maida begriffen, daß ihr Plan verraten war, denn er hatte in fehlerfreiem Englisch zu ihnen gesprochen. Aislinns Gesicht brannte vor Scham, als sie daran dachte, was ihre eigenen Lippen ihm alles verraten haben mochten. Ihre Gedanken rasten zurück zu all jenen Gelegenheiten, bei denen sie in seiner Gegenwart über ihr Innerstes gesprochen hatte. Nun fühlte sie sich diesem Manne hilfloser denn je ausgeliefert.

Wulfgar schritt dicht an ihr vorbei die Treppe hinab und zu Maida hinüber. Drohend wies er auf ihre zerlumpten und verdreckten Kleider. »Du alte Hexe! Ich habe dich schon einmal so gesehen und dir gesagt, wenn du es wieder wagen würdest, mir so vor die Augen zu treten, würde ich dich behandeln, wie es dir zukäme. Sweyn, wirf das Weibsstück zu den Hunden. Binde dem Burschen dort die Arme los, sonst fressen sie ihn noch bei lebendigem Leib auf.«

»Nein!« schrie Aislinn und flog die Treppe hinab, um atemlos vor Wulfgar innezuhalten. »Das dürft Ihr ihr nicht antun!«

Wulfgar schenkte ihr keinerlei Beachtung, sondern machte Sweyn ein Zeichen. Der Nordmann tat, wie ihm geheißen. Dann trat Wulfgar dicht an das gefesselte Paar heran. Er sprach zu ihnen wie ein gestrenger Vater zu seinen fehlgeleiteten Kindern: »Heute nacht könnt ihr euch so gegenseitig wärmen. Ich rate euch, denkt gut nach, und besprecht euch über das, was heute abend geschehen ist. Kommt endlich zur Vernunft, denn ich sage euch: wo ich die Zügel in der Hand halte, bleibt für euch nur das Gehorchen. Ich kenne mich aus in den Winkelzügen der Höfe, wo Könige und politische Ränkeschmiede ihr Handwerk betreiben, und ich habe gesehen, wozu das führt – auf dem Schlachtfeld. Und nun – gute Nacht, sofern euer Gewissen euch ruhen läßt.«

Er beugte sich zu einem großen Hund herab und kraulte ihn hinter den Ohren. Ohne ein weiteres Wort nahm er Aislinns Arm und führte sie zur Treppe zurück, wo er abrupt stehenblieb, als ob ihm plötzlich noch etwas in den Sinn gekommen wäre.

»Oh, Sweyn«, er wandte sich seinem Genossen zu, »laß morgen früh die Hunde los und sieh dann zu, ob die beiden hier nicht doch wissen, wie sie sich hier als Sklaven zu verhalten haben. Sofern sie versprechen, in Zukunft solch närrische Versuche zu unterlassen, magst du ihnen die Fesseln abnehmen.« Für diese neue Demütigung heimste der Normanne von Kerwick einen mörderischen Blick ein, während Maida einen erstickten Fluch ausstieß. Doch fast zuvorkommend lächelte er seine Gefangenen an. »Morgen früh werdet ihr anders darüber denken.«

Dann zog er Aislinn erbarmungslos hinter sich her die Treppe hinauf. Wulfgar schloß sorgfältig die Kammertür hinter ihnen.

Er fand kaum Zeit, sich umzudrehen, als ein mit aller Kraft geführter Schlag von Aislinns Hand auf seine Wange klatschte.

»Ihr werft meine Mutter unter die Hunde!« schrie sie ihn an. »Dann müßt Ihr auch mich dort unten anketten!«

Aislinn holte erneut aus, doch eisern umklammerte er die schlagbereite Hand. Mit unverminderter Wut trat sie ihn dafür gegen das Schienbein, so daß er mit schmerzverzerrtem Gesicht den Griff lockerte und sie sich losriß.

»Hört auf damit, Füchsin!« knurrte er. »Nehmt Euch in acht!«

»Ihr habt uns zum Narren gehalten«, kreischte sie und wich ihm aus, um Ausschau nach irgendeinem schweren Gegenstand zu halten, mit dem sie sich gegen ihn wehren könnte.

Es gelang ihm gerade noch, sich zu ducken, als ein Trinkhorn über ihn hinwegflog und krachend gegen die Tür prallte.

»Aislinn!« warnte er sie, doch die suchte bereits nach neuen Waffen.

Doch Wulfgar war mit zwei großen Schritten bei ihr. Er umschlang sie und drückte ihre Arme seitlich herab. Die mächtige Umklammerung drohte ihr die Luft zu rauben.

»Euer Zorn hat überhaupt nichts mit Eurer Mutter zu tun!« grollte seine Stimme dicht an ihrem Ohr. »Ihr wißt sehr wohl, daß meine Strafe sehr milde ist.«

Aislinn versuchte strampelnd frei zu kommen. »Ihr habt kein Recht, sie so zu demütigen.«

»Es ist *Euer* Stolz, in dem ihr Euch verletzt fühlt, dafür wollt Ihr Euch an mir rächen.«

»Ihr habt ein falsches Spiel mit mir getrieben!« Sie suchte seinen Fuß mit ihrer Ferse zu treffen.

Wulfgars Arm legte sich über ihre Schenkel, um ihr Strampeln zu zähmen und ihr gleichzeitig den Boden unter den Füßen zu entziehen. »Hätte ich wirklich so falsch mit Euch gespielt, mein Mädchen, dann hättet Ihr schon lange mein Bett mit mir geteilt.« Darauf gab es keine Erwiderung, nur hilfloses Schluchzen. Grob warf er sie auf einen Stuhl.

»Ihr bleibt da sitzen, bis Ihr Euch abgekühlt habt, meine hübsche Füchsin.«

»Ich bleib' keinen Augenblick länger hier mit Euch allein in dieser Kammer!« schrie sie. Als er sie losließ, sprang sie auf die Füße.

»Macht Euch keine Sorgen«, meinte er spöttisch, während seine Augen frech über ihre Gestalt glitten. »Ich werde Eure Willigkeit nicht ausnützen.« Sie stürmte auf ihn zu und wollte erneut nach ihm schlagen. Aber er packte ihre Arme und zwang sie ihr auf den Rücken. Ihre Wutschreie erstickten an seiner Brust. Sie riß das Bein hoch, um ihn zu treten, und traf ihn mit dem Knie hart im Schritt. Mit einem Schmerzenslaut ließ er sie los und taumelte aufs Bett.

Doch sie kannte kein Erbarmen. Wie eine Wildkatze sprang sie ihn erneut an. Mit ausgestrecktem Arm versuchte Wulfgar, sie sich vom Leib zu halten. Aber ihre Fingernägel krallten sich in seine bloße Brust und rissen tiefe, blutige Furchen.

»Du blutrünstige Füchsin«, stöhnte er. »Es wird Zeit, dir deine Lektion beizubringen.«

Er packte ihr Handgelenk und zwang sie mit dem Gesicht nach unten über seine Knie. Doch bevor seine andere Hand auf sie niederklatschen konnte, hatte Aislinn sich von seinem Schoß gerollt und zu Boden fallen lassen. Da beugte sich Wulfgar zu ihr hinab, um sie wieder hochzuziehen.

Plötzlich fühlte Aislinn seine Hand auf ihrer nackten Hüfte. Voller Entsetzen merkte sie, daß sich bei dem Handgemenge ihr loses Unterkleid nach oben gerollt hatte. So war ihr bloßer Unterleib seinen Augen und Händen preisgegeben.

Sie versuchte sich loszureißen, aber seine Hand hielt ihr Gelenk eisern umklammert. Aislinn fühlte sich erbarmungslos zurück auf seinen Schoß gezogen. Doch dann fanden ihre scharfen Zähne seine Hand, und Wulfgar ließ schmerzlich aufstöhnend ihren Arm los. Sie schnellte zur Seite, aber seine Finger verkrallten sich blitzschnell im Nackenteil ihres Unterkleids, und als sie sich aufrichten wollte, hörte man das Reißen von Stoff. In stummem Entsetzen blickte Aislinn an sich hinab und sah, daß das Gewand in seiner ganzen Länge entzweigerissen war.

Wulfgars Augen stürzten sich gierig auf ihre strahlende Nacktheit. Ihre Haut schimmerte wie blasses Gold im warmen Feuerschein. Keck und verführerisch reckten sich die vollen, reifen Brüste zwischen den Fetzen des Gewands ihm entgegen. Sein Begehren, gegen das er sich so lange gewehrt hatte, flammte in ungezügelter Heftigkeit auf.

Er schloß seine Arme um sie. Im nächsten Augenblick lag sie inmitten der Reste ihres Gewands und umflossen von dem langen Haar auf den Pelzen seines Lagers. Wulfgars Augen bohren sich in die ihren.

Sie erkannte, daß jetzt die Zeit seines Wartens am Ende war. »Nein!« schrie sie und stemmte ihm einen Arm entgegen.

Aber er packte ihre Hände und zwang sie hinter ihren Rükken. Sein Knie schob sich zwischen ihre Schenkel. Sie begann Verwünschungen gegen ihn auszustoßen. Doch herrisch senkten sich seine Lippen auf die ihren und erstickten jeden Laut. Ihr Kopf wurde nach hinten gezwungen, so daß ihr Leib sich ihm entgegenwölbte und ihre bloßen Brüste sich fest gegen seine Brust preßten. Wie Feuer brannten seine Lippen. Seine Zunge drang tief in ihren Mund und raubte ihr den Atem. Küsse übersäten ihre Lider und Wangen. Trotz ihrer tiefen Benommenheit spürte sie, welch leidenschaftliche Inbrunst sie in ihm geweckt hatte. Ihre neu aufflammende Angst ließ sie einen neuen Ausfall versuchen. Doch Wulfgar drang nur mit gesteigertem Ungestüm auf sie ein.

Als sie seinem Drängen nachzugeben schien, ließ er kurz von ihr ab. Doch das Durcheinander der zerrissenen Gewänder, ihrer langen Haare und der zerwühlten Bettücher machten es ihr unmöglich, diese Chance zu nützen. Denn rasch hatte er die Kleider abgestreift und wandte sich erneut seiner verlockenden Beute zu.

Aislinns Atem stockte, als sie seine strotzende Männlichkeit auf sich gerichtet sah. Hart drückte er ihr die Schultern auf das Linnen. Noch immer kämpfte sie gegen ihn an. Aber dieser nackte Mädchenkörper, der sich unter ihm krümmte und wand, stachelte sein Verlangen nur noch weiter an. Sein Mund zog eine brennende Spur hinab zu ihren Brüsten. Die fieberhafte Hitze seiner Lippen versengte ihre zarte Haut, bis ihr ganzer Leib in Flammen zu stehen schien.

Sein Mund kehrte zu dem ihren zurück, und plötzlich

konnte sie nicht anders, als die Arme um ihn zu schlingen und seine Flammenküsse mit Inbrunst zu erwidern. Ganz und gar verlor sie sich in seiner alles verzehrenden Leidenschaft. Doch dann durchzuckte ein brennender Schmerz ihre Lenden und ließ sie klagend aufstöhnen. Mit aller Kraft versuchte sie ihn erneut von sich abzuschütteln und schrie ihm ihren ganzen Zorn ins Gesicht.

Wulfgar nahm keinerlei Rücksicht auf ihr Klagen, sondern senkte erneut seine Lippen auf ihre Kehle. Mühelos fingen seine Hände die ihren ein, als sie erneut gegen sein Gesicht vorschnellten. Sein eiserner Griff machte jegliche Abwehr zunichte. Sie war gezwungen, sich seiner wilden Lust ganz zu überlassen.

Als sein ungestümes Verlangen endlich Erfüllung gefunden hatte, füllte Aislinns klägliches Jammern das Gemach, während er sich zurückzog und zur Seite rollte. Verletzt und wütend verkroch sie sich in die äußerste Ecke des Lagers, riß sich die letzten Fetzen ihres Unterkleids vom Leib und wickelte sich in eines der Felle. Zwischen Schluchzen und Wehklagen schleuderte sie gegen den Wolf jeden Fluch, der ihr gerade in den Sinn kam. Wulfgar lachte nur über ihre Wut. »Ich hätte nie geglaubt, daß Ihr so viel Temperament in Eurem hübschen Leib habt. Vier Hautstreifen für diese amüsante Balgerei mit der Füchsin! Ha! Es war die Sache wert, und ich würde bei passender Gelegenheit gern denselben Preis wieder bezahlen.«

»Ihr schleimiges Natterngezücht!« keuchte Aislinn. »Versucht es, und ich werde mit jener Klinge dort Euren Nabel bis zu Eurem Kinn erweitern!!«

Er warf sein blondes Haupt in den Nacken, kroch zu ihr unter die Felle und lächelte vor sich hin.

»Einen Trost habt Ihr immerhin, Aislinn. Hier auf dem Lager ist es doch sehr viel angenehmer als auf dem Boden.«

Kurz darauf schien er bereits fest zu schlafen. Aislinn lag noch lange wach an seiner Seite und lauschte seinen tiefen Atemzügen. Immer wieder gingen ihr seine Worte durch den Sinn.

Würde er einfach alles vergessen, was gerade zwischen ihnen geschehen war? Wollte man seinen Worten glauben, war ihm das ein Leichtes. Aber wie stand es um sie? Konnte sie jemals diesen Mann wieder vergessen? Sie konnte ihn hassen, verabscheuen und verachten – aber vergessen? Sie spürte ihn in ihrem Blut. Sie würde nicht ruhen, bis auch er von ihr mit jeder Faser seines Leibs besessen wäre, Tag und Nacht. Sie würde Hexe oder Engel sein, je nachdem, doch nichts sollte sie daran hindern, dieses Ziel zu erreichen!

Aislinn öffnete langsam die Augen. Ein breiter Strahl der abnehmenden Herbstsonne hatte sich zwischen den Läden hindurchgestohlen und zog eine leuchtende Spur über den Steinfußboden. Winzige Staubteilchen tanzten in der Lichtsäule. Träge erinnerte sich Aislinn, daß sie als Kind versucht hatte, die flirrenden Stäubchen mit der Hand zu fangen.

Erst als ihr plötzlich bewußt wurde, was in dieser Nacht geschehen war, und mit wem sie in diesem Augenblick das Bett teilte, schreckte sie hoch. Obwohl sich ihre Körper nicht berührten, spürte sie Wulfgars Wärme neben sich. Sein ruhiger Atem verriet ihr, daß er noch fest vom Schlaf umfangen war. Vorsichtig richtete sie sich auf und wollte sich wegstehlen. Doch seine Hand war tief in ihrem schweren Haar vergraben. Mit angehaltenem Atem machte sie eine kupferfarbene Strähne nach der anderen frei. Ihr Herz tat einen Sprung, als er sich plötzlich regte und ein Knie in ihre Richtung schob. Aber dann sah sie erleichtert, daß er ruhig weiterschlief.

Aislinn blickte auf ihn hinab, ihre Augen betasteten sorgsam sein Gesicht, dem der Schlaf einen jungenhaften Zauber verlieh. Sie fragte sich, was das für eine Mutter sein mochte, die ihn von sich gestoßen hatte. Eine solche Frau besaß kein fühlendes Herz. Ein klägliches Lächeln huschte über ihr Gesicht. In diesem Augenblick kam sie sich nicht besonders klug vor. Sie hatte sich fest vorgenommen, Wulfgar zu hassen und ihn wie jeden anderen dieser abscheulichen Normannen zu behandeln. Aber von Tag zu Tag war ihr Widerstand dahingeschmolzen. Und nun war sie auch noch seine Mätresse geworden.

Sie mußte sich beherrschen, um nicht einfach aus dem Bett zu springen, denn es trieb sie, seine Nähe zu fliehen. Vorsichtig erhob sie sich vom Lager und stand einen Augenblick zitternd in der eisigen Morgenluft. Sie preßte die Zähne zusammen. Ihr Unterkleid lag zerrissen auf dem Boden, doch sie wagte nicht, ihre Truhe zu öffnen und ein neues herauszunehmen. Sie ging hinüber zum Feuer, wo ihre Gunna über den Stuhl gebreitet lag. Sie streifte sie über und schauderte, als der rauhe Stoff über ihre Haut scheuerte.

Nachdem sie ein Paar weicher Fellstiefel übergezogen hatte, griff sie nach einem Wolfsfell, das sie um die Schultern schlang. Dann schlich sie hinaus.

Als sie die Halle durchquerte, sah sie die Hunde bereits umherstreifen. Maida und Kerwick dagegen lagen noch bewegungslos auf ihrem Strohlager in der Ecke.

Aislinn schob die schwere Tür auf, die leise in den Angeln quietschte. Draußen war es noch frostig, doch die Sonne über dem Horizont begann bereits das Land zu wärmen. Der Morgen war klar. Aislinn schritt über den Hof und sah auf einem entfernten Hügel Sweyn und einige andere Normannen ihre mächtigen Schlachtrösser warmreiten. Sie schlug den Weg zum Sumpf ein, wo sie ein verborgenes Plätzchen kannte.

In der Wärme seines Lagers begann Wulfgar sich zu regen. Noch im Halbschlaf erinnerte er sich Aislinns sanfter Hüften. Er streckte seine Hand nach ihrer Weichheit und Wärme aus, fand aber nichts als ein leeres Kissen.

Mit einem Fluch fuhr er hoch und ließ die Augen durchs Gemach streifen. »Verdammt, sie ist weg! Die Füchsin ist geflohen!« Seine Sinne rasten. »Kerwick! Maida! Verdammt seien sie beide und ihre Pläne! Ich werde ihnen eine Schlinge um die mageren Hälse legen!«

Er sprang vom Lager auf und rannte nackt auf den Treppenabsatz hinaus. Ein Blick in die Halle hinab zeigte ihm, daß die beiden noch immer angekettet in ihrer Ecke lagen. Wo nur war das Frauenzimmer hin?

Maida bewegte sich, und er zog sich hastig ins Schlafgemach zurück. Er schlang fröstelnd die Arme um den Oberkörper. Mit kleinen Holzstückchen fachte er das Feuer neu an, dann legte er größere Äste und schließlich einen dicken Klotz nach. Bei der Suche nach seinen Kleidern stieß er auf ihr zerrissenes Unterkleid. Ein schrecklicher Gedanke durchzuckte sein Hirn. Mein Gott, sie ist allein geflohen! Dieses Frauenzimmer hat es allein gewagt . . .

Hastig streifte er die Kleider über, zuerst die wollenen Beinkleider, dann das Unterhemd, die Stiefel und schließlich ein weiches Lederwams. Die Angst um sie machte ihn fast verrückt. Wenn er daran dachte, daß dieses zarte, hilflose Wesen in die Hände herumstreifender Strauchdiebe geriet. – Er griff nach seinem Schwert und seinem Umhang und eilte im Laufschritt durch die Halle und hinaus zu den Ställen. Rasch streifte er seinem riesigen Rotschimmel das Geschirr über den Kopf und legte die Zügel auf seinen Hals. Ein fester Griff in die Mähne, und er saß auf seinem breiten Rücken.

Er riß das Tier herum und preschte in die kalte Luft hinaus. Dort stieß er auf Sweyn und seine Leute, die gerade von ihrem Ausritt zurückkehrten. Eine kurze Frage genügte: niemand hatte das Mädchen an diesem Morgen gesehen. Wulfgar drückte seinem Streitroß die Hacken in die Seiten und umritt in weitem Bogen die Halle, um irgendeine Spur von Aislinn zu finden.

»Aaah, hier ist es«, seufzte er erleichtert auf. Wo ihre Füße den Tau von den Gräsern gewischt hatten, zeigte sich eine kaum wahrnehmbare Fährte. »Aber wo führt sie hin?« Er blickte auf. »Mon Dieu! Direkt in den Sumpf hinein!« Das war ein Weg, auf dem ihm die Schnelligkeit seines Pferds nichts nützen konnte.

Gemächlich trottete das Tier den schmalen Pfad entlang. Immer größer wurde seine Angst. Vielleicht war sie vom Pfad abgekommen und kämpfte in diesem Augenblick in irgendeinem schwarzen Morastloch um ihr Leben. Vielleicht aber hatte sie sich auch freiwillig hineingestürzt, weil sie meinte, die ihr von ihm angetane Schmach nicht ertragen zu können.

Der gewundene Pfad war Aislinn wie allen Einheimischen wohl vertraut. Wie oft hatte sie hier nach Wurzeln und Kräutern für die Arzneien ihrer Mutter gesucht! Mit sicherem Gespür fand sie den kleinen, klaren Wasserlauf, der sich schimmernd zwischen sanft geneigten Uferböschungen dahinwand. Noch immer hingen feine Nebelschwaden an jenen Stellen, die von den Strahlen der Sonne nicht berührt wurden. Ein heftiges Bedürfnis nach Reinigung überfiel sie. Wulfgars Geruch schien noch an ihr zu haften und brachte alle Erinnerungen an die vergangene Nacht zurück.

Sie warf ihre Kleider über einen Busch und watete zitternd ins eiskalte Wasser hinein. Der Atem drohte ihr zu stocken, als sie untertauchte und dann mit kräftigen Bewegungen hinausschwamm. Als die erste Erstarrung sich lockerte, ließ die eisige Flut ihr Blut rascher durch die Adern pulsen und gab ihr ein herrliches Gefühl der Frische und Reinheit. Der Himmel über ihr schimmerte morgendlich klar, und die letzten Nebelschwaden hoben sich aus den Wäldern. Der Klang des über Felsen plätschernden Wassers legte sich beruhigend auf ihre erregten Sinne. Wohlig überließ sie sich dem Trost der Natur.

Der schreckliche Tod ihres Vaters, die Leiden der Mutter, Darkenwalds Eroberung durch die Normannen – das alles schien plötzlich weit entfernt, schien einer anderen Zeit anzugehören, an einem anderen Ort geschehen zu sein. Hier wirkte die Welt so unberührt und völlig unversehrt durch die Kriege der Menschen. Fast hatte sie das Gefühl, wieder unschuldig zu sein, rein wie noch vor wenigen Tagen.

Aber da kam wieder der Gedanke an Wulfgar! Sie konnte sich an jede Kleinigkeit erinnern, die ihn betraf. Sie dachte an sein eindrucksvolles Gesicht und an diese langen, schlanken Finger, stark genug zum Töten und doch auch wieder so zart und sanft, wenn sie Lust schenken wollten. Der Gedanke an seine Umarmungen ließ sie erzittern, und ihr Friede war dahin.

Mit einem Seufzer watete sie aus dem Wasser. Kleine Wellen umspielten die schlanken Hüften, als plötzlich ihr Blick auf jenen Mann fiel, der sie so sehr beunruhigte. Bewegungslos saß er auf seinem Streitroß, beobachtete sie vom Ufer aus, ein undeutbares Gefühl in den Augen. War es Erleichterung? Oder erregte ihre Nacktheit erneut seine Leidenschaft?

Eine eisige Brise ließ ihren nassen Leib erschaudern. Hastig schlug sie die Arme über der Brust zusammen. »Mon Seigneur, die Luft ist kalt, und ich habe meine Kleider dort am Ufer gelassen. Würdet Ihr bitte –«

Er schien sie nicht zu hören. Seine Augen lösten sich von den ihren und wanderten kühn über ihren nackten Leib; es war, als ob seine Finger sie liebkosten. Er zwang sein Roß ins Wasser, bis es dicht vor ihr aufragte. Einen Augenblick lang musterte er sie schweigend. Dann beugte er sich zu ihr herab und hob dieses nasse, zitternde Bündel zu sich in den Sattel. Er nahm den Umhang ab und legte ihn ihr sorgsam über die Schultern, klemmte die Zipfel unter seinen Knien fest.

Zitternd kuschelte Aislinn sich an seine warme Brust. Ihre

frosterstarrten Glieder begannen sich zu lösen. »Dachtet Ihr, ich wäre Euch davongelaufen?« fragte sie leise.

Seine einzige Erwiderung war ein unverständliches Grunzen. Er wendete das Roß und bohrte ihm erneut die Fersen in die Flanken.

»Aber Ihr seid mir nachgeritten.« Sie lehnte ihren Kopf gegen seine Schulter, um zu ihm aufblicken zu können. Mit einem Lächeln fuhr sie fort: »Vielleicht sollte ich mich geehrt fühlen, daß Ihr Euch überhaupt noch an mich erinnert. Es haben sich doch schon so viele Eurer Gunst erfreut ...«

Einen Augenblick lang schien er den Sinn ihrer Bemerkung nicht zu begreifen. Doch dann warf er ihr einen schnellen, wütenden Blick zu. »Die anderen waren kaum mehr als flüchtige Affären, aber Ihr seid meine Sklavin«, knurrte er. »Und Ihr müßtet inzwischen wissen, daß ich gut auf mein Eigentum achte.«

Er wußte, daß seine Worte sie getroffen hatten, denn sie versteifte sich in seinen Armen. Ihre Worte kamen mit beißender Schärfe: »Und welchen Preis meßt Ihr mir bei?« fragte sie. »Ich kann weder den Boden umbrechen noch die Schweine hüten. Und auch zum Holzhacken kann man mich leider nicht gebrauchen. Bis gestern abend habe ich Euch keine anderen Fertigkeiten gezeigt als das bißchen Nähen und Wundenpflegen.«

Er lachte vor sich hin, um dann heiser hervorzustoßen: »Aber diese letzte Nacht! Eure Zartheit verheißt vieles, was ich bis heute nicht kannte. Und Euer Temperament läßt mich auf höchst vergnügliche weitere Nächte hoffen. Ihr könnt versichert sein, Chérie, daß ich nur Aufgaben für Euch bereithalte, die Euren schwachen Kräften angemessen sind und für die Ihr ganz gewiß die notwendige Begabung habt.«

»Als Eure Buhlerin?« fauchte sie. »Als Metze eines Bastards? So nennen sie mich bereits.«

Sie unterdrückte ein Schluchzen. Da er nicht wußte, was er darauf erwidern sollte, ritten sie in düsterem Schweigen zur Halle zurück.

Aislinn wollte so rasch wie möglich vom Rücken des Tiers herunter. Doch da der Umhang noch immer von Wulfgars Knien festgehalten wurde, verfing sie sich hilflos in seinen Falten. Ihre wütenden Befreiungsversuche erregten Wulfgars

Heiterkeit. Plötzlich hob er ein Knie an, so daß sie nackt zu Boden rutschte und sich zwischen den mächtigen Läufen seines Streitrosses wiederfand. Das gut erzogene Tier stand völlig bewegungslos. Ein Tritt von diesen schweren Hufen hätte Aislinn für immer entstellen können. Das Mädchen brachte sich kriechend in Sicherheit. Dann richtete sie sich mühsam auf und starrte mit geballten Fäusten zu Wulfgar hoch. Er warf den Kopf in den Nacken und lachte laut heraus.

Doch dann erbarmte er sich und warf ihr den Umhang zu. »Hier, zieht Euch etwas an, Chérie, damit Ihr Euch keine Erkältung zuzieht.«

Aislinn wickelte sich hastig in das Kleidungsstück. Ihre Augen suchten dabei ängstlich die Umgebung ab. Ihre Wut ließ erst nach, als sie wußte, daß niemand Augenzeuge ihrer schmachvollen Behandlung geworden war.

Dann hob sie stolz das Haupt, und ohne sich noch einmal nach Wulfgar umzusehen, schritt sie auf das Portal der Halle zu. Sie mußte in der kalten Morgenluft den weiten Umhang fest an sich pressen. Sie stieß die schwere Tür gerade so weit auf, daß sie hineinschlüpfen konnte.

Auf der Schwelle blieb sie wie erstarrt stehen. Die Halle war angefüllt mit Wulfgars Gefolgsleuten, doch mitten unter ihnen erkannte sie auch einige von Ragnors Söldnern. Sie hörte seine Stimme. Offensichtlich hatte er den Normannen Nachricht von Wilhelm dem Eroberer zu überbringen.

»Er wird schon bald wieder weiterreiten können, um diese Beleidigung zu rächen. Sie haben ihm einen anderen vorgezogen, aber diese Engländer werden rasch lernen, daß Wilhelm sich nicht abweisen läßt. Er wird sie gnadenlos niederwerfen und sich zu ihrem König machen.«

Seine Worte verursachten einige Aufregung unter den Männern. So laut sprachen sie über die Neuigkeiten, daß Aislinn Ragnor nicht mehr verstehen konnte. Breite Schultern und schwere Helme verstellten ihr den Blick auf den Ritter.

Plötzlich schwang die Tür weit auf, und Wulfgar stand auf der Schwelle. Er ließ seinen überraschten Blick in die Runde schweifen. Als die Eichentür wieder ins Schloß fiel, wandten sich die Köpfe der Männer. Sie traten zur Seite, so daß eine schmale Gasse entstand. Wulfgar legte Aislinn die Hand auf die Taille und schob sie mit sanfter Gewalt vorwärts. Sie sah die vielen Augen, die ihre nassen Haare und bloßen Füße musterten, und wußte, daß sie alle denken mußten, Wulfgar und sie kämen gerade von einem Stelldichein draußen in der Natur zurück.

Aislinn sah jetzt, daß Ragnor auf der ersten Treppenstufe stand. Etwas weiter oben bemerkte sie Sweyn, der wie immer ganz ruhig wirkte. Nicht weit von ihm kauerte Maida und hielt mit zittrigen Händen ein zerfetztes Gewand vor der Brust zusammen.

Als sich Wulfgar und Aislinn näherten, wandte Ragnor sich ihnen zu. Seine dunklen Augen verschlangen ihre schlanke Gestalt. Auch er sah natürlich die nassen Haare und bloßen Füße. Ihre Blicke trafen sich, und er öffnete die Lippen, als ob er etwas sagen wollte. Doch dann wandte er sich abrupt. Er wußte nur zu gut, daß jeder Versuch, sie zu beleidigen, von den Männern gegen ihn ausgelegt würde. Deshalb setzte er seine Rede fort. Dabei richtete sich sein Blick frech und herausfordernd auf Wulfgar.

»Und mich dünkt, daß eine starke Hand zum Herrschen nottut. Diese unterworfenen Heiden arbeiten dann am besten, wenn man sie immer wieder an ihre Niederlage erinnert.« Er legte eine Pause ein, um Wulfgars Erwiderung abzuwarten. Doch der lächelte völlig unbeeindruckt und schien höflich auf das Ende der Rede zu warten. »Diese grobschlächtigen Tölpel müssen begreifen lernen, daß wir ihnen und ihren heidnischen Sitten weit überlegen sind. Die schwache Hand verliert die Zügel nur allzu leicht.«

Ragnor verschränkte die Arme vor der Brust, ganz so, als ob er Wulfgar herausfordern wollte. Die Männer erwarteten einen neuen Zusammenprall der beiden. Doch Wulfgar erwiderte leise und beherrscht: »Sir de Marte, ich muß Euch erneut daran erinnern, daß meine Männer Soldaten sind. Wollt Ihr wirklich, daß sie Felder bestellen, weil die Bauern an unseren Galgen baumeln?«

In der Halle wurde es unruhig. Ein rotgesichtiger Mönch versuchte, sich einen Weg zwischen den Männern zu bahnen. Schließlich stand er vor Wulfgar und Ragnor. »Wohl gesprochen«, keuchte er. »Erweist Euch Euren britannischen Nachbarn gnädig. Es ist genug Blut in Satans Hölle hinabgeflossen. Herr, ich bitte Euch«, stieß er mit wie zum Gebet gefalteten

Händen hervor, »erweist Euch gnädig. Es ist wohl getan, mein Sohn, nicht fürderhin Satan in die Hände zu arbeiten.«

Ragnor wandte sich wutentbrannt gegen den Knecht Gottes. »Wenn du noch weiteren Unsinn dieser Art verbreitest, sächsisches Mönchlein, wirst du schon bald selbst vor Satan stehen.«

Der arme Mann wurde bleich und trat einen Schritt zurück.

Ragnor wandte sich erneut Wulfgar zu. »Der tapfere Bastard hat sich also in die Gunst dieser verdammten Engländer geschmeichelt«, schnaubte er voller Verachtung. »Ihr schützt dieses sächsische Schwein und hofiert diese englische Hündin, als ob sie des Herzogs Schwester wäre.«

Wulfgar blieb völlig ruhig. »Diese hier sind alle meine Leibeigenen. Indem sie mir dienen, dienen sie Herzog Wilhelm. Wollt Ihr es wagen, auch nur einen von ihnen zu erschlagen, um an seiner Statt die Hunde und Schweine zu füttern und bei Anbruch der Nacht die Gänse einzusperren?« Fragend musterte er den Rivalen. »Oder zieht Ihr es vor, wenn ich Euch die Aufgaben derjenigen zuteile, die bereits durch Euer Schwert das Leben gelassen haben? Fürchtet nichts, nie würde ich das einem Normannen antun. Aber es ist meine Pflicht, aus diesem ausgebluteten Land für Wilhelm den Zehnten zu gewinnen.«

Ragnors Augen verweilten einen Augenblick auf Aislinn. Man sah, wie sie seine verhohlene Leidenschaft aufleuchten ließ.

Dann wandte er sich wieder Wulfgar zu, lächelnd und fast freundlich. Er sprach aber so leise, daß es nur die nächsten Männer verstehen konnten.

»Ich habe eine Familie, die alles für mich tut, Wulfgar. Könnt Ihr das auch von Euch sagen?«

»Meine Klinge, meine Rüstung, mein Pferd und jener Wikinger dort sind meine Familie. Sie haben mir schon mehr treue Dienste geleistet, als Ihr Euch träumen laßt.«

Einen Augenblick lang kam Ragnor in Verlegenheit. Doch dann fiel sein Blick erneut auf Aislinn. »Und was ist mit der hier, Wulfgar? Werdet Ihr Anspruch auf den Bastard erheben, den sie bald werfen wird? Wie wollt Ihr je sicher sein, ob der Balg von Euch oder von mir stammt?«

Jäh verfinsterte sich Wulfgars Gesicht; Ragnors Worte hatten ins Ziel getroffen. Spöttisch verzog er die Lippen.

»Werdet Ihr ihn auch zu Eurer Familie zählen?« Böse lachend streckte er die Hand aus und umfaßte Aislinns Kinn. »Wir könnten einen strammen Sohn zusammen haben, meine Süße, voller Mut und Feuer. Wirklich schade, daß der Bastard Euch nicht ehelichen wird. Er haßt die Frauen, müßt Ihr wissen.«

Wütend schlug ihm Aislinn auf die ausgestreckte Hand. Dicht trat sie an Wulfgar heran. »Ihr seid um nichts besser als der hier«, stieß sie leise hervor. »Wäre ich wirklich bei Sinnen gewesen, hätte ich bis zum Ende gekämpft und Euch eher das Fleisch in Fetzen vom Leib gerissen als nachzugeben!«

Wulfgar versuchte eine humorvolle Erwiderung, die aber recht gekünstelt klang. »Es scheint, Aislinn, als ob Ihr alle Eure Kräfte bis zum Letzten verausgabt hättet. Es war wirklich nur die überlegene Muskelkraft, die Euch schließlich zum Aufgeben zwang.«

Wulfgar packte ihr Handgelenk, bevor ihr Schlag sein Gesicht erreichte. Indem er es langsam drehte, zog er sie so dicht an sich heran, daß ihre Lippen sich fast berührten. Seine Augen lächelten in ihre.

»Soll ich es laut herausschreien?« flüsterte er. »Ihr habt in jenem Augenblick sehr gerne die Waffen gestreckt, trotzdem hofft Ihr noch immer, am Ende zu siegen.«

»Euer Lordschaft, Euer Lordschaft!« Aislinn versuchte verzweifelt, seine Aufmerksamkeit von sich abzulenken. Sie spürte sehr wohl, daß Ragnor sie scharf beobachtete. »Der Mönch!«

Unter den aufmunternden Zurufen einiger Einheimischer ließ sich der Mann in der Kutte mit etwas ängstlicher Stimme wieder vernehmen: »Äh! Euer Lordschaft – Sir Wulfgar. Ihr kennt mich nicht. Ich bin Bruder Dunley. Ihr habt mich rufen lassen.«

Als Wulfgar sich ihm zuwandte, fuhr er hastig fort. »Ich bin gekommen, die Gräber zu segnen. Aber ich habe den Eindruck, daß meine Dienste auch auf anderem Gebiet dringend gebraucht werden. Gottes Sache steht in dieser guten Stadt nicht zum besten. Es scheint, als ob vielen der Mädchen, aber auch vielen Ehefrauen übel mitgespielt wurde. Die Kirche darf solche Dinge nicht auf die leichte Schulter nehmen, sie darf Gewalttaten dieser Art nicht ungesühnt lassen. Es wäre nicht unbillig, wenn den Verlobten und Ehegatten der Mißbrauchten eine gewisse Summe Geldes als Entschädigung ausgehändigt würde.«

Wulfgar zog die Braue hoch und musterte mit amüsiertem Lächeln den Mönch, der mit großem Eifer fortfuhr: »Was nun die Ledigen betrifft, Euer Lordschaft, so bitte ich Euch, den Männern, die für die Tat verantwortlich sind, zu befehlen, das Mädchen zum Altar zu führen –«

»Haltet ein, Vater.« Wulfgar hob die Hand, um den Wortschwall einzudämmen. »Es scheint mir, als ob durch eine solche Entschädigung an die Verlobten und Gatten jener Mädchen und Frauen, deren Gunst mit Gewalt errungen wurde, diese zu Huren gemacht würden. Und welcher Mann möchte wohl die Tugend und Ehre der Geliebten auf diese Weise veräußern? Im übrigen würde es sich um recht beträchtliche Summen handeln. Selbst die reichste Krone käme an den Bettelstab, wollte sie für all das aufkommen. Ich aber bin nichts als ein armer Ritter. Was nun die Sache mit dem Heiraten betrifft – alle diese Männer sind Soldaten«, er wies auf seine Gefolgsleute. »Sie sind für das Kriegshandwerk geschaffen, taugen jedoch nicht, zusammen mit einem Weib gemütlich vor dem Herd zu hocken. Erklingt der Ruf zu den Waffen, machen sie sich auf und davon. Manch einer von ihnen wird auf dem Schlachtfeld bleiben und sein Weib mit einem Dutzend Bälger an den Rockschößen zurücklassen. Eure gute Absicht hätte sich auf diese Weise ins Gegenteil verkehrt. Nein, guter Priester, sie müssen ihr Schicksal tragen, wie es sie getroffen hat. Hoffen wir auf bessere Zeiten. Sehr viel schlimmer kann es kaum noch werden. Nur seh ich mich außerstande, all das Böse ungeschehen zu machen.«

»Aber, Euer Lordschaft«, der Mönch gab sich noch immer nicht zufrieden, »wie steht es mit Euch selbst? Ihr wurdet mit diesem Land belehnt und steht in der Gunst des Herzogs. Gewißlich werdet Ihr dieses arme Mädchen hier nicht für Dinge büßen lassen, für das es keine Verantwortung trägt. Euer ritterlicher Eid verpflichtet Euch, das schwache Geschlecht zu schützen. Darf ich also annehmen, daß Ihr sie zu Eurem Weibe macht?«

Wulfgars Gesicht verfinsterte sich, während Ragnor den Kopf in den Nacken warf und laut herauslachte.

»Nein, Vater, das dürft Ihr nicht«, sagte Wulfgar. »Mein Rittertum verpflichtet mich dazu keineswegs. Und im übrigen bin ich ein Bastard, kann also von zarten Ohren nicht verlangen, sich all die Anspielungen und tölpelhaften Späße anzuhören, die gefühllose und dumme Geister immer wieder an mir erproben.« Scharf blickte er zu Ragnor hinüber. »Es war mein Schicksal, die grausamsten Stiche und tiefsten Wunden von den grausamen Zungen gerade des Geschlechts hinnehmen zu müssen, das sich selbst seines weichen Herzens, seiner feinen Formen und seiner Mutterliebe rühmt. Ich bin nicht bereit, den Frauen mehr zu geben als sie verdienen. Nein, behaltet Eure Schelte für Euch, denn mein Herz kennt kein Erbarmen in dieser Hinsicht.«

Damit wandte er sich ab.

Doch der Mönch gab noch immer keine Ruhe. »Lord Wulfgar, wenn Ihr sie also nicht zur Gattin nehmen wollt, dann gebt sie doch zumindest frei, denn ihr Verlobter ist bereit, auch jetzt noch treu zu seinem Wort zu stehen.« Er wies auf Kerwick, der bleich und wortlos ganz in der Nähe stand.

»Nein! Nichts mehr davon!« drang es wütend aus Wulfgar. Man sah deutlich, wie hart es ihn ankam, seine Beherrschung nicht zu verlieren. »Ich bin der Lord. Alles, was Ihr hier seht, gehört mir. Stellt meinen guten Willen nicht leichtsinnig auf die Probe. Geht und segnet die Gräber, wozu ich Euch herbefohlen habe. Alles andere überlaßt mir.«

Der Mönch wußte, wann es den Mund zu halten galt. Aufseufzend begann er ein Gebet zu murmeln. Aislinn wagte es ebensowenig wie Ragnor, Wulfgar noch weiter zu reizen.

8

Die Gräber waren gesegnet, und Aislinn kehrte ins Schlafgemach zurück, da es sie nach Einsamkeit verlangte. Als sie eintrat, fand sie jedoch Wulfgar am Fenster stehen und finster in die Ferne starren. In der Hand hielt er den Inhalt eines Päckchens, das Ragnor ihm übergeben hatte. Sweyn stand vor dem Feuer. Als sich die Tür öffnete, wandten sich beide um. Aislinn wollte sich mit einer scheuen Entschuldigung wieder zurückziehen.

Wulfgar jedoch schüttelte das Haupt. »Nein, bleibt nur hier. Tretet ein. Wir sind schon fertig.«

Zögernd schloß Aislinn hinter sich die Tür. Sie fühlte den Blick der beiden Männer auf sich ruhen. Als sie ihre Augen nicht abwandten, stieg ihr die Röte ins Gesicht. Sie drehte ihnen den Rücken zu.

Wulfgar setzte seine Unterredung mit Sweyn fort. »Ich gebe das alles in deine Hände.«

»Ja, Sire«, kam die Erwiderung. »Ich werde mich in acht nehmen und die Augen offen halten.«

»Dann kann ich ruhig schlafen.«

»Ein seltsames Gefühl, Wulfgar, nach diesen vielen Jahren – und nach den vielen gemeinsam bestandenen Kämpfen.«

»Ja, aber die Pflicht verlangt es, und ich muß sicher sein, daß die Sache in sicheren Händen ist. Ich hoffe, es wird nicht zu lange dauern.«

»Es sind schreckliche Dickschädel, diese Engländer.«

Wulfgar seufzte auf. »Ja, aber der Herzog ist es nicht weniger.« Sweyn nickte und verabschiedete sich dann.

Aislinn vermied immer noch, Wulfgars Blicken zu begegnen. Sie spähte nach ihrem zerrissenen Unterkleid, in der Hoffnung, es vielleicht doch noch wieder ausbessern zu können. Aber es war nirgends zu sehen. »Euer Lordschaft«, sagte sie schließlich und runzelte etwas verwirrt die hübsche Stirn.

»Habt Ihr heute morgen vielleicht irgendwo mein Unterkleid gesehen? Ich weiß, daß es hier lag.«

»Ich hab's aufs Bett gelegt«, erwiderte er.

Aislinn wandte sich zum Bett, obwohl sie dort bereits nachgesehen hatte. Schulterzuckend warf sie die Kissen zur Seite.

»Hier ist es aber nicht, Seigneur.«

»Vielleicht hat Hlynn es weggenommen«, meinte er beiläufig.

»Nein, sie würde sich ohne Eure Erlaubnis hier nicht hereinwagen. Sie fürchtet sich vor Euch.«

»Es wird schon wieder zum Vorschein kommen«, sagte er mit Unwillen in der Stimme. »Macht Euch darüber jetzt keine Sorgen.«

»Ich hab' nicht mehr viele«, beklagte sich Aislinn, »und auch kein Geld, um mir neues Linnen zu kaufen. Ohne Unterkleid scheuert die Wolle auf der Haut. Und Ihr habt mir ja bereits erklärt, Ihr wolltet für meine Kleidung kein Geld ausgeben.«

»Hört endlich mit Eurem Gewäsch auf. Ihr redet genau wie all die anderen Weiber, die dauernd nach mehr verlangen und mit nichts zufrieden sind.«

Es zuckte in Aislinns Gesicht. Rasch wandte sie sich ab. Sie war über sich selbst erstaunt. Wie konnte sie nur wegen eines zerrissenen Unterkleids in Tränen ausbrechen, während ganz England in Schutt und Asche lag! Doch ging es ihr wirklich nur um das Unterkleid – oder weinte sie nicht vielmehr über sich selbst? Sie, die Willensstarke, ließ sich durch einen Mann demütigen, der sie gerade mit jenen elenden Weibern auf eine Stufe gestellt hatte, die im Gefolge der Armeen mitzogen.

Aislinn schluckte die Tränen hinunter und reckte das Kinn. »Euer Lordschaft, ich bitte Euch um nichts. Ich möchte nur mein Eigentum zusammenhalten, genau wie Ihr.«

Schweigend machte sie sich wieder an die Arbeit. Mit aller Kraft versuchte sie, dieses Gefühl der Hoffnungslosigkeit von sich abzuschütteln.

Als sie endlich wagte, wieder einen Blick zu Wulfgar hinüberzuwerfen, ließ der finstere Blick seiner grauen Augen sie erstarren.

»Monseigneur?« murmelte sie. »Habt Ihr mir irgend etwas

vorzuwerfen, dann sagt es. Ich bin mir keiner Schuld bewußt. Ich habe nicht von Euch verlangt, daß Ihr mich neu einkleidet, aber Ihr mustert mich, als ob ich die Peitsche verdient hätte. Haßt Ihr mich denn so sehr, Milord?«

»Euch hassen?« Wulfgar schnaubte verächtlich. »Warum sollte ich Euch denn hassen, Demoiselle? Ist doch Euer Liebreiz so groß, daß jeder Mann Euch begehrt.«

Ihre Gedanken rasten. Plötzlich kamen ihr Ragnors Worte in den Sinn, und ihr Atem drohte zu stocken.

»Fürchtet Ihr, daß ich eines anderen Mannes Kind unter dem Herzen trage, Milord?« fragte sie kühn. Sie sah, daß seine Augen Sturm verhießen. »Der Gedanke muß Euch hart ankommen, daß es wohl Euer Kind sein kann, Ihr aber nie Gewißheit darüber haben werdet.«

Wütend knurrte er: »Seid still.«

»Nein, Sire.« Verbissen schüttelte sie den Kopf, so daß die zerzausten, ungekämmten Haare um ihre Schultern tanzten. »Ich möchte jetzt die Wahrheit wissen. Wenn ich tatsächlich schwanger wäre, würdet Ihr dann mit mir das Ehegelübde tauschen, um ein unschuldiges Wesen vor jenem Schicksal zu bewahren, unter dem Ihr so sehr gelitten habt?«

»Nein. Ihr hörtet, was ich dem Priester sagte«, wies Wulfgar sie zurecht.

Sie nahm all ihren Mut zusammen. »Ich würde gern noch etwas erfahren, bitte sagt es mir. Woher wollt Ihr wissen, ob Euren Lenden nicht bereits ein Bastard entsprungen ist? Waren alle Eure Frauen unfruchtbar, wie Ihr es vielleicht auch von mir hofft?« Sie sah, daß er immer wütender wurde und ahnte die Antwort. »Hättet Ihr es lieber, wenn ich unfruchtbar wäre, wie Eure anderen Frauen?« Sie stand jetzt dicht vor ihm und starrte in sein versteinertes Gesicht. Die Haut spannte sich über ihren Kinnbacken, so sehr mußte sie sich zur Ruhe zwingen. »Auch ich hoffe, daß ich unfruchtbar bin, denn ich glaube nicht, daß Euer Kind mir viel Freude machen würde.«

Er zuckte unter ihren Worten zusammen. Ein schrecklicher Gedanke schien ihn plötzlich zu schütteln. Grob zog er sie noch dichter an sich heran.

»Aislinn, denkt nie, daß sich Eure Ehre durch ein Selbstopfer wiederherstellen ließe. Ich habe von Frauen gehört, die ihrem Leben selbst ein Ende setzten, weil sie meinten, die Schande nicht ertragen zu können. Für mich ist das Torheit.«

Aislinn riß sich los. »Habt keine Angst, edler Herr, ich finde das Leben zu kostbar. Sollte ich wirklich schwanger sein, werde ich das Kind auch zur Welt bringen, ob Ihr Euch darum kümmert oder nicht.«

Sein Gesicht entspannte sich. »Ich möchte nicht Euer Leben auf dem Gewissen haben.«

»Eben, wer sollte dann auch die Hure für Euch machen?« gab sie voll Bitterkeit zurück.

»Aislinn«, seine Stimme hatte einen warnenden Unterton. »Mäßigt Eure Worte. Ich habe es allmählich satt, dauernd von Euch angegriffen zu werden.«

»Wirklich, Milord? Ich kann mir gar nicht vorstellen, daß ein so mächtiger Ritter wie Ihr sich vor der Zunge eines schwachen Mädchens fürchtet.«

»Milord! Milord!« machte er sie nach. »Ich habe Euch meinen Namen genannt. Was hindert Euch, ihn zu gebrauchen?«

Aislinn hob stolz das Kinn. »Ich bin Eure Sklavin. Wollt Ihr wirklich, daß Eure Sklaven so vertraulich mit Euch umgehen?«

»Ich befehle es Euch, Aislinn.« Er verbeugte sich galant, als ob er einer Königin gegenüberstünde.

Sie nickte gnädig. »Also gut, wie Ihr befehlt – Wulfgar.«

Er trat auf sie zu, legte ihr die Hände auf die Schultern und zwang sie, seinem Blick standzuhalten.

»Ihr habt selbst die Rolle der Sklavin gewählt, ich wollte es anders. Aber tut, wie Euch gefällt, solange Ihr nur den Drang meiner Lenden stillt.«

Sein Mund preßte sich auf den ihren und erstickte jedes Widerwort. Der gierige, hungrige Kuß zwang ihre Lippen auseinander. Aislinns Sinne verwirrten sich. Sie versuchte sich zu befreien, aber seine Arme hielten sie in gnadenlosem Griff umfangen. Seine Lippen lösten sich von den ihren, um sich gleich darauf heiß auf ihren Hals zu pressen. Gleichzeitig spürte Aislinn seine Lenden hart gegen die ihren drängen und ahnte, daß sie dieser kraftvollen Umarmung nicht lange würde standhalten können. Verzweifelt kämpfte sie um ihre Selbstbeherrschung.

»Milor – Wulfgar! Ihr tut mir weh!« keuchte sie. Doch erneut übersäte sein Mund ihr Gesicht und ihren Hals mit leidenschaftlichen Küssen.

Mit einem Stöhnen drehte sie den Kopf zur Seite. »Laßt mich«, bat sie, eher wütend gegen sich selbst als gegen ihn, zornig über das wachsende Verlangen ihres Leibes. »Laßt mich los, ich bitte Euch.«

»Nein«, murmelte er heiser und beugte ihren Oberkörper weit nach hinten. Es schnürte ihr die Kehle zu, als sein Mund sich auf ihre Brust preßte und durch den Stoff der Gunna hindurch ihre Haut zu versengen schien. Seine Hände schoben sich unter ihre Knie, hoben sie hoch und trugen sie trotz ihrer wütenden Proteste zum Bett.

Er ließ sie niedersinken und begann sie zu entkleiden. Wie ein riesiger Seidenfächer verteilte sich ihr Haar über die Wolfspelze. Einen Augenblick ließ er von ihr ab, um sich ebenfalls zu entkleiden. Dabei verschlangen seine brennenden Augen ihren Körper mit wachsendem Entzücken.

»Aber das schickt sich nicht!« keuchte Aislinn, während leuchtendes Rot in ihre Wangen schoß. Im alles enthüllenden Licht des Tages sah sie ihn, wie sie ihn nie zuvor gesehen hatte. Dies war ein bronzefarbener Krieger, der einer heidnischen Sage entstiegen schien, ein wildes, wundervolles Fabelwesen, das es zu fangen und zu zähmen galt, um es nie mehr von ihrer Seite zu lassen. Und wieder keuchte sie: »Die Sonne steht doch noch am Himmel!«

Wulfgar lachte leise auf und warf sich neben sie. »Das soll uns nicht kümmern.« Er versenkte sich lächelnd in ihren Blick. »So wird es in Zukunft keinerlei Geheimnisse zwischen uns mehr geben.«

Andächtig und bewundernd verfolgte Wulfgars Hand die sanften Linien ihres Leibs, der unter der Liebkosung erschauerte. Diese Haut war weicher und geschmeidiger als der schönste Samt! Aislinn spürte, daß nichts mehr ihn jetzt zurückhalten konnte. Seine Liebkosungen verstärkten sich, wurden wilder und drängender. Doch sie war entschlossen, ihm in keiner Weise entgegenzukommen, wollte vielmehr alles völlig unbeteiligt über sich ergehen lassen.

Als dann seine Zeit kam, stillte er seine Lust ohne jede Rücksicht auf sie. Erst nachdem er wieder zur Ruhe gekommen war und von ihr abließ, traf sie ein befremdeter Blick. »Mich dünkt, Chérie«, murmelte er leise, »du verweigerst dich nicht mir, sondern dir. Aber es wird eine Zeit kommen, in der eine Berührung von mir genügt, um dich nach meinen Zärtlichkeiten betteln zu lassen.«

Noch immer hielt ihr herausfordernder Blick dem seinen stand. Mit einem Seufzer des Bedauerns erhob er sich und griff nach seinen Kleidern. Als er sich umwandte und seine Augen voller Bewunderung ihre schlanken, langen Beine entlangwanderten, richtete sie sich hastig auf und zog eines der Felle über ihre Nacktheit. Doch er zuckte nur lachend mit den Schultern und begann sich anzukleiden.

Als er damit fertig war, hob er ihre Gewänder vom Boden auf und warf sie ihr zu. Während sie danach griff, wanderten ihre Augen zur Tür und schienen ihn zum Verlassen des Gemachs aufzufordern. Er jedoch schüttelte lächelnd das Haupt. »Nein, ich gehe nicht – noch nicht. Du wirst dich an meine Gegenwart gewöhnen müssen, meine liebliche Aislinn. Ich werde mir mein Vergnügen durch deine übertriebene Schamhaftigkeit nicht verderben lassen.«

Mit wütendem Blick erhob sie sich und ließ langsam den Pelz zu Boden sinken. Voll natürlicher Anmut schritt sie an ihm vorbei zum Feuer hinüber. Als er sie so in ihrer ganzen makellosen Schönheit vor sich sah, trat erneut ein leidenschaftliches Glitzern in seine grauen Augen. Als Aislinn sich ihm wieder zuwandte, erkannte sie in seinem Blick die tiefe Verwirrung, die seine eigenen Gefühle in ihm hervorriefen.

Dann klang plötzlich von draußen ein Ruf. Fremde näherten sich Darkenwald, und Wulfgar war offensichtlich froh über diese Störung. Er nahm sein Schwert und stürzte davon.

Aislinn dachte, daß vielleicht weitere Gefolgsleute Erlands aus der Schlacht heimkehrten, und kleidete sich hastig an. Nachdem sie die Gunna über das Unterkleid gestreift hatte, warf sie nachlässig die Haare über die Schultern zurück und verließ eilends das Gemach.

Am Fuß der Treppe wäre sie fast in Ragnor hineingelaufen, der eben die Halle durchquerte. Er verstellte ihr den Weg.

Ihre Augen blitzten ihn an. »Soll ich um Hilfe rufen, oder laßt Ihr mich passieren?« fragte sie in scharfem Ton. Sie sah, daß Wulfgar unmittelbar vor dem Tor des Herrenhauses stand, um dort die Fremden zu empfangen. »Wulfgar hat Euch doch davor gewarnt, mich noch einmal zu belästigen. Offenbar hat Euch seine letzte Abreibung nicht genügt?«

»Eines Tages werde ich ihn dafür töten«, murmelte der Ritter. Dann streckte er lächelnd die Hand nach einer ihrer kupfernen Flechten aus. »Ich trotze Tod und Beleidigung, um in Eurer Nähe zu sein, meine kleine Sächsin.«

Aislinn versuchte, sich durch eine ruckartige Kopfbewegung freizumachen, aber seine Hand ließ ihr Haar nicht los.

»Und wenn Ihr dann Euer Mütchen an mir gekühlt habt und meiner überdrüssig werdet, knüpft Ihr mich an den nächsten Galgen«, warf sie ihm bitter ins Gesicht.

Er lachte über ihre Wut. »Nie würde ich das tun, meine Taube. Nie und nimmer könnte ich Euch gegenüber so grausam sein.« Er drückte die glänzende Flechte gegen ihre Brust, zärtlich streiften seine Finger über die sanften Hügel. »Ich sehe, er vernachlässigt Euch nicht. Die Röte Eurer Wangen beweist es deutlich.«

Schamrot versuchte sie erneut, an ihm vorbeizukommen, doch er packte ihren Arm.

»Nicht so hastig«, mahnte er. »Wollt Ihr mir nicht ein freundliches Wort mit auf den Weg geben?«

Aislinn hob fragend die Brauen. »Ihr verlaßt uns wieder? Wann? Bald?«

»Ihr solltet nicht so deutlich zeigen, wie sehr Euch das freut, meine kleine Taube. Ihr könntet mich damit zutiefst beleidigen.«

»Es stimmt schon, während Eurer Abwesenheit sind die Chancen sehr gering, von jemand mit Gewalt genommen zu werden«, erwiderte sie mit beißendem Spott. »Aber sagt mir doch, warum Ihr mir unablässig nachstellt? Gibt es dort, wo Ihr hingeht, denn keine Frauen?«

Er beugte sich zu ihr herab und flüsterte ihr verschwörerisch ins Ohr: »Dornen, nichts als Dornen. Mich aber verlangt nach einer Rose.«

Bevor sie sich abwenden konnte, preßte er ihr einen heißen, verlangenden Kuß auf die Lippen. Ihre neu entflammte Wut schien ihn königlich zu amüsieren. Er trat einen Schritt zur Seite, legte die Hand aufs Herz und sagte: »Diesen Kuß werde ich in alle Ewigkeit nicht vergessen, meine Süße.«

Endlich konnte Aislinn mit stolz erhobenem Haupt ihren Weg zur Tür fortsetzen.

Sie sah einen mit einer Plane überspannten Karren und einen Ritter zu Pferd sich dem Herrenhaus nähern. Der Wagen hielt neben einem von Wulfgars Gefolgsleuten. Offensichtlich wurde der Mann etwas gefragt, denn er hob den Arm und deutete auf Wulfgar.

Der seltsame Zug setzte sich wieder in Bewegung, und Aislinn sah, daß eine recht magere junge Frau mit flachsfarbenem Haar den Karren lenkte. Das Pferd, das ihn zog, war alt und lahmte. Trotz der vielen Narben erkannte man die edle Abstammung des Tieres. Die Rüstung des Ritters wirkte altmodisch und vernachlässigt. Er selbst war von kräftigem Wuchs, und seine langen Glieder konnten sich fast mit denen Wulfgars messen. Unmittelbar vor Wulfgar brachte die Frau den Karren zum Stehen und ließ ihre Augen über die Halle schweifen.

»Ihr habt's nicht schlecht getroffen, Wulfgar.« Sie erhob sich und kletterte vom Wagen, ohne auf seine Hilfe zu warten. Sie machte eine Handbewegung, die den Karren und den Ritter einschloß. »Sehr viel besser als wir auf jeden Fall.«

Diese Vertraulichkeit der Frau weckte in Aislinn sofort Gefühle der Feindseligkeit. Als das Gesicht sich hob, zeigte es die kühle, zerbrechliche Schönheit vornehmer aristokratischer Züge und die Makellosigkeit einer bleichen, elfenbeinfarbenen Haut. Die Fremde war älter als sie, näherte sich ganz offensichtlich den Dreißig, hatte aber noch nichts von ihrer Anziehungskraft verloren. Aislinns Herz machte einen Sprung, als sie sich fragte, welche älteren Rechte sie wohl auf Wulfgar haben mochte.

Der alte Ritter war jetzt ebenfalls herangekommen und entbot Wulfgar seinen Gruß: ein Lord grüßte den anderen. Wulfgar erwiderte die Geste, und die beiden Männer musterten sich mit größter Eindringlichkeit. Der Fremde stieß seine Lanze in den Boden und nahm den Helm ab. Aislinn sah erstaunt eine lange, weiße Mähne, wie nur die Sachsen sie trugen. Sein Gesicht zeigte dagegen helle Stellen, die ganz offensichtlich erst vor kurzem rasiert worden waren. Sie fragte sich voller Verwirrung, was dieser bewaffnete sächsische Ritter wohl in Darkenwald suchte. Obwohl sie sein Gesicht noch nie gesehen hatte und sein Schild kein Wappen trug, hatte er sofort irgend etwas Vertrautes für sie.

Wulfgar sagte mit einem seltsamen Unterton in der Stimme:

»Die Unterkunft ist arm und eng, Euer Lordschaft, aber Ihr seid willkommen hier.«

Der alte Mann blieb im Sattel sitzen, als ob ihm diese Worte aus irgendeinem Grund mißfielen. »Nein, Wulfgar, wir suchen keine Unterkunft für kurze Zeit.« Die alten Augen starrten über den Hals des Rosses hinweg ins Leere. Als der Fremde fortfuhr, klang seine Stimme heiser, als ob ihm das Sprechen Schwierigkeiten bereitete. »Eure Normannen haben mich von meinem Land verjagt, und nicht wenige Sachsen halten mich für einen Verräter, weil ich nicht an Harolds Seite in die Schlacht ziehen konnte. Mein Haushalt ist sehr klein geworden, trotzdem kann ich nicht mehr für ihn sorgen, dazu ist meine Habe zu gering. Deshalb komme ich zu Euch mit der Bitte um Obdach.«

Wulfgar verlagerte sein Gewicht und starrte in die Nachmittagssonne. Als er sich wieder dem Alten zuwandte, klang seine Stimme fest und entschieden wie immer. »Auch in diesem Fall gilt meine Einladung, Milord. Seid mir willkommen.«

Der alte Mann nickte und schien sich zu entspannen. Dann schloß er kurz die Augen, als ob er für eine neue schwere Aufgabe Kraft sammeln müßte. Er griff nach seiner Lanze und bohrte sie zu seiner Linken in den Boden. An ihr oberes Ende hängte er den schweren Schild. Dann faßte seine Hand unter das rechte Knie und versuchte es anzuheben. Eine Grimasse des Schmerzes verzerrte sein Gesicht, als er das Bein über den hohen Sattelknauf zu heben versuchte. Wulfgar trat hinzu, um ihm behilflich zu sein, wurde aber barsch zurückgewiesen.

Der alte Ritter zerrte mit letzter Kraft das Bein auf die andere Seite, wo es gegen die Flanke des Tiers schlug. Sweyn war herangetreten und hob ihn nun ungeachtet seiner Proteste aus dem Sattel. Sanft stellte er den Verwundeten auf seine Füße und stützte ihn mit seinem Körper.

Der alte Mann lächelte den Wikinger an. Zugleich preßte er ihm die geballte Faust gegen die Brust, wo sie von einer riesigen Pranke umfaßt und herzlich geschüttelt wurde. »Sweyn, guter Sweyn«, der alte Mann nickte ihm zu, »du hast dich nicht verändert.«

»Ich bin nur ein wenig älter geworden«, gab der Wikinger zurück.

»Ja«, der Fremde seufzte nachdenklich auf, »dasselbe gilt für mich.«

Die Frau wandte sich an Wulfgar. »Uns dürstet sehr. Der Staub der Wege hat uns ausgetrocknet. Dürfen wir um etwas zu trinken bitten?«

Wulfgar nickte. »In der Halle.«

Zum zweitenmal wurde sich Aislinn an diesem Tage bewußt, wie wenig schicklich ihre äußere Erscheinung war, als sie die erstaunten Blicke der Fremden auf sich ruhen fühlte. Das zerzauste rote Haar und die bloßen Füße, die unter dem hastig übergeworfenen Gewand hervorlugten, wurden von beiden natürlich sofort wahrgenommen. Errötend versuchte Aislinn unter dem musternden Blick der Frau den Rock glatt zu streichen. Sweyn blickte voller Nachsicht verstohlen zu seinem Herrn hinüber.

Die blonde Frau trat noch näher an die Treppe heran und starrte voller Neugier zu dem Mädchen hinauf. In diesem Augenblick erschien Ragnor unter der Tür und stellte sich neben Aislinn. Sein verschlagenes Lächeln schien sie vor aller Augen bloßzustellen.

Die Fremde hob fragend und mit allen Anzeichen größten Mißfallens die Braue. Vor allem Aislinns stolzes Auftreten schien ihr unter diesen Umständen unangebracht. Der Blick, den sie Wulfgar zuwandte, forderte eine Erklärung. Wulfgar jedoch war rasch zu Aislinn hinaufgestiegen und hatte ihre Hand genommen, um sie so an seine Seite zu ziehen. Einen Augenblick lang weidete er sich an dem verständnislosen Blick der Frau, und ein spöttisches Lächeln huschte über sein Gesicht.

»Das ist Demoiselle Aislinn, die Tochter des früheren Lords von Darkenwald. Aislinn, das ist meine Halbschwester Gwyneth«, fuhr er fort und deutete auf die Fremde. Er spürte, wie das Mädchen an seiner Seite erstaunt zusammenzuckte. Mit einer Geste stellte er dann den alten Ritter vor: »Lord Bolsgar von Callenham, ihr Vater.«

»Lord?« meinte Bolsgar zweifelnd. »Nein, Wulfgar, diese

Zeiten sind vorbei. Ihr seid jetzt ein Lord, ich aber kaum mehr als ein wehrloser Ritter.«

»So viele Jahre lang habe ich Euch als Lord Callenham gekannt, das läßt sich nicht so einfach vergessen«, erwiderte Wulfgar. »Ich denke, Ihr müßt Nachsicht mit mir üben.«

Aislinn lächelte dem alten Mann zu, der mit gerunzelter Stirn seine Blicke zwischen ihr und Wulfgar hin- und herwandern ließ. »Das alte Darkenwald fühlte sich stets geehrt, wenn Gäste in seiner Halle abstiegen. Damals hätte man Euch hier genauso herzlich willkommen geheißen wie eben Lord Wulfgar.«

Ragnor trat vor, um sich ebenfalls bekanntzumachen. Tief beugte er sich über Gwyneths Hand. Der warme Druck seiner Lippen verdrängte die Kälte, die sein Anblick zunächst in ihr ausgelöst hatte; ein starkes Gefühl freudiger Erregtheit stieg in ihr auf. Als er sich aufrichtete, traf ihn der lächelnde Blick ihrer Augen, und Ragnor ahnte, daß er eine neue Eroberung gemacht hatte.

Mit einem bösen Grinsen wandte er sich nach Wulfgar um. »Ihr habt uns nicht erzählt, daß Ihr in dieser Gegend Verwandtschaft habt, Milord. Wilhelm wird sich für diese Neuigkeit sicher interessieren.«

»Diese Mühe könnt Ihr Euch ersparen, Sir de Marte, Ihr würdet ihm nichts Neues damit erzählen.«

Um weiteren Fragen aus dem Weg zu gehen, wandte Wulfgar sich um und stieß das Tor zur Halle weiter auf. Dann schritt er zu Bolsgar hinab und legte sich den Arm des alten Mannes über die Schultern. Zusammen mit Sweyn führte er den Verletzten die Treppe hinauf und in die Halle.

Aislinn zog einen großen, schweren Sessel an den Kamin und ließ dann für die erschöpften Reisenden Speisen und Getränke bringen. Nachdem das Mädchen noch einen Hocker vor den Sessel gestellt hatte, setzten die beiden Männer den verwundeten Ritter vorsichtig ab. Der alte Sachse verzerrte vor Schmerzen das Gesicht, als Wulfgar das verletzte Bein auf den Hocker hob. Dann jedoch ließ er sich, zufrieden aufseufzend, zurücksinken. Aislinn kniete neben dem Hocker nieder. Das Mädchen versuchte vergeblich, mit seinem zierlichen Dolch die Lederriemen zu durchschneiden, die das Bein umschlangen. Da es stark angeschwollen war, verursachte jede

Berührung neue Schmerzen, und Bolsgar stöhnte leise vor sich hin. Wulfgar kam dem Mädchen zu Hilfe. Er kniete sich neben sie, zog sein Messer aus dem Gürtel, schob es unter die Verbände und schnitt sie mit einer kraftvollen Bewegung auf.

Der alte Mann fuhr auf, als Aislinn die Verbände abnehmen wollte. »Wulfgar, nehmt dieses Mädchen da weg. Das ist kein Anblick für so junge Augen.«

Aislinn schüttelte den Kopf. »Nein, Ihr könnt mich nicht wegschicken, Sir Bolsgar. Ich habe einen guten Magen und im übrigen» – sie blickte Wulfgar in die Augen – »heißt es von mir, daß ich äußerst starrköpfig bin, Ihr müßt also schon gestatten . . .« Amüsiert blitzten Wulfgars stahlgraue Augen auf. »Ja, das behauptet man von ihr.«

Aislinn warf ihm einen bösen Blick zu. Inzwischen war Gwyneth hinzugetreten und blickte auf die beiden herab. Maida holte eilends für die Ankömmlinge Speisen und Getränke herbei.

»Wie fühlt man sich, wenn man zu den Siegern gehört, Wulfgar?« wollte Gwyneth wissen.

Bolsgar schaute sie scharf an. »Halte deine Zunge in Zaum, Tochter!«

Wulfgar, der sich zusammen mit Aislinn über das verletzte Bein des Alten beugte, hob gleichmütig die Schultern. »Besser, würde ich meinen, als auf der Verliererseite.«

Gwyneth blieben die Worte im Hals stecken, als die beiden jetzt vorsichtig die schwärende tiefrote Wunde freilegten. Rasch wandte sie sich ab. Sie erlaubte Ragnor, ihr Teller und Becher zum Herrentisch hinüberzutragen, wo ihr neuer Kavalier seine normannischen Artigkeiten an ihr erprobte.

Der Gestank, der von den Verbänden und der eiternden Wunde aufstieg, war so stark, daß selbst Aislinn übel zu werden drohte. Wulfgar legte ihr beruhigend die Hand auf die Schulter. Sie schüttelte den Kopf und versuchte, die Verbände vollends zu lösen.

»Sagt mir, was zu tun ist«, bat Wulfgar, als er die Bleiche ihres Gesichts sah.

»Nein«, erwiderte sie sanft, »ich werde das erledigen.«

Sie griff nach einem Holzkübel und rief Kerwick herbei. »Das Sumpfloch – kennst du die Stelle?« Auf sein Nicken hin, gab sie ihm den Kübel. »Füll ihn mir mit dem schwärzesten

Schlamm.« Ohne ein weiteres Wort eilte er aus der Halle, und keiner der Normannen versuchte ihn aufzuhalten.

Wulfgar blickte zu seinem Stiefvater hoch. »Wo habt Ihr das her, Milord? War es eine normannische Hand, die Euch so verletzte?«

»Nein«, seufzte der Alte auf, »darauf könnte ich wenigstens stolz sein. Aber ich bin selbst schuld daran. Mein Pferd stolperte in einer Furche und begrub mein Bein unter sich. Ein scharfer Stein durchbohrte meine Beinkleider und riß mir diese Wunde, die trotz aller Gegenmaßnahmen von Tag zu Tag schlimmer wurde.«

»Hat Euch denn niemand richtig gepflegt?« fragte Aislinn überrascht. »Eine solche Wunde muß sofort richtig behandelt werden.«

»Es gab niemand, der das hätte tun können.«

Aislinn warf Gwyneth einen raschen Blick zu, behielt aber ihre Meinung für sich. Ihre Gedanken wanderten zurück zu jenen Zeiten, in denen sie die Wunden ihres Vaters gepflegt hatte, und sie fragte sich, was für ein Mensch wohl Wulfgars Schwester sein mochte.

Rasch kamen jetzt die Anordnungen aus Aislinns Mund: »Wulfgar, bringt mir den Wasserkessel vom Feuer. Mutter, holt sauberes Linnen aus der Truhe. Und Ihr, Sweyn, bereitet ein Strohlager vor dem Feuer.«

Bolsgar sah mit einem erstaunten Lächeln, daß selbst der stolze Ritter sich willig ihren Anweisungen fügte. Das Mädchen selbst machte sich daran, aus allen Winkeln und Ecken der Halle Spinnweben einzusammeln.

Wulfgar und Sweyn schälten den Verletzten aus seiner Rüstung und legten ihn sacht auf das Strohlager, indem sie seinen Rücken mit weichen Wolfsfellen stützten. Aislinn trat erneut hinzu, schob vorsichtig eine Hand unter seine Ferse und hob das verletzte Bein an, um es von den letzten Verbandsresten zu befreien. Dann breitete sie ein weiches Ziegenfell über das Lager und zurrte es so fest, daß es dem verletzten Glied Halt gab und es ruhig stellte. Mit größter Vorsicht drehte sie es dann so, daß die Wunde nach oben wies. Mit einem raschen Ruck riß sie ein Stück Linnen entzwei. Dann hielt sie inne und blickte zu dem Alten hoch. »Es wird weh tun, Milord«, meinte sie, »aber es muß sein.«

Lächelnd versuchte er, ihre Befürchtungen zu zerstreuen. »Ich habe Eure sanfte Hand gespürt, Lady Aislinn, und ich zweifle sehr, ob Ihr mir jemals Schmerzen zufügen könntet, die ich nicht zu ertragen vermöchte.«

Sie goß Wasser aus dem dampfenden Kessel in eine kleinere Holzschüssel, tauchte das Linnen hinein und begann den Eiter aus der Wunde zu waschen. Als das Bein zu zucken begann, ließ Aislinn erneut die Augen zum Gesicht des Alten wandern. Noch immer lächelte es, aber Schweißperlen standen jetzt auf Stirn und Wangen, und die Hände krallten sich ins Stroh.

Sie war noch immer dabei, mit größter Sorgfalt die klaffende Wunde zu reinigen, als die Tür aufflog und Kerwick hereinstürzte. Völlig außer Atem stellte er den Kübel mit dem schwarzen, zähen Schlamm neben sie.

Eine Handvoll davon gab sie in einen flachen Napf, obenauf kamen die Spinnweben, und mit den Fingern vermischte sie das Ganze zu einem dicken Brei, der reichlich über die Wunde verteilt wurde. Danach tauchte sie weitere Leinenstreifen ins heiße Wasser und umwickelte das Bein sorgfältig von allen Seiten, schlug dann das Ziegenfell um das verletzte Glied und befestigte es so, daß die Verbände nicht mehr rutschen konnten.

Sie setzte sich zurück und während sie die Hände abtrocknete, hob sie erneut die Augen zu Bolsgar. »Ihr dürft das Bein nicht bewegen, Lord«, mahnte sie eindringlich, »auf gar keinen Fall.« Mit einem Lächeln erhob sie sich. »Außer Ihr hättet den Wunsch, einen hölzernen Stumpf zu bekommen und in Zukunft durch die Gegend zu humpeln.« Und zu Wulfgar sagte sie: »Vielleicht würde Sir Bolsgar ein Trunk kalten Biers jetzt gut tun.«

Der alte Mann lächelte voller Dankbarkeit. Nachdem er das ihm dargebotene Horn geleert hatte, schloß er erschöpft die Augen und versank rasch in tiefen Schlaf.

Ragnor verließ zusammen mit Wulfgar und Sweyn die Halle. Aislinn zeigte Gwyneth ihr Gemach und zog sich dann in ihre eigene Schlafkammer zurück. Gedankenverloren stand sie neben dem zerwühlten und zerdrückten Lager und meinte wieder Wulfgars warmen, drängenden Leib gegen den ihren zu spüren. Mit einem kleinen Schrei riß sie sich los und ging zum Fenster hinüber. Sie starrte hinaus und erinnerte sich an Gwyneths prüfenden Blick. Sie wußte sehr genau, was die andere Frau dachte. Was erst würde Gwyneth heute abend von ihr denken, wenn sie neben Wulfgar sitzen und danach mit ihm im selben Schlafgemach verschwinden würde?

Sie beruhigte sich etwas. Nachdem sie im Gemach etwas Ordnung geschaffen hatte, begann sie sich sorgfältig für den Abend herauszuputzen. Das Haar wurde mit gelben Bändern durchflochten. Über das blaßgelbe Unterkleid streifte sie eine goldgelbe Gunna, deren lange Schleppärmel mit üppigen Stikkereien verziert waren. Um die Hüften schlang sie einen fein ziselierten Gürtel und schob den edelsteingeschmückten Dolch , der sie ein Geringes über den Sklavenstand erhob, in die Scheide. Schließlich schlang sie noch ein feines Seidenband um die Stirn, das ihre schwere Haarpracht wie ein Reif zusammenhielt.

Seit Wulfgars Ankunft hatte sie noch nie so viel Mühe auf ihr Äußeres verwandt, und sie fragte sich, wie er wohl darauf reagieren mochte. Ganz sicher würde auch Kerwick erstaunt sein, mehr noch aber Maida, die wußte, daß dies ihr schönstes Gewand war, das eigentlich für die Hochzeit mit dem jungen Sachsen aufgespart werden sollte. Doch wozu sollte es jetzt noch taugen, außer um die Aufmerksamkeit dieses eigensinnigen normannischen Ritters zu erregen?

Als sie in die Halle hinabschritt, war die Dunkelheit hereingebrochen. Die auf Schragen ruhenden Tischplatten für die Normannen waren bereits aufgebaut, doch keiner der Männer war bis jetzt zurückgekehrt. Gwyneth durchquerte die Halle, und Aislinn konnte sehen, daß sie ihr Haar frisch gerichtet hatte, noch immer aber das von den Spuren der Reise gezeichnete Kleid trug. Wahrscheinlich hatte sie sehr unklug gehandelt, selbst ihr bestes Gewand anzulegen.

Gwyneth musterte sie genau, während sie die Stufen herabschritt. Ihr Blick wanderte von den kleinen Pantoffeln bis hinauf zu dem Seidenband um die glänzende Haarpracht.

»Nun, immerhin haben Euch die Normannen Kleider zum Wechseln belassen«, sagte sie mit giftiger Stimme. »Vielleicht liegt das daran, daß ich ihnen nicht auch meine Gunst geschenkt habe.«

Aislinn blieb wie angewurzelt stehen, die Wangen schamrot. Sie biß sich auf die Lippen, um eine scharfe Erwiderung zurückzuhalten. Wie kam es wohl, daß Gwyneth zu den wenigen Frauen zählte, denen die Normannen keine Gewalt angetan hatten? Zweifellos hatte man sie als Wulfgars Schwester respektiert, aber das gab ihr auf keinen Fall das Recht, jene zu schmähen, die man entehrt hatte. Mit größter Selbstbeherrschung ging sie hinüber zum Feuer, neben dem der alte Mann noch immer friedlich schlief. Einen Augenblick lang ruhten ihre Augen auf ihm, und das Mitleid mit diesem alten sächsischen Ritter legte sich wie Balsam auf die von Gwyneths Worten gerissene Wunde.

Plötzlich erschien Ham in der Halle und näherte sich ihr. »Herrin, das Essen steht bereit. Was befehlt Ihr zu tun?«

Aislinn lächelte. »Armer Ham, du mußt erst noch lernen, dich an die Zeitbegriffe der Normannen zu gewöhnen. Sie halten nichts von der Pünktlichkeit meines Vaters.«

Gwyneth trat zu ihnen. Ihre Stimme klang verächtlich: »Man sollte diesen Normannen etwas Pünktlichkeit beibringen. Laß sie ruhig kalt essen, ich möchte mein Essen auf jeden Fall warm genießen. Bring mir sofort einen Teller.«

Aislinn musterte Gwyneth und versuchte ihrer Stimme Festigkeit zu geben. »In diesem Haus ist es Sitte, Lady Gwyneth, mit dem Essen auf den Lord zu warten, sofern er nichts anderes befohlen hat. Ich kann nicht zulassen, daß dieses Vorrecht des Hausherrn durch Eure Ungeduld untergraben wird.«

Gwyneth setzte zu einer Erwiderung an, aber Ham hatte sich bereits abgewandt. Für ihn stand Aislinns Autorität keinen Augenblick in Frage. Mit finsterem Blick stieß Gwyneth hervor: »Man sollte diesen Dienstboten etwas mehr Ehrerbietung beibringen.«

»Sie haben uns immer treu gedient«, erwiderte Aislinn.

Man hörte draußen Pferde sich nähern. Aislinn ging zur Tür und öffnete sie. Sie beobachtete Wulfgar, der sein Tier unmittelbar vor den Stufen zügelte, sich aus dem Sattel schwang und zu ihr heraufschritt.

Überrascht ließ er seine Augen über ihre schlanke Gestalt gleiten. Mit einem zärtlichen Schimmer in den Augen murmelte er: »Zuviel der Ehre, Chérie. Ich hätte nie gedacht, daß Eure Schönheit sich noch steigern ließe.«

Dieses Kompliment ließ Aislinn leicht erröten, denn sie wußte, daß Gwyneth sie wie immer scharf beobachtete. Wulfgar beugte sich herab und versuchte sie mit heißen, gierigen Lippen zu küssen. Ihre Verlegenheit ließ Aislinn einen Schritt zurücktreten. Ihre Hand wies auf die andere Frau.

»Eure Schwester hat großen Hunger, Milord«, stammelte sie. »Werden Eure Männer noch lange verweilen?«

Er hob böse die Brauen: »Milord?! Habt Ihr schon wieder vergessen, was ich befahl, Aislinn?«

Sie warf ihm einen bittenden Blick zu. »Ihr habt Euch viel Zeit gelassen«, versuchte sie ihn abzulenken, »wir fragten uns schon, ob wir wohl alleine speisen müßten.«

Wulfgar knurrte nur mit finsterem Blick und ging zum Feuer hinüber. Als er sah, daß der alte Mann noch schlief, versuchte er, seine Schritte so leise wie möglich zu setzen. Er wandte den Flammen den Rücken zu. Mit auf dem Rücken gefalteten Händen verfolgte er düster Aislinns Bewegungen. Sie ging hinüber zur Tür der kleinen Kochkammer und befahl, das Essen jetzt aufzutragen. Als sie sich umwandte, ruhte sein Blick noch immer auf ihr, und sie spürte die Mißbilligung darin. Bolsgar bewegte sich, und sofort war Aislinn an seiner Seite. Sie legte ihm die Hand auf die zerfurchte Stirn, aber er schien nicht zu fiebern. Sie reichte ihm etwas Wasser, worauf er sich erneut zufrieden aufseufzend in die Felle zurücksinken ließ. Seine Augen durchstreiften die Halle und blieben zunächst an seiner Tochter hängen. Dann erkannte er auch Wulfgar, der die kleine Gruppe schweigend musterte.

Unter seinem Blick wandte der Jüngere sich ab. Sein Blick starrte ins Leere, als er zu sprechen begann. »Ihr habt noch mit keinem Wort meine Mutter erwähnt, Sire. Was ist mit ihr? Geht es ihr gut?«

Der alte Mann schien sich seine Antwort gründlich überlegen zu müssen. »Vor einem Jahr im Dezember ist sie gestorben.«

»Davon wußte ich nichts«, murmelte Wulfgar. Er erinnerte sich noch gut, daß sie bei ihrem letzten Zusammentreffen der Gwyneth von heute stark ähnelte, deshalb hatte er seine Halbschwester auch sofort wiedererkannt. Ihr Bild war seinem Sinn für immer fest eingeprägt.

»Wir sandten sofort einen Boten in die Normandie, um

Robert Mitteilung von ihrem Tod zu machen«, verteidigte sich Bolsgar.

»Ich habe ihren Bruder während der vergangenen zehn Jahre nicht einmal gesehen«, erwiderte Wulfgar in ruhigem Ton.

»Er wurde gut dafür bezahlt, daß er dich bei sich aufnahm. Er konnte damit wirklich zufrieden sein.«

Wulfgar lächelte bitter. »Ja, es diente ihm dazu, sich Ale im Überfluß zu kaufen, um dann aller Welt zu erzählen, daß seine Schwester einen Sachsen zum Hahnrei gemacht hatte und sein Neffe nichts anderes als ein Bastard sei. Ihm schien es großen Spaß zu machen, daß niemand mich als Sohn anerkennen wollte.«

»Man hat dich wie einen ehelich geborenen Sohn erzogen. Du hast den Ritterschlag empfangen«, wies ihn der alte Mann zurecht.

Wulfgar seufzte. »Ja, Robert machte mich zu seinem Pagen und ließ mich erziehen, aber erst nachdem Sweyn ihn fast handgreiflich auf seine Verpflichtungen aufmerksam gemacht hatte.«

Der alte Mann nickte bedächtig. »Robert war ein leichtfertiger Mann. Ich hätte damit rechnen müssen. Es war gut, daß ich Sweyn mit dir sandte.«

Wulfgars Gesicht nahm einen gequälten und bitteren Ausdruck an. »Habt Ihr mich so sehr gehaßt, daß Ihr meinen Anblick nicht ertragen konntet?«

Aislinn heftete ihre Augen auf ihn. Noch nie hatte er so verletzt und erbarmungswürdig gewirkt. Ein rascher Blick zu Bolsgar zeigte ihr, daß dessen Blick sich verschleierte.

»Eine Zeitlang haßte ich dich, nachdem mir die Wahrheit gesagt worden war«, versuchte Bolsgar zu erklären. »Der Schmerz nagte in mir, nicht dein Vater zu sein. Ich hielt dich für meinen Erstgeborenen und war stolz auf einen solchen Sohn. Um deinetwillen habe ich meinen anderen Sohn vernachlässigt. Du warst zu Fuß und im Sattel schneller als jeder andere. In deinen Adern schien das Leben selbst zu pulsen. Der schwache, kränkliche Junge, der nach dir kam, fand keinen Zugang zu meinem Herzen. Du warst mein Lebensblut, und ich liebte dich mehr als alles andere auf der Welt.«

»Bis meine Mutter Euch sagte, daß ich nicht von Euch

stammte, sondern der Sohn eines Normannen war, dessen Namen sie verschwieg«, murmelte Wulfgar mit großer Bitterkeit.

»Sie wollte ein Unrecht wieder gutmachen. Ich war dem Bastard eines anderen mehr zugetan als meinem eigenen Blut. Sie konnte es einfach nicht mehr ertragen, sie benachteiligt zu sehen. Deshalb wollte sie lieber ihre Schuld bekennen und ihren anderen Kindern zu ihrem Recht verhelfen. Diese Haltung mußte ich sogar respektieren. Sie ist also nicht allein an deinem Unglück schuld. Mein Zorn war so groß, daß ich dich verstieß. Du warst der Wind an meiner Seite, mein Schatten an heißen Tagen, meine ganze Lebensfreude – aber nicht der Sohn meiner Lenden. Ich versuchte mein Herz meinem eigenen Sohn zuzuwenden, was ihn stärkte und mutiger machte. Doch in der Blüte seiner Jugend wurde er vom Tod dahingerafft. Wie oft wünschte ich mir, an seiner Stelle gestorben zu sein. Aber ich blieb zurück und muß mich jetzt mit einer zänkischen Tochter herumärgern, die die böse Zunge ihrer Mutter geerbt hat.« Der alte Sachse versank wieder in schweigendem Nachdenken, den Blick auf das flackernde Feuer gerichtet, das sie alle wärmte.

Aislinn verstand nun besser, welch großes Unrecht dem Jungen widerfahren war. Zuerst hatte ihn die Mutter von sich gestoßen und dann auch noch der Vater, dem er in Liebe anhing. Jetzt hatte sie nur ein Verlangen: die Hand auszustrekken und diesen Mann zu trösten. Bis jetzt war er ihr stolz und uneinnehmbar wie eine Feste erschienen, jetzt kam er ihr sehr klein und hilflos vor. Sie fragte sich, ob sie das Herz dieses Mannes nicht doch eines Tages erobern könnte. Gedankenverloren erhob sie sich und ging zu einem der großen Sessel hinüber, die vor dem Kamin standen. Von dort aus konnte sie ihn noch besser beobachten.

»Wir sandten dich damals ins Land deiner Mutter ohne zu ahnen, daß du auf diese Weise zurückkehren würdest.« Bolsgars Stimme klang heiser, als ob er nach Selbstbeherrschung ränge. »Weißt du eigentlich, daß er auf dem Hügel von Senlac gefallen ist?« Wulfgar zuckte zusammen. Prüfend bohrten sich seine Augen ins Gesicht des Alten. Mit blitzenden Augen trat Gwyneth näher an ihn heran. »Ja, die normannischen Räuber töteten ihn. Sie töteten meinen Bruder!«

Wulfgar wandte sich ihr mit erhobener Braue zu. »Normannische Räuber? Du denkst dabei natürlich an mich, nicht wahr?«

Sie reckte ihr Kinn. »Dieser Ausdruck paßt auch für dich, Wulfgar.«

Er lächelte fast versonnen. »Nehmt Euch in acht, Schwester. Die Unterlegenen tun gut daran, die Sieger nicht zu erzürnen. Ihr solltet Euch ein Beispiel an meiner Aislinn nehmen.« Er trat neben den Stuhl des Mädchens und blickte auf es herab. Bewegungslos starrte sie zu ihm hinauf. »Sie spielt die Besiegte so vortrefflich« – seine Finger verstrickten sich in eine der schweren kupferfarbenen Flechten –, »daß ich manchmal daran zweifle, ob ich mich wirklich als Sieger fühlen darf.«

Seine Worte zauberten ein Lächeln in Aislinns Mundwinkel und ließen ihre Augen aufleuchten. Doch sie hielt so an sich, daß nur Wulfgar diese Reaktion bemerken konnte.

Bedächtig streichelte sein Finger über ihre Wange. »Ja, Schwester, es würde Euch nicht schaden, bei dem Mädchen hier in die Lehre zu gehen.«

Gwyneth trat zitternd vor Wut einen Schritt auf ihn zu. Wulfgar blickte ihr herausfordernd ins Gesicht. »Habt Ihr noch etwas zu sagen, Gwyneth?« erkundigte er sich.

Ihr Busen hob sich unter dem angestauten Grimm. »Ja«, zischte sie, »und ich sage es auch, Bruder. Ich wünschte, Ihr wärt an Falsworths Stelle gefallen!« Sie schrie ihm diese Beleidigung ohne Rücksicht auf Bolsgars warnende Blicke ins Gesicht. »Ich verachte Euch, und ich hasse den Gedanken, daß wir in diesen elenden Zeiten auf Eure Hilfsbereitschaft angewiesen sind, um zu überleben.« Dann richtete sich Gwyneths Blick mit unmenschlichem Haß in den Augen auf Aislinn. »Ihr findet es angebracht, uns die hier als Beispiel vorzustellen. Ist Euch überhaupt schon aufgefallen, wie üppig sie sich kleidet? Für die trauernden Frauen Englands dürfte sie nicht gerade das richtige Beispiel sein.«

»Seid froh, daß ich noch am Leben bin, Schwester«, schnitt Wulfgar ihr das Wort ab. »Wäre es anders, könntet Ihr Euch auf dem nackten Boden Euer Bett zurechtmachen. So aber genießt Ihr wenigstens diese geringen Bequemlichkeiten hier.«

»Was geht hier vor?« unterbrach plötzlich eine Stimme, und Ragnor kam von der Tür herüber. Hinter ihm drängten die übrigen Normannen in die Halle, um sich an die Tische zu setzen. »Familienstreit – schon nach so kurzer Zeit? Aber, aber.« Ragnors Augen verweilten kurz bewundernd auf Aislinns schlanker Gestalt, deren Anmut durch das goldene Gelb ihres Gewandes festlich betont wurde. Doch dann griff er rasch nach Gwyneths Hand und zog sie an seine Brust. »Ah, süße Gwyneth, hat der wilde Wulfgar die Fangzähne gezeigt? Ihr müßt sein Benehmen entschuldigen, Milady. Oder Ihr gebt mir kurze Zeit Urlaub, so daß ich ihn zur Rede stellen kann.«

Gwyneth lächelte verlegen. »Es ist nur natürlich, daß ein Bruder mehr Fehler an seiner Schwester entdeckt als ein fast Fremder.«

»Selbst wenn mich die Liebe Euch völlig vertraut gemacht hätte«, murmelte Ragnor mit heißer, drängender Stimme, während er sich über ihre Hand beugte, »könnte ich auch nicht den geringsten Fehler an Euch finden.«

Gwyneth entzog sie ihm rasch. Mit roten Wangen erwiderte sie:

»Ihr nehmt Euch viel heraus, Herr Ritter, wie könnt Ihr Euch vorstellen, daß wir jemals zu Liebenden würden.«

Ragnor richtete sich auf und lächelte ihr ins Gesicht. »Darf ich es trotzdem hoffen, Demoiselle?«

Voller Unbehagen blickte Gwyneth zu Wulfgar hinüber, der sie aufmerksam beobachtete. Jetzt griff er nach Aislinns Hand und zog sie hoch. Mit einer Kopfbewegung wies er seiner Schwester einen Platz am oberen Tisch an.

»Wir wollen unser Essen ohne weitere Streitereien einnehmen, Gwyneth. Da wir uns sowieso nicht häufig sehen werden, dürfte es nicht zu schwer sein, uns in Freundlichkeit zu üben.«

Gwyneth wandte sich trotzig ab und erlaubte Ragnor, sich ihrer Hand zu bemächtigen. Liebevoll führte er sie zu ihrem Stuhl.

Nachdem sie sich gesetzt hatte, beugte er sich mit zärtlich glänzenden Augen zu ihr herab. »Ihr habt mein Herz in Brand gesetzt. Was muß ich tun, um Eure Gunst zu erringen? Für immer werde ich Euer Sklave sein.«

»Sir de Marte, Ihr sprecht eine kühne Sprache«, stammelte Gwyneth. »Ihr vergeßt, daß mein richtiger Bruder durch Euch

Normannen getötet wurde. Auch ich selbst hege keine großen Sympathien für Euer Volk.«

Ragnor ließ sich auf den Stuhl neben dem ihren sinken. »Aber Demoiselle, Ihr könnt doch nicht alle Normannen für den Tod Eures Bruders verantwortlich machen. Unser Eid verpflichtete uns zur Gefolgschaftstreue gegenüber Wilhelm. Wenn Ihr jemand hassen müßt, dann haßt den Herzog und nicht mich, Demoiselle, ich flehe Euch an.«

»Meine Mutter war eine Normannin«, meinte Gwyneth mit leiser Stimme. »Sie habe ich nicht gehaßt.«

»Dann dürft Ihr mich auch nicht hassen«, bat Ragnor.

»Das tu ich auch nicht«, stieß sie kaum vernehmbar hervor.

Ein zufriedenes Lächeln überzog Ragnors Gesicht. Mit weiß aufblitzenden Zähnen griff er nach ihrer Hand. »Milady, Ihr macht mich überglücklich.«

In ihrer Verwirrung wandte Gwyneth das Gesicht ab und beobachtete Wulfgar, der gerade Aislinns Stuhl neben dem seinen zurechtrückte. Mit eisigem Blick starrte sie zu der jüngeren Frau hinüber. Mit schmeichelndem Lächeln sprach sie wieder Wulfgar an. »Ihr habt uns verborgen, daß Ihr geheiratet habt, Bruder.«

Wulfgar schüttelte verwundert den Kopf. »Geheiratet? Nein. Warum meint Ihr das?«

Gwyneths Aufmerksamkeit richtete sich jetzt auf Aislinn, und ihre farblosen Augen glitzerten tückisch. »Dann zählt diese Aislinn also überhaupt nicht zur Familie? Ich schloß aus Eurem ehrerbietigen Verhalten ihr gegenüber, daß Ihr Euch vor kurzem mit ihr vermählt hättet.«

Ragnor lachte auf, ihm schien das Ganze großen Spaß zu machen. Als Aislinn ihm einen bösen Blick zuwarf, trank er ihr grinsend zu. Dann beugte er sich dicht an Gwyneths Ohr und flüsterte ihr etwas zu, wofür sie ihn mit schallendem Gelächter belohnte.

Aislinn faltete fest die Hände im Schoß. Auf keinen Fall durfte sie ihnen zeigen, wie sehr sie sich durch ihre Heiterkeit verletzt fühlte. Sie wünschte nichts sehnlicher, als vom Tisch aufzuspringen und wegzulaufen. Wulfgar legte ihr die besten Stücke vor, doch sie brachte keinen Bissen hinab, und auch der Wein blieb unberührt.

Eine Zeitlang beobachtete Wulfgar sie stumm von der Seite, dann bemerkte er beiläufig: »Der geröstete Eber schmeckt vorzüglich, Aislinn, wollt Ihr ihn nicht wenigstens kosten?«

»Ich habe einfach keinen Hunger«, murmelte sie.

»Ihr werdet abmagern, wenn Ihr nicht eßt«, schalt er sie sanft. »Und ich finde knochige Frauen lange nicht so anziehend wie rundliche. Ich mag Eure weichen Formen, obwohl Ihr ruhig noch etwas kräftiger werden könntet. Eßt also, es wird Euch guttun.«

»Ich bin kräftig genug«, erwiderte Aislinn knapp.

Spöttisch hob er die Braue. »Wirklich? Ich hatte einen völlig anderen Eindruck. Wenn ich nur daran denke, wie untätig und schwach Ihr vor wenigen Stunden unter mir gelegen seid.« Er kratzte die Brust und fuhr mit unverschämtem Lächeln fort: »Ich will verdammt sein, aber ich glaube, die kratzbürstige Füchsin war mir lieber als dieses schlaffgliedrige Wesen, das alles über sich ergehen ließ. Sagt mir, Chérie, gibt es nicht noch eine andere Aislinn, eine, die weder so abweisend ist wie die eine noch so unterwürfig wie die andere?«

Aislinns Wangen standen in Flammen. »Euer Lordschaft, Eure Schwester hört alles mit. Wäre es nicht besser, Ihr würdet mich nicht so vertraulich behandeln?«

»Wie? Soll ich Euch etwa heimlich nach Einbruch der Nacht in meine Kammer schlüpfen lassen, damit niemand davon weiß?« Er lachte, wobei sein Blick sie verzehrte. »Ich bin viel zu ungeduldig, um so lange auf Euch zu warten.«

»Ihr spaßt, wenn ich ernst mit Euch zu reden versuche«, wies sie ihn bitter zurecht. »Möchtet Ihr denn, daß Eure Familie den Beweis dafür bekommt, daß ich Eure Mätresse bin?«

Er grinste vergnügt. »Soll ich es ihnen jetzt sofort mitteilen, oder wollen wir noch etwas warten?«

»Oh! Ihr benehmt Euch unmöglich!« stieß Aislinn empört hervor. Ihre lauter gewordene Stimme ließ Gwyneth herüberblicken. Als die Frau sich wieder Ragnor zuwandte, beugte sich Aislinn zu dem Ritter hinüber. »Macht es Euch denn wirklich nichts aus, was sie denken?« fragte sie leise. »Es ist doch Eure Familie.«

Wulfgar knurrte: »Familie? Ich habe keine Familie. Ihr habt gehört, welchen Haß meine Schwester für mich hegt. Ich habe auch nichts anderes erwartet. Sie aber hat keinerlei Recht, sich in mein Leben einzumischen. Ihre Anspielungen und Vorwürfe kümmern mich nicht. Ihr gehört mir, und ich verstecke Euch nicht, nur weil meine Verwandtschaft erscheint.«

»Genausowenig wie Ihr daran denkt, mich zu heiraten«, fügte Aislinn leise hinzu.

Wulfgar hob die Schultern. »Ich besitze Euch, das genügt mir.«

Er starrte in Erwartung ihrer Reaktion vor sich hin. Als jedoch einige Zeit nichts geschah, wandte er sich ihr wieder zu und blickte in zwei tiefe veilchenblaue Augensterne, in denen er vergeblich zu lesen versuchte. Die Andeutung eines Lächelns auf ihren Lippen verstärkte sich.

»Ja, Wulfgar, ich bin Eure Sklavin«, flüsterte sie, »und wenn Euch das genügt, dann will auch ich mich damit zufriedengeben.«

Wulfgar setzte sich zurück, unschlüssig was diese Antwort zu bedeuten hatte.

Aber Gwyneth unterbrach sein Sinnen. »Wulfgar – Ihr habt doch sicher nicht vor, alle diese Normannen hier durch den Winter zu füttern.« Sie deutete auf die Männer in der Halle. »Wenn Ihr das versucht, werden wir alle Hungers sterben.«

Wulfgar ließ seinen Blick über die ungefähr zwanzig Männer schweifen, die sich an den kostbaren Vorräten Darkenwalds labten. Erst dann wandte er sich seiner Schwester zu.

»Es gibt noch mehr davon, aber sie sind gerade unterwegs. Sie alle beschützen dieses Haus hier vor Räubern und Strauchdieben, genau wie sie meine Leibeigenen und Euch schützen. Also haltet ihnen nie mehr vor, daß sie unsere Vorräte verschwenden.«

Gwyneth zuckte unter dieser Zurechtweisung zusammen.

Kurze Zeit später erhob sich Aislinn und entschuldigte sich bei Wulfgar, um nach Bolsgar zu sehen. Sie erneuerte die feuchten Tücher um sein Bein und wies Kerwick an, das Feuer während der kalten Nachtstunden in Gang zu halten, damit der alte Mann sich nicht erkälte. Er sollte ihn gut im Auge behalten und sie bei einer etwaigen Verschlechterung seines Zustandes sofort holen.

Kerwick blickte zu ihr auf. »Soll ich Maida wecken, damit sie Euch holen kommt?«

Aislinn hielt seinem Blick stand. Aufseufzend erwiderte sie: »Es scheint, als ob mein Leben vor aller Augen offenliegt. Selbst die gemeinste Dirne hat noch irgendwo eine verborgene Sünde – ich dagegen?« Sie lachte bitter. »Meine Taten werden vom höchsten Hügel verkündet. Was macht es also noch aus, wenn Ihr selbst kommt?«

»Wenn man sich einen Liebhaber nimmt, der über so viele Männer herrscht, wird man von vielen beobachtet«, gab er scharf zurück. »Muß ich Euer Verhältnis als Ehe respektieren? Wie soll ich mich in Zukunft Euch gegenüber verhalten?«

Aislinn schüttelte den Kopf und hob die Hände. »Kerwick – wir können nie mehr an jenen Punkt zurück, an dem wir waren, bevor die Normannen kamen. Die Tür zwischen uns hat sich verschlossen. Vergeßt, daß ich einst Eure Verlobte war.«

»Es gibt keine Tür zwischen uns, Aislinn«, erwiderte er trotzig, »sondern einen anderen Mann.«

Sie hob die Schultern. »Dann eben einen Mann, der mich nicht freigeben will.«

»Ihr seid es, der ihn gefangen hält«, ging Kerwick zum Angriff über. Seine Hand wies auf ihr Kleid. »Und jetzt putzt Ihr Euch auch noch heraus, um ihn zu betören.«

In einem ganz anderen Ton sagte er dann: »Euer Liebhaber beobachtet uns, und ich hege nicht den Wunsch, heute nacht wieder den scharfen Zähnen der Hunde ausgesetzt zu sein oder den Biß der Peitsche zu spüren. Ihr solltet ihm Gesellschaft leisten und ihn aufheitern.«

Sie nickte und ging zu Bolsgar hinüber. Der alte Mann verfolgte jede ihrer Bewegungen mit größter Aufmerksamkeit. Als sie fürsorglich eine Pelzdecke über ihn breitete, schenkte er ihr ein erschöpftes Lächeln.

»Ihr seid wirklich zu gütig, Lady Aislinn. Eure Freundlichkeit und Eure sanfte Hand tun meinem alten Herzen wohl.« Dankbar drückte er ihr einen sanften Kuß auf den Handrükken. Dann sank er in die Kissen zurück und schloß mit zufriedenem Seufzen die Augen.

Aislinn ging zu Wulfgar hinüber. Dessen Blick ruhte fest auf ihr, während sie die Halle durchquerte. Hinter seinem Stuhl blieb sie stehen. Von hier aus konnte sie ihn beobachten, ohne seinen Blicken ausgesetzt zu sein. Jetzt, nach vollendeter

Mahlzeit, gab er sich ganz entspannt. Doch es fiel ihm offensichtlich schwer, seiner Halbschwester gegenüber höflich zu bleiben, die ihn mit immer neuen Fragen und Vorwürfen überschüttete. So wollte sie wissen, wie er mit Wilhelm stand und welcher Anteil der Beute ihm zugesichert war. Dann meinte sie, er wäre viel zu nachsichtig mit den Leibeigenen.

Bei diesem Rat hob Wulfgar langsam den Blick zu Ragnor, der sich zufrieden in seinem Stuhl zurücklehnte. »Es freut mich, daß Ihr Euch so rasch ein Urteil bilden konntet, Gwyneth«, meinte Wulfgar. Doch sein Sarkasmus kam bei ihr nicht an. »Ihr werdet lernen müssen, daß mir nichts entgeht, Bruder«, erwiderte sie. Ein wissendes Lächeln umspielte ihre Lippen, und ihre Augen wanderten zu Aislinn hinüber.

Wulfgar hob unbeeindruckt die Schultern und griff nach der Hand des Mädchens, um es näher an sich heranzuziehen. »Ich habe nichts zu verbergen. Jeder kann wissen, wie ich lebe und mein Besitztum verwalte.«

Verärgert über Wulfgars Gleichgültigkeit, verstummte Gwyneth. Aislinn fragte sich, ob ihr Gebieter nicht wieder mit ihnen allen sein hintergründiges Spiel trieb.

Wulfgar streichelte zärtlich Aislinns Arm, während er Scherzworte mit seinen Leuten tauschte. Doch Gwyneths Augen schossen stählerne Blitze, als ob sie Aislinns Herz zerfetzen wollten. Ihr Unmut sollte sich noch steigern, als Wulfgar kurz darauf seinen Arm zärtlich um die schlanke Taille des Mädchens schlang und es die Treppe hinaufschob. »Was gefällt ihm bloß an dieser Schlampe?« erboste sich Gwyneth und lehnte sich schmollend in ihrem Stuhl zurück. Ragnor mußte sich fast zwingen, seine Augen von der liebreizenden Gestalt auf der Treppe loszureißen. Zornig stürzte er den Rest seines Ale hinab, um sich dann mit gekünsteltem Lächeln zu Gwyneth hinüberzubeugen.

»Das kann ich nicht sagen, Milady, denn meine Augen sehen nur Euch. Ah, wenn ich mir vorstelle, mit Euch allein zu sein und Euren Leib zu fühlen, der sich hungrig gegen den meinen preßt –, was wären dagegen die Wonnen des Paradieses . . .«

Gwyneth lachte gurrend. »Sir de Marte, Ihr laßt mich um meine Tugend fürchten. Noch nie hat man mir so kühn den Hof gemacht.«

»Mir bleibt nicht viel Zeit«, gab Ragnor ohne viele Umschweife zu. »Morgen früh schon muß ich weg von hier, um mich Wilhelm anzuschließen.« Ihre offensichtliche Enttäuschung ließ ihn lächeln. »Aber fürchtet nichts, süße Demoiselle, ich werde zurückkehren und sei es, um hier mein Totenbett zu finden.«

»Euer Totenbett!« rief Gwyneth bestürzt. »Wohin führt Euch denn Euer Weg? Muß ich mir Angst um Eure Sicherheit machen?«

»Ja, es drohen Gefahren. Wir Normannen sind bei den Engländern nicht gerade beliebt. Sie würden gern Wilhelms Ansprüche zurückweisen und einen anderen auf ihren Thron setzen. Wir müssen sie davon überzeugen, daß er der beste König für sie ist.«

»Ihr kämpft also tapfer für den Herzog, während mein Bruder sich mit dieser Schlampe vergnügt. Ihm fehlt es offensichtlich an jedem Ehrgefühl.«

Ragnor hob die Schultern. »Immerhin wird er mit glücklichen Erinnerungen in den Kampf ziehen.«

»Wulfgar begleitet Euch?« fragte Gwyneth überrascht.

»Nein, aber er wird bald nachkommen. Doch vielleicht ist mein Schicksal bis dahin schon besiegelt, und niemand wird sich darob bekümmern.«

»Doch, ich«, gestand Gwyneth errötend.

Ragnor griff nach ihrer Hand und preßte sie sich aufs Herz. »Oh, Liebste, diese Worte klingen süß in meinen Ohren. Fühlt, wie mein Herz vor Freude fast meine Brust zu sprengen droht. Dann wißt Ihr, wie sehr ich Euch begehre. Kommt mit mir hinaus, wo ich meinen Umhang für Euch ausbreiten und Euch umfangen will. Ich schwöre, Eurer Tugend nicht zu nahe zu treten, ich möchte Euch nur einmal in den Armen halten, bevor ich Euch verlassen muß.«

Gwyneth errötete tief. »Ihr seid ein großer Verführer, Herr Ritter.«

Seine Hand umklammerte die ihre. »Demoiselle, Eure Schönheit ist einfach unwiderstehlich. Sagt, daß Ihr kommt. Gebt mir ein kleines Zeichen Eurer Zuneigung, bevor man mich von Eurer Seite reißt.«

»Eigentlich schickt es sich nicht«, wandte Gwyneth schon fast überwunden ein.

»Niemand wird je davon erfahren. Euer Vater schläft tief, und Euer Bruder geht seinem eigenen Vergnügen nach. Sagt also, daß Ihr kommt, Liebste.«

Ein kaum wahrnehmbares Nicken antwortete ihm.

»Ihr werdet Eure Großmut nie zu bereuen haben«, murmelte Ragnor heiser. »Ich werde Umschau halten nach einem sicheren Ort. Dann komme ich zurück, um Euch zu holen. Haltet Euch für mich bereit, damit wir keine Zeit verlieren.«

Seine Lippen preßten sich leidenschaftlich auf ihre Hand. Wilde Wogen der Erregung durchschauerten ihren Leib. Rasch erhob er sich dann und eilte hinaus.

Wulfgar lehnte sich müde gegen die Tür der Kammer. Dankbar sah er das dampfende Bad, das auf ihn wartete.

»Ihr führt diesen Haushalt, als ob Euch die dafür notwendigen Talente angeboren wären«, meinte er zufrieden, während er die Kleider abzustreifen begann.

Sie warf ihm über die Schulter ein schelmisches Lächeln zu. »Meine Mutter hat mich schon früh zu dieser Verantwortung erzogen.«

Wulfgar knurrte: »Das ist gut, das macht Euch zu einer besonders nützlichen Sklavin.«

Eine falsche Fröhlichkeit klang aus Aislinns Lachen. »Meint Ihr, Euer Lordschaft? Mein Vater sagte immer, ich hätte eine höchst unbezähmbare Natur.«

»Darin muß ich ihm sogar beipflichten«, erwiderte Wulfgar und ließ sich langsam in das heiße Wasser sinken. Aufseufzend lehnte er sich zurück. »Alles in allem bin ich mit dem Stand der Dinge zwischen uns höchst zufrieden.«

»Ah«, gab sie zurück, »dann macht es Euch also überhaupt nichts aus, Bastardsöhne in die Welt zu setzen?«

»Ihr habt bis jetzt noch nicht den Beweis geliefert, daß Ihr dazu in der Lage seid, Chérie.«

»Die Zeit dafür ist noch nicht reif, Milord.« Sie lachte leise, während sie die Gunna ablegte. Mit dem Rücken zu ihm fuhr sie fort: »Eure Hoffnungen gründen sich auf falsche Vorstellungen. Die meisten Frauen sind durchaus fruchtbar. Bei Euren bisherigen Abenteuern habt Ihr nicht mehr als Glück gehabt.«

»Nicht nur Glück – es war auch meine Vorsicht«, korrigierte er sie. »Ich habe es mir zur Gewohnheit gemacht, mich über die Befindlichkeit der Dame vorher genau zu unterrichten.«

»Bei mir tatet Ihr das aber nicht«, machte sie ihn aufmerksam.

Er zuckte mit den ausladenden Schultern. »Ich nahm an, Ihr würdet über diese Dinge sowieso nicht Bescheid wissen. Das ist der Nachteil, wenn man es mit unerfahrenen Jungfrauen zu tun hat.«

Aislinn errötete heftig. »Dann habt Ihr noch nie eine Jungfrau besessen, Monseigneur?«

»Ich wollte es so.«

»Rühmt Ihr Euch etwa, daß sich jedes Mädchen Euch hingeben würde, nach dem es Euch verlangt?«

»Frauen zeichnen sich nicht gerade durch Zurückhaltung aus. Ich hätte viele haben können.«

»Oh«, schluckte Aislinn, »wie überzeugt Ihr von Euch seid! Und ich bin also nichts anderes als eine von Euren vielen Dirnen!«

Während er bedächtig mit dem Schwamm seine Brust rieb, warf er ihr einen raschen Seitenblick zu. »Vielleicht ließe sich sagen, Chérie, daß Ihr bis jetzt immerhin die interessanteste gewesen seid.«

»Das mag daran liegen, daß ich jünger als Eure früheren Eroberungen bin«, stieß sie hervor. Mit einem Ruck drehte sie sich um und kam näher. Frech und verführerisch posierte sie vor ihm. »Weder hängen meine Brüste noch krümmen sich meine Beine. Ich habe eine schlanke Taille und mein Kinn verschwindet nicht zwischen Speckfalten. Ganz sicher wird Euch irgend etwas davon so betört haben, daß Ihr Eure üblichen Vorsichtsmaßnahmen außer acht ließet, als Ihr mich nahmt.«

Die grauen Augen blitzten amüsiert auf, und mit flinkem Griff zog er sie zu sich in die Wanne. Schreiend und strampelnd versuchte Aislinn, wieder von seinem Schoß herunterzukommen.

»Mein Unterkleid«, schluchzte sie, während sie mit Tränen in den Augen an dem nassen Tuch herumzupfte. »Es war mein bestes, und Ihr habt es ruiniert.«

»Wulfgars Lachen verstärkte sich nur noch. Sein Gesicht kam näher, und die grauen Augen starrten sie unverwandt an.

»Würde ich zugeben, daß Ihr bei weitem die hübscheste meiner Eroberungen seid, und daß jeder Mann bei Euch seine früheren Überzeugungen leicht vergißt, würde Euch das nur zu Kopfe steigen. Euer Hochmut und Eure Eitelkeit würden ins Unermeßliche wachsen.« Sein Griff wurde härter. »Das könnte Euch vielleicht den Gedanken eingeben, ich würde mich nie einer anderen Frau zuwenden, da ich keine begehrenswerter als Euch fände. Wenn ich Euch also keines dieser Zugeständnisse mache, tue ich Euch sogar noch einen Gefallen. Denn sonst könnte es sehr wohl sein, daß Euer Herz sich mir öffnet und Ihr Euch an mich klammert, wenn es mich nach einer anderen verlangt. Verliebt Euch nicht in mich, Aislinn, da ich Euch in diesem Falle sehr weh tun würde.«

Aislinns Augen füllten sich unter seinem bezwingenden Blick mit Tränen. »Macht Euch deshalb keine Sorgen. In der ganzen Christenheit seid Ihr der letzte Mann, in den ich mich verlieben würde.«

Wulfgar lächelte. »Das ist gut so.«

»Wenn Ihr Frauen so sehr verachtet, wie Ihr immer sagt, warum warnt Ihr mich dann? Habt Ihr alle Frauen so vor Euch gewarnt, mit denen Ihr Euch amüsiert habt?«

Wulfgar lockerte seinen Griff und lehnte sich in der Wanne zurück. »Nein, Ihr seid die erste. Aber da Ihr jünger als die übrigen seid, seid Ihr auch verletzlicher.«

Aislinn lächelte versonnen. »Aber auch ich bin doch eine Frau, Monseigneur. Warum diese Freundlichkeit bei mir, die Ihr bei anderen so sehr vermissen laßt? Ganz offensichtlich bedeute ich Euch mehr als meine Vorgängerinnen.« Ihr schlanker Finger zeichnete die Narbe auf seiner Wange nach. »Nehmt Euch in acht, Euer Lordschaft, verliebt Euch ja nicht in mich.«

Indem er einen Arm unter ihre Knie schob, den anderen um ihren Rücken legte, hob er sie klatschnaß aus der Wanne. »Ich habe noch nie eine Frau geliebt, und das wird auch so bleiben«, erwiderte er barsch. »Im Augenblick finde ich Euch höchst unterhaltend. Das ist alles.«

Aislinn floh quer durch den Raum, um sich in einer dunklen Ecke niederzukauern. Nie würde er zulassen, daß sie auch nur die geringste Macht über ihn gewänne. Seine Verachtung gegenüber allen Frauen machte alles für ihn zu einem Spiel.

Ganz bewußt neckte und quälte er sie, bis sie daran zerbrachen oder ihn flohen.

Aber er hatte noch nicht erkannt, wie groß ihre innere Stärke war, dachte Aislinn, ihr eigentliches Wesen war ihm bis jetzt verschlossen geblieben. Das konnte für ihre Auseinandersetzung entscheidend sein. Sie wollte auf jeden Fall nach schwachen Stellen in jenem Panzer suchen, den er nach außen zur Schau trug.

Das nasse Unterkleid ließ sie schaudern. Sie streifte es ab und schlüpfte rasch in sein Bett. Als er sich einige Augenblicke später ebenfalls niederlegte, tat sie, als ob sie schon schliefe. Sie spürte seinen musternden Blick und fragte sich lächelnd, was er wohl als nächstes unternehmen würde. Die Antwort kam rasch. Seine Hand legte sich auf ihre Schulter und zwang sie, sich auf den Rücken zu drehen. Als er sich über sie beugte, traf sie der warme Blick seiner grauen Augen. »Demoiselle, Ihr schlaft also doch nicht«, kam es spöttisch von seinen Lippen.

»Würde Euch das auch nur im geringsten kümmern?« fragte sie mit sarkastischem Unterton.

Er schüttelte den Kopf, während seine Lippen sich den ihren näherten. »Nein.«

Gwyneth trat auf die mondbeschienene Lichtung hinaus. Als sich plötzlich eine Hand auf ihre Schulter legte, drohte ihr der Atem zu stocken. Schreckerfüllt wandte sie sich um. Doch ihre Augen trafen auf Ragnors lächelndes Gesicht. Ein Seufzer der Erleichterung entrang sich ihrer Brust.

»Ihr seid gekommen.«

»In der Tat, Herr Ritter, hier bin ich.«

Ragnor riß sie in seine Arme und trug sie hastig ein kleines Stück in den Wald. Gwyneths Herz raste, als sie seine Erregung spürte. Mit einem verlegenen Kichern schlang sie die Arme um seinen Nacken.

»Ihr raubt mir den Verstand«, flüsterte sie dicht an seinem Ohr. »Ich vermag es kaum zu glauben, daß wir uns heute morgen erst begegnet sind.«

»War es wirklich erst heute morgen, daß wir uns begegneten?« fragte er heiser und verstärkte den Druck seiner Umarmung, bis er jede Rundung ihres mageren Leibs fest gegen den seinen gepreßt fühlte. »Mich dünkten es Jahrhunderte, seit ich Euch in der Halle verließ.«

Fiebernd senkte sich sein Mund auf den ihren, und ihre Leiber suchten einander voller Leidenschaft. Mit großem Geschick löste Ragnor ihre Gunna und das Unterkleid. Dann drückte er sie sanft auf seinen Umhang, den er übers Gras gebreitet hatte. Seine Augen wanderten über ihren Leib, der im Mondlicht silberbleich schimmerte. Er liebkoste die kleinen Brüste, während seine Gedanken bei einem sehr viel strafferen und volleren Busen weilten. Er dachte an kupferrote Locken und eine Haut, die zart und weich war. In seiner Vorstellung sah er Wulfgars Hände von dieser vollkommenen Schönheit Besitz ergreifen und zuckte wütend zusammen.

Gwyneth schreckte hoch. »Was gibt es? Kommt da jemand?« fragte sie und versuchte hastig, mit seinem Umhang ihre Blöße zu bedecken.

Seine Hände geboten ihr Einhalt. »Nein. Es ist nichts. Der Mond hat mir einen Streich gespielt, das ist alles. Ich dachte, dort würde sich etwas bewegen, aber ich habe mich getäuscht.«

Gwyneth schmiegte sich erneut in seine Arme. Ihre Hand glitt unter sein Wams und streichelte über die harten Muskeln seiner Brust.

»Ich bin Euch gegenüber sehr im Nachteil, Herr Ritter«, murmelte sie, »und dabei verzehrt mich die Neugier.«

Ragnor lächelte und begann ebenfalls die Kleider abzustreifen.

»So ist es besser«, lächelte sie. »Wie schön du bist, mein Liebster. Dunkel wie die warme Erde und stark wie jene Eichen dort. Ich hätte nie gedacht, daß ein Mann so schön sein könnte.«

Ihre Hände glitten über ihn. Kühn schürten sie die Flammen seiner Leidenschaft.

»Sei sanft mit mir«, flüsterte sie, als sie sich auf den Umhang zurücksinken ließ. Ihre blassen Augen glichen entfernt glitzernden Sternen. Doch als er sich dann über sie beugte, um den mageren Leib mit dem seinen zu decken, schlossen sie sich langsam und lustvoll.

Lange Zeit später richtete Ragnor sich wieder auf. Ein Wolf heulte in der Ferne. Er schlang die Arme um die Knie und spähte durch die Dunkelheit hinüber zu dem sanften Lichtschimmer, der aus dem Schlafgemach des Lords fiel. Im Fensterviereck zeigten sich die schattenhaften Umrisse eines Mannes, der gleich darauf wieder verschwunden war, doch nur um erneut zu erscheinen. Der Schatten wandte sich jetzt dem Bett zu, dessen Standort Ragnor noch genau in Erinnerung war. Es dünkte ihn, selbst der Mann dort in diesem Zimmer zu sein, so deutlich sah er das wundervoll glänzende Haar sich über die Kissen kringeln und das schmale, ovale Gesicht umrahmen.

Sein Verlangen nach Rache war schier unerträglich. Die Erinnerung an jene Nacht, in der er Aislinn in seinen Armen gehalten hatte, verließ ihn keinen Augenblick. Er wußte, daß sein Verlangen nur dadurch gestillt werden konnte, daß sie ihm angehörte. Er lächelte, denn er war sicher, sich so an Wulfgar rächen zu können.

»Woran denkst du?« murmelte Gwyneth mit sanfter Stimme und liebkoste mit den Fingern seine mächtige sehnige Brust. Ragnor wandte sich ihr zu und schlang erneut die Arme um sie. »Ich dachte daran, wie glücklich du mich gerade gemacht hast. Jetzt kann ich mich beruhigt Wilhelm anschließen, denn dein süßes Bild wird mich Tag und Nacht begleiten und beschützen.«

9

Die ersten Strahlen der Morgensonne streiften die mit Rauhreif überzogenen Bäume und ließen sie aufblitzen, als ob sie mit tausenden seltener Edelsteine besetzt wären. In ihren Schlägen begannen die Tauben zu lärmen.

Nach kurzem Klopfen stieß Ragnor die Tür zum Schlafgemach auf und überraschte das Paar noch in tiefem Schlaf. Doch mit dem Instinkt des Kriegers rollte sich Wulfgar von Aislinns Seite und griff nach dem Schwert, das auf dem Steinfußboden lag. Noch bevor die Tür an die Wand schlagen konnte, stand er kampfbereit.

»Oh, Ihr seid es«, grunzte Wulfgar und ließ sich auf das Bett zurückfallen.

Auch Aislinn kam jetzt langsam zu sich. Verschlafen starrte sie zu Wulfgar hoch; Ragnor, der neben der Tür im Dämmerlicht stand, hatte sie überhaupt noch nicht bemerkt. Der kleine Pelz, den sie gegen die Brust gepreßt hatte, enthüllte mehr als er verbarg, und Ragnors Augen leuchteten auf. Wulfgar sah sehr wohl, was den Eindringling so faszinierte. »Wir haben heute schon früh am Morgen Besuch, Chérie«, sagte er. Als sie überrascht und verwirrt sich zu bedecken versuchte, musterte er sie gelassen.

»Was bringt Euch zu dieser Stunde in meine Kammer, Ragnor?« fragte er dann und schob zugleich sein Schwert in die Scheide zurück.

Ragnor machte eine spöttische zeremonielle Verbeugung vor seinem nackten Gegenüber. »Bitte um Vergebung, Euer Lordschaft, ich wollte um Urlaub von Darkenwald ersuchen und zugleich fragen, ob Ihr noch irgendein Anliegen an mich habt, bevor ich mein Pferd besteige. Vielleicht habt Ihr eine Botschaft an den Herzog?«

»Nein, das ist alles erledigt«, erwiderte Wulfgar.

Ragnor nickte und wandte sich zum Gehen, hielt dann aber

inne und blickte noch einmal auf das Paar. Ein Lächeln umkräuselte seine Lippen. »Ihr solltet Euch nachts vor den Wäldern hüten. Wölfe durchstreifen die Umgebung. In dieser Nacht schienen sie mir recht nahe zu sein.«

Wulfgar hob fragend die Braue. Wer hatte wohl diesmal dem abenteuerlustigen Ritter da draußen Gesellschaft geleistet? »Wenn Ihr so weitermacht, Ragnor, werdet Ihr bald die Bevölkerung Darkenwalds wieder auf den alten Stand gebracht haben.«

Ragnor grinste. »Und als erste dürfte wohl meine schöne Lady Aislinn niederkommen.«

Bevor ihm zu Bewußtsein kam, wie er ihren Zorn damit heraufbeschwor, zischte irgend etwas an seinem Ohr vorbei und krachte gegen die Tür hinter ihm. Ragnor sah, daß Aislinn mit geballten Fäusten in der Mitte des Bettes saß. Noch immer grinsend rieb er sein Ohr und bewunderte ihre vor Erregung zitternde Schönheit.

»Meine Taube, Eure leidenschaftliche Natur überwältigt mich immer wieder. Stört es Euch so sehr, daß auch ich mich letzte Nacht ein wenig amüsierte? Ihr müßt entschuldigen, aber ich vergaß, wie eifersüchtig Ihr seid.«

»Ah!« entrang es sich Aislinn, und ihre Augen suchten nach einem neuen Wurfgeschoß. Da in Reichweite nichts zu entdecken war, stand sie vom Bett auf und ging an Wulfgars Seite, der sie amüsiert beobachtete. Sie griff nach dessen Schwert, doch es erwies sich als viel zu schwer für sie. »Warum lacht Ihr auch noch über seine Unverschämtheiten?!« fuhr sie ihn an und stampfte zornig mit dem Fuß auf. »Bringt ihm etwas Ehrerbietung vor Eurer Stellung bei.«

Wulfgar zuckte mit den Schultern. »Er liebt es, harmlose Spiele wie ein Kind zu spielen. Sollte er es jemals wagen, ernst zu machen, werde ich ihn töten.«

Das Grinsen auf Ragnors Gesicht erstarb. »Ich stehe zu Eurer Verfügung, Wulfgar,« versuchte er den scherzhaften Ton aufrechtzuerhalten, »jederzeit.«

Damit verließ er die Kammer. Aislinns Augen starrten auf die jetzt wieder verschlossene Kammertür. Dann wandte sie sich an Wulfgar. »Monseigneur, ich glaube, er fühlt sich von Euch bedroht.«

»Eure Phantasie führt Euch wieder einmal auf Abwege,

Chérie«, wies Wulfgar sie barsch zurecht. »Er stammt aus einer der mächtigsten Familien der Normandie. Er haßt mich, das stimmt, aber das liegt daran, daß seiner Ansicht nach nur hochwohlgeborene Männer geadelt werden sollten.« Er lachte. »Und im übrigen verlangt ihn nach dir.«

Aislinn wandte ihm mit einem Ruck das Gesicht zu. »Ragnor will mich nur, weil ich Euch gehöre.«

Wulfgar zog sie zärtlich auflachend an sich. Er hob ihr Kinn, bis seine Augen die ihren trafen. »Was meinst du, wie groß erst sein Zorn gewesen wäre, wenn ich ihm Hlynn weggenommen hätte?« Er preßte sie noch enger an sich.

»Milord«, versuchte das Mädchen zu protestieren und wehrte sich gegen seine Umarmung. »Es ist Morgen, Ihr müßt an Eure Pflichten denken.«

»Später«, sagte er heiser und beschwichtigte jeden weiteren Einspruch durch einen feurigen Kuß, der Aislinns Widerstandskräfte so schwächte, daß sie sich in ihr Schicksal ergab.

Gwyneth schritt beschwingt in die Halle herab. An diesem Morgen hätte sie die ganze Welt umarmen können. Gerade hatte sie Ragnor beim Wegreiten beobachtet, und ihr Herz begleitete ihn. Die Männer saßen an den langen Tafeln und stärkten sich mit Brot und Fleisch. Kaum einer schenkte ihr Beachtung. Scherzworte flogen hin und her, und immer wieder erklang herzhaftes Gelächter. Vor dem Feuer lag Bolsgar noch immer in tiefem Schlaf. Gwyneth schaute sich nach einem vertrauten Gesicht um. Kaum hatte sie sich an den Herrschaftstisch gesetzt, eilte Ham mit ihrem Frühstück herbei.

»Wo ist mein Bruder?« fragte sie. »Diese Männer hier scheinen nichts zu tun zu haben. Hat er ihnen denn keine Befehle gegeben?«

»Doch, Milady. Sie warten nur noch auf ihn. Er hat bis jetzt seine Kammer noch nicht verlassen.«

»Seine Faulheit wird die andern anstecken wie die Pest«, meinte sie verächtlich.

»Üblicherweise erhebt er sich sehr früh. Ich weiß nicht, was ihn heute aufhält.«

Gwyneth lehnte sich in ihren Stuhl zurück. »Diese sächsische Hure, ganz zweifellos.«

Hams Gesicht wurde rot vor Ärger. Er wollte ihr schon eine

passende Antwort geben, besann sich dann aber eines besseren und machte auf dem Absatz kehrt.

Gwyneth stocherte gedankenverloren in ihrem Essen herum. Während sie der vergangenen Nacht nachsann, betraten Sir Gowain und der Ritter Beaufonte die Halle. Sie wurden mit lauten Zurufen begrüßt und gebeten, an der Tafel Platz zu nehmen.

»Wolltet Ihr heute morgen nicht nach Cregan reiten?« fragte Gowain Milbourne, den ältesten Ritter der Tafel.

»Ja, mein Junge, aber Wulfgar scheint es vorzuziehen, den Tag in seiner Kammer zu verbringen«, erwiderte Milbourne amüsiert. Er verdrehte die Augen und schnalzte mit den Fingern, was von seinen Kameraden mit beifälligem Gelächter aufgenommen wurde.

Gowain grinste. »Vielleicht sollten wir einmal nach ihm sehen, um sicherzugehen, daß er nicht mit aufgeschlitzter Kehle in seinem Bett liegt. Ragnors Wüten gegen ihn vor seinem Aufbruch läßt vermuten, daß sie wieder aneinandergeraten sind.«

Der ältere Ritter hob die Schultern. »Wahrscheinlich ging es wieder um dieses Mädchen. Ragnor ist wie von Sinnen, seit er sie in seinem Bett gehabt hat.«

Gwyneth zuckte zusammen, als ob ein heftiger Schlag ihre Brust getroffen hätte. Der Schmerz schien ihr unerträglich.

»Ja«, lächelte Gowain, »und er wird sich gewaltig anstrengen müssen, wenn er sie Wulfgar wieder wegnehmen will. Allerdings ist sie ein Preis, für den ich an Ragnors Stelle alles wagen würde.«

»Ah, mein Junge, die hat heißes Blut«, lachte der Ältere. »Es ist besser, du überläßt sie einem erfahrenen Mann.«

Jäh wurde die Unterhaltung unterbrochen, als man oben eine Tür ins Schloß fallen hörte. Wulfgar erschien. Er gürtete sich das Schwert, als er die Treppe herabschritt. Er begrüßte seine Schwester: »Ich hoffe, Ihr habt wohl geruht, Gwyneth.«

Ohne auf ihre Antwort zu warten, wandte er sich ab und ging zu seinen Männern hinüber.

»So, ihr denkt also, ihr könnt hier herumlungern, nur weil ich mich etwas verspäte. Nun, wir werden sehen, wie wir die verlorene Zeit wieder gutmachen können.« Er brach sich ein

Stück Brot ab, griff sich einen Fetzen Fleisch und schritt damit zur Tür. Dort hielt er inne und drehte sich zu den Männern um, die ihn nicht aus den Augen gelassen hatten.

»Worauf wartet ihr noch? Ich reite jetzt nach Cregan. Wie steht's mit euch?«

Lärmend stoben sie auf und drängten ihm nach. Sie wußten, daß dies ein anstrengender Tag werden mußte, und jeder wollte so rasch wie möglich zum Aufbruch bereit sein.

Wulfgar saß bereits im Sattel und beobachtete kauend ihre Bemühungen. Nachdem sie alle aufgestiegen waren und sich eine gewisse Ordnung eingestellt hatte, riß er sein mächtiges Streitroß herum, setzte Hun die Sporen in die Flanken und donnerte in Richtung Cregan davon.

Gwyneth stand langsam von der Tafel auf. Sie fühlte sich unsäglich schwach und elend. Mit kleinen Schritten begann sie die Treppe zu erklimmen. Oben machte sie vor dem herrschaftlichen Schlafgemach halt. Mit zitternder Hand wollte sie nach dem Riegel greifen, doch dann zuckte sie zurück. Sie schwor sich, ihr Elend an diesem sächsischen Weibsstück mit allen nur möglichen Mitteln zu rächen.

Mit größter Vorsicht, als ob sie fürchtete, ihr Haß könnte sich der Rivalin mitteilen und sie aufwecken, trat sie von der Tür zurück und schlich über den Gang zu ihrer eigenen kleinen Kammer.

Aislinn erwachte kurze Zeit später. Sie kleidete sich an und ging in die Halle hinunter. Man sagte ihr, daß Wulfgar nach Cregan geritten sei. Sweyn trug während seiner Abwesenheit die Verantwortung für das Herrenhaus. Im Augenblick versuchte er, einen Streit zwischen zwei jungen Frauen zu schlichten. Es ging um einen Kamm aus Elfenbein, den eine von ihnen von einem normannischen Soldaten geschenkt bekommen hatte. Die eine Frau schwor Stein und Bein, sie haben den Kamm gefunden, während die andere sie als Diebin bezeichnete. Der Wikinger, der im Umgang mit Männern noch nie Schwierigkeiten hatte, wirkte jetzt völlig hilflos.

Aislinn mußte lächeln. Spöttisch meinte sie zu Sweyn: »Nun, wenn es gar nicht anders geht, könnt Ihr ihnen immer noch die Haare nach Normannenart scheren lassen. Dann wird keine von ihnen mehr einen Kamm brauchen.«

Mit weit aufgerissenen, erschrockenen Augen und hängenden Mäulern drehten sich die beiden Frauen nach ihr um. Sweyns Grinsen zeigte, daß er ihren Hinweis zu schätzen wußte. Das brachte die eine dazu, rasch den Kamm der anderen zu überlassen und sich davonzuschleichen. Auch die Siegerin suchte so rasch es ging ihr Heil in der Flucht, allerdings in entgegengesetzter Richtung.

Dieser Anblick ließ Aislinn in lautes Gelächter ausbrechen. »Ah, Sweyn, das zeigt mir, daß Ihr ein richtiger Mann seid«, neckte sie ihn. »Ich wollte das nie so recht glauben. Aber nachdem Ihr Euch von zwei nichtsnutzigen Frauenzimmern so ins Bockshorn jagen laßt . . .«

»Verdammte Weiber«, knurrte er und stapfte kopfschüttelnd in die Halle.

Bolsgars Gesundheitszustand hatte sich schon beträchtlich gebessert. Gestern noch hatte sein Gesicht wie wächsern gewirkt, heute glich es eher bronzefarbenem Leder. Aislinn wechselte den Umschlag, wobei sie mit sanfter Hand den getrockneten Schlamm und mit ihm zugleich abgestorbenes Gewebe und Eiterreste entfernte. Sie sah, daß die Wunde sich bereits zu schließen begann und die Wundränder eine gesunde rosige Färbung zeigten.

Am späten Nachmittag kam Gwyneth in die Halle und trat auf Aislinn zu. »Besitzt Ihr ein Pferd? Ich möchte mir gern Wulfgars neu gewonnene Ländereien anschauen.«

Aislinn nickte. »Eine schnelle und kräftige Berberstute, aber sie hat ihre Eigenheiten. Ich würde Euch nicht raten –«

»Wenn Ihr sie zu reiten vermögt, dürfte auch ich keine Schwierigkeiten haben«, unterbrach Gwyneth sie hochmütig.

Aislinn wählte ihre Worte mit größter Vorsicht. »Ich bin sicher, daß Ihr Euch im Sattel zuhause fühlt, Gwyneth, trotzdem fürchte ich, daß Cleome – «

Ein mörderischer Blick brachte sie zum Schweigen. Gwyneth wandte sich ab und gab Befehl, das Pferd für sie zu satteln, und benannte ihre Begleitung. Als das Pferd vorgeführt wurde, versuchte Aislinn erneut die andere zu warnen. Vor allem sollte sie die Zügel kurz halten. Doch wieder traf sie ein Blick, der jedes weitere Wort in ihr erstickte. Aislinn zuckte zusammen, als Gwyneth dem Tier heftig die Reitpeitsche auf die Flanken klatschen ließ und sich im Galopp an die Spitze der kleinen Kavalkade setzte. Voller Sorge verfolgte das Mädchen sie mit den Augen, und es war keineswegs eine Beruhigung für sie, daß sie die Richtung nach Cregan einschlugen. Wohl waren die Wege und Pfade dorthin deutlich markiert und befestigt, doch kam man auch nur ein wenig von ihnen ab, so drohten Bachbetten und Schluchten dem unvorsichtigen Reiter.

Eine dunkle Vorahnung bedrückte sie und wich auch nicht, als sie versuchte, sich mit Reinigungsarbeiten in der Halle abzulenken. Maida tat ein übriges, indem sie ihr mit immer neuen Klagen über Gwyneths Mangel an Höflichkeit und Ehrerbietung in den Ohren lag. Schließlich hielt Aislinn es nicht mehr länger aus und flüchtete in ihr Schlafgemach.

Sie sah sich außerstande, Wulfgar wegen des Benehmens seiner Verwandten zur Rede zu stellen. Im übrigen würde er wahrscheinlich meinen, sie stünde Gwyneth nicht unvoreingenommen gegenüber. Allerdings hatte sich Gwyneth an diesem Morgen wirklich einiges zuschulden kommen lassen. Zunächst hatte sie Maidas Truhen nach Kleidungsstücken für sich durchwühlt. Da aber Maidas Gewänder für sie ausnahmslos zu klein waren, wurde sie bissig und unverschämt. Kurz darauf hatte sie ihr Essen aufs Zimmer befohlen und dabei Hlynn aus nichtigen Gründen so heftig geschlagen, daß das Mädchen in Tränen ausbrach. Und jetzt war sie auch noch auf Aislinns Lieblingspferd unterwegs. Gwyneth jagte ziellos über das Land. Ihre Verbitterung und ihr Haß waren so groß, daß sie keinen klaren Gedanken mehr zu fassen vermochte. Allein schon der Anblick dieser jungen Sächsin, die die Gastfreundschaft ihres Bruders genoß, brachte sie außer Fassung. Und jetzt mußte sie auch noch erfahren, daß ihr neuer Liebhaber sich ebenfalls mit diesem Weibsstück abgegeben hatte! Wulfgar hofierte in aller Öffentlichkeit diese Schlampe, ganz als ob es sich dabei um eine ehrenwerte Jungfrau und nicht um eine billige Hure handeln würde, eine Sklavin. Und dann hatte diese Hündin noch die Unverschämtheit, diese Stute als ihr Eigentum zu beanspruchen. Seit wann besaßen Leibeigene das Recht auf Besitz?

Wütend hieb Gwyneth auf Cleomes Flanken ein. Die beiden Begleiter fielen immer weiter zurück, da sie ihre Pferde schonen wollten. Gwyneth jedoch kannte kein Erbarmen. Die

Stute vermißte aber den festen Griff ihrer Herrin und geriet zusehends außer Kontrolle. Sie preschte den Pfad entlang und kümmerte sich immer weniger um die Befehle ihrer Reiterin. Gwyneths Zorn wurde natürlich noch weiter angestachelt, bis sie schließlich mit wütendem Ruck die Zügel anzog. Das Pferd blieb jedoch nicht stehen, sondern verließ mit einem riesigen Satz den festen Pfad, um sich seitwärts in dichtes Unterholz zu schlagen. Vergeblich ließ Gwyneth die Peitsche immer häufiger und heftiger auf seine Flanken klatschen. Das Tier reckte nur den Kopf und brach mit langen, weitausholenden Schritten zwischen den Sträuchern und Ästen hindurch. Jetzt wurde Gwyneth doch etwas ängstlich. Von überall griffen Ranken und Dornen nach ihr, verfingen sich in ihren Haaren und zerrten an ihren Gewändern. Kopflos stürzte das Tier weiter und weiter, erklomm steile Hügel und preschte durch enge Schluchten. Weit hinter ihr wurden Schreie laut, die ihr anzuhalten empfahlen. Doch die Stute gehorchte den Zügeln überhaupt nicht mehr.

In Gwyneths Herzen machte sich Panik breit. Vor sich sah sie plötzlich einen tiefen Einschnitt. Das Tier rannte völlig besinnungslos darauf zu, als ob es ein Rudel Wölfe auf den Fersen hätte. Schon setzte es zum Sprung in den Abgrund an. Mit einem Schrei warf sich Gwyneth aus dem Sattel. Das Tier stürzte zwischen Strauchwerk und Ästen hindurch die Böschung hinab und schlug mit einem markerschütternden Geräusch in dem felsigen Bachbett auf.

In diesem Augenblick brachen auch ihre beiden Begleiter hinter ihr durchs Unterholz. Gwyneth erhob sich mit zitternden Gliedern. Doch suchte sie die Schuld für diesen Unfall nicht etwa bei sich selbst; sie hatte ihre Todesangst bereits wieder vergessen und stieß wuterfüllt Verwünschungen gegen das Tier aus.

»Du hirnloses Biest!« kreischte sie, »du grindige Mähre! Auf offenem Pfad bringt man dich kaum zum Laufen, aber kaum bist du im Wald, fliegst du dahin wie ein flüchtender Hirsch!« Zornig versuchte sie, ihre Gunna von Blättern und Walderde zu reinigen und ihre Frisur wieder etwas in Ordnung zu bringen. Für das Pferd, das sich vor Schmerzen krümmte, hatte sie kaum einen Blick.

Einer ihrer Begleiter hatte sich inzwischen aus dem Sattel

geschwungen und war bis zum Rand des Abgrunds vorgetreten. Mit kummervollem Blick wandte er sich wieder um. »Milady, ich fürchte, Euer Tier hat sich schwer verletzt.«

Gwyneth warf verächtlich den Kopf in den Nacken und fuhr ihn an: »Ah, diese verrückte Bestie, einen Abhang wie diesen einfach zu übersehen! Geschieht ihr recht, wenn sie sich sämtliche Knochen bricht!«

Plötzlich hörte man neue Geräusche: Das Knacken von Zweigen und Ästen und den Klang sich nähernder Hufe. Gestalten lösten sich aus den dunklen Waldschatten.

Es waren Wulfgar und seine Männer. Unmittelbar neben Gwyneth brachte er sein Streitroß zum Stehen. Ein finsterer Blick traf sie und ihre Begleiter.

»Was geht hier vor?« fragte er. »Was treibt Ihr hier? Wir hörten einen Schrei.«

Gwyneth's anderer Begleiter, der noch im Sattel saß, deutete auf den Abgrund, und Wulfgar trieb sein Pferd näher heran. Als er Aislinns Stute erkannte, verfinsterte sich sein Blick noch mehr. Mit einem Ruck wandte er sich Gwyneth zu.

»So, liebste Schwester, Ihr reitet also ein Pferd zuschanden und fragt noch nicht einmal um Erlaubnis?«

Gwyneth klopfte schulterzuckend ein trockenes Blatt aus ihrer Gunna. »Das Pferd einer Sklavin, was macht das schon?« Wulfgars Gesicht versteinerte sich. Er zwang sich dazu, ruhig zu bleiben und sie nicht anzuschreien. »Es war ein gutes Tier, das durch Eure verdammte Nachlässigkeit zu Schaden gekommen ist!«

»Das Biest steckte voll eigensinniger Launen«, erwiderte Gwyneth gleichgültig. »Fast hätte es mich getötet.«

Wulfgar unterdrückte eine scharfe Erwiderung. »Wer gab Euch die Erlaubnis, dieses Pferd zu reiten?«

»Ich frage doch nicht bei Sklaven um Erlaubnis«, sagte sie voller Geringschätzung. »Es war Aislinns Pferd, also konnte ich mich seiner nach Belieben bedienen.«

»Wenn Aislinn eine Sklavin ist, dann steht ihr ganzer Besitz mir zu«, wies Wulfgar sie grollend zurecht. »Denn ich bin Lord über dieses Land hier und alles, was es trägt. Ihr werdet in Zukunft weder meine Pferde noch meine Sklaven mißhandeln!«

»Aber ich war es doch, die mißhandelt wurde!« fuhr Gwyneth wütend auf. »Schaut mich an! Ich hätte bei diesem Ritt zu Tode kommen können. Niemand hat mich vor dieser unberechenbaren Bestie gewarnt. Aislinn wäre das ein leichtes gewesen, aber wahrscheinlich sähe sie mich lieber tot.«

Wulfgars Augen blitzten unheildrohend.

»Wahrlich, Wulfgar, was seht Ihr nur in diesem dummen Frauenzimmer?« wollte Gwyneth wissen. »Sie ist eine ränkeschmiedende, hinterlistige Hündin. Wenn Ihr sie gewähren laßt, wird es am Ende nicht nur meinen, sondern auch Euren Kopf kosten.«

Wulfgar riß ohne ein Wort der Erwiderung sein Roß herum. Er hob den Arm und gab das Zeichen zum Weiterreiten.

»Wulfgar!« schrie Gwyneth und stampfte mit dem Fuß auf. »Zumindest könntet Ihr doch einen Eurer Ritter absteigen lassen, damit ich ein Pferd für den Heimritt habe.«

Er wandte mit steinernem Blick den Kopf nach ihr um und musterte sie grimmig. Dann befahl er schließlich einem ihrer Begleiter: »Nehmt sie hinter Euch aufs Pferd, Gard. Sie soll ruhig auf dem bloßen Hintern Eures Gauls nach Darkenwald zurückreiten. Vielleicht lernt sie dadurch ein wirklich wertvolles Tier zu schätzen.«

Noch einmal blickte er auf Gwyneth herab. »Und nun liebe Schwester, ist es an mir, Euer unheilvolles Werk zum Abschluß zu bringen.«

Er schwang sich vom Pferd, warf die Zügel über einen Busch und begann die steile Böschung hinabzuklettern. Als er Cleome erreicht hatte, faßte er den Unterkiefer der Stute mit festem Grill und zog ihren Kopf hoch, bis er in die großen, sanften Augen blickte. Mit zwei raschen Bewegungen seines Dolchs öffnete er auf jeder Seite ihres Halses eine große pulsierende Ader. Dann ließ er den Kopf des sterbenden Tieres fast zärtlich zurücksinken. Als er auf sein Pferd zuging, sahen alle, wie schwer ihn diese Pflicht angekommen war.

Ein scharfer Ruck am Zügel, und Hun preschte zu der kleinen wartenden Gruppe zurück. In scharfem Ton befahl er Gwyneths zweitem Begleiter, Sattel und Zaumzeug der toten Stute zu holen. Dann setzte sich der Trupp schweigend in Bewegung.

Es war schon fast Nacht, als sie Darkenwald erreichten, wo der Ausguck laut ihre Ankunft meldete. Schon von weitem erspähte Wulfgar das Blau der Gunna Aislinns, die sie unter dem Tor der Halle erwartete.

Gwyneths Worte waren nicht ohne Wirkung geblieben. Bedrückt fragte er sich, wie es diese kleine sächsische Hexe wohl geschafft hatte, daß er ihr so sorglos den Rücken kehrte. Gott, wie konnte er nur einer Frau vertrauen! Aber wäre er nicht ein noch größerer Narr, wenn er den Einflüsterungen seiner Schwester folgte und Aislinn aus seinem Herzen verbannte? Eine lieblichere Bettgenossin würde ein Mann schwerlich finden. Ein Lächeln wollte sich seiner Züge bemächtigen, doch dann kam ihm wieder die tote Stute in den Sinn. Er wußte, daß es an ihm war, Aislinn die traurige Botschaft zu übermitteln. Voller Bitterkeit kehrten sich seine Gedanken erneut gegen Gwyneth.

Aislinn sah schweigend den Trupp sich nähern, Sweyn hatte sich zu ihr gesellt. Als Wulfgars Blick sie traf, errötete sie sanft, denn sofort war wieder die Erinnerung an die leidenschaftlichen Liebkosungen da, mit denen er sie heute morgen so sehr beglückt hatte. Doch er sah finster drein, riß die Augen von ihr los und bellte seinen Männern Befehle zu. Dann brachte er Hun am Fuß der Stufen zum Stehen, schwang sich aus dem Sattel und warf Gowain die Zügel zu. Wortlos stapfte er an Aislinn vorbei in die Halle.

Aislinn war völlig verwirrt. Ihr fragender Blick glitt von Mann zu Mann. Doch keiner von ihnen wagte aufzuschauen, während sie schweigend die Pferde an ihr vorbeiführten. Sie wollte sich gerade abwenden, als sie sah, daß Gwyneth hinter einem ihrer Begleiter aufgestiegen war. Wo war Cleome? Die kleine Stute war nirgends zu sehen. Ihre Augen hefteten sich wieder auf Gwyneth, die jetzt abstieg und sich die Röcke glattstrich. Als Aislinn die Schmutzspuren auf den Gewändern der anderen sah, überfiel sie eine böse Vorahnung. Gwyneths Blick streifte sie jedoch so kalt und drohend, daß sie nicht zu fragen wagte.

Aislinn mußte ein Aufschluchzen unterdrücken, wandte sich ab und eilte Wulfgar in die Halle nach. Sie sah ihn am Kopfende der Tafel, über seinem Trinkhorn sitzen und ins Leere starren. Als sie vor ihn trat, hob er langsam die Augen.

»Ihr habt Cleome in Cregan gelassen?« fragte sie leise, obwohl sie die Wahrheit ahnte.

Er seufzte schwer auf. »Nein. Die Stute brach beide Vorderläufe. Mir blieb nichts übrig, als ihrer Qual ein Ende zu machen. Sie ist tot, Aislinn.«

»Cleome?!« fragte Aislinn fast tonlos. »Aber wie konnte das geschehen? Sie kannte doch Weg und Steg?«

Schneidend und scharf erklang hinter ihr eine Stimme: »Ha! Dieses dumme Biest fand sich nicht einmal auf den einfachsten Pfaden zurecht. Dafür aber lief es geradewegs auf diese Schlucht zu und warf mich ab. Fast hätte es mich getötet! Warum habt Ihr mich nicht vor seiner Bösartigkeit gewarnt, Aislinn?«

»Bösartig?« wiederholte Aislinn bestürzt. »Cleome war nicht bösartig. Sie war ein feines Pferd, sie war schneller als alle anderen.«

»Ha, Ihr könnt meine Begleiter fragen, wie sie sich benommen hat. Sie konnten alles sehen und werden meine Worte bestätigen. Was versprecht Ihr Euch eigentlich von meinem Tod?«

Aislinn schüttelte fassungslos den Kopf. Sie fühlte sich von Wulfgars Blick durchbohrt. Es schien ihr, als ob auch er ihr diese Frage stellte. Sie rang sich ein Lachen ab. »Ihr beliebt mit dem Grauen zu scherzen, Gwyneth. Ihr wart es, die mein Pferd getötet hat.«

»Euer Pferd!« schnaubte Gwyneth verächtlich. »Ihr beansprucht ein Pferd zu besitzen – Ihr, die Ihr nichts als eine Sklavin seid?« Sie lächelte spöttisch. »Ihr meint meines Bruders Pferd, nicht wahr?«

»Nein!« schrie Aislinn verzweifelt. »Cleome gehörte mir! Mein Vater hat sie mir geschenkt! Sie war alles, was mir –«

Die übrigen Worte gingen in Schluchzen unter. Wulfgar erhob sich und legte wie tröstend eine Hand auf ihren Arm. Aber sie schüttelte ihn ab und wandte sich zur Flucht; sie wollte jetzt nur noch allein sein. Sie war bereits auf den unteren Stufen der Treppe angelangt, als Gwyneths Stimme ihr schneidend Einhalt gebot. »Hiergeblieben! Ihr entfernt Euch erst, wenn man es Euch gestattet!«

Selbst Wulfgar zuckte bei dieser Zurechtweisung zusammen. Fragend hefteten sich seine Augen auf seine Schwester.

»Ich bin Eure Schwester, und diese alberne Närrin ist nichts als eine erbeutete Leibeigene!« wütete sie. »Ich geh barfüßig und in Lumpen, während Ihr diese englische Hure mit den feinsten Gewändern ausstattet! Ist es vielleicht richtig, daß Eure Verwandtschaft Not leidet, diese Sklavin aber alle Vorrechte Eurer Gastfreundschaft genießt? Ihr schmückt Euch mit Ihr vor mir und meinem Vater wie mit einer Tapferkeitsauszeichnung, und wir essen die Krumen von Eurem Tisch.«

Aislinn war wie erstarrt stehengeblieben. Trotz ihres inneren Aufruhrs gewahrte sie sehr wohl den unheildrohenden Gesichtsausdruck des Lords.

Bolsgar richtete sich mühsam auf dem Ellbogen auf. »Gwyneth! Gwyneth, hört mir zu!« befahl er. »Hört auf, mit Wulfgar so zu sprechen. Er gehört zu Wilhelms Rittern, und sie haben dieses Land sich unterworfen. Wir sind als Bettler hierhergekommen und ganz seiner Gnade ausgeliefert. Solange ich dein Vater bin, wirst du seine Großzügigkeit nicht auf diese Weise mißbrauchen!«

»Mein Vater, ja, das seid Ihr!« Gwyneth baute sich vor ihm auf und deutete mit der Reitpeitsche auf den wappenlosen Schild. »Wart Ihr auch mein Vater, als Ihr meinen Bruder in den Tod schicktet? Wart Ihr mein Vater, als meine Mutter starb? Wart Ihr mein Vater, als Ihr mich von Zuhause weg und quer durch England schlepptet hierher in diese elende Hütte, nur weil die Normannen von einem Bastard namens Wulfgar sprachen? Ich bin es, die heute beleidigt wurde, ich hätte fast das Leben verloren. Stellt Ihr Euch wirklich auf die Seite einer Sklavin, oder erweist Ihr Euch wenigstens einmal wirklich als mein Vater und verteidigt mich?«

Sie wollte ihre Angriffe fortsetzen, doch Wulfgar brachte sie mit Donnerstimme zum Schweigen. »Hört mit Eurem Geschwätz auf, Frau!«

Gwyneth wirbelte herum, doch der Blick seiner harten, durchdringenden Augen ließ sie gehorchen.

»Mäßigt Euer Benehmen!« wies er sie barsch zurecht. »Nehmt Euch in acht, meine Schwester. Ihr habt mich einen Bastard genannt. Das bin ich. Doch ich habe mich nicht selbst dazu gemacht. Ihr beklagt Euch über den Tod Eurer hochwohllöblichen Mutter. Woran mag sie wohl gestorben sein? Ich denke, vor allem an ihrem eigenen schlechten Gewissen.

Und mein Bruder starb als tapferer Ritter auf dem Schlachtfeld für Harold. Niemand hat ihn in den Kampf gehetzt. Sein Eid und seine Ehre zwangen ihn dazu. Frei hatte er sich für eine Sache entschieden und gab dafür sein Leben wie ein Mann. Wie aber steht es mit mir, Schwester? Konnte ich je frei wählen? Mich für Euch, Euren Bruder, meine Mutter, Euren Vater entscheiden? Alles wurde mir aufgezwungen! Ihr habt mich weit weg über die See gesandt, um Euren guten Namen nicht in Gefahr zu bringen.«

Er wandte sich an Bolsgar. »Ihr, Milord, sagt, meine Mutter hätte versucht, ein Unrecht wieder gut zu machen?« Er lachte kalt. »Ich sage, sie handelte aus niederer Rachsucht. Denn wer hatte unter ihrem Eingeständnis am meisten zu leiden? Sie? Ein wenig. Meine Schwester?« Er machte eine Bewegung in ihre Richtung. »In keiner Weise. Sie war sowieso in den Augen meiner Mutter ohne jeden Makel. Mein Bruder? Niemals, denn er wurde jetzt zum Lieblingssohn. Ihr? Ja, Ihr habt sehr gelitten, denn Ihr und ich waren wirklich Vater und Sohn. Aber ihr zu Gefallen habt Ihr mich aus Eurem Herzen gerissen und mich in die Fremde geschickt, und jener leichtlebige Säufer hat Euer Gold verpraßt, so daß für meine Erziehung kaum noch etwas übrig blieb.«

Die stahlgrauen Augen hefteten sich wieder auf Gwyneth. »Versucht ja nie wieder, mich auf meine Pflichten gegenüber meiner Familie hinzuweisen. Nehmt, ohne Euch zu beklagen, was Euch freiwillig geboten wird, denn ich empfinde Euch gegenüber keine große Verpflichtung. Und mein Lebenswandel geht nur mich etwas an. Ihr habt dazu zu schweigen. Hütet Eure Zunge, seid vorsichtig, wenn Ihr von Hure oder Bastard sprecht. Ich schrecke keineswegs davor zurück, eine Frau zu schlagen, wenn es sein müßte.

Und nun zu der Stute, die Ihr ohne meine Erlaubnis einfach genommen habt. Ihr habt sie zu Tode geritten. Eure Behauptung, sie wäre bösartig und ungehorsam gewesen, weise ich zurück. Sie war nur etwas scheu und verschreckt, weil Aislinn sie seit meiner Ankunft nicht mehr reiten konnte. Wahrscheinlich war das der Grund für ihr Verhalten. Wir wollen es damit bewenden lassen. Ich will von Eurer Seite keine weiteren Anschuldigungen mehr hören, außer Ihr hättet Beweise dafür. Im übrigen würde ich Euch raten, Euch mit Eurer derzeitigen Garderobe zufrieden zu geben. Ich habe weder die Absicht noch die Geduld, mir Klagen über solche Nichtigkeiten anzuhören. Wenn Ihr Euch benachteiligt fühlt, dann sprecht einmal mit den übrigen englischen Frauen, damit Ihr wißt, was sie verloren und welches Leid sie zu tragen haben.«

Er übersah ihr wütendes Gesicht, drehte sich um und schritt in die Mitte der Halle. Noch einmal wandte er sich ihr zu. »Morgen früh muß ich auf Befehl des Herzogs von hier weg«, erklärte er. »Es wird eine längere Reise werden, und der Zeitpunkt meiner Rückkunft ist ungewiß. Ich hoffe jedoch, daß ich hier Herr bin. Sweyn wird mich während meiner Abwesenheit vertreten, und Ihr schuldet ihm Gehorsam. Ich werde Euch etwas Gold hierlassen, damit Ihr das Notwendigste bestreiten könnt. Ich tue das nicht, weil Ihr es gefordert habt, sondern aus freiem Willen. Aber jetzt bitte ich Euch, meine Geduld nicht länger auf die Probe zu stellen. Ihr seid entlassen, liebe Schwester, und dürft Euch auf Eure Kammer zurückziehen.«

Er wartete, bis sie in stummer Wut die Stufen hinaufgeeilt und in ihrem Gemach verschwunden war. Sie war an Aislinn vorbeigestürzt, ohne das Mädchen auch nur eines Blickes zu würdigen. Als Wulfgar sich ihr zuwandte, sah er Tränen in den tiefen Augen glitzern. Lang und eindringlich versenkten sich ihre Blicke ineinander. Dann wandte sie sich langsam ab und schritt aufrecht die Stufen hinauf.

Wulfgar fühlte plötzlich den Blick seines Stiefvaters auf sich ruhen und wandte sein Gesicht dem alten Ritter zu. Eigentlich hatte er Vorwürfe erwartet, doch ein zustimmendes Lächeln umspielte Bolsgars Lippen. Mit einem kaum merklichen Nikken ließ er sich auf die Felle zurücksinken, um dann nachdenklich ins Feuer zu starren. Wulfgars Augen wanderten zu Sweyn hinüber, der auf der Türschwelle stand. Des Nordmannes Gesicht ließ keinerlei Regung erkennen. Doch die beiden alten Freunde wußten immer, was den anderen bewegte.

Gedankenverloren schritt Wulfgar die Stufen hinauf. Er wußte, daß Aislinn der Verlust der Stute sehr nahe ging. Ihren Zornausbrüchen fühlte er sich sehr wohl gewachsen, doch würde es ihm auch gelingen, ihren Kummer zu lindern? Er fühlte sich mitschuldig an dem, was geschehen war. Ein einziges Wort von ihm hätte das Unheil abzuwenden vermocht, doch seine Gedanken waren mit anderem beschäftigt. Schließlich ging es darum, während seiner Abwesenheit hier alles in guter Ordnung zu halten.

Er betrat die Kammer, schloß leise die Tür hinter sich. Aislinn stand am Fenster, die Hände gegen die inneren Läden gestützt. Tränen hatten nasse Spuren über ihre Wangen gezogen. Unschlüssig blickte er zu ihr hinüber, machte sich dann aber mit gewohnter Bedächtigkeit daran, Kettenhemd, Helm, Schwert und Schild abzunehmen und an ihren Platz zu legen. In seinem harten Männerleben hatte es keinen Platz für wirkliche Zuneigung gegeben, und keinem Frauenzimmer war es bis jetzt gelungen, den Wunsch nach einer Gefährtin in ihm zu wecken. Dieser Mangel an Zärtlichkeit machte ihn jetzt unsicher. Er wußte nicht, wie er sich dem Mädchen nähern und ihm in seinem Schmerz beistehen konnte. Noch nie hatte er sich in einer solchen Situation befunden. Seine Affären waren immer sehr kurz und ohne innere Zuwendung gewesen. Doch jetzt fühlte er tiefes Mitleid für Aislinns Kummer. Nur zu gut kannte er den Schmerz um den Verlust eines treuen Pferdes.

Als ob eine innere Stimme ihn leiten würde, trat er an ihre Seite und nahm sie in seine Arme. Sanft drückte er den von Schluchzen geschüttelten Leib gegen seine mächtige Brust. Seine Hand strich zärtlich nasse Strähnen aus dem Gesicht. Träne um Träne küßte er von ihren Wangen, bis sich ihm ihr Mund plötzlich entgegenhob. Er war freudig überrascht, doch zugleich fragte er sich, wie diese Sinnesänderung zu deuten war. Seit er sie das erstemal genommen hatte, hatte sie ihm nur die Gefügigkeit einer Sklavin entgegengebracht. Sie schien nur einen Wunsch zu kennen: Alles so schnell wie möglich hinter sich zu bringen. Doch jetzt in ihrem Leid kam ihr Mund dem seinen mit größtem Eifer entgegen.

Sein Blut brandete heiß durch die Adern. In diesem Augenblick vergaß er alle seine Bedenken. Er hob den schlanken Leib in seine Arme und trug ihn hinüber zum Bett.

Durch die geschlossenen Läden stahl sich ein silberner Mondstrahl und tauchte das Gemach in sanftes Licht. Warm und sicher schlief Aislinn in den Armen ihres Ritters. Wulfgar jedoch starrte voll innerer Unruhe auf den Silberstrahl und versuchte vergebens, den Aufruhr seiner Gefühle zu beschwichtigen.

Aislinn erwachte im ersten grauen Dämmerlicht des Morgens. Genüßlich fühlte sie Wulfgars Wärme neben sich und drückte voll innerer Zufriedenheit den Kopf gegen seine muskelbepackte Schulter.

Ah, mein feiner Lord, dachte sie und ließ ihren Finger die Linien seiner sehnigen Rippen verfolgen, jetzt gehörst du mir, und es ist bloß eine Frage der Zeit, wann du es zugeben mußt. Sie lächelte wie im Traum beim Gedanken an die vergangene Nacht. Doch dann erfüllte sie wieder ganz die Schönheit dieses Augenblicks. Sie richtete sich auf einem Ellbogen auf und versenkte sich in das Studium seiner Züge, als ganz plötzlich zwei kräftige Arme sie umfaßten und herabzogen.

Völlig überrascht versuchte sie sich gegen seine Umarmung zu wehren. Er gab jetzt seine Verstellung auf, öffnete die Augen und blickte sie warm lächelnd an. »Ma Chérie, ist dein Verlangen so groß, daß du mich aus meinem Schlummer reißen mußt?«

Mit flammendem Gesicht mühte sich Aislinn von ihm loszukommen. »Ihr seid ganz schön von Euch eingenommen«, fuhr sie ihn an.

»Wirklich, Aislinn, meint Ihr das?« Er verzog spöttisch die Mundwinkel. »Ich bleibe dabei – Euer Verlangen nach mir ist es, das Euch treibt. Irgendwo in Eurem Herzen müßt Ihr mir wohlgesonnen sein, mein kleines Füchslein.«

»Wie könnt Ihr nur so lügen«, erwiderte sie scharf. »Würde eine Sächsin sich jemals für einen Normannen entscheiden?«

»Ah«, seufzte er lächelnd auf und überging ihren Einwand. »Ich glaube, es würde mich hart ankommen, ein anderes Frauenzimmerchen zu finden, das so unterhaltsam ist wie Ihr und das mich auch noch mag, wirklich.«

»Oh, du eingebildeter Narr!« stieß sie hervor und stemmte die Hände gegen seine Brust.

Doch mühelos zog er sie noch enger an sich, bis ihre nackten Brüste auf seiner Brust ruhten. »Ich wünschte, ich könnte dich mitnehmen, Aislinn, nie würde es mir langweilig werden. Aber leider kann ich dir die Härten eines Kriegszugs nicht zumuten, ganz zu schweigen von den übrigen Gefahren, die dir bei einem solchen Unterfangen drohen würden.«

Seine Hand legte sich gegen ihren Hinterkopf und zwang ihre Lippen auf die seinen. Er küßte sie lang und voller Leidenschaft. Wulfgar rollte sich über sie, bis sein ganzes Gewicht sie auf die Pelze drückte. Doch diesmal wäre jede Gewalt ganz überflüssig gewesen, denn schon legte sich ihre Hand besitzergreifend um seinen Nacken. Die immer mächtiger auflodernden Flammen, die ihr das Blut wie geschmolzenes Blei durch die Adern jagten, verlangten nach Befriedigung durch ihn. Wie mit einem eigenen Willen begabt, warf sich ihr junger Leib jedem seiner Stöße mit aller Kraft entgegen und nahm ihn tief in sich auf. Noch lange, nachdem er sich zurückgezogen hatte, blieb das Verlangen nach seiner Zärtlichkeit in ihr wach. Sie war ganz erfüllt von einem seltsamen Gefühl der Enttäuschung, das sie sich nicht erklären konnte.

Die Scham über dieses Verhalten und die Erinnerung an seine Spöttereien ließ ihre Leidenschaft abrupt erkalten. Mit einem Ruck warf sie sich herum. Überrascht lockerte er seinen Griff. Es gelang ihr, sich unter ihm hervorzuwinden und auf den Bettrand zuzukriechen.

»Was zum Teufel soll das?« schrie er und griff erneut nach ihr, um sie wieder an sich zu ziehen. »Komm her, Weib!«

»Nein!« wehrte sich Aislinn und sprang vollends aus dem Bett. Sie war voller Abwehr. Ihr Busen hob sich erregt, und das lange Kupferhaar wallte um den nackten Leib. »Zuerst lacht Ihr mich aus und dann mißbraucht Ihr mich zu Eurem Vergnügen! Das könnt Ihr vielleicht mit den Weibern in einem Hurenhaus machen, aber nicht mit mir!«

»Aislinn!« stieß er hervor und wollte sich erneut auf sie stürzen.

Doch sie entzog sich schreiend seinem Griff. »Ihr zieht hinaus, um erneut meine Landsleute abzuschlachten. Und dann erwartet Ihr noch, daß ich Euch freudig verabschiede!«

Wie sie so im frühen Morgenlicht stand, das ihren schlanken Körper golden aufleuchten ließ, bot sie einen entzückenden Anblick. Er lehnte sich gegen einen der Bettpfosten und betrachtete sie voller Wohlgefallen. Trotzig gab sie seinen Blick zurück. Zwar gewahrte sie sehr wohl seine erregende Nacktheit und die Verlockung seines kraftvollen Körpers, blieb jedoch fest entschlossen, einen letzten kleinen Rest ihres Stolzes zu retten.

Er lächelte bedächtig. »Ah, Chérie, Ihr macht mir den Abschied wirklich schwer, aber es muß sein. Ich bin Wilhelms Gefolgsmann.« Langsam kam er auf sie zu. Er sah ihren mißtrauischen Blick und wußte, sobald er die Hand nach ihr ausstreckte, würde sie sich wieder über das Bett auf die andere Seite flüchten. »Möchtet Ihr denn, daß ich wegen Euch meine Pflichten vernachlässige?«

»Eure Pflicht hat schon zu viele englische Leben gekostet. Wann wird das nur enden?«

Er gab leichthin zurück: »Wenn England sich vor Wilhelm neigt.«

Mit einer raschen Bewegung packte er ihren Arm und riß sie an sich. Sie kämpfte verzweifelt um ihre Freiheit, doch seine Arme hielten sie wie Schraubstöcke umklammert. Ihre Anstrengungen schienen ihn kaum mehr als zu belustigen. Schließlich hielt Aislinn mit einem erstickten Seufzer inne und ließ sich stocksteif von ihm an sich drücken.

»Siehst du, Aislinn, es geschieht, was der Herr des Hauses will, nicht was die Sklaven wünschen.«

Aislinn gab durch einen erstickten Laut ihren Unwillen kund, als seine Lippen sich heiß und verzehrend auf die ihren preßten. Diesmal bekämpfte sie erfolgreich die Erregung, die in ihr aufstieg. Kalt und steif hing sie in seinen Armen. Es dauerte nicht lange, und er ließ von ihr mit erstauntem Blick ab.

»Diesmal, mein normannischer Ritter Wulfgar«, keuchte sie, »geschieht, was die Sklavin will.« Er ließ die Arme sinken. Sie tänzelte nach einer spöttischen Verbeugung davon. Dabei musterten ihre Augen ihn von Kopf bis Fuß. Sie sah, daß seine Erregung noch keineswegs abgeklungen war.

»Vergeßt nicht, Euch anzukleiden, Euer Lordschaft. In diesen Tagen kann selbst der stärkste Mann leicht einer Erkältung zum Opfer fallen.«

Sie griff nach einem der Felle und wickelte sich fest hinein, wobei ein schelmisches Lächeln ihn streifte. Noch immer lachend schritt sie zum Feuer hinüber und legte kleine Scheite auf die glimmenden Kohlen. Als sie hineinblies, stob Asche auf und ihr ins Gesicht. Mit einem Aufschrei zuckte sie zurück und rieb sich die brennenden Augen. Wulfgars Lachen ließ das Gemach erdröhnen. Mit wütendem Gesicht hängte sie den

Wasserkessel an den Haken über dem auflodernden Feuer. Inzwischen war Wulfgar neben sie getreten und begann sich anzukleiden.

Als das Wasser kochte, ging sie zu seinem Wehrgehänge hinüber. Sie zog den großen Dolch aus der Scheide und begann ihn auf der Herdplatte zu schärfen. Voller Verwunderung hob er die Braue.

»Meine Haut ist sehr viel empfindlicher als die Eure, Wulfgar«, erklärte sie. »Und wenn Ihr schon glatt rasiert gehen müßt, dann solltet Ihr Eure Haut auch glatt halten. Die Stoppeln in Eurem Gesicht sind eine Qual für mich. Und da Eure Leute ihre Rasierkünste an den meinen so vortrefflich erprobt haben, könntet Ihr mir jetzt die Ehre geben und mich diesen Dienst an Euch erwidern lassen.«

Wulfgars Blick streifte den kleinen Dolch, der auf ihrer zusammengefalteten Gunna lag. Wünschte sie jetzt vielleicht doch seinen Tod, weil er wieder hinausziehen wollte, um gegen ihre Landsleute zu kämpfen? Sollte er ihr erklären, daß er noch nie unnütz Menschenblut vergossen hatte? Nein, beim Himmel! Das war die Gelegenheit, ihre wahre Gesinnung zu erforschen.

»Ich hoffe, Eure Hand ist besonders sanft, Aislinn«, erwiderte er. Er griff nach einem Stück Linnen und tauchte es in den Kessel. Nachdem er es ausgewrungen und eine Weile durch die Luft geschwenkt hatte, um es abzukühlen, lehnte er sich in einem Stuhl zurück und legte das Tuch mehrmals gefaltet über sein Gesicht.

»Ah, Wulfgar, das könnte mich wirklich verlocken«, scherzte Aislinn, als sie ihn so vor sich sah. »Wie sehr wünschte ich mir noch vor einem Monat, einmal eine Normannenkehle so wehrlos unter meinem Messer zu haben . . .«

Sie hatte sich erhoben und stand jetzt neben ihm. Mit dem Finger erprobte sie vorsichtig die Schärfe der Klinge. Wulfgar nahm das Tuch ab, und ihre Augen trafen sich. Fragend hob sich seine Braue; ihr Mund verzog sich zu einem fast teuflischen Grinsen.

»Aber die Verlockung wäre noch größer, wenn ich nicht so große Angst vor Eurem Nachfolger hätte.«

Als Bestrafung für ihre Frechheit klatschte seine Hand auf

eine ihrer Hinterbacken. Das entlockte ihr einen überraschten Schrei und ließ sie wieder ernst werden.

Langsam führte sie die scharfe Klinge über seine Wangen, bis sie wieder sanft und glatt waren. Nach getaner Arbeit strich er sich über Kinn und Wangen, baß erstaunt, daß sie ihn auch nicht einmal geschnitten hatte.

»Einen besseren Pagen könnte kein Ritter haben«, lobte er und griff gleichzeitig unter ihren Pelz, um sie auf seinen Schoß zu ziehen. Sein Blick bohrte sich verlangend in ihren. Heiser stieß er hervor: »Denk immer daran, daß du mir gehörst, Aislinn. Ich werde dich mit niemand teilen.«

»Aber bedeute ich denn überhaupt etwas für Euch, Milord?« murmelte sie leise und ließ ihren Finger behutsam über die Narbe auf seiner Wange wandern.

Er schien ihre Frage zu überhören. Mit neu erwachter Gier zog er sie an sich und küßte sie. Diesmal entlockte er ihr all die Wärme und Leidenschaft, nach der er sich zuvor vergeblich gesehnt hatte.

10

Der Morgen war kalt und naß. Ein frischer Wind trieb den Regen über die Hügel, und die Feuchtigkeit drang in jede Ritze des Herrenhauses. Aislinn schlang den Wollschal noch fester um die Schultern und griff mit starren Fingern nach einer Brotkruste. Sie knabberte daran, als sie zum Feuer hinüberging. Dort hatten es sich bereits Bolsgar und Sweyn bequem gemacht. Aislinn setzte sich auf einen Hocker zu Bolsgars Seite.

In den Tagen nach Wulfgars Abschied hatte sie den alten Ritter rasch in ihr Herz geschlossen. Vieles an ihm gemahnte sie an ihren Vater. Er milderte Gwyneths Schmähungen, und nur durch ihn ließ sich die Gegenwart dieser Frau überhaupt ertragen. Wenn es um die Bewirtschaftung des Herrenhauses oder die Behandlung der Leibeigenen ging, suchte Aislinn nicht selten bei dem Alten Rat. Die Erfahrungen seiner vielen Jahre ließen ihn fast immer das Richtige finden. Auch Sweyn wollte zu vielen Dingen seine Meinung hören und liebte es, mit ihm über einem vollen Trinkhorn frischen Bieres von alten Zeiten zu reden, als Lord Bolsgar den jungen Wulfgar noch als sein eigen Fleisch und Blut betrachtet hatte. Bei anderen Gelegenheiten berichtete Sweyn von den Abenteuern, die er und Wulfgar als Söldner erlebt hatten. Bolsgar ließ sich kein Wort davon entgehen.

Als ganz junger Ritter hatte Wulfgar das Haus de Swarde verlassen. Zusammen mit Sweyn versuchte er, sich als Söldner seinen Lebensunterhalt zu verdienen. Der Ruf der beiden verbreitete sich rasch, so daß sie für ihre Dienste einen immer höheren Sold verlangen konnten. So erfuhr auch Herzog Wilhelm von Wulfgars Geschicklichkeit im Umgang mit dem Schwert und der Lanze und holte die beiden unzertrennlichen Kampfgefährten aus Frankreich an seinen Hof. Vom Augenblick ihrer ersten Begegnung an entwickelte sich zwischen dem Edelmann und dem Ritter eine herzliche Freundschaft. Endlich hatte Wilhelm ihn bestimmt, sein Gefolgsmann zu werden und den Lehenseid zu leisten.

Aislinn saß lauschend neben den beiden Männern am Feuer. Wäre Gwyneth jetzt in der Halle erschienen, hätte sie sie bestimmt wegen Zeitverschwendung gescholten. Wie sehr unterschied sich diese Frau doch von ihrem Halbbruder und ihrem Vater! Wulfgar war kaum hinter dem nächsten Hügel verschwunden, als Gwyneth sich schon als Hausherrin aufzuspielen begann. Die Leibeigenen hatten einzig und allein für ihr Wohl zu sorgen. Dauernd redete sie ihnen in ihre Aufgabenbereiche hinein, störte sie und behelligte sie mit unnützen Aufträgen. Auch der Speise- und Vorratskammern hatte sie sich bemächtigt. Sie teilte so kleine Portionen aus, als ob sie jedes Getreidekorn aus eigener Tasche bezahlt hätte.

Der Morgenfriede wurde plötzlich durch einen durchdringenden Schrei gestört. Aislinn erhob sich erschrocken, als sie ihre Mutter mit wütenden Gebärden die Treppe herabstürzen sah. Laut beschwor Maida alle Dämonen der Hölle auf diese Tochter des Satans herab. Einen Augenblick lang dachte Aislinn, daß Maida jetzt endgültig dem Wahnsinn verfallen sei. Dann erschien Gwyneth auf dem oberen Treppenabsatz und blickte mit selbstgefälligem Lächeln auf Maida herab, die hinter den Röcken ihrer Tochter Schutz zu suchen schien. »Ich habe Eure Mutter beim Stehlen erwischt«, behauptete Gwyneth. »Wir müssen hier also nicht nur mit Sklaven, sondern auch mit Dieben unter einem Dach leben. Ich werde es Wulfgar berichten, darauf könnt Ihr Euch verlassen.«

»Lüge! Lüge!« gab Maida mit schriller Stimme zurück. »Meine Spinneneier! Meine Blutegel! Sie gehörten mir! Ich tauschte sie von den Juden. Jetzt sind sie alle verschwunden.« Sie warf einen bösen Blick zu Gwyneth hinüber. »Ich bin nur in ihre Kammer gegangen, um sie zu suchen.«

»Lügen?« stieß Gwyneth wütend hervor. »Ich ertappte sie in meinem Gemach, wo sie alles durchwühlte. Und jetzt werde ich zur Diebin gestempelt? Sie muß verrückt sein!«

»Meine Mutter hatte durch Ragnor und seine Leute sehr Schweres zu erdulden«, versuchte Aislinn zu erklären. »Diese Dinge dienten zur Wundbehandlung und als Arzneien. Sie waren ihr ein und alles.«

»Ich habe alles weggeworfen«, erklärte Gwyneth triumphierend. »Ja, ich hab' das alles weggeworfen. Ich dulde nichts davon, weder in diesem Haus noch in meiner Schlafkammer.«

»Gwyneth!« fuhr Bolsgar sie an. »Du hast kein Recht dazu. Du bist Gast in diesem Haus.«

»Kein Recht!« brauste Gwyneth zornig auf. »Ich bin hier die einzige, die mit dem Lord dieser Halle blutsverwandt ist. Wer will mir mein Recht streitig machen?« Ihre blaßblauen Augen funkelten alle reihum an. »Ich habe die Pflicht, mich um Wulfgars Besitztum während seiner Abwesenheit zu kümmern.«

Bolsgar erwiderte mit verächtlichem Auflachen: »So, wie du dich auch immer um mich gekümmert hast? Du teilst das Essen aus, als ob es von deinen Ländereien stammt. Wulfgar hat dir Gold dagelassen, von dem du aber gerade nur einen geringen Teil für unseren Unterhalt aufgewandt und den Rest in die eigene Tasche gesteckt hast. Noch nie hast du dich um etwas anderes gekümmert als um dein eigenes Wohlergehen.«

»Ich mußte es vor deiner zu freigebigen Hand in Sicherheit bringen«, gab seine Tochter scharf zurück. »Du würdest es genauso verschwenden, wie du bereits unser Gold verschwendet hast. Für Waffen, Männer, Pferde! Was hat das alles genützt?«

Der alte Mann brummelte ins Feuer: »Wäre ich nicht mit zwei unzufriedenen und zänkischen Weibsbildern geplagt gewesen, die dauernd etwas Neues wollten, hätte ich vielleicht mehr Männer mit deinem Bruder entsenden können, und wir wären nicht vertrieben worden.«

»Ja, ja, die arme Mutter und mich für alles verantwortlich machen! Wir mußten um jede kleine Kupfermünze betteln, wenn wir uns einmal ein neues Gewand kaufen wollten. Schau dir meine Gunna an, dann siehst du, wie gut du für mich sorgst«, schalt Gwyneth ihn vorwurfsvoll. »Es bleibt dabei – ich bin hier die einzige Verwandte Wulfgars, und ich mache die Rechte des Bluts geltend. Keiner dieser Sachsen hier wird seine Großmut mißbrauchen.«

»Es gibt keine Blutsbande«, ließ kühn Sweyn sich vernehmen. »Als man Wulfgar verstieß, hat Eure Mutter alle Verwandtschaftsbande mit ihm aufgekündigt. Er sollte nicht mehr länger ihr Sohn sein.«

»Halt deine Zunge im Zaun, du speichelleckender Lakai!« fuhr Gwyneth den Nordmann an. »Du hast Wulfgars Rüstung zu putzen und vor seiner Tür des Nachts Wache zu halten. Hier aber hast du zu schweigen, denn hier gilt allein mein Wort. Und ich will, daß diese Frau ihren Unrat von dieser Halle fernhält!«

»Oh«, kam es klagend von Maida, »in meinem eigenen Haus bin ich nicht sicher vor Dieben.«

»Euer Haus«, höhnte Gwyneth. »Auf Befehl Wilhelms seid Ihr aller Besitztümer ledig.« Ihr Finger schien Maida durchbohren zu wollen. »Du, du scheinheilige alte Hexe stolzierst in dieser Halle umher, als ob du noch immer hier die Herrin wärst. Ich werde das nicht länger dulden.«

»Nein! Es war Wulfgars Wille, daß sie hier bleibt«, schrie Aislinn, die nun nicht mehr an sich halten konnte. »Euer Bruder fiel Ragnor in den Arm, als er sie hinauswerfen wollte.«

Die Lippen der anderen Frau verzogen sich voller Verachtung. »Nennt keinen reinblütigen normannischen Ritter bei Euren sächsischen Namen!« Sie fiel erneut über Maida her. »Aufgrund welchen Rechts beansprucht Ihr einen Platz in dieser Halle? Nur weil Eure Tochter das Bett des Lords teilt?« Sie lachte voller Verachtung auf. »Verschwindet von hier, geht mir aus den Augen! Sucht Euch irgendeine Hütte. Raus jetzt!«

»Nein!« schrie Aislinn. »Das wird sie nicht tun! Wulfgar selbst hat ihr diese Kammer angewiesen. Wollt Ihr seine Anweisungen mißachten?«

»Ich mißachte überhaupt nichts«, stieß Gwyneth hervor. »Ich sorge nur dafür, daß mit seinem Eigentum kein Schindluder getrieben wird.«

»Aislinn?« Die Stimme war leise und traurig. Aislinn fühlte sich an der Gunna gezupft. »Ich werde gehen. Ich hole nur noch meine Sachen, viel ist es sowieso nicht mehr.« In Maidas Augen standen Tränen.

Als Aislinn etwas erwidern wollte, schüttelte die alte Frau nur müde den Kopf und wandte sich mit hängenden Schultern zum Gehen. In stummem Zorn sah Aislinn sie langsam die Treppe hinaufsteigen. Ihre Hilflosigkeit ließ sie die Fäuste ballen. Das entlockte Gwyneth jedoch nicht mehr als ein höhnisches Lächeln.

»Es gibt Augenblicke, Gwyneth«, entrang es sich Bolsgars Brust, »in denen mir bei deinem Anblick übel wird.«

Doch seine Tochter genoß ihren Triumph. »Ich verstehe nicht, warum du ihr Gehen beklagst. Die Alte hat mit ihren Lumpen und ihrem finsteren Gesicht die Halle doch lange genug verunziert.«

Der Alte wandte sich um und starrte wie versteinert in die Flammen. Sweyn tat es ihm eine Zeitlang gleich. Dann stemmte er den schweren Körper aus dem Stuhl und verließ die Halle. Aislinns Augen ruhten noch immer voll verhaltener Wut auf Gwyneth, die leichten Schrittes an den Herrentisch trat und sich auf Wulfgars Sessel niederließ. Wählerisch stocherte sie in einer Portion Hammelfleisch herum, die Hlynn ihr vorgelegt hatte.

Maida erschien kurz darauf am oberen Ende der Treppe. Ein zerschlissener Pelz bedeckte den mageren Leib, und in der Hand trug sie ein kleines Bündel. Auf der Schwelle der Halle drehte sie sich mit flehenden Augen nach ihrer Tochter um. Aislinn schlang den Schal fest um Schultern und Oberkörper und folgte ihrer Mutter hinaus in Nässe und Kälte.

»Wo soll ich nur hingehen, Aislinn?« schluchzte Maida voller Sorge auf. »Wäre es nicht besser, wir würden von hier fliehen und uns anderswo eine Zuflucht suchen, bevor Wulfgar zurückkehrt?«

»Nein.« Aislinn schüttelte den Kopf. Nur mit Mühe gelang es ihr, Ruhe zu bewahren. »Nein, Mutter. Wenn wir fliehen, werden es die Leute hier noch schwerer haben, niemand wird sich mehr um sie kümmern. Ich kann sie nicht Gwyneths Launen überlassen. Außerdem haben wir Krieg. Das ist keine gute Zeit für zwei hilflose Frauen, um allein über Land zu fahren.«

»Wulfgar wird uns sowieso hinauswerfen, falls er mit einer Braut zurückkommt«, gab Maida zu bedenken.

Aislinn hob den Blick zum weit entfernten Horizont, während ihre Gedanken zurück zu der letzten Nacht schweiften, in der sie in Wulfgars Armen geruht hatte. In diesem Augenblick spürte sie wieder seine Hände auf ihrem Leib, die sie liebkosten, streichelten und erregten. Ihr Blick wurde sanft und träumerisch. Aber wie stand es um ihn? Hatte sie ihn wirklich für sich gewonnen oder mußte sie damit rechnen, bei seiner Rückkehr eine andere Frau an seiner Seite zu finden und selbst einfach abgeschoben zu werden? Nach all den Männern, die ihren Vater um ihre Hand angefleht hatten, mußte sie nun ausgerechnet zur Buhlerin eines Mannes werden, der nicht müde wurde zu betonen, wie gering er von Frauen dachte. Hatte er nicht behauptet, sie so leicht vergessen zu können wie einen verlorenen Handschuh?

Allerdings hatte sie den Eindruck gehabt, daß er eines solchen »Handschuhs« höchst dringlich bedurfte. Ein kleines Lächeln schlich sich auf ihre Lippen, und neues Vertrauen erfüllte sie. Nein, er würde sie nicht so leicht aus seinem Sinn tilgen können.

Sie lenkte ihre Schritte zu einer verlassenen Hütte am Ende der Dorfstraße. Vater und Sohn, die sie einstmals bewohnt hatten, waren an der Seite Lord Erlands im Kampf gegen Ragnor gefallen.

Doch Maida zuckte zurück, als Aislinn sie durch die niedere Türe führen wollte.

»Geister! Ich fürchte mich vor Geistern!« schluchzte sie. »Sie werden über mich herfallen, wenn ich hier ganz allein und ohne jeden Schutz wohne.«

»Aber nein«, beschwichtigte Aislinn die Angst der Mutter. »Sie waren doch unsere Freunde. Nie würden sie Erlands Witwe Böses tun.«

»Glaubst du wirklich?« Mit plötzlich erwachtem kindlichen Vertrauen folgte Maida jetzt der Tochter.

Das erbärmliche Gehäuse stand etwas entfernt von den übrigen Hütten unmittelbar vor einem Dickicht, hinter dem das Sumpfland begann. Aislinn stieß die schief in den Angeln hängende Tür auf; dumpfer Modergeruch schlug ihr entgegen.

»Siehst du, Mutter«, sie deutete auf die Wände, »sie hat festes Gebälk, und mit ein bißchen Mühe läßt sich daraus ein behagliches Heim machen.«

Es war so finster im Innern der Hütte, daß man kaum etwas erkennen konnte. Aislinn tat sich schwer, ihre eigenen Zweifel und Bedenken zu unterdrücken und die Mutter etwas aufzuheitern.

Die beiden kleinen Fensterluken waren nur durch dünn geschabte und eingeölte Tierhäute verschlossen, die so gut wie kein Licht einließen. Bei jedem Fußtritt stob Staub vom schilfgedeckten Boden auf. Ein grob gemauerter Herd beherrschte die eine Wand. Vor der anderen ließ sich ein aus dikken Eichenbrettern gefügtes Bettgestell erkennen, auf dem eine halb verrottete Matratze lag. Nicht weit vom Feuerplatz stand ein wackliger Tisch mit einem einzelnen Stuhl. Darauf ließ Maida sich jetzt völlig erschöpft sinken. Niedergeschlagen lehnte sich Aislinn gegen den Türstock und starrte in den trüben Tag hinaus. Dann aber raffte sie sich auf, schob die langen Ärmel zurück und machte sich daran, aus diesem Schmutzloch ein Zuhause zu machen.

Maida war in einen klagenden Singsang verfallen, in dem sie nicht einmal innehielt, während Aislinn die Hütte säuberte. Sie schien ihre Umgebung überhaupt nicht mehr wahrzunehmen. Selbst als plötzlich die Tür aufgestoßen wurde, hob sie nicht den Kopf.

Aislinn schreckte hoch, doch beruhigte sich sofort wieder, als sie Kerwick und Ham auf der Schwelle sah, die Decken und Pelze auf ihren Armen trugen. »Wir dachten, sie könnte sie hier brauchen«, erklärte Kerwick. »Wir haben sie aus ihrer Kammer. Gwyneth hatte uns befohlen, sie zu säubern, bevor sie einzog. Wenn sie Eure Mutter schon als Diebin beschimpft, nehmen wir gern dieselbe Schmach auf uns.«

Aislinn nickte ihnen dankbar zu und schloß die Tür. »Nun, man wird uns alle bald nur noch als Diebe beschimpfen. Ich werde auf keinen Fall zulassen, daß sie hungern oder frieren muß.«

Kerwick ließ seinen Blick über die ärmliche Einrichtung der Hütte schweifen. »Thomas fertigt jetzt Zelte und Pritschen für die Normannen, vielleicht kann er uns zu ein paar Matten verhelfen.«

»Würdet Ihr ihn auch bitten, hier vorbeizukommen und die Tür mit neuen Angeln zu versehen?« bat Aislinn. »Ich fürchte, so würde sie nicht einmal das kleinste Raubtier fernhalten.«

Kerwick blickte sie voll an. »Habt Ihr vor, hier zusammen mit Eurer Mutter zu hausen?« Angstvoll wartete er auf ihre Antwort. »Das wäre nicht klug, denn von Ragnor und seinen Leuten droht Euch hier mehr Gefahr als von jedem Raubtier.

Eurer Mutter werden sie nichts anhaben, sie halten sie für verrückt und fürchten sie, aber Ihr ...«

Aislinn beobachtete Ham, der frische Binsen auf dem Fußboden ausbreitete. »Offensichtlich ist Euch unbekannt, daß Sweyn Nacht für Nacht vor meiner Tür Wache hält. Genau wie sein Herr hat auch er kein Vertrauen zu Frauen. Er würde nicht zulassen, daß ich hierherkomme.«

»Das ist gut so. Ich fände keinen Schlaf mehr, wüßte ich Euch hier.« Bedrückt fuhr er fort: »Ich muß gehen, bevor der Wikinger erfährt, daß ich hier bin. Ich möchte nicht, daß Wulfgar daraus falsche Schlüsse zieht.«

Die beiden verschwanden, und Aislinn machte sich wieder an die Arbeit. Der Nachmittag war schon fortgeschritten, als Thomas mit vergnügtem Grinsen hereinstürmte und ihr eine neue leinenüberzogene Matratze überreichte. Sie legte sie aufs Bett, wobei ihr der Geruch getrockneten Klees und Wiesengrases in die Nase stieg. Fragend blickte sie ihn an.

»Nun, Milady«, gluckste ihr früherer Untertan, »ich habe sie gerade erst in der Scheune gefüllt, wahrscheinlich wird der eine oder andere normannische Gaul heute abend hungrig bleiben.«

Auch Aislinn mußte jetzt lachen. Zusammen richteten sie jetzt das Bett her. Dann ersetzte Thomas die ölgetränkten Lederlappen, die als Angeln dienten, durch neue und sorgte dafür, daß die Tür sauber schloß. Außerdem brachte er eine Vorrichtung an, mit deren Hilfe sie sich von innen verbarrikadieren ließ.

Die Dunkelheit senkte sich bereits aufs Land, als Aislinn endlich zufrieden war. Ihre Mutter hatte etwas gegessen und schlief nun ruhig in ihrem neuen Bett. Aislinn machte sich auf den Rückweg zur Halle. Der Hunger nagte in ihr, denn außer der Brotkruste heute morgen hatte sie nichts zu sich genommen.

Als sie eintrat, fand sie Ham mit dem Rupfen von Rebhühnern beschäftigt, die Sweyn heute nachmittag erlegt hatte. Der Junge sprang sofort auf. Gwyneth saß mit ihrer Stickarbeit am Feuer, und Bolsgar schnitzte gedankenverlorenen an einem Stück Holz herum.

»Milady«, lächelte der Junge sie an. »Ich habe Euch etwas aufgehoben. Ich hole es.«

Gwyneth blickte von ihrer Stickerei auf. »Wer zu spät kommt, muß sich bis zur nächsten Mahlzeit gedulden«, sagte sie herrisch.

Aislinn wandte ihr den Rücken zu und richtete ihre Worte an Ham. »Mein Hunger quält mich, Ham. Bring mir mein Essen.«

Ham nickte lächelnd und beeilte sich, ihr zu Diensten zu sein. Aislinn schritt auf ihren gewohnten Platz an der Tafel zu.

Voller Verachtung machte die Ältere ihrem Ärger Luft. »Ihr seid nicht meines Bruders Weib. Trotz Eurer Hurendienste seid und bleibt Ihr eine Sklavin, da könnt Ihr Euch noch so hochmütig gebärden.«

Bevor Aislinn etwas erwidern konnte, stupste Ham sie leicht am Arm. Was er ihr vorlegte, hätte gut für zwei ausgereicht. Aislinn wußte, daß sie sich in jeder Situation auf den Jungen verlassen konnte. Mit dankbarem Lächeln begann sie zu essen.

»Es ist wirklich seltsam, daß so viele sächsische Frauen den Begierden der Normannen zum Opfer fielen, nur Ihr nicht, Gwyneth«, begann Aislinn in einem Ton, als ob sie laut darüber nachdächte. Sie ließ ihren Blick langsam und abschätzend über die dürre Länge ihres Gegenüber gleiten. »Na ja, vielleicht ist es doch nicht so seltsam . . .«

Aislinn tat so, als ob sie jetzt wieder voll und ganz mit ihrem Teller beschäftigt wäre. Bolsgar lachte leise vor sich hin. Seine Tochter sprang zornig auf und wütete völlig außer sich gegen ihn.

»Natürlich nimmst du wieder Partei für diese Sachsenschweine, anstatt dich auf die Seite deines Kindes zu stellen. Herzog Wilhelm sollte euch alle in die Gosse befördern, wo ihr hingehört!«

In sinnlosem Zorn rannte sie die Treppe hinauf und schlug laut die Tür ihres eben neu erworbenen Quartiers hinter sich zu.

Die Nächte waren lang und frostig. Auch während der kurzen Tage blieb es halb dunkel unter dem tiefen Winterhimmel. Die kahlen Bäume krächzten unter dem Ansturm des Nordwinds. Legte sich der Wind, stieg Nebel aus den Sümpfen und lastete schwer auf dem Ort. Tümpel und Pfützen begannen langsam zu vereisen. Die Regenschlieren vermischten sich immer häufiger mit nässenden Schneeflocken. Die Einwohner zogen sich Bären-, Wolfs- oder Fuchspelze über die gewohnten Wollgewänder. Immer neue Tiere mußten erlegt werden, und überall in der Halle stank es nach Gerbsäure.

Aislinn hatte sich davon überzeugt, daß es ihrer Mutter in der kleinen Hütte an nichts mangelte. Täglich besuchte sie Maida und sah nach, wie es ihr ging. Trotz all ihrer Aufmerksamkeit wurde die Mutter immer verschlossener und abwesender. Man erzählte Aislinn, daß sie noch spät in der Nacht Zwiesprache mit den Geistern hielt.

Gwyneth tat alles, um die Verwirrung der alten Frau noch weiter zu steigern. Wann immer sie mit ihr allein war, ließ sie Andeutungen über die Verwunschenheit der Hütte fallen. Außerdem spiegelte sie Maida vor, ihre früheren Untertanen würden sie hassen und verachten. Maidas verwirrter Geist löste sich unter diesen Einflüsterungen immer weiter aus der Wirklichkeit. Die alte Frau braute immer neue geheimnisvolle Zaubertränke, von denen sie behauptete, sie könnten die Normannen vom englischen Boden vertreiben. Aislinn mußte erkennen, daß es keinen Sinn hatte, ihr die Vergeblichkeit dieser Hoffnung klar zu machen.

Es war ein kalter, winddurchtoster Tag mit grau dräuenden Wolkenbergen am Himmel. Ham duckte sich tiefer in seinen Schal und wandte den Böen den Rücken zu. Voller Dankbarkeit dachte er daran, wie erfolgreich die Pelztierjagd bis jetzt verlaufen war. Seine Arme und Beine staken in warmen Pelzen, die mit Lederstreifen zusammengehalten wurden, und ein großes Wolfsfell, das man auf sein Wams aufgenäht hatte, hielt den mageren Körper warm. Unter dem Fell klammerten sich seine Hände um die Heilkräuter, die er auf Aislinns Anweisung bei Maida geholt hatte. Im Schutz einer Hütte hielt er jetzt einen Augenblick inne, um wieder zu Atem zu kommen.

»He! Du da! Ham!«

Als er sich umwandte, erkannte er Gwyneth, die in einen langen Umhang gehüllt unter dem Tor der Halle stand.

»Komm her! Rasch!« Gebieterisch winkte sie ihn herbei, und er gehorchte.

»Hol mir noch mehr Holz für meine Kammer«, befahl sie.

»Das Feuer ist herabgebrannt, und in diesem Gemäuer herrscht eine Eiseskälte.«

»Bitte um Vergebung, Milady«, erwiderte Ham mit höflicher Verbeugung, »aber meine Herrin hat mir einen besonders dringlichen Auftrag gegeben. Wenn ich ihn erledigt habe, werde ich Euch sofort Holz für die Nacht besorgen.«

Gwyneths Augen wurden kalt. »Du nichtsnutziger Tölpel«, brauste sie auf, »was schwatzt du da von irgendeinem Auftrag, während ich friere! Du wirst jetzt sofort Holz holen!«

»Aber meine Herrin Aislinn hat mich angewiesen – «

»Deine Herrin Aislinn«, stieß Gwyneth voller Verachtung hervor, »ist nichts anderes als Lord Wulfgars Hure. Ich bin seine Schwester und folglich die Herrin dieses Hauses, und ich befehle dir, mir unverzüglich Holz zu bringen!«

»Meine Herrin Aislinn wartet auf mich«, beharrte er trotzig, »Euer Holz wird Euch anschließend sofort gebracht werden.«

»Du armseliger Wicht«, beschimpfte ihn Gwyneth voller Haß. »Ich werde dafür sorgen, daß dir die Haut in Streifen vom Leib geprügelt wird.«

Zwei von Wulfgars Leuten hatten aus einigem Abstand die Auseinandersetzung beobachtet, und Gwyneth winkte sie jetzt herbei. »Ergreift diesen unverschämten Lümmel und bindet ihn auf das Strafgerüst. Ich will, daß man ihn auspeitscht, bis die blanken Knochen zum Vorschein kommen.«

Ham wurde bleich vor Schreck. Die beiden Normannen zögerten. Sie wußten wohl, daß sie Wulfgars Schwester Gehorsam schuldeten, aber sie zweifelten sehr daran, ob ihr Herr eine so grausame Strafe für eine vergleichsweise geringe Verfehlung gebilligt hätte. Immer hatten sie Wulfgar treu gedient, da sie ihn als vernünftigen und gerechten Herrn kannten. Mußten sie jetzt auch seiner Schwester blind gehorchen, obwohl deren Befehl nur einer grausamen Laune entsprang?

Ihr Zögern steigerte Gwyneths Zorn. »Als Wulfgars Schwester befehle ich Euch, mir zu gehorchen! Ergreift ihn und laßt ihn die Peitsche schmecken!«

Die Männer wußten, daß Wulfgar sich jede Bestrafung der unterworfenen Sachsen selbst vorbehielt. Während seiner

Abwesenheit hatte er Sweyn mit seinen Aufgaben und Rechten betraut, doch da der Wikinger im Augenblick weit und breit nicht zu sehen war, wagten sie nicht, sich Gwyneths Anordnungen offen entgegenzustellen. So nahmen sie den Jungen, wenn auch mit großem Widerstreben, zwischen sich.

Aislinn hob das kranke kleine Mädchen in ihren Schoß und preßte es fest an sich, um dem Kind von ihrer Körperwärme mitzuteilen. Der Atem kam keuchend und rasselnd aus der zarten Brust, immer wieder unterbrochen von krampfhaften Hustenanfällen. Ham sollte Kampferblätter bringen, die würde sie aufkochen und dann neben dem Bettchen der Kleinen aufstellen, damit die Kampferdämpfe die Atemnot des Mädchens lindern konnten und ihr endlich Ruhe schenkten. Wo Ham nur blieb? Er war schon viel zu lange fort. Er war immer ein zuverlässiger Bursche gewesen. Sollte er diesmal wirklich irgendwo herumlungern, während die Kleine hier so zu leiden hatte?

Da sich der Atem des Kindes etwas zu beruhigen schien, legte es Aislinn in die Arme der Mutter zurück, um nach Hams Verbleib zu forschen. Nachdem sie die Tür hinter sich geschlossen hatte, schlang sie ihren Umhang noch fester um sich. Dann sah sie plötzlich die beiden Normannen, die einen Ham, der sich verzweifelt wehrte, auf das Strafgerüst zuzerrten. Wie eine Feuerfahne umflatterten sie ihre langen losen Flechten, als sie sich vor den beiden aufpflanzte, die Arme in die Seiten gestemmt. Zornig blitzten ihre Augen und scharf kamen die französischen Worte von ihren Lippen.

»Was hat das zu bedeuten? Welche Narrheit treibt euch Normannen jetzt, daß ihr diesen Jungen hier, der in meinem Auftrag unterwegs war, ergriffen habt und in dieser grimmigen Kälte aufs Strafgerüst fesseln wollt?«

Der eine von ihnen versuchte eine schwache Verteidigung: »Lady Gwyneth gab uns den Befehl, da er ihr den Gehorsam verweigerte.«

»Gebt ihn sofort frei, ihr Dummköpfe«, befahl sie herrisch. »Gebt ihn frei, oder ich werde dafür sorgen, daß Lord Wulfgars Klinge euch noch vor Ende dieses Monds unter die Erde bringt!«

»Halt!« schnitt Gwyneths Kreischen durch die Luft. »Ihr habt hier nichts zu befehlen, Aislinn!«

Das Mädchen wandte sich der Frau zu und wartete, bis Gwyneth unmittelbar vor ihr innehielt. »So, Gwyneth, Ihr maßt Euch also Wulfgars Stellung an. Wollt Ihr ihn etwa eines weiteren nützlichen Sklaven berauben?«

»Nützlich?« erwiderte Gwyneth voller Verachtung. »Dieser Lümmel hat sich meinen Befehlen widersetzt.«

»Seltsam«, meinte Aislinn, »ich hatte mit ihm noch nie solche Schwierigkeiten. Vielleicht behandelt Ihr ihn einfach falsch. Er ist es nicht gewöhnt, von einer launischen Dohle Befehle entgegenzunehmen, das scheint ihn zu verwirren.«

Gwyneth zitterte vor Wut. »Launische Dohle! Du Hure eines Bastards! Du schamlose sächsische Metze! Wie könnt Ihr es wagen, mir zu widersprechen! In Wulfgars Abwesenheit bin ich die Herrin dieses Hauses. Niemand soll es wagen, mir diesen Anspruch streitig zu machen!«

»Niemand zweifelt, daß Ihr das gerne wärt, liebe Gwyneth. Doch Wulfgar hat Euch nicht dazu eingesetzt. Es wäre besser, sich seinen Anordnungen zu fügen.«

»Ich brauche ihn nicht ausdrücklich zu fragen!« Die Erwiderung wurde grimmig zwischen den Zähnen hervorgepreßt. »Ich bin seine Schwester, Ihr aber seid nicht mit ihm verwandt!«

Aislinn hob stolz den Kopf. »Ja, ich bin nicht mit ihm verwandt! Trotzdem weiß ich sehr viel mehr über ihn als Ihr. Seine Gerechtigkeit trifft den Übeltäter rasch und angemessen, ganz im Gegensatz zu Euren Launen. Er weiß, daß man seine Untergebenen freundlich und gerecht behandeln muß.«

Gwyneth lachte verächtlich auf. »Ich hätte zu gerne gewußt, woher Ihr diese Kenntnis habt, blieb doch kaum Zeit, ihn so genau kennenzulernen, da Ihr es kaum erwarten konntet, mit ihm ins Bett zu steigen.« Ihre Augen verengten sich. »Oder hegt Ihr etwa die Hoffnung, seinen Sinn nach Eurem Willen zu formen?«

»Wenn mir das gelänge«, gab Aislinn stolz zurück, »würde er es nicht besser verdienen. Aber ich zweifle, ob sich Wulfgars Sinn so leicht beherrschen läßt.«

»Bah! Es war schon immer Hurenart, den Mann den eigenen Wünschen gefügig zu machen. Man wackelt ein wenig mit den Hüften, und schon merkt er überhaupt nicht mehr, wie er an der Nase herumgeführt wird.« Zorn und Neid mischten sich in diesen Worten der Älteren. Gwyneth mußte in diesem Augenblick daran denken, wie Wulfgar diese sächsische Hexe vor aller Augen liebkost hatte. Und Eifersucht peinigte sie beim Gedanken, daß Ragnor dasselbe getan haben mochte. »Männer! Ein paar Rundungen reichen aus, um ihnen die Köpfe zu verdrehen! Eine richtige Dame dagegen wissen sie nicht zu schätzen. Es ist schließlich nicht jedermanns Sache, seine Reize öffentlich zur Schau zu stellen.«

»Von welchen Reizen sprecht Ihr denn?« gluckste Aislinn spöttisch auf. »Selbst der knospende Zweig einer Trauerweide weist mehr Reize auf als Ihr.«

»Hure!« krächzte die andere Frau. »Man sagt, daß die Berührung von Männerhänden die Rundungen einer Frau zum Erblühen bringen. Wenn das stimmt, müßt Ihr schon von vielen betatscht worden sein.«

Aislinn zuckte die Schultern. »Wenn es wirklich stimmt, liebste Gwyneth, hat Euch seit Eurer Mutter überhaupt niemand mehr angerührt.«

Gwyneth rang eine Zeitlang vergeblich nach Worten. »Genug!« stieß sie schließlich hervor. »Ich habe genug von Euren Unverschämtheiten.« Dann wandte sie sich an die beiden Normannen. »Entblößt diesem Sklaven jetzt endlich den Rücken. Wollen mal sehen, ob er es in Zukunft wagen wird, sich den Anordnungen seiner Herrin zu widersetzen.«

»Nein!« schrie Aislinn. Sie wandte sich mit flehenden Worten an die Normannen. »Ein kleines Mädchen liegt schwer erkrankt darnieder, und er hat Kräuter besorgt, die dem Kind helfen sollten.« Sie wies auf Ham. »Er hat keine Schuld, denn er hat nur getan, worum ich ihn bat. Laßt uns zuerst nach dem Kind sehen. Wenn Wulfgar zurückkehrt, werde ich ihm den Fall zu Gehör bringen, damit er entscheiden kann, ob der Junge eine Strafe verdient.«

Gwyneth sah, daß die Männer unschlüssig zu werden begannen.

Die Angelegenheit drohte ihr aus der Hand zu gleiten. »Nein. Das würde alles nur verzögern! Was kümmert mich irgendeine Sachsenbrut? Die Unverschämtheiten dieses Sklaven müssen eine angemessene Antwort finden. Stellt Euch also nicht länger in meinen Weg, Metze!«

»Ihr habt nicht das Recht, hier Befehle zu geben«, schrie Aislinn zurück.

Gwyneth ließ ihrem Zorn jetzt freien Lauf. »Ihr bestreitet mir meine Rechte, Ihr aber seid nichts als Wulfgars Sklavin. Nun gut, man wird Euch Gehorsam lehren.« Sie schleuderte ihren Arm in Richtung des jungen Mädchens. »Ergreift sie! Schnallt sie neben diesen starrköpfigen Tölpel!«

Diese französischen Worte schien selbst der Junge zu begreifen, der den Normannen inzwischen einiges abgelauscht hatte. Mit neuer Kraft versuchte er sich aus dem Griff seiner Bewacher zu befreien. »Nein! Laßt sie in Frieden!«

Die Männer waren über den Haß Gwyneths entsetzt, aber sie wagten nicht, ihren Gefühlen Ausdruck zu verleihen. Eines dieser sächsischen Weiber auszupeitschen war eine alltägliche Sache für sie. Doch diese hier war Wulfgars Besitz, und das änderte alles. Eine solche Tat würde grausame Vergeltung nach sich ziehen. Mochte Wulfgars Schwester sich dieser Gefahr aussetzen, sie verspürten keinerlei Lust dazu.

»Ergreift sie!« befahl Gwyneths schrille Stimme, die ihr Zögern wohl bemerkte.

Als einer der Normannen schließlich auf Aislinn zutrat, riß sich Ham aus dem Griff des andern los. Doch der Normanne hatte viel eher den Wunsch, das Mädchen an der Wütenden vorbei zubringen als ihr weh zu tun. Als er ihr jedoch die Hand auf die Schulter legte, mißverstand Aislinn seine Absicht. Mit einem Ruck riß sie sich los, wobei ihr Umhang in seinen Händen blieb.

»Gib auf ihre Kleider acht, du Tölpel!« fuhr Gwyneth ihn an. »Nimm ihr jetzt die Gunna ab, ich brauche sie viel nötiger.«

»So, Ihr wollt also meine Gunna?« keuchte Aislinn wutentbrannt. Mit zitternden Fingern befreite sie sich von dem Gewand und warf es vor Gwyneth in den Schmutz, um mit beiden Füßen darauf herumzutrampeln. Im leichten Unterkleid war sie nun voll den eisigen Winden ausgesetzt, doch ihr aufgebrachtes Inneres ließ sie ihre beißende Schärfe kaum gewahren. »Gut, Gwyneth, Ihr könnt sie haben, wenn Ihr sie jetzt noch wollt.«

Die grelle Stimme der Frau schnitt wie die Klinge eines Schwerts durch den kalten Wind. »Gebt Ihr endlich die Peitsche. Und hört nicht eher auf, bevor fünfzig Hiebe auf sie niedergegangen sind.« Voller Haß schrie sie Aislinn an: »Wenn mein Bruder zurückkommt, wird ihm Eure Gestalt nicht mehr viel Reizvolles zu bieten haben.«

Aber die beiden Normannen waren nicht bereit, diesen Befehl Gwyneths zu befolgen. Der Mann mit der Peitsche schüttelte abwehrend den Kopf und trat einen Schritt zurück; sein Kamerad schloß sich ihm an.

»Nein, das werden wir nicht tun. Lady Aislinn hat unsere Wunden versorgt, und wir werden ihre Freundlichkeit nicht auf diese Weise vergelten.«

»Ihr speichelleckerischen Halunken!« brauste Gwyneth auf und bemächtigte sich selbst der Peitsche. »Ich werde euch zeigen, wie man jemandem Gehorsam einbleut.«

Mit der ganzen Kraft ihres Zorns, der ihr Inneres schier zu verbrennen schien, hob Gwyneth den Arm. Zischend wie die Zunge einer Schlange bissen sich die Peitschenstränge durch Aislinns leichtes Gewand und tief in das sanfte Fleisch ihrer Hüften. Aislinn zuckte voller Schmerz zusammen, doch kein Laut kam über ihre Lippen. Tränen traten ihr in die Augen, als sie dem zweiten Schlag auszuweichen suchte.

»Haltet ein!«

Die Stimme ließ Aislinn herumfahren. Mit zornrotem Gesicht stapfte Sweyn auf sie zu. An seiner Seite Ham, der zweifellos den riesigen Wikinger herbeigeholt hatte.

Aber Gwyneths blinde Wut ließ sie sich erneut Aislinn zuwenden und die Peitsche heben. Doch als ihr Arm niedersausen wollte, riß es ihr den Stiel aus der Hand; Sweyn hatte seinen schweren Fuß auf die Schnurenden gesetzt. Die muskelbepackten Arme in die Seiten gestemmt, hielt er Gwyneths wutfunkelndem Blick furchtlos stand. »Ich sagte aufhören!« knurrte er sie an.

»Nein!« Gwyneths Stimme war noch immer schrill, doch es mischte sich ein weinerlicher Unterton hinein. »Die Hündin muß hier und jetzt endlich ihre verdiente Züchtigung bekommen.«

Der Wikinger trat bedrohlich auf die wütende Frau zu. »Vernehmt mich wohl, Lady Gwyneth, denn Euer Leben könnte von dem abhängen, was ich Euch jetzt sage. Wulfgar, mein Herr, übergab dieses Mädchen während seiner Abwesenheit meiner Obhut, und ich werde es vor Frauen und vor Männern gleichermaßen schützen. Sie ist sein Besitz, und er würde nie zulassen, daß Ihr sie auspeitscht. Wenn er sie bei seiner Rückkehr durch Eure Schuld versehrt und verstümmelt finden würde, dürftet Ihr auf keine Gnade von seiner Seite hoffen. Deshalb ist es nicht nur zu ihrem, sondern auch zu Eurem Heil, wenn ich sie jetzt mit mir nehme. Friede sei mit Euch, Lady Gwyneth, aber die Wünsche meines Lords gehen allen anderen vor.«

Damit schob er sich an ihr vorbei. Ohne ihr die Möglichkeit einer Erwiderung zu bieten, ging er zu Aislinn hinüber. Er nahm einem der Normannen ihren Umhang ab und legte ihn ihr um den zitternden Leib.

Mit tränenfeuchten Augen lächelte ihm das Mädchen dankbar zu. Sie legte ihre Hand auf seinen Arm. Der verlegene Wikinger knirschte unwirsch, zu lange schon waren ihm weibliche Zärtlichkeiten dieser Art fremd. Aislinn trat darauf wortlos an Ham heran und griff nach seinem Arm, um ihn unter Gwyneths drohenden Blicken sicher hinwegzuführen. Gemeinsam eilten sie in die ärmliche Hütte, um endlich dem keuchenden kleinen Mädchen Erleichterung zu verschaffen.

Aislinn rückte noch näher an das hell lodernde Feuer in der Halle heran. Ihre Gedanken beschäftigten sich noch immer mit diesem alptraumhaften Tag, dessen Schrecken sich nur schwer abschütteln ließen. Dankbar dachte sie daran, daß es der Kleinen inzwischen beträchtlich besser ging. Das Fieber war gebrochen, und in wenigen Tagen würde das Mädchen wieder wohlauf sein. Doch seit der erste grausame Schlag auf sie niedergegangen war, stand wieder Wulfgars Strafgericht an Kerwick vor ihrem inneren Auge, und der Gedanke bedrängte sie, daß auch sie einmal auf das Gerüst geflochten werden könnte, um Wulfgars haßerfüllte Schläge zu empfangen. Ein Schaudern durchfuhr ihren Leib. Doch gleich darauf fühlte sie wieder das dringende Bedürfnis in sich aufsteigen, jetzt, in diesem Augenblick Wulfgars starke Arme um sich zu fühlen und von ihm getröstet zu werden. Wenn sie die Augen schloß, konnte sie ihn vor sich sehen, die Lippen umspielte ein sanftes

Lächeln, und seine Augen ruhten voller Zärtlichkeit und Wärme auf ihr.

Oh Gott! Ihre Gefühle schienen ihre Vernunft völlig in ihren Bann zu schlagen. Sie hatte keinerlei Gewähr, daß er innerlich unverändert zu ihr zurückkehren werde. Gwyneth hatte recht, er könnte mit einer Frau nach Darkenwald zurückkommen. Welches Los würde dann ihrer harren?

Dann wieder war sie ganz sicher, daß auch ihm die Trennung schwerfiel. Oder war sie auch hierbei einer Lüge aufgesessen? War alles Lüge? Seine Küsse? Seine feurigen Umarmungen?

Abrupt legte sie ihre Stickerei zur Seite und stand mit einem gedankenschweren Seufzer auf. Was sollte sie tun? Wäre es nicht doch besser, von hier zu fliehen, um den letzten kleinen Rest ihres Stolzes zu behalten?

Kerwick blickte von seiner Arbeit auf. Nachdenklich ruhte sein Blick auf ihrer schlanken Gestalt. Aislinns Finger strichen versonnen über die Saiten einer Crwth. Dieses Saiteninstrument nach keltischer Überlieferung hatte seit der Ankunft der Normannen unbeachtet herumgelegen. Die ungewohnten Laute durchbrachen die Stille der Halle und klangen seltsam von den Wänden wider.

Kerwick fühlte sich dadurch an den Tag erinnert, als ihr Vater in ihre Heirat eingewilligt hatte. Ihr Vater hatte ihm nicht lange zuvor erklärt, daß sie immer nach jenem Instrument griff, wenn sie traurig oder bedrückt war. Und genau das hatte sie bei der Ankündigung ihrer bevorstehenden Eheschließung getan. Kerwick schien es, daß Aislinns Seele damals wie heute in diesen geisterhaften Klängen nach Erlösung schrie.

Er erhob sich und trat an ihre Seite. Mit sanfter Gebärde griff er nach ihrer Hand und streichelte sie tröstend. Aislinn hob den tränenumflorten Blick, und ihren zitternden Lippen entfloh ein verzweifelter Seufzer.

»Oh, Kerwick, ich bin dieser ganzen Streitereien zwischen Gwyneth und mir so müde. Was soll ich nur tun? Meine Stellung in des Lords Bett aufgeben und Gwyneth hier die Alleinherrschaft überlassen? Vielleicht wird sie erträglicher und gerechter gegenüber den Leibeigenen, wenn ich das Feld räume?«

»Sie würde nur noch schlimmer werden, wenn niemand

mehr sie in ihre Schranken weist«, erwiderte er. »Ihr seid die einzige, die sich während Wulfgars Abwesenheit ihrem Haß entgegenstemmen kann. Ihr Vater verschließt die Augen vor ihrer Ungerechtigkeit, und Sweyn ist viel zu sehr mit seinen Leuten beschäftigt, um ihr wahres Wesen erkennen zu können. Ich aber«, schloß er mit bitterem Lachen, »bin auch nicht mehr als ein Leibeigener.«

»Aber was kann ich tun, um sie zur Vernunft zu bringen?« zweifelte Aislinn. »Ich habe keinerlei Rechte. Jeder Normanne kann mit mir machen, was er will.«

Kerwick beugte sich näher zu ihr. »Wulfgar hat Euch unter seinen Schutz gestellt. Sie kann Euch nichts anhaben. Nach dem, was heute geschehen ist, wissen das auch Wulfgars Leute sehr genau. Selbst Gwyneth dürfte das jetzt begriffen haben. Ihr seid wirklich die einzige, die uns Leibeigene gegen ihre Launen und Übergriffe zu schützen vermag. Ihr dürft nicht davonlaufen.«

»Ihr würdet mich nie aus meinen Verpflichtungen entlassen, nicht wahr, Kerwick?« fragte sie mit kläglichem Lächeln.

»Nein, genausowenig wie Ihr mich aus meinen.«

Aislinn mußte nun doch lachen, und ihr Mut hob sich. »Oh, Kerwick, Ihr seid wirklich rachsüchtig.«

Auch er lächelte und befleißigte sich eines leichten Tons. »Nun, einVerlobter, der vor aller Welt der Lächerlichkeit preisgegeben wird, ist nur selten edelmütig.«

Aislinn warf ihm einen Seitenblick zu. »Es scheint so, als ob Eure Wunden ziemlich rasch verheilt wären, Kerwick. Und völlig ohne Narben.«

»Von welchen Wunden sprecht Ihr, Milady? Von denen meines Herzens? Nun, ich halte sie wohl verborgen, doch ich versichere Euch, sie pochen und schmerzen noch immer.« Tief starrte er in ihre veilchenblauen Augen. »Du bist noch immer sehr schön, Aislinn.«

Aislinn wollte sich abwenden, aber er ließ ihre Hand nicht los. »Nein, fürchtet nichts, Aislinn. Ich wollte Euch nicht bedrängen. Ich weiß, daß ich mich recht eigensüchtig benommen habe, mein Verlangen nach Euch war einfach zu groß. Dafür, daß ich Euch durch mein übergroßes Verlangen so sehr gequält habe, möchte ich jetzt demütig Euer Vergeben erflehen.«

Aislinn hob sich auf die Zehenspitzen und drückte ihm einen flüchtigen Kuß auf die Wange. »Wir wollen für immer Freunde bleiben, Kerwick.«

Ein schrilles, hämisches Lachen ließ sie auseinanderfahren. Als sie die Blicke wandten, sahen sie Gwyneth langsam die Treppe herabschreiten. Maida erhob sich aus ihrer dunklen Ecke und schlich eilends aus der Halle.

Am Fuß der Treppe hielt Gwyneth inne, die Arme seitlich aufgestützt. Mit bösem Lächeln musterte sie die beiden jungen Leute. »Mein Bruder wird sicher mit großem Interesse vernehmen, daß sich seine Mätresse während seiner Abwesenheit hier mit anderen Männern amüsiert.« Die farblosen Augen leuchteten auf. »Und daß er es erfährt, dafür werde ich ganz bestimmt sorgen, das schwöre ich.«

Kerwick ballte die Fäuste. Zum erstenmal in seinem Leben verspürte er große Lust, eine Frau zu schlagen. Aislinn dagegen lächelte die andere mit gespielter Heiterkeit an.

»Ich habe keinerlei Zweifel daran, Gwyneth, daß ihr Eure Drohung wahr macht. Hoffentlich erzählt Ihr aber nur das, was Ihr wirklich gesehen habt.«

Mit diesen Worten schritt Aislinn an Gwyneth vorbei nach oben, um in ihrer Kammer Ruhe zu suchen.

11

Wulfgar setzte sich im Sattel zurecht und ließ die scharfen Augen langsam über das Gelände schweifen. Ein scharfer, eisiger Wind preßte den wollenen Umhang fester gegen die kräftige Gestalt; die Wangen prickelten unter dem Frosthauch. Düster und schwer lag der Himmel auf dem winterlichen Braun und Grau der Wälder und Felder. Hinter ihm verharrten die Ritter Gowain, Milbourne und Beaufonte, dazu sechzehn weitere berittene Gefolgsleute, geübt im Umgang mit Langbogen, Lanze und Kurzschwert.

Im Schutz der Bäume kam ihnen der mit einer Plane bedeckte Karren nach, auf dem Gwyneth und Bolsgar in Darkenwald erschienen waren. Er führte Verpflegung für Mensch und Tier mit, da sie nicht wußten, wieviel sie unterwegs furagieren konnten. Ein alter, aber noch rüstiger Sachse namens Bowein lenkte ihn. Nachdem er an Harolds Seite gefochten, hatte er bei der Rückkehr sein Haus in Schutt und Asche gefunden. Er schwor Wulfgar Treue und stand nun in seinen Diensten. Laut fluchend spornte er die Zugpferde an, die Mühe hatten, den Karren den Hügel hinaufzuziehen.

Wulfgar konnte sich auf seine kleine, aber schnelle und kampfstarke Truppe verlassen. Lange hatte er überlegt, wie sich die ihm übertragenen Aufgaben am besten lösen ließen, bis er zu dem Schluß kam, alle seine Männer mit Pferden zu versehen, obwohl die meisten anderen Ritter und Edelleute sich mit Fußvolk umgaben, das mit Bogen, leichten Schwertern und Speeren ausgerüstet war. Er jedoch konnte keinen Sinn darin sehen, daß sich seine Leute auf Englands steinigem Boden die Füße wundliefen und hatte sie auf Pferde gesetzt. Im Kampf allerdings saßen sie ab und unterstützten die Ritter zu Fuß.

Während der Wochen, die Wulfgar in Darkenwald zugebracht hatte, sah sich Wilhelm gezwungen, seiner Armee eine

Ruhepause zu gönnen. Eine vielen Armeen wohl vertraute Seuche hatte sie fast einen Monat lang zur Untätigkeit verdammt. Nicht einmal Wilhelm selbst war davon verschont geblieben. Die Krankheit fesselte ihre Opfer ans Lager. Da Wulfgars Trupp davon verschont geblieben war, wurde er auf einen Erkundungsritt geschickt, der ihn weit nach Süden und Westen führte. Ihre Aufgabe war es, dort nach sich neu formierenden sächsischen Einheiten Ausschau zu halten. Wilhelm war sehr mit ihnen zufrieden, aber auch Wulfgar und seine Männer schätzten diesen Auftrag, da sie abseits der allgemeinen Heerstraße sich selbst besser verpflegen konnten und auch für ihre Tiere noch unberührte Weideplätze fanden.

Augenblicklich standen sie ein gutes Stück westlich von London inmitten dicht bewaldeten Hügellandes. Es war immer ihre Sorge gewesen, sich so wenig wie möglich bemerkbar zu machen. Auch jetzt wieder schien rundum alles friedlich zu sein.

Doch plötzlich sah Wulfgar in einiger Entfernung drei Ritter über einen Hügel kommen. Er wandte sich um und befahl Milbourne und Gowain mit einer Geste, ihm zu folgen. Die anderen sollten sich kampfbereit verborgen halten, falls sich im dichten Unterholz weitere Feinde versteckt hielten. Mit seinen beiden Begleitern ritt Wulfgar ins Tal hinab, den drei Fremden entgegen.

Ein lauter Schrei erregte ihre Aufmerksamkeit, und sofort legten sie die Lanzen ein und zeigten ihre Schilde, die sie als einheimische Ritter und damit als Feinde Wilhelms auswiesen. Weit auseinandergezogen erwarteten sie die Normannen. Als Wulfgar sich ihnen so weit genähert hatte, daß seine Begleiter um ihn fürchteten, zügelte er Hun und gab den Fremden Gelegenheit, seinen Schild und seine Waffen zu betrachten.

»Ich bin Wulfgar, ein Gefolgsmann Wilhelms«, erklärte er in herrischem Ton. »An Euren Farben sehe ich, daß Ihr zu Rockwells Leuten gehört. Ich befehle Euch, Eure Waffen niederzulegen und Euch zu ergeben. Wir stehen in Fehde mit ihm, da er Wilhelm nicht den Eid geleistet hat.«

Der älteste der drei begegnete unerschrocken seinem Blick und nahm die Herausforderung an. »Ich bin Forsgell und anerkenne keinen normannischen Herzog. Meine Lanze und meine Klinge sind durch Eide einem königstreuen sächsischen Lord verpflichtet. Mit Gottes Hilfe werden wir Euch Eindringlinge wieder aus unserem Land jagen. Wir werden nur einen König unserer Wahl anerkennen.«

»Dann wählt Ihr also den Kampf«, erwiderte Wulfgar. Er winkte zu seinen Männern hinauf. »Sie werden sich nicht einmischen, denn wir alle sind Ritter und durch den Schwur auf das Kreuz zu ritterlichem Verhalten angehalten.«

Er riß Hun herum und ritt einige Längen zurück. Die Männer umfaßten ihre Lanzen fester. Dann spornten sie fast gleichzeitig ihre Pferde – drei gegen drei. Huns Läufe griffen weit aus, die riesigen Hufe ließen den Boden erdröhnen. Ihn erfüllte derselbe Kampfgeist wie seinen Herrn. Wulfgars Knie preßten sich kraftvoll gegen die Flanken des Tiers, mit seinem ganzen Gewicht legte er sich in die Lanze.

Der ältere Ritter nahm ihn voll an, und die beiden prallten heftig aufeinander. Doch dieser erste Durchgang war harmlos. Fast gleichzeitig wirbelten die beiden Pferde herum und drangen erneut aufeinander ein. Diesmal machte sich Wulfgars größeres Gewicht bemerkbar. Seine Lanze durchbohrte den Schild des Gegners und schlug ihn gegen dessen Schulter. Die Lanze des Sachsen wurde zur Seite geschleudert, und auch der Schild entglitt seinen Händen.

Doch er konnte sich noch im Sattel halten. Sein linker Arm war völlig empfindungslos, so daß er sein Tier allein mit den Knien lenken mußte. Wulfgar verharrte einen Augenblick. Doch sein Gegner zog tapfer mit der Rechten das schwere Schwert aus der Scheide und spornte sein Pferd erneut gegen ihn. Wulfgar ließ Lanze und Schild fallen und zog ebenfalls blank. Hell blitzte die lange, breite Klinge.

Ohne Wulfgars Befehle abzuwarten, preschte Hun auf den Gegner zu. Mit hellem Klang kreuzten sie die Klingen, und jetzt erkannte man deutlich Huns Überlegenheit, denn der Hengst drehte und wendete sich stets so, daß sein Herr den Gegner von Angesicht zu Angesicht vor sich hatte. Dabei stemmte er seine mächtige Brust gegen die des anderen Tiers, bis dieses schließlich zurückweichen mußte und ins Stolpern geriet. Wieder und wieder klirrte Wulfgars Schwert gegen die Klinge des anderen oder auf seine Rüstung.

Ein heftiger Schlag gegen dessen Helm ließ Blut darunter hervorsickern, während der Arm des Sachsen schwerer und schwerer wurde. Er schütttelte den Kopf und versuchte den linken Arm zu heben, doch es war vergeblich. Ihm blieb kaum mehr, als Wulfgars Angriffe zu parieren, während das Pferd des Normannen das seine immer weiter zurückdrängte. Schlag auf Schlag sauste Wulfgars Klinge auf ihn herab, immer schneller, immer heftiger.

Dann packte der Normanne seine Waffe mit beiden Händen und ließ sie mit triumphierendem Kampfgeschrei auf den Gegner herabsausen. Der Schlag, mit aller Kraft geführt, zerschmetterte des anderen Schwert und drang tief in seine Schulter. Der Mann war jetzt völlig hilflos, da ihm beide Arme den Dienst versagten. Wulfgar zügelte Hun, während der andere wortlos und ergeben das Haupt senkte. Er gab sich geschlagen, und Wulfgar konnte einen neuen Sieg an seine Fahnen heften.

Als er sich nach seinen Gefährten umsah, hatten auch diese ihre Gegner bereits kampfunfähig gemacht. Man nahm den Sachsen Schilde und Waffen ab und schickte sie als Gefangene zu Wilhelm, der über ihr weiteres Schicksal zu bestimmen hatte.

Wulfgar aber setzte seinen Ritt fort. Der Himmel wurde noch düsterer und schien an manchen Tagen den Boden zu berühren. Häufig war alles nur noch eine graue, trübe Masse, aus der eisige Schauer auf sie niedergingen. Die Sättel wurden naß und glitschig, und es kostete große Mühe, sich in ihnen zu halten. Die Männer versanken in düsteres Schweigen, kaum ein Wort fiel. Mit gespannter Wachsamkeit ritten sie durch die Düsternis der Tage, allzeit bereit, sich einem Angriff aus dem Halbdunkel ringsum zu stellen.

Wulfgar zügelte sein Pferd und hob die Hand. Vor ihnen hörte man wilde Verwünschungen und Flüche. Auf sein Signal stiegen die Gefolgsleute ab und übergaben den Knechten ihre Pferde. In größter Stille spannten sie mit gehärteten Weidenpfeilen den Bogen. Seine Ritter legten die Lanzen ein und ritten langsam an der Spitze ihres Fußvolks weiter.

In einer Senke kreuzte ein kleiner Bach den Pfad. Jetzt hatte er sich zu einem mehrere Meter breiten Schlammpfuhl geweitet, in dessen Mitte ein vierrädriger Wagen festsaß. Auf dem

Wagen hockten vier Kinder und zwei Frauen. Zwei Männer und ein kräftiger Bursche stemmten sich in die Speichen. Die ältere Frau versuchte, die zwei erschöpften Zugpferde zu größerer Leistung anzuspornen. Ein Mann, dem der linke Arm fehlte, richtete sich fluchend auf. Erschrocken blickte er zu den vier Rittern hoch, deren Lanzen auf ihn zeigten. Sein plötzliches Schweigen ließ auch die anderen aufblicken. Überrascht schrien sie auf.

Wulfgar trieb Hun näher heran, um sich ein Bild von der Lage zu machen. Dann gab er seinen Männern ein Zeichen, die Waffen zu senken – von diesen armseligen Leuten drohte wirklich keine Gefahr.

Er ließ Hun so weit an den alten Mann herantreten, bis seine Lanze fast dessen Brust berührte. »Ergebt euch kampflos, denn der Tag ist elend und taugt nicht zum Sterben.«

Der Einarmige nickte schweigend, die Augen ängstlich auf die Lanzenspitze geheftet. Man hörte eine Bewegung vom Wagen. Ein kleiner Junge mühte sich dort mit einem riesigen Langschwert ab, das so lang wie er groß war. »Ich will gegen dich kämpfen, Normanne«, stöhnte der Kleine vor Anstrengung, und seine dunklen Augen füllten sich mit Tränen. »Ich kämpfe gegen dich.«

»Miles!« versuchte ihn die jüngere Frau zu ermahnen und sprang vom Wagen. Sie legte die Arme um den Jungen und wollte ihn beruhigen.

Aber er entzog sich ihrem Griff und blickte im strömenden Regen stehend trotzig zu Wulfgar auf. »Ihr habt meinen Vater getötet«, stieß er zornig hervor. »Aber ich habe keine Angst vor euch.«

Der riesige Ritter blickte auf den kleinen Burschen hinab und erkannte in seinen Augen etwas von dem wilden Trotz der eigenen Kindheit. Er zog die Lanze ein und stellte sie auf, so daß man sein Banner mit dem Wappen sehen konnte. Ein nachsichtiges Lächeln überzog sein Gesicht.

»Daran zweifle ich nicht im geringsten, mein Junge. England und Wilhelm werden tapfere Herzen wie deines gebrauchen können. Aber im Augenblick habe ich Befehle des Herzogs zu befolgen und darf mich auf kein Duell einlassen.«

Die jüngere Frau atmete auf; ihr Blick hob sich voller Dankbarkeit zu dem normannischen Ritter.

Wulfgar wandte sich an die Männer und fragte: »Wer seid ihr, und wo wollt ihr hin?«

Der ältere trat vor. »Ich bin Gavin, der Schmied. Ich war Bogenschütze und zog mit Harold in den Norden, um gegen die Norweger zu kämpfen. Dort verlor ich meinen Arm.« Er wandte sich um und wies auf die Frau im Wagen. »Das ist meine Frau Miderd, und die hier ist meine verwitwete Schwester Haylan.« Er legte die Hand auf die Schulter des Jungen. »Der zu Euch sprach, ist Haylans Sohn Miles. Die anderen Kinder sind meine, und der Mann dort ist Sanhurst, mein Bruder. Wir sind auf der Suche nach einer neuen Bleibe, da uns die Normannen aus unserer Heimat vertrieben haben.«

Wulfgar sah, wie bleich das Gesicht des Mannes war, und wo man den leeren Ärmel verknotet hatte, schimmerte es rot. Seine Augen wanderten zu dem jüngeren Mann hinüber, der etwas untersetzt, aber im übrigen recht kräftig war.

»Der Ort Darkenwald –«, setzte er an, indem er die beiden musterte, »kennt ihr ihn?«

»Der Name ist uns bekannt, Milord«, erwiderte der jüngere Mann zögernd.

»Ja, ich kenne ihn«, mischte sich Gavin ein. »Der alte Lord, der dort wohnt, kam einmal durch unsere Gemeinde. Er war recht eigensinnig. Er befahl mir, ein Pferd zu beschlagen, das er für seine Tochter gekauft hatte. Ich mußte es noch am selben Tag fertig machen, da es ein Geschenk zu Michaelis sein sollte. Er sprach voller Stolz davon, daß sie es im Reiten mit jedem Mann aufnahm. Und das wollte ich ihr auch geraten haben, denn diese Berberstute hatte den Teufel im Leib.«

Wulfgars Gesicht verfinsterte sich, als er an Gwyneths Anschuldigungen gegen das Tier dachte. »Ja, die Stute war bestimmt genau so temperamentvoll wie ihre Herrin, aber das spielt jetzt keine Rolle mehr. Wenn ihr vernünftig seid, wendet ihr euch nach Darkenwald. Dort sucht man dringend nach einem Schmied.«

Gavin blickte mit regennassem Gesicht zu ihm auf. »Ihr schickt mich in eine sächsische Grafschaft?«

»Der alte Lord lebt nicht mehr«, erwiderte Wulfgar. »Ich halte die Stadt für Wilhelm, bis er England für sich errungen hat. Dann wird es mein Lehen sein.« Er wies auf Sanhurst. »Der dort wird mich begleiten. Er wird die Aufgabe haben, meinen Rücken zu decken. Erfüllt er seine Aufgabe zu meiner Zufriedenheit, bringe ich ihn euch bald mit zurück.«

Die Sachsen tauschten fragende Blicke aus. Dann trat Gavin erneut vor. »Um Vergebung, Milord, aber wir wollen nicht in normannische Dienste treten. Wir würden lieber bei unseren eigenen Leuten eine Bleibe finden.«

Wulfgar richtete sich im Sattel auf und starrte ihn an. »Meint ihr vielleicht, ihr würdet weit kommen? Überall durchstreifen Normannen das Land.« Er musterte einen nach dem anderen und sah, daß sie unsicher wurden. »Ich gebe euch mein Banner. Keiner von Wilhelms Männern wird euch etwas antun, wenn ihr das vorweist.« Er deutete auf Gavins Arm. »Außerdem gibt es in Darkenwald jemand, der sich um deine Wunde kümmern kann. Es ist die Tochter des früheren Lords und sehr gewandt in den Künsten des Heilens. Ihr könnt natürlich versuchen, euch in eine noch von den Engländern gehaltende Stadt durchzuschlagen, aber ich warne euch. Wir werden auch diese Stadt bald einnehmen, denn Wilhelm ist der rechtmäßige Erbe des Throns, und er wird von seinem Vorhaben nicht ablassen.«

Gavin ging wieder zu Sanhurst zurück. Sie unterhielten sich leise einige Augenblicke lang, dann nickte der Jüngere und näherte sich Wulfgar. Er blieb vor dessen mächtigem Roß stehen. Als er zu ihm aufblickte, mußte er blinzeln, weil ihm die Regentropfen übers Gesicht rannen. »Sie werden nach Darkenwald gehen, Milord, und ich bin bereit, mit Euch zu kommen.«

»Gut so«, nickte Wulfgar.

Er riß Hun herum und ritt zum Karren zurück, der hinter den Bogenschützen wartete. Auf ein Wort von ihm, reichte der alte Sachse ein Seil herüber, das er unter dem Sitz verwahrte. Wulfgar kehrte zum Wagen der Flüchtlinge zurück, schlang es durch einen Ring an der Vorderseite und legte das andere Ende um die hohe Rückenlehne seines Sattels. Dann trieb er Hun an, bis sich das Seil straffte, und gab der Frau auf dem Wagen ein Zeichen. Sie stieß einen Schrei aus und schlug auf die kleinen Zugpferde ein, die sich erneut verzweifelt ins Geschirr legten.

Wulfgars Hengst schien genau zu wissen, was von ihm erwartet wurde. Mit seitlich gelegtem Kopf warf er einen Blick zurück und legte sich dann mit seiner ganzen Kraft in das Seil. Seine mächtigen Hufe gruben sich tief in den Schlamm. Aber dann gewann er mit ein paar kurzen, kräftigen Sprüngen festen Boden. Der Wagen knarrte in allen Fugen, die tief eingesunkenen Räder begannen sich zu drehen, zuerst sehr langsam, dann immer schneller, bis das Gefährt mit beträchtlichem Schwung auf der anderen Seite wieder auf sicheren Boden gelangte. Die zurückgebliebenen Sachsen wateten jetzt ebenfalls hinüber und bedankten sich bei Wulfgar für seine Hilfe.

Der Rest seiner Truppe scharte sich wieder um ihn. Bowein wartete, bis alle das Schlammloch durchquert hatten, dann trieb er seine kräftigen Pferde an, die den leichten Karren ohne Schwierigkeiten und in einem Schwung hindurchzogen.

Inzwischen brach der Abend herein. Bowein kannte ein dichtes Wäldchen in einer Flußkrümmung und führte Wulfgar und sein Gefolge dorthin, um das Nachtlager aufzuschlagen. Es wurde nun rasch dunkel, und weiter rauschte der Regen auf sie herab. Kalte Winde zerrten an den kahlen Ästen der Bäume. Wulfgar beobachtete voller Mitleid die Kinder, die sich frierend und mit hungrigen Blicken ums Feuer scharten.

Die ältere der beiden Frauen hatte jedem von ihnen ein genau bemessenes kleines Stückchen durchweichten Brotes gereicht, an dem sie nun herumknabberten. Er erinnerte sich jener Zeit, als auch er als halbes Kind von zu Hause verstoßen wurde. Er wußte, daß er nie wieder an die Stätte glücklicher und unbeschwerter Kinderjahre zurückkehren konnte.

Mit einer Wendung zu Bowein befahl er ihm, einen Wildschweinschlegel vom Wagen zu holen und ihn für die Sachsenfamilie aufzuschneiden. Außerdem ließ er ihnen frischeres Brot geben. Es wurde ihm richtig warm ums Herz, als er die leuchtenden Augen der schmausenden Kinder sah. Wahrscheinlich hatten sie seit Wochen kein Stück Fleisch mehr zwischen die Zähne bekommen. Gedankenverloren löste er sich von diesem Anblick und schlenderte zum Lagerfeuer hinüber. Dort setzte er sich unter einen Baum. Ohne die frostige Feuchtigkeit des Bodens wahrzunehmen, lehnte er sich gegen den Stamm und schloß die Augen. Und sofort erschien wieder dieses blühende junge Gesicht vor ihm, umrahmt von kupferfarbenen Locken, die veilchenblauen Augen unter dem Ansturm der Leidenschaft halb geschlossen, mit sanften, warmen Lippen, die sich teilten, um den seinen entgegenzukommen. Er zwang sich, die Augen aufzureißen und starrte lange Zeit in die glühenden Scheite des Feuers.

Als er den Blick hob, sah er Haylan sich nähern. Sie fühlte, wie seine Augen ihre Gestalt umfingen und warf ihm ein unsicheres Lächeln zu. Zugleich zog sie den Umhang noch fester gegen die Abendkühle um sich zusammen. Wulfgar dachte einen Augenblick daran, sie einfach bei der Hand zu nehmen und tiefer in den Wald hineinzuführen, um dort seinen Mantel für sie auszubreiten. Sie war recht hübsch, mit dunklen Lokkenhaaren und Augen schwarz wie Ruß. Vielleicht würde ihm das helfen, Aislinn aus seiner Vorstellung zu verbannen. Aber zu seinem Erstaunen erschien ihm ein solches Abenteuer nur von mäßigem Reiz. Hatte ihn diese goldhaarige Hexe daheim in Darkenwald bereits so sehr verzaubert, daß sie ihm selbst aus der Ferne noch reizvoller schien als diese begehrenswerte Frau in Reichweite seiner Hände?

Ah, Frauen! Sie wußten, wie man einen Mann leiden läßt. Da war Aislinn keine Ausnahme. Im Gegenteil, er war noch keiner begegnet, der es gelungen wäre, ein solches Verlangen nach ihr in ihm zu entzünden. Diese letzte Nacht mit ihr hatte tiefe Spuren in seiner Vorstellung hinterlassen. In dieser Nacht hatte sie sich ihm rückhaltlos geschenkt. Jetzt, fern von ihr, wußte er, was sie damit beabsichtigt hatte.

Wie gerne hätte er sie verflucht, sie eine berechnende Hündin genannt, doch gleichzeitig spürte er in sich das Verlangen, sie an seiner Seite zu haben und sie berühren und streicheln zu können.

»Ihr seid der englischen Zunge erstaunlich gut mächtig, Milord«, ließ sich leise Haylan vernehmen. »Hätte ich nicht Euer Banner gesehen, würde ich Euch für einen von uns gehalten haben.«

Wulfgar gab nur ein undeutliches Grunzen von sich und starrte wieder ins Feuer. Einen Augenblick lang schien jeder Laut im Lager zu ersterben. Wulfgars Männer hatten sich auf durchweichten Decken zur Ruhe gelegt. Ihre unterdrückten Flüche zeigten an, wie mißlich ihre Lage war. Die Kinder hatten sich auf dem Wagen unter Pelze und Decken verkrochen und schienen bereits friedlich zu schlafen.

Haylan räusperte sich und versuchte erneut, Wulfgars finsteres Sinnen zu durchbrechen. »Ich möchte Euch dafür danken, daß Ihr so freundlich gegen meinen Sohn wart. Miles ist ebenso unbedacht, wie es sein Vater war.«

»Ein tapferer Kerl«, gab Wulfgar kühl zurück, »wahrscheinlich war euer Gatte ebenso.«

»Der Krieg war für ihn ein Spiel«, murmelte Haylan gedankenverloren.

Wulfgar musterte sie. Haylan erwiderte seinen Blick. »Darf ich mich setzen, Milord?« fragte sie.

Auf sein Nicken kauerte sie sich nahe ans Feuer. »Ich wußte, daß er mich irgendwann zur Witwe machen würde«, fuhr sie beherrscht fort. »Ich liebte ihn, obwohl mein Vater ihn für mich ausgesucht hatte und ich während meiner Ehe nichts als gehorchen mußte. Wären es nicht die Normannen gewesen, hätte ihn das Schicksal auf einem anderen Schlachtfeld ereilt. Und nun muß ich ganz allein für meine Familie und mich sorgen.« Ihre Augen versenkten sich in die Wulfgars. »Der Gedanke an ihn macht mich heute nicht mehr zornig, müßt Ihr wissen, Milord. Ich habe mich mit seinem Hinscheiden abgefunden.«

Wulfgar saß wortlos da, während sie ihn anlächelte. Sie hatte ihm den Kopf zugewandt, um ihn besser beobachten zu können. »Es ist seltsam, aber Ihr benehmt Euch in nichts wie ein Normanne, Milord.«

Wulfgar hob die Brauen. »Wie benehmen sich denn die Normannen nach Eurer Ansicht, meine Dame?«

»Ganz sicher habe ich nicht mit Eurer Freundlichkeit gerechnet«, erklärte sie.

Ein kurzes Auflachen begleitete seine Erwiderung. »Ich versichere Euch, meine Dame, ich habe weder einen gespaltenen Schweif noch Hörner. Wenn Ihr uns unvoreingenommen betrachtet, werdet Ihr finden, daß wir ganz normalen Menschen gleichen, trotz all der Geschichten, die über uns in Umlauf sind.«

Haylan errötete und stammelte eine Entschuldigung. »Ich wollte Euch nicht beleidigen, Milord. Wir sind in Eurer Schuld für Eure Hilfe. Glaubt mir, daß dieses Mahl für uns alle eine große Freude war. Seit Monaten schon wußten wir kaum noch, wie gut Fleisch schmecken kann. Wir wagten nur selten Feuer zu machen, da wir Angst vor Räuberhorden hatten.«

Sie hielt die Hände übers Feuer und genoß die Wärme. Wulfgar beobachtete sie, und sofort wurde wieder der Gedanke an Aislinns schlanke Finger wach, deren leiseste Berührung schon ausreichte, ihn zu erregen. Wütend verbot er sich jeden weiteren Gedanken an sie. Dieses begehrenswerte Frauenzimmer hier dicht bei ihm würde bestimmt nicht viel dagegen haben, das Lager mit ihm zu teilen. Ihre Worte konnte man fast als Einladung an ihn auffassen. Verdammt wollte er sein, wenn er sich in die Rolle eines blind verliebten Bräutigams drängen ließe, der nur noch Augen für seine zukünftige Frau hätte! Er würde weiterhin jede Frau auf sein Lager ziehen, nach der es ihn gelüstete.

Entschlossen stand er auf und griff nach Haylans Hand. Die junge Frau blickte leicht erschrocken zu ihm auf, ließ sich dann jedoch willig von ihm hochziehen. Ihre dunklen Augen starrten ihn voller Überraschung an. Er machte eine Kopfbewegung in Richtung auf den Wald, was ihr jeden Zweifel über sein Vorhaben nahm. Noch immer leicht widerstrebend, ließ sie sich von ihm auf das Unterholz zuführen. Doch als die Dunkelheit der dicht stehenden Bäume sie umfing, warf sie alle Bedenken über Bord. Ihre Schritte beschleunigten sich, und ihr Verlangen schien dem seinen gleichzukommen.

Sie fanden eine von wildem Wein umrankte Eiche, deren durchhängende Äste eine Art Baldachin bildeten, unter dem trockene Blätter zum Niederlassen einluden. Er breitete seinen Umhang über ihnen aus und zog Haylan dann in seine Arme. Er übersäte ihr Gesicht mit wilden Küssen, hielt sie fest in seiner Umarmung, und seine Hände wanderten über ihren Rücken. Sein leidenschaftliches Ungestüm weckte heißes Verlangen in ihr, und sie erwiderte seine Liebkosungen immer heftiger. Ihre Arme schlangen sich um seinen Nacken, und sie erhob sich auf die Zehenspitzen, um ihren Leib voll gegen den seinen zu schmiegen. Langsam sanken sie zu Boden. Haylan wußte sehr wohl, wonach es seinen Leib verlangte. Sie warf ihren Umhang ab und preßte ihre Schenkel mit leidenschaftlicher Glut gegen seine. Ihre Finger schoben sich unter sein Wams, um sanft die muskelbewehrte Brust zu liebkosen.

Mit eifrigen Fingern löste Wulfgar die Schleifen ihrer bäuerlichen Bluse und legte ihre Brüste bloß. Haylan drohte der Atem zu stocken, als er sein Gesicht zwischen diesen weichen Hügeln vergrub. Erregt drückte sie ihn an sich und wölbte den wollüstigen Leib, um ihn ganz zu fühlen.

Die leidenschaftliche Erregung dieses Augenblicks ließ Wulfgar sich vergessen. »Aislinn, Aislinn«, murmelte er mit heiserer Stimme. Das ließ den Leib unter ihm abrupt erstarren. Haylan löste sich von ihm. »Was sagt Ihr da?«

Wulfgar starrte auf sie hinab und wurde sich jetzt erst der Worte bewußt, die er in der Verzückung ausgestoßen hatte. Haylan fühlte, wie seine leidenschaftliche Erregtheit zwischen ihren Schenkeln erschlaffte. Aufseufzend rollte er sich von ihr und preßte verzweifelt die Hände auf die Augen.

»Oh, du Aas, selbst noch auf den Lenden einer anderen verfolgst du mich.«

»Was? Aas?« fuhr Haylan auf. »Ich ein Aas? Dann laßt doch Eure wundervolle Aislinn dafür sorgen, daß Eurer Männlichkeit Genüge getan wird. Ich, ein Aas! Oh!« Wütend sprang sie auf.

Wulfgar hörte, wie sie zornig zum Lager zurückstapfte, und er schämte sich insgeheim seines Unvermögens. Wie ein grüner Junge kam er sich vor, der bei seinem ersten Mädchen versagte. Er stützte sich halb auf und starrte gedankenverloren in die Nacht.

Dieser kleine Fehlschlag war bestimmt nur darauf zurückzuführen, daß ihm das ungewohnte friedliche Leben in Darkenwald nicht bekommen war. »Ich bin verweichlicht«, murmelte er verärgert, während er sich erhob.

Doch auch auf dem Weg zurück zum Feuer drängte sich immer wieder diese rotgoldene Haarpracht in seine Vorstellung, und er meinte, ihren Duft zu atmen. Nachdem er sich unter dem Karren auf seinem Umhang ausgestreckt hatte, drehte er sich halb zur Seite und winkelte den Arm an, als ob sich ein sanftes Gesicht an seine Schulter schmiegte. Er schloß die Augen, und ohne daß er sich dagegen wehren konnte, galt auch noch sein letzter Gedanke vor dem Einschlafen einem Paar veilchenfarbener Augen, das ihn anstrahlte.

Die ersten Morgenstrahlen ließen die Regentropfen an den kahlen Ästen aufblitzen. Edelsteinen gleich glitzerten sie zwischen den Nebelschwaden. Das herzhafte Aroma von Wildschweinbraten und Brühe ließ Wulfgar erwachen. Er schaute sich um und sah, daß die Frauen bereits dabei waren, das Frühstück zu bereiten. Er schob sich unter dem Karren hervor. Indem er die schlaftrunkenen Glieder streckte, freute er sich an der Heiterkeit der frühen Stunde.

Immer wieder waren Haylans Augen unruhig zu der schlafenden Gestalt hinübergewandert. Besorgt fragte sie sich, was sie wohl erwarten mochte. Er aber schien sie und die vergangene Nacht völlig aus seinem Sinn gestrichen zu haben. Er zog die Oberkleider aus und begann sich zu waschen.

Nachdem er Wams, Kettenhemd und Haube angelegt hatte, trat Wulfgar zusammen mit Gowain und Milbourne ans Feuer. Als Haylan ihm vorlegte, zitterten ihre Hände und Röte überzog ihre Wangen. Die Erinnerung an die vergangene Nacht war übermächtig. Er aber unterhielt sich gelassen mit Milbourne und lachte dann über einen Scherz von Sir Gowain. Später, als Milbourne, der älteste Ritter aus Wulfgars Begleitung, auf ihre Seite des Feuers trat, um sich ein weiteres Stück Fleisch zu holen, wagte Haylan die Frage: »Gnädiger Herr, wer ist diese Aislinn?«

Der Ritter blickte erstaunt auf und warf einen raschen Blick zu Wulfgar hinüber, bevor er ihr Auskunft gab: »Nun, das ist, äh, die Herrin von Darkenwald.«

Rasch wandte er sich wieder ab. Haylan blieb verwirrt und nachdenklich zurück. Sie war noch immer in tiefes Nachsinnen versunken, als Sir Gowain an ihre Seite trat und sie mit scherzender Stimme ansprach.

»Meine Dame, wir Soldaten haben nicht oft das Vergnügen, von Frauen verwöhnt zu werden. Es erfüllt mich mit Freude, mit diesem herrlichen Mahl das Fasten zu brechen und Euch gleichzeitig bewundern zu dürfen.«

Haylan ging auf seine scherzenden Worte nicht ein. »Sir Milbourne, welche Stellung bekleidet Wulfgar? Was hat er mit Darkenwald zu tun?«

Gowains gute Laune verflog. »Wulfgar, meine Dame, ist der Lord von Darkenwald.«

»Das hatte ich befürchtet«, hauchte sie gequält.

Gowain musterte sie mit einiger Verwunderung, entfernte sich dann jedoch ohne ein weiteres Wort, verletzt durch ihr offensichtliches Interesse für einen anderen Mann.

Kurz darauf näherte sich ihr Beaufonte, der sich als letzter erhoben hatte. Geduldig verharrte er, bis sie ihn bemerkte und ihm von der Brühe gab. Sie schaute zu ihm auf und fragte dann mit zitternder Stimme: »Herr Ritter, wir sind doch auf dem Weg nach Darkenwald, nicht wahr?«

»Ja, meine Dame, das ist unser Ziel.«

Haylan schluckte hart und fragte sich, wie sie wohl Wulfgars Dame unter die Augen treten sollte. Welche Strafe ihrer wohl harrte, falls Lady Aislinn von ihrer Eskapade mit ihrem Gatten erfuhr?

Bis zum Abbruch des Lagers hielt sich Haylan in sicherer Entfernung von Wulfgar, unsicher wen sie mehr zu fürchten hatte – ihn oder seine Dame.

Bevor sie sich trennten, trat Wulfgar an Midred heran und händigte ihr etwas verlegen ein lederumwickeltes Bündel aus. »Gebt dies meiner Dame . . .« Er räusperte sich unwillig. »Gebt dies Aislinn von Darkenwald, wenn Ihr mit ihr allein seid. Sagt ihr – sagt ihr, es wäre auf ehrliche Weise erworben.«

»Ja, Milord«, erwiderte Midred. »Ich werde dafür sorgen, daß es unversehrt in ihre Hände gelangt.«

Er nickte, machte aber keine Anstalten zu gehen. Seine Verlegenheit war offensichtlich. »Habt Ihr sonst noch einen Wunsch, Milord?« fragte sie und konnte sich sein Verhalten nicht erklären.

»Ja«, meinte er zögernd, »sagt ihr noch . . .« Er hielt inne, mühsam suchte er die richtigen Worte. »Sagt ihr, daß ich sie grüßen lasse und hoffe, daß Sweyn gut für sie sorgt.«

»Ich werde ihr jedes Eurer Worte getreulich übermitteln, Milord«, entgegnete die Frau.

Er machte auf dem Absatz kehrt, rief seinen Männern einige Befehle zu und schwang sich in den Sattel. An der Spitze des kleinen Trupps verließ er die Lichtung.

Haylan beobachtete von der Bank des Wagens aus, wie Midred das Mündel verstaute. »Was hast du da?« wollte sie wissen. »Hat er dir ein Geschenk gemacht?«

»Nein. Ich soll das für ihn nach Darkenwald bringen.«

»Hat – hat er irgend etwas über mich gesagt?«

Midred schüttelte bedächtig den Kopf. »Nein – warum sollte er das?«

»Ich – ich dachte nur so. Als ich zuletzt mit ihm sprach, schien er verärgert zu sein.«

»Mir kam er gar nicht so vor.« Midred starrte mit finsterem Blick ihre Schwägerin an. Sie war stutzig geworden. »Was geschah gestern abend, nachdem alle von uns sich zur Ruhe begeben hatten, nur du nicht? Hat er mit dir geschlafen?«

Haylan sprang auf und wehrte sich entrüstet: »Natürlich nicht. Das ist die Wahrheit. Es ist nichts geschehen!«

Midred musterte mißtrauisch das rot übergossene Gesicht, dann zuckte sie die Schultern. »Es ist dein Leben. Mach damit, was du willst. Du hast noch nie auf meinen Rat gehört, warum sollte sich das jetzt ändern. Aber soweit ich das beurteilen kann, liegen die Interessen unseres Lords ganz anderswo.«

»Du sagst es, Midred, das ist mein Leben«, gab Haylan gereizt zurück und wandte sich ab, um den Kindern in den Wagen zu helfen.

12

Vom höchsten Ausguck Darkenwalds wurde beim letzten Hahnenschrei die Ankunft normannischer Reiter gemeldet. Aislinn warf sich rasch etwas über. Sie hoffte, endlich eine Botschaft von Wulfgar zu bekommen. Doch diese Hoffnung wurde grausam zerstört, als sie über die Treppe in die Halle hinabflog und Ragnor de Marte vor dem Feuer stehen sah. Vachel und zwei weitere Normannen leisteten ihm Gesellschaft. Doch auf ein Wort von ihm verließen sie rasch die Halle.

Ragnor hatte seinen roten Wollumhang abgelegt, ebenso das schwere Kettenhemd, doch über das weiche Lederwams und die wollenen Beinkleider hatte er wieder das lange Breitschwert an die Seite geschnallt. Er wandte sich Aislinn zu, während ein Lächeln die Lippen umspielte. Es verstärkte sich, als er die aufgelösten Haare und die bloßen Füße sah.

Das Mädchen näherte sich dem Feuer, um der Kälte der Halle zu entfliehen. Die Hunde zerrten winselnd und heulend an ihren Leinen. Aislinn beugte sich zu ihnen hinab und ließ sie los. Die ganze Meute stürmte aus der Halle. Dann setzte sie sich vors Feuer und blickte zu dem Normannen auf. Schmerzlich wurde ihr bewußt, daß sie mit ihm allein war. Sweyn und Bolsgar waren auf der Jagd, und Gwyneth hatte sich noch nicht von ihrem Lager erhoben. Auch keiner der Leibeigenen war zugegen. Jeder hatte irgendeine Aufgabe vorgeschützt, um diesem blutrünstigen Normannen aus dem Weg zu gehen.

Aislinn fragte mit leiser Stimme: »Gibt es im Augenblick keine Kriege zu führen, Sir Ragnor, oder kehrt Ihr gerade aus diesem Grund hierher zurück? Vermutlich ist es hier sicherer als in Wilhelms Lager. Denn der Herzog ist doch wohl inzwischen von seinem Leiden genesen.«

Ragnors Augen verschlangen sie vom Kopf bis zu den Füßen. Mit einem Lächeln ging er vor ihr in die Knie und nahm eines dieser eiskalten Füßchen zwischen seine Hände, um es mit raschen Bewegungen warmzureiben. Unwillig versuchte sie sich frei zu machen, doch er bestand darauf, ihr diesen Liebesdienst zu erweisen.

»Eure Zunge ist spitz, meine Taube. Habt Ihr durch Wulfgar jetzt alle Männer hassen gelernt?«

»Ah, Ihr kümmerlicher Schelm«, gab sie gereizt zurück, »was wißt Ihr schon von Männern?«

Seine Finger krallten sich fester um ihren Knöchel und erinnerten Aislinn daran, wie sehr sie unter seinen Händen schon gelitten hatte. »Es ist jedermann ersichtlich, meine Dame, daß Ihr auf jeden Fall nichts davon versteht. Den Bastard mir vorzuziehen! Keine Demoiselle, die ihre Sinne beieinander hat, würde eine solche Dummheit begehen!«

Sie stieß seine Hände weg. Aufspringend fuhr sie ihn an: »Bis jetzt habe ich keineswegs den Eindruck, eine Dummheit gemacht zu haben, Sir Ragnor. Wulfgar ist hier der Herr, und ich gehöre ihm. Ich habe mich also richtig entschieden. Was besitzt Ihr schon außer dem Pferd, das Euch davonlaufen hilft?«

Er erhob sich zu seiner vollen Größe und fuhr ihr mit der Hand durchs schimmernde Haar. »Könnte ich nur verweilen, um Euch zu beweisen, wie sehr Ihr im Irrtum seid, Aislinn.« Er hob die Schultern und trat einen Schritt zurück. »Aber mir bleiben nur wenige Stunden der Ruhe hier. Ich bin auf dem Weg zu Wilhelms Schiff mit wichtigen Briefen für die Heimat.«

»Wenn es so dringlich ist, was hält Euch dann noch?« fragte sie schnippisch.

»Es ist dringlich, und ich muß schon bald weiter. Aber das Verlangen trieb mich hierher in dieses Haus und«, sein Lächeln verstärkte sich, »zu Euch, meine Taube.«

»Ihr habt mich gesehen, und ich werde Euch nicht länger aufhalten. Wollt Ihr vielleicht noch etwas Reiseproviant? Oder was könnte ich sonst noch tun, was Eure Abreise beschleunigt?«

»Nichts, meine Taube.« Er legte die Rechte aufs Herz. »Ich würde selbst dem Tod trotzen, nur um noch einen Augenblick in Eurer Nähe verweilen zu können.«

Oben hörte man eine Tür ins Schloß fallen, und Ragnor zuckte zurück. Gwyneth erschien am oberen Ende der Treppe.

Bei ihrem Anblick biß sich Aislinn auf die Lippen, denn die andere trug ihr Lieblingskleid aus goldgelbem Linnen, in dem Wulfgar sie so sehr bewundert hatte. Doch als die andere die Treppe herabschritt, konnte sich Aislinn kaum eines Lächelns erwehren. Gwyneths flache Brust wirkte wie die eines Kindes in diesem Gewand.

Mißtrauisch beäugte Gwyneth die beiden, bevor sie den Blick zu Ragnor erhob. »Ich hatte schon zu zweifeln begonnen, ob ich Euch je wiedersehen würde, Herr Ritter«, begrüßte sie ihn.

»Aber, Demoiselle, Eure anmutige Gestalt stand dauernd vor meinem inneren Auge«, versicherte Ragnor. »Ihr müßtet wissen, daß kein Tag vergehen konnte, ohne daß mich irgend etwas an Euch erinnert hätte.«

»Eure Worte schmelzen in meinem Herzen wie Schneeflokken auf dem Herd, aber ich fürchte, Ihr macht Euch nur lustig über mich«, erwiderte Gwyneth.

»Aber nein, nein, süße Gwyneth. Das würde ich mir nie erlauben. Doch um bei der Wahrheit zu bleiben, es ist die Sitte des Kriegsmannes, die Schöne am heimischen Herd zu vergessen, wenn er ein neues Liebchen in Armen hält.«

»Wie unbeständig ihr Männer doch seid!« Ein böses Lächeln verzerrte ihre Lippen, als ihr Blick auf das junge Mädchen fiel. »Sie vergessen ihre Mätressen schneller, als die nach vollzogener Lust Atem zu schöpfen vermögen. Ganz offensichtlich bringt es nichts ein, treu ihrer zu harren. Es wäre besser, man flöge davon, um bei ihrer Rückkehr nicht wegen einer anderen zur Seite gestoßen zu werden.«

Aislinn reckte sich. »Ihr meßt die Männer nach der kürzesten Elle, Gwyneth. Ich ziehe die längere vor, nur so zeigen sie ihren wahren Wert. Deshalb kann ich auch auf die Schmeicheleien eines Prahlhans' verzichten. Ich halte mich lieber an die Taten eines wahren Mannes.«

Ohne sich noch einmal umzuwenden, begann Aislinn die Stufen hinaufzuschreiten. Gwyneth warf ihr einen wütenden Blick nach und meinte dann verächtlich: »Wenn die meint, mein Bruder würde sich ihretwegen ändern und so rasch wie möglich in ihre Arme zurückkehren, dann ist sie nicht bei Sinnen.«

Ragnor unterdrückte ein Lächeln und meinte schulterzukkend: »Es ist nicht meine Art, Frauen verstehen zu wollen. Ich begnüge mich damit, sie zu lieben.« Damit griff er nach Gwyneths Arm und riß sie an sich. »Komm schon, du süßes Biest, und laß mich deine Weichheit fühlen.«

Doch unerwartet heftig trommelte sie ihm mit den Fäusten gegen die Brust. »Laßt mich los!«

Er kam ihrer Aufforderung sofort nach. Überrascht stolperte sie nach hinten und wäre fast gefallen.

»Ihr habt mir verheimlicht, daß auch Ihr mit dieser sächsischen Hure im Bett wart!« schrie sie ihn an. »Ihr habt Euch mit dieser Schlampe vergnügt und mich betrogen!«

Ragnor lächelte selbstgefällig, und gemächlich ließ er sich auf einen Sessel nieder. »Ich dachte nicht, daß Euch das interessieren könnte.«

Gwyneth warf sich vor ihm auf die Knie und nahm seine gebräunte Hand zwischen die ihren. Mit flehendem Blick suchte sie seine Augen. »Das sollte mich nicht bekümmern? Ihr scherzt mit mir. Wir lieben uns doch! Deshalb müssen wir offen zueinander sein und alles miteinander teilen.« Ihre Nägel gruben sich verzweifelt in seinen Arm. »Ich werde mich nie und nimmer damit abfinden, diesem Hurenstück den ersten Platz zu überlassen.«

Ragnor schüttelte unwillig ihre Hand ab. »Unglücklicherweise ist das bereits geschehen, meine Liebe.«

In ihrem Elend begann sie zu weinen.

»Ich hasse sie«, schluchzte sie. »Ich hasse sie fast so sehr, wie ich Euch liebe.«

Ein Lächeln umspielte Ragnors Lippen. Er legte ihr die Hand unters Kinn und hob ihr Gesicht dem seinen entgegen. Dann küßte er sie. »Was geschehen ist, geschah noch unter der Hitze des Kampfes«, murmelte er heiser. »Mit Liebe hatte das nichts zu tun, so wie bei uns beiden.«

Sein Mund preßte sich erneut auf den ihren, zuerst sehr sanft, dann immer fordernder. Auch ihre Erregung wuchs. Schließlich zog er sie hoch, bis sie über seinem Schoß lag. Mit der freien Hand bedeckte er ihre Brust. Die Berührung mit dem feinen Gewebe löste sofort wieder eine Flut von Erinnerungen in ihm aus. Diese Gunna hatte Aislinn in der Nacht vor seinem Abschied getragen!

»Kommt in meine Kammer«, flehte Gwyneth, »ich werde Euch dort erwarten.«

Sie rutschte von seinem Schoß und eilte quer durch die Halle zum Fußende der Treppe. Dort wandte sie sich noch einmal um und warf ihm über die Schulter einen verlockenden Blick zu.

Als sie oben verschwunden war, erhob sich Ragnor schwerfällig und goß sich nachdenklich ein Horn voll Ale ein. Dann begann er ebenfalls die Stufen hinaufzuschreiten. Vor dem herrschaftlichen Schlafgemach blieb er eine ganze Zeitlang stehen. Die schwere Tür war die einzige Barriere, die im Augenblick zwischen ihm und der von ihm im Innersten begehrten Frau stand. Er wußte, daß sie von innen verriegelt war. In dieser Hinsicht ließ Aislinn größte Vorsicht walten, denn sie wußte wohl, wie leicht sie sich Wulfgars Gunst verscherzen konnte. Nur zu gut erinnerte sich Ragnor an ihren Anblick in Wulfgars Bett an jenem Morgen. Mit welcher Unbefangenheit und Anmut hatte sie sich in des Bastards Gegenwart verhalten! Aber Wulfgar war der Herr über Darkenwald oder würde es zumindest in Kürze sein. Und sie selbst hatte erklärt, das sei alles, was ihr Herz begehre. Wer immer dieses Haus und diese Stadt besaß, besaß auch sie.

Spöttisch verbeugte er sich vor der verschlossenen Tür. »Bald, meine Taube, nur noch ein wenig Geduld.«

Auf den Zehenspitzen schlich er zu Gwyneths Kammer. Als er die Tür aufstieß, fand er sie ausgestreckt auf dem Lager. In bleicher Nackheit wirkte ihr Leib geschmeidiger und anmutiger als in den unpassenden Gewändern. Die fest unter den kleinen Brüsten gekreuzten Arme ließen diese voller und verführerischer erscheinen. Lächelnd schloß Ragnor die Tür hinter sich. Er warf die Kleider ab, trat an das Lager und streckte sich neben ihr aus.

Als er sie umarmte, griffen auch ihre Hände sofort begierig nach ihm. Leise seufzend erwiderte sie seine Liebkosungen. In wachsender Erregung preßte sie ihre hungrigen Lippen auf die seinen. In leidenschaftlicher Glut warf sie dann die Arme um ihn und zog ihn zu sich hinab.

Der Wind pfiff durch die kahlen Äste und rüttelte an den Fensterläden. Gwyneth verkroch sich noch tiefer zwischen die flauschigen Felle. Ihre Augen hingen an Ragnor, der sich gerade ankleidete. Als er auf die Tür zuschritt, erhob sie sich halb. »Liebster?«

Ihre Stimme ließ ihn innehalten und sich ihr zuwenden. »Es ist noch früh am Tage«, meinte sie leise. »Leistet mir noch ein wenig Gesellschaft und ruht Euch bei mir aus.«

»Ausruhen?« erwiderte er leise auflachend. »Ein andermal, Gwyneth. Jetzt rufen mich meine Pflichten im Dienste des Herzogs.«

Ohne eine Erwiderung von ihr abzuwarten, verließ er das Gemach und schloß die Tür leise hinter sich. Sein Blick fiel auf die geöffnete Tür des herrschaftlichen Schlafgemachs. Beim Näherkommen sah er, daß es verlassen war, genau wie die Halle, die er vom oberen Treppenende aus überblickte. Enttäuschung breitete sich in ihm aus. Sollte er vor seiner Abreise Aislinn nicht mehr zu Gesicht bekommen? Er schritt die Stufen hinab und ging quer durch die Halle auf das Tor zu.

Weit stieß er es auf und trat in den sonnenhellen Morgen hinaus. Eine frische Brise umspielte ihn. Mit weit ausgestreckten Armen und der Sonne zugewandtem Gesicht schritt er die Stufen vor dem Portal hinab. Aus den Augenwinkeln nahm er plötzlich eine Bewegung wahr, und als er den Kopf wandte, sah er zwischen den Stämmen des angrenzenden Waldes hindurch rotgoldenes Haar aufblitzen, getroffen vom Strahl der Sonne.

Vachel und seine übrige Gefolgschaft dösten neben den Pferden. Sie würden bestimmt nichts gegen eine kleine Verzögerung ihres Aufbruchs haben. Ein wehmütiges Lächeln überzog Ragnors Gesicht, als er jenes anderen Tages vor diesem Portal gedachte – und der darauf folgenden Nacht. Natürlich war er heftig berauscht gewesen, so daß seine Leistung Aislinn wohl kaum für ihn einnehmen konnte. Außerdem hatte er sich recht gewalttätig und rücksichtslos ihr gegenüber verhalten. Vielleicht konnte er sie aber durch Freundlichkeit und Zärtlichkeit doch noch für sich gewinnen . . .

Er machte sich an ihre Verfolgung, obwohl er sich gleichzeitig zweifelnd fragte, ob sich diese ganze Anstrengung überhaupt lohne. In ihrem Falle hatte Wulfgar klar die Oberhand über ihn behalten. Sonst war es ihm nie schwergefallen, die Zuneigung der Frauen zu erringen. Aislinns Anhänglichkeit gegenüber dem Bastard war kaum zu begreifen. Sie mußte doch wissen, daß er sie bald genauso verlassen würde wie zuvor die vielen hochwohlgeborenen Damen des normannischen Hofs. Er mußte sich lediglich in Geduld üben, und Aislinn würde die Seine sein. Warum ihr also jetzt folgen?

Doch dann sah er erneut ihr Gesicht vor sich auftauchen, und seine Schritte beschleunigten sich. Beim Betreten des Waldes stieß er auf einen schmalen Pfad, auf dem ihre kleinen Füße deutliche Spuren hinterlassen hatten, denen leicht zu folgen war.

Aislinn war aus der Halle geflohen, da sie Ragnor auf keinen Fall mehr begegnen wollte. Er hatte ihr nichts als schmerzliche Demütigungen und Verluste zugefügt. Sie sah sich wieder in jener Nacht mit dem Strick um den Hals und fühlte seine rohen Hände auf ihrem nackten Leib. Noch schlimmer aber war die Erinnerung an den kalt und starr daliegenden toten Vater, der von seiner Hand gefallen war.

Vor dem kleinen Bach blieb sie stehen. Gedankenverloren starrte sie in sein dunkles, glucksendes Wasser. Mit dem Rükken hatte sie sich gegen eine alte Eiche gelehnt, die dicht am Ufer aufragte.

Sie bückte sich nach einem kleinen Stein und drehte ihn geistesabwesend lange Zeit zwischen den Fingern. Dann zielte sie mit ihm auf einen hellen Sonnenfleck und sah den immer weiter auseinanderlaufenden Ringen zu, bis sie sich unmittelbar vor ihren Füßen am Ufer brachen.

»Wollt Ihr die Fische schrecken, meine kleine Taube?«

Mit einem Schrei des Entsetzens wirbelte sie herum. Lächelnd trat Ragnor dicht an sie heran. Mit zitternden Knien lehnte sich Aislinn gegen den Stamm, während ihre Augen angstvoll die Absichten des Normannen zu erkunden versuchten.

»Ich streifte hier herum und genoß die Stille des Waldes, als ich Euch auf diesem Pfad wandeln sah. Es ist recht unklug, sich ganz allein so weit von der Halle zu entfernen. Es gibt Männer, die . . .« Als er ihre Furchtsamkeit bemerkte, hielt er inne und lehnte sich vertraulich lächelnd neben sie. »Ah, natürlich, meine Taube. Ich habe Euch erschreckt. Vergebt mir, meine

Schönste. Ich sorgte mich um Euch. Es war nicht meine Absicht, Euch solche Angst einzujagen.«

Stolz hob Aislinn ihr Gesicht zu ihm auf. »Ich fürchte keinen Mann, Herr Ritter«, beschied sie ihn hochmütig. Doch in ihrem Innern fragte sie sich, ob dies nicht eine Lüge war.

Ragnor lachte. »Ah, meine Taube, Wulfgar hat Euch also doch noch nicht gezähmt. Ich fürchtete schon, er könnte Euer heißes Blut zum Erstarren gebracht haben.«

Er richtete sich auf und trat an den Bach heran. Dort ließ er sich auf die Fersen nieder und starrte eine Weile vor sich hin. Dann wandte er sich wieder nach ihr um.

»Ich weiß, daß Ihr mich für einen Wüstling haltet. Aber bedenkt, Aislinn, ich bin Soldat und als solcher führte ich mein Schwert. Und was das andere betrifft . . .« Gedankenverloren ließ auch er ein Steinchen über das Wasser hüpfen. »Vielleicht bin ich tatsächlich ein mondsüchtiger Bursche, aber wer könnte mir einen Vorwurf daraus machen, daß Eure unvergleichliche Schönheit mich so sehr verzaubert hat, daß ich manchmal um meinen Verstand fürchte.« Er erhob sich und sah ihr voll ins Gesicht. »Muß ich denn wirklich meine innersten Gedanken vor Euch entblößen, Aislinn, um doch noch würdig Eurer Gunst zu werden? Wollt Ihr mir nicht wenigstens ein kleines bißchen Hoffnung lassen?«

Peinlich verwirrt schüttelte Aislinn den Kopf. »Ragnor, Ihr bedrängt mich sehr. Habe ich Euch je ermutigt, nach meiner Hand zu greifen? Ich habe Euch nur wenig zu bieten. Zudem bin ich Wulfgars Besitz. Ich habe ihm Treue geschworen. Geht es Euch etwa darum, daß ich ihn hintergehe?«

Seine Hand griff nach einer der kupferfarbenen Flechten auf ihrer Brust. »Kann ich Euch nicht um Eurer selbst willen begehren, Aislinn? Warum mißtraut Ihr mir so sehr? Ihr seid schöner als Worte zu beschreiben vermögen, und deshalb begehre ich Euch.«

»Ich gehöre Wulfgar«, wiederholte sie leise.

»Ihr sprecht nie von Eurem eigenen Herzen, Aislinn. Nie sagt Ihr, wem es wirklich gehört.« Seine dunklen Augen hielten die ihren. »Aislinn, ich wünschte, ich könnte den Schwerthieb zurücknehmen, der Euren Vater tötete, damit er zusammen mit uns sein Leben weiter genießen könnte. Ich würde das Vermögen meiner Familie dransetzen, wenn ich das für

Euch bewirken könnte.« Er hob die breiten Schultern. »Aber leider, Aislinn, was geschehen ist, kann keiner ungeschehen machen. Ich beschwöre Euch bei Eurem gütigen Herzen, vergebt mir. Schenkt mir Eure Liebe und stillt das schmerzliche Verlangen in meinem Herzen.«

»Ich kann nicht«, seufzte sie. »Wann immer Euch meine Augen erblicken, wird die Erinnerung an all das Elend in mir wach, das ihr mir und vielen anderen gebracht habt. Nichts kann das Blut abwaschen, das ich auf Euren Händen sehe.«

»Ich bin Soldat, und Euer Wulfgar ist um nichts weniger schuldig.«

Sein Blick bewunderte die Schönheit ihrer Züge; die niedergeschlagenen zarten Lider, gesäumt von einem dichten Kranz dunkler Wimpern, die helle, jugendstraffe Haut, die rosig überhauchten Wangen und die frische Farbe ihrer sanften Lippen. Mit jeder Faser seines Herzens verlangte ihn nach ihr.

Aislinn schlug die Augen zu ihm auf und meinte leise: »Wer kennt mein Herz schon wirklich außer Gott, Sir Ragnor? Wulfgar hat mich für sich gewollt, und ich bin sein. Mein Herz würde sich eher ihm zuwenden als . . .«

Ragnors Gesicht verfinsterte sich. »Ihr wagt den Namen dieses Hundes vor mir auszusprechen! Was hat er denn, was ich nicht habe? Er ist nicht mehr als ein namenloser Bastard, der von Schlachtfeld zu Schlachtfeld wandert und für eine Handvoll Gold die Kriege anderer kämpft. Ganz anders ich – ein Ritter aus edlem Haus, das auf vielfältige Weise mit dem Herzog verbunden ist. An meiner Hand hättet Ihr keine Schwierigkeiten, bei Hofe vorgestellt zu werden.«

Er streckte seine Hand aus, als ob er wartete, daß sie die ihre hineinlegte. Aber Aislinn schüttelte den Kopf und wandte sich ab.

»Ich kann nicht. Selbst wenn Wulfgar sich nicht das Geringste aus mir machte, gehörte ich doch zu seiner Habe und muß ihm untertan sein. Nie würde er mich freigeben.« Sie lehnte sich lächelnd gegen den Stamm und ließ ihre Hand tröstend über die seine gleiten. »Aber verzweifelt nicht, Sir Ragnor, Lady Gwyneth findet Euch höchst anziehend und würde sich Euch mit Freuden fügen. Dazu braucht es nicht mehr als ein Wort.«

»Ihr macht Euch lustig über mich«, knurrte Ragnor, »eine knochige Henne gegen eine weiße Taube! Ihr treibt Euren Spott mit mir!« Bevor sie sie zurückziehen konnte, hatte er ihre Hand ergriffen. »Aislinn, erbarmt Euch meiner. Das Verlangen nach Euch verzehrt mich. Schenkt mir ein einziges zärtliches Wort, Aislinn, schenkt mir ein winziges Fünkchen Hoffnung.«

»Nein, ich kann nicht«, keuchte sie und versuchte vergeblich, ihre Hand aus seinem Griff zu befreien. Sie sah wohl, woran sich seine Augen weideten, und ahnte seine Absichten. Näher und näher zog er sie an sich. »Nein, ich flehe Euch an, tut es nicht!«

Seine Hand legte sich um ihren Ellbogen. Er versuchte, sie auf den Nacken zu küssen, während sich die freie Hand um ihre schmale Taille legte. »Meine Taube, wehrt Euch doch nicht. Ich bin verrückt nach Euch«, murmelte er dicht an ihrem Ohr.

»Nein!« Endlich gelang es ihr, sich frei zu machen. Ihre Hand fand das Heft des kleinen Dolchs, und sie riß ihn aus der Scheide. Drohend hielt sie ihn ihm entgegen. »Nein, nicht noch einmal, Ragnor! Nie wieder!«

Ragnor lachte lauthals. »Ha, das Frauenzimmer hat doch noch Temperament.«

Seine langen, kräftigen Finger umklammerten blitzschnell ihre Hand. Der erbarmungslose Griff ließ sie aufschreien, und der Dolch fiel zu Boden. Seine Rechte grub sich in ihr Haar, während die andere Hand ihren Arm auf den Rücken zwang. Er preßte sie an sich, bis er ihren weichen Busen an seiner mächtigen Brust fühlte und ihre Schenkel fest auf seinen lagen.

»Ich werde mir dieses Vögelchen gleich noch einmal schmecken lassen«, gluckste er und küßte sie mit roher Leidenschaft.

Mit der Kraft der Verzweiflung riß Aislinn sich aus seinen Armen und schlug schwer gegen die Eiche hinter sich. Ihre Augen funkelten ihn an, Angst und Wut ließen ihre Brüste beben. Mit höhnischem Lachen trat er auf sie zu.

Plötzlich gab es ein flüsterndes, sirrendes Geräusch. Mit dumpfem Laut bohrte sich eine schwere Streitaxt kaum eine Handbreit neben seinem Gesicht in den Stamm. Er wirbelte herum und erstarrte erschreckt, als er kaum zehn Schritte von sich entfernt Sweyn stehen sah.

Der Wikinger trug den Bogen ungespannt auf dem Rücken, und zu seinen Füßen sah man ein Bündel Tauben und ein paar erlegte Hasen liegen. Aislinn schnellte in seine Richtung. Doch Ragnor war inzwischen bewußt geworden, daß der Wikinger im Augenblick wehrlos war. Er zog das Breitschwert aus der Scheide und stellte sich Aislinn in den Weg. Mit einem Schrei versuchte sie seiner ausgestreckten Hand zu entgehen und sich hinter dem breiten Rücken des Nordmannes in Sicherheit zu bringen.

Im nächsten Augenblick hatte Sweyn seine Streitaxt an der langen Lederschlaufe des Griffs aus dem Stamm gerissen und stand kampfbereit. Die scharf geschliffene Schneide und der spitze Dorn blitzten unter dem Strahl der Sonne unheilkündend auf. Die Waffe ruhte lässig auf der Schulter ihres Besitzers, jederzeit bereit, dem Angreifer Tod und Verderben zu bringen.

Ragnor kam einige Schritte vor Sweyn zum Stehen. Das Gesicht war wutverzerrt, da ihm wieder einmal sein Spiel durchkreuzt wurde. Er war in Versuchung, sein Breitschwert zu schwingen und auf den Mann vor ihm niedersausen zu lassen. Doch irgend etwas warnte ihn, und er zügelte seinen Zorn. Er sah den Wikinger vor sich, wie er mitten im heftigsten Kampfgetümmel Wulfgars Rücken deckte, und er hörte das ekelerregende Geräusch, mit dem sich dessen Streitaxt in den Schädel eines Gegners grub. Er fühlte, daß der kalte Hauch des Todes ihn im nächsten Augenblick treffen konnte.

Mühsam gewann er seine Selbstbeherrschung zurück, und er schob das Schwert in die Scheide. Dann hielt er die Hände seitlich vom Leib, um den Wikinger von seinen friedlichen Absichten zu überzeugen. Lange starrten sie sich so an. Dann begann sich auf dem Gesicht des Nordmannes ein Lächeln breitzumachen. Blitzenden Auges warnte er sein Gegenüber: »Nimm dich in acht, Ragnor! Mein Herr Wulfgar stellte diese Frau hier unter meinen Schutz, und ich stehe zu meiner Pflicht. Sollten dabei ein oder zwei französische Schädel zu Bruch gehen, kümmert mich das wenig.«

Ragnor wählte seine Worte mit größter Sorgfalt. »Nimm

du dich in acht, du weißhaariger Heide. Eines schönen Tages werden wir uns über diese Sache noch einmal miteinander unterhalten. Dann wird mein Schwert sich einen blutigen Pfad durch deine blonden Locken suchen.«

»Wie Ihr wollt, Ragnor.« Das Grinsen des Wikingers wurde noch breiter. »Mein Rücken ist breit genug, Ihr könnt ihn kaum verfehlen. Aber diese Freundin hier«, er hob die Axt leicht an, »ist wachsam nach allen Seiten. Sie dürstet danach, jene zu küssen, die ihre Klinge an mir erproben wollen. Wenn Ihr wollt, könnt Ihr gern ihre Bekanntschaft machen . . .« Zärtlich warf er einen Blick auf die messerscharfe Schneide. »Mademoiselle Tod.«

Aislinn traute sich jetzt hinter Sweyn hervor. Ihre Hand legte sich vertrauenvoll auf seinen mächtigen Unterarm. Ihre Augen bohrten sich herausfordernd in die des Normannen. »Sucht Euer Vergnügen anderswo, Ragnor. Geht mir jetzt aus den Augen und laßt mir meine Ruhe!«

»Ich werde gehen, aber ich werde zu Euch zurückkehren«, gab Ragnor trotzig zurück. Damit wandte er sich abrupt ab und verschwand.

Als Aislinn kurze Zeit später in die Halle zurückkehrte, fand sie Gwyneth unruhig auf- und abgehen. Ein Blick ins Gesicht der anderen sagte ihr, wie wütend sie war.

»Was war zwischen Euch und Ragnor?« wollte Gwyneth wissen. »Heraus mit der Sprache, du sächsische Schlampe!«

Auch Aislinns Veilchenaugen funkelten jetzt vor Wut. Doch sie hob lediglich die Schultern und meinte: »Es gab nichts, was Euch etwas anginge, Gwyneth.«

»Er kam aus dem Wald, genau wie Ihr. Habt Ihr ihm Euch wieder an den Hals geworfen?«

»Wieder?« erwiderte Aislinn mit hochgezogener Braue. »Ihr seid von Sinnen, wenn Ihr denkt, daß ich diesen Schurken auch nur ein einziges Mal ermuntert hätte.«

»Er hat Euch doch früher schon in seinem Bett gehabt!« stieß Gwyneth wuterstickt hervor. »Ihr seid wohl nicht damit zufrieden, daß Euch mein Bruder dauernd an den Rockschößen hängt. Ihr möchtet wohl jeden Mann hier nach Euch schmachten machen.«

Aislinn wahrte mühsam ihre Selbstbeherrschung. »Ragnor hat mich nie so gehabt, wie Ihr wohl denkt. Er hat mich mit roher Gewalt genommen, das ist ein großer Unterschied. Er hat meinen Vater ermordet und meine Mutter in den Wahnsinn getrieben. Wie könnt Ihr also je glauben, daß mich nach ihm verlangte, Gwyneth?«

»Er hat Euch mehr zu bieten als mein Bruder, da er von edler Geburt ist und seine Familie großen Einfluß hat.«

Aislinn lachte voller Verachtung. »Nichts davon ist für mich von Bedeutung. Euer Bruder ist ein Mann, wie es Ragnor nie sein wird. Wenn Euch der Sinn nach Ragnor steht, dann nehmt ihn Euch doch, meinen Segen habt Ihr. Ihr seid einander wert.«

Damit wandte Aislinn sich ab und stieg rasch die Stufen zu ihrer Kammer hinauf.

Mit Ausnahme seines Cousins hatte jeder von Ragnors Gefolgsleuten dessen Stiefel zu spüren bekommen. Schlaftrunken waren sie auf ihre Pferde gestiegen und ritten nun durch sanftes Hügelland Richtung Küste, auf Hastings zu. Ragnor hielt die Spitze, während die anderen etwas zurückfielen. Auch Vachel ritt lieber mit den übrigen zusammen, um der schlechten Laune seines Vetters aus dem Weg zu gehen. Meile um Meile schwand unter den donnernden Hufen dahin, während sich der Sinn ihres Anführers immer weiter verfinsterte.

In seinem Zorn über die Niederlage bei Aislinn versuchte Ragnor, sich mit der Überlegung zu trösten, daß Wulfgar sie nur mit Hilfe reicher Geschenke für sich hatte gewinnen können. Wie sonst sollte ein namenloser Ritter die Gunst einer Frau erringen? Früher, in friedlichen Zeiten, hatte er im gesellschaftlichen Leben des herzoglichen Hofes kaum eine Rolle gespielt. Wenn Vachels Behauptungen richtig waren, hatte er selbst hochgeborenen Damen nur kurze Zeit seine Aufmerksamkeit geschenkt und sich ihrer sofort wieder entledigt, wenn seine Neugier gestillt war.

Bah! Mochte er ruhig bei einigen dieser Weibsbilder wohlgelitten sein! Doch wie leicht konnte ihm bei einem seiner kühnen Unternehmungen etwas zustoßen . . . Dann käme es nur noch darauf an, Aislinn aus ihrer blinden Verranntheit zu befreien. Verschiedene Pläne schossen Ragnor durch den Kopf und wurden genauso rasch wieder verworfen, da keiner von ihnen wirklich erfolgversprechend war.

Als die Befestigungsanlagen von Hastings und die Masten der Schiffe im Hafen in Sicht kamen, hörte Vachel einige der Männer erleichtert aufseufzen. Jeder von ihnen dachte nur noch daran, wieder einmal eine Nacht durchschlafen zu können. Nachdem die Briefe abgeliefert waren, würde man zunächst einmal ein gutes Mahl genießen und mit einem kräftigen Schluck Ale hinunterspülen. Danach ließe sich dann desto besser schlafen.

Die Sonne erhob sich über Frankreich, als vier Männer ihre Pferde die steilen Wege hinter Hastings hinauftrieben. Ragnor hielt wieder die Spitze, das Gesicht kaum heiterer als am Vortag. Sein Groll ließ ihn die Sporen in die Weichen seines Rosses schlagen. Diesmal wählten sie die Inlandroute, um etwaigen Wegelagerern, die ihre Rückkehr auf dem gestrigen Weg erwarteten, keine Möglichkeit zu einem Überfall zu geben.

Den ganzen Tag über fiel kaum ein Wort zwischen ihnen. Nach einem harten Ritt schlugen sie ihr bescheidenes Nachtlager auf. Das Wetter war mild. In der Morgendämmerung konnten sie gut ausgeruht ihren Weg fortsetzen. Die Sonne stand schon hoch am Himmel, als sie eine Hügelkuppe erreichten und in der Ferne einen Trupp Reiter sahen. Rasch zogen sie sich wieder in den Schatten zurück und warteten gespannt, unter welchem Banner die anderen wohl ritten.

Die Fremden schienen sich zu beraten. Gleich darauf sah man, wie sich drei Gruppen bildeten, die in verschiedenen Richtungen weiterritten. In diesem Augenblick fiel das Sonnenlicht voll auf den mittleren Trupp, und Ragnor erkannte Wulfgars Farben. Seine drei Begleiter wollten sich daraufhin sofort zu erkennen geben, doch ihr Anführer hielt sie zurück. In seinem Kopf begann ein bestimmter Plan Gestalt anzunehmen. Er befahl den beiden Bogenschützen, zu Herzog Wilhelm vorauszureiten und ihm seine Ankunft mitzuteilen. Sie sollten ihm melden, daß er und Vachel mit wichtigen Briefen nachkommen würden, sich zuvor aber noch mit Wulfgar beraten wollten. Nachdem die beiden außer Sicht waren, wandte sich Ragnor mit breitem Lächeln dem Vetter zu. »Nun wollen wir einmal sehen, ob wir diesem tapferen Kriegsmann dort nicht einen aufregenden Nachmittag bescheren können.«

Vachel sah ihn fragend an, und Ragnor fuhr fort: »Nicht weit voraus liegt eine sächsische Ortschaft, deren Einwohner noch immer einem englischen König anhängen.« Er lachte auf. »Ich weiß, daß normannische Ritter dort nicht gern gesehen sind. Als ich letztes Mal hier vorbeikam, machten sie sofort Jagd auf mich.« Er hielt inne und wies auf die beiden Abteilungen, die links und rechts den Ort umrundeten, während Wulfgar gemächlich direkt auf ihn zuritt. »Schaut Euch das an«, forderte er den Vetter auf. »Wie ich Wulfgar kenne, haben die beiden anderen Trupps den Befehl, die Fluchtwege zu blockieren. Er selbst wird an den Ort heranreiten und ihn zur Übergabe auffordern. Falls die Engländer fliehen, werden sie von den beiden anderen Abteilungen auf freiem Feld gestellt. Greifen sie aber Wulfgar an, fallen diese ihnen in den Rükken.«

Er grinste zu Vachel hinüber wie ein großer, grauer Fuchs, der seinen Nachkommen Jagdtricks erklärt. »Wir wollen seinen Plan ein wenig durcheinanderbringen. Wenn wir uns vor ihm den Einwohnern zeigen, werden bestimmt einige von diesen Bauerntölpeln herauslaufen, um sich dieser zwei armseligen normannischen Ritter zu bemächtigen. Dann führen wir sie auf Wulfgars Truppe zu, bevor sie aus dem Wald herauskommt.«

Vachel jedoch schien dieser Plan gar nicht zu gefallen. »Mein Haß auf die Engländer ist größer als die Verachtung, die ich für den Bastard hege«, gab er zu bedenken. »Ich möchte nicht, daß unsere Leute diesen Sachsen zum Opfer fallen.«

»Ihnen kann doch nicht viel geschehen«, meinte Ragnor achselzuckend. »Wulfgar wird dieser Narren ganz sicher Herr werden. Aber es wird ihn lehren, was es heißt, von diesen Sachsen angegriffen zu werden und sich verteidigen zu müssen. Laßt ihn ruhig Bekanntschaft mit ihren Sensen und Dreschflegeln machen. Er wird nicht anders können, als einigen von ihnen die verbohrten Schädel zu spalten. Dann wird er vielleicht begreifen, daß wir uns in Darkenwald gar nicht anders verhalten konnten.«

Vachel war schließlich mit dem üblen Streich einverstanden. Die beiden trieben ihre Pferde an, um vor Wulfgar den Ort zu erreichen. Genau wie Ragnor geplant hatte, kam ein ganzer

Haufen bei ihrem Anblick herausgelaufen, um sich mit Gabeln, Sicheln und Speeren auf sie zu stürzen. Als die Normannen sich scheinbar kopflos zur Flucht wandten, stürmten sie hinterher. Ragnor und Vachel ritten bis zum Waldsaum bewußt langsam. Also hatten die Engländer keine Mühe, sie zu verfolgen. Doch kaum waren die beiden Normannen im Schatten der Bäume, gaben sie ihren Pferden die Sporen und sprengten den Pfad entlang, auf dem Wulfgar sich dem Ort näherte. Hinter einer Wegkrümmung verließen sie den Weg und verbargen sich hinter einem niederen Hügel. Von dort aus konnten sie das Geschehen gut überblicken.

Kurz darauf erschienen die Leute aus dem Ort an der Biegung, wo sie innehielten, um Umschau nach ihrer Beute zu halten. In diesem Augenblick vernahm man aus der Ferne Pferdegetrappel. Die Engländer verschwanden sofort im Unterholz zwischen den Bäumen, das den Pfad auf beiden Seiten dicht säumte.

Ragnor warf noch einen nachdenklichen Blick auf den Pfad hinab und wandte sich dem Cousin zu. »Es scheint schiefzugehen, Vachel. Sie stellen Wulfgar eine Falle. Ich weiß nicht, was ich tun soll, denn ich sorge mich auch um unsere beiden Gefolgsleute. Ich bitte Euch, Vachel, reitet ihnen nach und geleitet sie sicher zu Wilhelm. Inzwischen reite ich Wulfgar entgegen und warne ihn.«

Vachel schien inzwischen seine Meinung geändert zu haben. Gespannt beugte er sich im Sattel vor und lugte auf die Wegkrümmung hinab.

»Wollt Ihr ihn wirklich warnen, Vetter? Das erschiene mir höchst unklug.« Er wandte sich Ragnor zu, und beide gluckslten vor Vergnügen auf. »Ich will solange hierbleiben, bis sie Wulfgar aus dem Sattel gezogen haben. Danach dann werde ich gern Eurer Aufforderung Folge leisten.«

Ragnor nickte sein Einverständnis. Im Schutz der Bäume ritten die beiden noch etwas näher an den Schauplatz heran.

Wulfgars kleine Streitmacht zog auf Kevonshire zu. Gowain und Beaufonte hatten mit ihren Leuten die Ortschaft umritten, und an Wulfgars Seite waren nur noch Sir Milbourne und drei weitere Gefolgsleute. Wie gewöhnlich bildete Sanhurst die Nachhut. Er schien sich noch immer vor dem Normannen zu fürchten und hielt sich in gehörigem Abstand. Um seinem Auftrag gerecht werden zu können, hatte man ihn mit Kurzschwert und Speer ausgerüstet. Sie überquerten eine kleine Lichtung, um dann wieder in den Schatten der Bäume einzutauchen. Aufmerksam sicherten sie nach allen Seiten. Eine Hündin floh ihren Pfad, Wachteln brachten sich links und rechts des Wegs mit flatternden Flügelschlägen in Sicherheit. Hun schien nervös zu werden. Der Hengst warf den Kopf in den Nacken und zerrte am Mundstück. Wulfgar dachte immer noch, das Tier wittere nur die drohende Auseinandersetzung. Doch dann schnaubte es an einer Krümmung des Wegs angstvoll auf und stemmte die Vorderläufe in den Boden. Wulfgar wußte, was das zu bedeuten hatte. Sofort richtete er sich in den Steigbügeln auf, griff nach dem Schwert an seiner Seite und rief seinen Leuten eine Warnung zu.

Im nächsten Augenblick wimmelte es ringsum von schreienden Sachsen. Mit allen möglichen Waffen drangen sie auf Wulfgars Männer ein. Huns Hufe wirbelten nach allen Seiten, so daß Wulfgar weit mit dem Schwert ausholen konnte. Doch dann ließ ihn ein heftiger Schlag von hinten über den Hals des treuen Tieres sinken. Er fühlte wie ihm das Schwert entglitt und er aus dem Sattel zu rutschen begann. Immer rascher begann sich die Welt um ihn zu drehen. Alles wurde grau, als der Waldboden auf ihn zukam. Im Fall verwandelte sich das Braun in Schwarz, und die Welt verengte sich bis auf einen winzigen Lichtpunkt, der dann auch noch erlosch.

Sehr viel später schien ein schmerzhaft blendender Lichtstrahl sich in sein Bewußtsein zu bohren. Als er mühsam die Augen öffnete, erkannte er ein Stückchen blauen Himmels, in den eine Vielzahl schwarzer Fichtenäste eingeätzt schien. Mit größter Anstrengung gelang es ihm, sich auf einen Ellbogen aufzurichten und sich umzublicken. Sein Schädel pochte peinvoll. Nicht weit von sich sah er seinen Helm liegen. Als er mit den Fingern vorsichtig die große Beule an seinem Hinterkopf abtastete, erkannte er neben sich eine lange Stange aus englischer Eiche, deren verdicktes Ende gesplittert war. Dieser Balken also hatte ihn getroffen! Auf dem Weg verstreut lagen die Leichen einiger Ortsbewohner; außerdem machte er an ihren Lederwämsern drei seiner Leute aus. Von Milbourne allerdings fand sich keine Spur.

»Macht Euch keine Sorgen, Wulfgar. Ihr werdet diesen Tag ganz bestimmt überleben.«

Die Stimme erklang hinter seinem Rücken, und er erkannte sie sofort. Mühsam rollte er sich auf die andere Seite und stützte sich wieder auf, bemüht, die Augen auf Ragnor zu heften, der es sich, gegen einen gefallenen Stamm gelehnt, bequem gemacht hatte. Neben ihm in der Erde steckte sein blutiges Schwert.

Wulfgars hilflose Benommenheit schien ihn zu erheitern; er fragte sich, wie Aislinn wohl auf diesen Anblick ihres tapferen Helden reagieren würde. »Kein guter Ort, um sich auszuruhen, Wulfgar«, grinste er und wies mit seiner Hand auf die herumliegenden Leichen. »Es ist noch nicht lange her, daß ich hier eine ganze Horde tapferer Sachsen verjagen mußte, von denen jeder alles darum gegeben hätte, Euch die Ohren abschneiden zu dürfen, um zu Hause damit zu prahlen.«

Wulfgar bewegte vorsichtig den Kopf hin und her, um seine Benommenheit abzuschütteln; der Schmerz ließ ihn aufstöhnen. »Ihr wärt wohl der letzte von allen, Ragnor, von denen ich je erwartet hätte, daß sie mir einmal das Leben retten.«

Ragnor zuckte mit den Schultern. »Ich kam Milbourne zu Hilfe. Er wurde hart bedrängt, doch als ich erschien, dachten die Sachsen, ich wäre die Vorhut eines größeren Trupps und machten sich aus dem Staub.«

»Und was ist mit Milbourne?« – »Er hat sich auf die Suche nach Euren übrigen Männern gemacht, zusammen mit diesem sächsischen Tölpel, der Euch den Rücken decken sollte, hier jedoch erst erschien, nachdem alles vorbei war.«

Wulfgar kniete sich auf und verharrte so eine Weile, um der Schwindelgefühle Herr zu werden. Er blinzelte zu Ragnor hinüber, als ob er noch immer nicht begreifen könnte, was der für ihn getan hatte. »Ich habe Euch gedemütigt, trotzdem seid Ihr mir zu Hilfe gekommen und habt mir das Leben gerettet. Meiner Treu, ein schlechter Handel für Euch, Ragnor.«

»Ein Versehen, Wulfgar.« Ragnor machte mit der Hand eine abwehrende Bewegung. »Es war in Wahrheit so, daß Milbourne und ich Euch für tot hielten. Erst als wir Euch unter einigen Engländern hervorzogen, sahen wir, daß Euer Atem noch den Staub des Wegs kräuselte.« Ein schiefes Lächeln verzog sein Gesicht. »Könnt Ihr Euch erheben?«

»Ja«, murmelte Wulfgar und rappelte sich mühsam hoch; mit erschöpfter Hand wischte er sich dann bedächtig Schweiß und Schmutz aus dem Gesicht.

Ragnor lachte auf. »Was eine messerscharfe Stahlklinge nicht vermochte, schaffte nun englische Eiche. Euch unter der Keule eines Bauerntölpels zu Boden gehen zu sehen, war das Scharmützel wert.«

Auch der schwarze Ritter erhob sich jetzt und griff nach seiner Waffe. Er wischte sie am Umhang eines der toten Ortsbewohner ab und wies dann den Weg entlang.

»Euer Pferd steht dort drüben an dem kleinen Bach.«

Ragnor blickte dem anderen nach. Ganz plötzlich verfinsterte sich sein Blick, der an der blitzenden Klinge hängenblieb. Zu früh hatte sie diesem sächsischen Schwein den Schädel gespalten. »Ah«, murmelte er grollend, »sinnlos, über verschenkte Chancen nachzugrübeln.«

Er stieß das Schwert in die Scheide, trat an sein Pferd heran und schwang sich in den Sattel. Wulfgar führte Hun am Zügel über den Pfad heran. Er hatte sich davon überzeugt, daß sein treuer Gefährte keine bleibenden Spuren des Kampfes behalten würde.

»Ich trage Briefe aus Hastings bei mir, die für Wilhelm wichtig sind«, erklärte Ragnor. »Ich muß mich also sofort wieder auf den Weg machen und kann mich nicht weiter um Euch kümmern.«

Wulfgar hob seinen Helm auf und schwang sich in Huns Sattel. »Auch ich muß mich sputen. Aber zuvor werde ich noch die Brandfackeln in den Ort werfen, der diese Bestrafung ganz sicher verdient hat. Sobald seine brennenden Häuser den Abendhimmel wärmen, werde ich meine Männer bis zur nächsten Wegscheide führen und dort das Nachtlager aufschlagen lassen. Noch einmal meinen Dank, Ragnor.« Er zog das Schwert aus der Scheide und grüßte den anderen Ritter. Dann beugte er sich hinab und griff nach seiner Lanze. Er richtete sie auf und schüttelte den Staub des Wegs aus seinem Banner. »Meine Männer sind vorausgeeilt, ich will mich ihnen jetzt anschließen.«

Noch einmal grüßte er Ragnor mit der Lanze. Ein leichter Fersendruck, und Hun wirbelte herum und preschte mit seinem Herrn davon.

Ragnors Blick haftete auf Wulfgars Rücken, bis nichts mehr von ihm zu sehen war. Dann zerrte er unwillig an den Zügeln und ritt seines Wegs.

Als Wulfgar auf seine Männer stieß, sah er, daß nur ein Teil von ihnen mit Milbourne zurückkehrte.

Der Ritter hob den Arm und ritt dann zu seinem Herrn hinüber. »Ich hoffe, es geht Euch besser, Sir Wulfgar«, begrüßte er ihn. »Nachdem die Angreifer geflüchtet waren, berichteten sie den Leuten im Dorf, es nähere sich eine größere normannische Streitmacht. Das ganze Dorf packte daraufhin seine Habseligkeiten zusammen und machte sich davon. Aber Sir Gowain und seine Männer hielten eine knappe Meile hinter dem Dorf den Fluchtweg besetzt. Wenn wir uns sputen, können wir sie jetzt auf freiem Feld stellen.«

Wulfgar nickte kurz sein Einverständnis und wandte sich dann an Sanhurst, der sich beschämt im Hintergrund zu verbergen trachtete. Mit finsterem Blick sprach er ihn an. »Da du nicht fähig bist, mir den Rücken zu decken, wirst du die Toten da hinten begraben. Danach kannst du dich uns im Dorf wieder anschließen. In Zukunft wirst du als mein Bursche Dienst tun.« Spöttisch hob sich eine Braue. »Hoffentlich zeigst du dich dieser Aufgabe besser gewachsen.«

Wulfgar hob den Arm, und der kleine Trupp setzte sich wieder in Bewegung. Milbourne ritt an seiner Seite. Da Wulfgars verbeulter Helm kaum noch auf sein Haupt paßte und doch nur neue Schmerzen hervorgerufen hätte, stülpte er ihn über den hohen Sattelknauf. Ganz offensichtlich rechnete Wulfgar nicht damit, erneut in einen Kampf verwickelt zu werden.

In flotter Gangart ritten sie über den Dorfplatz. Kaum hatten sie dann die letzten Häuser hinter sich gelassen, sahen sie vor sich ungefähr vier Dutzend Sachsen jeden Alters und Geschlechts. Die Flüchtenden erschraken vor dem neuen Feind. Die Mütter preßten ihre Kinder an sich, um sie mit ihrem Leib zu schützen. Die Männer bildeten einen Kreis um sie und erwarteten, die Hände um die verschiedensten Waffen geklammert, den Ansturm der Feinde.

Wulfgar legte die Lanze ein und preschte auf das Häuflein zu, gefolgt von seinen Leuten. Kurz davor zügelte er sein Pferd, während seine Männer mit drohend nach vorn gerichteten Lanzen die Verteidiger einkreisten. Einen langen Augenblick standen sich die Feinde Aug in Aug gegenüber. Dann hob Wulfgar den Helm vom Sattelknauf, so daß ihn alle sehen konnten und fragte mit drohender Stimme: »Wer hat mir diesen gewaltigen Schlag versetzt?«

Seine englischen Worte schienen die Sachsen in Erstaunen zu versetzen. Zögernd trat ihr Sheriff einen Schritt vor und hob den Blick zu ihm. »Der Mann fiel fast gleichzeitig mit Euch dort drüben im Wald, und soviel ich weiß, liegt er noch immer dort.«

»Schade um ihn«, meinte Wulfgar, »er war ein guter Krieger, sein Tod ist bedauerlich.«

Angst und Ungewißheit bestimmten die Bewegungen des Sheriffs, aber er wagte nicht, von sich aus das Wort an Wulfgar zu richten. Der Normanne stülpte den Helm wieder über den Knauf und zog die Lanze ein. Die Lanzenspitzen seiner Leute blieben aber weiterhin unheilkündend auf die Sachsen gerichtet.

Die gespannte Stimmung schien sich auf Hun zu übertragen.

Er bäumte sich auf, und Wulfgar mußte ihn durch einige leise Worte beruhigen. Als seine Stimme wieder laut wurde, ließ ihr herrischer Ton keinen Zweifel daran, wer hier zu befehlen hatte. »Ihr seid durch das Recht der Waffen Wilhelms Mündel und Eigentum. Er ist Englands rechtmäßiger König, ob euch das gefällt oder nicht. Ihr habt die Wahl, hier euer Blut im Staub zu vergießen oder eure Kräfte darauf zu verwenden, euren Ort wiederaufzubauen.«

Der Sheriff hob fragend die Braue und ließ seinen Blick über den völlig unversehrten Ort schweifen.

»Das ist eine leichte Entscheidung, die von euch gefordert wird«, fuhr Wulfgar fort. »Also beeilt euch, denn meine Männer werden unruhig. Für euer Leben habt Ihr mein Wort, sofern Ihr euch für die Unterwerfung entscheidet.«

Er ließ Hun ein wenig zurücktreten, senkte dann aber wieder die Lanze und zielte auf des Sheriffs Brust. Zögernd ließ der Mann sein Schwert fallen, dann löste er das Wehrgehänge und drehte die offenen Hände so, daß die leeren Handteller nach oben wiesen, um seine friedliche Absicht zu bekunden. Die übrigen Sachsen folgten seinem Beispiel. Heugabeln,

Äxte und Sensen wurden zu Boden geworfen, bis keiner von ihnen mehr eine Waffe in der Hand hielt.

Wulfgar nickte seinen Männern zu, deren Lanzen fast gleichzeitig senkrecht gestellt wurden. Dann wandte er sich wieder an die Ortsbewohner.

»Ihr habt eure Habseligkeiten mitgenommen, hoffentlich habt ihr gut gewählt, denn das ist alles, was ich euch lassen werde. Dann wandte er sich an den jungen Gowein. »Ihr bringt sie mit Euren Leuten auf jenes Feld hinüber und bewacht sie dort.« Er hob den Arm. »Alle übrigen folgen mir.«

Er riß Hun herum und preschte zum Ort zurück, gefolgt vom Rest seiner Männer. Auf dem Marktplatz gab er Milbourne weitere Anweisungen.

»Laßt jedes Haus durchsuchen. Gold, Silber und andere Wertgegenstände werden eingesammelt und auf den Karren geworfen. Auch Lebensmittel sollen gesammelt und auf die Schwelle jener Kirche dort gelegt werden. Jedes durchsuchte Haus wird markiert, seine Tür geschlossen. Nachdem das ganze Dorf durchsucht ist, werft ihr Brandfackeln hinein. Verschont aber die Kirche und die Getreidespeicher.«

Dann ritt Wulfgar auf eine kleine Anhöhe. Von dort aus konnte er sowohl den Ort wie auch seine gefangenen Bewohner überblicken. Die Sonne stand schon tief am Horizont, die Schatten wuchsen länger und länger. Schwarze Fensterhöhlen schienen die Normannen, die wie Ameisen zwischen den Häusern hin- und herliefen, voller Entsetzen anzustarren.

Nachdem alles Wertvolle sowie die Nahrungsmittel eingesammelt waren, trat ein Augenblick völliger Stille ein. Doch dann leuchteten die schwarzen Augen plötzlich von innen auf, und erste Flammen züngelten hoch. Bald schon leckte eine dicke, rote Zunge an einem gegabelten First. Allmählich rötete sich der von Wolkenbergen schwere Himmel und schien schließlich zu glühen.

Von den Dorfbewohnern herüber drang Schluchzen und Wehklagen. Die letzten von ihnen verließen jetzt den Ort. Den in allen Fugen ächzenden Karren zogen sie hinter sich her.

Wulfgar stob auf Hun die Anhöhe hinab, aufgewühlt von finsteren Gedanken, denn solche Verwüstungen waren ihm im Grund seines Herzens ein Greuel.

Mit Mühe zügelte er das riesige Roß vor den Sachsen, die sich ängstlich aneinander drückten.

»Merkt auf!« brüllte er, »vergeßt nie mehr, mit welcher Windeseile in Wilhelms Land die Gerechtigkeit ihren Lauf nimmt. Das sei euch eine Warnung! Ich werde in einiger Zeit hierher zurückkehren und mich von eurer Leistung überzeugen. Ich befehle euch, den Ort wieder aufzubauen. Und während ihr daran baut, denkt immer daran, daß ihr ihn diesmal für Wilhelm errichtet.«

Die Schneeflocken begannen dichter und dichter zu fallen. Wulfgar wußte, daß er sich sputen mußte, da noch eine gute Strecke Wegs vor ihnen lag. Diese Nacht würden sie ein festes Lager brauchen, um dem Wüten der Natur trotzen zu können. Seine Lanze wies den Weg, und die letzten seiner Männer trabten hinter dem hoch beladenen Karren her davon.

Ein letztes Mal wandte Wulfgar den Blick nach den fauchenden Flammen, die hoch aus den Dächern des Dorfes schlugen, und auf die mächtige Rauchsäule darüber, die der Wind zu einer riesigen Spirale auseinanderzerrte und davontrieb. Über das Getöse hinweg rief er dem Sheriff seine Abschiedsworte zu.

»Ich habe euch eine Zuflucht gelassen und auch die notwendigsten Nahrungsmittel. Aber der Winter kommt jetzt mit Macht.« Er lachte bitter auf. »Ich möchte wetten, daß euch jetzt die Lust vergangen ist, über uns Normannen herzufallen.«

Dann trieb er Hun hinter seinen Leuten her. Die Blicke der Ortsbewohner folgten ihnen lange nach. Als sie sich schließlich abwandten, sah man, daß jedes der Gesichter durch die schmerzliche Niederlage gezeichnet war. In ihrem Innersten wußten sie allerdings, daß alles, was er ihnen genommen hatte, sich wieder ersetzen ließ. Er hatte ihnen das Leben gelassen.

13

Die frische Schneedecke knirschte kalt unter Aislinns Füßen. Sie hatte eben die Hütte der Mutter verlassen und ging nun zur Halle zurück. Nur vereinzelt tanzten noch letzte Schneeflocken durch die wenigen Lichtstrahlen, die hie und da auf den Weg des Mädchens fielen. Sie hob den Blick zum dunklen Winterhimmel, der auf die Dächer der Häuser zu drücken schien. Aislinn verhielt den Schritt und ließ die Stille der Nacht auf ihren betrübten Geist wirken. Immer, wenn sie einige Stunden bei der Mutter verbrachte, fühlte sie sich völlig erschöpft. Es war ihr dann, als ob sie den nächsten Tag nicht ungebeugt überstehen könnte. Denn Tag um Tag versank die Mutter tiefer in jenem Wahn, der sie zu immer neuen Racheplänen aufstachelte. Aislinn wußte, daß Wulfgars Gerechtigkeit rasch und grausam über Maida kommen würde, sollte ihr wider Erwarten ein solcher Plan gelingen. Doch zermarterte sich das Mädchen vergeblich den Kopf nach einem Mittel, um die eigene Mutter vor sich selbst zu schützen.

Die kalten Flocken auf den Wangen erfrischten sie, und ihr Schritt beschleunigte sich, als sie sich der Halle näherte.

Vor dem Tor sah sie einen Wagen stehen, und sie fragte sich, welche arme Seele wohl in dieser Frostnacht in Darkenwald um Obdach nachsuchte. Würde Gwyneth sie freundlicher empfangen als so viele andere, deren Hilfeersuchen sie erbarmungslos abgelehnt hatte?

Erst als Aislinn das schwere Tor wieder fest hinter sich geschlossen hatte, betrachtete sie die kleine Gruppe, die sich am Feuer wärmte. Betont bedächtig legte sie den wollenen Umhang ab, um dann ebenfalls zum Feuer hinüberzugehen. Mit einem raschen Seitenblick auf Bolsgars Gesicht versuchte sie die augenblickliche Laune seiner Tochter zu erkunden. Immer, wenn Gwyneth zu wüten begann, verfinsterten sich Bolsgars Züge, doch jetzt wirkte der alte Mann entspannt und erleichtert. Etwas beruhigt, wandte Aislinn also ihre Aufmerksamkeit den drei ärmlich gekleideten Erwachsenen und der kleinen Kinderschar zu, die sich ums Feuer drängte.

Der kleinste der Burschen starrte voller Bewunderung auf die glänzende kupferfarbene Mähne, die lang über ihre Schultern fiel. Aislinn konnte ein Lächeln nicht unterdrücken.

Von der jüngeren der Frauen wurde dem Mädchen sehr viel weniger Zuneigung zuteil. Aus irgendeinem Grund schien sich die Fremde für Aislinn ganz besonders heftig zu interessieren. Fortan verfolgten ihre Augen aufmerksam jede Bewegung des Mädchens. Aislinn fiel sofort die große Ähnlichkeit des kleinen Jungen mit dieser Frau auf. Das Gesicht des Mannes war überaus bleich. Er zitterte, und die Erschöpfung hatte sein Gesicht gezeichnet. Die Frau an seiner Seite strahlte eine ruhige Würde aus und beobachtete mit klugen Augen das Geschehen.

Die übrigen Kinder waren alle älter als der dunkeläugige Junge.

Aislinn sah einen größeren Jungen, der ungefähr in Hams Alter sein mochte, daneben ein junges Mädchen mit den allerersten Anzeichen erwachender Weiblichkeit und zwei weitere Jungen, die wie Zwillinge wirkten.

»Wir hatten Euch schon fast verloren geglaubt, Aislinn.« Gwyneth sprach fast mit Höflichkeit. Das mußte Aislinns Verteidigungsbereitschaft mobilisieren. Sie hatte keine Ahnung, welches Spiel heute auf sie wartete. Sie war auf alles gefaßt. Wir haben Gäste, von Wulfgar geschickt«, fuhr Gwyneth fort. Ihre Hand wies auf die Fremden, die sie jetzt der Reihe nach vorstellte. Dann fügte sie, offensichtlich erfreut, hinzu: »Sie sollen bei uns bleiben, so lautet Wulfgars Anweisung.«

»So ist es, Milady«, nickte Gavin. »Mein Bruder Sanhurst ist bei ihm geblieben und begleitet ihn auf seinem Ritt.«

»Und wie geht es meinem Herrn? Ist er wohlauf?« erkundigte sich Aislinn mit warmer, freundlicher Stimme.

»Ja, dem Normannen geht es gut«, erwiderte der Mann. »Er zog unseren Wagen aus dem Dreck, und wir kampierten eine Nacht mit ihm zusammen. Er gab uns zu essen und sagte, wir sollten hierherziehen.«

»Sagte er auch, wie lange er noch unterwegs sein wird?«

wollte Aislinn wissen. »Wird er bald wieder nach Darkenwald zurückkehren?«

Gwyneth lachte spöttisch auf. »Euer Verlangen nach ihm scheint unermeßlich zu sein, Aislinn.«

Ein rosiger Hauch überzog das Gesicht des Mädchens. Gavin antwortete ihr: »Nein, Milady. Davon hat er nichts gesagt.«

Gwyneths Augen wanderten von Aislinn zu der jungen Witwe hinüber. Deren Blick umfing immer wieder die schlanke Gestalt des Mädchens und das bis auf die Hüfte wallende goldene Haar.

Gwyneths Augen leuchteten boshaft auf, als ihr eine kleine Lüge in den Sinn kam, die ihren Absichten nützlich sein konnte. »Wulfgar hat vor allem Haylan und ihren Sohn aufgefordert, sich hier in Darkenwald niederzulassen.«

Aislinn spürte sehr wohl den Stachel in Gwyneths Worten. Sie warf einen raschen Blick zu der jungen Witwe hinüber. Deren Augen weiteten sich erschreckt, und dann überzog ein ängstliches Lächeln ihr Gesicht, mit dem sie Aislinns Forschen standzuhalten versuchte.

»Ich verstehe«, sagte Aislinn, »und deshalb habt Ihr sie so herzlich willkommen geheißen, Gwyneth. Ganz sicher wird sich Wulfgar über Eure Freundlichkeit freuen.«

Gwyneths farblose Augen verengten sich. »Wulfgar ist ein höchst großmütiger Herr. Selbst Sklaven werden bei ihm über Gebühr freundlich behandelt und sogar mit feinen Kleidern ausgestattet.«

Aislinn tat so, als ob sie nicht merkte, daß diese Worte auf sie zielten. »Wirklich? Meiner Treu, davon habe ich gar nichts bemerkt. Mir fiel nur auf, daß Ihr, Gwyneth, heute sehr viel besser gewandet seid als am Tage Eurer Ankunft.«

Ein unterdrücktes Lachen ließ Bolsgars breite Schultern zucken; Gwyneth warf ihm einen tödlichen Blick zu. Alle im Haus wußten, daß sie sich ohne Bedenken über Aislinns wenige verbliebene Kleider hergemacht hatte. Auch im Augenblick trug sie die malvenfarbene Gunna Aislinns, während diese sich mit einem schon recht zerschlissenen Kleid begnügen mußte, das sie früher bei Hausarbeiten angelegt hatte.

Gwyneths Stimme wurde jetzt beißend scharf. »Schon immer habe ich mich gefragt, wie ein Mann einer Frau Treue schwören kann, um kurze Zeit später bereits nach der nächsten zu greifen. Ganz offensichtlich scheint diese junge Frau hier Wulfgar besonders gut zu gefallen, sonst hätte er sie wohl kaum hierhergeschickt, damit sie ihn hier erwarte.«

Haylan hielt erschreckt den Atem an, während Aislinns Augen sich auf sie hefteten. Mit gerunzelter Stirn musterte sie die junge Frau, voll banger Zweifel, was zwischen ihr und Wulfgar sich ereignet haben mochte.

Doch dann wandte sie sich mit großer Würde an Gwyneth. »Wulfgar ist niemand hier wirklich vertraut. Keiner könnte sagen, was in seinem Innern vorgeht. Was mich betrifft, so kann ich nur hoffen, daß er sich ehrenhaft benimmt und zu seinem Wort steht. Ich jedenfalls vertraue ihm und habe mein Schicksal mit seinem verbunden.«

Ohne Gwyneths Erwiderung abzuwarten, wandte sich Aislinn rasch ab und befahl Ham, ihre Heilkräuter und Salben zu bringen.

»Ich sehe, daß jener dort dringend meiner Hilfe bedarf – oder möchte lieber eine von euch ihm helfen?« Sie warf Haylan einen fragenden Blick zu. Doch die junge Witwe schüttelte den Kopf. Gwyneth zuckte mit den Achseln und beugte sich wieder über ihre Stickerei.

Aislinn lächelte bitter. »Nun gut, dann werde ich mich wohl darum kümmern müssen.«

Sie trat an Gavin heran und begann behutsam den Verband von dem Stumpf abzunehmen. Midred beugte sich von der anderen Seite über die Wunde des Gatten. Aislinn wusch sie nun aus.

Gwyneth machte einen neuen Versuch, die Jüngere herauszufordern. »Jeder weiß natürlich, wie es draußen im Feld zugeht. Nicht wahr, Aislinn, auch Ihr könnt ein Lied davon singen, wie sich die Kriegsleute Frauen gegenüber benehmen? Vor allem die Normannen sind ja bekannt dafür, daß sie sich nehmen, was sie wollen. Was mag das wohl für ein Gefühl sein, sich ihre brutalen Zärtlichkeiten gefallen lassen zu müssen?«

Nur mit Mühe gelang es Aislinn, den aufsteigenden Zorn zu zügeln. Wie grausam mußte jemand sein, der ihr immer wieder diese schrecklichen Augenblicke ins Gedächnis rief! Sie sah, daß Midred sie aufmerksam musterte. Die Augen der anderen verrieten Verständnis und Mitgefühl.

»Ich bete zu Gott, Gwyneth, daß Euch ein solches Schicksal erspart bleibt«, gab sie tonlos zurück.

Selbst Gwyneth schien jetzt etwas betroffen und beschäftigte sich wieder mit ihrer Arbeit. Haylan wandte sich ebenfalls ab und hielt nachdenklich die Hände übers Feuer.

Aislinn saß eine Weile in sich versunken. Dann legte sie Gavin einen neuen Verband an und trat neben Sir Bolsgar.

»Milord, Ihr habt gehört, wie man die Männer der Unbeständigkeit zieh. Wie denkt Ihr darüber?«

Bolsgar knurrte. »Ganz offensichtlich hat meine Tochter von Männern kaum eine Ahnung, hat sich doch noch nie einer ernsthaft für sie interessiert.« Er nahm Aislinns kleine Hand tröstend zwischen seine Pranken. »Und Wulfgar – nun schon als Junge war er allen treu, die ihn umgaben: seinem Pferd, seinem Falken – mir.« Seine Augen wurden feucht, mit abgewandtem Blick murmelte er: »Ja, auf ihn war Verlaß.«

»Aber Ihr könnt nicht wissen, wie er sich gegenüber Frauen verhält«, warf Gwyneth rasch ein.

Bolsgar hob die Schultern. »Es stimmt schon, daß er früher immer wieder behauptete, er könnte ihnen nicht viel abgewinnen. Wulfgar gleicht dem eisernen Wolf, der über die Schlachtfelder wandert und dessen Herz von Stein zu sein scheint. Doch tief in seinem Innern brennt auch in ihm das Verlangen nach Liebe, und es ist so heftig, daß er es vor der Welt geheim zu halten versucht.«

»Bei allen Geistern der Finsternis!« stieß Gwyneth in höchstem Zorn hervor. »Mein eigener Vater, der gestern erst alles verlor, was ihm gehörte, findet nichts dabei, wenn mein Bastardbruder und diese sächsische . . .«

»Gwyneth!« fuhr Bolsgar auf. »Halt jetzt den Mund, oder ich werde ihn dir schließen!«

»Aber es stimmt doch!« beharrte Gwyneth wütend. »Ihr hättet nichts dagegen, wenn sich diese sächsische Hure mit ihm im heiligen Bund der Ehe vereinigte.«

Diese Eröffnung ließ Haylan mit neu erwachtem Interesse Aislinn anstarren. »Ihr seid gar nicht seine Frau?« fragte sie.

»Natürlich ist sie das nicht!« stieß Gwyneth verachtungsvoll hervor. »Zuerst hat sie mit einem der anderen Normannen das Lager geteilt, und jetzt versucht sie meinen Bruder an sich zu binden.«

Bolsgar sprang von seinem Sessel auf. Zum erstenmal in ihrem Leben schreckte Gwyneth vor seinem Zorn zurück. Aislinn stand mit fest zusammengepreßten Lippen und Fäusten da, um ihren inneren Aufruhr den anderen nicht zu verraten. Bolsgar trat ganz dicht an seine Tochter heran und zischte: »Du herzlose Närrin! Deine Eifersucht bringt dich noch vollends um den Verstand!«

Haylan räusperte sich. Sie wollte den Zorn des alten Mannes besänftigen, indem sie seinen Sinn auf etwas anderes lenkte. »Lord Wulfgar ist ein großer Krieger. Wurde er dabei schon oft verwundet? Diese Narbe . . .«

Aislinn fuhr herum. Mit weit aufgerissenen Augen starrte sie Haylan an. Was wußte die junge Witwe von Wulfgars jüngster Verwundung und der Narbe, die außer ihr und Sweyn noch niemand zu Augen bekommen hatte?

Gwyneth sah Aislinns Überraschung, die sie sich nicht so richtig erklären konnte. »Was interessiert Euch denn an dieser Narbe so, Haylan?«

Haylan zuckte die Schultern. »Ich hätte nur gern gewußt, woher die Narbe rührt, die Euer Bruder auf der Wange trägt, das ist alles.«

Gwyneth ließ sich in ihren Stuhl zurücksinken und warf einen raschen Blick zu ihrem Vater hinüber, der sich ebenfalls wieder gesetzt hatte. Auf seiner Stirn zeigten sich die Sturmwolken des Zorns.

»Und diese häßliche Narbe hat Euch abgestoßen?« wollte Gwyneth wissen.

»Abgestoßen? Oh nein!« erwiderte Haylan. »Er hat ein höchst anziehendes Gesicht.«

Ihre Augen wanderten zu Aislinn hinüber, der sie sich nun durchaus gleichgestellt fühlte. Hätte sie in jener Nacht sich nicht so hastig aus Wulfgars Armen befreit, würde er ihr jetzt vielleicht anhängen.

»Sie rührt von einem Unglücksfall in seiner Kindheit«, gab Gwyneth zu verstehen.

»Unglücksfall?« stieß Bolsgar hervor. »Was soll die Lüge, Tochter? Nein, es war kein Unglücksfall. Es geschah mit Bedacht und böser Absicht.«

»Vater«, versuchte Gwyneth den Alten milde zu stimmen, »das alles liegt lange zurück, laß es uns vergessen.«

»Vergessen? Nein, nie. Ich erinnere mich sehr genau.«

Gwyneth preßte verdrießlich die Lippen aufeinander. »Dann erzählt ihnen doch, wie es wirklich geschah. Erzählt ihnen, daß Ihr ihm im ersten Zorn einen Falknerhandschuh ins Gesicht geschlagen habt, als Ihr erfuhrt, daß er ein Bastard ist.«

Mühsam stemmte sich Bolsgar aus seinem Sessel hoch. Am ganzen Leib zitternd, blickte er auf Gwyneth hinab. »Ihr nehmt mir die Worte aus dem Munde, Tochter«, stieß er hervor, »jetzt brauche ich nichts mehr zu erklären.«

»Setzt Euch wieder, Vater, und benehmt Euch wie ein guter Gastgeber«, bat Gwyneth.

»Gastgeber!« knurrte Bolsgar bitter. »Ich bin hier nicht der Gastgeber. Das hier ist Wulfgars Herrenhaus. Ich maße mir nichts von seinem Besitz an, so wie du das tust.« Er ließ den finsteren Blick über die Halle schweifen. »Wo ist Sweyn?« fragte er. »Mich dürstet nach mehr Bier, und ich möchte es in guter Gesellschaft trinken.«

»Er ist bei den Pferden, Vater«, erwiderte Gwyneth.

»Und Kerwick?« stieß er hervor. »Wo ist der? Auch mit diesem Burschen läßt sich gut eins trinken.«

»Das geht jetzt aber nicht, Vater«, zischte Gwyneth, wütend darüber, daß er sich mit einem Leibeigenen an einen Tisch zu setzen gedachte. »Ich befahl ihm, für unsere Gäste hier ein paar Hütten herzurichten.«

»Zu dieser späten Stunde?« fuhr Bolsgar auf. »Gönnst du diesem armen Burschen denn überhaupt keine Muße?«

Gwyneth hielt an sich, um des Vaters düstere Laune nicht noch weiter zu verschärfen. »Ich hatte nur das Wohlergehen dieser armen Leute hier im Sinn. Hier auf dem Steinfußboden würden sie kaum die verdiente Ruhe finden, deshalb lasse ich die Hütten für sie vorbereiten.«

Bolsgar erhob sich. »Wenn es hier niemand gibt, mit dem man ein vernünftiges Wort wechseln kann, ziehe ich mich lieber auf mein Lager zurück. Angenehme Nachtruhe, Tochter.«

Gwyneth nickte ihm zu. Doch der alte Mann hatte sich bereits Aislinn zugewandt. Er bot ihr seinen Arm an.

»Ich bin ein alter Mann, Kind, aber ich geleite noch immer eine schöne Demoiselle gern auf ihre Kammer. Würdet Ihr mir wohl diese Ehre erweisen?«

»Mit Vergnügen, Sire«, erwiderte sie leise mit feinem Lächeln.

Aislinn legte ihre Hand auf seinen kräftigen Unterarm und ließ sich von ihm über die Treppe hinauf zu ihrer Schlafkammer führen. An der Kammertür verharrte Bolsgar, ganz offensichtlich von quälenden Gedanken gepeinigt. Aufseufzend meinte er schließlich:

»Ich weiß, ich sollte eigentlich mit Wulfgar sprechen. Er müßte mehr Rücksicht auf Eure Ehre nehmen. Doch ich habe kein Recht mehr, mich in seine Angelegenheiten einzumischen.«

Aislinn schüttelte den Kopf und erwiderte lächelnd: »Er darf nicht das Gefühl haben, mir unter Zwang etwas zu gewähren. Er selbst muß es wollen, sonst hat es keinerlei Bedeutung.«

Bolsgar drückte ihr zärtlich die Hand. »Ihr seid weise über Eure Jahre hinaus, mein Kind. Doch ich möchte Euch noch ein Wort der Wahrheit mit auf den Weg geben. Laßt den Wolf ruhig den Mond anheulen, nie wird er ihn herunterholen. Laßt ihn durch die dunklen Forste streifen, auch dort wird er nicht finden, was er begehrt. Doch es wird die Zeit kommen, in der ihn selbst nach Zuneigung und Liebe verlangt. Erst dann wird er wahre Glückseligkeit finden. Dient ihm bis dahin wahrhaftig und mit Herzensgüte. Wenn Ihr in Eurem Herzen auch nur ein bißchen Zuneigung für ihn hegt, Aislinn, dann schenkt ihm das, was seine Mutter und ich ihm verwehrten.«

Aislinn spürte, welches Herzeleid der alte Mann zu ertragen hatte; er hatte nicht nur seine Frau, sondern auch seine beiden Söhne verloren.

»Aber ich bin nur eine seiner vielen Frauen, lieber Bolsgar«, erinnerte sie ihn. »Ihr seht doch, wie anziehend diese junge Witwe ist.«

Bolsgar senkte verlegen den Blick. Er hätte ihr erklären können, wie groß ihre Schönheit und ihre Anmut waren, doch niemand konnte sagen, wie Wulfgar darüber dachte.

Gavin nickte zur Treppe hinüber. »Sie ist die Tochter des früheren Lords?« fragte er.

»Ja«, seufzte Gwyneth, »und eine schwärende Wunde im Herzen dieses Ortes.«

Midred und Gavin tauschten verstohlene Blicke, doch enthielten sich jeder Äußerung. Haylan aber horchte interessiert auf, als Gwyneth fortfuhr.

»Ja, es stimmt, sie hat sich Zugang zum Bett meines Bruders verschafft und strebt nun danach, hier die Lady zu spielen.« Gwyneth spürte Haylans gespannte Aufmerksamkeit und wandte sich nun direkt an die junge Witwe. »Mein Bruder genießt sein Vergnügen meist nur kurze Zeit, um sich dann etwas anderem zuzuwenden. Aber ich fürchte, sie wird ihn durch ihre Hexenkünste in ihren Bann schlagen.«

Gwyneth umklammerte die Lehnen ihres Stuhls, als sie vor ihrem inneren Auge das Bild Ragnors vor sich auftauchen sah, der Aislinn leidenschaftlich an sein Herz drückte.

»Dieser Kerwick ist ihr Liebhaber während Wulfgars Abwesenheit«, sagte sie mit Bedacht. »Sie ist eine Hure, obwohl selbst mein Vater so große Dinge auf sie hält. Auch er ist von ihrer Schönheit hingerissen, genau wie jeder andere Mann.«

»Findet Milord sie ebenfalls so schön?« wollte Haylan wissen, gepeinigt von brennender Eifersucht. Nie würde sie vergessen, daß Wulfgar in ihren Armen den Namen dieses Mädchens gemurmelt hatte.

Midred runzelte die Stirn und meinte warnend: »Haylan, es ist sehr unbedacht, sich in Lord Wulfgars Angelegenheiten zu mischen.«

»Fürwahr, ich kann mich nicht in meines Bruders Gedanken versetzen«, unterbrach Gwyneth. »Sie trägt das Zeichen des Bösen in ihrem roten Haar, daran wird wohl keiner von uns zweifeln. Wer möchte wohl sagen, auf welche Weise sie sich mit ihren Zaubertränken und Hexenkünsten der Seelen der Männer bemächtigt. Nehmt euch vor ihr in acht, laßt euch nicht durch ihre sanften Worte blenden. Alles an ihr ist Lug und Verstellung.«

»Nein«, murmelte Haylan, »bei mir soll ihr das nicht gelingen.«

Midred warf ihrer Schwägerin einen scharfen Blick zu. Gwyneth erhob sich und legte ihre Stickerei zur Seite.

»Meine Augen beginnen vom Rauch in der Halle zu tränen. Ich werde mich auf meine Kammer zurückziehen. Ich wünsche eine gesegnete Nachtruhe.«

Die sächsische Familie wartete, bis Gwyneth oben verschwunden war. Dann wandte Midred sich mit kaum verhaltenem Ärger Haylan zu. »Du wirst dich zurückhalten, denn unser aller Wohl steht auf dem Spiel, Haylan.«

Haylan zuckte mit den Schultern und tänzelte davon. »Mich zurückhalten? Ich bringe Lady Gwyneth jeden möglichen Respekt entgegen. Wen meinst du also? Obwohl Lord Bolsgar mir übel wollte, war ich sehr höflich zu ihm.«

»Ich weiß, daß du keine Ruhe gibst, wenn du dir erst einmal etwas in den Kopf gesetzt hast«, fuhr Midred fort. »Und ich sehe, daß du es auf diesen Normannen abgesehen hast. Laß ihn in Ruhe, Haylan. Er gehört Lady Aislinn.«

»Ha!« stieß Haylan verächtlich heraus. »Es kostete mich nur einen Augenblick, um ihn für mich zu gewinnen.«

»Die Einbildung verblendet dir den Sinn, Haylan. Man hat uns zum Arbeiten hierhergeschickt, zu nichts anderem.« Midreds Blick wanderte zu ihrem Gatten hinüber mit der stillen Bitte um Zustimmung. Doch er hob nur die Achseln und wandte sich ab.

»Ich will mich nicht mit dir streiten, Haylan«, fuhr Midred mit beherrschter Stimme fort. »Doch ich möchte dich warnen. Wenn Lady Aislinn erst einmal hier die Herrin ist, könnte sie uns ohne weiteres wieder auf die Straße setzen, wenn du diesem Normannen weiter schöne Augen machst. Wohin sollten wir uns dann wenden? Überall würden nichts als Hunger und Elend auf uns warten. Denk doch auch an deinen Sohn, ich bitte dich.«

»Genau an ihn denke ich«, fuhr Haylan sie wütend an. Sie blickte zärtlich auf den schlummernden Jungen hinab und strich ihm übers Haar. »Miles wäre für jeden Lord ein Gewinn.«

Midred schüttelte verärgert den Kopf und wandte dann der uneinsichtigen Witwe den Rücken zu.

Als Kerwick zurückkam, mußten sie den kleinen Miles aufwecken. Er wurde warm eingepackt und mit den anderen Kindern hinausgeführt. Als Kerwick sah, daß Midred und Gavin sowie deren Kinder mit dem Nötigsten versorgt waren, brachte er Haylan und ihren Sohn zu einer kleineren Hütte. Hier wurden sie von einem warmen Feuer empfangen.

Haylan musterte Kerwick unverhohlen, während dieser Holz nachlegte. »Eure Lady Gwyneth ist eine feine Dame. Es muß dir eine Freude sein, ihr zu dienen.«

Kerwick richtete sich auf und starrte die junge Frau prüfend an. Sein schmales Gesicht verriet keinerlei Regung.

Haylans dunkle Augen leuchteten verärgert auf. »Was könnte es Schöneres für dich geben? Du bist nicht mehr als ein gewöhnlicher Leibeigener. Allerdings ist es offensichtlich, daß du auf Seiten dieser rothaarigen Hexe stehst.«

Kerwick konnte nun nicht länger an sich halten. Mit bitter gekräuselten Lippen stieß er die Worte hervor: »Diese rothaarige Hexe war einmal meine Verlobte, bevor dieser normannische Kriegsmann sie für sich beanspruchte. Und ich war Lord in meiner eigenen Halle, auch sie hat er mir genommen. Doch achte ich diesen Verlust gering. Der Verlust Aislinns schmerzt mich sehr viel mehr. Wenn Ihr in meiner Gegenwart von ihr sprecht, empfehle ich Euch, Eure Worte mit Bedacht zu wählen. Wenn Ihr auch nur einen Funken Verstand habt, dann hört nicht auf Gwyneths hinterhältige Lügen.«

»Ihr könnt ganz beruhigt sein. Ich kann sehr wohl beurteilen, was um mich vorgeht. Kein Zweifel, daß Euch diese Aislinn noch immer in ihren Banden hält!«

»Ja«, gab Kerwick zu, »und mehr als Ihr je begreifen werdet.«

»Oh, ich verstehe das alles sehr gut«, widersprach Haylan hitzig. »Vergeßt nicht, daß ich noch nicht lange Witwe bin und also sehr gut weiß, wonach es Männer verlangt.«

Kerwick hob fragend die Brauen. »Was wollt Ihr damit sagen?«

Sie reckte das Kinn. »Wenn ich möchte, kann ich Wulfgar für mich gewinnen.«

Kerwick gluckste ungläubig auf. »Ihr? Welche Rechte habt Ihr auf ihn? Wollt Ihr andeuten, er habe Euch ebenfalls zu seiner Mätresse erwählt?«

Haylans Stimme wurde vor Ärger laut. »Ich gehöre nicht zu dieser Sorte von Frauen! Doch er begehrte mich. Wir werden sehen, wie er sich nach seiner Rückkunft verhält.«

Kerwick ließ sie seine Verachtung spüren. »Laßt Euch von

mir warnen, schöne Witwe«, sagte er. »Als ich den Versuch machte, Aislinn vor seinem Zugriff zu schützen, hat mir Wulfgar das Fell gegerbt. Gleichzeitig gibt er jedoch immer wieder seiner Verachtung für die Frauen Ausdruck. Es könnte schon sein, daß er Euch nimmt, wie er meine Aislinn genommen hat. Aber ich bin sicher, er würde Euch noch weniger dafür bieten als ihr.«

»Wollt Ihr damit sagen, daß es mir nie gelingen könnte, die Herrin dieser Halle zu werden?« fragte Haylan. »Was meinst du wohl, warum Wulfgar mich hierhergeschickt hat?«

»Um hier zu arbeiten, wie wir anderen auch, das ist alles. Er braucht mehr Hände hier«, gab Kerwick völlig gelassen zurück.

Haylan kreischte in höchstem Zorn auf. »Schau mich an! Findest du es so undenkbar, daß sich ein Mann in mich verlieben könnte?«

»Ihr bildet Euch zu viel ein, meine Dame. Zugegeben, Ihr seid hübsch, aber Aislinn könnt Ihr nicht das Wasser reichen.«

Haylan lief rot an vor Wut. »Ich werde die Herrin Darkenwalds! Ihr werdet schon sehen.«

»Wirklich?« Kerwick hob spöttisch und zweifelnd die Braue. »Ihr werdet nichts als schmerzliche Erfahrungen sammeln«, warnte er. »Ihr solltet wissen, daß ich einen großen Vorzug Aislinns bis jetzt zu erwähnen vergaß. Sie ist klüger als die meisten anderen Frauen.«

Und damit verließ er abrupt die Hütte.

In der Einsamkeit ihrer Kammer begannen sich in Aislinn die alten Ängste zu regen. Hatte er inzwischen im Bett einer anderen köstlichere Vergnügen gefunden? War sie für ihn tatsächlich nicht mehr als ein Spielzeug in einer flüchtigen Laune?

Der Schmerz in Aislinns Brust wuchs schier ins Unerträgliche, bis sie sich verzweifelt aufs Bett warf. Als sie sich ausgeweint hatte, zog sie die Wolfsfelle dichter um sich und versuchte, auf diese Weise ein wenig Trost und Wärme zu finden. In diesem Augenblick hörte sie ein leises Klopfen an der Tür. Aislinn richtete sich halb auf und schlang eines der Felle um den Oberkörper. Dann bat sie den späten Besucher herein. Zu ihrer Überraschung erschien Midred.

Sie hatte den Weg zurück durch die Kälte der Nacht nicht gescheut, um ein vertrauliches Wort mit ihr zuwechseln. Ihre Hände hielten ein kleines Bündel. »Milady, ich bringe Neuigkeiten von Lord Wulfgar, die ausschließlich für Eure Ohren bestimmt sind.«

Midred erriet aus Aislinns rotgeweinten Augen und dem tränennassen Gesicht den erbarmungswürdigen Zustand des Mädchens. Ihre Stimme klang sanft und tröstlich.

»Milady, Haylans Geist ist zuweilen etwas verwirrt. Sie träumt dann von Dingen, die weit außerhalb ihrer Möglichkeiten liegen. Ich weiß, daß Euer Lord sich nicht von Euch abgewandt hat, denn er überreichte mir dieses Geschenk für euch und war sehr besorgt über Euer Wohlergehen. Er wünscht, daß Ihr Euch vertrauensvoll an Sweyn haltet, wenn Ihr irgend etwas benötigt. Es besteht keinerlei Grund, sich von den Träumen und Wunschvorstellungen einer jungen Witwe ängstigen zu lassen.«

Sie legte das Bündel in Aislinns Hände. Ein verständnisvolles Lächeln ließ ihr gütiges Gesicht aufleuchten, als sie sah, mit welch freudiger Ungeduld das Mädchen die Verschnürung löste. »Er bat mich außerdem, Euch zu versichern, daß er es auf ehrliche Weise erworben habe.«

Aislinn stiegen Freudentränen in die Augen, als sie den gelben Kleiderstoff an ihre Wange drückte, den Wulfgars Hände für sie ausgewählt hatten. Glückstrahlend umschlang sie Midred, die unter ihren Dankesworten errötete.

»Oh, Midred, versteht Ihr nicht?« rief sie überschwenglich. »Wulfgar erklärte einmal, es wäre nicht seine Gewohnheit, den Frauen Geschenke zu machen, denn sein Gold sei dafür zu kostbar, und kein Frauenzimmer sei solche Aufwendungen wert.«

Midred lächelte sanft. Sie fühlte, daß sie trotz der Kürze ihrer Bekanntschaft in Aislinn eine Freundin gefunden hatte. Zärtlich drückte sie die Hand des Mädchens. »Es sieht ganz so aus, als ob Ihr eine Schlacht gewonnen hättet, Milady. Wollen wir hoffen, daß es nicht mehr lange dauert, bis Ihr auch den Krieg gewinnt.«

Aislinns Augen leuchteten voller Zuversicht, als sie fröhlich erwiderte: »Oh ja, hoffen wir auf die Zukunft.«

Voller Freude am Glück des Mädchens schloß Midred leise

die Kammertür hinter sich. Sie fühlte sich Aislinn auf ganz besondere Weise verbunden. Zum erstenmal seit langer Zeit dachte sie wieder hoffnungsvoll an die Zukunft. Hier in Darkenwald würden sie Ruhe und Frieden finden. Ihr Gatte könnte seinem Gewerbe nachgehen, unterstützt von den Söhnen. Und vielleicht konnten sie und ihre Tochter sich im Herrenhaus nützlich machen, um so ihre Lage weiter zu verbessern.

Aislinn erhob sich schon früh am Morgen, während alle übrigen noch in tiefem Schlummer lagen. Sie nahm das für sie so überaus kostbare Tuch an sich und kniete vor Wulfgars Truhe. Sorgfältig hob sie Stück um Stück seiner Gewänder heraus und strich sie gedankenverloren mit zärtlichen Händen glatt. Als die Kiste leer war, packte sie den gelben Stoff hinein, um dann wieder Wulfgars Kleider sauber darüberzuschichten. Hier würde sein Geschenk vor Gwyneths gierigen Händen sicher sein. Bestimmt wagte sie es nicht, sich an der Habe ihres Bruders zu vergreifen. Sobald sich Wulfgars Rückkunft ankündigte, konnte sie es herausnehmen und sich ein neues Gewand daraus fertigen, um ihm darin entgegenzutreten. Plötzlich war sie von neuem Zutrauen erfüllt, daß er einzig und allein in ihre Arme zurückkehren würde.

Als sie dann endlich in die Halle hinabschritt, sah sie Gwyneth und Haylan vor dem Feuer sitzen. Die junge Witwe war durch Gwyneth aller groben Arbeiten entbunden worden, damit sie sich den nobleren weiblichen Künsten widme. Allerdings zeigte sie sich bei den ihr übertragenen Stickereiarbeiten keineswegs sehr geschickt, und Gwyneths Geduld wurde auf eine harte Probe gestellt. Aislinn hatte Mühe, nicht laut herauszulachen, als Haylan höchst unterwürfig um Nachsicht wegen ihrer Ungeschicklichkeit bat.

Ein vorwurfsvoller Seufzer entrang sich Gwyneths Brust. »Ihr müßt kleinere Stiche machen, genau wie ich es Euch gezeigt habe.«

»Um Vergebung, Milady, aber ich war mit Nadel und Faden noch nie sehr geschickt«, erklärte Haylan demütig. Mit aufblitzenden Augen fuhr sie fort: »Dafür bin ich für meinen gerösteten Wildschweinbraten und meine Backkünste berühmt.«

Das ist Arbeit für Dienstboten«, wies Gwyneth sie brüsk

zurecht. »Eine Dame erkennt man an ihrer Nadelarbeit. Wulfgar wird erwarten, daß Ihr ihm seine Kleider näht und ausbessert.«

In diesem Augenblick machte sich Aislinn bemerkbar. Sie trat ans Feuer und hielt die Hände über die Flammen. »Das ist sehr nett von Euch, Gwyneth, daß Ihr Euch Sorgen um die Kleidung meines Herrn macht. Aber ich brauche dabei keine Hilfe.« Sie warf ihnen ein Lächeln zu, während sie ihre Röcke ein wenig hob, um sich auf diese Weise auch von unten aufzuwärmen. »Wulfgar war bis jetzt mit meinen Fertigkeiten durchaus zufrieden.«

Gwyneth stieß einen verächtlichen Ton aus. »Es ist wirklich ein Wunder, daß Ihr noch Zeit für Nadelarbeiten gefunden habt, wart Ihr doch fast die ganze Zeit zusammen mit ihm im Bett.«

»Woher wollt Ihr denn wissen, Gwyneth, wieviel Zeit wir im Bett verbrachten?« Aislinns Lächeln vertiefte sich. »Oder schnüffelt Ihr nicht nur in fremden Truhen herum, sondern lauscht auch noch an den Türen fremder Schlafkammern?«

»Was schwatzt Ihr da von Eurer Truhe?« fuhr Gwyneth auf. »Sklaven verfügen über keinen Besitz.«

Doch Aislinn konnte heute nichts aus der Ruhe bringen. Lächelnd erwiderte sie: »Gwyneth, wenn ich eine Sklavin bin, dann gehört meine ganze Habe doch Wulfgar, meinem Herrn. Das heißt also, Ihr bestehlt Euren Bruder.«

Gwyneth brauste wütend auf: »Mein Bruder versicherte uns, daß alles hier zu unserer Verfügung stünde. Wir sollten damit nach Belieben verfahren.«

»Wirklich?« fragte Aislinn mit leisem Lachen. »Er sagte das aber zu Bolsgar, nicht zu Euch. Und Euer Vater nimmt sich nichts, was ihm nicht zusteht. Er trägt sogar durch seine Jagdbeute mehr zu unserem Unterhalt bei, als er für seine eigenen Bedürfnisse verbraucht. Ihr wißt, daß Wulfgar jede Hand benötigt, um Darkenwald wieder zu einigem Wohlstand zu verhelfen. Was habt Ihr, liebste Gwyneth, bis jetzt eigentlich dazu beigetragen?«

Die Frau fuhr aus ihrem Stuhl hoch. »Ich führe während seiner Abwesenheit sein Haus und kümmere mich darum, daß die Speisekammer nicht von Trunkenbolden und Gierhälsen geplündert wird, die . . .«

Mit offenem Mund hielt sie erschrocken inne. Als Aislinn ihrem Blick folgte, sah sie, daß Sweyn die Halle betreten hatte und aufs Feuer zukam. Er bedachte Gwyneth mit einem Lächeln und schnitt sich betont langsam ein kräftiges Stück Fleisch von der Keule, die über den Flammen garte. Nachdem er den ersten Hunger gestillt hatte, spülte er mit einem herzhaften Schluck Ale nach. Mit schmatzenden Lippen leckte er das Fett von den Fingern, bevor er sie am Oberteil seines Waffenrocks abwischte. Dann wandte er sich an Aislinn und fragte mit grollender Stimme: »Wer hat sich über Fleisch beklagt, das von mir und Bolsgar herbeigeschafft worden ist?«

Aislinn lachte. »Niemand, Sweyn. Wirklich niemand. Wir alle sind dank Eurer Mühe wohlversorgt.«

Der Nordmann starrte Gwyneth herausfordernd an, dann murmelte er: »Gut, gut.«

Mit einem lauten Rülpser verließ er sie.

Aislinn trat einen Schritt zurück und breitete in einem angedeuteten Knicks die Röcke aus. »Um Vergebung, meine Damen, aber ich muß jetzt an meine Arbeit.« Dann mahnte sie die junge Witwe: »Haylan, gebt acht auf das Fleisch, damit es nicht verkohlt.«

Beschwingt eilte sie durch die Halle. Das Tor flog auf, und sie trat hinaus in eine Welt, die ihr heute voller Wunder schien.

Wulfgar und seine Männer kampierten mehrere Tage an der Wegscheide nahe Kevonshire. Es hatte zu schneien aufgehört. Bald verschwand das letzte tauende Weiß im aufgeweichten Boden. Sie fingen Reisende und englische Kundschafter ab, die Wilhelms Marsch beobachteten und ihren Leuten melden wollten. Sobald die Krieger sich wieder in Bewegung setzten, ließen sie die Leute frei, denn ihre Informationen waren inzwischen nutzlos geworden.

Wilhelms Heere marschierten vor ihnen, so daß aus dieser Richtung keine Gefahr zu erwarten stand. Sie brachen das Lager ab und übernahmen wieder die Flankensicherung. Während sie nach Norden vorstießen, überquerten des Herzogs Scharen westlich Londons die Themse. Die Stadt war damit von ihren Hilfstruppen abgeschnitten und fand sich ganz auf sich allein gestellt.

Hampshire, Bershire, Wallingford waren die Stationen ihres Marsches. Erzbischof Aldred, in dessen Gefolge sich auch der Edeling Edgar, der englische Thronprätendant befand, traf bei Berkhamstead mit Wilhelm zusammen und lieferte London seiner Gnade aus. Geiseln wurden gestellt und Treueeide geschworen. Man vereinbarte, den Normannen am Christtag zum König von England zu krönen.

Wulfgar und seine Männer wurden gleich dem übrigen Heer ins Lager zurückgerufen. Der Karren war inzwischen schwer mit Gold, Silber und anderen Kostbarkeiten beladen, die man als Tribut oder als Beutestücke eingesammelt hatte. Die Schatzmeister des Herzogs schätzten den Wert der Beute ab, behielten einen doppelten Zehnten für ihren Herrn ein und gaben den Rest an Wulfgar zurück.

Jetzt begann die Monotonie des Lagerlebens. Nachdem Wulfgar seinen Rittern ihren Anteil der Beute zugeteilt hatte, kostete es ihn große Mühe, seine Männer im Lager zu halten, wo sie vor allzu großen Ausschweifungen gefeit waren.

Noch immer war es eine gute Woche bis zum Christfest, als Wulfgar von Wilhelm die Botschaft erhielt, daß das Heer in London einmarschieren würde, um dort den Tag der Krönung zu erwarten. Er selbst sollte sich in der Nähe der Westminster Abtei ein Quartier suchen.

Der Tag war noch sehr jung, als Wulfgar Hun sattelte und in die Stadt hineinritt. Die Stimmung war gespannt, und überall begegnete er haßerfüllten Blicken. Dicht an dicht standen die steinernen, von dicken Stützbalken durchzogenen Häuser und Magazine. Die Giebel schienen häufig aneinanderzustoßen, da die einzelnen Stockwerke weit über die gepflasterten Straßen hinausgebaut waren. In den vielen Rinnsteinen gurgelte dunkles Schmutzwasser, das die Abfälle der großen Stadt davonschwemmte.

Je näher Wulfgar Westminster kam, desto dichter drängten sich die Massen. Jeder freie englische Mann schien den Ort sehen zu wollen, wo seine Heimat sich dem Normannenherzog unterwerfen mußte. Oft sah sich Wulfgar gezwungen, sich mit Hun gewaltsam seinen Weg zu bahnen. Als er endlich auf den Platz vor der Abtei hinausgelangte, fiel sein Blick sofort auf ein großes Steingebäude, das wohl etwas abseits stand, von dessen Dach aus man aber alles würde übersehen können. Mit einiger Mühe gelang es ihm, das Tor dieses Hauses zu erreichen. Als er sah, daß es noch nicht requiriert war, forderte er es im Namen des Herzogs für sich und seine Leute.

Der ziemlich schwergewichtige Handelsmann, dem es gehörte, erhob sofort lautes Wehklagen über diesen Mißbrauch seines Eigentums. Als er dann auch noch hören mußte, daß er nicht einmal eine Entschädigung dafür erwarten durfte, kannte sein Zorn keine Grenzen mehr.

Doch Wulfgar ließ sich nicht beirren. »Nun, guter Mann, Ihr erfüllt damit lediglich Eure Pflicht gegenüber Wilhelm und der Krone.« Seine Stimme troff vor Spott. »Ihr könnt Euch im übrigen sehr glücklich schätzen, daß ich es nicht in Schutt und Asche legen lasse, wie es sonst meine Art ist.«

Der normannische Ritter verlangte auch noch, der Kaufmann solle unverzüglich mit seinem ganzen Anhang das Anwesen räumen und sich für zwei, vielleicht auch vier Wochen eine andere Bleibe suchen.

Wulfgar strich eine Weile im Haus umher, um sicherzugehen, daß seinen Anforderungen entsprochen wurde. Der Engländer hatte inzwischen seine Familie über ihr Unglück unterrichtet. Wulfgar mußte lächeln, als er eine kreischende Frauenstimme vernahm, die den Gatten heftig schalt, weil er sich den Forderungen des Normannen nicht widersetzt und noch nicht einmal auf einer Entschädigung bestanden hatte.

Es gab ausreichend Stallungen für die Pferde und eine wohl ausgestattete Küche im Erdgeschoß. Von dort führte eine Treppe in den geräumigen Keller, der mit Weinen und Zukkerwerk gut bestückt war. Im zweiten Stock gab es mehrere kleinere Gemächer sowie einen großen Saal, in dem seine Männer sich unterhalten und zum Spiel niederlassen konnten. Eine enge Stiege führte zum Obergeschoß hinauf. Hier lagen die Privatgemächer des Hausherrn. Sie waren so prunkvoll ausgestattet, daß sie jedem normannischen Schloß zur Zierde gereicht hätten. Am Ende des Korridors sah man eine weitere schmale Stiege, die zu einer kleinen Dachkuppel hinaufführte, von wo aus der Blick ins Weite schweifen konnte.

Als Wulfgar wieder herabgestiegen war, verweilte er lange im geräumigen Schlafgemach. Seine Finger strichen über die daunengefüllte Matratze des breiten, mit schwerem Samt ausgeschlagenen Bettes. Sofort drängte sich ihm die Vorstellung flaumenweicher schimmernder Haut und sanft gerundeter Hüften in die Erinnerung. Veilchenfarbene Augen strahlten ihn an, und hingebungsvolle Lippen erwiderten heiß seine Liebkosungen.

Nur mit Mühe gelang es ihm, dieses verführerische Bild aus seinem Sinn zu drängen. Bei Gott, diese kleine Hexe schien ihn wirklich fest in ihren Bann geschlagen zu haben.

Mit einer Verwünschung auf den Lippen wandte er sich ab. Beim Rückweg durch die Stadt nahm er so gut wie nichts von seiner Umgebung wahr. Erst als er von einer Anhöhe aus das weitgestreckte Feldlager vor sich sah, fand er aus seinem Nachsinnen zurück. In diesem Augenblick fühlte er sich einsam wie nie zuvor. Im Innersten wußte er, daß eine bestimmte Entscheidung gefallen war.

Und plötzlich war er erfüllt von einer Fröhlichkeit wie schon seit langem nicht mehr. Er stieß Hun die Hacken in die Flanke und mit überraschtem Aufschnauben preschte das Roß den Hügel hinab zu den Zelten.

Zwei Tage danach zogen sie in London ein. Nach Einbruch der Nacht feierten sie ein Siegesfest.

Während seine Leute sich amüsierten, stand er hinter dem Fenster und schaute auf den von Fackeln erhellten Platz hinab. Gowain war von ihm nach Darkenwald zurückgeschickt worden und würde morgen wohl dort eintreffen. Eine ungewohnte Erregtheit füllte seine Brust und ließ sein Herz schneller schlagen. Aislinns Gesicht stand schattenhaft vor ihm, doch ihre strahlenden Augen glühten desto deutlicher vor ihm auf. Er sah die fein gewölbte Stirn, die er so oft gestreichelt, und darunter die kecke, schmale Nase. Er spürte den Druck ihrer sanft geschwungenen Lippen, die sich zunächst widerwillig, dann jedoch immer feuriger und begieriger seinen Liebkosungen hingaben.

Wulfgar wandte den Blick. Diese knäbischen Träumereien raubten ihm den Frieden, trübten jeden klaren Gedanken und hielten den Schlummer von ihm fern. Er haßte es, auf diese Weise abhängig zu sein. Gereizt und ärgerlich ging er in sein Schlafgemach, wo das große, breite Bett seiner harrte. Rasch streifte er die Kleider ab und warf sich hinein.

Doch bald schon mußte er erkennen, daß der heiß ersehnte Schlaf ihn floh. Immer wieder meinte er, einen weichen, warmen Leib neben sich zu fühlen und zärtliche Worte an sein Ohr dringen zu hören.

Verdrießlich warf er sich von einer Seite auf die andere. So erhob er sich wieder und trat ans Fenster. Ungeachtet der Kälte stieß er die Läden auf und starrte auf die schlafende Straße hinab, über der ein bleicher Wintermond hing. Allmählich kamen seine Gedanken zur Ruhe.

Wie sehr er sich doch nach dieser kleinen Hexe sehnte! Trotz all dem Schlimmen, das ihr widerfahren war, trat sie ihm noch immer so edel und stolz wie eine Kleopatra entgegen. Sie trug ihr hartes Los mit so großer Würde. Sie trotzte seinem finsteren Gemüt um ihres Volkes willen und brachte ihn dazu, Dinge zu tun, die nicht in seiner Absicht lagen. Er rieb sich die Stirn, als ob er auf diese Weise die peinigenden Gedanken zur Ruhe bringen könnte, doch es gelang ihm nicht.

Aislinn seufzte auf, als ihr Blick am hell über dem Moor gleißenden Mond hing. Wenn er auch nur einmal ein wenig Zuneigung und Liebe erkennen ließe, wäre ich schon zufrieden, dachte sie. Er ist gütig und gerecht und selbst in seiner höchsten Lust noch zärtlich. Ich kann ihn nicht dafür verdammen, daß sich seine Sinne an diesem blühenden Mädchenleib entzündeten, schließlich ist er ein Mann. Was soll ich nur tun, um seine Gunst in allem zu erringen? Ich werde ja schon schwach, wenn er nur die Arme um mich legt. Ihm scheint es zu genügen, daß ich ihm nach Belieben zur Verfügung stehe. Ich aber will mehr! Es ist wahr, er hat nicht als erster Hand an mich gelegt, aber schließlich komme ich nicht aus der Gosse. Ich bin keine Frau, die man nimmt und dann achtlos zur Seite wirft. Ich muß ihn mit allen Mitteln zu dieser Einsicht bekehren. Schließlich habe auch ich Ehre und Stolz. Es darf nicht sein, daß ich für alle Zeiten nichts als seine Mätresse bleibe und nur auf diese Weise Anteil an seinem Leben habe . . .

Sie streifte das Unterkleid ab und legte es zur Seite. Dann kroch sie zwischen die Felle und drückte jenes Kissen an ihre Brust, in dem noch ein wenig von seinem Duft hing.

Er soll mein sein, beschloß sie. Ob ich ihn jetzt liebe oder nicht, ich begehre ihn mehr als alles auf der Welt. Doch ich muß klug sein. Ich muß ihn hinhalten und reizen und mich ihm widersetzen, soweit es in meinen schwachen Kräften steht, doch ich darf ihn nicht dabei erzürnen. Und wenn er mir auch nur ein wenig entgegenkommt, werde ich ihm alle Liebe geben, die in mir ist . . .

Strahlend dämmerte der neue Tag herauf, und Darkenwald begann sich geschäftig zu regen. Aislinn erhob sich. Nach dem Morgenimbiß ging sie in den Ort, um nach den Siechen und Kranken zu sehen. Sie setzte alles daran, Gwyneth und ihrer bösen Zunge möglichst aus dem Weg zu gehen.

Am späten Nachmittag hörte man plötzlich den Ausguck rufen. Kerwick eilte zu Aislinn und berichtete, daß sich Reiter mit Wulfgars Farben näherten.

Aislinn flog in ihre Kammer, kämmte rasch das Haar und schmückte es mit bunten Bändern. Mit einem feuchten Tuch versuchte sie ihr erhitztes Gesicht zu kühlen. Doch ihre Vorfreude war rasch verflogen, als sie Gowain in die Halle treten sah. Lächelnd kam er auf sie zu. Aber ein scharfer Zuruf Gwyneths, die über ihrer Stickerei am Feuer saß, befahl ihn an ihre Seite. Er warf Aislinn einen zögernden Blick zu und kam der barschen Aufforderung der anderen nach.

»Wie steht es um Wilhelm?« wollte Gwyneth wissen. »Ist England sein?«

»Ja«, erwiderte Gowain. »Der Herzog wird, sofern alles gut geht, am Christtag gekrönt werden.«

Gwyneth stieß einen Seufzer der Erleichterung aus. »Dann ist Darkenwald also unser.«

»Wie geht es meinem Herrn Wulfgar?« fragte Aislinn und schloß sich den beiden an. »Warum ist er nicht selbst gekommen? Ist ihm irgend etwas zugestoßen?« Ihre Augen forschten ängstlich in seinem Gesicht.

»Oh nein«, beruhigte sie der Ritter rasch, »er ist wohlauf und munter.«

»Warum habt Ihr dann die beschwerliche Reise hierher gemacht?« mischte Gwyneth sich ein. »Ganz sicher geht es dabei um bedeutende Dinge.«

Gowain lächelte bedächtig. »So ist es, Milady. Für Wulfgar ist die Angelegenheit von größter Bedeutung.«

»Und worum geht es?« fragte Gwyneth höchst ungeduldig.

»Ich bin hier, um – ich soll jemand abholen«, erklärte er unsicher.

»Jemand abholen? Wen?« wollte Gwyneth wissen. Ihr Blick musterte gespannt des Ritters Gesicht. »Wegen der Krönung? Will Wulfgar dem König seine Familie vorstellen? Ich würde sehr gern dabei sein. Aber dazu müßte ich zunächst ein neues Gewand haben, so kann ich seiner Majestät unmöglich unter die Augen treten.« Sie wies verächtlich auf die malvenfarbene Gunna. »Das hier ist ja nicht einmal gut genug, um darin die Schweine zu füttern.«

Gowain wurde vor Verlegenheit rot. Sein Zögern machte alles nur noch schwerer. Die Augen des Mädchens hingen am Kleid der Älteren, und Gowain erkannte plötzlich, daß es sich um dasselbe Gewand handelte, das Aislinn früher oft getragen hatte. Aislinns jetziges Kleid aber war in einem armseligen Zustand, und er wunderte sich sehr darüber. Wie gerne hätte er ihr ein freundliches Wort gesagt, denn er war jetzt ganz sicher, daß Gwyneth sich widerrechtlich aus Aislinns Truhen bedient hatte. Doch er hielt sich lieber zurück, schließlich war das hier allein Wulfgars Angelegenheit, sollte er sehen, wie er damit fertig wurde.

Der Ritter überwand seine Befangenheit und wandte sich dann an Gwyneth. »Milady, ich fürchte, meine Äußerungen wurden von Euch falsch verstanden.«

»Wie?« Die Frau sah, wie sein Blick sich auf Aislinn richtete. Sofort verfinsterten sich ihre Züge.

Gowains Verlegenheit wurde immer größer, und er wählte seine Worte mit größtem Bedacht. »Lord Wulfgar gab mir den Auftrag, Lady Aislinn abzuholen und nach London zu führen. Hlynn soll sie auf dieser Reise begleiten.«

»Was?« Gwyneths Stimme überschlug sich fast. Wütend sprang sie auf und warf ihre Stickerei achtlos zur Seite. »Ihr behauptet, Wulfgar würde seinen ritterlichen Rang aufs Spiel setzen, nur um diese Metze hier in sein Bett zu bekommen? Und das alles unter des Königs Augen?«

In höchster Erregung schritt sie vor dem Feuer auf und ab. Dann fiel ihr Blick auf Haylan, die gerade in die Halle kam. Ein hinterhältiges Lächeln überzog ihr Gesicht, während sie den erbarmungswürdigen jungen Ritter erneut bestürmte. »Ihr habt Lord Wulfgar ganz ohne Zweifel mißverstanden, Sir

Gowain. Seid Ihr sicher, daß Ihr ihm nicht eine ganz andere Dame zuführen sollt?«

Der Normanne schüttelte das Haupt. »Nein, er befahl mir, Lady Aislinn von Darkenwald zu ihm zu bringen. Ich habe Auftrag, das alles so rasch wie möglich zu erledigen. Wir müssen bereits morgen früh wieder losreiten.« Damit ließ er die wütende Gwyneth einfach stehen und wandte sich an die glückselig lächelnde Aislinn.

»Werdet Ihr bis dahin fertig sein, Demoiselle?«

»Aber ganz gewiß, Sir Gowain«, gab Aislinn mit freudestrahlenden Augen zurück. »Es gibt nicht viel, was ich mitzunehmen hätte. Ich werde rechtzeitig zur Stelle sein.«

»Dann, Demoiselle, wird es mir ein Vergnügen sein.« Er verbeugte sich tief und eilte dann mit raschen Schritten aus der Halle. Er wollte nach seinen Männern sehen, und außerdem verlangte ihn nach der kühlen Abendluft, die allein sein heißes Blut besänftigen konnte. Er würde gut daran tun, sich auf der Reise nach London in geziemender Entfernung von dem Mädchen zu halten. Es bestand durchaus die Gefahr, daß er sich vergessen könnte. Das würde nicht nur des Mädchens, sondern auch Wulfgars Ehre beschmutzen.

14

Beim ersten Morgenstrahl versammelte sich die kleine Schar und machte sich auf den Weg nach London. Zunächst hielten sie sich westwärts. Dann bogen sie nach Norden ab, wobei sie das Gefilde passierten, wo sich der Edeling Edgar ein letztes Mal vergeblich Wilhelm entgegengeworfen hatte.

Bedrückt und wortlos ritten sie durch das zerstörte Southwark. Hier stiegen noch immer hie und da dünne Rauchsäulen gen Himmel. Überall sah man obdachlos gewordene Sachsen in den glühenden Trümmern und zwischen Schneehaufen nach letzten Resten ihrer Habe stochern. Voller Verzweiflung und Kummer hoben sie ihre Augen zu den Reitern, doch als sie in ihnen normannische Ritter erkannten, blitzte Haß in ihnen auf. Aber der Schreck über Wilhelms Zorn saß noch tief in ihren Knochen, und so konnte der kleine Trupp unbehelligt die Stadt wieder verlassen. Gowain führte sein kleines Gefolge am frühen Morgen des Christtags über die Southwark Brücke nach London hinein. Aber es dauerte Stunden, bis sie sich durch die Menschenansammlungen ins Herz der Stadt vorgekämpft hatten. Es war, als ob sich ein allgemeiner Wahnsinn der Einwohner bemächtigt hätte. Höhnische Hochrufe der besiegten Engländer auf Wilhelm den Bastard wechselten mit wüsten Schmähungen und Flüchen.

Die Reisenden näherten sich Westminster, wo die Menge Kopf an Kopf stand. Gowain und seine Männer mußten die Lanzenspitzen zu Hilfe nehmen, um sich eine Gasse zu bahnen. Als sie endlich den Platz vor der Kathedrale erreichten, wurde das Gedränge so stark, daß sie auf ihren mächtigen Rössern hilfslos hin- und hergeschoben wurden. Gowain warf einen Blick über die Schulter nach Aislinn, die ein sehr viel kleineres Tier ritt. Doch ihr Gesicht ließ keinerlei Furcht erkennen. Sie hielt fest und ruhig die Zügel. Das reiche Goldhaar war unter der Kapuze ihres Umhangs verborgen.

Dann plötzlich schlugen vor ihnen Flammen hoch. Die Menge wich erschrocken zurück, da ein Trupp normannischer Reiter auf sie einsprengte. Unter dem Ansturm der Flüchtenden kam Aislinns Stute ins Stolpern. Zudem drang ein riesiger Hengst auf sie ein und drückte sie mit seiner mächtigen Brust gegen eine Hauswand. Mit letzter Kraft versuchte Aislinn sich im Sattel zu halten, doch sie spürte, wie ihr Tier unter ihr in die Knie zu gehen drohte. Sie sah sich bereits von stampfenden Hufen zermalmt.

Wulfgar hatte sich früh am Morgen erhoben und für Wilhelms Krönungsfeier seine feinsten Gewänder angelegt. Nur widerwillig verzichtete er heute auf sein mächtiges Schlachtschwert und umgürtete sich mit einer kleineren Waffe. Seine stattliche Gestalt mit den breiten Schultern und dem wettergegerbten Gesicht würde bestimmt alle Blicke auf sich ziehen. Das sonnengebleichte Haar und die grauen Augen ließen sein Haupt noch markanter erscheinen.

Beim Verlassen des Hauses befahl er Milbourne und Beaufonte, die Leute in Bereitschaft zu halten. Auch Hun sollte mit Helm und Langschwert am Sattel jederzeit bereitstehen. Wenn an diesem wichtigen Tag irgend etwas Unvorhergesehenes geschähe, sollten seine Männer vor Westminster zu ihm stoßen. Wilhelm rechnete nämlich noch immer damit, daß ein neuer Aufruhr entstehen könnte, und hatte seine Männer zu äußerster Wachsamkeit ermahnt.

Wulfgar stellte sich unmittelbar hinter das Portal der Kathedrale. Er sah, wie sich Wilhelms große, kräftige Gestalt vor dem normannischen Bischof beugte. Erst danach folgte mit großem Pomp die englische Krönungszeremonie, die schier endlos dauerte. Doch schließlich senkte sich die Krone auf Wilhelms Haupt. Laute Heil-Rufe hallten von den Wänden wider. Die Gewalt der englischen Huldigungen erfüllten Wulfgars Brust mit Genugtuung. Endlich war das große Ziel erreicht: Wilhelm, Herzog der Normandie, war zum König von England proklamiert worden.

In diesem Augenblick erhob sich draußen lautes Wutgebrüll. Wulfgar eilte rasch hinaus. Er sah Rauch aus einem Dach steigen. Gruppen von Sachsen versuchten, normannische Kriegsleute davon abzuhalten, weitere Brandfackeln in die umliegenden Häuser zu werfen. Rasch drängte er sich durch die Menge und lief zum nächsten Ritter hinüber. »Was geht hier vor?« rief er ihm zu.

Der Mann drehte sich überrascht um. »Wir hörten das Geschrei der Engländer in der Kathedrale. Sie sind über Wilhelm hergefallen.«

Wulfgar brüllte wütend zurück: »Das stimmt doch nicht, ihr Narren! Sie haben Hochrufe auf ihn angestimmt!« Er wies auf die Kriegsleute, die Brandfackeln schwangen. »Ruft sie endlich zurück, sie werden sonst noch ganz London in Brand stecken!«

Milbourne war es tatsächlich gelungen, bis an die Seite seines Herrn vorzudringen. Mit Mühe konnte sich Wulfgar in Huns Sattel schwingen. Dann führte er seine Männer gegen die brandschatzenden Normannen.

Sie schlugen ihnen die Fackeln aus den Händen und brüllten immer wieder, sie sollten innehalten, das alles sei ein Mißverständnis. Doch viele hörten sie nicht, und ringsum loderten immer neue Brände auf. Wieder und wieder trieb Wulfgar Hun in die Menge. Dann schlugen plötzlich unmittelbar vor ihm Flammen aus einem Lagerhaus. Die erschreckt zurückflutenden Menschen drückten ihn mit dem Tier gegen einen anderen Reitertrupp. Hun prallte auf ein sehr viel kleineres Pferd, und Wulfgar hatte Mühe, ihn unter Kontrolle zu halten.

Als das kleinere Tier in die Knie ging, hörte er den erschreckten Aufschrei einer Frauenstimme. Wulfgar beugte sich weit im Sattel vor und schlang einen Arm um die Reiterin. So zog er sie zu sich herüber und bewahrte sie im letzten Augenblick davor, mit ihrem Tier zu Boden gerissen zu werden.

Als er sie vor sich im Sattel zurechtsetzte, rutschte der weite Umhang zur Seite, und plötzlich umwallte ihn langes, kupferfarbenes Haar und köstlicher Lavendelduft. »Aislinn«, stammelte er überrascht.

Fast meinte er, daß ein neues Traumgebilde ihn zum Narren hielte.

Doch als sich das Gesicht ihm zuwandte, blickte er in ein Paar überrascht geweitete Veilchenaugen. »Wulfgar?«

Ein übermächtiges Verlangen erhob sich in ihm, sie noch

fester an sich zu drücken und seine Lippen auf die ihren zu pressen. Doch dann fragte er beherrscht: »Ist Euch auch nichts geschehen?«

Aislinn nickte. Ja, in diesen starken Armen war sie sicher. Jetzt konnte ihr nichts mehr geschehen.

Wulfgar warf einen Blick auf sein Gefolge und sah, daß Gowain alles daransetzte, Aislinns Stute wieder aufzurichten, um sie vor den mächtigen Hufen ihrer Schlachtrösser zu retten. Der junge Ritter fand aber trotzdem noch Zeit, Wulfgars Blick zu erwidern und ihm scherzend zuzurufen: »Milord, Ihr gabt mir den Auftrag, sie so rasch wie möglich zu Euch zu bringen. Ich tat mein Bestes – und setzte sie Euch direkt in den Schoß.«

Ein Lächeln überflog Wulfgars ernstes Gesicht. »Ja, das tatet Ihr. Aber nun wollen wir sehen, daß wir die junge Dame auch sicher nach Hause geleiten.«

Bevor sie ihre Pferde wieder antreiben konnten, erhob ein stämmiger Sachse mit langem Bart drohend die Faust gegen sie. »Normannische Schweine«, hörten sie ihn schreien. Wulfgar gelang es gerade noch, einem Kohlkopf auszuweichen, der dicht an seinem Haupt vorbeiflog. Wulfgar barg Aislinns Gesicht an seiner Brust, um sie zu schützen. Seine Männer hatten inzwischen einen Ring um das Paar gebildet. Das Mädchen klammerte sich an ihn, während es die Blicke über die erregte Menge schweifen ließ.

»Keine Angst, Chérie«, meinte Wulfgar lächelnd. »Sie werden jeden einzelnen von uns überwältigen müssen, bevor sie an dich herankommen.«

»Ich habe keine Angst«, gab Aislinn zurück. »Warum sollten sie mir etwas zuleide tun? Schließlich bin ich eine Engländerin.«

Wulfgars Lachen verstärkte sich. »Denkt Ihr vielleicht, das würde sie zurückhalten? Für sie steht Ihr auf unserer Seite.«

Im nächsten Augenblick hörte Aislinn schon die wütende Stimme eines Bauern: »Du Normannenhure! Steigt mit diesen Kerlen ins Bett!« Dann schleuderte er eine Kartoffel in ihre Richtung.

Doch Wulfgars Arm wehrte das Wurfgeschoß ab. »Habt Ihr Euch jetzt überzeugt, meine tapfere kleine Hexe?« fragte er sie mit spöttisch hochgezogener Braue.

Betreten mußte Aislinn ihm recht geben. Wulfgar trieb Hun jetzt rücksichtslos durch die Menge, gefolgt von Gowain, Hlynn und den übrigen Reitern aus Darkenwald. Schließlich erreichten sie die Einmündung einer schmalen Straße, durch die sie zu ihrem Quartier gelangen konnten.

Wulfgar wandte sich an Gowain. »Bringt die Dame in unser Quartier«, befahl er laut, »Ihr seid für Ihre Sicherheit verantwortlich. Und sorgt dafür, daß sie unser Haus nicht auch noch anstecken.« Doch bevor er das Mädchen dem jungen Ritter hinüberreichte, hob er Aislinns Kinn zu sich auf und preßte einen wilden, leidenschaftlichen Kuß auf die sanften Lippen. Genauso abrupt ließ er wieder von ihr ab. Mit einem letzten, zärtlichen Blick auf das zarte Gesicht und die glänzenden Locken riß er Hun herum und ritt den Weg zurück, den sie gekommen waren.

Gowain aber brachte Aislinn zu ihrem prächtigen Quartier. Hier stellte er Wachen auf, um die Brandstifter abzuhalten.

Wulfgar versuchte, zwischen den aufgebrachten Sachsen und Normannen zu schlichten und die Ordnung wiederherzustellen. Allmählich ebbte das Geschrei ab und ging in fröhlichen Lärm über. Überall in der Stadt feierte man ja den Christtag – oder vielleicht sogar die Krönung Wilhelms? Wulfgar fühlte sich mit jeder Faser seines Herzens zu Aislinn hingezogen, doch seine Pflichten führten ihn zunächst immer weiter von ihr hinweg. Als schließlich tief in der Nacht die Ruhe wiederhergestellt war, machte er sich zusammen mit Beaufonte und Milbourne auf den Heimweg. Erleichtert und voller Vorfreude seufzte er auf. Doch wieder wurde er enttäuscht. Eine Gruppe fröhlich feiernder Edelleute nötigte sie, sich ihnen anzuschließen. Unter zustimmendem Kopfnicken der übrigen meinte einer ihrer unerwünschten Gastgeber: »Fürwahr, mein tapferer Ritter, als Wilhelms Gefolgsmann ist es Eure Pflicht, mit uns zu feiern.«

Wulfgar warf Milbourne einen kläglichen Blick zu. Doch der zuckte mit den Schultern. »Mir scheint, Milord, Ihr seid gefangen«, murmelte er. »Sie würden es Euch übelnehmen, wenn Ihr Euch weigert, des Herzogs Krönung zu feiern.«

Beaufonte grinste. »Milord, warum erklärt Ihr ihnen nicht, daß die schönste Demoiselle der ganzen Christenheit sehnlichst auf Euch wartet?«

»Nun«, knurrte Wulfgar, »es könnte sein, daß sie mich dann alle begleiten wollten, um sich selbst davon zu überzeugen.«

Die drei Ritter mußten sich also in ihr Schicksal ergeben. Man bewirtete sie reichlich mit Speisen und Wein. Doch während die anderen sich in reichlich ausgeschmückten Erzählungen ihrer Heldentaten ergingen, rutschten sie unruhig auf ihren Plätzen hin und her. Eine Gauklertruppe traf ein, und die Freudenwogen brandeten immer höher. Plötzlich setzte sich ein mit allen Vorzügen seines Geschlechts ausgestattetes Sachsenmädchen auf Wulfgars Schoß. Keck drückte sie sein Gesicht auf ihre hoch schwellenden Brüste, deren Moschusduft ihm den Atem zu rauben drohte. Seine ungeschickten Befreiungsversuche wurden von den Gastgebern mit lauten Zurufen quittiert.

»Ihr werdet heute nacht keine andere finden, die dieser gleichkommt«, gluckste ein Graf. »Ich schwöre Euch, einen schöneren Ritt habt Ihr noch nie erlebt.«

Milbourne und Beaufonte mußten ein Lächeln unterdrükken, als sie Wulfgars abweisendes Gesicht sahen.

Schließlich gelang es ihnen dann doch, sich zu verabschieden. Voller Ärger sah Wulfgar bereits den Tag über die Dächer heraufdämmern. Doch je näher sie ihrem Quartier kamen, desto freundlicher wurde sein Blick. Nachdem sie ihre Pferde versorgt hatten, stiegen sie zur Haupthalle hinauf, wo sich Beaufonte und Milbourne erschöpft auf ihr Lager warfen. Wulfgar aber eilte die Stufen ins Obergeschoß hinauf.

Sein Herz pochte in den Ohren, und der Atem drohte ihm die Brust zu sprengen. Er konnte es kaum erwarten, an Aislinns Bett zu treten. Und insgeheim hoffte er, auch sie hätte in dieser Nacht keinen Schlaf gefunden. Im nächsten Augenblick wollte er die Kleider von sich werfen und zu ihr unter die Decke kriechen.

Doch als er leise die Eichentür öffnete, fand er sie zu seiner Enttäuschung bereits auf. Sie saß in einem Seidenhemd auf einer Bank, während Hlynn ihr das Haar hochband. Nicht weit vom Feuer stand ein großer Holzzuber mit dampfendem Wasser. Als Wulfgar mit dem Rücken die Tür zudrückte, blickte Aislinn überrascht auf. Hlynn ließ erschrocken den Arm sinken und wich scheu einige Schritte zurück.

»Einen guten Morgen, Monseigneur«, begrüßte Aislinn ihn lächelnd und mit strahlenden Veilchenaugen. »Ich hatte mir schon Sorgen über Euer Befinden gemacht.«

Wulfgar meinte, daß er sie selbst in seinen schönsten Träumen nie so schön gesehen hätte. Er warf den Umgang ab und trat auf sie zu. »Um Vergebung, Chérie«, erwiderte er lächelnd. »Wie gerne wäre ich früher bei Euch gewesen! Aber meine Pflichten zwangen mich dazu, nicht nur den Tag, sondern fast noch die ganze Nacht fern von Euch zu verbringen. Ich bitte, urteilt nicht zu hart über mich.«

»Ihr seid entschuldigt«, gab sie zurück. Sie beugte den Kopf, da Hlynn wieder nähergetreten war, um ihr Werk zu vollenden. »Ich weiß, daß Ihr mit Pflichten überladen seid. Ihr werdet Euch wohl kaum in der ersten Nacht, die ich hier bin, anderweitig vergnügen.« Dann traf ihn ein rascher Seitenblick. »Obwohl es wahrscheinlich hier einige anziehende junge Witwen geben dürfte.«

Ihre Stimme klang sanft. Doch ihr Blick hing mit größter Aufmerksamkeit an ihm, als er jetzt sich über den Zuber beugte und sein Gesicht mit Wasser erfrischte. Dann schüttelte er sich wie ein junger Hund, so daß die Tropfen durch die Gegend stoben. Er zog sich einen Stuhl heran, warf sich darauf und legte die Füße auf die Bank. Seine Augen umfingen verlangend ihre Gestalt, deren sanfte Rundungen durch das Seidenhemd hindurchschimmerten. Aislinn fühlte, wie ihr dieser Blick bis ins Innerste drang. Die Erinnerung an seine Liebkosungen und Liebeskünste trieben ihr die Röte ins Gesicht. Es mußte unbedingt gelingen, diese Vorstellungen aus ihrem Sinn zu bannen, damit er nicht erriet, wie es wirklich um sie stand.

»Mir kam es gestern so vor, als ob die Krönung Eures Herzogs keineswegs dem Wunsch der Menge entsprach«, erklärte sie ihm.

»Das alles beruhte auf einem Mißverständnis.«

»Draußen im Lande scheinen dagegen Ruhe und Frieden zu herrschen, denn wir hatten keinerlei Schwierigkeiten auf unserer Reise hierher«, fuhr sie fort und fügte mit einiger Bitterkeit hinzu: »Es scheint, als ob die Engländer wirklich ein für allemal niedergeworfen seien.«

Wulfgar ersparte sich eine Erwiderung. Sein Blick galt der

kupferroten Haarpracht, die sich hoch über einem makellosen Nacken türmte. Gerade wollte er sich erheben, um sie endlich in seine Arme zu nehmen, als Aislinn hastig aufstand und zu der dampfenden Wanne hinüberschritt. Über die Schulter sagte sie zu ihm: »Auch das Wetter war recht gut, so daß wir rasch vorankamen. Gowain schien es sehr eilig zu haben.«

Wulfgar setzte sich lächelnd in seinem Stuhl zurück. Er freute sich darauf, sie das Tuch ablegen und nackt in die Wanne steigen zu sehen. Doch wieder wurde er enttäuscht, denn Hlynn nahm ihr das Tuch ab und hielt es dann schützend zwischen ihre junge Herrin und seine gierigen Augen. Als sie es schließlich wieder senkte, war Aislinn bereits tief ins Wasser eingetaucht, so daß nur noch ihr zierliches Köpfchen über den Rand des Zubers lugte.

Aislinn machte sich daran, ihre Wahl aus verschiedenen Seifen und Ölen zu treffen, die ihr Hlynn auf einem Tablett darbot. Prüfend schnupperte sie an allem, um sich dann für ihren Lieblingsduft zu entscheiden – Lavendel, diesen zarten, verführerischen Hauch, der etwas von der frischen Brise eines Frühlingstages an sich hat. In diesem Augenblick konnte Wulfgar nicht mehr länger an sich halten. Er schwang die Füße von der Bank und erhob sich.

Die beiden Mädchen blickten erschrocken auf. Sein Blick bedrohte vor allem die arme Hlynn. Mit einem etwas boshaften Lächeln hielt er ihre Augen in seinem Bann, während er mit bedächtigen Bewegungen das Wehrgehänge abschnallte und mitsamt dem Schwert auf die Bank legte. Dann zog er mit einer raschen Bewegung den kurzen Waffenrock über den Kopf und breitete ihn über das Gehänge. Noch immer bohrte sich das Stahlgrau seiner Augen in die des jungen Mädchens. Seine Finger begannen die Schleifen seines Hemdes zu lösen. Sorgfältig zusammengelegt fand es seinen Platz neben dem übrigen. Mit erschreckt geweiteten Augen mußte Hlynn nun sehen, daß er sich an den Kreuzbändern seines Beinkleides zu schaffen machte und sie langsam abwickelte. Sie wußte jetzt, was er vorhatte und floh schreckensbleich aus dem Gemach.

Aislinn mußte unwillkürlich lachen, während er zu ihr herüberkam und sich auf einen Hocker neben der Wanne setzte. »Oh, Ihr seid ein rechter Wüstling, Wulfgar, das arme Mädchen so zu erschrecken!«

Er lächelte behaglich. »Nichts anderes war meine Absicht, Chérie.«

Ihre Augen weiteten sich in gespieltem Entsetzen. »Früher warnte mich meine Mutter vor all den bösen und verwerflichen Burschen, die nichts anderes vorhatten, als sich an mir zu vergreifen.«

Wulfgar lachte auf. Mit glänzenden Augen blickte er auf sie hinab. Sie schäumte sich Arme und Schultern reichlich mit der kostbaren Seife ein, die er ihr geschickt hatte. Dafür hatte er ein gutes Stück Gold ausgegeben. Aber jetzt kam er zu dem Schluß, daß es wohl angelegt war. Seine Augen saugten sich immer wieder an jener Stelle fest, wo das Wasser zwischen den rosigen Brustansätzen eine kleine Bucht bildete.

Mit ausgestrecktem Arm zeichnete sein Finger ihr zartes Schulterblatt nach. Er beugte sich hinab, um ihr einen Kuß auf die feuchten Lippen zu pressen, doch Aislinn schreckte zurück. Nervös begann sie sich das Gesicht zu waschen.

»Ah, meine kleine Hexe, noch immer hat sich dein kaltes Herz nicht erwärmt«, murmelte er heiser.

Aislinn lächelte hinter ihrem Tuch. Diesen Angriff hatte sie also siegreich abgeschlagen. Doch als sie das Tuch senkte, weiteten sich ihre Augen voller Angst. Sie versuchte, sich mit einem Schrei aus der Wanne zu heben, denn Wulfgar stieg völlig nackt und mit größter Unverfrorenheit zu ihr herein. Mit fast teuflischem Vergnügen tauchte er ins Wasser und zog sie an sich. »Meine Tage und Nächte waren mit lauter Nichtigkeiten angefüllt«, murmelte er an ihrem Ohr. »Aber jetzt werde ich meine Zähne wieder an deinem süßen Fleisch laben.«

Er reckte sich, und seine ausgehungerten Lippen preßten sich mit solch leidenschaftlicher Wärme auf die ihren, daß ihr die Sinne zu schwinden drohten. Aislinn ließ sich gegen seine Brust sinken. Eine angenehme Wärme breitete sich in ihr aus. Sie legte eine Hand um seinen Nacken, um seine Liebkosung feurig zu erwidern. Doch gleich darauf entzog sie sich ihm mit einem ärgerlichen Laut, und ihre Augen blitzten ihn voller Wut an. Bevor Wulfgar begriff, was eigentlich vorging, schlug sie ihm den seifigen Lappen ins Gesicht und drückte ihm den Kopf unter Wasser. Es rauschte kurz auf. Wulfgar fühlte, wie sich ein Fuß auf seine Brust preßte, und dann war sie aus der Wanne und seinem Zugriff entzogen.

Als er sich aufrichtete und prustend den Schaum aus dem Mund zu bekommen versuchte, hatte sie Zeit genug, sich in das Badetuch zu wickeln. Mit finsterer Stirn fuhr sie ihn an: »Pflichten! Pah!« Ihre Lippen zitterten vor Empörung. »Der Gestank Eurer Hure hängt noch immer an Euch. Ihr riecht wie ein Straßenmädchen, dabei hielt ich Euch immer für einen Mann!«

Wulfgar konnte sich diesen plötzlichen Wutausbruch nicht gleich erklären, doch dann kamen ihm wieder jene schweren Brüste mit ihrem süßlichen Moschusduft in den Sinn, und er wußte, was Aislinn aufgebracht hatte.

Mit heftigen Bewegungen begann Aislinn sich abzutrocknen, ohne zu ahnen, daß das feuchte Tuch mehr preisgab, als es verhüllte. Wulfgar lehnte sich in der Wanne zurück und genoß den herrlichen Anblick. Dabei nützte er die Gelegenheit, sich sorgsam abzuschrubben, um ihr keine weiteren Angriffspunkte mehr zu bieten. Als er sich mit klarem Wasser abwusch, sah er mit amüsiertem Lächeln, wie sie vergeblich versuchte, das Tuch an seinem Platz zu halten und gleichzeitig das Unterkleid überzustreifen. Als sie es fast geschafft hatte, gebot er ihr leise, aber entschieden Einhalt: »Nein, mein Liebling.«

Verärgert wandte Aislinn sich nach ihm um. Doch er begegnete ihrem Blick mit größter Gelassenheit und nickte dann mit dem Kopf zum Bett hinüber.

Sie stampfte mit dem Fuß auf und murrte: »Aber es ist Morgen. Ich habe ausgeschlafen.«

Er lachte leise auf. »Ich habe aber nicht an Schlafen gedacht.«

Mit einem Ruck erhob er sich aus der Wanne und griff nach einem linnenen Tuch, um sich abzutrocknen. Mit erschrecktem Aufschrei beugte sich Aislinn wieder zu ihrem Tuch hinab und begann es erneut um sich zu wickeln. Doch bevor sie aus dem Gemach eilen konnte, fühlte sie sich von seinen eisernen Armen umklammert. Wulfgars Augen bohrten sich tief in die ihren. Fast willenlos sank sie gegen seinen Leib. Er trug sie zum wartenden Bett und warf sie darauf nieder. Das Tuch glitt von ihrem Leib. Aislinn machte den verzweifelten Versuch, die Bettücher über sich zu schlagen, doch daran hinderte sie Wulfgar entschieden. Er warf sich neben sie und umfing sie in einer langen, leidenschaftlichen Umarmung. Seine Hände und Lippen begannen sie heiß zu liebkosen. Keine Stelle ihres süßen Leibs ließ er aus. Dann lösten seine Finger die Bänder in ihrem Haar, und sein Gesicht preßte sich keuchend in die duftende Fülle.

Plötzlich hörte man leises Klopfen an der Tür, und Hlynns Stimme drang in ihr Bewußtsein. »Milady? Seid Ihr wohlauf? Ich bringe Euch Euer Frühstück.«

Hlynn hielt den Atem an, als die Tür unvermittelt aufschwang und Wulfgar in strahlender Nacktheit vor ihr stand. Ihre Lippen formten ein stummes »Oh«. Doch schon wurde ihr das Tablett aus der Hand genommen, und die Tür schlug wieder zu. Wulfgar stand noch einen Augenblick bei der Tür und hörte, wie das Mädchen erschreckt davontrippelte.

Leise auflachend trug er das Tablett zum Bett. Aislinn hatte sich wieder zwischen die Decken geflüchtet und sie bis zum Kinn hochgezogen. Als Wulfgar sich über sie beugte, stemmte sie abwehrend eine Hand gegen seine Brust.

»Wulfgar, wartet«, bat sie, »ich bin hungrig.«

Doch er schüttelte nur ablehnend den Kopf. Dann schlüpfte er zurück in ihr Bett und schloß sie erneut in seine Arme. »Das hat Zeit, Chérie«, murmelte er dicht an ihrem Ohr, »das hat Zeit.«

Jeder Gedanke an Essen war rasch aus Aislinns Sinn getilgt. Unter seinen fieberhaften Liebkosungen schmolz sie dahin. Sein heißes Ungestüm weckte in ihr ein Verlangen, wie sie es noch nie gekannt hatte. Sengend brannten sich seine Küsse in ihre Haut. Seine Stimme murmelte zärtliche und unverständliche Worte, die sie berauschten. In ihrem tiefsten Innern zündete ein Funke, bis ein gleißender Feuerregen sie zu durchstürmen schien. Mit lautem, lustvollem Stöhnen hob sich ihr Leib dem seinen entgegen. Als sich seine Lippen erneut auf die ihren senkten, schlugen die Wogen der Lust über ihr zusammen.

Nur sehr langsam fand Aislinn aus diesem ekstatischen Überschwang zurück. Erschrocken gab sie sich Rechenschaft über den Grad ihrer Hingabe. Gab es überhaupt noch einen Unterschied zwischen ihr und den Frauen, die er vor ihr besessen hatte? Auch sie war unfähig gewesen, Stolz und Würde gegen sein Ungestüm zu verteidigen.

Wulfgar hielt sie noch immer zärtlich in den Armen und streichelte ihr seidenweiches Haar. Ganz plötzlich riß sie sich mit einem Schluchzen von ihm los und wandte ihm den Rükken zu.

Erschrocken und überrascht fragte er mit leiser Stimme: »Aislinn?« Er setzte sich auf und versuchte, sie wieder an sich zu ziehen. Doch sie schüttelte nur unwirsch den Kopf. Er ließ die Hand sinken und runzelte verwirrt die Stirn. Zusammengerollt lag sie auf der Seite und hatte die Bettücher über den Busen gezogen. Ihr schmaler Leib bebte schluchzend.

»Hab' ich dir weh getan?« fragte er leise und besorgt.

»Es ist kein körperlicher Schmerz«, sagte sie zögernd und mit kläglichem Ton.

»Nicht einmal bevor ich dich verließ, hast du so geweint. Was hast du nur?« Er beugte sich über sie und strich ihr eine Strähne aus der Stirn. »Sag's mir bitte.«

Doch sie schüttelte nur heftig den Kopf, und jede neue Frage löste neue Tränenströme aus. Wulfgar ließ sich aufseufzend zurücksinken. Wie schwierig Frauen doch sein konnten!

Es dauerte einige Zeit, bis sie sich wieder so weit beruhigte, daß er sich erfreulicheren Vorstellungen und Träumereien hingeben konnte, die ihn schließlich in einen tiefen Schlaf hinübergaukelten.

Schwer und regelmäßig drangen seine Atemzüge zu Aislinn herüber. Sie setzte sich jetzt vorsichtig auf und wischte die letzten Spuren der Tränen vom Gesicht. Sie zog die Knie an die bloße Brust und umklammerte sie mit den Armen. Ihre Augen starrten auf ihn hinab und weideten sich an jedem Stückchen seines nackten Körpers. Noch immer grübelte sie beschämt darüber nach, warum es ihr wieder nicht gelungen war, ihre eigene Leidenschaft zu zügeln. Hatte er sie doch wieder ohne jeglichen Liebesschwur und ohne Achtung ihrer innersten Bedürfnisse einfach genommen! Ihr Leib schien seinem Willen eher zu gehorchen als ihrem eigenen. Nur in solchen Augenblicken, wenn er schlafend an ihrer Seite lag, durfte sie sich ihm um ein Geringes überlegen fühlen. In einem solchen Augenblick wäre es sogar möglich gewesen, ihm einen Kuß auf die Lippen zu drücken, ohne sofort wieder durch sein spöttisches Lächeln gedemütigt zu werden.

Andächtig hingen ihre Augen an seinen Zügen. Die Kantigkeit, ja fast Ungehobeltheit seines Gesichtes schien es verführerischer zu machen.

Erleichtert sah sie, daß sein Körper keine neuen Verletzungen aufwies. Die Wunde, die sie versorgt hatte, war inzwischen völlig verheilt und hatte nur eine rote Narbe zurückgelassen. Zärtlich zog sie die Decke über ihn, denn der Frost des Wintermorgens begann sich jetzt bemerkbar zu machen. Dann stieg sie behutsam aus dem Bett und begann sich anzukleiden.

Mit gerunzelter Stirn streifte sie die zerschlissene Gunna über. Sie fürchtete sich vor dem Augenblick, in dem sie darin vor ihm erscheinen mußte. Wohl hatte sie vor der Abreise hastig den von ihm übersandten gelben Samt eingepackt, doch bis jetzt noch keine Gelegenheit gefunden, sich daraus ein neues Gewand zu fertigen. Sie mußte sich eben damit abfinden; auch die neu in ihr aufflammende Wut gegen die diebische Gwyneth konnte an der Situation nichts ändern. Immerhin hatte sie andere Vorzüge, die ihr jetzt zustatten kamen. Etwas getröstet begann sie das lange glänzende Haar zu kämmen – das zumindest konnte Gwyneth ihr nicht rauben. Und mit Befriedigung erinnerte sie sich jener Stunden, in denen Wulfgar stumm vor Bewunderung dagesessen hatte und ihr zusah, wie sie diese goldene Pracht bändigte.

Mit wehmütigem Seufzen trat sie von neuem neben das Bett und blickte auf den Schlafenden hinab. Es schien ihr völlig unmöglich, den Annäherungen eines solchen Mannes gegenüber die Beherrschung zu bewahren. Nachdem sie jetzt wußte, zu welch leidenschaftlichem Überschwang sie fähig war, erschien ihr das noch unwahrscheinlicher denn je zuvor.

Erzürnt über diese Gedanken wandte Aislinn sich unvermittelt ab, um das Gemach zu betrachten. Dessen prachtvolle Ausstattung entlockte ihr höchste Bewunderung. Vor seinen so sorgfältig abgelegten Gewändern und Waffen verhielt sie den Schritt, während ein zärtliches Lächeln ihr Gesicht überzog. Er duldete weder Nachlässigkeit noch übertriebene Eleganz. Dieser bemerkenswerte Charakterzug mochte aus seinem schweren Werdegang zu erklären sein. Auf jeden Fall betonte er immer wieder, daß er auf keinen Fall gesonnen sei, sein hart erworbenes Gold für Nichtigkeiten dranzugeben . . . Und trotzdem hatte er ihr diesen kostbaren gelben Samt geschenkt! Vielleicht also empfand er doch so etwas wie wahre Zuneigung zu ihr . . .? Wulfgar schlief nur kurze Zeit. Der Morgen war noch jung, als er sich hin- und herzuwerfen begann. Dann verließ er sein Lager. Mit kaltem Wasser wusch er sich die Müdigkeit aus dem Gesicht und begann dann Hemd und Beinkleider überzustreifen. Forschend wanderten dabei seine Augen über Aislinns Gestalt. Eine sanfte Röte überzog das Antlitz des Mädchens, dessen Finger plötzlich unfähig schienen, auch nur noch einen sauberen Stich auf dem Wäschestück anzubringen, das es in seinem Schoße hielt.

Erst als er angezogen vor ihr stand, kehrte ihre Ruhe zurück. Sie wies ihn an, sich auf die Bank zu setzen und griff nach einer messerscharfen Klinge. Aus ihrer kostbaren Seife und warmem Wasser hatte sie Schaum bereitet, mit dem sie ihm nun Kinn und Wangen einseifte. Dann befreite sie ihn vorsichtig von seinem Bart und stutzte ihm auch das sonnengebleichte Haupthaar.

Wohlig seufzte er unter ihren sanften Händen auf. »Eure Talente haben mir unterwegs sehr gefehlt, Aislinn«, meinte er lächelnd. »Sanhurst zaust mir den Bart, daß ich danach mehr Narben habe, als mir lieb ist.«

Sie lächelte verhalten. Seine Hand, die sich auf ihrem Leib auf Wanderschaft begeben wollte, schob sie beiseite. »Nun, Euer Lordschaft, wenn ich zu sonst nichts mehr tauge, könnt Ihr mich immer noch als Lakaien verwenden.«

Unwillig grunzte er auf. »Ich glaube nicht, daß ein Lakai mit so verführerischen Formen bei mir am richtigen Platz wäre.« Doch dann lächelte er sie wieder an. »Aber vielleicht sollte man sich das doch einmal überlegen.«

»Ha!« gab sie erbost zurück, während sie die Klinge dicht an seine Kehle hielt. »Ich bin sicher, daß Sanhurst sich dagegen verwahren würde, so schlecht wie ich behandelt zu werden – und das bei so geringem Lohn. Die Versuchung wäre groß, Euch dafür die Kehle durchzuschneiden.« Doch sie trennte lediglich eine überlange Haarlocke ab und warf sie ins Feuer.

Wulfgar warf ihr einen scharfen Blick zu. »Nimm dich in acht mit dieser Klinge, Hexe! Ich möchte nicht wie die Barbaren im Süden aussehen, deren kahler Schädel nur noch eine einzige Locke ziert.«

»Wäre vielleicht gar nicht so übel, Euch Eure Mähne zu stutzen«, erwiderte Aislinn. Darauf tauchte sie ein Stück Linnen in die dampfende Schüssel und klatschte es ihm aufs Gesicht. »Vielleicht würden dann weniger junge Witwen an meiner Kammertür kratzen.«

Wulfgars Worte wurden von dem Tuch erstickt. Doch als sie es schließlich wegnahm, meinte er mit rotem Gesicht und spöttischen Augen: »Ich glaube, es ist doch besser, ich versuche es noch einmal mit Sanhurst.«

Indem sie die Röcke zu einem tiefen Knicks ausbreitete, erwiderte sie mit hellem Lachen: »Ganz wie Ihr wollt, Sire. Ich bin Euer Sklave und habe Euch zu gehorchen.«

»Laßt es gut sein«, wies er sie mit gezwungenem Lächeln zurecht.

Er erhob sich von der Bank, zog sein Obergewand über und gürtete sich dann mit seinem Kurzschwert. Als sein Blick auf ihre ärmliche Kleidung fiel, verfinsterte sich seine Miene. »Ich hoffte, Euch in einem gelben Gewand zu sehen, Aislinn. Mir schien, diese helle und freundliche Farbe paßte besonders gut zu Euch.«

Sie senkte den Blick und strich mit schlanken Händen über die fadenscheinige Gunna. »Als Gowain erschien, blieb mir keine Zeit mehr, mir daraus ein Gewand zu fertigen, Wulfgar. Und in der Zeit davor mußte ich es verstecken, um es nicht an eine andere zu verlieren . . .«

»Ich fürchte, Ihr verwandelt Euch zusehends in eine alte Schlampe, Aislinn«, warf er ihr vor. »Ich habe doch Eure Truhe gesehen, und mir schien, als ob sie Besseres enthalten hätte als das hier.« Er wandte sich ihr zu und hob fragend die Braue. »Was bezweckt Ihr damit – daß ich Mitleid für Euch empfinde?«

Aislinns Wangen glühten auf, und sie schüttelte in heftiger Abwehr den Kopf. »Nein! Aber es gab jemand in Darkenwald, der meiner Kleider dringender bedürftig schien als ich. Leider sind meine Mittel zu gering, um den Verlust zu ersetzen, das ist alles.«

Aislinn trat rasch an ihr bescheidenes Bündel heran und zog den gelben Samt heraus. »Schaut her, ich habe den Stoff bei mir. Ich werde mir daraus ein vornehmes Gewand machen, und es wird in wenigen Tagen fertig sein, Wulfgar.«

Er grunzte unwillig auf, um sie dann in die Halle hinabzuführen. Nachdem er Aislinn zu ihrem Stuhl geleitet hatte, eilte Hlynn herbei und tischte ihnen Fleisch auf. Heftig errötend streifte Hlynn Wulfgars große Gestalt mit einem scheuen Blick. Sanhurst erhob sich in seiner Ecke kurz zu ihrer Begrüßung, beugte sich dann aber sofort wieder über seine Arbeit. Er war dabei, Wulfgars Rüstung und Waffen zu putzen. Aislinn fragte sich, wer dieser kräftige junge Mann sein mochte, dessen Haupt und Gesicht erkennen ließen, daß sie erst vor kurzem ihren Haar- und Bartschmuck verloren hatten.

Wulfgar mußte lächeln, als er ihre Neugier gewahrte. »Das ist Sanhurst«, gab er ungefragt Antwort.

Aislinn sah sehr wohl die Angst im Gesicht des jungen Sachsen. »Ihr scheint ihm bereits klar gemacht zu haben, wer hier der Herr ist.«

Wulfgar knurrte. »Ich behandelte ihn besser, als er es verdiente.«

Mit raschem Seitenblick erwiderte sie: »Noch ein Sachse, der sich unter Eurem Absatz windet, Euer Lordschaft?«

»Aislinn, wollt Ihr etwa diesen Tölpel vor mir in Schutz nehmen? Wollt Ihr Euch etwa um jeden Bauernlümmel und diebischen Bettler persönlich kümmern, der je englischem Boden entsprossen ist?«

Ihre Augen weiteten sich in geheuchelter Unschuld. »Aber wieso sollten sie meines Schutzes bedürfen, da sie bei ihren normannischen Herren doch so viel Verständnis und Wohlwollen finden?«

Wulfgar knirschte wütend mit den Zähnen. »Ihr könntet selbst einen Heiligen erzürnen, Frau. Aber schließlich seid Ihr eine Sächsin und folglich auf ihrer Seite.«

Aislinn hob die Schultern. »Ich verlange nicht mehr als Gerechtigkeit.«

»Soll das heißen, daß Ihr mich ungerecht scheltet?« wollte Wulfgar wissen. »Fragt Sir Milbourne, ob ich nicht gerecht verfuhr, als sich dieser flachköpfige Einfaltspinsel blindlings in den Kampf stürzte, anstatt mir den Rücken zu decken, wie ich befohlen hatte. Ich habe ihn dafür lediglich vom Soldaten zum Leibeigenen gemacht.«

Aislinns Augen weiteten sich erschreckt. »Ihr wurdet angegriffen, Wulfgar? Ihr habt mir nichts davon gesagt. Und ich habe auch keinerlei neue Wunden bemerkt . . .« Sie hielt rotübergossen inne.

Sein herzhaftes Lachen füllte die Halle. Dann senkte er die Stimme und flüsterte ihr zu: »Eure Besorgnis ist für mich eine große Ehre, Chérie.«

Aislinn senkte den Kopf, unfähig noch länger seinen spöttischen Augen standzuhalten. Doch dann legte sich Wulfgars große Hand über die ihre.

»Kein Grund zur Aufregung, Aislinn«, beruhigte er sie lächelnd. »Alle hier wissen, wie geschickt Ihr in der Kunst des Heilens seid. Sie werden denken, daß Ihr mich deswegen so genau untersucht habt.« Eindringlich fuhr er fort: »Nur ich kenne den wahren Grund.«

»Oh?« Aislinn hob die Braue und lächelte. »Ihr wärt bestimmt der letzte, der ihn erfährt.«

Gowain trat herzu und setzte sich neben Wulfgar. Während Wulfgar Aislinn mit Fragen nach Darkenwald bestürmte, nippte der junge Ritter an einem mit Wein gefüllten Pokal. Plötzlich hob er den Kelch an die Nase und schnüffelte mit mißtrauisch gerunzelter Stirn daran. Offensichtlich enttäuscht ließ er seine Augen zu Wulfgar hinüberschweifen. Doch dann schüttelte er ob seines Verdachts energisch den Kopf. Gleichwohl dauerte es nicht lange, bis sich seine Augen erneut auf Wulfgar hefteten.

Wulfgar fuhr ihn unwirsch an: »Was ist mit Euch los, Gowain? Sind mir plötzlich Hörner gewachsen, oder habt Ihr gar Euren Verstand verloren?«

»Um Vergebung, Wulfgar«, erwiderte Gowain, »aber ich konnte es zunächst einfach nicht glauben.« Der Jüngere biß sich auf die Lippen, als ob ihm sein Geständnis großen Kummer bereitete. »Doch ich darf es Euch nicht verhehlen – dieser Lavendelduft scheint mir nicht ganz das Passende für Euch zu sein, Euer Lordschaft.«

Wulfgar hob überrascht die Braue, während Aislinn sich die Hand auf den Mund preßte, um nicht laut herauszulachen. Doch rasch hatte der Normanne sich wieder gefaßt und wandte sich mit humorigem Spott an den jungen Ritter: »Wenn Ihr erst einmal soweit seid, daß Ihr Euch rasieren müßt, Junge, werde ich Euch an Eure Worte erinnern.«

Als sich das allgemeine Gelächter zu legen begann, beugte

sich Sir Gowain zu Wulfgar hinüber und flüsterte: »Euer Lordschaft – im Stall unten werdet Ihr erwartet. Wollt Ihr sie jetzt sehen?«

Aus den Augenwinkeln bemerkte Gowain, daß Aislinn zusammenzuckte. Ihre Augen hingen forschend an Wulfgar.

»Es ist nichts, worüber Ihr Euch Sorgen machen müßt, Aislinn«, beruhigte er sie. »Nur ein kleiner Handel, der mich bestimmt nicht lange aufhalten wird.«

Bevor er sich von der Tafel erhob, preßte er zärtlich ihre Hand, doch Aislinns Angst wurde dadurch kaum geringer.

Als die beiden Männer den Stall betraten, wurden sie von einem Pferdehändler erwartet, der eine Stute am Zügel hielt. Die Zeichnung und die Gestalt des Tieres erregten Wulfgars höchste Bewunderung. Er trat an das Pferd heran und ließ seine Hand prüfend über die Flanken streichen. Er fühlte die starken, wohlausgebildeten Muskeln, sah die herrlichen Proportionen und die kräftigen, festen Hufe des Tiers. Es handelte sich um einen Apfelschimmel, dessen Fell an manchen Stellen fast blau, an anderen hellgrau schimmerte. Die Stirn trug eine graue Zeichnung, die sanft in die dunkle Maulpartie überging. Man sah sehr wohl, daß morgenländisches Blut in den Adern der Stute floß, aber sie besaß sonst die kräftige, untersetzte Gestalt der englischen Pferde. Der Ritter nickte Gowain kurz zu und zog sich dann zurück.

Gierig beobachtete der Händler, wie der Jüngere das Gold abzählte und ihm schließlich überreichte. Er händigte ihm dafür ein Pergament aus, auf dem mit größter Sorgfalt der Stammbaum des edlen Tiers aufgezeichnet war. Die beiden Ritter blieben allein im Stall zurück.

»Ein herrliches Tier, die Dame wird davon entzückt sein«, meinte Gowain.

»Ja«, erwiderte Wulfgar, »aber behaltet die Sache noch für Euch, sie soll die Neuigkeit erst später erfahren.«

Als sie in die Halle zurückkehrten, wurden sie von Aislinns fragenden Augen empfangen. Doch Wulfgar gab keinerlei Erklärung. Das Mädchen trat an den Ritter heran, legte eine Hand auf seinen Arm und bat mit flehendem Blick: »Noch nie war ich in der schönen Stadt London, Wulfgar. Es verlangt mich danach, ihre Sehenswürdigkeiten zu betrachten. Erlaubt Ihr, daß ich heute nachmittag einen Spaziergang durch ihre

Straßen unternehme und« – an dieser Stelle zögerte sie einen Augenblick – »mir vielleicht ein, zwei Kleinigkeiten erstehe.« Wulfgars Miene verfinsterte sich sofort wieder. Sie verfärbte sich dunkelrot, als seine Augen über ihr elendes Gewand glitten. Seine Worte drangen wie Dolche in ihre Brust. »Nein«, stieß er mürrisch hervor, »das ist nicht die Zeit, für eine Frau, ohne Begleitung durch die Straßen zu gehen. Aber weder ich noch meine Männer können sich im Augenblick von ihren Pflichten befreien. Ihr tut also gut daran, hier im Schutz der festen Türen dieses Hauses zu verweilen. Vielleicht finde ich ein andermal Zeit für Euch.«

Die Enttäuschung ließ sie nur zaghaft nicken. Doch ihre Augen füllten sich mit neuer Hoffnung, als der junge Gowain eifrig seine Dienste anbot. Ein böser Blick Wulfgars brachte ihn jedoch rasch zum Schweigen. Noch immer höchst verdrießlich warf Wulfgar den Umhang über die Schultern und verschwand erneut.

Niedergeschlagen wies Aislinn Hlynn und Sanhurst an, die Halle zu säubern. Dann begab sie sich mit müdem Schritt in ihr Schlafgemach, um dort Ordnung zu schaffen. Sie war gerade mit dem Wegräumen ihrer geringen Habe beschäftigt, als aus dem Hof Huftritte heraufklangen. Sie sah, wie Wulfgar auf die Straße hinausritt. Wieder einmal fragte sie sich, warum dieser harte und verschlossene Mann immer wieder zu ihr zurückkehrte, um sie gleich darauf doch zu verlassen.

Die Sonne kletterte am Firmament hinauf. Als dann die Torffeuer angefacht wurden, um das Mittagsmahl zu kochen, war die Stadt jedoch wieder in dichten Dunst gehüllt.

Aislinn legte den gelben Samt auf dem großen Bett aus und begann ihn zuzuschneiden. Ohne Besätze würde er wohl nicht so gut zur Wirkung kommen, doch sie war sicher, daß es ihr gelingen würde, daraus ein hübsches Gewand zu nähen.

Plötzlich klang Lärm aus der Halle herauf, und sie dachte, die Männer würden zum Essen zurückkehren. Doch dann hörte man Hlynn auf die Kammertür zueilen und stürmisch anklopfen. Aislinn rief sie herein. Sie fuhr aber erschrocken zurück, als zusammen mit dem Mädchen ein ganzer Schwarm Fremder hereindrängte. Hlynn zuckte kichernd mit den Schultern und hob in gespieltem Entsetzen die Hände.

Man sah Gehilfen mit mächtigen Tuchballen; andere trugen kostbare Samte sowie ausgewählte Seidenstoffe und Pelze herein. Ihnen folgten Näherinnen mit großen Scheren, Garnrollen und Besätzen. Und schließlich erschien ein hagerer Schneidermeister, der sich tief vor Aislinn verbeugte. Er bat sie untertänigst, sich auf die Bank zu stellen, damit er ihr Maß nehmen konnte. Nachdem er in sein Maßband die entsprechenden Knoten gemacht hatte, gab er seine Anweisungen.

Aislinn kam erst wieder zu sich, als sich einige der Näherinnen über den gelben Samt hermachen wollten. Sie setzte sich zusammen mit dem Schneider aufs Bett und erklärte ihm genau, wie sie ihn verarbeitet wissen wollte. Es sollte ein besonders elegantes Gewand mit weit gebauschten Ärmeln und einem eng anliegenden Mieder werden. Das Oberteil wünschte sie sehr tief ausgeschnitten, damit darunter eine Bluse aus blaßgelber Seide gut zur Geltung käme.

Das ganze Gemach summte vor Geschäftigkeit. Die Frauen schnitten zu und nähten, und die Gehilfen trugen die benötigten Dinge herbei oder sammelten die Reste ein. Aislinn kam kaum nach mit dem Anprobieren. Von allen Seiten wurde sie mit Fragen bestürmt oder um ihre Zustimmung gebeten. Irgend jemand zog ihr halbfertige weiche Pantöffelchen über die Füße, ein anderer legte ihr Fuchs-, Nerz- und Zobelpelze vor, aus denen Kragen und Ärmelaufschläge gefertigt werden sollten. Je weiter der Nachmittag fortschritt, desto eifriger gebärdete sich der Schneider. Schließlich geschah es ihm nicht alle Tage, daß er mit seiner Kunst eine so schöne Erscheinung noch schöner machen und zugleich auf eine wirklich großzügige Entlohnung hoffen durfte.

Am späten Nachmittag stieß Wulfgar auf eine kleine Schankstube, die fast leer war. Hier konnte er sich ohne großes Aufsehen niederlassen. Er setzte sich neben das hell lodernde Feuer und sah zu, wie der Wirt ihm einen Krug feinen Weins und einen Becher vorsetzte.

Sein Tagwerk war getan, und er hätte eigentlich nach Hause zurückkehren können. Aber er wußte, daß dort noch der Schneider mit seinen Gehilfen tätig war. Der Gedanke an die Kosten ließ ihn kurz erschauern, und er goß sich rasch von dem vollmundigen roten Wein nach. Verdammt wollte er sein, wenn er Aislinn weiterhin in ihren alten Lumpen gehen ließe! Er ahnte sehr wohl, wer die Ursache für diesen Zustand war, und der Ärger drohte ihn zu übermannen. Gwyneth hatte sich seine Abwesenheit zunutze gemacht und alles an sich gerissen, was ihr in die Augen stach. Was sie wohl mit dem Gold gemacht haben mochte, das er ihr gegeben hatte? Für irgendwelchen Tand verschwendet? Ah, Frauen! Nie würde er sie begreifen. Diese Gwyneth hatte eine Mutter gehabt, die sie liebte; und kein Vater hatte sie verstoßen. Und trotzdem war sie giftig wie eine Natter.

Doch je mehr Wulfgar trank, desto weniger dachte er an seine Halbschwester. Um so ausgiebiger beschäftigte er sich mit Aislinn. Keine Frau auf Erden würde über ein solches Geschenk nicht entzückt sein. Wenn es überhaupt etwas gab, was sie ihm geneigt machen konnte, dann waren es diese prächtigen Kleider.

Verdammt, dachte er, sie hat mehr von mir bekommen als jede andere Frau. Finster musterte er den leeren Becher und füllte ihn wieder. Warum ist sie nur immer so abweisend? Welches Spiel spielt sie mit mir? Sie scheint mich doch gern zu haben. Doch wirklich nahe komme ich ihr nur auf den Gipfeln der Leidenschaft. Sofort danach ist sie mir wieder ferner denn je!

»Aber das hat jetzt ein Ende«, entrang es sich seiner Brust. »Was immer es auch kosten mag, es wird sich lohnen, denn es wird mir ihre Zuneigung und Hingabe verschaffen.«

Schon sah er sie in den neuen Gewändern vor sich. Voller Vorfreude leerte er den Becher bis zur Neige. Als er nachschenken wollte, gab der Krug nur noch wenige Tropfen her. Mit lauter Stimme befahl er einen ganzen Schlauch dieses wundervollen Nektars.

Nach einer Weile neuer, lustvoller Gedanken an Aislinn fiel ein dunkler Schatten über seinen Tisch. Als Wulfgar den Blick hob, stand der Schankwirt vor ihm.

»Euer Lordschaft, die Zeit ist fortgeschritten«, gab er ihm höflich zu verstehen. »Ich muß jetzt schließen. Wollt Ihr die Nacht unter meinem Dach verbringen?«

»Nein, nein, guter Mann. Diese Nacht will ich auf jeden Fall in meinem eigenen Bett zubringen.«

Mit unsicheren Bewegungen erhob er sich und klemmte den

Weinschlauch unter den Arm. Er zählte Münzen in die ausgestreckte Hand, bis der Wirt zufrieden schien. Mit größtem Bedacht fand er seinen Weg hinaus zu Hun, der seit vielen Stunden auf ihn wartete. Das ungewohnte Schwanken seines Herrn ließ das Pferd aufschnauben. Doch es stand stocksteif, als Wulfgar sich in den Sattel zu schwingen versuchte. Schließlich lag er quer über dem Rücken des Tiers und richtete sich mühsam auf, bis seine tastenden Füße die Steigbügel fanden. Er trieb den treuen Gefährten jedoch vergeblich an. Das Tier blieb einfach stehen, reagierte weder auf gutes Zureden noch auf wütende Befehle.

Der Lärm ließ den Schankwirt erneut die Tür öffnen und heraustreten. Erstaunt blickte er zu Wulfgar auf, dann löste er die Zügel von der Haltestange und reichte sie ihm hinauf. Kopfschüttelnd verschwand er wieder in der Schankstube.

Jetzt setzte Hun sich sofort in Bewegung. Allerdings kümmerte er sich noch immer kaum um die Befehle seines Herrn, sondern suchte allein den Weg zurück in den warmen Stall.

Im Haus war es inzwischen dunkel geworden. Dicke Nebelschwaden zogen vom Fluß herauf und hüllten alles ein. Aislinn war wieder allein. Sie konnte ihr Glück noch immer kaum fassen. Immer wieder bestaunte sie die acht neuen Gewänder, die man mit größter Sorgfalt auf dem Bett ausgebreitet hatte. Wulfgars Großzügigkeit entzückte sie über die Maßen. Nie hätte sie dergleichen von ihm erwartet!

Zuerst griff sie nach der gelben Gunna. Sorgsam wurde sie zusammengefaltet und dann zur Seite gelegt. Die anderen Gewänder folgten, bis auf ein pfirsichfarbenes, das sie anlegte. Hlynn kämmte ihr die langen Flechten aus und wand dann Seidenbänder hinein, um so eine Krone auf dem Haupt der Herrin zu formen.

Als Aislinn so gewandet und geputzt in die Halle hinabschritt, erstummte jeder Lärm. Alle Augen waren auf sie gerichtet. Es war Milbourne, der älteste unter den Rittern, der schließlich mit einem Lächeln auf dem zernarbten Gesicht aufstand und ihr seinen Arm bot, um sie zum Tisch zu geleiten. Aislinns freundliches Lächeln entlohnte ihn reichlich.

Sir Gowain konnte den Blick nicht mehr von ihr wenden. Bierselig murmelte er immer neue Komplimente. Selbst Sanhurst ließ den talggetränkten Lappen sinken, mit dem er Wulfgars Stiefel bearbeitete, und weidete seine Augen an dem schönen Anblick.

Das Mahl war fast beendet, als Beaufonte die Hand hob und um Ruhe ersuchte. Durch die geöffneten Läden am anderen Ende der Halle hörte man bedächtige Huftritte und eine laute Stimme, die ein Liebeslied grölte. Die wütende Stimme eines aus dem Schlaf geschreckten Bürgers mischte sich dazwischen. Dann hörte man die Stalltür zuschlagen, und es herrschte Stille. Ringsum sah man verwunderte Gesichter. Gowain rollte in komischem Entsetzen die Augen, was Aislinn laut herauslachen ließ. Jetzt vernahm man auf der Treppe schwere Schritte, die von unverständlichem Gemurmel begleitet wurden. Dann schwankte Wulfgar in das Gemach und zog den halbleeren Weinschlauch hinter sich her. Mit heiserer Stimme und weit ausholender Gebärde rief er: »Ho, Kameraden, seid gegrüßt, und auch Ihr, schönste Demoiselle!« So torkelte er in den Raum. Er war kaum zu verstehen und warf englische und französische Wörter wild durcheinander.

Wulfgar hatte Aislinn mit einer anmutigen Verbeugung und einem höflichen Handkuß begrüßen wollen. Aber seine Beine verhedderten sich und erst im letzten Augenblick gelang es ihm, sich wieder zu fangen. Schwankend umklammerte er Aislinns Hand und drückte ihr einen schmatzenden Kuß auf den Unterarm.

Noch nie hatte Aislinn ihn in einem solchen Zustand gesehen. »Euer Lordschaft«, fragte sie mit besorgter Stimme, »seid Ihr krank?«

»Mitnichten, Chérie, ich bin trunken von so viel Schönheit. Laßt mich einen Lobpreis auf Euch ausbringen.« Er gestikulierte zu den anderen hinüber. »Auf Lady Aislinn«, röhrte er, »das hübscheste Frauenzimmer, das je eines Mannes Bett zierte.«

Er hob den Weinschlauch an die Lippen, und es gelang ihm sogar, einige Tropfen durch seine Kehle rinnen zu lassen. Aislinns Augen funkelten vor Wut über diese Ungebühr. Wulfgar setzte den Schlauch ab, wischte sich den Mund und umklammerte ihre beiden Hände. Er zwang sie an seine Lippen und murmelte dann: »Komm, Chérie, wir wollen uns zurückziehen, kommt zu Bett!«

Wulfgar schritt mit übertriebener Würde zur Treppe, um dort bereits die zweite Stufe zu verpassen und rücklings auf den Boden zu schlagen. Aufseufzend griff Aislinn nach seinem Arm und bat Gowain mit den Augen, ihr zu Hilfe zu kommen. Der junge Ritter verbiß sich das Lachen und packte seinen Herrn unter der Schulter. Mit großer Mühe nur gelang es ihnen, den Betrunkenen die Treppe hinauf und in seine Schlafkammer zu bringen. Dort setzten sie ihn auf den Rand des Bettes.

Nachdem Aislinn Sir Gowain entlassen und die Tür hinter ihm geschlossen hatte, wandte sie sich zu Wulfgar um. Er hatte sich inzwischen taumelnd erhoben und kam auf sie zu, als ob er sie in seine Arme reißen wollte. Als sie rasch zur Seite trat, stolperte er und klammerte sich im Fallen an die Gewänder, die neben der Tür hingen, und riß sie im Fallen mit sich. Eines fiel ihm dabei über den Kopf, worauf er heftig um sich zu schlagen begann.

Aislinn packte ihn bei den Händen und versuchte ihn zu beruhigen. »Haltet ein, Wulfgar.« Als er nicht hören wollte, wurde ihre Stimme herrischer. »Haltet still, Wulfgar, hört Ihr!«

Schließlich gelang es ihr, ihn zu befreien und wieder zum Bett zu führen. Nachdem sie die Gewänder an ihren Platz zurückgehängt hatte, stand sie mit in die Seiten gestemmten Armen vor ihm. Dann versuchte sie, ihm sein Hemd über den Kopf zu ziehen. Doch mit einer raschen Bewegung schlang er die Arme um sie. Aislinn schrie überrascht auf und stemmte beide Hände gegen seine Brust.

Und seltsamerweise ließ er sie darauf wieder frei. Heute, da war er sicher, würde sie von sich aus in seine Arme kommen.

So gelang es Aislinn, ihm die Schuhe und dann auch die Beinkleider auszuziehen. Sie drückte ihn aufs Bett zurück und zog die Decke über ihn. Dann ging sie zum Feuer hinüber. Sehnsüchtig folgten ihr seine Augen. Im Widerschein der Flammen legte sie die Gunna ab und faltete sie sorgfältig zusammen. Sie löste das lange Haar und schüttelte es frei. Bevor sie die Pantöffelchen von den Füßen schlenkerte, streifte sie noch das Unterkleid ab, um dann zum Bett zurückzukehren und unter die Decken zu kriechen.

Gleich würde seine Hand herüberkommen und sanft über

ihren Leib streichen. Doch sie wartete heute vergeblich. Dafür vernahm sie ein leises Schnarchen, das ihr ein Lächeln entlockte. Sie rollte sich zufrieden zusammen und drückte sich gegen seine Seite. So fiel sie rasch in tiefen Schlaf.

Als Aislinn die Augen öffnete, fiel heller Sonnenschein durchs Fenster. Der Tag mußte bereits weit fortgeschritten sein. Ein seltsames Klagen und Stöhnen drang an ihr Ohr. Es kam aus der Ecke, wo die Waschschüssel stand. Aislinn konnte sich ein Lächeln nicht verkneifen, als sie sich wieder tief in die Kissen kuschelte. Sie hörte das Plätschern von Wasser und dann das Quietschen des Betts, als Wulfgar sich wieder neben sie fallen ließ. Sie drehte sich um und wollte ihm einen schönen guten Morgen wünschen. Doch die Worte erstarben ihr auf der Zunge, denn sie sah nichts als seinen breiten Rücken. Sie stützte sich auf einen Ellbogen und zog an seiner Schulter, bis er sich endlich herumrollte. Augen und Lippen waren schmerzhaft zusammengepreßt, und seine sonst so gesunde Gesichtsfarbe war einem bläßlichen Grünton gewichen. Sie zog ihm die Decke bis unters Kinn und steckte sie rundum fest. Als sie den Blick wieder hob, fand sie das Stahlgrau seiner sie musternden Augen von roten Rändern und angeschwollenen, bläulichen Lidern umgeben.

»Die Läden«, murmelte er und deutete kraftlos hinüber. »Schließt sie bitte, Aislinn. Das Licht durchbohrt mir den Schädel mit tausend spitzen Stäben.«

Sie schlang sich eine Decke um die Schultern und erfüllte seinen Wunsch. Dann warf sie einige neue Scheite ins Feuer und sprang übermütig zurück ins Bett. Als sie sich auf der Suche nach Wärme dicht an ihn preßte, knirschte Wulfgar unwillig mit den Zähnen.

»Vorsicht, meine Süße, Vorsicht«, bat er stöhnend. »Mein Kopf scheint voll sauren Weins zu sein wie ein alter Schlauch, und meine Zunge hat einen Belag so dick wie deine Pelze.«

»Mein armer Wulfgar«, versuchte sie ihn zu trösten. »Wenn man den Wein in solchen Mengen genießt, muß man ja krank werden. Und die Freuden, die er des Nachts schenkt, werden durch die Leiden des nächsten Morgens bei weitem übertroffen.«

Wulfgar stöhnte erneut. »Es scheint, ich habe eine Philosophin im Bett. Vielleicht gehört zu Euren vielen Talenten auch die Gabe, einen wüst schmerzenden Kopf zu heilen.«

Aislinn legte nachdenklich einen Finger an den Mund. »Ja, das könnte schon sein. Aber ich fürchte, die Kur ist kaum weniger schlimm als die Krankheit.«

Er griff nach ihrer Hand und preßte sie sich auf die fiebernde Stirn. »Wenn ich diesen Tag überlebe«, versprach er, »werde ich dich reich belohnen.«

Sie nickte ihm zu und erhob sich erneut. Drüben beim Feuer steckte sie ein Schüreisen tief zwischen die glühenden Holzkohlen. Dann streute sie Kräuter in einen Becher und gab eine Flüssigkeit hinzu. Das Ganze wurde schließlich mit Wein aufgefüllt und gut verrührt. Nun nahm sie das inzwischen rotglühende Eisen aus dem Feuer und tauchte es tief in das Gebräu, bis es dampfend aufwallte.

Mit zaghaftem Lächeln trat sie an Wulfgars Seite und reichte ihm den Trank. »Ihr müßt es rasch und auf einen Zug trinken«, wies sie ihn an.

Mühsam richtete Wulfgar sich auf und griff nach dem Becher. Die Gerüche, die daraus aufstiegen, ließen ihn die Nase rümpfen, und sein Gesicht schien noch einen Schatten grüner zu werden. Anklagend hob er die Augen zu Aislinn. Doch sie führte ihm energisch den Becher an die Lippen. »Trinkt es in einem Zug, es wird Euch guttun«, wiederholte sie.

Er holte tief Luft und hielt den Atem an, als er die Brühe in einem Zug hinabstürzte. Als er den Becher sinken ließ, durchlief ein Zittern seinen Leib. Bitter stieß es vom Magen her in ihm auf. Aislinn trat etwas zurück. Man hörte es in seinen Eingeweiden rumoren, und dann weiteten sich plötzlich seine Augen. Mit einem Satz war er aus dem Bett und drüben beim Nachtgeschirr, ungeachtet der eisigen Kälte.

Aislinn kroch lächelnd ins warme Bett und beobachtete von dort aus seinen krampfhaft zuckenden Rücken. Als er einige Zeit später mit weichen Knien und anklagendem Blick zu ihr zurückkehrte, schlug sie voller Unschuld die strahlenden Augen zu ihm auf. Mehr tot als lebendig ließ er sich neben sie sinken und zog die Decken über sich.

»Ihr seid ein rachsüchtiges Frauenzimmer und böse weit über Eure Jahre hinaus. Wenn ich das hier überstehe, werde ich Euch durch die Mönche exorzieren lassen.«

Aislinn richtete sich auf und lächelte auf ihn hinab. »Was sagt Ihr da, Wulfgar?« fragte sie ihn heiter. »Wie Ihr eigentlich wissen solltet, kann nur ein rechtmäßig verheirateter Ehemann seine Frau exorzieren lassen.«

»Ah«, stöhnte Wulfgar auf, als ob neue Schmerzen ihn schüttelten. »Ihr versucht selbst in diesem schlimmen Augenblick noch Euren Köder auszulegen. Genügt es Euch denn nicht, daß Euer Zaubertrank mich fast das Leben gekostet hat?«

»Es war nichts als ein reinigender Balsam«, erwiderte sie mit niedergeschlagenen Augen. »Nachdem die Gifte Euren Leib verlassen haben, werdet Ihr Euch bald besser fühlen.«

Wulfgar tastete mit den Fingern behutsam seinen Kopf ab. »Wirklich, es tut kaum noch weh. Außerdem regt sich in mir der Hunger. Ich glaube, ich könnte jetzt ein Stück Fleisch von der Größe Huns vertragen.«

Er schob sich noch ein Kissen unter die Schulter und warf ihr einen zärtlichen Blick zu. »Haben die Kleider Euren Sinn erfreut, die der Schneider für Euch fertigte?«

Aislinn nickte freudestrahlend, so daß die kupferfarbenen Flechten wie züngelnde Schlangen über die Decke tanzten. »Nie zuvor habe ich so reiche Gewänder gesehen, Wulfgar. Ich danke Euch für dieses Geschenk.« Sie beugte sich zu ihm hinüber und küßte ihn flüchtig auf die Wange. »Die Gewänder würden selbst einer Königin zur Ehre gereichen. Ihr müßt dafür ein Vermögen ausgegeben haben.«

Er hob in gespieltem Gleichmut die Schultern, während sein Blick sich dort festsog, wo die Decke aufklaffte und ihre schwellenden Brustansätze freigab.

Aislinn schien das Aufleuchten seiner Augen nicht zu bemerken. Mit sorgenvoll gerunzelter Stirn gab sie zu bedenken: »Allerdings fürchte ich, daß sie das Schicksal meiner anderen Kleider teilen werden. Sie sind viel zu schön, um nicht den Neid anderer zu erregen.«

Wulfgar versuchte sie zu beruhigen: »Das laßt nur meine Sorge sein.«

Aislinn streckte sich erneut neben ihm aus und schmiegte sich ganz fest an ihn. »Dann sind sie also wirklich mein Eigen? Und ich kann sie tragen, wann immer ich will?«

»Aber natürlich. Meint Ihr, ich mache Euch zuerst Geschenke, um sie dann zurückzufordern?« Vorwurfsvoll sah er sie von der Seite an.

»Welche Ansprüche hat schon eine Sklavin, wenn ihr Herr anders über sie bestimmt?« Sie seufzte auf, doch sofort war sie wieder heiter. »Mich dünkt, ich bin die erste Sklavin, die so prächtige Gewänder trägt. Ganz zweifellos wird es in Darkenwald einige geben, die mich beneiden. Was werdet Ihr ihnen sagen, wenn sie Euch fragen, warum Eure Sklavin so reich gekleidet einhergeht?«

Wulfgar knurrte unwirsch. »Nur Gwyneths böse Zunge wird überhaupt eine solche Frage stellen. Aber was ich mit meinen Mitteln mache, ist allein meine Sache. Wenn ich entscheide, sie herzuschenken, geht sie das nicht das Geringste an. Ich bin weder ihr noch irgendeiner anderen Frau Rechenschaft schuldig.«

Aislinn ließ einen Finger über seine muskulöse Brust wandern. »Dann bin ich Euch also zu doppelter Dankbarkeit verpflichtet, denn auch ich bin lediglich eine Frau.«

Wulfgar wandte sich ihr zu und hob spielerisch eine Flechte von ihrer Brust. »Aber du bist mehr wert als die meisten von ihnen. Nur deshalb bist du auch hier an meiner Seite.«

Aislinn zuckte mit den lieblichen Schultern. »Aber ich bin trotzdem nicht mehr als Eure Hure. In welcher Hinsicht bedeute ich Euch schon mehr als andere Frauen?«

Er lachte verächtlich. »Denkt Ihr vielleicht, ich würde jeder Frau meine Börse so freizügig öffnen? Rechnet es Euch zur Ehre an, daß ich Euch über Eure Mitschwestern stelle.«

»Aber Wulfgar«, wandte sie mit leiser Stimme ein, »worin liegt nun wirklich der Unterschied? In den Augen der Menschen bin und bleibe ich Eure Hure.«

Er beugte sich zu ihr herab. »Ich kümmere mich nicht um die Meinung anderer. Laß sie ihre bösen Zungen wetzen!« Dann preßten sich seine Lippen auf die ihren und erstickten jeden weiteren Einwand. Er konnte nicht länger an sich halten und ließ seine Hand über ihren sanft geschwungenen Rücken gleiten, hinab zu einer wohl gerundeten Hüfte.

Aber Aislinn zuckte schmerzhaft zusammen, als er jene wunde Stelle berührte, die Gwyneths Peitschenhieb zurückgelassen hatte. Wulfgars Miene verfinsterte sich. Er hob die Decke, um nach der Ursache ihres Schmerzes zu forschen. Als er den dicken Wulst sah, der ihr über Hüfte und Hinterbacken lief, stieß er in höchstem Zorn hervor: »Was hat das zu bedeuten?«

»Eine Narbe, nichts weiter, Wulfgar«, versuchte sie ihn zu besänftigen. »Ich bin gefallen . . .«

Knurrend kniete er sich auf und zog sie an den Schultern zu sich hoch. »Aislinn, Ihr haltet mich wohl für einen Narren.« Seine Stimme war gefährlich leise. »Die Spur einer Peitsche erkenne ich auf den ersten Blick.«

Mit tränenverschleierten Augen versuchte sie seinem Blick standzuhalten. »Ihr tut mir weh, Wulfgar.« Als er seinen Griff lockerte, legte sie ihm sanft eine Hand gegen die Brust. »Es hat nichts zu bedeuten. Ein Streit um Nichtigkeiten, der inzwischen beigelegt ist.« Sie streichelte seine Brust und murmelte leise: »Die Narbe wird verheilen und bald nicht mehr zu sehen sein. Ich bitte Euch, vergeßt das alles, laßt die Dinge auf sich beruhen.« Sie entzog sich seinen Armen und stieg aus dem Bett. Doch auch als sie sich anzukleiden begann, ließ er sie nicht aus den Augen. Dieses Mädchen setzte ihn immer von neuem in Erstaunen. Sie war nicht nur schön und klug, sondern verfügte über ein erstaunliches Einfühlungsvermögen. Er fühlte eine ungeahnte Zärtlichkeit in sich aufsteigen, die ihn dazu trieb, die Arme um sie zu schließen und sie schützend an sich zu drücken, damit kein Übel dieser Welt ihr je wieder etwas anhaben konnte.

Doch rasch schüttelte er dieses Verlangen wieder von sich ab. Bah! Frauen, dachte er. Sie spielen doch nur die Hilf- und Schutzlosen, um uns in ihren Stricken zu fangen . . .

Er erhob sich und streckte zufrieden die Arme, nicht wenig erstaunt über seine plötzliche Genesung.

»Fürwahr, Chérie, dein Zaubertrank hat wirklich geholfen. Doch komm jetzt, wir wollen den Tag nutzen. Sie haben hier einen Weihnachtsmarkt und dabei kannst du auch die Stadt besichtigen, wie es dein Wunsch war.«

Er breitete die Arme aus und zog sie an sich. Zärtlich küßte er sie zuerst auf die Stirn und dann auf die Lippen. »Wenn ich es mir recht überlege«, fuhr er dann mit belegter Stimme fort, »wird London an dir sehr viel mehr zu bewundern haben als umgekehrt.«

15

Die Morgensonne hatte die Frühnebel aufgesogen, als vier Ritter und ein liebliches Mädchen aus dem Tor des großen Handelshauses traten. Gemächlich schlenderten sie in die erwachende Stadt. Schon bald erreichten sie eine der breiten Straßen, wo links und rechts fliegende Händler ihre Buden errichtet hatten und mit sich überschlagenden Stimmen die edlen Lords und schönen Damen zum Kauf ermunterten. Mimen und Komödianten, teilweise die Gesichter hinter geschnitzten Masken verborgen, zeigten ihre Künste und versuchten mit groben Späßen das Wohlgefallen ihrer Zuschauer zu erregen. Auch Akrobaten konnte man bewundern, die sich von Sprungbrettern hoch in die Luft schleudern ließen, um sich von Kameraden wieder auffangen zu lassen. Überall gab es Süßigkeiten, Wein und andere köstliche Dinge, denen reichlich zugesprochen wurde. Doch man mußte sich auch vor Taschendieben, Falschspielern und anderem Gelichter in acht nehmen.

Immer wieder lachte Aislinn hell auf, während ihre vier Begleiter sie durch die sich dicht drängende Menge geleiteten. Junge Burschen, denen das schöne Mädchen zu gut gefiel, schlichen hinter der kleinen Gruppe her, doch wenn sie sich zu nahe heranwagten, traf sie ein drohender Blick aus stahlgrauen Augen. Wo es etwas zu sehen gab, verhielt Aislinn den Schritt. Und wenn ihr irgend etwas besonders gut zu gefallen schien, dauerte es nicht lange, bis es einer ihrer Begleiter für sie erworben hatte.

Jede der witzigen Bemerkungen Sir Gowains wurde von ihr mit perlendem Gelächter belohnt, und Wulfgars trockener Humor bereitete ihr Ergötzen. Auch Beaufonte, ein sonst stiller und in sich gekehrter Mann, ließ sich von ihrer Heiterkeit anstecken, und Milbourne drohte über Gowains Späße fast zu ersticken.

Der Tag war bereits weit fortgeschritten, als Aislinn an Wulfgars Ärmel zupfte und ihn bat, sie aus dem lärmenden Treiben nach Hause zu führen. Sie wichen in eine Nebenstraße aus und fanden schon bald wieder zum sicheren Hafen ihres Hauses zurück. Hier erwartete Hlynn sie mit einer herzhaften Mahlzeit. Inzwischen war ein Bote von Wilhelm gekommen, der alle Lords und Ritter auffordern tieß, sich zur Weihnachtsmesse einzufinden, an der auch er teilnehmen werde. Danach sollte die Vorstellung bei Hof erfolgen, verbunden mit einem großen Fest. Mit einem Schlag sah Aislinn ihre Hoffnungen zunichte gemacht, denn sie hatte gehofft, noch einen weiteren Tag an der Seite Wulfgars verbringen zu dürfen, bevor er wieder ganz von seinen Pflichten beansprucht wäre.

Nachdem die Tafel abgeräumt war, saß man noch eine Weile am Feuer zusammen. Doch früh schon zogen sie sich dann in ihre Kammern zurück, um für die Anstrengungen des morgigen Tages gerüstet zu sein.

Kaum waren sie in ihrem Schlafgemach angelangt, wies Wulfgar Hlynn mit einer herrischen Bewegung hinaus. Mit übereifrigen Fingern machte er sich sofort daran, die Bänder und Schleifen von Aislinns Gewändern zu lösen. Dann hob er sie in seine starken Arme und trug sie zum Bett, wo er sie sanft niederließ. Doch wieder wurde der Normanne bitter enttäuscht, denn das Mädchen kam ihm keineswegs so entgegen, wie er gehofft hatte. Wohl gelang es ihm wieder, sie auf den Gipfel der Leidenschaft zu treiben. Doch gleich danach drehte sie ihm wieder den Rücken zu, und ihre Tränen näßten die Kissen, während er von bitteren Zweifeln gepeinigt zur Decke hinaufstarrte.

Aislinn saß auf dem Bett und beobachtete Wulfgar, wie er die Festtagsgewänder für den heutigen Tag bereitlegte. Wieder entschied er sich für schwarz-rote Farben. Er befahl Sanhurst, ihm ein Bad zu bereiten, dem er etwas Sandelholz beifügte, um den Lavendelduft zu überdecken, der noch immer nicht ganz verflogen war. Aislinn lachte angesichts dieser Vorsichtsmaßnahme. »Solltet Ihr wieder einmal das Bad mit mir teilen, Euer Lordschaft«, meinte sie heiter, »überlasse ich die Wahl der Badezusätze Euch.«

Mit einem Laut des Unmuts ließ er sich in die Wanne sinken.

»Werdet Ihr erst zur Nacht zurückkommen, Wulfgar?« kam Aislinns zögernde Frage. »Oder soll ich mit dem Abendessen auf Euch warten?«

Er ließ den Waschlappen sinken und warf ihr einen Blick zu. »Meine Leute werden wie üblich zu Abend essen. Doch wie ich Festlichkeiten dieser Art kenne, werden wir wirklich sehr lange ausbleiben.«

Aislinn seufzte voller Enttäuschung. »Der Tag wird mir lang werden ohne Euch, Wulfgar.«

Er lachte auf. »Der Tag wird ganz bestimmt lang, meine Süße, aber Ihr werdet ihn an meiner Seite erleben.«

Aislinn fuhr erstaunt hoch, und die rote Mähne flog ihr um die nackten Schultern. Als sie Wulfgars amüsierten Blick bemerkte, griff sie rasch nach einer Decke. Dann gab sie zu bedenken: »Aber Wulfgar, ich bin eine Sächsin. Ich bin dort fehl am Platze.«

»Euer Platz ist dort, wo ich Euch hinstelle. Es werden noch andere Sachsen dort sein.« Mit bedächtigem Lächeln hob Wulfgar den Blick zu ihr. »Allerdings werden sie von ganz anderen Gefühlen getrieben als ihr. Ich vertraue Eurer Umsicht und Eurem Feingefühl. Ihr seid nicht wie andere Mädchen und versteht, Eure Zunge im Zaum zu halten. Natürlich zählt Ihr zu unseren Feinden, aber« – und spöttisch hob sich seine Braue – »nur selten trifft man auf Feinde, die einem so viel Vergnügen bereiten.«

»Ihr seid niederträchtig«, stieß Aislinn wütend hervor.

Wulfgar warf mit lautem Lachen den Kopf in den Nacken.

»Ich war noch nie bei Hofe«, versuchte sie einen neuen Einwand. »Ich könnte Euch dort in große Verlegenheit bringen.«

Seine Blicke ruhten wohlgefällig auf ihrer Gestalt, als er ihr erklärte: »Der englische Hof ist überfüllt mit dicken Sächsinnen, von denen mir keine erspart geblieben ist. Von der dauernd kichernden Jungfrau bis zur vertrockneten Jungfer hat noch jede versucht, sich an mich heranzumachen. Ihr mich in Verlegenheit bringen? Im Gegenteil. Auf diese Weise wird ihnen klar werden, wie eine Frau aussehen muß, die ich an meiner Seite dulde.«

»Aber Wulfgar«, seufzte sie mutlos. »All die Edelleute und der König selbst werden dort sein, und ich – ich habe niemand, der mich begleiten könnte. Sie werden mich sofort für Eure Mätresse halten.«

Er machte eine verächtliche Handbewegung. »Nur weil Ihr nicht in Begleitung irgendeiner fetten Lady erscheint, die Euch nicht aus den Augen läßt?« Wieder lächelte er. »Ich könnte sagen, Ihr wärt meine Schwester.« Doch dann schüttelte er den Kopf. »Nein, das wäre nicht gut. Sie würden sofort Verdacht schöpfen, wenn sie sehen, wie ich Euch anschaue. Sie könnten uns dann einer noch größeren Sünde bezichtigen. Es ist also am besten, wir ertragen ihre neugierigen Blicke.«

Aislinn versuchte noch einmal mit kläglicher Stimme ihn umzustimmen: »Wulfgar, es würde mir wirklich nichts ausmachen, hier auf Euch zu warten . . .«

»Aber ich will das nicht. Kein Wort mehr davon. Zieht Euch jetzt an.«

Aislinn wußte, daß nichts ihn mehr umzustimmen vermochte. Sie eilte zur Tür und rief laut nach Hlynn. Als das Mädchen erschien, ließ sich Wulfgar tiefer in die Wanne sinken. Amüsiert beobachtete er die beiden, wie sie über Aislinns Kleidung und Frisur beratschlagten.

Als es ihm zu lange dauerte, rief er Aislinn herbei. »Chérie, ich möchte die kleine Hlynn nicht noch einmal erschrecken, aber ich würde jetzt gern das Bad verlassen, denn das Wasser ist kalt geworden. Könntest du bitte dafür sorgen, daß sie sich in Sicherheit bringt?«

Lächelnd schickte Aislinn das Mädchen für einen Augenblick aus der Kammer. Wulfgar kletterte aus der Wanne und begann sich anzukleiden. »Ich hätte gern, daß du heute die gelbe Gunna trägst, Aislinn«, warf er über die Schulter. »Darin wirst du ganz prächtig aussehen.«

»Bitte besteht nicht auf Eurem Wunsch, Monseigneur. Ich möchte dieses Gewand gern für eine andere Gelegenheit aufbewahren.«

»Was könnte wichtiger sein als die Vorstellung beim König?«

Ein bezauberndes Lächeln umspielte ihre Lippen. »Im Augenblick möchte ich mich dazu nicht weiter äußern, Wulfgar. Aber ich darf Euch daran erinnern, daß Ihr mir in der

Verwendung dieses Gewands völlig freie Hand gelassen habt.«

Widerwillig nickte er. »Ich wünsche mir nur, daß Ihr heute die Schönste seid – und diese Farbe würde Euch besonders gut kleiden.«

Sie erhob sich und trat dicht an ihn heran, indem sie die kleinen Hände zärtlich gegen seine bronzefarbene Brust legte. »Ich werde eine Gunna tragen, die Euch ganz bestimmt gefallen wird.«

Ihre veilchenfarbenen Augen versenkten sich in seine, und Wulfgar war außerstande, sich ihrem Flehen zu widersetzen. Widerwillig murmelte er: »Tut, was Euch gefällt.«

Aislinn warf ihm die Arme um den Hals und küßte ihn unter zärtlichen Dankesworten auf die Wange. Unwirsch wandte Wulfgar sich zur Seite. Doch als sie kurze Zeit später in der von ihr gewählten Gunna vor ihm erschien, nahm er sich vor, sie in Zukunft bei der Auswahl ihrer Kleider nie mehr zu beeinflussen.

Das Gewand hatte einen blaßgelben Ton und eine hochgeschlossene Halspartie, die in lange, fließende Ärmel überging. Um die schlanke Taille trug sie einen Gürtel aus kunstvoll gearbeiteten Goldgliedern, an dem ihr juwelenbesetzter kleiner Dolch hing. Die Haare, durchflochten mit schmalen Bändern und geschmückt mit blütenweißen Seidenblumen, krönten das jugendfrische Gesicht.

Bei all seinen Abenteuern war Wulfgar noch nie eine so hinreißende Erscheinung begegnet. Da er wußte, daß auch Ragnor heute zugegen sein würde, überfiel ihn für einen Augenblick die Sorge, damit neue Feindseligkeiten heraufzubeschwören. Vielleicht wäre es doch klüger, das Mädchen nicht mit an den Hof zu nehmen. Doch er ertrug den Gedanken nur schwer, sich so viele Stunden von ihr trennen zu sollen. Im übrigen hatte er noch einen ganz besonderen Grund, sie heute an seiner Seite zu wünschen. Denn noch nie hatte er sich bei Hof besonders wohl in seiner Haut gefühlt: Er war ein Mann des Schlachtfeldes und nicht des Hofes. Draußen wußte er sofort, wer sein Feind war und konnte ihm in offenem Kampf gegenübertreten. Aber in höfischen Intrigen kannte er sich nicht aus. Mit Aislinn in seiner Nähe würde selbst ein solcher Tag zu einem Vergnügen werden.

Aislinn drehte sich kokett vor ihm und fragte mit erwartungsvoller Stimme: »Nun, gefalle ich Euch, Monseigneur?«

Sie konnte nicht sehen, wie es wohlgefällig in seinen Augen aufblitzte. Denn als sie die Augen zu ihm hob, hatte er bereits wieder sein spöttisches Lächeln aufgesetzt. »Ihr wollt mir wohl mit Gewalt Komplimente entlocken, Chérie?«

Aislinn drehte ihm eine Nase. »Eure garstigen Worte können mir nichts anhaben.« Dann warf sie ihm über die Schulter einen schelmischen Blick zu und meinte lächelnd: »Ich bin Euch gegenüber sehr viel zuvorkommender, mein Herr. Ich finde, Ihr seht heute besonders gut aus. Kein Wunder, daß Ihr Euch vor kichernden Gören und mannstollen Witwen kaum retten könnte.«

Die Messe war lang und ermüdend. Kaum hatten sie sich von den harten Betbänken erhoben, hieß es schon wieder niederknien, weil der Erzbischof ein neues Gebet anstimmte. Immer wieder wanderte Wulfgars Blick verstohlen hinüber zu Aislinn. Mit gefalteten Händen saß sie ruhig neben ihm und hob nur den Kopf, wenn ein Gebet zu Ende war.

Als er ihr am Ende des Gottesdienstes auf die Beine half, belohnte ihn ein warmes, beglückendes Lächeln. Auch später im Thronsaal des Schlosses mußte er ihre anmutige Haltung und ruhige Gelassenheit immer von neuem bewundern. Sie standen in eine Ecke gedrängt, wo viele Edelleute ungeduldig darauf warteten, dem König vorgestellt zu werden.

Plötzlich standen jene fröhlichen Zecher vor ihnen, die Wulfgar vor zwei Nächten so lange aufgehalten hatten. Sie begrüßten ihn mit freundlichem Schulterklopfen und konnten doch ihre Augen kaum von Aislinn wenden. Es kostete Wulfgar sehr viel Selbstüberwindung, sie der Reihe nach dem Mädchen vorzustellen. Mit prahlerischen Reden rühmten sie sich ihrer engen Beziehungen zu Wilhelm, als ob sie auf diese Weise dem Bastard seine niedere Herkunft wieder einmal deutlich vor Augen führen wollten.

Beugte sich einer von ihnen länger als schicklich über Aislinns Hand, entzog sie sie ihm freundlich, aber höchst bestimmt. Auch jede ihrer Fragen wurde mit größter Höflichkeit beantwortet, doch so geschickt, daß ihre Neugier unbefriedigt blieb. Wulfgar bemerkte es mit großem Vergnügen. Er war sich jetzt sicher, daß dieses Mädchen sich an jedem Hof behaupten konnte.

Endlich wurde der König angekündigt, und die Vorstellung begann. Wulfgar spürte, wie sich Aislinns Hand in die seine schob, und sie schlug die Augen zu ihm auf. Einen Augenblick lang blickte er nachdenklich auf sie hinab. Wie gerne hätte er ihr einige Worte der Anerkennung gesagt, doch seine Lippen schienen ihm den Dienst zu verweigern. Es reichte gerade zu einem kaum merklichen Lächeln und einem verstohlenen Händedruck. Da wurde wieder ein Ritter aufgerufen, vor den König zu treten. Der Klang dieses Namens ließ Aislinn erschrocken herumfahren. Sie erkannte ihn sofort. Als er ihren Blick spürte, winkte er ihr lächelnd zu – Ragnor de Marte! Mit frechen Augen weidete er sich an ihrer Schönheit. Aislinn fühlte sich mit Blicken entkleidet. Wütend wandte sie sich ab und herrschte Wulfgar an: »Ihr habt mir nicht gesagt, daß Ragnor ebenfalls hier sein würde.«

Wulfgar blickte in das gerötete Gesicht. »Ihr müßt lernen, Chérie, daß es besser ist, Ragnor ganz ohne Scheu ins Antlitz zu schauen. Das ist in jedem Falle ungefährlicher als ihm den Rücken zu kehren. Nur so ist man sicher vor seinen Dolchstößen.«

»Dafür entblößte man aber die Brust für seine Klinge«, gab Aislinn sarkastisch zurück. Wulfgar lächelte. »Fürchtet nichts, meine Schönste. Es ist höchst unwahrscheinlich, daß Euer lieblicher Busen je Bekanntschaft damit machen wird. Ein solcher Narr ist Ragnor dann doch nicht.«

Dann wandten sie sich der Vorstellungszeremonie zu, die auf höchst steife Weise vollzogen wurde. Wilhelm war eine imponierende Erscheinung, ebenso hoch gewachsen wie Wulfgar, doch in seinen prächtigen Staatsgewändern noch breiter und mächtiger. Ragnor, der vor ihm kniete, wirkte geradezu unscheinbar gegen ihn. Unbewegt ruhten Wilhelms Adleraugen auf dem jungen Ritter. Als sich Ragnor wieder erhob, dankte ihm nur ein kaum merkliches Kopfnicken für die Ehrenbezeugung.

Nie ließ der König menschliche Wärme oder Zuneigung erkennen. Erst als sich jetzt Wulfgar dem Thron näherte, schien Wilhelm fast entspannt zurückzusinken, und seine Züge verloren ihre formelle Steifheit.

Doch sofort hatte der König sich wieder in der Gewalt, denn weder für ihn noch für Wulfgar wäre es dienlich gewesen, seine Gunst zu deutlich zu bezeugen. Warm durchflutete es Aislinn, als ihr Ritter sich vor dem König beugte. Ihre Augen sahen nur noch ihn. Natürlich bemerkte sie das Interesse, daß die mächtige Gestalt des normannischen Ritters bei den sächsischen Edeldamen erregte. Überall wurden Köpfe zusammengesteckt und Vermutungen ausgetauscht. Wulfgar selbst schien völlig unberührt von diesem Interesse an seiner Person. Ruhig kehrte er an Aislinns Seite zurück und griff sofort wieder nach ihrer Hand.

»Ah, Euer Lordschaft, es sieht ganz so aus, als ob Ihr wieder einige heimatlose Herzen für Euch erobert hättet«, meinte Aislinn. »Habt Ihr auf diese Art Eure vielen Mätressen gesammelt?«

Wulfgar lachte verhalten. »Ihr seid meine erste richtige Mätresse, meine Liebe. Mit den anderen habe ich mich nie mehr als ein oder zwei Nächte vergnügt.« Er küßte ihr die Hand und meinte mit einem Lächeln, das für ihre Zuschauer bestimmt war: »Inzwischen habe ich mich an diesen Zustand aber so sehr gewöhnt, daß ich mich frage, warum ich nicht schon sehr viel früher damit begonnen habe.«

Er spürte plötzlich ein heftiges Verlangen, sie trotz der neugierigen Blicke ringsum in seine Arme zu nehmen und zu küssen. Doch da kündigte eine laute Stimme den Beginn des Festes an.

Nachdem Wulfgar sie zu ihrem Platz geführt hatte, blickte Aislinn sich um. Und sofort fiel ihr Blick wieder auf Ragnor, der wartend neben seinem Stuhl stand. Er lächelte zu ihr herüber und setzte sich erst, als auch sie sich niedergelassen hatte. Der Duft der Speisen stieg von der Tafel verlockend in ihre Nase. Jetzt erst wurde ihr bewußt, daß sie seit vielen Stunden nichts mehr zu sich genommen hatte. Sie aß mit großem Genuß und schien alles ringsum vergessen zu haben. Erst als sie gesättigt war, wandte sie ihre Aufmerksamkeit wieder den Festgästen zu.

Erneut gelang es Ragnor, ihren Blick zu fangen. Hastig wandte sie sich ab. Doch sie spürte, daß er sie keine Sekunde aus den Augen ließ. Wulfgar an ihrer Seite schien sich durch Ragnors Blicke nicht beirren zu lassen. Immer wieder wies er sie auf einen wichtigen Würdenträger aus Wilhelms Umgebung hin oder zeigte ihr einen Ritter, der sich während der vergangenen Kämpfe besonders ausgezeichnet hatte.

Nach Beendigung des Mahls trat ein Graf an Wulfgar heran und begehrte ihn in einer wichtigen Angelegenheit zu sprechen. Die beiden Männer zogen sich in eine ruhige Ecke zurück und ließen Aislinn allein an der Tafel zurück. Immer wieder ließ sie ihre Blicke über die Vielzahl nobler Erscheinungen schweifen, die die prächtige Halle bis auf den letzten Platz füllten.

Plötzlich merkte sie, daß sich jemand auf Wulfgars Stuhl setzte. Als sie den Blick wandte, traf sie Ragnors spöttisches Lächeln. »Um Vergebung, meine Taube. Darf ich mich einen Augenblick zu Euch setzen.«

Aislinns Züge verfinsterten sich. »Wulfgar . . .«, stammelte sie. Doch er unterbrach sie sofort: ». . . ist gerade beschäftigt, und im übrigen möchte ich mich mit Euch unterhalten.«

Er rückte mit dem Stuhl dicht an sie heran. »Habt Ihr denn noch immer nicht begriffen, daß Wulfgar Euch nur zu seinem Zeitvertreib benützt?« Er sah, wie der Zorn in ihr aufstieg, und versuchte einzulenken. »Oder hat er Euch inzwischen um Eure Hand gebeten? Hat er Euch in seinem Hausstand einen Platz angewiesen, der Euch über Euer Sklavendasein erhebt? Wie ich hörte, hat er im Gegenteil in Darkenwald noch eine Demoiselle aufgenommen. Trotzdem haltet Ihr noch immer treu zu ihm. Doch wenn er von Euch genug hat, wird die andere nur zu gern bereit sein, ihm das Bett zu wärmen und seine Nächte zu verschönen.«

Aislinn warf ängstliche Blicke um sich, doch sie sah keine Möglichkeit, seinen gezielten Anschuldigungen zu entkommen. Ein neuer Schrecken durchzuckte sie, als sich im Schutz des Tisches Ragnors heiße Hand auf ihre Schenkel legte.

»Ich würde Euch zur Herrin von Darkenwald und Cregan machen«, murmelte er, indem er sich dicht an ihr Ohr beugte.

»Wie könnt Ihr es wagen . . .« brauste sie auf und stieß seine Hand zur Seite. »Was sollen Eure Versprechungen? Die Städte gehören Wulfgar!«

Ragnor hatte seinen Arm um die Rückenlehne ihres Stuhles gelegt, so daß sie nicht aufspringen konnte. Wieder spürte sie seine freche Hand auf ihrem Schenkel. Es half nichts, daß sie

sie erneut mit aller Kraft wegstieß, denn sofort krallten sich seine gierigen Finger in den Stoff ihrer Gunna.

»Ragnor!« keuchte sie und stemmte sich aus ihrem Stuhl hoch. Doch er stand mit ihr auf und packte sie am Arm. Indem er sie noch näher an sich zog, zischte er ihr fiebrige Worte ins Ohr.

»Nehmt Eure Hände von ihr!« ertönte neben ihnen plötzlich Wulfgars Stimme. Sie klang beherrscht, aber der bedrohliche Unterton war unüberhörbar. Seine stählerne Hand packte Ragnors Schulter und wirbelte ihn herum. »Habt Ihr meine Warnung vergessen? Ich sagte Euch, daß ich meinen Besitz zu schützen weiß.«

Ragnor rümpfte die Nase. »Auch ich habe Ansprüche auf Darkenwald, doch Ihr habt keinen davon berücksichtigt. Schließlich habe ich es erobert.« Wulfgar blickte ihm mit größter Gelassenheit in die wutfunkelnden Augen. »Nichts habt Ihr zu beanspruchen, denn es ist Eure Schuld, daß es überhaupt zum Kampf gekommen ist.«

Ragnors Augen verengten sich. »Ihr seid ein undankbarer Schurke, Wulfgar«, stieß er hervor. »Immerhin habe ich Euch das Leben gerettet.«

»Ihr habt mein Leben gerettet?« fragte Wulfgar mit erhobener Braue. »Einige meiner Leute haben erfahren, daß zwei normannische Ritter sich Kevonshire genähert und die Dorfbewohner herausgelockt haben. Sie führten sie genau zu jener Stelle, wo ich in den Hinterhalt geriet. Die Farben Vachels wurden eindeutig erkannt, und ich habe keinen Zweifel, wer der andere war. Mir das Leben gerettet? Fast hättet Ihr mir den Tod gebracht!«

Aislinns Augen weiteten sich vor Schreck, als sie erfuhr, in welcher Gefahr Wulfgar geschwebt hatte.

Ragnor fand keine Worte zu seiner Verteidigung. Erbost über diese öffentliche Bloßstellung warf er Wulfgar seine schweren Panzerhandschuhe ins Gesicht.

Wulfgar zog sein Schwert und spießte die am Boden liegenden Handschuhe auf, um sie mit einer raschen Bewegung seiner Waffe Ragnor auf die Wange zu klatschen.

»Was geht hier vor! Streit zwischen meinen Rittern?« rief Wilhelm, der jetzt herantrat. Wulfgar schob rasch das Schwert in die Scheide zurück und beugte das Haupt.

Wilhelm musterte zunächst die beiden Kampfhähne, doch dann bleib sein Blick an Aislinn hängen. Ruhig hielt sie ihm stand. Wieder blickte der König auf Ragnor, um sich dann an Wulfgar zu wenden.

»Ein Streit um eine Frau, Wulfgar? Das ist doch sonst nicht Eure Art.«

Wulfgars Gesicht verfinsterte sich. »Sire, ich bitte Euch, Aislinn von Darkenwald vorstellen zu dürfen.«

Aislinn versank in einen tiefen Hofknicks. Die Augen des Königs ruhten wohlgefällig auf ihr. Als sie sich erhob, schlug sie den Blick zu ihm auf und musterte unerschrocken das Gesicht des Herrschers. »Ihr scheint keine Furcht vor dem König zu haben, Demoiselle?« fragte er sie.

Aislinns Augen suchten kurz bei Wulfgar um Rat. Dann erwiderte sie: »Euer Gnaden, ich darf Euch darauf eine Antwort geben, die ich zuvor schon einem Eurer Ritter zukommen ließ: Ich fürchte niemand außer Gott.« Wilhelm nickte, beeindruckt von so viel Freimut. »Und dieser Ritter liegt nun mit einem seiner Kameraden in Streit um Euren Besitz. Das kann ich im übrigen sehr wohl verstehen.« Scharf wandte er sich an Ragnor. »Was habt Ihr dazu vorzubringen?«

Ragnor zitterte noch immer vor Zorn und suchte mühsam nach Worten. »Um Vergebung, Sire, aber dieser Bastard hat keinerlei Rechte, weder an Darkenwald noch an Lady Aislinn. Als Tochter des Lords, den ich besiegt habe, müßte sie zusammen mit den Ländereien mir zufallen.«

Wilhelm wandte sich Wulfgar zu. »Und auch Ihr, Sir Wulfgar, beansprucht diese Ländereien?«

»Ja, edler Herr. Ich habe sie in Eurem Auftrag für die Krone gesichert.«

»Habt Ihr dazu etwas zu sagen, Demoiselle?« wandte sich der König an Aislinn.

»Ja, Euer Gnaden«, erwiderte sie mit fester Stimme. »Mein Vater starb, wie es einem Krieger zukommt, und man hat ihn mit seinem Schwert und seinem Schild bestattet. Doch er war zu Waffenstillstandsverhandlungen bereit gewesen und hatte der Parlamentärsflagge vertraut. Erst als man seine Ehre beleidigte, hob er sein Schwert. Niemand außer einer Handvoll leibeigener Bauern kämpfte an seiner Seite. Sie alle wurden von diesem hier erschlagen.«

Wilhelm wandte sich erneut an die beiden Ritter. »Der Handschuh wurde geworfen und angemessen zurückgegeben, wie ich sehe. Sir Ragnor, seid Ihr zum Waffenentscheid bereit, und werdet Ihr Euch seinem Ergebnis unterwerfen?«

Ragnor gab nickend sein Einverständnis.

»Und Ihr, Sir Wulfgar, seid auch Ihr bereit?«

»Ja, Sire«, war Wulfgars Antwort.

»Und Ihr, Lady Aislinn?« fragte Wilhelm. »Seid Ihr bereit, dem Sieger zu folgen?« Aislinns Blick streifte verstohlen Wulfgars versteinertes Antlitz. Doch sie wußte, daß es nur eine Antwort geben konnte. »Ja, Sire«, murmelte sie und versank erneut in einen tiefen Hofknicks.

Der König sprach sie jetzt alle an. »Die Jahreswende nähert sich. Am ersten Tag des neuen Jahres wird es ein Turnier geben. Der Zweikampf wird bis zur endgültigen Niederlage eines der beiden Gegner durchgefochten, nicht aber bis zu seinem Tod, denn ich bedarf jedes einzelnen meiner Ritter. Der Sieger wird der neue Lord von Darkenwald sein. Ich selbst will den Turnierplatz und die Waffen wählen, so daß niemand einen Vorteil über den anderen haben wird.« Er wandte sich an Aislinn und bot ihr seinen Arm. »Bis zu diesem Tag werdet Ihr mein Gast sein, meine Dame. Man wird alles, was Ihr braucht, aus Eurem Quartier holen und hier ein Gemach für Euch bereiten. Auch Eure Zofe soll kommen. Unter meinem Dach werdet Ihr vor diesen beiden Streithähnen sicher sein. Ab sofort gehört Ihr zum königlichen Gefolge.«

Wieder wanderte Aislinns Blick zu Wulfgar hinüber. Finster starrte er vor sich hin. Wie gerne hätte sie gegen diese Entscheidung Protest eingelegt, wußte aber, daß es zwecklos war. Da wandte Wilhelm sich noch einmal lächelnd an ihn: »Wappnet Euch mit Geduld, Wulfgar. Ich bin sicher, daß sich alles noch zum Besten für Euch wenden wird.«

Der Triumph des Augenblicks ließ Ragnors Augen boshaft aufleuchten. Wulfgars Blick aber folgte sehnsuchtsvoll Aislinn, die sich am Arm des Königs von ihm entfernte.

Die Nacht war weit fortgeschritten, als Wulfgar endlich das große Schlafgemach aufsuchte. Das Feuer war herabgebrannt. Vergeblich forschten seine Augen nach Aislinns Habe. Im Geiste sah er überall Aislinns schlanke Gestalt. Seine Hand strich sanft über das leere Bett. Bei der Badewanne stutzte er. Sauber zusammengefaltet lag daneben ein schmaler Streifen gelben Samtes. Als er nach ihm griff, stieg ein schmeichelnder Lavendelduft in seine Nase. Mit geschlossenen Augen drückte er das weiche Gewebe an den Mund. Alles in ihm schrie danach, sie selbst in seinen Armen zu fühlen.

Mit größter Sorgfalt verbarg er das Samtstückchen unter seinem Wams. Dann griff er nach seinem schweren Umhang und ging zu den Kameraden in die Halle hinab. Auf einem unbenutzten Strohlager richtete er sich für die Nacht ein. Hier, als Soldat unter Soldaten, würde ihn die Einsamkeit weniger quälen.

Früh erhob er sich am nächsten Morgen. Kaum einer der Kameraden wagte ein lautes Wort, doch alle beobachteten ihn verstohlen. Milbourne konnte schließlich nicht länger an sich halten. Mit einer Verwünschung sprang er auf und begann immer neue Anklagen gegen Ragnor vorzubringen. Traurig hingen Gowains Augen an dem Älteren; man hätte meinen können, ihm wäre die Liebste genommen worden. Auch Beaufonte starrte finster in die lodernden Flammen.

»Was sollen diese Leichenbittermienen«, schalt Wulfgar und meinte dann mit einem Seufzer: »Macht die Pferde bereit. Wir können den Tag ebensogut zu etwas Vernünftigem nutzen.«

Indem er sich auf dem Ritt heftig verausgabte, versuchte Wulfgar jeden Gedanken an seinen Verlust zu unterdrücken. Als sie am Abend in ihr Quartier zurückkehrten, erwartete ihn eine Einladung des Königs zum Abendessen bei Hofe. Sofort hob sich seine Stimmung. Beschwingt kleidete er sich an.

Als man ihn in die königliche Halle führte, sah er zu seinem großen Verdruß, daß auch Ragnor zugegen war. Sein Zorn wuchs, als ausgerechnet der Rivale einen Platz an Aislinns Seite angewiesen bekam. Er selbst wurde von einem Pagen auf die andere Seite des Tisches geführt. Als er sich setzte, warf Aislinn einen kurzen Blick herüber. Dann wurde ihre ganze Aufmerksamkeit von einem Grafen beansprucht, der zu ihrer Linken saß. Ihre Anwesenheit schien die ganze Halle zu verschönen. Ihr Gesicht strahlte. Heiter gab sie allen Bescheid und erzählte dann sogar einige alte sächsische Geschichten, denen die normannischen Noblen begierig lauschten. In Gesellschaft des Königs versuchte Ragnor sich von seiner besten Seite zu zeigen. Wenn er sich auch hütete, seine Hände wieder auf Wanderschaft gehen zu lassen, verschlangen doch seine Augen das Mädchen mit größter Unverschämtheit.

Als sich die Gelegenheit bot, zischte Aislinn ihn wütend an. »Würdet Ihr vielleicht die Güte haben, mich wenigstens in Gegenwart des Königs nicht meiner Gewänder zu entblößen!«

Ragnor mußte laut auflachen. Das besserte nicht gerade Wulfgars Laune. Dieser Abend schien ihm endlos. Keinen Augenblick lang konnte er Aislinns Gegenwart und ihre Unerreichbarkeit vergessen. Ihr fröhliches Lachen schnitt ihm jedesmals von neuem ins Herz. Er war hier völlig fehl am Platze. Es gelang ihm einfach nicht, wie die andern sich stundenlang über Nichtigkeiten zu unterhalten. So versank er immer tiefer in düsteres Brüten.

Ab und zu spürte er Wilhelms Augen prüfend auf sich ruhen. Er war dem König durchaus dankbar für dessen Richtspruch, da seine Ansprüche dadurch ein- für allemal entschieden sein würden. Doch die Trennung von dem Mädchen besaß im Augenblick viel größeres Gewicht. So blieb ihm nichts anderes übrig, als den wortkargen Krieger zu spielen.

Endlich erbat er vom König die Erlaubnis, sich entfernen zu dürfen. Niedergeschlagen machte er sich auf den Heimweg, wo ihn ein einsames Lager erwartete.

In einem Augenblick der Ruhe ließ Aislinn den Blick durch die Halle schweifen und bemerkte erschreckt, daß Wulfgar verschwunden war. Alle Heiterkeit verließ sie. Sie empfand einen Schmerz, der sich durch nichts besänftigen ließ. Mit flüchtig gemurmelten Entschuldigungen zog sie sich bald darauf in ihr Gemach zurück. Hlynn erwartete sie. Nur mit Mühe gelang es Aislinn, die Tränen zurückzuhalten, bis sie das Mädchen entlassen hatte. Allein in ihrem Bett, schluchzte sic hemmungslos in ihre Kissen.

Hier am Hof gab es vieles, das sie entzückte, und die normannischen Edelleute behandelten sie mit größter Ehrerbietung. Als sie erfahren hatte, daß Wulfgar erscheinen würde, hatte ihr Herz einen Freudensprung getan, so sehr sehnte sie sich danach, ihn wiederzusehen. Und als er ihr an der Tafel gegenübersaß, hatte sie alles versucht, ihm zu gefallen. Niemand hatte bemerkt, daß sie weitab von höfischer Herrlichkeit aufgewachsen war. Selbst die spitzzüngige Gwyneth hätte zugeben müssen, daß ihr Verhalten in jeder Hinsicht untadelig war. Doch wann immer sie einen Blick zu Wulfgar hinüberwarf, wichen ihr seine Augen aus und sein finsterer Blick verriet ihr, wie es in seinem Innern aussah. Den ganzen Abend über hatte er nicht einmal das Wort an sie gerichtet. Wie sehr hatte sie auf eine Geste der Zuneigung oder der Zärtlichkeit von ihm gehofft!

Ich bin eine schamlose Person, dachte sie. Wie sehr wünschte sie sich, in diesem Augenblick die Wärme seines sehnigen Leibs an dem ihren zu spüren! Sie vermißte das Heben und Senken seiner mächtigen Brust, auf der sie so gern ihr Haupt bettete. Vor ihrem inneren Auge sah sie jede der vielen Narben, die seinen Körper bedeckten, und sie meinte, an ihrem Hals das Kratzen seines Bartes zu spüren. Unruhig warf sie sich hin und her. Noch aus dem Schlaf schreckte sie dann wieder und wieder hoch, da sie im Traum heiße Lippen und Liebkosungen gieriger Hände erlebt hatte . . .

Wieder schickte Wilhelm eine Botschaft und lud Wulfgar zu Hofe. Wie gerne hätte er sich entschuldigt, doch er wußte, der König würde keinerlei Ausflüchte dulden. Der Tag schleppte sich qualvoll hin, obwohl Wulfgar diesmal den Abend keinesfalls herbeisehnte. Denn Aislinn nur aus der Ferne betrachten zu dürfen, würde seine Qualen eher noch steigern.

Mit mutlos gesenktem Haupt betrat er die Halle. Er war sehr erstaunt, als er sofort vor Aislinn geführt wurde. Ihr strahlendes Lächeln ließ ihn fast seine mühsam gewahrte Selbstbeherrschung verlieren, und ihre Augen ruhten so zärtlich auf ihm, daß er erschauerte. »Warum habt Ihr uns so lange auf Euch warten lassen, Wulfgar? Der Abend ist schon halb vorüber. Kommt, setzt Euch an meine Seite.«

Sie zupfte an seinem Ärmel und zog ihn neben sich. Der Zauber ihrer Schönheit und dieser liebevolle Empfang verwirrten ihn so, daß er nur mühsam eine Begrüßung zu stammeln vermochte. »Einen guten Abend wünsche ich Euch, Aislinn.« Dann nahm er allen seinen Witz zusammen und fuhr fort: »Geht es Euch gut? Ihr seht recht wohl aus.«

»Wirklich?« erwiderte sie mit leisem Lachen, während ihre Hände die eisblaue Seide ihrer Gunna glattstrichen. »Ihr wart so freundlich, mir dieses Gewand zu schenken, Wulfgar. Ich hoffe, Ihr hattet nichts dagegen, daß sie meine ganze Habe hierherbrachten, ohne dazu Eure Erlaubnis zu erbitten.«

Wulfgar räusperte sich. »Aber nein, warum sollte ich? Sie waren ein Geschenk an Euch, ich habe darüber nicht mehr zu bestimmen.«

Wulfgars Hand ruhte auf seinem Oberschenkel. In aller Unschuld legte Aislinn die ihre darüber und schlug die veilchenfarbenen Augensterne zu ihm auf. »Auch Ihr, mein Herr, wirkt recht wohl.«

Wulfgar saß wie erstarrt. Alles in ihm schrie danach, sie in seine Arme zu reißen. Diese weiche kleine Hand erinnerte ihn an ihren geschmeidigen herrlichen Leib. Heiß schoß das Blut in seine Lenden, und er zwang sich, ihr sacht seine Hand zu entziehen. Unbehaglich schweifte sein Blick in die Runde und blieb an Ragnor hängen, der genau gegenüber saß. Die Augen des Rivalen hingen unverwandt an Aislinn.

»Er beobachtet Euch wie ein Falke«, kam es anklagend von Wulfgar. »Es sieht aus, als ob er bereits die Süße Eures Fleisches kosten würde.«

Aislinn lachte zärtlich auf und ließ einen Finger über Wulfgars Ärmel wandern. »Jetzt überschätzt Ihr seine Gefährlichkeit. Andere haben mich noch sehr viel gieriger mit den Augen verschlungen.« Als sie seinen finsteren Blick gewahrte, lächelten ihre Augen ihn an. »Habt keine Angst, Wulfgar, ich habe sie alle zurückgewiesen und ihnen erklärt, meine Hand wäre bereits fest versprochen. »Seht Ihr, Wulfgar«, fuhr sie noch immer schelmisch lächelnd fort, »es ist gar nicht so schwer, in aller Öffentlichkeit Anspruch auf meine Hand zu erheben. Alles andere habt Ihr Euch schon genommen, warum also nicht auch meine Hand?«

»Eure Hand?« seufzte er. »Mich verlangt es nach anderem. Ich ließ Euch hierherkommen, damit Ihr mein Bett wärmt, doch jetzt muß ich mich mit der Gesellschaft meiner Ritter begnügen.«

»Dann sitzt Ihr jetzt also des Abends zusammen vor dem Feuer und erzählt Euch Geschichten längst vergangener Heldentaten?«

»Nein«, erwiderte er, um finster fortzufahren. »Die drei scheinen seit Eurem Abschied völlig verwandelt zu sein. Gowain schleicht herum, als ob sie ihm die Liebste entrissen hätten, während Milbourne laut seiner schlechten Laune Lauf läßt, und Beaufonte fast in seinem Weinbecher ertrinkt.« Er mußte über seine eigenen Worte lachen.

Aislinn legte tröstend eine Hand auf seinen Arm. »Aber wie kommt Ihr zurecht, Wulfgar? Werdet Ihr von Sanhurst gut versorgt?«

»Ha!« stieß Wulfgar wütend hervor. »Erwähnt nicht den Namen dieses sächsischen Tölpels.«

Aislinn lachte. »Seid nicht zu streng mit ihm, Wulfgar«, mahnte sie ihn. »Er ist doch noch ein Junge und findet sich nur schwer zwischen Rittern und Edelleuten zurecht. Wenn Ihr ihm noch etwas Zeit laßt, wird er bald seine Pflichten zu Eurer Zufriedenheit erfüllen.«

Wulfgar seufzte. »Immer wieder gebt Ihr mir Ratschläge, wie ich meine Leibeigenen zu behandeln habe. Jetzt soll ich auch noch Rücksicht auf diesen schwerfälligen Klotz nehmen.«

Der ganze Abend war eine einzige Prüfung für Wulfgar. Jedesmal, wenn Aislinn ihn berührte, mußte er an sich halten, um sie nicht aufzuheben und in die nächste Schlafkammer zu tragen. Immerhin gelang es ihm, den anderen höflich Bescheid zu tun. Als sich Aislinn laut auflachend gegen ihn lehnte, spürte er die Weichheit ihrer Brust. Fast hätte sich ihm ein schmerzlicher Seufzer entrungen, als plötzlich der König hinter ihn trat und seiner Pein vorübergehend ein Ende machte.

Als er sich erheben wollte, drückte Wilhelm ihn auf seinen Stuhl zurück. »Nun, Wulfgar«, richtete der Eroberer das Wort an den Ritter, »morgen wird die Entscheidung fallen. Aber was bedrückt Euch denn so sehr? Ihr scheint mir heute nicht der liebenswerte Gefährte, den ich schon so lange kenne. Laßt uns das Trinkhorn heben und dem Bier zusprechen und fröhlich sein, wie wir es in der Vergangenheit so oft getan haben.«

»Um Vergebung, Sire, aber alles, wofür ich mein Leben eingesetzt habe, steht morgen für mich auf dem Spiel. Ich fürchte mich nicht vor dem Kampf, aber das Warten zermürbt mich.«

Wilhelm lächelte. »In der Beziehung scheint Ihr Euch nicht geändert zu haben. Aber Ihr scheint nicht der passende Kavalier für eine so hübsche und anregende Dame zu sein. Vielleicht verstellt Ihr Euch auch nur, weil Ihr Eure Zuneigung nicht zu erkennen geben wollt? Wäre ich an ihrer Stelle, würde ich Euch für Eure Ungeschicklichkeit bestrafen.«

Wulfgar verfärbte sich und wandte den Blick ab. »Die Dame war so lange meinem Schutze unterstellt, daß mich ihre Abwesenheit schmerzt.«

Wilhelm musterte den Ritter eindringlich. »Wirklich, Sir Wulfgar? Habt Ihr dabei auch auf die Ehre der Dame geachtet? Wir mußten sie aus ihrer Stellung in ihrem Besitz vertreiben, aber es wäre höchst bedauerlich, sie auch noch ihrer Ehre zu berauben.«

Wulfgar versuchte mit gerunzelter Stirn den Sinn der königlichen Worte zu begreifen. Wilhelm ließ ihm einen Augenblick Zeit, um dann sehr viel heiterer fortzufahren: »Beruhigt Euch, Wulfgar. Ich kenne Euch gut und vertraue darauf, daß Ihr alles tun werdet, ein solches Juwel nicht ohne entsprechende Fassung zu lassen.«

Wilhelm erhob sich und legte eine Hand vertraulich auf des Kriegsmannes Schulter; dann schritt er davon.

Als Wulfgar sich wieder Aislinn zuwandte, erschrak sie über sein finsteres Gesicht. »Ist irgend etwas geschehen, Wulfgar?« fragte sie mit leiser Stimme. »Hat der König Euch unerfreuliche Nachrichten übermittelt?«

»Nein«, erwiderte er einsilbig. »Wäre nur schon dieser Morgen vorüber, so daß ich Euch von hier fortbringen könnte! Ragnor ist ein Narr, wenn er meint, ich würde Euch ihm überlassen. Ihr seid mein, und ich lasse mir nichts von meinem Besitz entreißen.«

»Aber Wulfgar«, wandte Aislinn mit mutloser Stimme ein, »was wollt Ihr nur tun? Der König hat seine Entscheidung verkündet.«

Wulfgar hob die Braue und entgegnete entschlossen: »Was ich tun will, Chérie? Natürlich siegen!«

16

Der erste Morgen des Jahres 1067 erhellte nur zögernd den düsteren Londoner Himmel. Zunächst lichteten sich die nieder hängenden Nebel, dann wandelte sich das tiefe Schwarz der Himmelskuppel zu einem trüben, rauchgeschwängerten Grau. Es war sehr kalt, und der Atem der wenigen Frühaufsteher legte sich feucht und frostig um Mund und Nase.

Bevor Wulfgar das Fasten brach, legte er die Rüstung an und führte Hun auf ein offenes Feld hinaus. Dort trieb er das mächtige Schlachtroß unermüdlich über die gefrorene Grasnarbe, damit das Tier sich wieder an die Last seines Herrn gewöhnte. Die Sonne stand schon hoch, und die letzten Frühnebel hatten sich verflüchtigt, als Wulfgar endlich zufrieden war und in den Stall zurückkehrte. Er fütterte das Pferd und rieb es sorgfältig ab. Es schien, als ob das Tier die bevorstehende Bewährungsprobe ahnte, denn es stampfte und schnaubte voller Erregung.

Dann erst stieg Wulfgar in die Halle hinauf und bereitete sich ein spätes Frühstück. Gesättigt ließ er sich neben dem Herd auf einen Stuhl nieder und legte die Füße auf einen Hokker. Seine Gedanken eilten voraus zu dem entscheidenden Kampf.

Plötzlich gewahrte er, daß er nicht mehr allein war. Aufblickend sah er Gowain, Milbourne und Beaufonte vor sich. Ihre Gesichter verrieten deutlich, wie besorgt sie diesem Tag entgegensahen.

Gowain nahm sich die Freiheit, als erster zu sprechen. »Euer Lordschaft, es gilt sehr vorsichtig zu sein. Ich habe Ragnor schon häufig beim Kampf beobachtet. Wenn er angreift, neigt er dazu . . .«

Wulfgar unterbrach ihn durch eine Handbewegung.

Milbourne versuchte ihn ebenfalls zu warnen. »Wulfgar, hört mir zu. Ihr müßt Euch die Tatsache zunutze machen, daß er seinen Schild ziemlich hoch und leicht schräg vor dem Körper hält. Wenn Ihr ihn an der richtigen Stelle trefft, wird er zur Seite gedrückt, so daß Euer Schwert eine Lücke finden kann.«

»Schon gut, Kameraden«, gebot Wulfgar ihnen lächelnd Einhalt. »Ich weiß, daß Ihr es gut meint, und werde mir Eure Worte zu Herzen nehmen. Aber bei diesem Kampf geht es vor allem darum, daß ich es mit einem hinterlistigen Schurken zu tun habe, nicht mit einem ehrenhaften Ritter. Und keiner von Euch wird mir auf dem Turnierplatz den Rücken decken können. Alles liegt nun in Gottes Hand. Sir Gowain, wollt Ihr mein Sekundant sein?«

Der junge Ritter willigte freudig nickend ein. Nun erhob sich Wulfgar und stieg zu seinem Schlafgemach hinauf. In dessen Verlassenheit verdüsterte sich sofort wieder sein Sinn. Er wußte, daß die heutige Auseinandersetzung seine ganzen Kräfte fordern würde, auf keinen Fall durfte er sich durch seine Sehnsucht nach Aislinn ablenken lassen. Doch als er sich einzureden versuchte, daß es dabei vor allem um den Besitz Darkenwalds ging, gelang ihm das nicht. Sollte er unterliegen, gäbe es noch genügend andere Ländereien für ihn zu gewinnen. Aber nie mehr ein Mädchen, das ihm so viel zu schenken vermochte wie Aislinn! Er entledigte sich seiner Rüstung, wusch sich und legte dann die Gewänder an, die er auf dem Turnierplatz tragen wollte. Kettenhemd und Schild lagen auf dem Bett bereit. Sanhurst hatte sein Bestes gegeben, um alles auf Hochglanz zu polieren. Doch Wulfgars Blick verfinsterte sich, als er die Einbuchtung am hinteren Teil seines Helms bemerkte. Sie erinnerte ihn erneut an die Heimtücke seines Gegners. Ragnor würde ganz sicher jedes Mittel recht sein, Aislinn für sich zu erobern. Der Hinterhalt bei Kevonshire hatte Wulfgar fast das Leben gekostet, und er war sicher, daß Ragnor noch immer seinen Tod wollte. Auch wenn er heute unterliegen sollte, würde er keine Ruhe geben.

Bevor er das Gemach verließ, verharrte er noch einen Augenblick vor dem Kamin, in dem rot die Holzkohlen glommen. Mit einem Seufzer griff er nach dem gelben Samtstreifen auf dem Tisch, starrte ihn noch einmal gedankenverloren an und warf ihn dann auf die Kohlen, wo er rasch aufloderte und zu einem winzigen Häufchen Asche verbrannte.

Entschlossen wandte er sich vom Feuer ab, warf den schweren Umhang über die Schulter und trat ans Bett, wo er die Rüstung in den Schild legte und zu einem Bündel zusammenschnürte. Dann umgürtete er sich mit seinem Schwert und steckte sich die Streitaxt in den Gürtel.

In der Halle erwarteten ihn die Getreuen. Gowain nahm ihm das Bündel ab und verließ als erster die Halle. Milbourne schritt an Wulfgars Seite, und Beaufonte bildete die Nachhut.

Unwillkürlich mußte Wulfgar laut auflachen, als der ältere Ritter ihn bat, dem guten Sir Ragnor nicht zu übel mitzuspielen. »Denkt immer daran, Euer Lordschaft«, fuhr Milbourne grinsend fort, »daß wir ihn noch brauchen. Denn wenn er Euch nicht mehr als Zielscheibe Eures Zornes dienen kann, werden wir drei es büßen müssen.«

Der Turnierplatz bot einen prächtigen Anblick. Keiner der in London versammelten Edelleute wollte sich diesen Zweikampf entgehen lassen. Die meisten von ihnen hatten kleine Zelte aufschlagen lassen, von denen man die Kampfbahn überblicken konnte. Andere mußten sich mit einfachen Tribünen begnügen, deren schmale Bänke keine besondere Bequemlichkeit boten. Das gesamte Turnierfeld war mit farbenprächtigen Bannern gesäumt, die zugleich dazu dienten, die neugierigen Blicke der Leibeigenen und Bauern abzuhalten. Denn hier handelte es sich um eine Angelegenheit der Ehre, bei der das gemeine Volk nichts zu suchen hatte.

Wulfgar und seine Begleiter ritten auf den Platz. Während er sich dann allein mit Gowain seinem Zelt näherte, ließ er den Blick rundum schweifen. Das königliche Zelt war gegen die steife Morgenbrise noch fest verschlossen. Auch von Aislinn entdeckte er keine Spur. Dafür herrschte vor Ragnors Zelt reges Treiben.

Vor dem eigenen Zelt stieg Wulfgar ab. Während Gowain seine Ausrüstung ins Innere brachte, hängte er Hun einen Hafersack um und streichelte ihm beruhigend die Nüstern. Im Innern des Zelts war der jüngere Ritter damit beschäftigt, noch einmal die Glieder des Kettenhemds zu überprüfen. Danach kontrollierte Gowain die Halteriemen des Schilds. Schweigend streifte Wulfgar den Lederschutz über, um sich dann von Gowain in die schwere Rüstung helfen zu lassen.

Ein Teller mit Fleisch sowie Wein wurden aufgetragen. Wulfgar weigerte sich jedoch, vor dem Kampf etwas zu sich zu nehmen. Gowain dagegen tat einen mächtigen Schluck, dem er sofort einen zweiten folgen ließ, sehr zum Mißfallen seines Herrn.

»Es wäre wirklich schade, wenn wir durch eigene Nachlässigkeit und Leichtsinn diesen Kampf verlieren würden, Gowain. Nehmt Euch also zusammen.«

Der junge Ritter errötete und meinte dann: »Euer Lordschaft, ich bin fest davon überzeugt, daß Ihr den Sieg davontragen werdet.«

»Ich danke Euch«, erwiderte Wulfgar. »Aber legt jetzt den Becher zur Seite und reicht mir meine Handschuhe, bevor ich gar noch Euch Hilfestellung leisten muß.«

Mit einer etwas spöttischen Verbeugung kam Gowain der Aufforderung nach. Endlich war die lang ersehnte Stunde gekommen, und Wulfgar hatte nur noch einen Gedanken – zu siegen. In der Vergangenheit hatte er viele Turniere ehrenhaft bestanden, doch heute wußte er, daß von ihm das Letzte verlangt würde. Ragnor war nicht nur höchst geschickt im Umgang mit Waffen, sondern fast noch berühmter für seine List. Noch nie zuvor hatten sie sich im Turnier gegenübergestanden; doch Wulfgar war klar, daß es nicht leicht sein würde, ihn zu schlagen.

Fanfaren ertönten, die das Erscheinen des Königs ankündeten. Aislinn würde die einzige Frau im Gefolge des Königs sein. Glücklicherweise brauchte ihm das keine Sorgen zu bereiten, denn Wilhelm würde nie auf den Gedanken kommen, diese Situation für sich zu nützen. Er war bekannt dafür, daß er seiner Gemahlin Mathilda ein treuer Gatte war.

Wulfgar schlug die Zeltklappe zur Seite und trat hinaus. Hun erwartete ihn. Er nahm seinem Roß den Hafersack ab und streichelte noch einmal zärtlich über das weiche Maul. Mit leiser Stimme sprach er auf Hun ein, als ob er sich vertraulich mit einem Freund unterhielte. Das Tier schnaubte und nickte mit dem Kopf, ganz als ob es ihn verstünde. Dann schwang er sich in den Sattel, Gowain reichte ihm Helm und Schild hinauf. So sehr er sich auch reckte, von hier aus war es völlig unmöglich, einen Blick auf das königliche Zelt und auf Aislinn zu werfen.

Jenseits des Wegs trat jetzt auch Ragnor aus seinem Zelt; ihn begleitete Vachel, der heftig auf ihn einredete. Ragnor schwang sich auf sein Streitroß und warf dann einen Blick zu dem Rivalen hinüber, der bereits aufgesessen war und auf das Zeichen zum Beginn des Kampfes wartete. Ragnor versuchte im Sattel eine spöttische Verbeugung, und ein lautes, übertrieben selbstbewußtes Lachen klang zu Wulfgar herüber.

»Endlich ist der Tag gekommen, Wulfgar«, röhrte er. »Ich hoffe, Ihr besucht mich und die schöne Aislinn auch einmal in Darkenwald, denn beide werde ich heute für mich gewinnen. Ich nehme es Euch keineswegs übel, wenn Ihr Euch ab und zu an ihrer Schönheit erfreuen wollt, schließlich habt auch Ihr Euch in dieser Hinsicht als sehr großzügig erwiesen.«

Gowain wollte mit geballten Fäusten losstürmen.

»Nicht doch, mein Junge«, hielt Wulfgar ihn zurück. »Das ist meine Angelegenheit, diese Ehre müßt Ihr mir schon lassen.«

Ragnors Heiterkeit schien sich noch zu steigern. »Was sehe ich da, Wulfgar? Hat das kleine Luder etwa auch diesem Burschen das Herz gebrochen? Muß gar nicht leicht für Euch gewesen sein, sie vor all ihren Liebhabern zu schützen.«

Wulfgar durchschaute Ragnors Spiel und ließ alle diese Schmähungen ruhig und gelassen über sich ergehen. Vachel flüsterte jetzt seinem Vetter etwas zu, was Ragnor zu neuen Lachsalven veranlaßte.

Doch ein Fanfarenstoß gebot auch ihm jetzt Schweigen. Die beiden Ritter setzten sich in Bewegung. Einen Augenblick lang sah es so aus, als ob sie sich sofort aufeinanderstürzen wollten. Doch dann rissen sie ihre Tiee herum und galoppierten zum Zelt des Königs hinüber.

Jetzt erst konnte Wulfgar ein gelbes Stirnband entdecken. Beim Näherkommen sah er, daß Aislinn unter ihrem fuchspelzgefütterten Umhang die gelbe Samtgunna angelegt hatte. Dieser Anblick wärmte ihm das Herz und erfüllte ihn mit neuer Zuversicht. Jetzt wußte er ohne Worte, für wen ihr Herz bei diesem Zweikampf schlug.

Wilhelm stand vor seinem Zelt und erwiderte die Ehrenbezeugungen der Ritter mit großer Würde. Dann verlas er die Bestimmungen, nach denen dieser Ehrenhandel ausgefochten werden sollte. Sie verpflichteten die beiden Gegner, sich seinem Ausgang zu unterwerfen. Aislinn saß bleich und mit ernstem Gesicht neben dem König.

Sie ließ kein Auge von Wulfgar, der ihr aber keinen Blick gönnte. Aufrecht und gelassen folgte er den Ausführungen seines Herrn. Aislinn hätte am liebsten laut aller Welt kundgetan, welchem der beiden Rivalen sie den Sieg wünschte. Doch ihre Gefühle spielten hier keine Rolle. Auch sie würde keine andere Wahl haben, als sich dem Ausgang des Kampfes zu unterwerfen.

Wieder erklangen die Fanfaren. Als die beiden Ritter ihre Pferde wendeten, meinte Aislinn einen Blick Wulfgars erhaschen zu können. Doch schon nahmen die Kämpfer ihre Positionen ein, die durch ihre Banner gekennzeichnet waren. Sie machten Front gegeneinander und setzten die Helme auf. Nachdem die Sekundanten ihnen die Lanzen gereicht hatten, grüßten sie erneut den König. Und wieder schmetterten die Fanfaren. Ihr Verstummen war das Zeichen für den ersten Durchgang.

Unruhe und Angst erfüllten Aislinn, doch sie saß ruhig und beherrscht an des Königs Seite. Während ihr Herz wie rasend gegen die Rippen pochte, preßte sie unter dem Umhang die Hände zusammen und wiederholte insgeheim jenes Gebet, das sie schon früh am Morgen in der kleinen Kapelle gesprochen hatte.

Die Muskeln der mächtigen Schlachtrösser spannten sich. Kraftvoll schnellten die Tiere aufeinander zu. Das furchterregende Trommeln ihrer Hufe klang wie das Echo von Aislinns Herzen. Laut klirrend krachten die Kämpfer ineinander, und Aislinn sprang auf. Wulfgars Lanze war von Ragnors Schild abgeprallt, während dessen Waffe am gegnerischen Schild zersplitterte. Ein Seufzer der Erleichterung entrang sich der Brust des Mädchens.

Die beiden Kämpfer wandten die Pferde und ritten in die Ausgangspositionen zurück. Dort empfingen sie neue Lanzen. Der zweite Angriff begann ohne jede Warnung. Diesmal traf Wulfgars Lanze ihr Ziel, doch sie hielt dem Aufprall nicht stand. Ragnors Oberkörper wurde durch den Stoß weit nach hinten gerissen, aber es gelang ihm, sich im Sattel zu halten. Sein Stoß war völlig ins Leere gegangen.

Und wieder ritten sie zurück, um die dritte Lanze in Empfang zu nehmen. Hun begann jetzt erst richtig warm zu werden; Wulfgar fühlte, wie seine Flanken vor Kampfeslust bebten. Ragnor preschte erneut heran. Donnernd prallten die beiden Reiter ineinander. Wulfgar hatte sein ganzes Gewicht in die Lanze gelegt, und traf den gegnerischen Schild diesmal ziemlich weit außen. Hun war in vollem Galopp in das andere Tier hineingelaufen und warf es zu Boden. Aislinn biß sich vor Aufregung die Lippen wund, als Hun jetzt über das gefallene Tier zu stolpern drohte. Doch im letzten Augenblick gelang es dem Roß, das Gleichgewicht zu wahren.

Wulfgar ließ sein Pferd einige Schritte zurücktreten. Als er sah, daß Ragnor sich unversehrt erhob, warf er die Lanze zur Seite und sprang aus dem Sattel, um den Kampf zu Fuß fortzusetzen. Ragnor griff nach der Kriegskeule. Doch auf Wilhelms Geheiß hatten die Eisenspitzen entfernt werden müssen; so warf Ragnor die Waffe beiseite und griff nach dem Schwert.

Wulfgar zog zunächst die Streitaxt aus dem Gürtel und schwang sie über dem Haupt. Doch dann ließ auch er diese eines Ritters unwürdige Waffe wieder sinken und griff genau wie sein Gegner nach dem mächtigen Schlachtschwert.

Mit schreckgeweiteten Augen sah Aislinn die beiden Krieger aufeinander eindringen. Hell klirrten die ersten Schläge durch die kalte Winterluft. Rasch wurden sie hitziger, bis man die im Licht der Sonne blitzenden Klingen kaum mehr voneinander zu unterscheiden vermochte. Die riesigen Schilde waren wie Festungsmauern, hinter denen die Gegner sich verschanzten. Dumpf krachten die Klingen auf das dicke, eisenbewehrte Holz. Bald rann Schweiß über die Gesichter der Kämpfer und sammelte sich unter dem Lederschutz, der die Haut vor den Gliedern des Kettenhemdes schützte. Ragnor erwies sich als äußerst wendig und schnell. Wulfgar wirkte etwas langsamer, führte die Schläge dafür aber mit größerer Entschiedenheit und Kraft.

Dies war kein harmloses Kampfspiel, sondern ein äußerstes Messen der Körper- und Willenskräfte, bei dem die größere Ausdauer den Sieg davontragen würde. Ragnor begann als erster seinen Schwertarm zu fühlen. Wulfgar drang noch heftiger auf ihn ein. Aber dann hatte er ganz plötzlich das Gefühl, daß sein Fuß von irgend etwas festgehalten wurde. Es war die

Kette der zu Boden geworfenen Kriegsleute. Sofort nutzte Ragnor seinen Vorteil und deckte den Gegner mit einem Schlagregen ein. Wulfgar wurde in die Knie gezwungen, da sein Knöchel noch immer gefangen war. Voller Angst fuhr Aislinn hoch und preßte sich die Hand auf den Mund.

Endlich gelang es Wulfgar, die Fessel abzuschütteln und trotz der wütenden Angriffe Ragnors sich wieder aufzurichten. Er wich einige Schritte zurück, um Atem zu schöpfen, und stellte sich dann erneut dem Kampf.

Lange Zeit sah es so aus, als ob keiner die Oberhand über den Gegner gewinnen könnte. Doch dann setzte Wulfgar zu einer letzten großen Kraftanstrengung an. Weit holte sein langes Schwert aus und stieß überraschend nach vorn. Seine Spitze traf Ragnor in der Halsbeuge und verschob dessen Helm. Bevor er ihn wieder zurechtrücken konnte, sauste ein weiterer Schlag auf ihn hernieder, der zuerst erneut den Helm streifte und sich dann tief in den Schild bohrte. Ragnor schien einen Augenblick wie betäubt, Wulfgar versuchte, die Waffe wieder aus dem Holz zu ziehen. Schließlich ließ der Gegner den schweren Schild fallen und hatte nun nur noch sein Schwert zur Verteidigung. Der schwarze Ritter kam in immer größere Bedrängnis. Seine Schläge wurden matter und unsicherer, bis ein mächtiger Hieb seine Schulter traf und ihm den Schwertarm lähmte. Es gelang ihm mit letzter Kraft, die Waffe festzuhalten, doch dann ließ ein neuer Hieb seinen Helm zu Boden fallen. Die Erschütterung war so heftig, daß Ragnor benommen zu taumeln begann und dann langsam zu Boden sank. Hilflos um sich schlagend blieb er liegen.

Wulfgar holte tief Luft und trat einen Schritt zurück. Doch er ließ den Gegner keinen Moment aus den Augen. Noch immer versuchte Ragnor, sich wieder aufzurichten. Aislinn hielt den Atem an und betete insgeheim, daß der schreckliche Kampf damit endlich entschieden sein möchte. Tatsächlich schien es, als ob Ragnor besiegt sei. Reglos lag er auf dem gefrorenen Boden. Schon wandte sich Wulfgar langsam dem König zu und führte grüßend das Heft seines Schwerts an die Stirn.

Es waren Aislinns sich plötzlich erschreckt weitende Augen, die den Ritter warnten. Gerade noch rechtzeitig wirbelte er herum und parierte Ragnors heimtückisch geführten

Schlag. Mit aller Kraft schlug er ihm mit der Breitseite seines Schwerts quer über die Brust und schickte den Gegner erneut zu Boden. Vor Schmerzen winselnd wand sich Ragnor zu seinen Füßen.

Wulfgar schritt bedächtig auf das Zelt des Königs zu. Aus den Augenwinkeln sah er Aislinns Gesicht voller Freude aufleuchten. Dann wandte er sich an den Herrscher.

»Ist der Zweikampf entschieden, Sire?«

Wilhelm nickte lächelnd. »Ich habe übrigens nie an seinem Ausgang gezweifelt, Wulfgar. Ihr habt Euch tapfer geschlagen und Eurer Ehre in jeder Hinsicht Genüge getan.« Mit einem Seitenblick auf Aislinn meinte er mit trockenem Humor: »Eure arme Dame scheint zu glauben, daß Ihr Euch nur ihretwegen geschlagen hättet. Vielleicht sollte man ihr sagen, daß sie sich von Eurem Sieg nicht allzuviel versprechen sollte?«

Wulfgar stieß sein Schwert in den Boden und warf die schweren Panzerhandschuhe daneben. Dann hob er den Helm vom Haupt und streifte die Lederhaube ab; beide stülpte er über den Schwertgriff. Dann schritt er entschlossen die wenigen Stufen zu Aislinn hinauf, die ihm erwartungsvoll entgegenblickte. Wortlos riß er sie in seine Arme und drückte ihr einen schier endlosen Kuß auf die Lippen. In seiner leidenschaftlichen Umarmung drohte ihr der Atem zu stocken.

Vachel half inzwischen dem besiegten Vetter auf die Beine. Sie standen völlig allein auf dem Kampfplatz. Wütende Blicke trafen das im Kuß versunkene Paar. Ragnor, der sich schwer auf Vachel stützte, schwor mit heiserer Stimme Rache. »Der Tag wird kommen, an dem ich diesen Bastard zur Hölle schikken werde«, murmelte er. Dann wandte er sich ab und humpelte auf sein Zelt zu.

Als Wulfgar Aislinn endlich aus seinen Armen ließ, sank sie mit weichen Gliedern und wie benommen auf ihren Stuhl zurück. Wulfgar aber wandte sich mit einer knappen Verbeugung an den König. »Habe ich damit Eurem Wunsche entsprochen, Sire?« wollte er wissen.

Wilhelm lachte aus vollem Herzen und zwinkerte Aislinn dabei zu. »Ah, jetzt kommt die Wahrheit endlich ans Licht. Dieser Bursche hier macht sich gar nichts aus den Ländereien, es geht ihm einzig und allein um Euch.«

Aislinn errötete, doch Wilhelms Worte taten ihrem Herzen

wohl. In ernsterem Ton erklärte der König Wulfgar: »Nachdem die Entscheidung jetzt gefallen ist, müssen Eure Ansprüche verbrieft werden. Kommt also heute abend an meine Tafel und speist mit mir. Auch die Gegenwart Eurer bezaubernden Dame wollen wir auf keinen Fall missen. Ohne weibliche Schönheit wäre selbst der prächtigste Hof eine langweilige Sache. Bis dahin wünsche ich Euch einen guten Tag, Sir Wulfgar.«

Wilhelm wandte sich zum Gehen. Mit einer Handbewegung gebot er Aislinn, ihm zu folgen. Doch bevor sie die wenigen Stufen hinabschritt, wandte sie sich noch einmal um und verabschiedete sich mit einem zärtlichen Lächeln von Wulfgar.

Wulfgar hätte nun allen Grund zur Freude gehabt. Doch kaum war er in sein ödes Quartier zurückgekehrt, befiel ihn erneut Unruhe. Quälend langsam verstrichen die Stunden bis zum Abend. Er wies Sanhurst an, ihm ein heißes Bad zu bereiten. Doch der Junge konnte ihm wieder einmal nichts recht machen. Schwitzend schleppte er Kübel um Kübel die enge Treppe herauf, bis Wulfgar endlich die zerschundenen Glieder in der Wanne erfrischen konnte. Danach musterte er kritisch seine Gewänder, um sich schließlich wieder für ein braunes zu entscheiden, dessen unauffällige Eleganz ihn gut kleidete.

Voller Vorfreude ritt er durch die Straßen zum Schloß. Alle schienen ihn plötzlich zu kennen, und auch Hun wurde gebührende Aufmerksamkeit zuteil. Ein Page geleitete ihn in die Halle, wo von allen Seiten Glückwünsche über ihn hereinprasselten. Als die Menge sich endlich teilte, sah er Aislinn in Gesellschaft einer Frau auf der anderen Seite der Halle stehen. Als sich ihre Blicke trafen, tauschten sie ein Lächeln aus. Sie war von überwältigender Schönheit.

Er entschuldigte sich bei seinen Gesprächspartnern und schritt zu ihr; auf halbem Weg kam sie ihm entgegen. »Nun, Euer Lordschaft«, murmelte sie errötend, »heute habt Ihr mich erneut gewonnen.«

Mit unbewegtem Gesicht bot er ihr seinen Arm, und sie legte ihre Hand darauf. »Kommt«, bat er und führte sie zu ihren Plätzen an der Tafel. Nach außen hin spielte er die Rolle des siegreichen Ritters, der seinen Preis entgegennahm. Kaum einer in der Halle konnte ahnen, wie es in Wirklichkeit um ihn stand. Alles in ihm schrie danach, sie in seine Arme zu reißen. Nur mit größter Mühe gelang es ihm, dem Hof dieses unwürdige Schauspiel zu ersparen.

Das Mahl wurde von heiteren Gesprächen begleitet. Es gab immer neue Trinksprüche auf die Normandie, die Krone, England, Wilhelm und nicht zuletzt auf den Sieger des Tages.

Nachdem die köstlichen Speisen verzehrt und die edlen Weine getrunken waren, hob der König die Tafel auf. Ein Page erschien an Aislinns Seite und beugte sich zu ihrem Ohr. »Der König wünscht Euch jetzt allein zu sprechen«, wandte sie sich dann an Wulfgar. »Ich aber muß mich jetzt um andere Dinge kümmern. Für den Augenblick wünsche ich Euch deshalb Lebewohl, Monseigneur.«

Wulfgar erhob sich, trat vor seinen König und beugte das Knie. Er hörte, wie hinter ihnen leise die Türen geschlossen wurden. Außer ihm und dem König war jetzt nur noch Bischof Geoffrey anwesend, der hinter Wilhelms Thronsessel stand.

»Erhebt Euch, Herr Ritter, und vernehmt meine Worte«, befahl Wilhelm mit fester Stimme. »Ihr habt Euren Kampf bestanden, und der Sieg ist Euer. Ihr seid nun rechtmäßiger Herr über Darkenwald und Cregan. Ich weiß sehr wohl, daß dieser Besitz nicht sehr groß ist, doch ich verleihe Euch alle Rechte und Titel, die damit verbunden sind. Euer Besitz beherrscht nicht nur die Ost-West-Verbindungen, sondern liegt auch an der kürzesten Verbindung zwischen London und der Küste. Es ist mein Wille, daß Ihr in Darkenwald eine starke, aus Steinen gemauerte Burg errichtet, die im Kriegsfalle tausend Bewaffnete bergen kann. Obwohl Cregan unmittelbar an der Wegscheide liegt, möchte ich, daß die Burg in Darkenwald gebaut wird. Dieser Ort ist nicht nur höher gelegen und damit sicherer, sondern liegt auch in den Hügeln verborgen, so daß dieses Zeichen unserer Herrschaft nicht jedem sofort in die Augen sticht. Die Auswahl des genauen Ortes und die Ausführung des Baues überlasse ich Eurem Scharfsinn. Ihr wißt, daß die Norweger noch immer nach England herüberschielen, und auch die schottischen Könige haben sich noch keineswegs mit unserer Gegenwart abgefunden. Wir müssen also unsere Vorkehrungen treffen.«

Er hielt inne und gab dem Bischof ein Zeichen. Geoffrey trat an seine Seite und zog unter seinen weit gebauschten prächtigen Gewändern ein Pergament hervor. Er entrollte es und begann es bedächtig zu verlesen. Danach legte er es dem König vor, der es mit seinem Siegel versah. Der Bischof reichte es an Wulfgar weiter. Kaum hatte der Kirchenmann die Halle verlassen, lehnte Wilhelm sich bequem in seinem Sessel zurück.

»Das war wirklich ein Tag, den man nicht so rasch vergessen wird, Wulfgar, obwohl ich, wie bereits erwähnt, nie Zweifel an seinem Ausgang hegte.«

»Euer Gnaden sind zu gütig«, murmelte Wulfgar verlegen.

»Vielleicht, Wulfgar, vielleicht bin ich manchmal wirklich zu gütig«, seufzte der König auf. »Doch ich muß großzügig sein, da ich zu wenige Männer habe, auf die ich mich wirklich verlassen kann, und bald rufen mich meine Pflichten zurück in die Normandie. Von Euch weiß ich, daß Ihr mir treu ergeben seid. Baut mir diese Burg wirklich gut, und verteidigt Euren Besitz, um ihn einmal unversehrt in die Hände Eurer Söhne legen zu können. Ich kenne die Beschwernisse im Leben eines Bastards nur zu gut.«

Der König erhob sich und trat mit ausgestreckter Hand auf ihn zu. Wulfgar legte die seine hinein, und die beiden sahen einander tief in die Augen wie zwei Krieger, die sich auf ewig Treue gelobten.

»Wir haben manchen Becher zusammen geleert, guter Freund«, fuhr Wilhelm dann leise fort. »So lebt denn wohl und tut Euer Bestes. Vor allem aber bringt Euer Verhältnis zu Lady Aislinn in Ordnung. Denn sie ist eine Frau, die jedem Manne zur Ehre gereicht. Bald schon wird die Dame wieder an Eurer Seite sein, Wulfgar«, fuhr der König fort, »und bevor ich London verlasse und mich in die Normandie begebe, werde ich Euch bestimmt noch einmal sehen. Doch für jetzt – lebt wohl! Das Glück sei mit Euch, mein Freund.«

Damit verließ Wilhelm die Halle. Auch Wulfgar schritt hinaus in den Hof, wo Hun seiner harrte. Nachdenklich stieg er in den Sattel, um gemächlich vom Schloßhof zu reiten. Es gab keinen Grund, den Heimweg zu beschleunigen, denn Aislinn blieb zurück in der Obhut des Königs, und er wußte nicht, wann er sie wiedersehen würde. Jetzt machte er sich bittere Vorwürfe, sich nicht danach erkundigt zu haben.

Ziellos trabte er durch die Straßen, bis sein Blick zufällig auf eine kleine Taverne fiel. Er machte halt und stieg ab. Der Wirt brachte ihm einen Krug Bier. Wulfgar hoffte, dadurch seine Einsamkeit besser ertragen zu können. Wenn er genügend davon in sich hineintrank, würde er vielleicht sogar in dieser Nacht Schlaf finden. Doch das Gebräu schmeckte heute ungewohnt bitter, und bald hatte er genug davon. Er legte ein paar Münzen neben den erst halb geleerten Krug und trat wieder in die kalte Winterluft hinaus. Niedergeschlagen beschloß er, doch lieber in sein Quartier zurückzukehren.

Er blieb dann aber eine ganze Zeitlang unschlüssig vor dem großen Tor stehen. Als er endlich die Halle betrat, lagen die Kameraden alle schon in tiefem Schlaf. Das Feuer im Herd war tief herabgebrannt und spendete kaum noch Wärme. Mit schwerem Schritt stieg er zu seinem Schlafgemach hinauf. Als er an der winzigen Kammer Hlynns vorbei kam, stutzte er. Rührte sich da hinter der Tür nicht etwas? Er blieb stehen und lauschte. War Hlynn etwa zu Hause? Und wenn das Mädchen hier war, wo war dann Aislinn?

Plötzlich erfüllte ihn neue Hoffnung. So schnell seine Füße ihn trugen, eilte er auf ihr Schlafgemach zu und stieß die Tür auf. Wahrhaftig, dort am Fenster stand sie und kämmte das lange Haar!

Lächelnd wandte sie sich nach ihm um, während er behutsam die Tür schloß. Er lehnte sich dagegen und ließ den Blick durch das Gemach schweifen. Alles war wieder an seinem Platz. Er sah ihre Kleider an den Haken hängen und die Kämme auf dem kleinen Tischchen liegen.

Das weiße Unterkleid, das weich ihre Gestalt umschmeichelte, schien im sanften Licht der Kerze mit ihrem strahlenden Gesicht zu wetteifern. Und plötzlich stand er vor ihr und schlang die Arme um sie. Ihr Gesicht hob sich ihm entgegen. Seine Lippen preßten sich auf die ihren, brachten alle Zweifel, Vorwürfe und Bedenken mit sanfter Gewalt zum Schweigen. Er gönnte ihr keinen Augenblick der Besinnung, sondern hob sie einfach auf, um sie sanft auf die Laken zu betten.

Mühsam rang sie nach Luft. Bevor sie irgend etwas sagen konnte, spürte sie erneut seinen Mund auf dem ihren. Mit seinem ganzen Gewicht preßte er sie tief in die Kissen. Seine Hand schlüpfte in den weiten Ausschnitt ihres Unterkleides. Seine brennenden Lippen zogen eine glühende Spur bis hinab an den Ansatz der schwellenden Brüste. Er hob das hemmende Gewand, um ihre ganze nackte Schönheit genießen zu können. Doch dann erstarrte er. Denn Aislinns Lippen zitterten, und zwischen den fest geschlossenen Wimpern hindurch rollten Tränen über ihre Wangen. Seine Miene verfinsterte sich.

»Aislinn, wovor fürchtest du dich, meine Liebste?«

»Oh, Wulfgar«, keuchte sie, »ich fürchte, daß Ihr wieder einmal nur Eure Lust stillen wollt, um mich danach dann wieder achtlos zur Seite zu werfen. Werdet Ihr denn nie verstehen, was mich so schmerzt?« Jetzt öffneten sich ihre Augen und blickten ihn an. »Ein Pokal kann viele Male mit Wein gefüllt und mit Genuß geleert werden. Doch wenn er dann verbeult ist, wirft man ihn weg. Genau das wird auch mit mir geschehen. Aber ich bin eine Frau, ein Geschöpf Gottes. Ich fürchte den Tag, an dem ich Euch zu mißfallen beginne und Ihr mich wegwerft, um Eure Lust bei einer anderen zu stillen.«

Er lachte über ihre Sorgen. »Aber es gibt doch keinen Pokal, der mir ebenso mundet wie Ihr. Ihr gebt mir mehr als der beste Wein, den ich je gekostet habe.« Dann versucht er sie zu necken: »Und außerdem weiß ich, daß auch Ihr dabei Euer Vergnügen habt.«

Sie wand sich unter ihm hervor und schlang ihr Unterkleid wieder fest um sich. »Monseigneur«, begann sie und hielt trotzig seinem Blick stand. »Ich habe jetzt einige Tage an Wilhelms Hof verbracht. Mir wurde dort jede Ehrerbietung zuteil, die sich eine Jungfrau nur wünschen kann. Keiner der Lords ließ mich seinen Verdacht spüren. Und trotzdem wäre ich dort an meinen Gewissensbissen fast gestorben, denn ich wußte sehr wohl, daß sie genauso gut wie ich wußten, was ich wirklich bin – Eure Hure.«

»Ihr schätzt Euch geringer als Ihr seid, Chérie. Schließlich habe ich heute mein Leben für Euch in die Schanze geschlagen.«

Bitter lachte sie auf und erwiderte mit einer wegwerfenden Handbewegung: »Welchen Preis habt Ihr denn für Eure Normannenliebchen bezahlt? Habt Ihr ihnen ein oder sogar zwei Kleider geschenkt? Gab es nur eine Kupfermünze, oder habt Ihr ihnen großzügig eine ganze Handvoll hingeworfen? Meint Ihr, das machte einen Unterschied? Diese Frauen bleiben trotzdem Huren. Und für diese Nacht habt Ihr mit einer Stunde des Kampfes bezahlt. Gewiß, ein achtenswerter Preis, das will ich gar nicht bestreiten.« Sie legte ihre Hand auf seinen Arm. »Er ist um so achtenswerter, weil ich Euer Leben vielleicht höher einschätze als Ihr selbst. Aber was ich von Euch erwarte, davon könnt Ihr Euch so nicht loskaufen. Denn ehe Ihr mir nicht die Treue schwört, bleibe ich doch eine Hure, selbst wenn ich in Euren Armen ein gewisses Vergnügen finde.« Wulfgar stand vom Lager auf und starrte finster auf sie herab. »Ihr seid mein, das habt Ihr selbst schon zweimal bestätigt.«

Aislinn hob die Schultern. »Es bewahrte mich vor einem noch schlimmeren Schicksal, mehr aber nicht, Wulfgar.« Sie wies mit der Hand auf die Tür. »Wenn ich durch diese Tür auf die Straße hinabginge, würde es mir ein Leichtes sein, in dieser einen Nacht ein Dutzend edler Lords in mein Bett zu holen – oder seid Ihr etwa anderer Ansicht?«

Wulfgar schüttelte den Kopf und hätte gerne etwas eingewandt, aber sie fuhr mit großem Ernst fort: »Wulfgar, versteht mich richtig – was macht es schon, ob es nur einer oder ein Dutzend ist? Was macht es, wieviel ich mir bezahlen lasse? Wenn ich das tue, und wenn ich es auch noch freiwillig tue, dann bin ich eine Hure.«

Fast höhnisch fuhr er sie an: »Und wo liegt der Unterschied zwischen einer Handvoll Münzen und ein paar Worten, die man vor einem Priester wechselt? Außer daß sich ein Mann dadurch ein Leben lang bindet?«

Sie wandte ihr Gesicht ab, über das Tränen zu strömen begannen. Dann erwiderte sie so leise, daß er Mühe hatte, es zu verstehen: »Ihr könnt nach Belieben mit mir verfahren. Ich kann mich wehren oder mich in mein Schicksal ergeben. Aber mein Inneres wird sich vor Euch nie beugen.« Schicksalergeben saß sie vor ihm auf dem Bett, und die Tränen tropften auf die im Schoß gefalteten Hände. Da er nicht wußte, wie er sie zu trösten vermochte, wandte er sich schließlich ab und stapfte wütend aus dem Gemach.

In finsteres Brüten versunken stand er vor dem Feuer in der Halle. Zähneknirschend murmelte er: »Werde ich denn dieses Frauenzimmer immer nur mit Gewalt bekommen? Wann wird sie sich mir endlich freiwillig hingeben?«

»Habt Ihr gerufen, Euer Lordschaft?« erklang eine Stimme hinter ihm. Als er sich unwirsch umwandte, stand Sanhurst vor ihm.

»Du sächsischer Tölpel! Geh mir aus den Augen!« brüllte er ihn wütend an.

Wulfgars barsche Stimme drang bis ins Schlafgemach hinauf, und Aislinn wußte, daß er wieder einmal seine Wut an Unschuldigen austobte. Sie erhob sich und ging einige Schritte zur Tür. Doch dann schüttelte sie den Kopf und schritt zum Fenster hinüber. Sie drückte ihr Gesicht gegen die Scheibe und starrte in die dunkle, düstere Stadt hinaus.

Das Feuer war weit herabgebrannt, als Wulfgar endlich wieder in die Kammer zurückkehrte. Aislinn lag auf dem Bett, preßte die Augen zu und tat so, als ob sie in tiefem Schlaf läge. Doch sie lauschte auf jede seiner Bewegungen. Dann spürte sie, wie sich unter seinem Gewicht das Lager senkte und er dicht an sie heranrückte.

Es schien ihm unmöglich, der Versuchung zu widerstehen. Seine Hände glitten immer kühner über ihren sanften, warmen Leib. Endlich warf er sich in wildem Verlangen über sie. Seine Lippen preßten sich auf die ihren, zuerst sanft, dann immer verlangender, bis sie spürte, daß ihr Widerstand zu schmelzen begann.

»Nein, nein, bitte nicht«, flüsterte sie. Aber er kümmerte sich nicht im geringsten darum, und sie wußte, daß sie auch diese Schlacht verloren hatte. Als er sie nahm, antwortete ihr heißer Leib, während sie sich noch immer schluchzend zu wehren versuchte. Aber schließlich riß der Sturzbach der Leidenschaft alles mit sich fort. Sie fühlte sich wie von einer riesigen Woge hochgehoben, um dann sanft an einem friedlichen Gestade an Land gespült zu werden.

Danach lag sie völlig erschöpft, doch von einem seltsamen Gefühl höchster Zufriedenheit erfüllt in seinen Armen. Sie sehnte sich jetzt geradezu nach seinen sanften Zärtlichkeiten, und ein neues Gefühl der Hoffnung durchströmte sie. Gab er ihr nicht reiche Geschenke, obwohl er geschworen hatte,

Frauen seien solche Kosten nicht wert? Hatte er nicht gesagt, es lohne sich nicht, um Frauen zu kämpfen, und trotzdem heute sein Leben für sie eingesetzt? Vielleicht gelang es ihr doch noch, ihm auch die Erfüllung ihres größten Wunsches abzuringen . . .

Die folgenden Tage vergingen in großer Geschäftigkeit, Wulfgar mußte häufig zu Besprechungen ins Schloß. Wann immer sie zusammen vor die Augen der Öffentlichkeit traten, wirkten sie wie ein glückliches Liebespaar. Schmachtend hingen ihre Augen aneinander, und ihre Hände berührten sich voller Zärtlichkeit. Doch kaum waren sie allein in ihrer Kammer, nahm Aislinn sofort wieder eine abweisende Haltung ein und wich jeder Berührung aus. Dieses Spiel trieb ihn langsam zur Verzweiflung. Wollte er sich ihr nähern, mußte er jedesmal von vorn List und Geduld vereinen, um sie zu gewinnen. Doch im Gegensatz zu früher lag sie jetzt nach ihren Niederlagen ruhig und zufrieden in seinen Armen.

Drei Tage später traf ein Brief von Wilhelm ein, der Wulfgar von den Pflichten des Hofes entband und ihn anwies, sich nach Darkenwald zu begeben und dort die Aufträge des Königs auszuführen.

An diesem Tag wurde Wulfgar sehr lange aufgehalten und kehrte erst spät abends nach Hause zurück. Aislinn mußte ihr Mahl allein einnehmen. Auf dem Herd hielt sie eine Platte Fleisch für ihn bereit, und auf dem Fensterbrett waretete ein Krug kühlen Bieres.

In dieser letzten Nacht in London standen sie zusammen am Fenster und blickten auf die Stadt, bis der Mond hoch am Himmel stand. Während Aislinn sich zärtlich an Wulfgar lehnte, erfüllte sie beide ein Gefühl selbstverständlicher Zusammengehörigkeit und heiterer Eintracht, wie sie es nie zuvor erfahren hatten. Wulfgar schlang seine Arme um sie, und Aislinn genoß diese Augenblicke wie nie zuvor etwas in ihrem Leben.

Am nächsten Morgen herrschte große Aufregung. Die letzten Bündel wurden gepackt und zu den Pferden hinabgetragen. Als Aislinn in die Halle hinabschritt, um dort ein rasches Frühstück einzunehmen, trug sie den warmen, pelzgefütterten Mantel über dem Arm. Zu ihrer Überraschung fand sie im

Hof ihren kleinen Rotschimmel ungezäumt an den Reisekarren gebunden.

Verwirrt wandte sie sich an Gowain, der in ihrer Nähe stand. »Herr Ritter, soll ich etwa auf dem Karren reisen?«

»Aber nein, Milady, Euer Pferd steht dort drüben.« Er wies mit der Hand auf den Stall, während ein seltsames Lächeln seine Lippen umspielte. Ohne ein weiteres Wort zu verlieren, wandte er sich ab und entfernte sich.

Aislinn blickte ihm stirnrunzelnd nach, um dann mit raschen Schritten den Stall zu betreten. Dort fand sie eine hübsche Apfelschimmelstute, die ihren Damensattel trug und dazu eine Reisedecke für die Beine. Ihre Hand fuhr liebkosend über die Flanke des Tiers und spürte die kräftigen Muskeln. Dann streichelte sie ihm zärtlich das weiche Maul und bewunderte seine blaugraue Zeichnung.

Plötzlich fühlte sie, daß sie nicht mehr allein war. Sich umdrehend gewahrte sie Wulfgar, der sie mit amüsiertem Lächeln beobachtete. Bevor sie etwas sagen konnte, erklärte er ihr: »Sie gehört Euch, ich war sie Euch schuldig.« Abrupt wandte er sich ab und führte Hun in den Hof, wo er sich in den Sattel schwang.

Aislinn spürte, wie es warm in ihr aufstieg. Erneut hatte er sie reich beschenkt! Freudestrahlend führte sie ihre Stute aus dem Stall. Doch niemand stand bereit, ihr in den Sattel zu helfen. Als Sir Gowain ihre mißliche Lage bemerkte, sprang er eilfertig vom Pferd und kam ihr zur Hilfe. Fürsorglich schlang er die warme Decke um ihre Beine, bevor er zu seinem Tier zurückkehrte. Dann setzte sich die kleine Gruppe in Bewegung, geführt von Wulfgar. Aislinn ritt inmitten von Wulfgars Rittern einige Längen hinter ihm.

Vorsichtig bahnten sie sich ihren Weg durch Londons Straßen, gefolgt von dem knarrenden Karren und den Bogenschützen, die die Nachhut bildeten. Sie überquerten die Themse und nahmen dann den Weg über Southwark ins offene Land. Wulfgar warf immer wieder einen Blick über die Schulter, als ob er sichergehen wollte, daß alle nachkamen. Dann zügelte er Hun etwas, bis Aislinn zu ihm aufgeschlossen hatte. Jetzt trieb er sein Pferd wieder an. Aislinn ritt stolz und lächelnd an seiner Seite, wie es sich für die Dame eines Lords geziemte.

Es war ein sehr frostiger Tag, und die Nacht drohte noch kälter zu werden. Vor Einbruch der Dunkelheit schlugen sie ihr Lager auf. Es gab ein Zelt für Wulfgar und Aislinn, eines für die Ritter und eines für die übrigen Männer. Hlynn sollte sich auf dem Karren, der unmittelbar neben Wulfgars Zelt stand, ihr Lager bereiten.

Man steckte ein großes Feuer an und bereitete eine warme Mahlzeit. Dann zogen sich alle vor der Kälte der Nacht in ihre Zelte zurück. Die Geräusche ringsum erstarben. Aislinn sah an der Zeltwand das Spiel der Flammen, die immer kürzer wurden, um schließlich zu ersterben. Sie lag neben Wulfgar unter Decken und Mänteln, die sie wohlig wärmten. Es dauerte nicht lange, bis seine Hände zu ihr herübertasteten und über ihren bloßen Leib zu wandern begannen.

In diesem Augenblick warf sich Hlynn draußen auf ihrem Karren auf die andere Seite, und Wulfgar fuhr erschrocken zurück. Doch sobald es wieder ruhig war, griff er erneut nach ihr. Aber wie auf Verabredung sorgte Hlynn für neue Unruhe, was Wulfgar zum zweiten Rückzug veranlaßte. Aislinn hörte, wie er eine leise Verwünschung ausstieß. Erbost flüsterte er ihr zu: »Man könnte meinen, da draußen wäre ein Zuchtbulle bei der Arbeit.«

Wieder rückte er dicht an sie heran und nahm seine Liebkosungen auf. Hlynn aber schien noch immer nicht den richtigen Platz gefunden zu haben. Jetzt verdarb sie ihm endgültig die Laune. Mit einem unterdrückten Fluch rollte er sich auf die andere Seite und zog die Decke bis unters Kinn.

Aislinn amüsierte sich insgeheim über seine wütende Enttäuschung. Jetzt würde sie wahrscheinlich für diese Nacht vor ihm sicher sein. Zufrieden schmiegte sie sich an seinen Rükken, in dessen Wärme sie bald fest entschlummerte.

Frostig und strahlend zugleich dämmerte der nächste Morgen herauf. Die Pferde stießen weiße Wolken aus den Nüstern. Als sie sich wieder auf den Weg machten, tat Aislinns Herz einen Freudensprung, denn sie wußte, heute abend würden sie daheim in Darkenwald sein.

17

An diesem strahlend schönen, aber empfindlich kalten Januartag wurden sie von keiner Fanfare in Darkenwald willkommen geheißen. Doch als sie in den Ort einritten, begrüßten viele Neugierige den neuen Lord auf seinem Besitz.

Aislinn saß warm eingehüllt auf ihrer temperamentvollen Stute. Das Mädchen achtete sorgsam darauf, sie immer einige Schritte hinter Wulfgar zu halten. Er lenkte Hun durch die Menschenmenge, und erst unmittelbar vor der Halle stieg er aus dem Sattel. Ein Stallbursche griff nach dem Zügel von Aislinns Pferd, und Wulfgar trat herzu, um sie aus dem Sattel zu heben. Gwyneth, die sie unter dem Tor der Halle erwartete, sah es mit großem Mißmut.

Während die Ankömmlinge auf die Halle zuschritten, drängten sich die Menschen um sie. Ganz vorne standen natürlich die Kinder, von denen die Mutigsten verstohlen an den Gewändern der Ritter zupften. Wulfgar wurde besonders heftig bestürmt, denn man war begierig, das Neueste aus der großen Stadt London zu erfahren. Gwyneth war inzwischen in die Halle zurückgewichen.

Als sich das große Tor öffnete, vermischte sich der Lärm in ihrem Innern mit dem von draußen. Die Hunde stürmten heraus und umsprangen kläffend die Fremden. Die Leute, die in Darkenwald zurückgeblieben waren, begrüßten laut ihre alten Bekannten. Aislinn wehte der verlockende Duft schmorenden Wildschweinbratens in die Nase. Ihr Blick wanderte hinüber zum Feuer, wo zwei junge Burschen damit beschäftigt waren, den Bratspieß zu drehen.

Jeder Laut und jeder Geruch, jede Stimme und jedes Gesicht waren Aislinn hier vertraut. Ihre Wangen glühten vor Wiedersehensfreude, und lachend erwiderte sie jeden der vielen Willkommensgrüße. Ja, hier war sie zuhause, nicht in der steifen Atmosphäre des Hofes!

Jetzt begannen die Mägde Essen und Trinken aufzutragen. Bald hielt jeder der Männer ein Trinkhorn in Händen. Man prostete sich lautstark zu und beglückwünschte sich zu der glücklichen Heimkehr. In Wulfgars Umgebung ging es besonders hoch her. Aislinn fühlte sich inmitten der vielen Männer fehl am Platze und wäre gern zu den Frauen hinübergegangen, doch Wulfgars Hand umklammerte fest ihre Schulter und zwang sie, an seiner Seite zu bleiben.

Doch dann wurde es ganz plötzlich still, als Gwyneth mit schriller Stimme fragte: »Nun, Wulfgar, habt Ihr wieder ein paar von diesen Sachsen erschlagen?« Langsam kam sie auf ihn zu. »Habt Ihr tatsächlich diesen Besitz hier endgültig für Euch gesichert, oder müssen wir unsere Bündel schnüren und uns anderswo eine Bleibe suchen?«

Wulfgar lächelte nachsichtig und erwiderte: »Nein, er ist mein, Gwyneth. Selbst Ragnor ist es nicht gelungen, mir meinen Anspruch streitig zu machen.«

Fragend hob sie die Braue. »Was wollt Ihr damit sagen?«

Mit spöttisch funkelnden Augen klärte er sie auf. »Nun, Gwyneth, wir haben uns um die Ländereien geschlagen – und um Lady Aislinn.«

Gwyneths Augen verengten sich, als ihr Blick zu Aislinn wanderte. »Was hat diese Hure schon wieder angestellt? Durch welche Hinterlist brachte sie Euch dazu, gegen diesen edlen Ritter die Waffen zu erheben? Ich kann mir schon denken, daß sie auch mich bei Euch aufs Übelste verleumdet hat. Aus ihrem Mund kommen nichts als Lügen, auch wenn sie noch so unschuldig mit ihren Augen rollt.«

Wulfgar spürte, wie Aislinn zusammenzuckte. Seine Halbschwester musterte er mit kaltem Blick.

Tückisch fuhr Gwyneth fort: »Oh, seht Ihr denn nicht, worauf sie es anlegt, Bruder? Sie versucht mit Eurer Hilfe Darkenwald unter ihre Herrschaft zu bringen und Euch von uns abzuwenden. Ihr laßt Euch zu sehr von Euren niederen Trieben leiten. Verstoßt sie von Eurer Seite, bevor es zu spät ist! Ihr tätet gut daran, Euch mit Damen edleren Geblüts zu vergnügen. Der Umgang mit dieser Hure ist eines Lords nicht würdig. Sie wird noch Euer Verderben sein.«

Ein Blick tiefster Verachtung streifte Aislinn, als Gwyneth mit bösem Lächeln fragte: »Hat sie Euch übrigens von ihrer

Vorliebe für ihren früheren Verlobten berichtet? Vielleicht sogar von ihren gemeinsamen Vergnügungen während Eurer Abwesenheit? Sie wird Euch bestimmt sehr dankbar dafür sein, daß Ihr diesen Sklaven hier beschäftigt, so können sie sich wenigstens mühelos treffen.«

Sie sah das Zusammenzucken in Wulfgars Gesicht und wußte, daß dieser Stich gesessen hatte. »Und was nun die brave Haylan betrifft, die Ihr hierhergeschickt habt, damit sie unter dem Dach dieser Halle lebt . . .« Sie wandte sich um und lächelte der jungen Witwe zu, die in einem von Aislinns feinsten Kleidern scheu am Rande der Gruppe stand, »so hat sich Eure Aislinn vom ersten Augenblick an gegen sie gewandt und sich geweigert, auch nur ein einziges Gewand herauszugeben. Das mußte ich in Ordnung bringen, denn schließlich ist nicht einzusehen, daß sie mehrere Kleider ihr eigen nennt, andere aber nicht eines.«

Wulfgar ließ seinen Blick über die Gesichter der Umstehenden wandern. In einigen sah er Zweifel an Gwyneths Worten, in anderen gar Empörung. Der junge Gowain stand in stummer Erbitterung neben ihm. Dann kehrte Wulfgars Blick zurück zu seiner Schwester.

»Nun, liebste Gwyneth, ich muß Euch enttäuschen. Denn bevor Ihr hier erschienen seid, drangen keinerlei Verleumdungen an mein Ohr.« Seine Stimme klang beherrscht. »Ich muß Euch sagen, daß Aislinn weder über Euch noch über Haylan auch nur ein Wort verloren hat.«

Gwyneth versuchte sich stotternd zu verteidigen, aber sofort unterbrach Wulfgar sie mit spöttischem Lächeln. »Es sieht ganz so aus, liebste Schwester, als ob nur Eure eigenen Lippen Euch verraten hätten. Ihr solltet Euch jetzt das Folgende gut zu Herzen nehmen.« Seine Stimme wurde hart und schneidend. »Hier bin ich der Herr, Gwyneth, bestätigt durch Brief und Siegel. Ich spreche hier Recht, und niemand wird hier bestraft, außer in meinem Namen. Ihr habt keinerlei Anteil an meiner Autorität. Ihr untersteht meinen Gesetzen genauso wie jeder andere meiner Untertanen. Und laßt Euch gesagt sein – ich werde jede Eurer Übertretungen genauso bestrafen wie die ihren. Nehmt Euch also in acht, Schwester.«

Sein Blick richtete sich nun kurz auf Haylan. »Und nun zu

jenen, die ich hierhersandte. Sie haben einzig und allein die Aufgabe, hier nach Vermögen ihrer Fähigkeiten ihre Pflichten zu erfüllen. Es lag nicht in meiner Absicht, daß einer von ihnen unter dem Dach dieser Halle leben sollte.«

Sein Blick blieb kurz an Aislinn hängen, bevor er sich wieder seiner Schwester zuwandte. »Ihr wollt einfach nicht sehen, daß Aislinn mir treu ergeben ist und im übrigen vieles wieder in Ordnung bringt, was Ihr aus Leichtsinn oder Boshaftigkeit verschuldet habt. Ich schätze ihre Gesellschaft und habe ihr einen Platz in meinem Haus angewiesen, wodurch sie zugleich unter meinem Schutze steht. Alles, was ich ihr gebe, ist eine Entschädigung für ihre Mühen, und ich gebe es ihr aus freiem Willen. Kerwick hat bereits die Erfahrung machen müssen, daß ich auf meinen Besitz achte und jeden Übergriff entsprechend bestrafe. Ich glaube nicht, daß er es noch einmal wagen wird, sich an meiner Habe zu vergreifen.«

Dann sagte er mit einer Handbewegung auf die Kleider, die Gwyneth und Haylan trugen:

»Ich sehe, ihr habt die Lumpen redlich unter euch geteilt. Doch in Zukunft habt ihr die Finger von ihren Sachen zu lassen, ich werde euch sonst wegen Diebstahls bestrafen. Ihr habt in meinen Gemächern nichts zu suchen, außer Aislinn oder ich geben euch die Erlaubnis.«

Gwyneth stand wie vom Schlag gerührt und fand keine Worte mehr.

»Mit Hinblick auf unsere gemeinsame Mutter und Euren Vater sage ich Euch dies noch einmal im guten«, fuhr Wulfgar fort, »aber wagt es nie mehr, meine Geduld und Nachsicht auf die Probe zu stellen.«

Endlich hatte sich Gwyneth wieder ein wenig gefaßt. »Ich konnte wohl nicht damit rechnen, bei Euch Verständnis für meine Sorgen zu finden, Wulfgar«, seufzte sie enttäuscht. »Schließlich bin ich bloß Eure Schwester.«

Damit drehte sie sich um und schritt mit ruhiger Würde auf die Treppe zu. Haylan blickte ihre gedankenverloren nach, ehe sie zum Feuer ging. Dort schmorte noch immer das Wildbret. Kerwicks hellblaue Augen blickten ihr voller Spott entgegen. »Ich denke, Eure Gewänder sind viel zu fein für diese Arbeit, meine Dame.«

Spät in der Nacht erst folgte Aislinn ihrem Herrn hinauf ins Schlafgemach. Kaum hatte Wulfgar die Tür hinter sich geschlossen, tanzte das Mädchen in größter Ausgelassenheit durch den Raum. »Oh, Wulfgar«, strahlte sie, »wie bin ich froh, wieder hier zu sein.«

Er aber musterte das vertraute Gemach mit düsterem Blick. Gwyneths Worte hatten schmerzende Widerhaken in sein Herz geschlagen und Zweifel gesät.

Plötzlich hielt Aislinn inne. »Fühlt Ihr Euch nicht wohl, Wulfgar?« fragte sie besorgt. »Schmerzen Euch wieder Eure Narben?«

Unheildrohend zogen sich seine Brauen noch enger zusammen.

»Aislinn, habt Ihr mich hintergangen?«

Ihre Augen weiteten sich bestürzt.

»Bevor Ihr antwortet, denkt gut nach«, drohte er finster, »denn ich muß die Wahrheit wissen. Habt Ihr mit diesem Kerwick in meiner Abwesenheit das Lager geteilt?«

Aislinn fühlte Zorn in sich aufwallen. Der Zweifel an ihrer Treue machte sie vor Wut zittern. »Wie könnt Ihr es wagen! Ihr habt mich zur Sklavin gemacht und mir alles genommen, was ich hatte. Und jetzt wollt Ihr mich noch grausamer quälen! Oh, wie ich Euch hasse . . .«

Zornbebend riß sie eine der Decken vom Bett, schlang sie fest um sich und eilte zur Tür. Kurz davor wirbelte sie noch einmal zu ihm herum, fand aber keine Worte mehr. Sie stampfte in hilfloser Empörung mit dem Fuß auf. Dann flüchtete sie über die Treppe in die Halle hinab und zum Tor. Sie bemerkte nicht einmal den erstaunten Blick Bolsgars, der sie von seinem Platz am Feuer aus verfolgte. Erst draußen im Hof wurde sie etwas ruhiger und schlug fast unwillkürlich den schmalen Pfad zum Haus der Mutter ein.

Maida erschrak nicht wenig, als plötzlich die Tür aufflog und Aislinn auf der Schwelle stand. Das Mädchen schlug sie heftig hinter sich zu und legte den schweren Riegel vor. Dann warf sie sich wortlos auf den einzigen Stuhl und versank in nachdenkliches Brüten. Die alte Frau ahnte, was in der Tochter vorging, und konnte eine gewisse Genugtuung nicht verhehlen. Ihren Plänen mochte es nur dienlich sein, wenn zwischen Aislinn und Wulfgar nicht alles zum Besten stand.

Doch bevor die Alte in ihre gewohnten Haßtiraden ausbrechen konnte, hörte man von draußen schwere Fußtritte, und gleich darauf dröhnte es gegen die Tür.

»Aislinn«, klang Wulfgars wütende Stimme herein.

Aislinn warf über die Schulter einen Blick auf die Tür, wandte sich dann aber wieder dem Feuer zu.

»Aislinn!«

Das Sparrenwerk der Tür erbebte, aber Aislinn gab noch immer keine Antwort. Dann hörte man, wie die Halterungen des Riegels aus dem Holz brachen. Gleich darauf lösten sich auch die Angeln, so daß die ganze Tür nach innen krachte. Maida schrie auf und verkroch sich in eine dunkle Ecke der Hütte. Aislinn aber sprang auf und stellte sich dem Eindringling wutentbrannt in den Weg.

Wulfgar war über die Türreste hereingestapft und machte seinem Zorn Luft. »Du sächsische Hexe! Du wirst es nicht erleben, daß irgendeine Tür mich davon abhalten kann, mir zu holen, was mein ist!«

»Gehöre ich wirklich Euch, Milord?« höhnte sie.

»Ja, das tut Ihr«, fuhr er auf.

»Und gehöre ich Euch als Siegesbeute? Oder etwa durch den Segen eines Priesters? Oder nur, weil Ihr es so bestimmt habt?«

»Habt Ihr mit diesem Tölpel das Bett geteilt oder nicht?«

»Nein!« warf ihm Aislinn in größter Erbitterung ins Gesicht. Dann fuhr sie ruhiger fort: »Wie hätte ich je Gelegenheit finden können, eine solche Tat zu begehen, da doch Hlynn, Ham und meine Mutter fast immer zugegen waren, und Sweyn Wache vor meiner Kammertür hielt?« In ihren Augen glitzerten Tränen. »Würde ich mich so heftig gegen Eure Anschuldigungen wehren und Euch bitten, mir den letzten Rest meiner Würde zu lassen, wenn ich zu einer solchen Tat fähig wäre? Es ist allein Eure Sache, ob Ihr Gwyneths oder meinen Worten mehr Glauben schenken wollt. Ich werde mich gegen solche Anschuldigungen in Zukunft nicht mehr verteidigen und auch nicht mehr versuchen, Euch von meiner Aufrichtigkeit zu überzeugen.«

Wulfgar musterte sie lange Zeit mit forschendem Blick. Dann streckte er eine Hand aus und tupfte ihr zärtlich eine Träne von der Wange.

»Du hast dir einen Platz in meinem Herzen erobert, kleine sächsische Hexe. Nur du kannst mir wirklich weh tun.«

Er drückte sie an sich, und ohne ein weiteres Wort hob er sie hoch und stapfte mit ihr über die zertrümmerte Tür hinweg in die Nacht auf die Halle zu, aus der schwacher Lichtschein fiel.

Als er mit ihr auf den Armen die Halle durchquerte, lachte Bolsgar leise vor sich hin. »Ja, ja, die jungen Leute. Wenn man verliebt ist, fällt die Versöhnung leicht.«

18

Es war zu Beginn des zweiten Monats im Jahr. Der Schnee hatte naßkalten Regenstürmen weichen müssen, und die Wolken hingen den ganzen Tag über den Hügeln und Baumwipfeln. Die nasse Kälte fraß sich unter die Haut, und die Menschen drängten sich meist um das wärmende Feuer.

In Maidas Hütte schob Aislinn die glühenden Scheite vorsichtig zur Seite, um die Feuerstelle von Ruß und Asche reinigen zu können. Inzwischen kroch die Kälte in alle Winkel. Aislinn wußte, daß Wulfgar draußen im Stall mit seinen Pferden beschäftigt war. Sie hatte die Gelegenheit genutzt, um wieder einmal nach ihrer Mutter zu sehen. Maida saß auf ihrem unordentlichen Bett und verfolgte die Bewegungen der Tochter mit einem seltsamen Lächeln.

Plötzlich spürte Aislinn einen stechenden Schmerz im Kreuz und richtete sich auf. Die abrupte Bewegung ließ alles ringsum vor ihren Augen verschwimmen, und sie mußte sich mit einer Hand am Herd abstützen. Als sie sich über die feuchte Stirn fuhr, fragte die Mutter besorgt: »Hat sich das Kleine bewegt?«

Aislinn wandte sich überrascht der alten Frau zu. Dann ließ sie sich erschöpft auf den Stuhl neben der Feuerstelle fallen. Ihre Finger umklammerten den kleinen Reisigbesen in ihrem Schoß, während sie den flehenden Blick zur Mutter hob.

»Hast du gedacht, du könntest es ewig vor mir verbergen, Kind?« fragte Maida.

»Nein«, murmelte Aislinn. »Doch ich wollte es lange Zeit selbst nicht wahrhaben.«

Sie ahnte schon eine Weile, daß sie schwanger war, denn ihre Brüste schwollen immer mehr an, und auch ihre Tage waren ausgeblieben. Der Gedanke an das Wesen, das in ihr wuchs, dessen ungewisse Zukunft machten ihr das Herz schwer.

»Du bist also schwanger, meine kleine Aislinn«, krächzte die alte Frau, »aber weißt du auch, von wem das Kind ist?« Ein höhnisches Lachen füllte die Hütte. Maida beugte sich vor und hob den dürren Zeigefinger. »Sie da, meine Tochter, sieh da! Kein Grund zur Traurigkeit.« Schadenfroh fuhr sie dann fort: »Das ist unsere Rache an diesen hochnäsigen normannischen Lords. Ein Bastard für den Bastard!«

Aislinn blickte erschrocken auf – würde sie wirklich einem Bastard das Leben schenken müssen? Die Schadenfreude der Mutter trieb sie fort. Sie griff rasch nach ihrem Umhang und floh aus der erstickenden Enge der Hütte.

Der kalte Nebel auf ihrem Gesicht erfrischte sie. Langsam und gedankenverloren ging sie über einen Umweg zur Halle zurück. Dabei kam sie an der langen Reihe von Weiden vorbei, die den Rand des Sumpfes markierten. Lange stand sie nachdenklich am Ufer des kleinen Baches. Sein Glucksen schien sie zu verspotten. Wie tief war die einst so stolze Aislinn doch gefallen! Jetzt trug sie einen Bastard unter dem Herzen und wußte noch nicht einmal, wer sein Erzeuger war: Ragnor oder Wulfgar?

Sie hatte das Gefühl, ihre Angst und Qual laut hinausschreien zu müssen, doch sie starrte nur niedergeschlagen und wie betäubt in das dunkle, wirbelnde Wasser. Wie sollte sie Wulfgar die Neuigkeit überbringen? Er würde bestimmt nicht glücklich darüber sein, zu sehr genoß er seine nächtlichen Lustbarkeiten, die ihm nun bald für längere Zeit verwehrt sein würden. Ein neuer, noch schrecklicherer Gedanke durchzuckte sie: würde er sie und das Kind einfach wegschicken? Nein, so herzlos war er wohl nicht. Aber was auch geschehen mochte, es war ihre Pflicht, sich ihm sobald wie möglich zu offenbaren.

Diese Gelegenheit bot sich schneller, als Aislinn gedacht hatte. Denn als sie beim Stall anlangte und hineinspähte, sah sie, daß Wulfgar allein war. Wulfgar arbeitete im rußenden Licht einer Talglampe, die über ihm an einem Sparren hing. Er hatte einen von Huns Läufen zwischen die Knie geklemmt und schabte mit einem kleinen, scharfen Messer seinen Huf zurecht. Wie gerne hätte sie die unangenehme Aufgabe noch einmal aufgeschoben! Aber plötzlich wandte das große Tier den Kopf in ihre Richtung und schnaubte auf. Wulfgars Blick traf sie. Er richtete sich auf und setzte Huns Bein auf den Boden. Er sah sehr wohl, wie zögernd sie auf ihn zuging, doch er kam ihr nicht entgegen, sondern begann ruhig Huns kastanienbraune Flanken zu strählen.

»Monseigneur«, begann sie endlich leise zu sprechen, »ich fürchte, ich muß Euch eine Mitteilung machen, die Euren Unwillen erregen wird.«

Er lachte auf. »Darüber würde ich mir keine Sorgen machen, Aislinn. Auf jeden Fall höre ich sehr viel lieber unangenehme Wahrheiten als süße Lügen.«

Sie blickte in seine ruhig prüfenden Augen und stieß dann hervor: »Selbst wenn ich Euch eröffnen würde, ich bekäme ein Kind?«

Sein Lächeln erstarb. Dann richtete er sich schulterzuckend auf und legte die Bürste weg. »Das war zu erwarten. Wie Ihr wißt, kommt das nicht gerade selten vor.« Dann lächelte er wieder, während seine Augen über ihre Gestalt glitten. »Es wird glücklicherweise noch einige Monate dauern, bevor Euer Umfang unser Vergnügen beeinträchtigt.«

Aislinn gab einen unterdrückten Wutlaut von sich. Hun warf ihr über die Schulter einen Blick zu und trat dann vorsichtig einige Schritte zur Seite. Nur Wulfgar schien nicht zu spüren, was er mit diesen Worten angerichtet hatte.

»Ich hoffe, ich überstehe diese Zeit der Dürre, Chérie.«

Noch immer vor sich hinlachend, wandte er sich ab.

Doch im nächsten Augenblick sprang ihn Aislinn von hinten an und trommelte mit beiden Fäusten gegen seinen breiten Rücken. Verwirrt und überrascht drehte Wulfgar sich wieder um. Sogleich wurde er von vorn bestürmt. Als er keinerlei Wirkung zeigte, ließ sie mit knirschenden Zähnen von ihm ab, doch nur, um ihm ihren fest besohlten Winterschuh gegen das Schienbein zu treten.

Wulfgar stolperte ein paar Schritte zurück und brachte sich hinter Hun in Sicherheit. »Welcher Teufel ist denn jetzt wieder in Euch gefahren«, stöhnte er. »Was habe ich Euch denn getan?«

»Ihr herzloser Grobian!« fuhr sie ihn an. »Ihr unerträglicher, gefühl- und gehirnloser Normannentölpel!« Sie wirbelte herum, wobei ihr weiter Umhang sich blähte und stieß voller Wut gegen ein Strohbündel, so daß die Spreu aufstob und dem erschreckten Tier in die Nase stach. Hun scheute und wich seitlich aus, so daß Wulfgar zwischen dem Roß und der Stallwand eingeklemmt war.

Als Aislinn aus dem Stall trat, vernahm sie gerade noch, wie er fluchte: »Du blödes Vieh, geh endlich zur Seite!«

Mit aller Kraft stieß sie das Tor zur Halle auf und warf es hinter sich wieder ins Schloß. Beim Feuerplatz umdrängte eine Gruppe von Männern Bolsgar und Milbourne, die über ein Schachbrett gebeugt saßen. Die meisten Köpfe wandten sich nach ihr um. Ohne sie eines Blickes zu würdigen, schritt sie rasch auf die Treppe zu, noch immer zitternd vor unterdrücktem Zorn. Kerwick war gerade dabei, einen Armvoll Holz in Gwyneths Kammer hinaufzutragen. Er musterte sie eindringlich. »Bedrückt Euch etwas, Aislinn?«

Sie hielt seinem Blick ruhig stand, um dann ziemlich abweisend zu erwidern: »Nichts, worüber Ihr Euch zu sorgen braucht.«

»Ihr stürmt hier herein wie der Wind von der See und erklärt mir, es wäre nichts«, hielt er ihr entgegen.

»Seid nicht so neugierig, Kerwick«, wies sie ihn zurecht.

Er wies auf die in der Halle versammelten Männer hinab. »Alle sind da, bis auf einen. Nur er kann also der Grund für Euren Zorn sein. Ein Streit zwischen Liebenden?«

»Das geht Euch nichts an, Kerwick.«

Er legte das Holz ab. »Habt Ihr ihm von dem Kind erzählt?« fragte er vorsichtig.

Aislinn warf ihm einen überraschten Blick zu.

»Er hat die Neuigkeit wohl nicht gut aufgenommen?«

»Es sieht so aus, als ob ihr alle hier nichts anderes zu tun hättet, als euch in meine Angelegenheiten zu mischen«, murmelte Aislinn höchst verdrossen.

»So, der große Normanne hatte also keine Ahnung«, mutmaßte Kerwick. »Er ist zuviel mit Kriegführen beschäftigt, um zu wissen, was in Frauen vorgeht.«

Aislinn setzte sich zur Wehr. »Ich sagte nicht, daß er keine Ahnung hatte. Er hatte durchaus damit gerechnet.«

»Und wird er sich zu der Tat bekennen, oder will er Ragnor die Ehre überlassen?« fragte er spöttisch.

Aislinns Augen funkelten gefährlich auf. »Es ist Wulfgars Kind, daran gibt es keinen Zweifel.«

»Oh?« Kerwick hob überrascht die Braue. »Eure Mutter meinte . . .«

»Meine Mutter!« knurrte Aislinn und trat näher an ihn heran. »Daher habt Ihr es also gewußt!«

Kerwick wich vor ihrem Zorn einen Schritt zurück.

»Sie schwatzt zu viel, das steht fest«, murmelte Aislinn verärgert. »Doch was sie auch immer vermuten mag – das Kind ist von Wulfgar.«

»Wenn Ihr darauf besteht, dann sei es so, Aislinn. Zumindest ist er ein Mann von Ehre, im Gegensatz zu diesem Schurken.«

»Ja, das ist er«, erwiderte Aislinn. »Und ich würde Euch raten, das nie zu vergessen!«

Sie trat in ihr Schlafgemach und schloß die Tür hinter sich. Aislinn durchquerte mit wütenden Schritten das Gemach. Wie konnte Kerwick nur die Vermutung wagen, daß Ragnors Samen in ihr wachsen könnte? Der bloße Gedanke daran drohte sie um den Verstand zu bringen. Sie stampfte mit dem Fuß auf. Und selbst wenn Ragnor der Erzeuger sein sollte, wäre Wulfgar doch der Vater! Was auch immer geschehen sollte, daran wollte sie für alle Zeiten festhalten.

Kerwick war auf dem Weg zu Maidas Hütte und überquerte den Hof. Durch die offene Stalltür konnte er seinen Herrn bei der Arbeit sehen. Er hörte ihn schelten: »Du furchtsames Biest, Angst zu haben vor so einem Persönchen! Am liebsten würde ich dich kastrieren lassen.«

Hun schnaubte und stupste sein Maul gegen den Arm seines Herrn.

»Laß das«, brauste Wulfgar auf, »oder ich laß sie wieder auf dich los. Etwas Schlimmeres könnte dir wohl kaum passieren.«

»Schwierigkeiten, Euer Lordschaft?« fragte Kerwick, indem er den Stall betrat. Er war fest entschlossen herauszubekommen, wie der Normanne zu Aislinn stand.

Wulfgar fuhr herum. »Kann man hier nicht in Ruhe arbeiten?« knurrte er.

»Um Vergebung, Milord«, entschuldigte sich Kerwick, »ich dachte, ich könnte Euch helfen. Ich hörte Euch sprechen . . .«

»Es ist alles in Ordnung«, gab Wulfgar verdrießlich Bescheid.

»Ich bin Aislinn in der Halle begegnet«, setzte Kerwick furchtsam an. Er erinnerte sich nur zu gut der Striemen auf seinem Rücken und wußte, daß es schon gefährlich sein konnte, diesen Namen vor Wulfgar auch nur zu erwähnen.

Wulfgar richtete sich auf und warf dem jungen Mann mit hochgezogener Braue einen Blick zu. »Oh?«

Kerwick schluckte seine Befangenheit hinab. »Sie schien mir völlig durcheinander, Herr.«

»Sie schien dir durcheinander, so!« schnaubte Wulfgar. Dann murmelte er kaum verständlich: »Wahrscheinlich ist sie nicht halb so durcheinander wie ich.«

»Ist es das Kind, das Euren Unwillen erregt, Milord?«

Wulfgar starrte ihn genauso überrascht an wie zuvor Aislinn. Mit wütend blitzenden Augen fuhr er auf. »So, das hat sie dir also auch gesagt!«

Kerwick flüsterte ängstlich: »Nein, ich weiß es von ihrer Mutter.«

Wulfgar warf seinen Lappen auf einen kleinen, roh gezimmerten Tisch. »Diese närrische Alte hat eine lose Zunge.«

»Was gedenkt Ihr nun zu unternehmen, Milord?« wagte sich Kerwick noch weiter vor.

Wulfgars graue Augen durchbohrten ihn. »Hast du deinen Platz vergessen, Sachse?«

»Nein, Sire«, erwiderte Kerwick hastig.

»Dann erinnere dich auch auch daran, daß ich mich nicht den Fragen eines Sklaven stelle«, wies Wulfgar ihn energisch zurecht.

»Euer Lordschaft«, versuchte Kerwick noch einen Vorstoß. »Aislinn ist von edler Geburt. Sie würde daran zerbrechen, das Kind unehelich gebären zu müssen.«

Wulfgar wandte sich mit einem verächtlichen Knurren ab. »Ich glaube, Sachse, du unterschätzt die verborgenen Kräfte dieses Mädchens beträchtlich.«

»Solltet Ihr allerdings behaupten, es stammte von Ragnor, dann . . .«

»Von Ragnor?« Wulfgar fuhr jäh wieder herum und durchbohrte Kerwick mit einem stählernen Blick. »Jetzt gehst du zu weit, Sachse. Wie kannst du es wagen, in meiner Gegenwart über die Vaterschaft zu sprechen. Was geht das dich wohl an?«

Kerwick seufzte auf. »Aislinn scheint derselben Ansicht zu sein. Tatsächlich hat sie sich fast auf dieselbe Weise geäußert.«

Wulfgar beruhigte sich etwas. »Dann hättest du auf ihre Worte hören sollen, Sachse.«

»Sie hat doch niemand außer mir, der ihre Ehre verteidigen könnte, Milord. Ich kenne sie seit ihrer Geburt. Ich kann es nicht ertragen, daß man sie demütigt und in Schande stößt.«

»Ich werde ihr nichts zuleide tun«, erwiderte Wulfgar. »Das Kind kann man in die Normandie schicken, wo niemand etwas über die Hintergründe weiß. Ich habe dort Freunde, die es liebevoll und seinem Stande angemessen erziehen werden. Es wird es dort sehr viel besser haben als ich in meiner Kindheit.«

Kerwick starrte ihn an. »Habt Ihr vor, auch Aislinn in die Ferne zu schicken?«

»Natürlich nicht«, erwiderte Wulfgar ziemlich überrascht wegen dieser Frage. »Wir werden zusammenbleiben wie bisher.«

Kerwick konnte seinen Spott nicht zurückhalten. »Nun, Milord, Ihr mögt ja die Frauen bei Hofe kennen, aber ich fürchte, in bezug auf Aislinn müßt Ihr noch viel lernen. Sie wird ihr Kind niemals allein lassen.«

Wulfgar reagierte finster. »Sie wird mit der Zeit einsehen, daß es besser so ist.«

Kerwick lachte verhalten auf. »Dann nehmt Euch in acht, Milord, daß sie nicht zu früh von Euren Plänen erfährt.«

»Willst du mir drohen, Sachse?«

Kerwick schüttelte den Kopf. »Nein, Milord. Aber wenn Ihr Lady Aislinn bei Euch behalten wollt, dann solltet Ihr das für Euch behalten und auch niemand davon unterrichten, der sie warnen könnte.«

Wulfgar warf Kerwick einen mißtrauischen Blick zu. Seine Stimme klang gefährlich leise, als er fragte: »Dann würdet Ihr also raten, das Kind hier zu behalten, damit meine Sünde Tag für Tag allen vor Augen steht und so euer Haß gegen uns Normannen beständig neu geschürt wird?«

Kerwick seufzte verzweifelt auf, weil er so mißverstanden worden war. »Aber nein, Milord.« Er hob die Augen, um dem Blick des andern zu begegnen. »Meint Ihr vielleicht, Sire, Aislinn für Euch einzunehmen, wenn Ihr ihr das Kind von der Brust reißt und über das Meer schickt? Glaubt Ihr, sie flöge dann in Eure Arme? Oder ist es nicht so, daß Ihr in diesem Falle dauernd vor ihrer Rache auf der Hut sein müßt? Denkt gut nach, Milord«, ermahnte er Wulfgar. »Ihr werdet sie nur beide zusammen oder nichts haben können. Niemals nur Aislinn allein.«

Wulfgar starrte ihn noch einen Augenblick wütend an, bevor er sich wieder seiner Arbeit zuwandte. »Verschwindet jetzt, Sachse. Ich bin sicher, daß sie das tun wird, was man ihr befiehlt.«

»Wie Ihr wünscht, Milord.«

Die Ironie in Kerwicks Stimme brachte ihm einen neuen bösen Blick ein. Doch bevor Wulfgar seinen Mund zu einer neuen Schelte öffnen konnte, machte Kerwick auf dem Absatz kehrt und verließ den Stall.

Aislinn saß in ein Laken gehüllt vor dem Feuer ihres Schlafgemachs, als sie Wulfgars schwere Schritte auf die Tür zukommen hörte. Es schien ihr, als ob sie sich nur zögernd näherten. Sie beugte sich noch tiefer über das weiße Leinenhemd, das unter ihren geschickten Fingern langsam Gestalt annahm. Als sich endlich die Tür öffnete, deutete nichts mehr auf die wütende Erbitterung hin, mit der sie sich vor noch gar nicht so langer Zeit gegenübergestanden hatten. Sie hob den Kopf und hieß ihn mit einem Lächeln willkommen.

Doch sein Blick blieb finster und mißtrauisch. »Fühlt Ihr Euch jetzt besser?« knurrte er.

»Ich fühle mich herrlich, Milord. Aber wie steht es um Euch?« gab sie mit größter Freundlichkeit zurück.

Wulfgar murmelte eine ausweichende Erwiderung und begann dann seine Kleider abzulegen. Aislinn legte ihre Arbeit zur Seite und erhob sich. Das Laken fiel von ihr ab. Wulfgars Augen verschlangen sie, als sie in voller Nacktheit zum Bett hinüberging. Ein Frosthauch traf sie, und rasch kuschelte sie sich zwischen die Decken und Pelze. Als sie ihre Augen zu Wulfgar hob, wandte er sich abrupt ab. Sie sah ihm zu, wie er das Feuer für die Nacht eindämmte, um sich dann auch ins Bett zu begeben. Wie jede Nacht legte er sein blankes Schwert neben sich auf den Boden.

Einen Augenblick lang verharrte er neben dem Bett und starrte mit unheildrohendem Stirnrunzeln auf sie hinab. Doch bevor er etwas sagen konnte, drehte Aislinn sich um und wandte ihm den Rücken zu. Bald darauf blies er die Kerze aus, und sie spürte, wie er sich auf das Lager setzte. Er schlüpfte zwischen die Decken, blieb aber völlig unbeweglich und steif neben ihr liegen.

Die Sekunden dehnten sich, bis sie es schließlich nicht mehr ertragen konnte. Sie warf sich herum und war sofort vom Blick seiner Augen gefangen. Im milden Schein des Feuers ruhten sie so intensiv auf ihr, als ob er ihre Gedanken zu erforschen versuchte.

»Plagen Euch Sorgen, Monseigneur?« fragte sie mit sanfter Stimme.

»Ich mache mir nur Sorgen um Euch, meine Liebe. Alles andere hat keinerlei Bedeutung für mich.«

Aislinn drehte sich wieder von ihm weg, fühlte aber noch immer seinen forschenden Blick auf sich. »Mich friert«, beklagte sie sich leise.

Tatsächlich rückte er ihr ein wenig näher. Doch noch immer vermißte sie die Wärme seines Leibes. Erst nachdem ein neuer Kälteschauer ihren Körper erzittern ließ, legte er seine Brust gegen ihren Rücken. Die Berührung ihrer bloßen Haut brachte alle Zweifel in Wulfgar zum Schweigen. Seine Gedanken schweiften unwillkürlich zu den reifen Rundungen ihrer Brüste, an die sich nun auch seine Hände schmiegten. Dann glitten sie hinab zu den langen, schlanken Schenkeln und deren Vereinigung ...

Aislinn zuckte zusammen, schon umschlangen sie seine Arme, und seine Hände gingen zu Liebkosungen über, die sie keineswegs nur von außen wärmten.

Er zwang sie, sich umzudrehen, und sie blickte in diese harten grauen Augen.

»Du weißt, was ich will«, murmelte er heiser, bevor sich sein Mund auf den ihren senkte.

Wulfgar spürte sehr wohl ihren inneren Widerstand, doch das konnte seine Hände nicht abhalten, weiter über diesen köstlichen Leib zu wandern. Seine Lippen spielten mit den ihren, zögerten kurz und preßten sich dann mit leidenschaftlicher Wildheit wieder auf ihren Mund, zwangen ihn auseinander und zogen ihn in einen endlosen, hungrigen Kuß hinein, der ihr den Atem raubte.

Aislinn hatte die Kälte vergessen. In ihr begann es zu glimmen und zu züngeln. Dann flackerten die Flammen höher und höher, bis sie über ihr zusammenschlugen. Sie stöhnte auf, als sie die Arme um seinen Hals warf. Wulfgar fühlte, daß es ihm erneut gelungen war, ihren Eispanzer zu durchbrechen. Ihr ganzer bebender Leib warf sich mit aller Kraft seinen heftigen Stößen entgegen. Es war ein gegenseitiges Geben und Nehmen, bis sie auf dem Gipfel ihrer leidenschaftlichen Vereinigung nur noch ein einziges Wesen zu sein schienen. Es war, als ob ein Wirbelwind sie hinaufriß in unvorstellbare Höhe, bis sie durch das Blau des Alls zu schweben schienen, getragen allein durch ihr wechselseitiges Entzücken.

Wulfgar erhob sich und vergewisserte sich mit einem Blick auf Aislinn, daß sie tief und fest schlief. Eine kleine Unmutsfalte überzog ihre Stirn. Das rotgoldne Haar kringelte sich über die Kissen und Pelze und umspielte die blendend weißen Schultern. Kopfschüttelnd wandte er sich ab, denn wieder einmal war er durch den raschen Umschwung ihrer Stimmung überrascht worden. Leise streifte er Beinkleider und Wams über und verließ dann das Gemach.

In der Halle fand er Bolsgar an seinem gewohnten Platz vor dem Feuer. Er labte sich an einem besonders guten Jahrgang. Wulfgar zog sich einen Stuhl heran und goß sich ebenfalls ein. Die beiden Männer saßen lange schweigend nebeneinander und starrten in die prasselnden Flammen.

Dann ergriff der Ältere plötzlich das Wort. »Was umwölkt Eure Stirn, Wulfgar?«

Es dauerte lange, bevor der Jüngere mit einer Gegenfrage reagierte, die ihm schon so lange schwer auf dem Gemüt lag. »Was geht im Sinne einer Frau vor, Bolsgar?« In Wulfgars grauen Augen stand peinigende Ratlosigkeit. »Will sie mich wirklich nur quälen, oder sucht sie ihre Rachegelüste an mir zu stillen?«

»Mein armer Junge«, lächelte Bolsgar. »Eine Frau ist das zugleich Sanfteste und Grausamste, was sich auf Erden findet. Sie will pausenlos geliebt und verwöhnt werden. Dann wird sie dich auch im schlimmsten Kampfgetümmel nicht verlassen.

Doch sie erwartet von dir, daß du sie in Ehren hältst.« Sein Lächeln verstärkte sich. »Und wie man weiß, kann man sich auf die am besten verlassen, die einem in einem Treueeid verbunden sind.«

»Bah!« stieß Wulfgar voller Verachtung hervor. »Bis jetzt habe ich mir mit einer Handvoll Münzen die Frauen erworben, die ich brauchte, und mich danach ihrer wieder leichten Sinnes entledigt.«

»Ja«, erwiderte Bolsgar, »aber Ihr solltet nie vergessen, daß eine Frau vor allem die Aufgabe hat, neues Leben zu gebären, für das sie vom Tage der Geburt an zu sorgen hat, und für das auch wir Verantwortung tragen.«

Wulfgar starrte mit finsterer Miene den alten Mann an, aufgebracht durch dessen leisen Vorwurf. »Die Wünsche und Sehnsüchte der Frauen gehen mich nichts an. Ich habe Wilhelm Treue geschworen und fühle mich meinem alten Kampfgefährten Sweyn bis in den Tod verpflichtet. Mehr braucht es nicht. Es ist schon allein schwer genug, sich durch dieses Leben zu schlagen.« Seine Stimme wurde immer kälter. »Frauen sind für mich Spielzeuge. Sie schenken mir Vergnügen, genau wie ich ihnen. Warum sollte man ewige Gelübde tauschen, die in irgendeiner düsteren Abtei in alten Wälzern festgehalten werden?«

Bolsgar beugte sich nach vorn und erwiderte in höchst eindringlichem Ton: »Wir sprechen aber jetzt nicht allgemein von Frauen, sondern von einer ganz bestimmten, Wulfgar. Im Leben eines jeden Mannes kommt die Zeit, wenn er sich Rechenschaft ablegen muß über das, was er erreicht hat.« Wehmütig hob er die Schultern und lehnte sich dann wieder in seinen Sessel zurück. »Ich aber bin gescheitert. Alles was ich getan habe, hat andere verletzt oder ist in Nichts zerronnen. Ich habe meinen Besitz, meine Freunde und meine Söhne verloren. Nur eine Tochter, die mit der Welt in Unfrieden lebt, ist mir geblieben. Meine Unbesonnenheit ließ mich ausgestreckte Hände übersehen, die ich hätte ergreifen sollen.«

Mit großem Ernst fuhr er fort: »Ihr habt das große Glück, daß Ihr von einer schönen Frau geliebt werdet, deren Klugheit und Güte Euch den Himmel auf Erden bereiten könnten. Seid kein Narr, es mit Füßen zu treten! Oder empfindet Ihr vielleicht so großen Abscheu vor ihr?«

Er packte Wulfgars Schulter und zwang ihn, ihm in die Augen zu schauen. »Laßt Ihr sie dafür büßen, daß sie Euch verletzt hat? Wollt Ihr, daß sie vor Euch am Boden kniet und um Gnade fleht? Ihr habt Euch bis jetzt ihres Leibes bedient, zuerst mit Gewalt und jetzt durch List und Freundlichkeit. Nacht für Nacht muß sie Euch zu Willen sein, so daß sie in den Augen aller als Hure dasteht. Sie aber hat Anspruch auf eine gesicherte Zukunft. Wenn Ihr sie von Euch stoßt, nur weil Euer falscher Stolz Euch den Blick trübt, würdet Ihr dem prahlenden Krieger gleichen, der nach einigen Bechern Wein Heldentaten auszumalen beginnt, die er ganz bestimmt vollbracht hätte, wenn . . .«

Wären diese Worte von einem anderen gekommen, hätte Wulfgar ihn schon lange zusammengeschlagen. Doch diesen Mann unterbrach er nur: »Ich will nichts mehr davon hören.« Verärgert fuhr er fort: »Zuerst kam sie, dann schwatzte dieser Kerwick auf mich ein und nun auch noch Ihr. Wenn das so weitergeht, wird mir auch noch die kleine Hlynn ihre Meinung sagen.« Er straffte die Schultern und blickte entschlossen auf Bolsgar hinab. »Sie wird dieses Kind gebären, wo es ihr beliebt, sei es nun meines oder nicht. Aber danach werde ich es dorthin schicken, wohin es mir beliebt.«

»Wollt Ihr damit sagen, daß Aislinn bereits schwanger ist?« fragte überrascht Bolsgar.

»Ihr habt das nicht gewußt?« Jetzt war es an Wulfgar erstaunt zu sein. »Ich dachte, daß alle es schon wüßten außer mir.«

Bolsgar wurde jetzt wieder ernst. »Und was gedenkt Ihr jetzt zu tun. Werdet Ihr das Mädchen heiraten, wie es Eure Pflicht wäre?« Wulfgar blitzte ihn finster an und erwiderte mit knirschenden Zähnen: »Ich werde tun, was mir beliebt!« Abrupt wandte er sich ab und schritt die Treppe zum Schlafgemach hinauf.

Als er eintrat, saß Aislinn aufrecht im Bett und blickte ihm angstvoll entgegen. Doch in ihrer warmen Nähe war sein Ärger rasch verflogen. Bald schon lag er dicht an sie gedrängt.

Am nächsten Morgen kam Wulfgar etwas später als üblich in die Halle herab. Sweyn und Bolsgar saßen bereits über ihre Näpfe gebeugt, genau wie die übrigen Männer. Sein Erscheinen ließ die ganze Halle verstummen. Bolsgar schien sich noch tiefer über sein Essen zu beugen. Sweyn dagegen lehnte sich heiter in seinem Stuhl zurück und blickte seinem Herrn mit spöttisch blitzenden Augen entgegen. Wulfgar wußte, daß die Neuigkeit neue Mitwisser gefunden hatte.

Eilfertig legte ihm der Wikinger Fleisch und gekochte Eier vor, um dann laut mit dröhnender Stimme zu fragen: »So, das Frauenzimmerchen ist also schwanger? Wie stellt sie sich denn zu diesem Umstand? Ist sie dadurch wenigstens etwas gefügiger geworden? Könnt Ihr Euch endlich als ihr Herr und Meister fühlen?«

Wulfgar warf einen Blick auf die Männer und erkannte an ihren gaffenden Gesichtern, daß kaum einer Sweyns Worte nicht verstanden hatte.

Midred und Haylan hatten genauso ihre Arbeit unterbrochen wie Hlynn, die beim Kessel drüben stand und jetzt mit offenem Mund herüberstarrte. Nur Kerwick schien sich in seinen Pflichten nicht stören zu lassen.

»Sweyn«, zischte Wulfgar dem Gefährten vieler Jahre zu, »es gibt Augenblicke, in denen dein Maul schneller ist als dein Verstand.«

Der Nordmann warf den Kopf in den Nacken und schlug Wulfgar herzhaft auf die Schultern. »Dieses Geheimnis wäre sowieso rasch ans Tageslicht gekommen, Euer Lordschaft. Wäre das Mädchen wenigstens etwas draller gebaut, dann hätte sie es länger verbergen können – aber so . . .« Er senkte die Stimme. »Das scheint mir der beste Weg, diese launenhafte Füchsin zu zähmen. Macht ihr ein Kleines nach dem andern, dann wird sie sich Euch nie mehr zu widersetzen wagen.«

Wulfgar blickte sich voller Unbehagen um. Jetzt hätte er seinen Gefährten in die Hölle gewünscht. Doch der Nordmann war noch immer nicht fertig.

»So ist es recht! Auf diese Weise lernen die Sachsen am schnellsten, wer hier der Herr ist. Holt Euch ihre Frauen ins Bett und sorgt dafür, daß sie möglichst viele Bastarde werfen.«

Bolsgar warf Sweyn einen erstaunten und zugleich erschrockenen Blick zu. Doch der fuhr schon fort: »Ja, das kleine Luder hat diese Strafe wohlverdient. Ihre Hochnäsigkeit war ja kaum auszuhalten. Aber jetzt könnt Ihr sie davonjagen und Euch nach etwas Neuem umsehen. Schließlich laufen genug ihrer Art hier herum.«

Wulfgar war am Ende seiner Geduld. Zornbebend knallte er die Fäuste auf den Tisch und stand auf. Ohne Sweyn noch eines Blickes zu würdigen, stapfte er zum Tor hinüber und entzog sich den vielen neugierigen Augen durch die Flucht.

Kaum war die Tür hinter ihm ins Schloß gefallen, lehnte Sweyn sich laut lachend in seinem Sessel zurück. Bolsgars Blick ließ erkennen, daß er am Verstand des Nordmannes zweifelte. Doch dann schien es ihm plötzlich zu dämmern; er begriff die verborgene List in Sweyns Worten und schloß sich seiner Heiterkeit an.

Aislinn erschien kurz nach Gwyneth in der Halle. Haylan hatte natürlich keine Zeit verschwendet, sondern Wulfgars Schwester sofort von dem zu erwartenden Familienzuwachs unterrichtet. So laut, daß Aislinn es hören mußte, meinte Gwyneth: »Eine unverheiratete Sklavin tut gut daran, sich die Zuneigung ihres Herrn mit allen Mitteln zu erhalten. Wenn sie allerdings schwanger wird, dürfte das schwer für sie werden, denn ihr dicker Bauch trübt sein Vergnügen beträchtlich. Dann dauert es meist nicht mehr lange, bis man ihr irgendeine schäbige Hütte anweist oder sie in die Fremde schickt, wo sie dann in Schande gebären mag.«

Aislinn warf der Frau einen finsteren Blick zu, doch voller Würde erwiderte sie: »Zumindest habe ich bewiesen, daß ich Kinder bekommen kann. Es gibt auch solche, die alles dafür geben würden, doch alle ihre Mühen bleiben vergeblich. Sie sind es, die einem leid tun sollten, nicht wahr?«

Sie ließ die beiden mit offenen Mäulern stehen, konnte aber über diesen Sieg nicht recht froh werden. Gwyneths Worte trafen zu genau ihre eigenen Befürchtungen. Welches Schicksal erwartete ihr Kind, wenn es ihr nicht gelang, Wulfgar zur Ehe zu überreden? Sie wußte, daß sie ihn auf keinen Fall mit Gewalt dazu drängen durfte. Denn dann würde er schnell die Flucht ergreifen und sein Heil bei einer anderen suchen.

Es begann bereits zu dämmern, als Wulfgar aus Cregan zurückkam. Schwerfällig stieg er die Stufen zum Schlafgemach hinauf. Er trug Helm und Lederhaube unter dem Arm, als er die Tür aufstieß, und fand Aislinn vor dem Feuer über eine Nadelarbeit gebeugt. Sie sah sofort, daß er noch immer von düsteren Gedanken geplagt wurde. Schweigend half sie ihm, die Rüstung abzulegen. »Ich habe Euch warmes Wasser aufgesetzt«, murmelte sie.

Wulfgar knurrte seinen Dank und begann sein Leibhemd über den Kopf zu streifen. Aber plötzlich hielt er inne, denn er sah, wie sie den schweren Kessel vom Herd zu heben versuchte.

»Was habt Ihr da vor, Frau?« fragte er scharf.

Aislinn warf ihm einen erstaunten Blick zu. »Ich bereite Euch Euer Bad, wie ich es seit vielen Monaten tue.«

»Setzt Euch, Frau«, befahl er barsch. Dann ging er zur Tür hinüber und rief hinaus: »Midred!«

Wenige Augenblicke später steckte Midred scheu den Kopf zur Tür herein. Wulfgars Anblick schien ihre Furcht eher noch zu steigern. »Euer Lordschaft?« fragte sie zitternd.

»Du wirst in Zukunft dieses Gemach hier sauberhalten und auf Lady Aislinns Geheiß die Bäder bereiten. Hlynn mag dir dabei zur Hand gehen.« Dann zeigte er auf Aislinn und befahl mit herrischer Stimme: »Und du wirst vor allem darauf achten, daß sie nichts Schwereres als einen Becher in die Hand nimmt!« Midred atmete erleichtert auf, obwohl seine Miene noch immer finster drohte. Sie beeilte sich, den Badezuber zu füllen. Zugleich sah sie, daß Aislinn ihren Herrn mit einem gewissen Staunen musterte.

Als Midred sich zurückgezogen hatte, streifte Wulfgar die Beinkleider ab und stieg dann in das dampfende Wasser. Wohlig lehnte er sich gegen den hölzernen Rand zurück. Bald schon klang der Schmerz, den er sich bei seinem überaus scharfen Ritt zugezogen hatte, in seinen Gliedern ab. Hun hatte heute sein Äußerstes geben müssen, während Wulfgar versucht hatte, Ordnung in seine quälenden Gedanken zu bringen.

Aislinn war wieder mit ihrer Nadelarbeit beschäftigt; ab und zu ließ sie den Blick zu Wulfgar hinüberschweifen.

»Milord«, begann sie einige Zeit später mit leiser Stimme. »Wenn ich Eure Sklavin bin, warum befehlt Ihr dann anderen, mir meine Arbeit abzunehmen?«

Wulfgar brummte: »Weil Ihr vor allem meinem Vergnügen zu dienen habt.«

Aislinn zog den Faden durch den Stoff. »Es lag nicht in

meiner Absicht, meinen Zustand aller Welt bekanntzugeben, Milord. Nur Ihr solltet davon erfahren. Doch ich fürchte, das ist inzwischen hinfällig, denn ganz Darkenwald weiß, daß Eure Sklavin schwanger ist.«

»So ist es«, gab Wulfgar unwirsch zurück. »Darkenwald ist überreich gesegnet mit losen Zungen.«

»Und was habt Ihr nun vor? Wollt Ihr mich und das Kleine in die Normandie schicken, oder was habt Ihr sonst beschlossen?«

Es war ihr unmöglich, diese Frage länger zurückzuhalten.

Wulfgar warf ihr einen scharfen Blick zu. Kerwicks Warnungen kamen ihm wieder in den Sinn. »Warum fragt Ihr?«

»Ich muß das wissen, Monseigneur. Ich fürchte mich davor, fern von meinen Leuten leben zu müssen.«

Wulfgar wies sie barsch zurecht: »Welcher Unterschied besteht schon zwischen Normannen und Sachsen? Wir alle bestehen aus Fleisch und Blut. Das Kind, das Ihr unter Eurem Herzen tragt, ist halb Normanne und halb Sachse. Niemand weiß, zu welchem der beiden Völker es sich mehr hingezogen fühlen wird.«

Aislinn legte ihr Nähzeug in den Schloß und ließ ihn nicht aus den Augen. Noch hatte er ihr nicht geantwortet.

»Könnt Ihr denn niemand außer Euren Sachsen vertrauen?« fragte Wulfgar vorwurfsvoll. »Ich bin doch kaum anders als Eure Engländer.«

»Da habt Ihr recht, Milord«, antwortete sie leise, »in vielem seid Ihr wirklich kaum anders.«

Wulfgar dräute finster zu ihr hinüber, doch er fand keine Worte mehr, um seinem Ärger Luft zu machen. Er verließ die Wanne, trocknete sich ab und kleidete sich an. Dann geleitete er sie hinab in die Halle. Unter den neugierig starrenden Blikken der Leibeigenen und Normannen nahmen sie schweigend ihr Mahl ein.

Aislinn saß allein im Schlafgemach und nähte Kleidchen für den neuen Erdenbürger. Es war jetzt einen Monat her, seit sie Wulfgar ihren Zustand offenbart hatte. Heute fühlte sie sich ganz besonders mutlos und verzweifelt. Wulfgar war schon am frühen Morgen weggeritten, und sofort hatte sich Gwyneth mit ihrer bösen Zunge auf sie gestürzt. Aislinn hatte die

Tränen nur mühsam unterdrücken können, war vom Mittagstisch aufgesprungen und hatte sich in die Geborgenheit ihres Schlafgemachs geflüchtet. Gwyneth hatte sich erkundigt, wie weit Aislinn mit dem Packen ihrer Habseligkeiten wäre; lange würde es bestimmt nicht mehr dauern, bis Wulfgar sie aus Darkenwald verjagen und in die Normandie verschicken würde!

Ohne böse Absicht hatte nicht viel später die Mutter neues Salz in die Wunden gestreut. Heimlich kam sie in die Kammer geschlichen, um sich nach dem Wohlergehen ihrer Tochter zu erkunden; zumindest gab sie das vor. Doch in Wirklichkeit beschwor sie Aislinn erneut, zusammen mit ihr aus Darkenwald zu fliehen, bevor Wulfgar sie von hier verjagen würde. Wie gewöhnlich kam es darüber zwischen den beiden Frauen zum Streit, bis Maida sich vor den böse blitzenden Augen der Tochter in Sicherheit brachte.

Aislinn breitete die bereits vollendeten winzigen Ausstattungsstücke auf dem Bett aus und strich sie nachdenklich glatt. Doch sie fand keinen Trost bei dem Gedanken an das kleine Kerlchen, das bald darin die Händchen nach ihr ausstrecken würde.

»Was es wohl sein wird – ein Junge oder ein Mädchen?« Aislinn fühlte, wie es sich in ihr bewegte, als ob es ihr antworten wollte. Sie lächelte vor sich hin. »Aber das ist die geringste meiner Sorgen. Ich wäre schon zufrieden, wenn es in einer richtigen Ehe und nicht als Bastard zur Welt käme.«

Sie hob eine der kleinen Decken hoch und legte sie sich über den Arm. Dabei kam ihr ein altes Wiegenlied in den Sinn, das sie nun leise vor sich hinsummte.

Ein leichter Regen klopfte auf die Fensterbrüstung, und in ihrem Haar spielte ein verfrühter Südwind. Von den Ställen herüber hörte man einen Schrei und dann lautes Stimmengewirr. Wulfgar und Sweyn waren ganz offensichtlich zurückgekehrt. Da sie annahm, daß Wulfgar sie wie üblich begrüßen würde, räumte sie rasch die Sachen für ihr Kleines zur Seite und strich sich die Gunna glatt, um vor dem Feuer auf ihn zu warten.

Aber die Zeit verstrich, und kein Wulfgar ließ sich sehen. Aislinn hörte seine dröhnende Stimme aus der Halle. Jetzt kommt er schon nicht einmal mehr mich begrüßen, brütete sie. Seine Männer und dieses Weibsstück Haylan scheinen ihm wichtiger zu sein als ich.

Da vernahm sie ein leises Klopfen an der Tür und gleich darauf Midreds Stimme: »Milady, die Tafel ist gedeckt, und der Herr schickt mich, um Euch zu Tisch zu bitten, sofern Ihr es nicht vorzieht, auf Eurem Zimmer zu speisen!«

Aislinn fühlte sich in ihren Befürchtungen erneut bestärkt, denn jetzt schickte er bereits andere, sie zu holen. »Sagt ihm, ich würde gleich hinabkommen, um mit ihm zusammen zu speisen. Meinen Dank für die Einladung.«

Als Aislinn die Treppe hinabschritt, saßen Wulfgar und die übrigen bereits auf ihren Plätzen. Er erhob sich mit einem Lächeln. Doch sie schenkte ihm keinen Blick, sondern drückte sich wortlos an ihm vorbei zu ihrem Stuhl. Mit gerunzelter Stirn fragte er sich, worüber sie jetzt wohl wieder verstimmt sein mochte, fand aber keine Antwort.

Das Mahl war gut und reichlich. Aus frischem Wildbret, Hammelfleisch und Gemüse, das man im Herbst eingelagert hatte, war ein wohlschmeckender Eintopf bereitet worden. Die Unterhaltung dagegen war eher spärlich. Die Männer hielten sich lieber an ihre Trinkhörner und Becher, und Wulfgar ging ihnen mit gutem Beispiel voran. Über den Rand seines Bechers hinweg beobachtete er Aislinn, die lustlos auf ihrem Teller herumstocherte. Ihr Gesicht war finster und abweisend. Er fragte sich schon, ob sie das Neugeborene verabscheuen würde, so wie seine Mutter ihn verabscheut hatte. Auf jeden Fall würde es besser sein, es weit entfernt in Pflege zu geben, um es vor dieser Gefahr zu bewahren. Er wußte nur zu gut, wie sehr es schmerzte und verletzte, von seiner Mutter nicht akzeptiert und geliebt zu werden.

In den letzten Wochen war es für Wulfgar immer schwieriger geworden, sich auf Aislinns Launen einzustellen. Manchmal genügte ein einziges Wort von ihm, eine unwillkürliche Geste, und sie brauste auf und fiel mit scharfen Angriffen über ihn her. Im Bett allerdings verhielt sie sich wie immer. Zuerst war sie voller Zurückhaltung, dann gab sie sich widerwillig hin und schließlich warf sie sich ihm voller Leidenschaft entgegen. Wulfgar mußte lächeln. Hatte er sich nicht immer eingebildet, die Frauen zu kennen?

Gwyneth hatte Aislinns düsteres Brüten ebenfalls bemerkt.

Vertraulich lehnte sie sich zu ihrem Bruder herüber und zischte so, daß alle es hören konnten: »Ihr scheint in letzter Zeit recht häufig außer Haus zu sein, Wulfgar. Sollte es etwas geben, das Euch den Aufenthalt hier verleidet?«

Aislinn blickte auf. Sie wußte, daß diese Bemerkung auf sie gemünzt war. Es war ein Fehler gewesen, an dem Mahl teilzunehmen, aber jetzt hieß es sich verteidigen oder die Niederlage in Kauf zu nehmen.

Bolsgar sah die Gefahr eines neuen Streits und versuchte dem Gespräch eine andere Wendung zu geben. »Das Wild kommt langsam aus dem Dickicht der Wälder heraus, Wulfgar. Das ist ein sicheres Zeichen, daß der Frühling nicht mehr fern ist. Darauf deuten auch die leichten Morgennebel der letzten Tage hin.«

Höhnisch fiel Gwyneth dem Vater ins Wort. »Leichte Morgennebel! Ja, wirklich! In diesem schrecklichen Teil Englands ist es doch dauernd kalt und naß. Daran wird auch der Frühling nichts ändern, denn hier herrscht doch das ganze Jahr über nur schlechtes Wetter.«

»So solltest du nicht reden, Gwyneth«, schalt ihr Vater. »Gerade dieses Jahr wird für uns alle sehr wichtig sein. Das Land ist schwer verwüstet, und seine armen Bewohner haben sich von den Schrecken des Kriegs noch lange nicht erholt. Wenn die Ernte dieses Sommers schlecht ausfällt, wird das auch deinem Bauch im nächsten Winter gar nicht bekommen.«

Darauf trat Stille ein; man hörte nur, wie die geleerten Becher auf die Tafel gesetzt wurden. Sofort füllten Hlynn und Kerwick sie nach. Aislinn sah Wulfgars Blick hinüber zu Haylan schweifen. Voller Unmut bemerkte sie, daß die junge Witwe wegen der Hitze des Feuers ihren einfachen Kittel geöffnet hatte, so daß jeder ihre schwellenden Brüste beäugen konnte.

Die Stimmungswogen schlugen dank des Weins allmählich höher. Als Gowain auf seiner Laute zu klimpern begann, stimmten Sweyn und Milbourne zotige Lieder an. Schreie nach Bier und Wein ertönten.

Haylan hatte inzwischen ihre Arbeit verrichtet und beobachtete das Treiben der Männer, die sich gegenseitig unter den Tisch zu trinken versuchten. Beaufonte bot ihr plötzlich ein

Trinkhorn an. Sie zierte sich nicht lange, setzte es an die Lippen, und ihr Blick glitt herausfordernd über die Männer, bis Gowain sein frisch gefülltes Horn ansetzte und in einem Zug leerte. Milbourne tat es ihm nach. Nun wäre die Reihe eigentlich an Beaufonte gewesen, doch er hatte heute schon mehr als genug in sich hineingegossen. Doch all sein Sträuben half ihm nichts, Sweyn füllte ihm den Becher bis zum Rand, und dem armen Ritter blieb nichts anderes übrig, als tief Luft zu holen und sich der Probe zu stellen. Endlich hatte er es geschafft. Beifall brandete auf, und er leckte übermütig einen letzten Tropfen vom Becherrand.

Nun stand ihm der Sinn nach weniger harmlosen Belustigungen. Er starrte auf den vollen Leib der jungen Witwe und wollte sie an sich pressen. Doch Haylan schubste ihn lachend von sich, so daß er gegen eine Bank torkelte, wo er hilflos in sich zusammensackte. Die junge Frau wirbelte davon, bis sie vor Gowain innehielt. Auffordernd stapfte sie mit den Füßen einen Rhythmus, den der junge Ritter schließlich aufnahm und mit der Laute untermalte. Unter dem Beifall aller wirbelte Haylan mit fliegenden Röcken und bloßen Füßen über die Steinplatten. Wulfgar verfolgte mit weit von sich gestreckten Beinen amüsiert ihre Darbietung.

Haylan war sein Interesse nicht verborgen geblieben. Trotz der wutfunkelnden Augen Aislinns wirbelte sie immer dichter an Wulfgar heran. Ihr dunkel lockenden Augen hielten die seinen gefangen, und ihre von Schweißperlen blitzende Haut glomm im Feuerschein verführerisch auf. Während Gowains Finger immer rasender über die Saiten glitten, hob sie die Röcke weit übers Knie und folgte dem aufpeitschenden Rhythmus. Plötzlich brach er ab, und nach einer letzten kraftvollen Drehung ließ sie sich unmittelbar vor Wulfgar auf die Knie fallen und verbeugte sich tief. Dabei klaffte ihr Mieder weit auseinander.

Aislinn erstarrte förmlich, als sie sah, daß Wulfgar genauso wie die übrigen Männer der Darbietung dieser schamlosen Person auch noch begeistert Beifall zollte. Ihre Pein wuchs ins schier Unerträgliche, als Gowain eine neue Weise anstimmte, die Haylans Füße sofort wieder über den Boden wirbeln ließ. Empört wandte sie sich zur Seite; diese neue Verhöhnung vermochte sie nicht zu ertragen. Wulfgar beugte sich nach hinten und ergriff sein Trinkhorn, aus dem er einen tiefen Schluck tat. Dabei schweiften seine Augen über Aislinns schwere Brüste, als ob er im stillen einen Vergleich anstellte. Gwyneth, die die beiden nicht aus den Augen ließ, lächelte höhnisch vor sich hin. Heute hätte wohl niemand den Lord und seine Mätresse für ein Liebespaar gehalten. Der Gedanke ließ sie laut herauslachen. Das zog ihr Wulfgars erstaunten Blick zu, während Aislinn immer tiefer in ihr düsteres Brüten versank.

Sie ahnte sehr wohl die Ursache für Gwyneths Fröhlichkeit. Es war doch offensichtlich, daß Wulfgar von der Unförmigkeit ihres schwangeren Leibs abgestoßen wurde und bereits nach vergnüglicheren Dingen Ausschau hielt.

Aislinn vermochte die Schmach nicht länger zu ertragen. Sie stand auf und schlich aus der Halle hinaus in den Hof.

Die Kälte der Nacht verschlug ihr den Atem. Am ganzen Leib zitternd machte sie sich auf den Weg zur Hütte der Mutter, wo sie die Nacht zu verbringen gedachte. Wulfgar hätte so freie Hand, seinen Gelüsten Genüge zu tun! Sie war es müde, ihm seine Wünsche von den Augen abzulesen und auf ein gutes Wort zu hoffen. Ihr geduldiges Ausharren hatte ihr bis jetzt nur immer größeres Herzeleid und neue Zweifel eingetragen. Sie fühlte sich am Ende ihrer Kräfte.

In der Hütte fand sie die Mutter über den Resten ihres kärglichen Nachtmahls am Herd sitzen. Die alte Frau blickte auf, und es schien Aislinn, als ob ihr Sinn heute weniger verwirrt wäre als sonst. Freundlich hieß sie Aislinn willkommen: »Komm, mein Kleines. Das Feuer hat Wärme für zwei.«

Als die alte Frau ihren Zustand sah, erhob sie sich rasch und legte Aislinn eine wärmende Decke um den zitternden Leib.

»Ah, Liebes, was treibt dich in dieser Kälte hierher? Wenn du schon nicht an dich denkst, dann denke doch an das Kleine. Was hat dich aus der Kammer des Lords vertrieben, daß du bei mir schwachen Frau Schutz suchen mußt?«

»Mutter, ich fürchte, daß ich bald für immer mit dir zusammenbleiben muß.« Aislinn kämpfte mit den Tränen.

»Was? Hat dich der Bastard hinausgeworfen? Dieser räudige Normannenköter hat also genug von dir?« Einen Augenblick lang schien Maida bestürzt, doch dann glommen ihre Augen voller Bosheit auf. »Du wirst dem Bastard einen

Bastard gebären. Tag für Tag wird ihn das Kind an sein Verbrechen erinnern.«

Aislinn schluchzte auf und erwiderte kopfschüttelnd: »Ich fürchte, daß er mich in die Ferne verbannen wird, um sich durch den Anblick seines Bastards nicht stören zu lassen.«

»In die Ferne?« Maida war jetzt ehrlich betroffen. »Du wirst doch nicht zulassen, daß er dich aus meiner Nähe reißt?«

Aislinn hob hilflos die Schultern und meinte kummervoll: »Er ist der Lord, und ich bin seine Sklavin. Was könnte ich schon gegen ihn ausrichten?«

»Dann flieh, meine Tochter. Flieh, bevor es soweit kommt«, beschwor Maida das Mädchen. »Du darfst jetzt nur an dich denken. Vergiß die Leute hier, denn was könntest du ihnen nützen, wenn du in der fernen Normandie wärst? Flieh mit mir in den Norden, wo wir noch Verwandtschaft haben und ein Obdach finden werden. Dort könnten wir bleiben, bis das Kind geboren ist.«

Aislinn starrte nachdenklich in die flackernden Flammen. Der Mutter Worte schienen ihr diesmal vernünftig. Würde er es überhaupt noch gewahren, wenn sie plötzlich verschwunden war? Vielleicht wäre er sogar erleichtert, sie auf diese einfache Weise loszuwerden? Zwar schmerzte sie es, den Ort ihrer Geburt und die vertraute Umgebung verlassen zu müssen. Aber Wulfgars Verhalten ließ ihr kaum eine andere Wahl. Wenn sie schon von hier wegmußte, wollte sie ihre Tage auf keinen Fall in der fernen Normandie beschließen.

»Gut, Mutter«, meinte sie schließlich so leise, daß die alte Frau es nur mit Mühe verstand. »Es wird wohl das beste sein. Wenn er mich nicht finden kann, kann er mich auch nicht aus England verbannen.«

Maida schlug fröhlich die Hände zusammen und tanzte ausgelassen in der kleinen Hütte herum.

Aislinn konnte ihre Freude nicht teilen. Als ob jede Kraft sie verlassen hätte, erhob sie sich und ging zur Tür.

»Pack bis zum Morgengrauen deine kümmerliche Habe zusammen, Mutter. Er wird morgen nach Cregan reiten, und kurz danach werden wir unsere Flucht nach Norden antreten. Halte dich bereit. Ich werde noch einmal das Lager mit ihm teilen müssen, da er sonst Mißtrauen schöpfen könnte.«

Dann verließ sie rasch die Hütte und machte sich auf den Rückweg zur Halle. Als sie das Tor öffnete, sah sie Wulfgar an die Steinfassung des Feuerplatzes gelehnt, die Augen auf Haylan gerichtet, die noch immer zu Gowains Weisen tanzte. Das Oberteil ihres Gewandes schien nur noch von den Spitzen ihrer Brüste festgehalten zu werden und war dauernd in Gefahr, vollends herabzurutschen.

Jetzt schweifte Wulfgars Blick zu Aislinn herüber und verfolgte sie auf dem Weg zur Treppe. Doch bevor sie die erste Stufe erreichte, wirbelte Haylan herbei. Sie versperrte Aislinn den Weg, bog und wand jetzt ihren verführerischen Leib vor dem Mädchen, das jedoch kühl über sie hinwegblickte. Unsicher geworden brach Gowain das Spiel ab und ließ die Laute sinken. Verärgert forschte Haylan nach der Ursache der Unterbrechung. Aislinn benutzte dies, um rasch und hoch erhobenen Haupts die Treppe hinaufzuschreiten.

Wulfgar eilte ihr nach und stellte sie am oberen Treppenabsatz. »Wo wart Ihr denn?« fragte er leise. »Ihr wart so plötzlich verschwunden, daß ich schon fürchtete, Ihr würdet Euch nicht wohl fühlen.«

»Es ist alles in Ordnung, Milord«, erwiderte sie. »Tut mir leid, daß Ihr Euch unnötig Sorgen gemacht habt. Ich habe nur kurz nach meiner Mutter geschaut.«

Er stieß die Kammertür auf und ließ ihr den Vortritt. Er lehnte sich gegen die geschlossene Tür und blickte ihr nach, als sie in einer dunklen Ecke verschwand und sich auszukleiden begann. Seine Augen wanderten die Rückseite ihrer schlanken Beine hoch und blieben dann an der noch immer sehr schlanken Taille hängen. Als sie sich dem Bett zuwandte, konnte er kurz ihre vollen Brüste sehen. Dann hatte sie schon die Decken bis unters Kinn gezogen.

Auch Wulfgar trat jetzt ans Bett heran und warf sich der Länge nach darauf. Er griff nach ihr und zog sie an sich. Bedächtig begann er ihr Gesicht zu küssen. Die Lippen gegen das duftende Haar gepreßt, murmelte er mit größter Zärtlichkeit an ihrem Ohr:

»Ah, meine kleine Frau, welches Entzücken gewährst du mir doch. Was würde ich wohl tun, wenn man dich aus meinen Armen risse?«

Aislinn wandte das Gesicht ab und seufzte gepeinigt: »Ja,

Milord, was würdet Ihr dann tun? Bitte sagt es mir, ich weiß es nicht.«

Er lachte leise auf und stupste mit der Nase gegen ihre Schulter. »Wahrscheinlich würde ich mir eine neue Gespielin suchen, die ebenso schön und leidenschaftlich ist wie du, und die mich dazu auch noch glücklich macht.«

Aislinn mißbilligte seinen spöttischen Ton, doch sie zahlte ihm mit gleicher Münze zurück: »Ihr würdet gut daran tun, Euch immer auch ein Mädchen wie Haylan zu halten, deren Unterhaltung Euch ganz offensichtlich großes Vergnügen bereitet.«

Wulfgar rollte sich lachend vom Bett. Eilig warf er seine Kleider ab. Gleich darauf lag er wieder neben ihr. Sie wandte ihm den Rücken zu, was ihn aber nicht weiter schreckte, da viele ihrer vergnüglichsten Nächte auf diese Weise begonnen hatten.

Aislinn gelang es auch in dieser Nacht nicht, sich gegen seine Annäherungen zu wehren. Dennoch blieb sie fest entschlossen, ihn morgen zu verlassen. Vielleicht würde diese Tat ihr wenigstens einen kleinen Teil ihrer Selbstachtung zurückgeben. Sie wußte jetzt schon, wie schwer es ihr fallen würde, ihn und seine wundervollen Liebkosungen zu vergessen, die sie immer wieder in den tiefsten Tiefen ihres Seins erschütterten.

Mit einem Seufzer wandte sie sich zu ihm um und erwiderte jeden seiner Küsse mit wachsendem Verlangen, bis sie sich ganz für ihn öffnete und ihn an sich preßte, als ob sie ihn nie mehr aus den Armen lassen wollte. Wieder schlugen die Wogen der Leidenschaft über ihnen zusammen und ließen sie fast vergehen. Danach schmiegte sich Aislinn zitternd und schwer atmend in seine Arme, während klägliches Schluchzen ihren Leib schüttelte.

19

Helles Tageslicht stahl sich durch die Ritzen der Läden und brachte Aislinn langsam zu sich. Schlaftrunken tastete ihre Hand übers Bett, doch sie griff ins Leere. Aislinn schreckte hoch und erkannte, daß Wulfgar das Gemach bereits verlassen hatte.

Mit Bangen dachte sie an den Tag, der vor ihr lag. Vielleicht war alles nur ein Alptraum? Doch bald drückte sich Maida zur Tür herein, und Aislinn wußte, daß sie heute ihr geliebtes Darkenwald hinter sich lassen müßte.

Die alte Frau begann hastig Aislinns Habe zusammenzupacken.

Ein Zuruf der Tochter ließ sie innehalten. »Nein. Ich nehme nur das alte Kleid mit, das Gwyneth verschmähte. Alle anderen lasse ich zurück ...« Ein Schluchzen formte sich in ihrer Kehle. »Vielleicht wird er sie schon bald wieder brauchen – für Haylan.«

Wenn sie ihn fliehen mußte, wollte sie nichts bei sich haben, was sie an ihn erinnern konnte. Sie rief Midred und verpflichtete sie zum Schweigen über ihre Vorhaben, um sich ihrer Hilfe bei den Vorbereitungen der Flucht zu versichern. Die Frau tat ihr Bestes, um sie davon abzubringen, doch Aislinns Entschluß stand unerschütterlich fest. Sanhurst wurde angewiesen, eine alte Mähre zu satteln, ohne daß man ihm sagte, wer darauf zu reiten gedachte.

Doch Maida riet ihrer Tochter: »Nimm den Apfelschimmel. Er ist kräftig und ausdauernd genug für die Flucht.«

Aislinn schüttelte den Kopf und erwiderte bestimmt: »Nein. Dies hier oder keines. Ein edleres Tier würde uns nur verdächtig machen, so daß man uns leicht folgen könnte.«

»Aber der Normanne hat es dir doch geschenkt, genau wie die schönen Kleider. Sie gehören dir, und er hat es verdient, daß du sie mitnimmst.«

»Ich will seine Geschenke nicht mehr haben«, wies Aislinn die Mutter zurecht.

Auch die wenigen Nahrungsmittel, die Aislinn bereit war mitzunehmen, ließen die Mutter in neuerliche Klagen über die Unvernunft der Tochter ausbrechen. »Wir werden verhungern. Zuerst begnügst du dich mit dieser lahmen Mähre, die sich kaum noch auf den Beinen halten kann, und jetzt auch noch diese Hungerrationen!«

»Wir werden unterwegs schon zu essen bekommen«, versuchte Aislinn sie zu beruhigen.

Dann machten sie sich auf den Weg. Midred begleitete sie noch ein kurzes Stück. Als sie in der Ferne verschwanden, wandte die Frau sich um und wischte sich eine Träne aus den Augen.

Dunkelheit senkte sich übers Land, und Miderd wurde es immer beklommener ums Herz. Mit bösem Blick verfolgte sie Haylan, die am Feuer ein Stück Wildbret fürs Abendessen zubereitete. Sie würde Aislinns Flucht ganz bestimmt nicht betrauern, sondern Wulfgar jetzt noch heftiger umwerben!

Voller Empörung dachte sie an das schamlose Schauspiel der letzten Nacht zurück. »Wie kommst du dazu, dich immer wieder Lord Wulfgar auf diese Weise zu nähern?« wandte sie sich plötzlich mit scharfer Stimme an die Schwägerin. »Gedenkst du dieses Spiel auch noch fortzusetzen, nachdem Lady Aislinn Herrin der Halle geworden ist?«

»Das dürfte in höchstem Maße unwahrscheinlich sein«, gab Haylan spitz zurück. »Wulfgar verkündet viel zu oft, daß er die Frauen haßt.«

Midred fuhr auf. »Meinst du, ein Mann haßt die Frau, die sein Kind unter dem Herzen trägt?«

Haylan zuckte mit den Schultern. »Das ist kein Kind der Liebe, sondern der Lust.«

Midred wurde immer heftiger. »Letzte Nacht hast du vor ihm getanzt wie Salome vor jenem König. Hast du auch vor, Aislinns Kopf von ihm zu fordern?«

Haylan lächelte. »Sie bräuchte nur zu verschwinden, dann läge Wulfgar bald in meinen Armen.«

»Sie ist verschwunden«, meinte Midred kummervoll, »du kannst dich also freuen.«

Haylans dunkle Augen weiteten sich überrascht.

»Ja, sie hat vor ihm die Flucht ergriffen«, bestätigte Midred, »und sie hat nichts mitgenommen als ihre Mutter, ihr ungeborenes Kind und eine alte Mähre, um die Mutter zu tragen.«

»Weiß er davon?« fragte Haylan bedächtig.

»Nach seiner Rückkunft von Cregan wird er es erfahren. Ich werde es ihm sagen. Sie gebot mir Schweigen, aber ich habe zu große Angst um sie.«

»Woher willst du wissen, ob Wulfgar ihr folgt und sie zurückholt?« warf Haylan ein. »So wie sie jetzt aussieht, dürfte sie ihm doch kaum gefallen.«

»Dein Herz ist aus Eis, Haylan. Falls du je ihre Hilfe nötig haben solltest«, erwiderte Midred leise, »kann ich nur hoffen, daß sie sich dir gegenüber mitleidiger zeigt als du.«

»Warum sollte ich ihre Hilfe brauchen?« gab Haylan trotzig zurück. »Vorläufig ist sie auf jeden Fall hier aus dem Weg.«

»Die Dorfleute werden sie bestimmt vermissen. Niemand hat sich so um sie gekümmert wie Milady.«

»Milady! Milady!« machte Haylan sie spöttisch nach. »Sie ist nicht meine Herrin und wird es auch nie sein. Ich werde es geschickter anfangen als sie. Mir wird es gelingen, Wulfgar in mich verliebt zu machen.«

»Lord Wulfgar«, wurde sie von Midred verdrießlich zurechtgewiesen.

Haylan lächelte tückisch. »Bald werde ich ihn nur noch Wulfgar nennen – und das vor seinen Männern.«

Man hörte das Dröhnen schwerer Hufe. Die Reiter machten offenbar vor den Ställen halt.

Midred wandte sich erneut an Haylan. »Er ist gekommen. Jetzt will ich es ihm sagen. Sollte er ihr nicht folgen, um sie zurückzuholen, werde ich dich Zeit meines Lebens für ihren Tod verantwortlich machen. Denn ohne Hilfe wird die Wildnis sie bestimmt verschlingen.«

»Mich?!« fuhr Haylan auf. »Ich tat nichts, um sie von hier zu vertreiben.« Wütend wandte sie sich wieder ihrer Arbeit zu. »Was schert es mich. Laß mich in Ruhe! Ich bin froh, daß sie weg ist.«

Mit einem Seufzer machte sich Midred auf den Weg zu den Ställen. Wulfgar und seine Begleiter nahmen gerade die Sättel von den Pferden. Mit einem scheuen Seitenblick auf den nervös tänzelnden Hun näherte sie sich dem Lord. Er unterhielt sich mit Sweyn und nahm zunächst keinerlei Notiz von ihr. Erst als sie ihn vorsichtig am Ärmel zupfte, blickte er sich um.

»Milord«, sagte Midred mit tonloser Stimme, »ich möchte Euch mitteilen, daß Lady Aislinn verschwunden ist.«

Wulfgars Gesicht erstarrte. Wütend fuhr er sie an: »Was sagst du da?«

Midred mußte allen Mut zusammennehmen. »Lady Aislinn ist verschwunden, Milord. Sie hat sich heute morgen, kurz nachdem Ihr weggeritten wart, auf den Weg gemacht.«

Ohne ein weiteres Wort griff Wulfgar nach dem Sattel und warf ihn dem überrascht aufschnaubenden Hun wieder über. Unter den aufmerksamen Augen seiner Männer stemmte er ein Knie gegen den Bauch des Tiers und zog den Sattelgurt fest.

»Sie ist natürlich nach Norden, nach London?« fragte er seitwärts die zitternde Frau.

»Ja, nach Norden, aber nicht nach London. Ich denke, sie hält sich mehr westlich, um die Stadt in einem Bogen zu umreiten und irgendwo im Norden bei einem befreundeten Clan Unterschlupf zu suchen«, kam leise die Antwort. Dann fügte sie mit gesenktem Kopf hinzu: »Dort, wo es noch keine Normannen gibt, Milord.«

Mit einer Verwünschung schwang sich Wulfgar auf sein Pferd. Als er sah, daß Sweyn ebenfalls aufsitzen wollte, gebot er ihm Einhalt. »Nein, Sweyn, ich reite allein. Ihr sorgt hier wieder für Ruhe und Ordnung, solange ich weg bin.«

Wulfgar ließ den Blick in die Runde schweifen und sah, daß ihre Stute im Stall stand. »Sie hat sich weder Pferd noch Wagen genommen? Ist sie denn zu Fuß geflüchtet?«

Midred schüttelte den Kopf. »Milady hat sich die alte Mähre genommen, dazu einige Decken und ein paar Vorräte. Man wird sie überall für obdachlose Flüchtlinge halten, die der Krieg vertrieben hat.« Die Erinnerung an ihre eigene Flucht überkam sie. »Ich habe große Angst um sie, Milord. Es sind schlimme Zeiten, überall streifen Plünderer durchs Land und dann die Wölfe . . .«

»Beruhige dich, Midred«, tröstete Wulfgar sie und beugte sich zu ihr herab. »Für deine Worte hast du dir heute auf Lebenszeit einen Platz unter meinem Dach verdient.« Er straffte die Zügel, und Hun wirbelte herum.

Bald schon befanden sie sich auf dem Weg nach Norden. Unter Huns weit ausholenden Läufen flog der Boden Meile um Meile dahin.

Midred stand noch lange und lauschte dem Dröhnen der Hufe nach, bis es sich im Dunkel der Nacht verlor. Zufrieden lächelte sie vor sich hin. Sie wußte jetzt, daß das Herz dieses Mannes im Schlachtengewühl nicht hart geworden war. Jetzt ritt er durch die Nacht, voller Sorgen um seine geflüchtete Liebste!

Wulfgar saß trotz des schweren Kettenhemds leicht im Sattel. Sein weiter Umhang flatterte hinter ihm durch die Nacht. Er nahm den Helm ab und ließ den frischen Märzwind den Schlaf aus seinem Haupt vertreiben.

Ein heller Dreiviertelmond stand hoch an einem kalten, dunklen Himmel. Er schien aus Wiesen und Sümpfen die Nebel zu saugen und langsam in sich hinaufzuziehen. An seinem Stand würde er erkennen, wann es galt, das Tier zu zügeln und nach einem Lagerfeuer Ausschau zu halten.

Was nur hatte sie zu diesem törichten Unterfangen veranlaßt? Er konnte sich nicht erinnern, ihr während der vergangenen Tage einen Grund dafür gegeben zu haben. Ja, sie schien ihm sogar zeitweilig recht zufrieden gewesen zu sein. Doch was verstand er schon von Frauen. Einmal mehr hatte er nun den Beweis, daß man sich ihrer nie sicher fühlen konnte . . .

Aislinn überprüfte noch einmal die Zügel, die sie an einem Bäumchen befestigt hatte. Beruhigend strich sie dem alten Tier über die bebenden Flanken. »Wir sind schon ein klägliches Häuflein«, dachte sie, »und ein leichtes Opfer der Wölfe.« Während sie leicht gebeugt zum Feuer zurückging, drückte sie eine Hand gegen jene Stelle des Rückens, an der sich schon den ganzen Tag über ein dumpfer, ziehender Schmerz bemerkbar gemacht hatte. Ihre Mutter lag friedlich schlafend in eine schäbige Decke gehüllt. Aislinn fuhr zusammen, als ein Windstoß durch die noch winterkahlen Äste über ihr fuhr. Sie hörte das furchterregende Heulen eines Wolfrudels, das nicht allzuweit entfernt auf Beute aus war.

Gedankenverloren stocherte sie im langsam herabbrennenden Feuer herum, und gegen ihren Willen mußte sie an das warme Lager denken, das jetzt neben Wulfgar ihrer harrte. Eigentlich hatten sie in einer Ortschaft übernachten wollen, die noch fast zwei Stunden entfernt lag, und nicht hier inmitten der Wälder. Doch das Pferd hatte mit einem der Vorderläufe zu lahmen begonnen und ihren Plan zunichtegemacht.

Das Mädchen schlang die Arme um die Knie und starrte in die Glut. Sie meinte, in sich eine sanfte Bewegung des Kindes zu spüren und vergaß für einen Augenblick ihre mißliche Lage. Ja, im warmen Mutterleib geborgen, ließ sich gut schlafen! Ein schmerzliches Lächeln erhellte ihr Gesicht.

Oh, Gott, wenn sie nur sicher wüßte, daß es wirklich Wulfgars Samen war, der in ihr wuchs! Immer wieder mußte sie Ragnors böse lächelndes Antlitz aus ihrer Vorstellung verbannen. Doch selbst wenn es des anderen Kind sein sollte, so durfte sie es nicht aus ihrem Leib reißen. Sie hatte gut daran getan, aus eigenem Willen ihre Heimat zu verlassen; so ersparte sie zumindest Wulfgar in Zukunft alle Zweifel.

Der Gedanke, daß sie weder ihn noch Darkenwald je wiedersehen würde, ließ ihr nun doch die Tränen über die Wangen rinnen. »Oh, Wulfgar«, brach es jammervoll aus ihr heraus, »wären wir uns rechtmäßig versprochen gewesen und hätte Ragnor meinen jungfräulichen Leib nicht beschmutzt, so würde ich dein Herz vielleicht gewonnen haben. Aber ich sah, wie deine Augen sich von meiner Unförmigkeit ab- und dieser anderen zuwandten.«

Aislinn starrte über das niedere Feuer hinweg auf den schwarzen Wall der Bäume. Nichts regte sich rings um sie. Es war, als ob die Zeit stillestand. Sogar die Sternen schienen ihre ewigen Bahnen verlassen zu haben, denn der Himmel war schwarz. Dafür glitzerten drüben am Waldessaum zwei Lichter zwischen den Stämmen, denen sich rechts und links rasch viele weitere zugesellten. Aislinn fühlte, wie es ihr eiskalt über den Rücken lief. Sie wischte sich die Nässe aus den Augen, um besser sehen zu können, obwohl sie schon die schreckliche Wahrheit ahnte.

Es waren hungrige Wölfe, die langsam auf das Lagerfeuer zukrochen. Aislinn sah ihre offenen Schnauzen und die lang heraushängenden roten Zungen zwischen den schrecklichen

Fängen. Sie hörte, wie sie vor Gier hechelten. Die alte Mähre wieherte angstvoll auf, denn auch sie hatte die nächtlichen Jäger gewittert.

Aislinn warf einen großen Ast aufs Feuer, um es höher anzufachen. Dann zog sie den schmalen Dolch aus der Scheide und griff mit der anderen Hand nach einem glimmenden Scheit. Es mußten an die zwei Dutzend der schrecklichen Räuber sein, die sie von allen Seiten eingekreist hatten. Als das Mädchen schon fast meinte, den heißen Atem der geifernden Tiere zu spüren, ließ sich ein lautes, grimmiges Knurren vernehmen, und ein besonders großes Tier trottete in den Lichtschein des Feuers. Der Rest der Meute zog die Schwänze ein und machte ihm respektvoll Platz. Der Leitwolf warf Aislinn einen kurzen Blick zu und drehte sich dann nach seinen Genossen um. Die Lefzen entblößend, knurrte er die geduckten Tiere an, bis sie langsam wieder den Lichtschein verließen und zum Waldessaum zurückkrochen.

Erneut wandte das riesige Tier sich dem Mädchen zu und musterte es aus gelb funkelnden Lichtern. Es war, als ob diese schrecklichen Augen, die ihr zugleich sehr vertraut vorkamen, sie beruhigen wollten. Unwillkürlich wisperte sie: »Wulfgar!«

Als ob es verzaubert worden wäre, legte sich das riesige Tier nieder und blickte wie ein wohl erzogener Haushund zu ihr herüber. Aislinn ließ das glimmende Scheit sinken und steckte den Dolch in den Gürtel.

Der Wolf gähnte geräuschvoll und blinzelte mit den Lichtern, als ob er seine Zustimmung ausdrücken wollte. Dann legte er den Kopf auf die beiden Vorderläufe, ohne sie jedoch aus den wachsamen Augen zu lassen. Aislinn hatte jetzt das Gefühl, daß sie hier inmitten der Wildnis genauso sicher war wie daheim in Darkenwald. Sie setzte sich wieder ans Feuer und lehnte den Rücken gegen einen Baumstamm.

Ein Knurren hinter ihrem Rücken schreckte sie auf, und Aislinn mußte erkennen, daß sie eingenickt war. Das große Tier hatte ebenfalls den Kopf gehoben und starrte bewegungslos an ihr vorbei in die Dunkelheit. Aislinn wagte nicht, sich umzudrehen und der neuen Gefahr ins Gesicht zu sehen. Doch dann hörte sie Fußtritte und wandte angstvoll den Kopf.

»Wulfgar?« entrang es sich ihr überrascht.

Mit Hun am Zügel trat er jetzt in den Feuerschein. Sein Blick heftete sich auf den Leitwolf, der Aislinn zu bewachen schien. Da erhob sich das riesige schwarze Tier und trottete gelassen zum dunklen Wall hinüber. Dort erwarteten es seine Genossen. Bald verloren sich die Geräusche des Rudels in der Stille der Nacht.

Wulfgar wandte sich endlich Aislinn zu. »Meine Dame, Ihr seid eine Närrin«, schalt er sie, doch man hörte auch deutlich, wie erleichtert er war, sie wohlbehalten anzutreffen.

»Und Ihr, Sir, seid ein Schurke, den jedes ehrbare Mädchen fliehen sollte«, gab sie schroff zurück.

»Vielleicht habt Ihr recht«, erwiderte er lächelnd. »Doch wir wollen uns jetzt nicht streiten, sondern es uns für die Nacht so bequem wie möglich machen.«

Er band Hun neben der erschöpften Stute fest und gab beiden Tieren eine Handvoll Körner aus seinem Beutel, der an seinem Sattel hing.

Aislinn lehnte sich lächelnd zurück. Weit war sie bei ihrer Flucht wirklich nicht gekommen! Doch dafür hatte sie erfahren, daß sie ihm doch einiges bedeutete. Als er sein Kettenhemd abgenommen und über den abgeschnallten Sattel gelegt hatte, streckte er sich neben ihr aus und zog sie an sich. Das ließ sie jetzt gern geschehen. Fürsorglich breitete er seinen schweren Umhang über ihnen beiden aus, und beide wärmten sich mit ihren Leibern.

Plötzlich schreckte Maida hoch und schälte sich aus ihrer Decke, um ein paar Äste nachzulegen. Als sie den riesigen Hun neben der alten Mähre angepflockt sah, hielt sie überrascht inne und ließ die flinken Augen zu Aislinn hinüberschweifen.

»Ha!« knurrte sie, »ihr Normannen findet selbst in der Wildnis noch ein warmes Lager und ein Mädchen dazu.« Sie schlurfte zu ihrer Decke zurück und murmelte, während sie sich wieder fest darin einwickelte: »Man braucht euch nur einen Augenblick den Rücken zu kehren!«

Aislinn mußte lächeln und schmiegte sich noch fester an Wulfgar. Mochte die Mutter ruhig über den Normannen erbost sein, ihr Herz schlug höher bei dem Gefühl, wieder in seinen starken Armen zu liegen.

»Ist Euch kalt?« fragte er zärtlich dicht an ihrem Ohr.

Sie schüttelte den Kopf, und ihre Augen leuchteten auf. Da sie ihn jedoch nicht anblickte, blieb ihm verborgen, wie grenzenlos glücklich sie war. Sie legte den Kopf auf seine Schulter und vermißte nun nichts mehr.

»Das Kleine bewegt sich«, flüsterte Wulfgar heiser. »Das ist ein Zeichen von Stärke.«

Aislinn wußte nicht, was sie darauf erwidern sollte. Er sprach nur selten von dem Kind, und wenn sein Blick prüfend über ihre Gestalt glitt, meinte sie darin immer die Zweifel zu lesen, die auch sie so schwer peinigten.

»Es regt sich jetzt häufig«, meinte sie schließlich mit kaum hörbarer Stimme.

»Das ist gut«, antwortete er, um sich dann zurückzulegen und die Augen zu schließen.

Schon in der Morgendämmerung spürte Aislinn, wie Wulfgar sich zu regen begann. Zwischen halb geschlossenen Lidern hindurch sah sie, wie er ein Stück in den Wald hineinging. Als er verschwunden war, setzte sie sich auf. Die Mutter schlief noch tief. Sie hatte sich wie ein junger Hund zusammengerollt, als ob sie nichts mehr von den Dingen der Außenwelt wissen wollte.

Gähnend streckte Aislinn die Arme und wärmte sich an der Schönheit dieses neuen Morgens. Der Tau glitzerte auf den Gräsern und versilberte das luftige Gespinst einer Spinne. Vögel hüpften zwitschernd von Ast zu Ast. Aislinn sah, daß sich an manchen bereits die ersten Knospen zeigten. Ein junges Kaninchen hoppelte nicht weit von ihr durchs Gras. Über allem lag ein Duft der Frische und kommender Frühlingstage. Glücklich aufseufzend freute sie sich an den Wundern der Welt, die ihr heute vollkommen schien.

Warum war sie eigentlich so glücklich? Waren nicht ihre Pläne völlig gescheitert? Wahrscheinlich würde sie nun doch in die Normandie verbannt – und trotz allem jubelte ihr Herz dem Frühling entgegen!

Sie hörte Wulfgars Schritte hinter sich und wünschte ihm heiter einen guten Morgen. Er schien über ihre Stimmung zunächst ein wenig verwundert, trat dann aber näher und ließ sich dicht neben ihr nieder. Seine Hand griff nach dem kleinen Bündel, das sie auf die Flucht mitgenommen hatte. Er holte seinen kärglichen Inhalt ans Tageslicht und hielt ihn fragend hoch.

»Eine einzige Hammelkeule und ein Laib Brot?« Mit Spott in der Stimme fuhr er fort: »Ihr habt Euch wirklich gut auf Eure lange Flucht in den Norden vorbereitet.«

»Gwyneth hält Eure Speisekammer gut unter Verschluß. Hätte ich mehr genommen, würde sie sofort Alarm geschlagen haben.«

Der Klang ihrer Stimmen weckte jetzt auch Maida. Mühsam erhob sie sich. Mit einem verächtlichen Naserümpfen mischte sie sich in die Unterhaltung ein. »Ihr müßt nachsichtig sein mit dem Kind, Milord. Von diesen Dingen versteht sie nichts. Sie dachte, wir würden uns wie Diebe verhalten, wenn wir zu viel von unseren Vorräten mitnehmen.«

Aislinn warf der Mutter einen warnenden Blick zu. »Jenseits von Wilhelms Herrschaftsbereich hätten wir bestimmt wieder zu essen bekommen.«

Wulfgar knurrte: »Ihr meint zweifellos von Euren großzügigen sächsischen Landsleuten, den Helden des Nordens?«

»Wir haben dort treue Freunde, die uns mit offenen Armen empfangen hätten. Sie helfen allen Opfern Eures Bastards von einem Herzog«, brauste Maida auf.

Wulfgar wies sie zurecht. »Wilhelm ist der gewählte König. Ihr und Eure treuen Freunde mögen zum Teufel gehen. Im übrigen fordern die Clans im Norden hohe Wegegelder. Viele Flüchtlinge sind mit ausgeplünderten Taschen wieder zu uns zurückgekommen.«

»Ha!« meinte Maida mit einer wegwerfenden Handbewegung. »Ihr schwatzt von Dingen, von denen Ihr nichts versteht. Schließlich haben wir englisches Blut in den Adern und sollten die Sachsen besser kennen als ein hergelaufener Normanne.« Ohne ihm Gelegenheit zu einer Erwiderung zu geben, verschwand sie im Unterholz.

Wulfgar brach ein Stück von dem Brot ab, legte eine Scheibe Fleisch darauf und reichte es Aislinn. Sich selbst versorgte er mit einer sehr viel größeren Portion. Schweigend kauend saßen sie nebeneinander. Mit einem Blick auf ihr zerschlissenes Gewand fragte er sie schließlich: »Habt Ihr tatsächlich überhaupt kein Gold mitgenommen, um Eure Durchreise erkaufen zu können?«

Da er die Antwort schon kannte, fuhr er mit bitterem Humor fort: »Ich kann mir gut vorstellen, daß Euch die Lairds im Norden gern in ihrer Schlafkammer untergebracht hätten. Auf Eure Mutter dagegen hätten sehr viel mühsamere Arbeiten gewartet, um Kost und Obdach zu erkaufen. So wäret Ihr beide zwischen Bett und Küche wohl nicht mehr zu Ruhe gekommen.«

Aislinn warf den Kopf zurück. Plötzlich wurde Wulfgar sehr ernst. »Aber jetzt, meine Liebe, sagt mir die Wahrheit. Was hat Euch zur Flucht getrieben? Ihr hattet doch alles, was sich ein Mädchen wünschen konnte, ein warmes Lager, gutes Essen, jemanden, der Euch beschützte, und dazu einen munteren Liebhaber, der Euch die langen, kalten Winternächte verkürzte.«

»Ich hatte alles?« stieß Aislinn ungläubig hervor. »Das Lager, von dem Ihr spracht, war das meines Vaters, der von Eurem Gefolgsmann erschlagen in seinem Grabe ruht. Und wer mich zu beschützen versucht, bekommt die Peitsche, wenn nicht gar das Schwert zu spüren. Was nun das Essen betrifft, so war es vor nicht langer Zeit im Besitz meiner Familie.« Fast schnürten Tränen die Kehle. »Und dann noch das andere – meint Ihr wirklich, das ist es, was ich mir wünsche? Glaubt Ihr, ein Mädchen läßt sich gern von einem betrunkenen Fremden vergewaltigen, um dann die Sklavin eines anderen zu werden, der es ankettet und schließlich mit Drohungen gefügig macht? Nennt Ihr das Liebe?« Sie griff nach seiner Hand und legte sie sich auf den Leib. »Hier, fühlt meinen Bauch. Spürt Ihr, wie das Kind sich bewegt? Ist das ein Kind der Liebe? Wenn Ihr die Wahrheit hören wollt – ich weiß es nicht . . .«

Wulfgar öffnete den Mund, um etwas zu sagen, aber Aislinn wollte sich nicht unterbrechen lassen. Unwillig stieß sie seine Hand weg.

»Nein, hört mich an und sagt mir dann noch einmal, daß ich alles habe, was ich mir nur wünschen kann. Man hat mich unter dem Dach jener Halle mißbraucht, in der ich als Kind glücklich war. Man hat mir alles genommen, was ich je besaß. Mir gehört nicht mehr das einfachste Kleid, dafür darf ich alle meine Gewänder an andern bewundern. Man hat mir auch noch mein Lieblingspferd zuschanden geritten, so daß es getötet werden mußte. Da behauptet Ihr, Lord Wulfgar, ich hätte alles, was man sich nur wünschen kann.«

Er warf ihr einen finsteren Blick zu. »Ihr braucht nur Eure Wünsche zu äußern, und ich werde alles tun, was in meiner Macht steht, um sie zu erfüllen.«

Aislinn blickte ihm mit größter Ernsthaftigkeit in die Augen und fragte dann bedächtig: »Werdet Ihr mich heiraten, Wulfgar, und diesem Kind Euren Namen geben?«

Sein Gesicht verfinsterte sich noch mehr. Er wandte sich ab und schob ein glimmendes Scheit ins Feuer zurück. »Da ist sie wieder, die dauernd drohende Falle, um den Unvorsichtigen zu fangen.«

»Ah«, seufzte Aislinn, »Ihr habt Euer Vergnügen an mir gehabt, bis sich mein Leib rundete, und nun wollt Ihr der Verantwortung entgehen. Ja, Ihr habt inzwischen Eure Augen bereits auf ein neues Opfer geworfen. Ich sah sehr wohl, wie Ihr voller Verlangen Haylan angeblickt habt, als sie sich Euch bei diesem schamlosen Tanz anbot.«

Wulfgar fuhr herum und meinte überrascht: »Was sagt Ihr da – Verlangen? Ich amüsierte mich bloß über sie.«

»Amüsiert habt Ihr Euch, ha!« spottete Aislinn. »Von ihrer Seite aus war es bestimmt nichts anderes als eine Einladung in ihre Kammer!«

»Jetzt hört mir einmal zu, meine Dame! Ich würde mich freuen, wenn Ihr Euch ebenso bemühen würdet, mir zu gefallen, wie diese Frau.«

»Wie bitte?« erwiderte Aislinn verblüfft. »Soll ich etwa mit meinem dicken Bauch vor Euch tanzen und mich öffentlich lächerlich machen?«

»Ihr weicht mir aus und sprecht von Dingen, die hier nicht zur Sprache stehen«, wies er sie scharf zurecht. »Eure Gestalt ist kaum dicker als ihre. Doch es geht nicht ums Tanzen. Ich wünschte mir vielmehr, daß Ihr mir Eure Zärtlichkeit schenkt, statt dauernd Eure scharfe Zunge an mir zu wetzen.«

Aislinns Augen blitzten ihn an. »Wer wetzt hier die Zunge am andern, Milord? Nicht einmal Euer Kettenhemd wäre imstande, mich vor den Pfeilen Eures Spotts zu schützen.«

Wulfgar verteidigte sich verdrießlich: »Ich bin kein galanter Liebhaber wie Ragnor. Es liegt mir nicht, ein Mädchen mit süßen Worten für mich einzunehmen. Dabei habe ich mir bei

Euch alle Mühe gegeben.« »Habt Ihr mich denn wenigstens ein kleines bißchen gern?« fragte Aislinn leise.

Er streichelte ihren Arm. »Natürlich, Aislinn«, murmelte er. »Ich will dich jede Nacht lieben, bis du selbst mir Einhalt gebietest.«

Aislinn entzog ihm wütend den Arm und wandte sich zutiefst beleidigt ab.

»Wollt Ihr etwa leugnen, daß Euch meine Liebkosungen gefallen?« drang Wulfgar in sie.

Aislinn erwiderte mit einem Seufzen: »Ich bin Eure Sklavin, Milord. Erwartet Ihr etwa, daß eine Sklavin gegenüber ihrem Herrn je aufrichtig ist?«

Verhaltener Zorn stand in seinen Augen. »Ihr seid im Bett nicht meine Sklavin! Ihr gebt Euch meinen Liebkosungen voller Leidenschaft hin.«

Sie warf mit schamroten Wangen einen Blick in jene Richtung, in der ihre Mutter verschwunden war. Auf keinen Fall wollte sie, daß Maida ihre Unterhaltung mit anhörte.

»Habt Ihr Angst, sie würde erfahren, daß Ihr größtes Wohlgefallen in den Armen eines Normannen findet?« Wulfgar beugte sich vertraulich zu ihr herüber. »Eure Mutter könnt Ihr vielleicht täuschen, mich aber nicht. Es waren bestimmt nicht unsere Liebesspiele, vor denen Ihr geflohen seid.«

Mit einem Wutschrei holte Aislinn aus. Doch ihre Hand wurde im Flug von seiner gefangen, und mit einer schnellen Bewegung drückte er sie ihr auf den Rücken.

»Eure Ehre wurde also besudelt – und deshalb flieht Ihr jetzt, nach so vielen Monaten?«

Sein Knie hatte sich zwischen ihre Beine gezwängt, während er mit einer Hand mühelos ihre beiden Arme über ihrem Kopf gefangenhielt. Sie spürte seinen muskulösen Leib gegen den ihren und mußte erkennen, daß sie ihm wehrlos ausgeliefert war.

»Ihr treibt ein grausames Spiel mit mir, Wulfgar«, schluchzte sie. »Zuerst erfüllt Ihr mich mit Sehnsucht und Verlangen, und dann verlacht Ihr meine Gefühle. Ich wünschte, ich könnte Euch gegenüber völlig teilnahmslos und kalt bleiben. Dann könntet Ihr mich nicht mehr so schändlich quälen.«

Er beugte sich noch tiefer über sie und küßte sanft ihre Nase, die nach dem Salz der Tränen schmeckenden Lider und schließlich die kummervollen Lippen. Schon nach kurzer Zeit öffneten sie sich ihm willig und erwiderten eifrig seine Zärtlichkeiten. Plötzlich drang Maidas Stimme kreischend durch die Morgenluft. »Ho! Kann selbst der Tau normannisches Feuer nicht kühlen? Wäre es nicht besser, Milord, wir würden die Pferde besteigen und uns auf den Weg machen?«

Wulfgar richtete sich auf und fuhr sich mit den Fingern durch die Haare. Er warf der Alten einen mörderischen Blick zu. Der Normanne erhob sich und sattelte die Pferde. Sein Kettenhemd hatte er zusammengefaltet und vor dem Sattel über Huns Rücken gelegt.

Mit einem Schmerzenslaut versuchte Maida, den Fuß in den Steigbügel der alten Stute zu bekommen. Im nächsten Augenblick umfaßten sie zwei starke Arme und hoben sie mühelos in den Sattel. Dann schwang Wulfgar sich auf Huns Rücken und blickte mit lustig zwinkernden Augen auf Aislinn hinab.

»Die Mähre lahmt und kann unmöglich euch beide tragen.«

Aislinn erwiderte seinen Blick sehr beherrscht. »Dann werde ich also zu Fuß gehen müssen, Milord?«

Er beugte sich im Sattel vor und fragte lächelnd: »Hättet Ihr es denn nicht verdient?«

Wütend gaben ihre Augen ihm Bescheid, dann machte sie auf dem Absatz kehrt und begab sich auf den langen Heimweg nach Darkenwald. Noch immer lächelnd trieb Wulfgar sein Streitroß an und folgte ihr. Maida bildete auf der lahmenden Mähre die Nachhut.

Die Sonne stand hoch am Himmel, als Aislinn den Schritt verhielt und sich erschöpft auf einen gefallenen Baumstamm sinken ließ. Sie streifte den weichen Schuh vom Fuß und schüttelte ein Steinchen heraus.

Wulfgar zügelte vor ihr sein Pferd und blickte auf sie hinab. Als sie endlich den Blick hob, fragte er recht anzüglich: »Fühlt sich Milady erschöpft von ihrem Spaziergang?«

»Ihr habt mich schließlich dazu gezwungen, Milord.«

»Nicht doch, meine Liebste«, wehrte er ab. »Ich fragte Euch lediglich, ob Ihr Euch dieses Vergnügen nicht verdient hättet.«

Aislinn hatte den Schuh jetzt wieder übergestreift und blitzte ihn an. »Ihr seid schändlich!«

Wulfgar rutschte bis an den Sattelrand zurück. »Steigt auf, Liebste«, ermunterte er sie, »der Tag wird Euch sonst lang werden, und ich wäre gern schon bald wieder zuhause.«

Er beugte sich weit zu ihr hinab, und Aislinn ergriff die ausgestreckte Hand. Mühelos zog er sie zu sich in den Sattel, und sie schlang ein Knie um den hohen Sattelknauf.

Maida war inzwischen ebenfalls herangekommen und knurrte nun verächtlich: »Es ist besser, sich schmerzende Füße zu holen als einem Normannen den Schoß zu wärmen, Tochter.«

Wulfgar streifte die Alte mit einem Seitenblick und fuhr sie an: »Wenn Ihr allein weiterreiten wollt – ich werde Euch bestimmt nicht aufhalten.«

Wulfgar trieb Hun wieder an, während Maida ihm hinter seinem Rücken ein Gesicht schnitt. Doch von nun an wagte sie nicht mehr, den Mund aufzutun.

Das gleichmäßige Auf und Ab des wiegenden, warmen Pferderückens ließ Aislinn schläfrig werden. Der weiche Sattel bot ihnen beiden genügend Raum. Sie spürte die angenehme Nähe Wulfgars an ihrem Rücken, und wenn sie den Blick senkte, sah sie seine kräftigen Hände vor sich, die mit größter Könnerschaft die Zügel führten. Sie wußte, daß sie nicht nur das schwere Schlachtschwert zu schwingen vermochten, sondern auch zu sehr zärtlichen Bewegungen fähig waren. Sie schlug seinen Umhang über ihre Schultern und legte den Kopf gegen seinen Hals.

Die Müdigkeit schien Aislinn übermannt zu haben, denn ein kreischender Schrei Maidas ließ sie verstört hochfahren. Sie wandte sich um und versuchte die Ursache für Maidas Verhalten zu erforschen.

»Meile um Meile habe ich nichts als Staub zu schlucken bekommen«, beklagte sich die alte Frau. »Ist es etwa Eure Absicht, mich einfach verdursten zu lassen, Ihr Lumpenlord, damit Ihr meine Tochter noch ungestörter mißbrauchen könnt?«

Maidas Klage ließ Wulfgar seinen Hengst über eine leichte Böschung zu einem schnell fließenden Flüßchen hinablenken. Er sprang aus dem Sattel und hob dann Aislinn herab. Nach einem Augenblick des Zögerns trat er widerstrebend an die alte Stute heran und half auch Maida aus dem Sattel.

»Wie man mit Damen umgeht, scheint Ihr erst noch lernen zu müssen, Normanne. Doch bei Euch scheint es ja Sitte zu sein, sich alles mit Gewalt zu nehmen. Nur so konnte es Euch auch gelingen, meine Tochter zu schwängern.«

Wulfgar forschte wütend im Gesicht Maidas. »Woher nehmt Ihr die Sicherheit, daß ich Eure Tochter schwängerte und nicht ein anderer?«

Maida blinzelte spöttisch zurück. »Ah, wenn das Kleine schwarz wie eine Krähe geboren wird, dann war es Ragnor. Ist sein Haupthaar jedoch golden wie Sommerweizen, dann ist es das Eure, Bastard. Sollte es aber . . .«, sie zögerte und schien dann jedes weitere Wort mit besonderem Vergnügen auszusprechen, ». . . einen rotgoldenen Schopf wie die Morgensonne haben, dann wird man wohl nie wissen, wer sein Erzeuger ist.«

Wulfgar wandte sich abrupt ab und führte die Pferde zur Tränke. Aislinn warf der Mutter einen vernichtenden Blick zu. Doch Maida hob nur böse lächelnd die Schultern und entfernte sich einige Schritte auf die Uferbäume hin. Der Anblick von Wulfgars breitem, abweisendem Rücken sagte Aislinn, daß er mit seinen brütenden Gedanken allein sein wollte, und zögernd folgte sie der Mutter.

Als sie zurückkehrten, hatte er Fleisch und Brot aus dem Proviantsack geholt und bot ihnen davon an. Während sie aßen, fiel kein Wort. Auch Maida hatte erkannt, daß es gefährlich wäre, den Normannen noch weiter zu reizen, und hielt ihre Zunge im Zaum.

Dann nahmen sie die letzte Wegstrecke in Angriff. Wieder döste Aislinn in Wulfgars Armen wohlig vor sich hin. Als seine tiefe Stimme sie sanft aufweckte, waren sie vor Darkenwalds Halle angelangt. Aislinn sah, daß der Tag verhangen war. Wulfgar schwang sich aus dem Sattel. Aislinn stützte sich auf seine breiten Schultern, als seine Hände ihre Taille umfaßten und sie herabhoben. Sein Blick schweifte zu Maida hinüber, die auf der alten Stute völlig in sich zusammengesunken war. Im Licht der den Hof beleuchtenden Fackeln sah Aislinn, daß alle Farbe aus dem Gesicht der Mutter geschwunden war. Nachdem Wulfgar auch sie von ihrem Reittier gehoben hatte, griff das Mädchen nach dem mageren Arm Maidas. »Kommt, Mutter, ich bringe Euch zu Eurer Hütte.«

Eine Handbewegung Wulfgars ließ sie innehalten. »Ich werde sie heimgeleiten. Ihr geht auf Eure Kammer und erwartet mich dort. Es wird nicht lange dauern.«

Maida warf ihm einen mißtrauischen Blick zu und wandte sich dann müde dem Pfad zu ihrer Hütte zu. Aislinn blickte noch eine Zeitlang Wulfgar nach, der der Mutter folgte. Dann dauerte es nicht mehr lange, bis man Licht aus Maidas Fenster fallen sah. Jetzt erst öffnete Aislinn das schwere Tor zur Halle.

Im Schlafgemach angelangt, wurde sie von einem freundlichen Feuer willkommen geheißen, das wahrscheinlich auf Sweyns Anweisung angezündet worden war. Dieser treue Diener seines Herrn war also ganz sicher gewesen, daß Wulfgar die Geflohene heimbringen werde.

Mit einem Seufzer der Erleichterung ließ Aislinn die verschmutzte Gunna fallen und genoß die wohlige Wärme. Nachdem sie auch noch das Unterkleid abgestreift hatte, wikkelte sie sich einen großen Pelz um den nackten Leib. Plötzlich knirschte die Tür in den Angeln. Erschreckt griff das Mädchen wieder nach dem Unterkleid und preßte es gegen die bloße Brust.

»So, Ihr seid also zurück«, murmelte Gwyneth und lehnte sich gegen den Türrahmen.

Aislinn machte einen spöttischen Knicks. »Wie Ihr seht – munter und wohlbehalten.«

»Jammerschade«, seufzte die andere, »ich war guter Hoffnung, Ihr würdet einem besonders hungrigen Wolf begegnen.«

»Das tat ich auch, wenn Ihr die Wahrheit wissen wollt. Er wird mir schon in Kürze nachkommen.«

»Ah, Ihr sprecht von unserem so überaus tapferen Bastard«, meinte Gwyneth voller Verachtung.

Aislinn erwiderte kopfschüttelnd: »Ihr kennt Euren Bruder sehr wenig, Gwyneth.«

Die andere trat jetzt vollends herein. »Ich gebe zu, daß ich ihn nicht verstehe, vor allem nicht, warum er mitten in der Nacht losreitet, um Euch zurückzuholen. Es wird ja doch nicht mehr lange dauern, bis er Euch in die Normandie verbannt. Sein verwirrter Geist scheint ihm wieder einen üblen Streich gespielt zu haben.«

»Warum haßt Ihr ihn nur so, Gwyneth?« fragte Aislinn mit großem Ernst. »Hat er Euch je Böses getan?«

Gwyneth lachte voller Verachtung. »Wie solltet Ihr das auch verstehen, sächsische Hure! Ihr versteht doch nur eines – Euch auf sein Lager zu strecken und seinen Lüsten preiszugeben. Doch alles, was Ihr davon haben werdet, sind weitere Bastarde.«

Aislinn mußte sich sehr beherrschen, diese wütenden Attacken nicht mit gleicher Münze heimzuzahlen. Dann erweckte irgend etwas im Halbdunkel der Türöffnung ihre Aufmerksamkeit. Als sie genauer hinblickte, gewahrte sie Wulfgar, der mit über der Brust verschränkten Armen der Auseinandersetzung lauschte. Das Kettenhemd trug er lässig über die Schulter gefaltet. Gwyneth folgte dem Blick des Mädchens und begegnete dem harten Blick des Halbbruders.

»Ihr seid wohl gekommen, um uns zu unserer Rückkehr zu beglückwünschen, Gwyneth?« fragte er sie barsch.

Er trat ein und schloß die Tür hinter sich. Dann ging er zu seiner Truhe hinüber und legte dort das Panzerhemd ab.

»Ihr haltet mit Eurer Verachtung wirklich nicht hinter dem Berg, Schwester. Gefällt es Euch denn bei mir nicht?« fragte er mit seitlich aufgestützten Armen.

»Wie das – hier, in dieser ärmlichen Halle?« brauste sie auf.

»Es steht Euch frei, mein Dach zu verlassen«, erwiderte Wulfgar mit Bedacht. »Niemand wird Euch daran hindern.«

Gwyneths farblose Augen verengten sich. »Wollt Ihr mich hinauswerfen, Bruder?«

Wulfgar hob gleichmütig die Schultern. »Ich wollte Euch nur versichern, daß Ihr Euch in jeder Hinsicht frei entscheiden könnt.«

»Wäre da nicht noch mein Vater, würdet Ihr sicher einen Weg finden, Euch meiner zu entledigen«, hielt Gwyneth ihm bitter vor.

»Richtig«, erwiderte Wulfgar, und ein sarkastisches Lächeln überzog sein Gesicht.

»Hat etwa der fahrende Ritter inzwischen die Nachteile des seßhaften Lebens entdeckt?« versuchte Gwyneth dem Gespräch eine andere Wendung zu geben. »Es muß Euch doch hart ankommen, die Verantwortung für so viele Leibeigene und einen eigenen Haushalt zu tragen. Früher hattet Ihr Euch nur um Euch selbst zu kümmern. Wann wollt Ihr endlich zugeben, daß Ihr dem hier nicht gewachsen seid?«

»Es ist tatsächlich manchmal sehr mühsam«, erwiderte Wulfgar, »aber ich glaube doch, daß ich die Last zu tragen vermag.« Gwyneth ließ ihrer Verachtung freien Lauf. »Der Bastard versucht, sich über seine Ursprünge zu erheben! Das bringt sogar hölzerne Heilige zum Lachen!«

»Wirklich, Gwyneth?« Wulfgar trat an Aislinn heran und griff lächelnd nach einer der glänzenden Flechten. Als sie zu ihm aufblickte, drückte er ihr einen zärtlichen Kuß darauf. Seine Augen umfaßten sie mit solcher Wärme, daß sie sein Lächeln erwiderte. »Ich verstehe, daß uns das volle Maß Eurer Verachtung treffen muß, Gwyneth, sind wir doch nur unvollkommene Menschen . . .«

Gwyneth verfolgte mit größter Mißbilligung seine Zärtlichkeiten; herablassend verzogen sich ihre Lippen. »Einige Leute überfordern aber entschieden meine Geduld!«

»Oh?« fragte Wulfgar mit spöttisch gehobener Braue. »Eigentlich dachte ich, niemand fände Gnade vor Euren Augen. Wer ist denn der Glückliche, zu dem Ihr aufblicken könnt?« Einen Augenblick lang schien er in heftiges Nachdenken versunken, dann fuhr er mit einem Lächeln zu Aislinn hin fort: »Ist es etwa Ragnor, dieser feige Schurke?«

Gwyneth zuckte zusammen. »Wie wollt denn Ihr einen Mann aus edlem Geblüt beurteilen, Ihr, der Ihr ein Bastard seid?« brauste sie auf.

»So schwer ist das nicht«, erwiderte Wulfgar. »Ich habe Leute wie diesen Ragnor und Euch seit frühester Jugend kennengelernt. Ich weiß, was bei ihnen zählt, und ich weiß auch, daß es keinen Deut wert ist. Wenn Ihr einen Mann wirklich beurteilen wollt, Gwyneth, dann erforscht sein Herz, das ist sehr viel wichtiger als alles, was seine Vorfahren geleistet und erworben haben. Nehmt Euch in acht vor Ragnor, denn sein Herz ist falsch, Schwester. Wer ihm vertraut, wird bitter enttäuscht werden.«

»Aus Euch spricht nichts als Neid, Wulfgar«, gab sie trotzig zurück.

Doch er lächelte nur. »Glaubt, was Ihr wollt, Schwester – ich habe Euch gewarnt.«

Hoch erhobenen Hauptes schritt Gwyneth zur Tür. Finster drohend blickte sie noch einmal zurück zu dem liebenden Paar. Dann aber verließ sie ohne ein weiteres Wort das Gemach und warf die Tür laut hinter sich ins Schloß.

Wulfgar lachte zufrieden vor sich hin. Nun schlossen sich seine Arme fester um Aislinn. Eine Hand preßte sich von hinten auf ihre Taille, die andere hob ihr Kinn. Willig ließ sie es geschehen. Doch er spürte, daß sie in ihrem Innersten mit anderem beschäftigt war. Als er forschend auf sie hinabblickte, schlug sie voll Unschuld die veilchenblauen Augen zu ihm auf.

»Was bedrückt Euch?« fragte er sanft.

»Mißfalle ich Euch, Milord? Was ist Euer Begehr? Sagt es mir, und ich werde gehorchen, wie es einer Sklavin geziemt.«

Wütend stieß er hervor: »Ihr seid mehr als eine Sklavin, ich habe es Euch heute schon einmal erklärt!«

»Aber Milord, ich bin doch bereit, alles zu tun, um Euch zufrieden zu stellen. Wollt Ihr vielleicht, daß ich meine Arme um Euren Hals lege?« Ohne seine Antwort abzuwarten, schlang sie einen Arm um seinen Nacken. »Soll ich Euch jetzt küssen?« Und sie stellte sich auf die Zehenspitzen und drückte sanft ihre Lippen auf die seinen. Dann ließ sie den Arm wieder sinken und fragte ruhig: »Seid Ihr nun zufrieden, Milord?«

Voller Unmut wandte Wulfgar sich ab und zog das Lederwams über den Kopf. Sauber gefaltet legte er es neben Aislinns Kleid auf die Truhe. Schwer ließ er sich dann aufs Bett sinken und streifte das Hemd ab. Als er sich erneut erhob, um sich der Beinkleider zu entledigen, sah er, daß Aislinn zum Fußende des Bettes ging. Ungeachtet ihrer Nacktheit ließ sie sich dort neben der noch immer vorhandenen Eisenkette auf dem kalten Steinfußboden nieder. Sein Blick war voller Unverständnis, als sie nach dem eisernen Ring griff und ihn sich um den schlanken Knöchel schloß.

»Was zum Teufel soll das?« brauste er auf und trat an sie heran. Er riß sie vom Boden hoch, wobei ihr das Unterkleid entglitt. In voller Nacktheit stand sie vor ihm. Der Zorn verfärbte sein Gesicht fast schwarz, während er sie anfuhr: »Was hat das zu bedeuten?«

Ihre Augen weiteten sich in gespielter Unschuld. »Werden Sklaven denn nicht angekettet, Milord? Ihr müßt wissen, daß ich nicht sehr gut Bescheid weiß, da ich erst seit wenigen Monaten Eure Sklavin bin.«

»Ihr seid nicht meine Sklavin«, wiederholte er wütend.

»Also gut, Milord.« Sie schien sich geschlagen zu geben, doch nur mit größter Mühe gelang es ihr, sich ein Lächeln zu verkneifen. »Wie Ihr befehlt, Milord.«

»Zum Teufel mit Euch! Was wollt Ihr denn noch, Frau?« fragte er in hilfloser Verzweiflung.

Noch immer waren ihre Augen scheu zu Boden geschlagen. »Ich möchte nichts als Euch gefallen, Milord. Warum seid Ihr denn so verdrießlich? Euer Wille ist mir Gesetz.«

»Aber was kann ich tun, damit Ihr Euch nicht mehr für eine Sklavin haltet? Soll ich es etwa laut in die Welt hinausschreien?«

»Ja, Milord«, erwiderte sie lächelnd und schlug die Augen zu ihm auf.

Erst langsam begann ihm die Bedeutung ihrer Antwort zu dämmern. In höchstem Unmut begann er sich rasch wieder anzukleiden und schritt dann zur Tür.

»Wo wollt Ihr denn hin, Milord? Habe ich schon wieder Euer Mißfallen erregt?«

»Ich werde Sweyn noch ein wenig Gesellschaft leisten«, erwiderte er grollend. »Er versteht mich, ohne daß ich dauernd Erklärungen abgeben muß.« Damit riß er die Tür auf und verschwand.

Aislinn lächelte zufrieden vor sich hin. Sie warf sich auf das warme Lager, wickelte sich sorgsam in ihre Pelzdecke und umschlang dann mit beiden Armen sein Kissen, um seinen Duft zu atmen. Es dauerte nicht lange, und sie war tief eingeschlafen.

20

»Was für ein unverschämtes Frauenzimmer!« wütete Wulfgar, als er über den Hof zu den Ställen hinüberschritt. »Sie will, daß ich sie heirate und vor aller Welt zu meiner rechtmäßigen Gattin erkläre. Aber ich lasse mich nicht wie ein Ochse unters Joch zwingen. Sie wird sich mit dem bescheiden müssen, was ich ihr zubillige!«

Neben Hun fand er frisches Heu aufgeschichtet. Daraus bereitete er mit unwirschen Handgriffen und unter halblauten Verwünschungen sein Nachtlager. Der Lärm ließ die Tiere unruhig werden und weckte schließlich auch die Männer, die hier schliefen. Flüche wurden laut, bis er sich endlich auf das Heu warf und seinen Umhang um sich schlang. Doch den so heiß ersehnten Schlaf fand er in dieser Nacht nicht.

Am nächsten Tag sollte ein äußerst scharfer Ritt Körper und Geist so heftig ermüden, daß er endlich des Nachts Ruhe fände. Doch auch am Morgen danach warf er sich wieder unruhig von einer Seite auf die andere.

Seit er in jener Nacht die Halle verlassen hatte, war sein Fuß nicht mehr über deren Schwelle getreten. Ab und zu sah er Aislinn aus der Ferne, wenn sie zur Hütte der Mutter schritt oder anderen Pflichten im Ort nachkam. Dann mußte er einfach innehalten, um den sanften Schwung ihrer Röcke und das im Sonnenlicht glänzende kupferne Haar bewundern. Auch sie warf verstohlene Blicke in seine Richtung, vermied es jedoch sorgsam, in seine Reichweite zu kommen. Seine Männer blinzelten sich vielsagend zu, doch keiner fand eine richtige Erklärung für sein seltsames Verhalten.

Am dritten Morgen erhob er sich und ging zur Halle hinüber, um dort das Frühstück einzunehmen. Immer wieder schweifte sein Blick zur Treppe. Endlich erschien oben Aislinn. Als sie ihn sah, schien sie zusammenzuzucken, faßte sich rasch wieder und begann Ham beim Auftragen der Speisen zu helfen. Sie ging mit einer großen Platte von einem der Männer zum anderen, bis sie schließlich vor Wulfgar stand. Er wählte eine Wachtel aus und musterte dann Aislinn mit unbewegtem Gesicht.

»Füllt meinen Becher«, befahl er.

Aislinn beugte sich über ihn und griff nach dem Gefäß. Einen Augenblick lang spürte er die weiche Rundung ihres Busens auf seiner Schulter. Als das Mädchen kurz darauf den Becher mit Milch vor ihm absetzte, brauste er auf: »Hat der Becher vorher etwa hier gestanden? Stellt ihn an seinen richtigen Platz, Sklavin!«

Wieder beugte sie sich über ihn. »Seid Ihr es nun zufrieden, Milord?« fragte sie leise. Darauf war von ihm nur ein undeutliches Knurren zu hören.

Gwyneth war über diese Entwicklung der Dinge hoch erfreut. Beim Nachtmahl setzte sie sich neben Wulfgar auf Aislinns Stuhl und versuchte, ihn in eine vertrauliche Unterhaltung zu verstricken. Doch mehr als unverbindliche Wortfetzen konnte sie ihm nicht entlocken. Dafür schweiften seine Augen immer wieder zu Aislinn, die mit Hams und Kerwicks Hilfe den Männern auftrug. Kam sie mit einer der großen Platten nicht zurecht, war sofort Kerwick zur Stelle und lieh ihr eine hilfreiche Hand. Seine Zuvorkommenheit schien Wulfgar übertrieben. Finster dräuend verfolgte er jede Bewegung des jungen Mannes. Als Aislinn und der junge Sachse dann auch noch vertraulich die Köpfe zusammensteckten und das Mädchen laut herauslachte, schien Wulfgars rechte Hand den Becher zerquetschen zu wollen.

»Seht Ihr jetzt, welches Spiel sie mit ihm treibt?« zischte Gwyneth. »Ist ein solches Weib wirklich Eurer Aufmerksamkeit wert? Kümmert Euch lieber etwas um Haylan.« Ihre magere Hand wies auf die junge Witwe, die den Normannen nicht aus den Augen ließ. »Die dort trägt mehr Liebe für Euch in ihrem Herzen. Habt Ihr sie jetzt endlich einmal auf Euer Lager geholt? Sie würde Euch rasch auf andere Gedanken bringen.«

Doch alle Ränke und Listen Gwyneths blieben vergeblich. Wulfgar hatte nur Augen für Aislinn. Plötzlich beugte sich Bolsgar, der ihn längere Zeit schweigend beobachtet hatte, vertraulich zu ihm herüber.

»Der Wolf durchstreift das Land, aber er kehrt immer wieder zu seiner Gefährtin zurück. Habt nicht auch Ihr die Gefährtin bereits gefunden, Wulfgar?«

Wulfgar schnellte herum und erwiderte unwirsch: »Welchen Preis bezahlt man Euch, damit Ihr diese Heirat zustandebringt?«

»Er ist verschwindend gering«, gab Bolsgar lachend zur Antwort. Doch dann wurde er wieder ernst. »Entscheidet Euch, Wulfgar. Gebt das Mädchen frei oder erklärt sie rechtmäßig als die Eure.«

Wulfgar knirschte mit den Zähnen. »Seid Ihr etwa mit Maida im Bunde?«

»Warum duldet Ihr eigentlich eine so erbärmliche und rachsüchtige Kreatur in Eurem Haus?« wechselte Bolsgar die Taktik. »Ich sehe doch, wie sie Euch durch ihre Gegenwart ständig quält. Sie spürt, daß Ihr sie beobachtet, und spielt unter Euren Augen mit einem anderen Mann herum. Kerwick ist kein Narr. Er wird das Mädchen heiraten und dem Kind einen Vater geben. Warum wollt Ihr sie ihm nicht lassen? Ihr würdet ihn damit glücklich machen. Aber Ihr, Milord . . .«, meinte der alte Ritter lächelnd, »Ihr seid ein Narr, denn Ihr zittert bei dem Gedanken, sie könnte sein Lager teilen.«

»Schweigt!« dröhnte des Normannen Stimme, und seine Faust krachte auf den Tisch.

»Wenn Ihr sie nicht nehmt«, fuhr Bolsgar uneingeschüchtert fort, »dann könnt Ihr guten Gewissens nichts dagegen unternehmen, wenn der junge Sachse sie ehelicht, um dem Kleinen einen ehrlichen Namen zu geben.«

»Welchen Unterschied würde das für das Kind schon machen? Meine Mutter war mit Euch verheiratet, und trotzdem nennt man mich einen Bastard«, erwiderte Wulfgar mit großer Bitternis.

Bolsgars Gesicht verlor alle Farbe. »Ich habe Euch nicht anerkannt, das stimmt.« Er kämpfte um die Worte. »Damals habe ich mich wie ein Narr verhalten. Aber ich habe meine Tat viele Male bereut und mich danach gesehnt, Euch zurückkehren zu sehen. Ihr standet meinem Herzen näher als der arme Falsworth. Bis ans Ende meiner Tage werde ich mir Vorwürfe machen wegen des Leids, das ich Euch angetan habe. Doch was geschehen ist, ist geschehen. Müßt Ihr aber nun denselben

Fehler machen?« Wulfgar wandte sich ab. Die Worte des alten Mannes hatten ihn in tiefster Seele aufgewühlt. Schließlich erhob er sich und verließ die Halle. Aislinns Augen fragten ihn voller Besorgnis, doch das blieb ihm verborgen.

Am nächsten Morgen wurde Aislinn grob aus dem Schlaf gerissen. Sie spürte einen heftigen Schlag auf den nackten Hinterbacken. Als sie hochschreckte, stand Wulfgar vor ihr und hielt ihre Decken in der Hand. »Aufstehen, faules Frauenzimmer! Wir erwarten heute wichtige Gäste, und ich möchte, daß sie Euch von Eurer besten Seite kennenlernen.«

Aislinn rieb sich mit vorwurfsvollem Blick die mißhandelte Stelle. Langsam stand sie dann auf. Er wandte keinen Blick von ihrer nackten Schönheit. Als sie nach dem Unterkleid griff, klatschte er plötzlich in die Hände, und sofort flog die Tür auf und Hlynn und Midred erschienen auf der Schwelle mit Kübeln heißen Wassers. Völlig überrascht preßte Aislinn das Unterkleid gegen ihre Blöße und ließ fragend den Blick zwischen den Frauen und Wulfgar hin- und herwandern.

»Das ist für Euch, Milady. Ein parfümiertes Bad wird Eure Sinne beleben«, erklärte Wulfgar mit spöttisch gehobener Braue. Er wandte sich ab und ging zur Tür. Doch auf der Schwelle drehte er sich noch einmal zu ihr um. »Tragt die gelbe Gunna, die ich Euch geschenkt habe. Ihre Farbe gefällt mir an Euch am besten.« Mit einem Lachen verschwand er aus dem Gemach.

Widerstrebend ließ sich Aislinn von den beiden Frauen bei dem Bad helfen. Schließlich genoß sie es sogar, sich von ihnen die duftenden Öle in die Haut massieren zu lassen. Danach wurde mit größter Sorgfalt ihr langes Haar ausgekämmt, kunstvoll auf dem Haupte aufgetürmt und mit gelben Bändern durchflochten. Man half ihr beim Anlegen des seidenen Unterkleids und streifte ihr dann die prächtige gelbe Samtgunna über. Schließlich wurde sie noch mit dem aus Goldgliedern gefertigten Gürtel geschmückt, in dessen Scheide der schmale Dolch stak.

Mit Tränen der Rührung in den Augen trat Midred einen Schritt zurück und meinte voller Bewunderung: »Oh, Milady, Ihr seid schöner, als sich mit Worten sagen läßt. Ich bin so froh, daß er Euch zurückgeholt hat.«

Aislinn umarmte sie zärtlich. »Um die Wahrheit zu sagen, Midred, so bin auch ich froh. Doch noch immer frage ich mich, was er beabsichtigt.«

Scheu schlang Hlynn einen Arm um die Hüfte der Herrin, um ihr Trost zu spenden. Doch Midred und Hlynn mußten sich beeilen, um vor Wulfgars Rückkehr das Gemach wieder in Ordnung zu bringen. Als er dann eintrat, schlüpften sie schnell hinaus und schlossen leise die Tür hinter sich.

Wulfgar blieb breitbeinig vor ihr stehen. Bedächtig wanderten seine Augen hinab bis zu den Zehenspitzen, um dann zu ihrem Gesicht zurückzukehren. Obwohl sein durchdringender Blick ihr Unbehagen verursachte, hielt sie ihm trotzig stand. Er trat noch näher, hob mit den Knöcheln seiner Hand ihr Kinn, und mit einem so zärtlichen wie verlangenden Blick drückte er ihr einen sanften Kuß auf die schwellenden Lippen. »Ihr seid wunderschön«, murmelte er heiser.

Aislinn mußte all ihre Willensstärke aufwenden, um sich nicht an ihn zu pressen und ihm ihre Arme um den Hals zu werfen. Mit einem zärtlichen Lachen löste er sich wieder von ihr. »Aber es ist nicht gut, die Eitelkeit einer Sklavin herauszufordern. Kommt jetzt mit in die Halle, die anderen warten schon.«

In der Halle wartete Gwyneth bereits. Auch sie hatte ihre feinsten Gewänder angelegt. Unwillig stellte sie ihren Bruder zur Rede: »Ihr zwingt mich, früh am Morgen mein warmes Bett zu verlassen, und sagt mir nicht einmal einen Grund dafür. Nur, daß irgend jemand uns besuchen kommt. Aber wer würde sich schon an so einen gottverlassenen Ort begeben, außer er wäre völlig verwirrten Sinnes?«

»Aber auch Ihr, Gwyneth, seid doch hierhergekommen«, antwortete er ihr mit leichtem Spott. »Was hat Euch denn dazu bewogen – oder hat Euer Geist Schaden gelitten?«

Zornbebend versuchte sie ihn zu reizen. »Laßt Eure Scherze, Bruder! Es wird doch nicht gar Euer über alles verehrter Wilhelm sein, der hier nach dem Rechten sehen will?«

Wulfgar zuckte mit den Schultern. »Denkt Ihr vielleicht, ein König würde einen kleinen Lord wie mich aufsuchen? Da hat er Wichtigeres zu tun. Schon weil er sich immer wieder mit unzufriedenen Untertanen herumschlagen muß – genau wie ich.«

Gwyneth warf unwillig den Kopf in den Nacken und ging dann zu Ham und Kerwick hinüber, die über dem großen Feuer einen Eber, Wildbret und Geflügel brieten. Empört deutete sie auf das überreiche Angebot. »Davon könnten wir einen ganzen Monat satt werden. Du verschwendest unsere Vorräte, Wulfgar!«

»Sie findet auch immer ein Haar in der Suppe«, seufzte Wulfgar leise vor sich hin und ging dann Bolsgar entgegen, der gerade die Treppe herabkam. Wulfgar hatte ihm einiges aus seinen Truhen zur Verfügung gestellt, und so sah der alte Mann heute recht stattlich aus.

»Ich fühle mich jünger denn je«, lachte Bolsgar dem Normannen entgegen.

»Ja, in geborgten Gewändern«, murrte Gwyneth und raffte die braungelbe Gunna aus Aislinns Besitz.

»Was? Ho! Ein Esel schimpft den anderen Langohr! Es scheint, als ob auch Ihr in geborgten Gewändern geht«, gab der Vater gut gelaunt zurück.

Gwyneth wandte ihm verächtlich den Rücken zu. Wulfgar reichte dem alten Mann ein gefülltes Trinkhorn. Sie setzten sich auf eine der Bänke und genossen den wohlschmeckenden Sud.

Plötzlich flog das große Tor auf, und einer von Wulfgars Männern stürmte herein. Er legte seinem Herrn ein großes, wohlverschnürtes Bündel vor. Nachdem er einige Worte der Erklärung in Wulfgars Ohr geflüstert hatte, wurde er durch ein Nicken entlassen. Der Normanne zog sein Messer und durchschnitt die Verschnürung. Als er es aufschlug, kamen eine ganze Reihe männlicher Bekleidungsstücke zum Vorschein. Er warf sie sich über den Arm und ging damit zu Kerwick hinüber, der in die Vorbereitung des Festmahles vertieft war.

»Kerwick.«

Wulfgars Stimme ließ den jungen Mann hochfahren. Mit geweiteten Augen starrte er die Kleidungsstücke an. Doch dann faßte er sich und hob den Blick zu dem Normannen. »Milord?«

Wulfgar hielt die Gewänder hoch. »Irre ich mich, oder waren diese Kleidungsstücke ursprünglich einmal die Euren?« fragte er ziemlich barsch.

»Ja, Milord«, kam die vorsichtige Erwiderung. »Aber ich habe keine Ahnung, wie sie hierher gekommen sind. Ich habe sie bestimmt nicht aus Cregan geholt.«

»Das weiß ich, Kerwick. Ich habe sie durch einen meiner Leute von dort holen lassen.«

»Sir?« Kerwick blickte fragend zu Wulfgar auf.

»Nehmt sie und überlaßt diese Arbeit hier anderen. Kleidet Euch, wie es sich für einen aus edlem Geblüt ziemt.«

Zögernd streckte Kerwick die Hand nach den feinen Gewändern aus, zog sie dann jedoch rasch wieder zurück, um sie an seinem fleckigen Kittel abzuwischen. Dann legte er sie sich andächtig über den Arm.

Wulfgar wandte sich jetzt an die Männer in der Halle: »Ich habe gerade von einem meiner Leute erfahren, daß unser Gast nicht mehr lange auf sich warten lassen wird.«

Als Aislinn die Treppe herabschritt, wurde es ganz still in der Halle. Aller Augen hingen voller Bewunderung an ihrer Erscheinung. Sir Milbourne und Sir Gowain erwarteten das Mädchen am Fußende der Treppe. Gowain reichte Aislinn die Hand und lächelte beglückt, als sie sie akzeptierte.

»Milady, Eure Schönheit blendet meine Augen. Meine Zunge ist wie gelähmt, denn sie findet keine Worte, um ihr gerecht zu werden.«

Mit einem Seitenblick zu Wulfgar, der gerade von Bolsgar auf die Szene aufmerksam gemacht wurde, erwiderte Aislinn: »Eure Zunge versteht ihre Sache sehr wohl, und ich bin sicher, daß schon manche Jungfrau ihr zum Opfer gefallen ist.«

Stolzgeschwellt über dieses Kompliment blickte sich Gowain triumphierend um. Doch dann trat Wulfgar heran. Gowain wich erschreckt einen Schritt zurück. Er wurde über und über rot, als ihn der leicht spöttische Blick seines Herrn traf.

»Was sehe ich da, Sir Gowain? Habt Ihr so viel Muße, daß Ihr Eure Zeit mit meiner Sklavin vertändeln könnt?«

Gowain kam in größte Verlegenheit. »Nein, Euer Gnaden, nein«, versuchte er eilfertig den Verdacht zu zerstreuen. »Ich habe nur ihrer überwältigenden Schönheit meinen Tribut gezollt, ich wollte Euch auf keinen Fall zu nahe treten.«

Wulfgar griff nach Aislinns schlanker Hand und zog sie dichter an sich. Lächelnd gab er dem verwirrten jungen Ritter zu verstehen: »Es sei Euch vergeben. Aber haltet Euch in Zukunft in dieser Beziehung etwas zurück. Es kommt mir sonst nicht darauf an, wenn sich auch andere für meine Liebchen interessieren, aber in diesem Fall, Sir Gowain, könnte es Euch leicht den Kopf kosten.«

Diese Warnung wurde sowohl von dem jungen Ritter wie von allem Umstehenden als durchaus ernst empfunden. Wulfgar führte Aislinn jetzt zu Bolsgar hinüber, der sie mit warmem Lächeln empfing.

»Ah, was seid Ihr doch für ein herrliches Mädchen, Aislinn. Meine alten Augen können sich kaum an Euch satt sehen.«

»Ihr seid zu gütig, Milord«, dankte sie dem alten Ritter mit einem kleinen Knicks. Dann hob sie die Augen zu Wulfgar, der sie eindringlich musterte. »Und gefalle ich Euch auch, Milord? Es ist meine Pflicht, allen Euren Befehlen zu folgen, aber leider kann ich mich nicht von Grund auf verändern, falls ich Euch so nicht gefallen sollte, wie ich bin.«

Er lächelte sie mit freudig erregten Augen an. Aber seine Worte klangen sehr kühl: »Wie ich bereits gesagt habe, ist es nicht gut, wenn eine Sklavin zu eitel wird.«

Er preßte sanft ihre Hand. Als sie mit eisigem Blick zu ihm aufschaute, begegnete sie einem spöttischen Grinsen, und doch gab sie den Händedruck mit großer Zärtlichkeit zurück.

»Du bist wundervoll«, flüsterte er. »Was sonst noch verlangst du von mir zu hören?« Doch bevor sie zu einer Erwiderung ansetzen konnte, gebot er ihr durch eine Geste Einhalt. »Ich habe genug von Euren Forderungen. Laßt mich in Ruhe. Ich muß mich davon erholen.«

Verärgert durch diese Worte, befreite sich Aislinn aus seinem Griff und schritt zu Ham hinüber, der am Feuer seinen Pflichten nachkam.

»Ein Fest?« fragte sie, als ihr Blick über die vielen Köstlichkeiten schweifte. »Er muß recht bedeutende Gäste geladen haben.«

»Ja, Milady«, stimmte der Junge zu, »er hat keine Kosten gescheut, um diesen Tag zu etwas ganz Besonderem zu machen. Auch in der Kochkammer haben sie alle Hände voll zu tun, um seinen Wünschen gerecht zu werden.«

Aislinn wandte sich ab und musterte Wulfgar über die Halle

hinweg. In seinem Wams aus dunkelgrünem Samt, das mit einer Goldborte verbrämt war, machte er eine wirklich gute Figur. Ein kurzer, karmesinroter Umhang floß über eine Schulter bis zur Kniebeuge hinab. Unter dem Wams trug er ein weiches Leinenhemd. Aislinn erinnerte sich daran, mit welcher Sorgfalt sie es für ihn gefertigt hatte. Es umspannte die breiten Schultern höchst anmutig. Seine langen, muskulösen Beine traten unter den hellbraunen Beinkleidern mit den Kreuzbändern kraftvoll hervor. Je länger Aislinn ihn anschaute, desto stolzer fühlte sie sich, doch waren ihre Gefühle nicht ohne peinigende Zweifel.

»Aislinn?«

Es war eine vertraute Stimme, die sie hinter ihrem Rücken anrief. Sie wandte sich um und riß überrascht die Augen auf. Denn vor ihr stand Kerwick, angetan mit reichen Gewändern, wie sie ihn lange nicht mehr gesehen hatte.

Ein strahlendes Lächeln trat auf ihre Lippen. »Kerwick, Ihr seht wundervoll aus!« stieß sie erfreut hervor.

»Wundervoll – ich?« Er schüttelte den Kopf. »Nein, dieses Wort paßt nur auf Euch.«

»Oh, aber Ihr gefallt mir«, beharrte sie lächelnd.

»Es ist ein schönes Gefühl, wieder einmal in feinen Gewändern zu gehen. Er hat sie holen lassen – ganz allein für mich«, erklärte er, und der Ton seiner Stimme verriet, daß er sich vom Erstaunen darüber noch immer nicht erholt hatte.

»Wer?« fragte Aislinn, und ihre Augen folgten Kerwicks Blick, der zu Wulfgar hinüberwanderte. »Ihr meint, Wulfgar hat sie aus Cregan für Euch hierher bringen lassen?« Auch sie schien aufs höchste überrascht.

Kerwick nickte. Da strahlte ihr Gesicht erneut voller Wärme auf. Das Glücksgefühl schnürte ihr die Kehle zu, und im stillen leistete sie dem Normannen Abbitte. Sie entschuldigte sich bei ihrem früheren Verlobten und begab sich erneut an Wulfgars Seite.

Als sie sachte seine Hand berührte, drehte er sich sofort nach ihr um und begrüßte sie mit herzlichem Lächeln. »Chérie«, murmelte er freundlich und drückte sanft die kleine Hand, »Ihr scheint Euch entschlossen zu haben, mir meine kleinen Scherze nicht mehr nachzutragen . . .«

»Das wird sich zeigen, Milord, aber Ihr solltet es nicht

übertreiben«, erwiderte sie mit schalkhaft gekräuselten Lippen.

Wulfgar fühlte sich vom Blick ihrer strahlenden Augen wie verzaubert. Eine kleine Unendlichkeit standen sie so völlig ineinander versunken.

Doch Gwyneths Stimme holte sie jäh in die Wirklichkeit zurück. »Der Bastard und seine Schlampe«, zischte sie. »Ich sehe, Ihr habt einander wieder einmal gefunden. Aber wie könnte das bei einem gemein Geborenen auch anders sein!«

Bolsgar wies seine Tochter mit Schärfe zurecht, aber sie kümmerte sich nicht darum. »Das Gewand einer Königin, aber der Bauch spricht jeder Vornehmheit Hohn.«

Unwillkürlich zuckte Aislinns Hand hoch und legte sich auf den gewölbten Leib. Ihr Gesicht verriet, wie tief Gwyneths Worte sie verletzt hatten.

Wulfgar warf der Schwester einen grollenden Blick zu. »Genug des grausamen Spiels, Gwyneth. Heute ist nicht der Tag dafür. Entweder Ihr begegnet Aislinn mit dem schuldigen Respekt, oder ich verbanne Euch auf Eure Kammer.«

»Ich bin kein Kind mehr«, fuhr Gwyneth auf, »und ich weigere mich, einer Metze die Ehre zu erweisen!«

»Nein, ein Kind seid Ihr nicht«, stimmte Wulfgar zu. »Aber ich bin der Herr dieser Halle, und Ihr habt Euch zu fügen. Oder wollt Ihr mich herausfordern?«

Gwyneth preßte wütend die Lippen zusammen, doch sie wagte kein weiteres Widerwort. Dann aber sah sie Haylan sich nähern und schlug voller List erneut die Augen zu ihm auf. »Hier kommt die schöne Haylan, Milord. Wie Euch kaum verborgen bleiben dürfte, nahm ich mir die Freiheit, meine ärmliche Garderobe mit ihr zu teilen.«

Die Blicke aller wandten sich der jungen Witwe zu. Aislinn sah, daß Haylan ihre malvenfarbene Gunna trug. Ermutigt durch die Ereignisse der vergangenen Tage, wagte es Haylan, sich an Wulfgars Seite zu drängen. Ein herausfordernder Blick traf den Normannen, bevor die junge Frau kokett mit dem Finger den Rand seines Umhangs nachzeichnete. »Das kleidet Euch wundervoll«, hauchte sie hingerissen.

Aislinn erstarrte, und mit wütenden Blicken durchbohrte sie den Rücken der Rivalin.

Haylan drückte ihre großen weichen Brüste gegen Wulfgar

und streichelte zärtlich über sein Wams. Mit gespielter Schüchternheit schlug sie die Augen zu ihm auf.

»Wenn es Euer Wille ist, verlasse ich die Halle, Milord«, erklang Aislinns Stimme mit schneidender Schärfe. »Ich habe nicht die Absicht, Euer – Vergnügen zu stören.«

Wulfgar schob hastig die aufdringliche Witwe zur Seite und bot Aislinn den Arm. Die wütenden und zugleich ratlosen Blicke Gwyneths und Haylans verfolgten das sich entfernende Paar. »Und mich nennen sie eine Buhlerin«, murmelte Aislinn vor sich hin.

Wulfgar lachte leise auf. »Diese Witwe macht sich unbegründete Hoffnungen. Aber im Ernst – ich fürchte um ihr Leben, so blutrünstig habt Ihr sie angestarrt.«

Aislinn nahm abrupt die Hand von Wulfgars Arm. »Laßt Euch den Tag nicht durch die Sorgen anderer verdrießen, Herr.« Sie senkte demütig das Haupt, doch die blitzenden Augen verrieten, was in ihrem Innern wirklich vorging. »Ich bin schließlich nichts als Eure Sklavin und habe mich Euren Launen zu unterwerfen. Nur wenn Ihr es so beschließt, werde ich mich gegen ihre Angriffe zur Wehr setzen.«

Wulfgar grinste. »Oh, ich kenne Eure Sanftheit und Hilflosigkeit sehr wohl. Ich bin sicher, sollte die Witwe Euch auf die Probe stellen, könnte sie froh sein, wenn sie auch nur noch eine Flechte auf dem Haupt behielte.«

Aislinn hätte nur zu gerne noch etwas erwidert, doch zu aller Überraschung flog plötzlich das wuchtige Tor auf. Eine kräftige Brise kalten Märzwindes stob in die Halle. Als sich der vom Boden aufgewirbelte Staub wieder gelegt hatte, sah man Sweyn mit seitlich aufgestützten Armen auf der Schwelle stehen. Ein Blick in die verblüfften Gesichter genügte, um ihn laut herauslachen zu lassen.

»Euer Mann wird nicht mehr lange auf sich warten lassen, Wulfgar«, dröhnte er. »Er folgt mir auf dem Fuße.«

Ohne ein Wort der Erklärung führte Wulfgar Aislinn zu Bolsgar hinüber und legte die Hand des Mädchens auf den Arm des alten Ritters. Er bat Bolsgar, sie bis auf weiteres in seiner Obhut zu behalten. Mit festem Schritt begab sich der Normanne dann zu Sweyn hinüber, um an der Seite des langjährigen Gefährten die Ankunft des geheimnisvollen Gastes zu erwarten.

Es dauerte nicht lange, und man hörte die Hufe eines kleinen Pferdes klappern, begleitet von zahllosen Ächz- und Stöhnlauten. Dann huschten leichte Sandalen über die Steinstufen zur Halle herauf. Mit breitem Lächeln erschien Bruder Dunley unter der Tür.

Die Blicke der Anwesenden verrieten höchstes Erstaunen. Ratloses Murmeln füllte die Halle. Der heilige Mann beriet sich leise mit Wulfgar und Sweyn. Die Verwirrung ringsum wuchs von Minute zu Minute. Schließlich führte Wulfgar den Mönch zum Tisch und kredenzte ihm einen Willkommenstrunk. Der Gast beugte zum Dank leicht das Knie und leerte dann den Pokal bis auf den Grund. Dann räusperte er sich und schritt zur Treppe. Er erklomm die vierte Stufe und ließ dann schweigend den Blick über die Halle streifen. In den gefalteten Händen hielt er ein kleines goldenes Kreuz. Er hob es ein paarmal beschwörend, bis die Menge sich endlich beruhigte und alle mit angehaltenem Atem zu ihm aufstarrten.

Wulfgar nahm vor dem Priester Aufstellung. Er wandte das Haupt und sandte einen auffordernden Blick zu Bolsgar hinüber. Jetzt verstand der alte Ritter plötzlich, was das alles zu bedeuten hatte. Er hob den Arm und führte Aislinn feierlich dem Normannen zu. Bruder Dunley nickte freundlich auf das Paar herab. Der Lord von Darkenwald beugte das Knie in den Staub und zog zugleich das Mädchen sanft an seine Seite.

Nun ahnte auch Maida, was sich hier vor ihren Augen abspielte, und sie ließ sich verwirrt auf eine Bank sinken. Kerwick spürte einen Augenblick lang einen dumpfen Schmerz in der Brust, doch dann überwog die Freude über das Glück des geliebten Mädchens. Gwyneth dagegen sah alle ihre Hoffnungen zerstört. Und Haylan schließlich schluchzte voller Enttäuschung auf.

Wulfgars Stimme klang fest und entschlossen, als er die Gelübde ablegte. Aislinn dagegen schien es große Mühe zu kosten, die feierlichen Worte nachzusprechen, denn noch immer war sie wie betäubt und vermochte kaum zu fassen, was hier vorging. Wulfgar zog sie mit sich hoch, während der Mönch den Eheschwur vorsprach. Dreimal richtete er das Wort an sie, bevor seine Stimme ihr Bewußtsein erreichte.

»Wie?« murmelte sie und mühte sich vergeblich, den Sinn seiner Worte zu erinnern. »Ich . . .«

Der Mönch beugte sich zu ihr herab und wiederholte eindringlich: »Wollt Ihr diesen Mann jetzt küssen und den Bund damit besiegeln?«

Sie wandte sich Wulfgar zu, fragend und ungläubig, denn noch immer hatte sie das Gefühl, dies alles sei nichts als ein Traum.

Da krachte laut ein Bierhumpen auf den Tisch, den Sweyn gleich wieder hochriß und über dem Haupt schwenkte. »Heil Wulfgar, Lord von Darkenwald!« dröhnte er markerschütternd.

Die Hochrufe der Gefolgsleute schlossen sich an. Viele der Einheimischen stimmten ein. Und wieder krachte der Humpen auf das Holz, um dann grüßend geschwenkt zu werden. »Heil Aislinn, Lady von Darkenwald!«

Jetzt steigerten sich die Hochrufe der Anwesenden so sehr, daß die Stützpfeiler der Halle zu zittern schienen.

Dies war kein Traum, alle Zweifel waren verflogen. Mit einem Freudenschrei warf Aislinn dem Geliebten die Arme um den Hals. Unter Weinen und Lachen bedeckte sie sein Gesicht mit Küssen.

Schließlich mußte Wulfgar sie mit sanfter Gewalt von seinen Lippen lösen. Er hielt sie sich auf Armeslänge vom Leib und lachte herzlich über ihre überschäumende Freude. Sweyn entwand sie schließlich seinen Armen und preßte ihr einen schmatzenden Kuß auf die Wange. Auch Gowain, Milbourne, Bolsgar und Kerwick beglückwünschten sie auf diese Weise. Unter den Hochrufen der ganzen Halle stand sie vor Wulfgar, der sie erneut in die Arme schloß und ihr einen besitzergreifenden Kuß auf die Lippen drückte. Diesmal war jede Zurückhaltung von ihr abgefallen. Mit allem, was in ihr war, erwiderte sie seine Liebkosung.

Die Wogen der allgemeinen Begeisterung schlugen immer höher. Nur drei Gesichter wirkten wie versteinert. Ein Seufzer wütender Enttäuschung entrang sich Maidas Brust, und die alte Frau flüchtete sich unbemerkt in die Einsamkeit ihrer Hütte. Gwyneth mußte alle Kraft zusammennehmen, um gemessenen Schrittes die Treppe zu ersteigen und dann in ihrer Kammer zu verschwinden, wo sie sich finster brütend vor dem Feuer niederließ. Haylan schließlich folgte Maidas Beispiel und floh die Halle.

Aislinn aber war der Mittelpunkt immer neuer Freudenkundgebungen. Von allen Seiten prasselten die Glückwünsche auf sie herein. Doch von all dem nahm sie kaum etwas wahr, denn in ihrem Innern klang es nur immer: Wulfgar ist mein! Wulfgar ist mein! Für immer und ewig!

Faß um Faß wurde hereingerollt, doch die Kehlen der Trinker schienen nur noch trockener zu werden. Auf den Tafeln dampfte das Fleisch, das dann gierig zwischen blitzenden Zähnen verschwand. Toast um Toast wurde ausgebracht, doch bald versagte manche Zunge kläglich den Dienst.

Bequem in seinen Stuhl zurückgelehnt verfolgte Wulfgar amüsiert das Geschehen. Jongleure, Akrobaten und Musiker boten ihre Künste dar und trugen ihr Teil zu der Feststimmung bei. Doch es waren Gowains Zeilen, die Aislinn zeit ihres Lebens im Gedächtnis bewahren sollte. Für einen Augenblick wurde es still in der Halle, als der junge Ritter das neu vermählte Paar auf seine Weise feierte.

»Die schönste Rose, die mein Herze je erblickt,
Kein fahrnder Ritter je mehr Schönheit fand,
Sie ist mir jetzt und immerdar entrückt,
Da jener sie mit Eheschwüren an sich band.
Wie finster jetzt die Nacht, wie trüb mir jeder Tag,
Da sie verlorn!«
Und sein Trinkhorn hebend, schloß er bitter:
»Wo find' ich andern Trost, als den mein Trinkhorn
mir jetzt spenden mag?«

Aislinn lachte herzlich über diese Klage, und die anderen stimmten in ihre Heiterkeit ein. Dann erhob sich Wulfgar und zog alle Augen auf sich. Er ließ seinen Blick über Leibeigene und Kriegsleute, Adlige und Gemeine streifen. Um sich vor allem bei seinen eigenen Leuten verständlich zu machen, wandte er sich auf Französisch an sie. Die sächsischen Leibeigenen drängten sich deshalb um Kerwick, der seine Worte für sie übersetzte.

»In unseren Städten wird der heutige Tag als Tag der Aussöhnung zwischen Normannen und Angelsachsen in Erinnerung bleiben«, begann er. »Fürderhin werden hier Frieden und Ordnung herrschen, so daß diese Grafschaft ein Ort des Wohlergehens werden kann. Schon bald beginnen wir dem

Wunsch des Königs entsprechend mit dem Bau einer Burg, die sowohl Cregan wie Darkenwald zu schützen vermag. Wir werden sie mit Gräben und Wällen versehen, so breit und hoch, wie es in unseren Kräften steht. In Zeiten der Gefahr soll sie Normannen und Sachsen gleichermaßen Schutz gewähren. Ich erlaube meinen Männern, sofern sie dies wünschen, sich als Händler oder Handwerker zu betätigen, um den allgemeinen Wohlstand zu mehren. Wir werden unsere Städte so sicher und gastlich gestalten, daß Reisende und andere Fremde gern bei uns verweilen oder sich sogar hier niederlassen. Maurer, Zimmerleute, Schneider und andere Handwerker und Händler werden bei uns reichlich Arbeit finden. Sir Gowain, Sir Beaufonte und Sir Milbourne haben sich bereit erklärt, weiterhin als meine Vasallen zu dienen. Sie werden mir dabei helfen, euch alle vor äußeren Gefahren zu bewahren.«

Wulfgar hielt kurz inne, und sofort begannen alle über seine Pläne zu beratschlagen. Als er fortfuhr, kehrte rasch wieder Ruhe in der Halle ein.

»Vor allem bedarf ich jetzt eines Grafschaftsvogtes, der alle Geld- und Rechtsgeschäfte überwacht und Sachsen wie Normannen gleichermaßen unparteiisch gegenübertritt. Er wird in Angelegenheiten minderen Ranges an meiner Statt handeln und über alles genau Buch führen. Kein Handel, kein Verkauf, keine Besitzüberschreibung, keine Geburt und keine Eheschließung sollen Rechtskraft haben, ohne daß er sie beurkundet und in die Bücher einträgt. Mein Ehebund mit Lady Aislinn soll die erste dieser Eintragungen sein.«

Wieder hielt Wulfgar inne und musterte die ihn umdrängenden Gesichter. Dann fuhr er fort: »Hört also, was ich euch verkünde. Wie ich mich überzeugen konnte, gibt es unter den Sachsen einen Mann, der beide Zungen gleichermaßen beherrscht. Außerdem ist er ein Mann des Wissens und äußerst geschickt im Umgang mit Zahlen. Am wichtigsten ist aber, daß er ein Mann von Ehre und völlig unbestechlich ist. Ich spreche von Kerwick von Cregan. Ihn ernenne ich hiermit zum Vogt von Darkenwald.«

Laute der Überraschung schwirrten durch die Halle. Aislinn war starr vor Staunen. Und während ein völlig überrumpelter Kerwick nach vorn gestoßen wurde, regte sich vor allem unter seinen Landsleuten freudige Zustimmung und Begeisterung. Fragend wechselten die Blicke des jungen Sachsen zwischen Aislinn, die ihm freudestrahlend und aufmunternd zugleich zunickte, und Wulfgar hin und her.

Mit großem Ernst stellte der Normanne die Frage: »Kerwick, glaubt Ihr Euch dieser wichtigen Aufgabe gewachsen?«

Stolz hob Kerwick das Haupt und erwiderte: »Ja, Milord.«

»Also sei es. Hinfort seid Ihr kein Sklave mehr, sondern Vogt von Darkenwald. Ihr werdet in meinem Namen handeln, wann immer ich Euch den Auftrag dazu gebe. Seid meine rechte Hand, so wie Sweyn mein dritter Arm ist. Ich setze volles Vertrauen in Euch und erwarte, daß Ihr jedem meiner Untertanen gegenüber gerecht und vorurteilslos verfahrt.«

»Milord«, erwiderte Kerwick voller Demut, »Euer Ansinnen gereicht mir zur Ehre.«

Mit einem Lächeln senkte Wulfgar die Stimme und fügte, allein für Kerwick hörbar, hinzu: »Laßt uns Frieden schließen, Kerwick, um meiner Gattin willen.« Er streckte die Hand aus.

Kerwick legte die seine hinein. »Um Eurer Gattin und um Englands willen.«

Es war wie der Schwur zweier Brüder. Dann wandte der Sachse sich ab und nahm die Glückwünsche der Anwesenden entgegen. Nicht nur Sachsen, auch viele der Normannen stimmten Wulfgars Wahl von Herzen zu.

Als der Lord von Darkenwald seinen Platz wieder eingenommen hatte, spürte er Aislinns Augen auf sich ruhen. Fragend wandte er sich ihr zu.

»Mein Gatte!« hauchte sie, als ob sie die Bedeutung dieses Wortes zu erproben versuchte.

»Meine Gattin«, erwiderte er und lächelte zärtlich. Dabei führte er ihre Fingerspitzen an seinen Mund.

Sie beugte sich zu ihm hinüber, fuhr ihm mit dem Finger sanft über die Brust und lächelte ihn einladend an. »Milord, denkt Ihr nicht auch, daß die Zeit schon recht fortgeschritten ist?«

Seine Hand fing die ihre und umfaßte sie fest. »Ihr habt recht, Milady, sie ist schon sehr weit fortgeschritten.«

»Und was können wir tun, um den fliehenden Augenblikken Einhalt zu gebieten?« fragte sie mit einem warmen Unterton.

»Milady, ich weiß nicht, wie es um Euch steht, aber mich gelüstet es sehr nach unserem Lager«, gab Wulfgar mit zugleich spöttischen und verlangenden Blicken zu verstehen.

Aislinns Augen funkelten zustimmend. »Ah, Milord, Ihr scheint meine tiefsten Gedanken zu lesen. Auch ich sehne mich nach seiner Bequemlichkeit, denn der Tag war lang und erschöpfend.«

Zärtlich und voller Verheißung versenkten sie ihre Blicke ineinander. Doch plötzlich wurde ihr Einverständnis jäh gestört. Wulfgars Gefolgsleute bemächtigten sich ihres Herrn und beförderten ihn hoch über ihren Köpfen von Hand zu Hand bis in die Mitte der Halle. Aislinn verfolgte das Geschehen mit amüsierten Blicken. Aber wie erschrak sie, als plötzlich Kerwick sie in seine Arme riß und sie trotz ihres Sträubens an Milbourne weiterreichte! Der Ritter schob sie Sweyn zu, bis schließlich Gowain sie an Wulfgars Seite schubste, dessen Arme sie auffingen. Lachend schmiegten sie sich aneinander, wurden aber sofort wieder auseinandergerissen. Man band Wulfgar einen Schal über die Augen, und Sweyn drehte seinen Herrn wie einen Kreisel. Wollte er diese Nacht mit seiner frisch vermählten Gattin verbringen, dann galt es, sie in der großen Halle und zwischen all den Gästen wiederzufinden.

Wulfgar warf den Kopf in den Nacken und rief lachend: »Oh, liebste Gattin, wo find' ich Euch nur? Kommt, laßt Euch von mir fangen!«

Hlynn, Midred und andere Frauen hatten Aislinn in ihre Mitte genommen. Mit Gesten und beschwörenden Blicken brachten sie das Mädchen dazu, das Kichern zu unterdrücken. Vergnügt und schadenfroh beobachtete Aislinn, wie Wulfgar sich zwischen den Frauen hindurchzutasten begann.

Er trat auf ein Schürzenband, griff rasch zu und hielt Hlynn im Arm. Das junge Mädchen gluckste verschämt auf; Wulfgar schüttelte den Kopf und setzte die Suche fort. Die Umstehenden stießen ihm Midred zu. Doch als er ihre kräftigen Oberarme spürte, wußte er sofort, daß es wieder nicht die gewünschte Beute war. Vor einer frischen Maid, die einen kraftvollen Heu- und Schweißduft verströmte, blieb er mit geblähten Nüstern nur kurz stehen. So tastete er sich weiter, stieß hier gegen eine weiche Brust, umfing dort eine füllige Taille.

Dann blieb er wie angewurzelt stehen. Er wirkte wie ein Wolf, der Witterung aufgenommen hat. Plötzlich wirbelte er herum und packte blitzschnell ein schmales Handgelenk. Sein Opfer verhielt sich völlig ruhig, als er es an sich zog. Dafür hörte er von den Zuschauern unterdrücktes Kichern und verhaltenes Flüstern. Seine Finger tasteten über einen wollenen Umhang, der die Schultern des Mädchens bedeckte; das war auf keinen Fall Aislinns Samtgunna. Trotzdem wanderte seine Hand bedächtig über eine wohlgerundete Brust, hinab zu kaum weniger anziehenden Hüften, begleitet von den heiteren Anfeuerungsrufen der Zuschauer.

Doch es gab auch eine warnende Stimme: »Haltet Euch zurück, Eure Dame beobachtet Euch!«

Wulfgar ließ sich nicht einschüchtern. Fest schlossen sich seine Hände um die schmiegsame Taille und zogen das Mädchen in eine enge Umarmung. Gleichzeitig senkte sich sein Mund auf die sanften Lippen des Opfers. Sein Lächeln verstärkte sich, und dann drückte er hungrig seine Lippen auf einen Mund, der gierig seinem Kuß entgegenkam. Ein sanfter Leib schmiegte sich gegen seine männliche Härte und ließ heiß das Blut in ihm aufwallen.

»Milord, Ihr haltet die Falsche in Euren Armen!« drang eine neue Warnung an sein Ohr.

Wulfgar löste eine Hand von dem Mädchen und riß sich die Binde von den Augen, ohne jedoch ihre Lippen freizugeben. Als er die Augen aufschlug, starrte er geradewegs in das geliebte Veilchenblau. Jetzt konnte auch Aislinn nicht länger an sich halten und platzte laut lachend heraus. Sie löste sich von ihm und warf den wollenen Umhang ab, den ihr jemand um die Schultern gelegt hatte. Während Wulfgar das von Sir Gowain gereichte Trinkhorn entgegennahm, schob sich ihre Hand wieder in die seine.

»Verratet mir Euer Geheimnis, Milord«, bat der junge Ritter. »Noch bevor Ihr sie berührtet, schient Ihr zu wissen, wer vor Euch stand. Wie ist das nur möglich, wart Ihr doch durch die Binde erblindet? Sagt mir die Wahrheit, ich bitt' Euch, damit auch ich Sieger in diesem Spiel werden kann!«

Wulfgar lächelte ihm nachsichtig zu. »Gut, ich will Euch die Wahrheit sagen, Herr Ritter. Jede Frau hat einen ganz bestimmten Duft, an dem sie sich erkennen läßt. Natürlich gibt es auch jene Düfte, die man auf Jahrmärkten erstehen kann, aber von denen spreche ich nicht. Ich meine jenen köstlichen Duft, den eine Frau mit keiner anderen teilt.«

Sir Gowain meinte mit anerkennendem Lächeln: »Ihr scheint Euch wirklich auszukennen, Milord.«

Wulfgar gab das Lächeln zurück. »Dem läßt sich kaum widersprechen. Aber fast hättet Ihr mich zur Verzweiflung verdammt. Denn ich hätte nichts weniger geschätzt, als ausgerechnet diese Nacht neben Hun im Stroh zu verbringen . . .«

Der junge Ritter blinzelte zu Aislinn hinüber und erwiderte: »Der Grund dafür ist nicht schwer zu erraten, Milord.«

Aislinn errötete über dieses Kompliment und löste sich von Wulfgars Seite. Sie zwängte sich zwischen der fröhlichen Menge hindurch und schritt zur Treppe. Auf halbem Weg hielt sie jedoch inne und blickte sich noch einmal nach Wulfgar um. Obwohl er dem jungen Ritter noch immer Bescheid gab, verfolgte er sie über die Schultern seines Gegenübers hinweg mit den Blicken.

Aislinn sandte ihm ein warmes Lächeln und verschwand dann vollends nach oben.

In ihrer Kammer wurde sie bereits sehnlichst von Hlynn und Midred erwartet. Die beiden Dienerinnen beglückwünschten ihre Herrin mit zärtlichen Umarmungen zu ihrer Vermählung. Dann zogen sie Aislinn zum Feuer hinüber, wo sie ihr beim Entkleiden behilflich waren. Gunna und Unterkleid wurden sorgfältig zur Seite gelegt, und Aislinn hüllte sich in ein weiches Seidengewand. Träumend starrten ihre Augen in die Flammen, während Midred ihr das Haar auskämmte. Hlynn schlug einladend die Pelze auf dem Lager zurück und schüttelte die Kissen auf.

Man hatte die Läden einen Spalt geöffnet, um die kühle Nachtluft hereinzulassen. Draußen war alles dunkel und still. Nur von der Halle herauf drang das fröhliche Lärmen und Singen der Zecher. Midred und Hlynn wünschten ihrer Herrin eine gute Nacht und verließen dann die Schlafkammer. Sinnend saß Aislinn vor dem Feuer und harrte auf Wulfgars

Erscheinen. Es hätte nicht viel gefehlt, und sie wäre lachend und singend durch das Gemach getanzt.

Amüsiert erinnerte sie sich an das überraschende Erscheinen des kleinen Mönchs. Wieder einmal hatte Wulfgar es verstanden, sie alle bis zuletzt auf die Folter zu spannen. Dann dachte sie voller Stolz an Wulfgars Rede. Es zeugte von sehr viel Klugheit und Fingerspitzengefühl, ausgerechnet Kerwick mit diesem wichtigen Amt zu betreuen. Ja, Wulfgar würde seinen Untertanen ein gerechter Lord sein . . .

In glückliche Träumereien versunken, ließ ein leises Geräusch an der Tür sie auffahren. Maida schlüpfte vorsichtig herein, um die Tür wieder sorgfältig hinter sich zu schließen.

»Endlich sind die beiden Weiber weg«, greinte sie vorwurfsvoll. »Ihr Geschwätz läßt die Milch zu Quark gerinnen . . .«

»Mutter, sprecht nicht so von Hlynn und Midred. Sie sind mir freundschaftlich gesinnt und haben mir schon häufig Trost gespendet.«

Aislinns Augen streiften Maidas zerlumptes Aussehen. Ihr Blick wurde finster. »Mutter! Wulfgar wird mit Eurem Aufzug überhaupt nicht zufrieden sein. Sollen denn alle denken, er wäre schuld an Eurem Elend? Ihr wißt, daß das nicht stimmt, denn trotz all Eurer Anfeindungen und Beleidigungen hat er Euch immer freundlich behandelt.«

Maidas Gesicht verzerrte sich zu einer Fratze; es schien als hätte sie Aislinns Worte überhaupt nicht gehört. »Verheiratet! Verheiratet! Du schwärzester aller Tage!« Sie schlug die Hände vor dem Gesicht zusammen. »Das sollte doch meine Rache sein, daß du dem Bastard einen Bastard gebärst – und er noch nicht einmal weiß, ob er wirklich sein Erzeuger ist!«

»Was sagst du da?« fuhr Aislinn überrascht hoch. »Das ist der größte Glückstag in meinem Leben! Warum kannst nicht auch du dich daran erfreuen, daß ich nun rechtmäßig verheiratet bin?«

»Nie! Nie!« brauste die alte Frau auf. »Du hast mir meine Rache zunichte gemacht. Wie sehr verlangte es mich danach, den Mörder meines armen Erland leiden zu sehen!«

»Aber Wulfgar hat Vater doch nicht erschlagen. Ragnor hat das Schwert geführt, das ihn fällte.«

»Bah!« Maida schob mit einer Geste den Einwand beiseite.

»Sie alle sind Normannen. Es macht keinen Unterschied, wer die Klinge führte. Sie alle tragen Schuld an unserem Unglück.«

In ihrer Hilflosigkeit gegenüber den Anschuldigungen der Mutter brach es aus Aislinn heraus: »Aber Ragnor ist fern von hier. Und Wulfgar ist uns allen ein gerechter Herr und überdies mein Gatte!«

Bei diesen Worten schien die alte Frau sich zu beruhigen. Nachdenklich preßte sie die Lippen aufeinander und ließ die Blicke durch den Raum schweifen. Dann kniete sie sich auf die Herdplatten und starrte wie gebannt ins Feuer. Da sie sich längere Zeit weder bewegte noch einen Laut von sich gab, fragte Aislinn beunruhigt: »Mutter, was ist mit Euch?«

Die alte Frau flüsterte vor sich hin: »Ja, der Normanne ist noch da – Nacht für Nacht wälzt er sich mit ihr dort in meinem Bett . . .« Ihre Augen blitzten auf, dann wandte sie überrascht den Kopf, als ob sie erst jetzt die Tochter wieder wahrnehme. Doch ihr Blick blieb kalt und abweisend. Sie schlang die zerfetzten Gewänder enger um sich, stand mit leerem Blick auf, durchmusterte noch einmal das Gemach und schlich dann ohne ein Wort des Abschieds hinaus.

Man hörte, wie drunten in der Halle Stühle zurückgeschoben wurden und Bänke umfielen. Dann lärmte eine größere Schar die Treppe herauf und näherte sich der Kammer. Die Tür flog auf, und Wulfgar taumelte herein, geschoben von vielen eifrigen Händen. Von ihrem Platz am Feuer aus konnte Aislinn erkennen, daß Sweyn und Kerwick alle Mühe hatten, die Nachdrängenden von der Schwelle zu weisen.

Wulfgar stemmte sich gegen die Kammertür, bis es ihm schließlich gelang, sie vor der lärmenden Meute zu schließen. Schwer atmend lehnte er sich dagegen, wobei sein Blick zu Aislinn hinüberging. Das Feuer ließ die Konturen ihres Leibes unter dem leichten Gazegewand deutlich hervortreten und weckte neues Verlangen in ihm. Doch er wagte nicht, sich ihr zu nähern, denn er zweifelte, welche Aufnahme sie ihm bereiten würde. Nichts an ihr deutete darauf hin, daß sich alles in ihr nach dem frisch angetrauten Gatten sehnte. Und er fühlte sich nicht mehr als ihr Herr und Meister, sondern war der schüchterne Neuvermählte.

»Sie dachten, es wäre jetzt an der Zeit, daß wir zusammenkämen, um die Nacht miteinander zu verbringen«, meinte er mit einer Geste zur Tür, was fast wie eine Entschuldigung wirkte. Sie rührte sich noch immer nicht. Er nahm jetzt den Umhang ab und faltete ihn sauber zusammen. Den Gürtel mit dem kurzen Schwert legte er daneben. Aislinn ließ ihn nicht aus den Augen, doch da sie das Feuer im Rücken hatte, blieb ihm ihr warmer Ausdruck verborgen. Er setzte sich auf das Fußende des Bettes und streifte das Wams ab. Als er sich wieder erhob, um es auf seinen Haken zu hängen, versuchte er einen Blick auf ihr Gesicht zu werfen. Doch es gelang ihm nicht, ihre Stimmung zu erforschen.

»Wenn Ihr Euch nicht wohlfühlt, Aislinn«, murmelte er fast verzagt, »werde ich heute nacht keinerlei Rechte auf Euch geltend machen.«

Er fingerte unbehaglich an der obersten Schleife seines Hemdes herum. Zum erstenmal in seinem Leben war er in Gegenwart einer Frau völlig ratlos. Vielleicht bedeutete die Ehe wirklich das Ende jeden Vergnügens?«

Doch dann erhob Aislinn sich plötzlich und trat an ihn heran. Sie nahm ihm die Schleifenenden aus den Fingern und entblößte mit einem raschen Ruck einen Teil seiner Brust. Dann schob sie das Hemd hoch und preßte ihre Hände fest auf seinen sehnigen Leib.

»Aber, Wulfgar, Ihr spielt den blöden Neuvermählten so überzeugend, daß ich fast den Eindruck habe, ich müßte Euch die Hände führen, die doch so geschickt gewildert haben . . .« Ihre Stimme war kaum hörbar und heiser vor Erregung. Ihre Hände glitten noch höher und zogen ihm das Hemd über Schulter und den Kopf. Dann umschlang sie seinen Hals und zwang langsam seinen Mund auf ihre halb geöffneten Lippen. Ihr ganzer Leib schmiegte sich verlangend an ihn. Während sie ihm sanft den Rücken streichelte, küßte sie ihn so hitzig, daß er zu stöhnen begann.

Es war, als ob sich in Wulfgar ein Lavabrocken löste, der immer schneller den Abhang hinabtaumelte, um dann in tausend glühende Stücke zu zerspringen. Verwirrung, Überraschung und nicht zuletzt ein Übermaß an freudiger Erregtheit ließen ihn in seinem Tiefsten erschauern. Nie hätte er gedacht, daß sich ihre Hingabe noch steigern könnte!

Doch jetzt reizte sie ihn ganz bewußt. Fiebernde Küsse übersäten seinen Hals, den Mund, die Brust. Ihre Finger neckten ihn. Welcher Narr war er doch gewesen, sich einzubilden, den Sinn der Frauen durchschauen zu können!

Mit rascher Bewegung warf Aislinn das Seidengewand von den Schultern. Dann schlang sie erneut die Arme um seinen Hals und drückte ihm ihren runden, heißen Leib entgegen. Unter diesem leidenschaftlichen Ansturm wären sie beinahe gemeinsam zu Boden getaumelt. Die Weichheit ihrer Brüste versengte ihm die Haut und raubte ihm den Atem.

Doch dann hatte er sich wieder gefangen. Er wußte nun, daß seine Befürchtungen über die Ehe genauso närrisch waren wie seine Vorstellungen von Frauen. Er hob sie in seine Arme und trug sie eilends zum Lager hinüber. Hastig befreite er sich von den restlichen Kleidungsstücken und warf sich dann neben sie.

Heute gab sie ihm jede seiner leidenschaftlichen Liebkosungen mit großer Kühnheit zurück. Ihre Hände schienen plötzlich jede Scheu verloren zu haben, ertasteten bewundernd seinen Manneskörper. Sein Verlangen wurde übermächtig. Mit einer fast brutalen Bewegung drückte er sie tief in die Felle. Wieder suchten seine Lippen ihr Ohr, den Hals und dann jene Stelle ihres Leibs heim, hinter der ihr aufgeregtes Herz pochte. Voller Leidenschaft bäumte sie sich ihm entgegen. Noch einmal öffneten sich ihre Augen, erstaunt über dieses Übermaß an männlicher Wildheit. Da erstarrte sie.

Ein dunkler Schatten beugte sich über sie, und hinter Wulfgars Rücken schimmerte es metallisch auf. Aislinn schrie voller Entsetzen. Völlig überrascht machte Wulfgar eine halbe Wendung. In diesem Augenblick sauste die Klinge herab. Sie traf aber nur noch seine Schulter. Mit einem zornigen Knurrlaut hieb seine Faust nach dem Schatten. Dann gelang es ihm, die Hand um einen dürren Hals zu schließen. Man hörte einen Würgelaut. Der Normanne schleppte den Angreifer zum Feuer hinüber. Aislinn schrie erneut auf, denn sie erkannte das in Todesangst verzerrte Gesicht der Mutter.

Sie sprang aus dem Bett und klammerte sich an den Arm des Gatten. »Nein! Nein! Ihr dürft sie nicht töten, Wulfgar!« Mit aller Kraft versuchte sie seinen Griff zu lockern.

Aber der Normanne wollte in seinem Zorn nicht von der

alten Frau lassen. Maidas Augen traten aus den Höhlen und ihr Gesicht schien sich schwarz zu färben. Aufschluchzend griff Aislinn nach Wulfgars Gesicht und zwang ihn, sie anzusehen. »Sie hat den Verstand verloren, Wulfgar! Gebt sie frei!«

Ihre Worte brachen endlich den Bann. Er lockerte seinen Griff, und Maida sank zu Boden. Sie wand sich und rang verzweifelt nach Luft; jeder Atemzug bereitete ihr grausame Schmerzen. Nur sehr langsam kam sie wieder zu Kräften. Wulfgar hob den Dolch auf, der ihren Händen entglitten war, und musterte ihn aufmerksam von allen Seiten. Irgendwie kam er ihm bekannt vor. Dann wußte er plötzlich, daß es Kerwicks Waffe war, dieselbe, mit der schon früher ein Anschlag auf ihn verübt worden war. Ein böser Blick traf die alte Frau zu seinen Füßen. Doch dann wandte er sich plötzlich Aislinn zu.

Dem Mädchen drohte der Atem zu stocken, als es in seiner Miene den schrecklichen Verdacht las. »Nein! Wulfgar, es war nicht so!« Ihre Stimme wurde scharf. »Ich habe nichts damit zu tun. Es ist wahr, sie ist meine Mutter, aber ich schwöre, daß ich keine Ahnung hatte, was sie plante.«

Sie umgriff sein Handgelenk und richtete die Waffe gegen ihre bloße Brust. »Wenn Ihr an meinen Worten zweifelt, Wulfgar, dann vollzieht das Urteil hier und jetzt. Ein Leben zu beenden ist keine große Sache.« Sie zwang seine Hand noch näher an ihr Herz heran, bis die Spitze des Dolchs sich in ihr Fleisch preßte.

Maida hatte sich inzwischen so weit erholt, daß sie sich aufrichten und auf leisen Füßen das Gemach fliehen konnte. Die Blicke der beiden brannten sich ineinander. Sie hörten wohl, wie die Tür ins Schloß fiel, doch keiner achtete darauf.

Aislinn sah die Unsicherheit in Wulfgars Augen und wollte sich die Dolchspitze noch tiefer ins Fleisch bohren. Aber diesmal widersetzte er sich ihr, und so mußte sie ihre innere Angst überwinden und den zarten Leib auf die Klinge pressen, bis ein Tropfen Blut hervortrat und sich mit dem seinen vermischte.

»Milord«, murmelte sie kaum vernehmbar, »heute habe ich vor Gott die heiligen Gelübde abgelegt. Er ist mein Zeuge, daß ich sie nie brechen werde. So wie jetzt unser Blut sich auf der Spitze dieses Dolches vereint hat, so sind wir vor Ihm eins. In mir wächst ein Kind, und ich flehe Tag und Nacht, daß es das Eure sein möge, so daß wir auch in ihm vereinigt sein mögen. Denn es wird zum Vater einen Mann brauchen, wie Ihr einer seid.«

Wulfgar spürte sehr wohl, wie ernst es ihr mit diesen Worten war. Mit einer lauten Verwünschung schleuderte er den Dolch gegen das Holz der Tür. Dort prallte er ab, um klirrend zu Boden zu schlagen. Er riß das Mädchen in seine Arme und wirbelte es lachend durch die Luft. Aislinn bat völlig außer Atem, sie wieder abzusetzen. Von neuem Verlangen getrieben, wollte er sie wieder aufs Lager werfen, doch kopfschüttelnd tippte sie auf die leichte Schulterwunde.

Gehorsam setzte er sich auf den Rand des Bettes. Aislinn trug etwas Salbe auf, bevor sie die Schulter verband. Nachdem sie ihn so versorgt und ihre Arzneien zur Seite gelegt hatte, wandte sie sich ihm mit einem Lächeln zu und schmiegte sich an ihn, bis ihre Brüste gegen ihn drückten und ihre Lippen sich wieder gefunden hatten. Er schlang seine Arme um sie und wollte sie erneut auf den Rücken pressen.

Doch zu seinem Erstaunen drückte sie ihn mit beiden Händen von sich und zwang ihn so in die Kissen. Er starrte forschend in ihre im Feuerschein aufschimmernden Augen, da er zu gerne gewußt hätte, welcher Teufel sie nun wieder ritt. Mit einem raschen Lächeln schwang sie sich rittlings auf ihn und gab ihm so die gewünschte Antwort.

21

Wulfgar erwachte beim ersten Licht des Tages. Er verharrte bewegungslos, um Aislinn nicht zu wecken. Friedlich schlummernd lag sie neben ihm, den Kopf gegen seine Schulter gedrückt. In dieser frühen Morgenstunde waren seine Gedanken scharf und klar. Noch immer war er voller Staunen über das Ausmaß ihrer Hingabe. Nie zuvor hatte er so große Lust und so vollkommene Befriedigung erlebt. Viele der Damen am Hof gewährten ihre Gunst wie eine unverdiente Gnade, verhielten sich völlig teilnahmslos und überließen es dem Manne, Erregung in ihnen zu wecken. Die Frauen der Straße dagegen spielten die Leidenschaft nur. Aislinn aber hatte alles, was er ihr gab, mit noch größerer Leidenschaft zurückgegeben.

Warm fühlte er ihren Leib gegen den seinen. Eines ihrer Beine lag quer über seinem Schenkel. Ihr Atem streifte sanft seine Brust. Kaum zu glauben, daß dieses unschuldige, kindliche Mädchen noch vor wenigen Stunden den wildesten Ausschweifungen gehuldigt hatte!

Doch dann mußte er an Maida denken. Er verstand diese Frau nicht. Sollte Aislinn jedoch die Wahrheit gesagt haben, durfte er ruhig alles weitere ihr überlassen. Sie besaß die notwendige Umsicht und Besonnenheit, um in Zukunft ihre Mutter besser zu überwachen. Vielleicht aber hatte sie auch gelogen? Auf jeden Fall durfte er in nächster Zeit nicht mehr ganz so sorglos sein.

Aislinn bewegte sich. Sorgsam zog er die herabgerutschten Felle wieder über ihre Schultern. Mit zärtlichem Lächeln erinnerte er sich der gestern getauschten Gelübde. So hatte er die Verantwortung für ihr Wohlergehen und ihre Sicherheit übernommen; sie hatte versprochen, ihm als seine Frau treu zu dienen, ihm zu gehorchen und ihn zu ehren. Sein Lächeln verstärkte sich beim Gedanken daran, wie schwer sie das ankommen mußte. Doch war es nicht auch ein Wagnis, der Eheherr eines solchen Weibs zu sein . . .?

Aislinn seufzte im Schlaf und schmiegte sich noch enger an ihn. Dann schlug sie die Augen auf, und ihr Blick wanderte über seine breite Brust hinweg zum kalten Herd. Da spürte sie, daß sein Blick auf ihr ruhte, richtete sich ein wenig auf und drückte ihm einen sanften Morgenkuß auf die Lippen. »Wir haben das Feuer ausgehen lassen«, seufzte sie.

Wulfgar lächelte sie augenzwinkernd an. »Sollen wir es sofort wieder entzünden?«

Aislinn lachte fröhlich und sprang in strahlender Nacktheit aus dem Bett. »Ich habe vom Feuer auf dem Herd gesprochen, Liebster.«

Auch Wulfgar war mit einem Satz aus dem Bett. Er griff nach ihr, als sie gerade das Fußende umrunden wollte. Er ließ sich wieder auf die Pelze sinken und zog sie mit sich. Während er ihren Hals küßte und die Arme um ihre Taille schlang, flüsterte er heiser: »Ah, kleine Hexe, womit hast du mich nur verzaubert? Ich vergesse alle meine Pflichten, wenn du in meiner Nähe bist.«

Aislinn strahlte ihn an und verschränkte die Hände hinter seinem Nacken. »Gefalle ich Euch so sehr, Milord?«

»Oh, ja«, seufzte er. »Wenn mich nur die Spitze Eures Fingers berührt, beginne ich zu zittern.«

Auflachend küßte sie sein Ohrläppchen. »Dann will ich zugeben, daß es mir nicht anders geht.«

Ihre Lippen trafen sich.

Es verging geraume Zeit, ehe sie über die Treppe in die Halle hinabschritten. Obwohl der Tag keineswegs mehr jung war, fanden sie dort nur Midred und Hlynn vor. Sie hatten die Halle sorgfältig gereinigt und neue Schilfmatten ausgelegt. Darüber waren feuchte Kräuter gestreut worden, um die Dünste und Gerüche einer langen Festnacht zu vertreiben. Eine kräftige Hafergrütze, garniert mit Schweinefleisch und Eiern, brodelte auf dem Herd. Midred stellte jedem einen Napf davon hin, während Hlynn große Becher mit frischer kalter Milch füllte.

Sie aßen schweigend. Auch durch die geöffneten Türen klang kein Laut herein; das ganze Dorf schien noch zu schlafen. Nach der lärmenden Fröhlichkeit der vergangenen Nacht wirkte das fast gespenstisch. Dann erschien Kerwick auf der Schwelle. Ganz offensichtlich hatte er sich am Fluß erfrischt, denn sein Haar war noch naß. Vorsichtig setzte er einen Fuß vor den anderen und ließ sich dann ächzend am Tisch nieder. Mit einem schwachen Lächeln begrüßte er Aislinn. Seine Züge erstarrten, als ihm plötzlich der Geruch der Hafergrütze in die Nase stieg. Er preßte eine Hand auf den Magen und verschwand eilig mit einer kaum vernehmbaren Entschuldigung.

Midred sandte dem unglücklichen jungen Mann ein schallendes Lachen hinterher. »Der arme Junge hat einen über den Durst getrunken, und jetzt muß er dafür büßen.«

Oben hörte man eine Tür zuschlagen, und als sie die Blicke hoben, sahen sie Bolsgar am oberen Ende der Treppe erscheinen. Mit einer Hand stützte er sich an der Wand ab. Dann versuchte er Haltung anzunehmen und begann langsam die Stufen hinabzuschreiten. Als er näherkam, sah man, daß auch seine Augen blutunterlaufen waren und ein Stoppelbart sein Kinn zierte.

Das Begrüßungslächeln, das er Aislinn schenkte, glich eher einer schmerzlichen Grimasse. Mit äußerster Mühe gelang es ihm, gerade noch seinen Platz am Kamin zu erreichen und sich in seinen Sessel sinken zu lassen.

»Ich glaube, ich werde vorläufig noch nichts essen«, brummelte er und lehnte sich mit einem erschöpften Seufzer im Sessel zurück.

Midred hatte Mitleid mit dem Alten und brachte ihm ein Horn frischen Ales, das er mit dankbarem Nicken entgegennahm. Während er es mit Genuß an die Lippen führte, blickte Wulfgar auf und sprach ihn an.

»Sir, habt Ihr heute morgen schon irgend etwas von Sweyn gesehen? Ich muß mit ihm einige Dinge über die neue Burg besprechen.«

Bolsgar antwortete mit schwacher Stimme: »Seit wir zusammen den letzten Krug leerten, ist er mir nicht mehr zu Gesicht gekommen.«

»Ho!« lachte Midred, »zweifellos liegt unser feuriger Liebhaber irgendwo klagend herum und verbirgt voll Scham das Haupt im Stroh.« Mit einer großen Schöpfkelle gestikulierte sie zu Hlynn hinüber. »Die arme Hlynn trägt noch immer die

Zeichen seiner Umarmung. Aber auch seine Wange wird noch eine Zeitlang brennen ...«

Hlynn errötete und beugte sich tief über ihre Arbeit.

»Ja«, gluckste Wulfgar, »mit jedem geleerten Trinkhorn wird Sweyn einen Winter jünger, bis er schließlich wieder wie ein junger Bock brünstig nach jedem Busen greift.«

Aislinn mußte jetzt auch lächeln, doch dann wurde ihre Aufmerksamkeit zum Tor hinüber gelenkt. Sir Gowain stand auf der Schwelle, eine Hand über den halb geschlossenen Augen, die offensichtlich der strahlenden Vorfrühlingssonne heute nicht gewachsen waren. Mit einem Seufzer der Erleichterung trat er vollends in den Schatten der Halle und steuerte dann auf den Tisch zu, an dem er sich in gehöriger Entfernung von der dampfenden Hafergrütze niederließ. Grüßend nickte er Aislinn zu, doch ein Lächeln gelang ihm heute nicht.

»Um Vergebung, Milord«, wandte er sich mit gepreßter Stimme an Wulfgar. »Sir Milbourne läßt sich entschuldigen, er fühlt sich nicht wohl und liegt noch zu Bett.«

»Laßt es gut sein, Sir Gowain«, erwiderte der Normanne. Er lehnte sich zurück und biß genußvoll in ein Stück Fleisch. »Wir werden heute einen Ruhetag einlegen, da meine treuen Untertanen ganz offensichtlich ja doch zu nichts zu gebrauchen sind. Wenn Ihr es vertragt, dann laßt Euch einen Becher Ale geben und schaut zu, daß Ihr Euch rasch wieder erholt.«

Gowain nahm dankbar den von Hlynn gereichten Morgentrunk, stürzte ihn in einem Zug hinab, um sogleich die Halle wieder zu verlassen.

Mit lautem Lachen setzte sich Aislinn in ihrem Stuhl zurück, und Wulfgar schloß sich ihr an. Dann mischte sich Gwyneths wutbebende Stimme in die Heiterkeit des jungen Paars.

»Wie ich sehe, hat die Sonne Milord und Milady endlich vom Lager gescheucht.«

Bolsgar nahm die Anspielung auf. »Ja, es muß wohl Mittag sein, wenn meine pflichtbewußte Tochter schon zum Frühstück erscheint.«

Gwyneth schritt jetzt die Stufen herab und wandte sich mit weinerlicher Stimme gegen diesen Vorwurf: »Ich konnte erst in der Morgendämmerung ein wenig Schlaf finden. Aus einer der Kammern hörte ich fast die ganze Nacht seltsame Geräusche.« Sie warf Aislinn einen bösen Blick zu. »Es klang, als ob eine Katze sich in einem Dornstrauch verfangen hätte.« Dann wandte sie sich mit sarkastischem Spott an Wulfgar. »Milord, habt Ihr diese Laute auch gehört?«

Aislinn saß blutübergossen da. Wulfgar jedoch lachte laut und unbekümmert heraus. »Nein, meine Schwester. Aber was auch immer das sein mochte, Euch wird deren Ursprung und Bedeutung wohl für immer verschlossen bleiben.«

Sowohl Midred wie Hlynn waren im Augenblick völlig von ihren Pflichten in Beschlag genommen, so daß Gwyneth sich schließlich selbst einen Becher Milch eingießen mußte. Höhnisch richtete sie dann das Wort an ihren Vater: »Wie ich sehe, ist die Illusion der Jugend, die Wein und Ale Euch vorzauberten, bereits wieder verflogen.«

»Meine Linien und Falten im Gesicht hat das Leben gezeichnet – was man von deinen nicht sagen kann, Tochter.«

Wütend wirbelte sie herum. »Die wenigen, die ich habe, stammen von den Demütigungen, die ich ertragen mußte; nicht zuletzt von meiner Verwandtschaft mit einem Bastard.«

Wulfgar stand von der Tafel auf, griff nach Aislinns Hand und zog sie an seine Seite. »Bevor der Tag durch weitere Beschimpfungen gestört wird – habt Ihr Lust, ein wenig mit mir auszureiten?«

Dankbar antwortete Aislinn leise: »Mit Vergnügen, Milord.«

Draußen auf der Koppel lachte Aislinn befreit auf. Sie griff nach Wulfgars Hand und umtanzte ihn heiter wie ein Kind den Maibaum. Mit nachsichtigem Kopfschütteln gelang es ihm schließlich, den Arm um sie zu schlingen, und sie zur Ruhe zu bringen. Sie lehnten sich gegen die Stallwand.

»Was für ein verführerisches Hexlein Ihr doch seid«, murmelte er heiser an ihrem Ohr. Sofort schlang sie die Arme um seinen Hals und zog seinen Mund auf den ihren herab. Wie in der Nacht zuvor erstaunte ihn diese ungewohnte Zuvorkommenheit. Das Feuer ihrer Leidenschaft entzündete in ihm heißes Begehren.

In diesem Augenblick hörte man das Klappern von Hufen. Die beiden Liebenden lösten sich hastig voneinander. Sie sahen das Eselchen des Mönchs aus dem Stall kommen. Sein

Herr lag mehr als er saß auf seinem Rücken und klammerte sich verzweifelt an der Mähne fest. Die Kapuze seiner Kutte war tief über das aschfarbene Gesicht gezogen. So machte sich der fromme Mann auf den beschwerlichen Heimweg nach Cregan.

Aislinn kicherte. Dann drückte sie sich wieder an Wulfgars Brust. Spielerisch vergrub sie die Zähne in der Haut seines Halses. Darauf hob der Normanne sie mit einer raschen Bewegung hoch. Doch fast hätte er sie sofort wieder fallen lassen, da sie sich plötzlich mit aller Kraft gegen ihn zu wehren schien.

»Ihr ungehobelter Normannenklotz, wollt Ihr mich etwa hier mit Gewalt nehmen?« fauchte sie ihn mit gespielter Entrüstung an. Gleich darauf lachte sie, als sie sein überraschtes Gesicht sah.

Wulfgar grinste sie an. »Wenn ich Euch nicht trage, werden wir nie mehr von hier wegkommen. Ihr scheint an diesem Spiel großen Gefallen zu finden! Es braucht eine starke Hand, Euch im Zaum zu halten.«

Lachend hielt sie ihm die kleine Faust unter die Nase. Da setzte er sie wieder ab. Er wurde durch einen heißen Kuß belohnt, und atemlos flüsterte sie an seinem Mund: »Holt die Pferde, Milord, England erwartet uns.«

Hun wäre am liebsten in vollem Galopp losgerannt, nicht zuletzt, um der Apfelstute ein bißchen zu imponieren. Aber Wulfgar nahm Rücksicht auf Aislinns Zustand und zügelte sein Pferd mit festem Griff.

Aislinn ritt lachend an Wulfgars Seite. Die Sonne strahlte auf sie herab, und ihr Herz flog hoch mit den Schwalben über den Bäumen. Wulfgar begann ein französisches Lied zu singen. Als der Text anzüglich wurde, wandte er sich lächelnd Aislinn zu. Das Mädchen schüttelte sich vor Lachen. Dann gab sie ihrerseits ein populäres sächsisches Spottliedchen zum besten.

»Solche Worte dürften selbst im Mund einer Dirne nicht ganz passend sein, geschweige denn bei einer Dame«, gebot er ihr mit ernstem Gesicht Einhalt.

»Ich bitt' Euch, Milord«, lächelte sie süß zurück, »habt Ihr plötzlich die Ansichten alter Weiber übernommen?«

Sie wich geschickt seiner Hand aus, die sie für ihren Spott

bestrafen wollte; dann spornte sie ihre Stute an und verschaffte sich einige Längen Vorsprung. Doch Hun folgte ihr mit riesigen Sätzen. Sie sprang über eine niedere Hecke am Wegesrand und flog über den Rasen davon, Wulfgar auf seinem Hengst blieb immer dichtauf.

»Aislinn, haltet an!« rief er er ihr zornig nach. »Du unvernünftige Hexe, halt doch an, du brichst dir noch den Hals!«

Schließlich gelang es ihm, ihr in die Zügel zu fassen und die zitternde Stute zum Halt zu zwingen. Er sprang aus dem Sattel und trat wütend an Aislinns Seite. Seine Arme griffen nach ihr und hoben sie von ihrem Tier. Wütend wollte er sie ausschelten. Doch Aislinn warf ihm lachend die Arme um den Hals. Als sie dann auch noch das hold errötete Gesicht zu ihm hob, konnte er nicht anders, als sie wieder und wieder zu küssen.

In der warmen Nachmittagssonne lagerten sie auf einem kleinen Hügel. Aislinn pflückte einige der ringsum sprießenden Vorfrühlingsblumen und wand sie zu einem bunten Kranz. Der Normanne hatte sein Haupt in ihren Schoß gelegt und freute sich ihres fröhlichen Gesichts. Spielerisch zeichnete er mit dem Finger die sanfte Rundung ihres Busens nach.

Aislinn strahlte ihn an. »Milord, es scheint, Ihr seid wirklich unersättlich.«

»Ah, Hexlein, wie sollte ich das nicht sein, wenn Ihr mich immer von neuem reizt?«

Sie heuchelte Mitgefühl. »Ja, das ist wahr, Ihr werdet von den Frauen geradezu belagert. Ich muß mal ein Wörtchen mit Haylan reden ...«

Wulfgar sprang auf und riß sie mit hoch. »Was redet Ihr da von Haylan?« grinste er sie an. »Ich spreche von Euch, Ihr seid es, die mich meines Verstandes beraubt, Eure Eifersucht könnt Ihr Euch ruhig sparen ...«

Sie machte sich von ihm los und tanzte mit koketten Bewegungen davon. Sie drückte sich den Kranz ins Haar und verbeugte sich spöttisch vor ihm. »Wollt Ihr etwa behaupten, Haylans lüsterne Schönheit hätte Euch nicht gereizt, als sie an jenem Abend für Euch tanzte und Euch alles zeigte, was sie besitzt? Ihr seid doch nicht etwa blind?«

Wulfgar ging langsam auf sie zu. In gespieltem Entsetzen

streckte sie ihm abwehrend eine Hand entgegen. »Nein, Milord. Ich habe Euch keinen Grund gegeben, mich zu schlagen.«

Mit einem raschen Schritt schnitt er ihr den Weg ab und warf die Arme um sie.

»Oh, Wulfgar, Wulfgar – endlich seid Ihr mein«, keuchte sie.

Er zog spöttisch die Braue hoch und musterte sie scharf. »Ich bin sicher, Ihr habt diese Heirat vom ersten Augenblick unserer Bekanntschaft an geplant.«

Sie barg das Gesicht an seinem Hals und seufzte: »Oh nein, Wulfgar, es war unser erster Kuß, der mich diesen Plan fassen ließ.«

So vertändelten sie den Rest des Tages. Die Sonne stand schon tief, als sie ihre Pferde in den Stall zurückbrachten. Während Wulfgar die Tiere versorgte, wandte Aislinn keinen Blick von ihm. Dann gingen sie schweigend Hand in Hand wie frisch Verliebte auf die Halle zu.

Am unteren Ende des Tisches saß jetzt Sweyn, der sich am liebsten wohl unsichtbar gemacht hätte. Aislinn ließ den Blick von ihm zu Hlynn hinüberschweifen, was dem alten Wikinger natürlich nicht verborgen blieb. Unwirsch hob er den Humpen und barg das Gesicht darin. Mit hochrotem Kopf kam er hustend und prustend wieder zum Vorschein. Aislinn beugte sich flüsternd an Wulfgars Ohr.

»Ich glaube, da habt Ihr recht, Aislinn«, grinste er. »In seinen Jahren sollte er sich wirklich eine sanftere Gespielin suchen, deren Hand etwas weniger rasch ist . . .«

Noch immer lachend schob er Aislinn zu ihrem Platz an der Tafel. Gwyneth beobachtete sie mit bösen Augen.

Als er Aislinn höflich den Stuhl zurechtrückte, brach es giftig aus ihr heraus: »So wie Ihr diese Sachsen verwöhnt, Wulfgar, könnte man meinen, Ihr wärt selbst einer«, warf sie ihm verächtlich vor. Dann deutete sie geringschätzig auf Kerwick, der jetzt zusammen mit Wulfgars Rittern speiste. »Schon bald wird es Euch reuen, dem da so viel Vertrauen geschenkt zu haben.«

Wulfgar ließ sich nicht beirren. »Das ist kein blindes Vertrauen, Gwyneth. Immerhin weiß er genau, was ihn erwartet, wenn er mich enttäuscht.«

Gwyneth ließ das nicht gelten. »Als nächstes werdet Ihr auch noch diesem Sanhurst einen solchen Ehrenposten übertragen.«

»Warum nicht?« meinte Wulfgar mit spöttischem Schulterzucken. »Er kommt seinen Pflichten inzwischen mit größtem Eifer nach.«

Gwyneth warf ihm noch einen Blick schärfster Mißbilligung zu, doch Wulfgar hatte sich schon wieder Aislinn zugewandt.

Haylan trug große Tranchierbretter herbei und legte ihnen mit rotem Kopf und niedergeschlagenen Augen vor. Es war ein vergnügliches Mahl, bei dem die Scherzworte munter hin- und herflogen.

Nachdem sich Sweyn mit einigen mächtigen Schlucken Mut angetrunken hatte, hob er plötzlich sein Trinkhorn und wandte sich an Wulfgar.

»Ho, Lord, wenn ich mir ein sanftes Wesen wie Hlynn für meine Liebkosungen auswählte, und ich kenne keine, die scheuer und zurückhaltender wäre, dann lag das nur daran, daß Ihr mir gezeigt habt, welche Folgen es haben kann, wenn man hinter einem etwas entschlosseneren Frauenzimmer her ist.«

Die Halle bebte unter schallendem Gelächter. Der Wikinger hob das Horn erneut und trank grinsend dem alten Kampfgefährten zu. »Auf eine glückliche Ehe und ein langes Leben, Wulfgar.«

Wulfgar tat lächelnd Bescheid. Dann wurde es etwas ruhiger, da Milbourne und Bolsgar sich zu einer Schachpartie zusammensetzten. Viele der Männer versammelten sich um sie und verfolgten schweigend ihr Spiel.

Aislinn nahm die Gelegenheit wahr, um sich zu Wulfgar hinüberzubeugen und ihre Hand in die seine zu schieben. »Ich würde gerne nach meiner Mutter sehen, wenn Ihr gestattet. Ich mache mir Sorgen um ihre Gesundheit.«

»Natürlich, Aislinn«, murmelte er. Mit großem Ernst fuhr er fort: »Aber seid vorsichtig.«

Sie gab ihm einen dankbaren Kuß auf die Wange und erhob sich von der Tafel. Seine Augen verfolgten sie voller Zärtlichkeit. Dann trat er zu seinen Männern.

Aislinn ging in der Dunkelheit über den vertrauten Pfad zu

Maidas Hütte hin, wie sie es schon viele Male zuvor getan hatte. Doch heute wurde sie dabei von einer ganz bestimmten Absicht getrieben. Ohne anzuklopfen oder sich durch einen Zuruf bemerkbar zu machen, drückte sie die Tür auf.

Maida saß auf ihrem Lager und starrte gedankenverloren ins Feuer. Als sie jedoch ihren späten Besuch erkannte, sprang sie auf die Füße und begann sofort wieder mit ihren Vorwürfen über die Tochter herzufallen. »Aislinn! Warum nur mußtest du mich verraten? Wieder hast du mir meine Rache zunichte gemacht . . .«

»Hör mit diesem Unsinn auf!« wies Aislinn sie zurecht. »Präge dir, was ich jetzt sage, gut ein. Selbst dein verwirrter Geist müßte die Wahrheit darin zu erkennen vermögen.« Sie betonte jedes einzelne Wort. »Sollte es dir wirklich gelingen, einen der normannischen Ritter zu töten, um so den Tod meines Vaters zu rächen, dann würde die Rache der Normannen für uns alle schrecklich sein. Gedenke vor allem, daß Wulfgar Wilhelms Vertrauter ist. Hätte deine Klinge letzte Nacht ihr Ziel erreicht, würden sie mich nackt auf Darkenwalds Tor genagelt haben, während du in London in aller Öffentlichkeit am Stricke tanzen müßtest.« Maida schüttelte den Kopf und hob die Hände, als ob sie etwas erwidern wollte, aber Aislinn trat an sie heran und packte sie bei den Schultern.

»Merk jetzt auf! Ich werde dies solange in dich hineinhämmern, bist du es mit deinem letzten Restchen Verstand begriffen hast! Du wirst ab sofort von den Normannen ablassen. Wilhelm ist König, ganz England gehört ihm. Wenn du in Zukunft gegen die Normannen vorgehst, ist jeder Sachse verpflichtet, dich den Männern des Königs auszuliefern.«

Aislinn lockerte ihren Griff, und Maida sank aufs Bett zurück. Aislinn beugte sich zu der alten Frau hinab und fuhr mit großer Eindringlichkeit fort: »Vergiß auch nicht: Wulfgar ist mein Gatte vor Gott und den Menschen. Wenn du ihn weiterhin mit deinem ungerechten Zorn verfolgst, werde ich mich gegen dich stellen. Fällt er deinen Ränken zum Opfer, dann hast du den von mir erwählten Gatten ermordet, und ich werde dabei zuschauen müssen, wie meine eigene Mutter an der Burgmauer aufgehängt wird. Ich werde mein Haupt mit Asche bestreuen und von diesem Tag an nur noch in Lumpen gehen, damit alle Welt sieht, daß ich ihn geliebt habe . . .«

Überrascht lauschte Aislinn den eigenen Worten nach. Dann wiederholte sie zärtlich: »Ja! Ich liebe ihn . . . Und ich weiß, daß auch er mich auf seine Weise liebt.« Erneut beugte sie sich zu der Mutter hinab und beschwor sie mit ernster Stimme: »Unter meinem Herzen trage ich deinen Enkel – ich werde nicht zulassen, daß du ihn zur Halbwaise machst! Solltest du aber wieder zu Verstand kommen, werde ich dich jederzeit mit offenen Armen willkommen heißen. Hast du meine Worte verstanden, und bist du bereit, dich daran zu halten?«

Sie blickte auf Maidas gesenktes Haupt hinab. Es dauerte eine Weile, bis die alte Frau zögernd nickte.

Aislinn richtete sich auf. »Gut.«

Wie gerne hätte sie die Mutter mit einigen sanften Worten getröstet, doch sie wußte, daß sie bei ihr nur noch mit äußerster Strenge etwas erreichen konnte.

»Ich werde mich auch in Zukunft um dich kümmern. Doch für den Augenblick – gehab dich wohl!«

Schwer aufseufzend wandte sie sich zum Gehen. Wie würde wohl Maidas verwirrter Geist auf ihre Worte reagieren?

In der Halle trat sie sofort wieder an Wulfgars Seite, der sie mit warmem Lächeln willkommen hieß.

Der Frühling kam ins Land. Doch unter seinen Myriaden von Blüten war Aislinn die schönste. Selbst Wulfgar wunderte sich immer wieder über die Geschicklichkeit, mit der seine junge Frau ihren Pflichten als Gattin des Lords und Herrin der Halle nachkam. Sie entzog sich keiner ihrer Verantwortlichkeiten, schreckte aber auch nicht davor zurück, ihre Rechte voll geltend zu machen, vor allem, wenn Gwyneth wieder einmal jemand mit ihren ungerechten Anschuldigungen verfolgte. Ihre Klugheit und Entschlossenheit ließen selbst die Männer des Ortes häufig bei ihr Rat suchen. Bolsgar konnte sich nicht genugtun, die neue Herrin in den höchsten Tönen zu loben.

Aislinn ließ nicht nach, sich für die Belange ihrer Landsleute einzusetzen. Doch wenn der Lord selbst Recht sprach, trat sie bescheiden zurück und fügte sich seinem Willen. Sie kümmerte sich auch weiterhin um die leiblichen und seelischen Nöte der Einwohner Darkenwalds und ritt nicht selten an

Wulfgars Seite hinüber nach Cregan, wo ihre Hilfe ebenfalls benötigt wurde. Es gab niemand, der sie nicht mit Freuden willkommen hieß.

Als der März seinem Ende zuging, wurde es Zeit, zu pflügen, zu pflanzen – und zu bauen. Kerwick hatte alle Hände voll zu tun, seinen neuen Pflichten nachzukommen. Wie Wulfgar befohlen hatte, verzeichnete er getreulich die Geburt jedes Kindes, Kitzes und Lammes in seinen Büchern. Doch er hielt auch den Beruf und die Besitzverhältnisse jedes Mannes, der unter des neuen Lords Herrschaft lebte, fest. Darüber hinaus wurde festgehalten, wieviele Stunden jeder am Bau der Burg mitgearbeitet hatte, wofür ihm dann ein Teil seiner Abgaben erlassen wurde.

Zunächst hob man einen tiefen Graben rund um den Burghügel aus. Er wurde nur an einer Stelle von einer Zugbrücke überspannt, die ihrerseits durch einen steinernen Turm geschützt wurde.

Dann ebnete man die Kuppe des Hügels ein und begann ihn rundum durch eine hohe Mauer zu krönen. Gleichzeitig begann in der Mitte des so befestigten Platzes ein mächtiger Bergfried zu wachsen.

Ungefähr zu dieser Zeit drang die Botschaft zu ihnen, daß König Wilhelm zum Osterfest in die Normandie zurückkehren werde. Wulfgar wußte, daß der Edeling Edgar und viele andere englische Edelleute sich als Geiseln in seiner Begleitung befanden. Aislinn gegenüber bewahrte er über diese Angelegenheit Stillschweigen, da er fürchtete, damit ihren Unmut zu erregen. Auf dem Weg zur Kanalküste würde die königliche Reisegesellschaft durch Darkenwald kommen, so daß Wilhelm sich vom Fortschritt der Arbeiten an der von ihm befohlenen Burg überzeugen könnte.

In den Tagen vor seiner Ankunft herrschte rings um die Halle geschäftiges Treiben. Doch auch im Innern tat man alles, um sie für den König festlich auszuschmücken. Aber es verging fast eine Woche, ehe der Turmwächter ankündigte, daß sich die königliche Standarte dem Ort näherte.

Wulfgar ritt seinem Herrn entgegen. Wilhelm wurde von rund fünfzig Rittern begleitet, unter denen Wulfgar zu seinem Erstaunen auch Ragnor gewahrte. Sein Blick verfinsterte sich, aber er ließ sich seine Verärgerung nicht anmerken, durfte er doch hoffen, der andere würde schon bald mit dem König in die Normandie übersetzen.

Wilhelm begrüßte Wulfgar mit großer Herzlichkeit. Beim Weiterreiten erklärte der Lord das Gelände und die verschiedenen baulichen Maßnahmen, die der König mit beifälligem Kopfnicken guthieß. Entlang ihres Wegs blickten die Bauern von der Arbeit auf, nahmen die Kappen ab und begafften aus der Ferne den König und sein prächtiges Gefolge. Schließlich zügelten sie vor Darkenwalds Halle die Pferde, und der König gab seinen Leuten Urlaub, um sich von den Strapazen der Reise zu erholen.

Als Wilhelm und Wulfgar die Halle betraten, versanken Gwyneth und Aislinn in tiefe Hofknickse. Bolsgar, Sweyn und die anderen huldigten laut dem König. Als Aislinn sich wieder aufrichtete, fühlte sie Wilhelms Augen auf sich ruhen. Als er ihre Schwangerschaft erkannte, sandte der König einen fragenden Blick zu Wulfgar hinüber. Der Jüngere beeilte sich zu erklären:

»Es wird kein Bastard werden, Sire. Ich habe sie zu meiner Lady gemacht.«

Wilhelm nickte lächelnd. »Gut, denn von uns gibt es schließlich schon genug auf dieser Welt.«

Mißmutig sah Gwyneth, mit welcher Vertraulichkeit der König Aislinn behandelte. Als er zusammen mit Wulfgar wieder die Halle verließ, floh sie wütend in ihr Gemach.

Aislinn wollte wieder einmal die früher weithin gerühmte Gastfreundlichkeit Darkenwalds unter Beweis stellen. Sie überwachte Ham, Midred, Hlynn und Haylan, die kühles Bier an die Gefolgsleute des Königs verteilten, das man in der Tiefe des Brunnens kalt gehalten hatte. Es war ein strahlend schöner Tag. Die warmen Südwinde umschmeichelten die Gesichter, und Aislinn wagte sich ohne Umhang vor die Halle. Der kühle Trunk wurde beifällig aufgenommen, begleitet von schwärmerischen Äußerungen über die Schönheit der jungen sächsischen Lady. Aislinn ließ sich nicht anmerken, daß sie inzwischen fließend Französisch sprach; sie reagierte auf die bewundernden Worte nur mit einem freundlichen Lächeln. Neben einem vornehm gekleideten Herrn, der inmitten einer Schar kaum weniger elegant gewandeter Kameraden saß, blieb sie stehen. Hier jedoch trafen sie finstere Blicke und verächtlich herabgezogene Mundwinkel. Aislinn konnte sich das nicht erklären.

Sie wollte sich gerade wieder abwenden, als einer der Noblen aufsprang und sie in reinstem Englisch ansprach: »Wißt Ihr eigentlich, wer wir sind?« fragte er.

»Nein«, erwiderte Aislinn achselzuckend. »Wie sollte ich, haben wir uns doch nie zuvor gesehen.«

»Wir sind des Königs englische Geiseln. Man verschleppt uns in die Normandie.«

»Das tut mir leid«, murmelte sie hilflos.

»Das tut ihr leid«, knurrte einer der älteren Männer. Verächtlich streifte sein Blick ihren Bauch. »Ihr habt offensichtlich keine Zeit verloren, um mit unseren Feinden das Lager zu teilen, wir mir scheint . . .«

Aislinn musterte ihn mit ruhiger Würde. »Ihr erlaubt Euch ein Urteil über mich, ohne die wirklichen Hintergründe zu kennen. Aber ich nehme Euch das nicht übel. Ich habe es nicht nötig, um Nachsicht zu bitten. Mein Gatte ist Normanne, und ich stehe treu zu ihm – obwohl mein Vater Sachse war und durch das Schwert eines Normannen ums Leben kam. Wenn ich Wilhelm als meinen König anerkenne, dann nur, weil jeder weitere Kampf hoffnungslos wäre. Vielleicht liegt es an meinem Frausein, daß ich nicht bereit bin, durch neue sinnlose Opfer den Versuch zu machen, wieder einen Engländer auf den englischen Thron zu setzen. Ich meine, wir sollten zuerst einmal abwarten und Wilhelm eine Chance geben. Vielleicht wird es England zum Besten gereichen. Ich beschwöre Euch – laßt von allen Rachegelüsten ab! Oder wollt Ihr unser aller Tod, wider alle Vernunft? Dann würde ich sagen, daß Wilhelm recht daran tut, Euch mit aller Härte niederzuhalten, denn dann kann nur so Englands Friede erhalten bleiben.«

Ohne sich noch einmal umzublicken, schritt sie über den Rasen zum Grab des Vaters. Schon von weitem sah sie einen einzelnen Normannen unter dem Baum sitzen. Er saß mit dem Rücken zu ihr, hatte den Helm abgenommen und einen Arm aufs Knie gestützt. So blickte er gedankenverloren auf die Bäume des Waldes hinüber. Erst als sie fast vor ihm stand, erkannte sie ihn und schreckte zurück. Doch es war bereits zu spät.

Ragnor wandte sich ihr zu und hob frech den Blick zu den

veilchenblauen Augen. »Ah, meine Taube, wie habe ich Euch vermißt«, murmelte er und stand auf, um sich vor ihr zu verbeugen. Als er sich wieder aufrichtete, sah er zum erstenmal ihren Zustand. Mit erstauntem Lächeln schalt er sie scherzhaft: »Ihr habt mir nichts davon gesagt, Aislinn.«

Sie reckte das Kinn und warf ihm einen kalten Blick zu. »Dazu bestand keinerlei Veranlassung«, erwiderte sie hochmütig. »Das Kind ist von Wulfgar.«

Er lehnte sich mit einer Schulter gegen den Baum, und die schwarzen Augen funkelten. »Wirklich?«

Aislinn konnte an seinem Gesicht ablesen, daß er die Monate zählte. Wütend brauste sie auf: »Ich trage nicht Euer Kind unter dem Herzen, Ragnor!«

Er lachte völlig unbeeindruckt auf. »Es wäre nicht mehr als eine Art Ausgleich, wenn es das meine wäre. Ja, besser hätte ich es selbst gar nicht ersinnen können. Es ist unwahrscheinlich, daß der Bastard meinen Balg für sich beanspruchen wird. Tut er es dennoch, wird er trotzdem nie wirklich wissen, wer sein Erzeuger ist.« Er trat dichter an sie heran und blickte ihr eindringlich in die wutfunkelnden Augen. »Er wird Euch nicht heiraten, Aislinn«, murmelte er. »Noch nie hat er sich längere Zeit mit derselben Frau abgegeben. Vielleicht habt Ihr bereits die schmerzliche Erfahrung machen müssen, daß sein Interesse an Euch nachgelassen hat. Aber ich bin bereit, Euch von hier fortzuführen! Kommt mit mir in die Normandie, Aislinn, Ihr werdet es nicht bereuen.«

»Das würde ich ganz bestimmt«, gab sie zurück, »denn hier habe ich alles, was ich mir wünsche.«

»Ich kann Euch mehr bieten. Sehr viel mehr. Sagt, daß Ihr mitkommt.« Seine Stimme hatte einen triumphierenden Unterton, denn ihr Schweigen ermutigte ihn. »Wir müssen Euch vor des Königs Augen verborgen halten. Aber ich kenne verschiedene Möglichkeiten, Eure Schönheit so zu verkleiden, daß er keinen Verdacht schöpfen wird. Er wird eben denken, ich hätte mir einen neuen Lakaien zugelegt.«

Sie lachte belustigt auf und setzte das Spiel noch einen Augenblick fort. »Wulfgar würde sich sofort auf Eure Fersen setzen.«

Er nahm ihr Gesicht zwischen seine beiden Hände, und seine Finger vergruben sich in ihren Haaren. »Nein, meine

Taube. Er wird sich mit einer anderen trösten. Warum sollte er Euch zurückholen wollen, da Ihr doch einen Bastard unter dem Herzen tragt?«

Da sagte sie leise: »Weil ich seine Frau bin.«

Ragnor zuckte zurück. Dann begriff er. »Ihr hinterhältige Hündin!« knirschte er mit den Zähnen.

»Liebt Ihr mich jetzt plötzlich nicht mehr, Ragnor?« verhöhnte sie ihn. »Armes Mädchen, das ich bin. In einem Augenblick von der Gespielin zur Feindin verdammt.« Doch dann wurde ihr Gesicht ernst. »Ihr habt meinen Vater erschlagen und meine Mutter um den Verstand gebracht. Denkt Ihr, ich könnte Euch je vergeben? Lieber möchte ich Euch in der Hölle schmoren sehen!«

Ragnor drohte mit finsterem Blick. »Ich werde dich bekommen, Hündin, und du wirst tun, was ich befehle. Auch Wulfgar wird daran nichts ändern können. Deine Ehe bedeutet mir nichts. Und Wulfgars Leben noch weniger. Meine Zeit wird kommen, meine Taube . . .«

Damit stülpte er sich den Helm aufs Haupt und stapfte wütend auf die Halle zu. Am ganzen Leib zitternd lehnte sich Aislinn haltsuchend gegen den Baum. Die Tränen rannen ihr über die Wangen. Erneut wurde sie von der Furcht gepackt, das Kind könnte doch die dunkle Haut und das schwarze Haar Ragnors haben.

Die Halle war leer, und Ragnor konnte unbemerkt die Treppe ins Obergeschoß hinaufsteigen. Ohne anzuklopfen drückte er die Tür zu Gwyneths Kammer nach innen, um sie hinter sich sofort wieder ins Schloß zu werfen. Er starrte in erschrocken geweitete, rotgeränderte Augen.

»Ragnor?«

Sein plötzliches Auftauchen raubte ihr die Sprache. Doch als sie das Lager verließ, um ihm entgegenzugehen, trat er rasch an ihre Seite. Hastig entledigte er sich seines Kettenhemdes.

Er fiel mit so wilden Küssen über sie her, daß ihre Lippen bald zu schmerzen begannen. Sie jedoch freute sich über seine leidenschaftliche Wildheit und preßte ihn mit allen Kräften an sich. Hatte er doch jede Vorsicht außer acht gelassen und sich bei vollem Tageslicht zu ihr begeben, nur um seine Sehnsucht zu stillen! Der Reiz der Gefahr steigerte ihre Leidenschaft zu ungeahnten Höhen.

Ragnor nahm sie, ohne in seinem Herzen die geringste Zärtlichkeit für sie zu empfinden. Der Zorn über die schmähliche Abweisung stachelte seine Lust aufs äußerste an. Dauernd sah er vor seinem inneren Auge Aislinns herrliche Gestalt, statt der von Gwyneth.

Nachdem er seine Lust befriedigt hatte, fiel es Ragnor schwer, auch nur ein geringes Maß an Zuneigung für Gwyneth zu heucheln. Sie aber lag glücklich in seinen Armen und streichelte bewundernd über die harten Muskeln seiner Brust. Dann richtete sie sich halb auf und drückte ihm einen verlangenden Kuß auf die Lippen.

»Nehmt mich mit Euch in die Normandie, Ragnor«, flüsterte sie. »Bitte, Liebster, laßt mich nicht allein hier zurück.«

»Das geht nicht«, murmelte er. »Ich reise im Gefolge des Königs und verfüge über kein eigenes Zelt. Aber habt keine Angst. Ich werde bald zu Euch zurückkehren, und dann werden wir mehr Zeit füreinander haben. Achtet in der Zwischenzeit darauf, welche Lügen hinter meinem Rücken über mich verbreitet werden. Glaubt nichts, außer was Ihr von meinen Lippen vernehmt.«

Ragnor hatte es jetzt eilig, wieder von ihr wegzukommen. Er entschuldigte sich, stand vom Lager auf und griff nach seinen Kleidern. Er verließ die Kammer mit sehr viel größerer Vorsicht, als er sie betreten hatte. Doch wieder war ihm das Glück hold. Niemand sah, wie er die Treppe hinabschlich und dann hastig die Halle verließ.

Wulfgar zügelte hinter Wilhelms mächtigem Streitroß den unruhigen Hun. Er ließ den Blick über die Männer schweifen, die im Schatten der Bäume lagerten, und war erst beruhigt, als er unter einer Eiche Ragnor ausmachte. Dann blieben seine Augen an Aislinn hängen, die einem jungen Bogenschützen gerade den Becher füllte. Sie kam mit warmem Lächeln zu ihnen herüber.

Zwischen halb geschlossenen Lidern hindurch beobachtete Ragnor mißmutig das junge Paar. Vachel war mit zum Bauplatz der neuen Burg geritten und kam jetzt auf den Vetter zu. Ragnor schenkte ihm allerdings kaum einen Blick, da in diesem Augenblick Wulfgar seine junge Frau zärtlich in die Arme schloß. »Die Taube hat den Wolf gezähmt«, knurrte Ragnor ärgerlich. Und zu Vachel gewandt: »Wulfgar hat das Frauenzimmer geheiratet.«

Vachel ließ sich neben ihn ins Gras fallen. »Er hat sie also doch geheiratet? Aber ansonsten ist er der alte geblieben. Er baut sich eine Burg, in der halb England Schutz finden könnte.«

Ragnor lachte höhnisch. »Der Bastard meint, er hätte sie jetzt für immer und ewig. Aber auch meine Zeit wird kommen.«

»Unterschätzt ihn nicht, Vetter, denkt an das Turnier«, warnte Vachel. »Er ist gerissen und äußerst hartnäckig bei seinen Unternehmungen.«

Ragnor lächelte. »Ich werde ihn nicht unterschätzen.«

22

Der Sommer schritt voran. Das Kind unter Aislinns Herzen wuchs; doch fast noch schneller wuchsen die Mauern und Wälle der Burg. Die Menschen beobachteten beides mit großer Freude.

Alle sonnten sich im strahlenden Glück der werdenden Mutter, die Burg aber versprach ihnen Schutz.

Doch inzwischen drohte neues Ungemach. Denn angelockt vom rasch wachsenden Reichtum Darkenwalds, durchstreiften Räuber und Diebe das Land. Wulfgar schickte Patrouillen aus, um seine Untertanen zu schützen. Doch immer wieder baten Flüchtlinge, deren Hütten gebrandschatzt und geplündert worden waren, in der Halle um Obdach.

Der Zufall bescherte Wulfgar und den Seinen zum Glück aber ein sehr wirkungsvolles Warnsystem. Aislinn hatte sich nach dem Mittagsmahl vor der drückenden Junihitze in ihr kühles Schlafgemach zurückgezogen. Sie legte die Gunna ab und kühlte sich mit etwas Wasser Stirn und Wangen. Dann nahm sie den kleinen Silberspiegel zur Hand, den Beaufonte ihr beim Besuch des Londoner Jahrmarkts geschenkt hatte. Sie war gerade dabei, sich die Haare auszukämmen, als sie vom Hof herauf Wulfgars Stimme hörte. Sie schritt zum Fenster und lehnte sich hinaus.

Er saß im Kreis seiner drei Ritter, auch Sweyn war bei ihnen, und alle fünf waren gewappnet und gerüstet, um jedem Hinweis auf die Plünderer sofort nachgehen zu können. Aislinn rief Wulfgar mehrmals beim Namen, aber die Männer unterhielten sich so laut, daß er sie nicht hören konnte. Aber dann trafen die Strahlen der Sonne voll auf den Spiegel, den sie noch in der Hand hielt. Sein gleißender Widerschein ließ Wulfgar sich erstaunt aufrichten, er schirmte mit der Hand die Augen ab, um die Ursache zu erforschen. Jetzt erkannte er Aislinn am Fenster. Sie winkte ihm erfreut zu und ließ den

Spiegel sinken. Lächelnd winkte der Normanne zurück, um sich dann wieder gegen den Stamm des Baumes zu lehnen. Doch plötzlich schien es ihn zu durchzucken; er sprang auf die Beine und verschwand in der Halle. Gleich darauf hörte Aislinn seine eiligen Schritte auf der Treppe, und dann stürmte er auch schon ins Gemach. Er nahm ihr den Spiegel aus der Hand und trat damit ans Fenster. Es dauerte nicht lange, bis er mit seiner Hilfe die Aufmerksamkeit der Gefährten auf sich gelenkt hatte. Zufrieden lachte er auf und drückte seiner jungen Frau einen herzhaften Kuß auf den Mund.

»Meine Dame, Ihr habt uns allen unwissentlich einen großen Dienst erwiesen. In Zukunft werden wir uns viele Ritte ersparen können.« Er hob das Spiegelchen, als ob es einen ganz besonderern Wert darstellte, und erklärte: »Wenn wir damit unsere Wächter ausrüsten und sie auf ausgesuchten Anhöhen plazieren, werden uns die Plünderer bald in die Falle gehen.«

Es dauerte ungefähr eine Woche, bis ein Ruf vom Wachturm die Ritter aufschreckte. Zusammen mit den Männern des Orts zogen sie hinaus, um der mit Spiegelzeichen angekündigten Räuberbande aufzulauern. Die Dorfbewohner saßen zu zweit oder gar zu dritt auf den Pferden, angeführt von Wulfgar und seinen Leuten. Sie nahmen den Pfad nach Süden auf Cregan zu. An einer unübersichtlichen Wegbiegung wurde der Hinterhalt gelegt. Da das Gelände zu beiden Seiten des Pfads anstieg, würde ihr Angriff desto wirkungsvoller sein. Sorgsam verbargen sie sich im Unterholz oder im Laub der Bäume. Die Dorfbewohner hatten die Aufgabe, die Plünderer mit Steinen und Pfeilen zurückzutreiben. Dort würden Wulfgars wohlgeübte Bogenschützen und Speerwerfer sie empfangen. Wulfgar, Sweyn und die drei anderen Ritter warteten hinter der Wegbiegung auf die Strolche.

Es dauerte nicht lange, bis sich die lärmende und lachende Gruppe näherte. Sie schleppten die Beute ihres letzten Überfalls mit sich und schienen sich völlig sicher zu fühlen. Erschrocken zuckten sie zurück, als sie sich hinter der Biegung plötzlich mit den fünf Rittern konfrontiert sahen. Das Lachen erstarb ihnen in der Kehle.

Wulfgar legte die Lanze ein und spornte Hun an. Die übrigen vier taten es ihm gleich. Mit donnernden Hufen ritten sie mitten in den Haufen der Plünderer hinein. Schreiend versuchten sich die Überraschten in Sicherheit zu bringen. Viele rannten sich gegenseitig zu Boden, wo sie von den Hufen der Rösser zermalmt wurden.

Einer der Mordbrenner erwies sich tapferer als seine Gefährten. Er bohrte den Schaft seines Speers in den Boden und hielt die Spitze den Angreifenden entgegen. Aber Sweyns riesige Streitaxt sauste durch die Luft und trennte dem Mann den Arm vom Rumpf. Laut schreiend umklammerte er mit der verbliebenen Hand den blutenden Stumpf, bevor ihm der Wikinger seine Lanze ins Herz rammte.

Wulfgars Lanze nagelte einen anderen der Mordbuben auf die Erde. Dann schwang er das mächtige Langschwert und bahnte sich eine blutige Gasse durch die Masse der Plünderer. In wenigen Augenblicken war alles vorüber. Einer der Sterbenden verriet noch, wo sie tief im Moor ihren Unterschlupf hatten. Man nahm den Toten ihre Beute und Waffen ab und verscharrte sie dann im Unterholz. Dann machte man sich auf die Suche nach dem Unterschlupf der Plünderer.

Er lag tatsächlich weit draußen in einem besonders unzugänglichen Teil des Sumpfes. Seine Bewohner mußten gewarnt worden sein, denn sie waren hastig geflüchtet und hatten ihre im ganzen Land zusammengeraubte Beute zurückgelassen. Man stieß nur noch auf vier Gefangene, die man nackt im Freien angekettet hatte. Sie waren bis aufs Skelett abgemagert. Als man sie losgebunden und mit Nahrung versorgt hatte, küßten sie ihren Befreiern vor Dankbarkeit die Füße. Unter den Gefangenen war ein junges Mädchen und auch ein normannischer Ritter, den sie verwundet von einem Schlachtfeld hierhergeschleppt hatten. Die beiden anderen waren Leibeigene aus einem kleinen Dorf westlich von London.

Wulfgars Männer durchsuchten die erbärmlichen Hütten und nahmen mit, was irgend von Wert war. Dann setzten sie die vier Befreiten auf die erbeuteten Pferde, warfen Brandfakkeln in das Lager und machten sich auf den Heimweg.

Das junge Mädchen wurde zu seiner Familie zurückgebracht, wo es mit Freudentränen empfangen wurde. Die anderen verweilten in der Halle, bis sie wieder genügend Kräfte gesammelt hatten, um ihrer eigenen Wege zu gehen.

Darkenwald konnte jetzt wieder in Ruhe und Frieden seinen Pflichten nachgehen. Allerdings gab es einige, die sich noch immer nicht einfügen mochten. So hatte Gwyneth es noch immer nicht verwunden, daß sie hier nicht mehr als ein geduldeter Gast war. Selbst Haylan hatte sich in letzter Zeit ihrem Einfluß entzogen und kam ihren Pflichten nach. Sie hatte mit sich und ihrem kleinen Sohn genug zu tun. Gwyneth mußte erkennen, daß sie über keinerlei Bundesgenossen mehr verfügte. Ihre einzige Genugtuung waren die Zerr- und Schreckbilder, die sie Maida immer wieder ausmalte. Die alte Frau mußte glauben, daß ihre Tochter von dem Normannen aufs Schlimmste gequält und mißbraucht würde. Noch scheuer als sonst mied sie jedes Zusammentreffen mit Wulfgar. In ihrem verwirrten Geist glaubte sie jedes Wort, das Gwyneth sagte.

Besuchte Aislinn die Mutter in deren Hütte, hielt Maida ihre Tochter dauernd scharf im Auge. Doch sie konnte an Aislinns Gesicht oder Gestalt keinen Hinweis auf die schrecklichen Mißhandlungen finden. Im Gegenteil, von Mal zu Mal wirkte das Mädchen heiterer und glücklicher. Das stürzte Maidas kranken Geist in immer tiefere Verwirrung.

Die drückend heißen Julitage schienen kein Ende nehmen zu wollen. Aislinn verlor den letzten Anflug von Anmut. Ihr Gang war schwer und gebeugt, die Füße schleppten nach, alle ihre Bewegungen wurden mühsam und qualvoll. Des Nachts schmiegte sie sich eng an Wulfgars Rücken. Immer wieder schreckten sie auf, wenn das Kleine sich in ihr regte. Im Dunkel des Gemachs konnte sie nicht erkennen, wie Wulfgar darauf reagierte. Doch die Sorge wuchs in ihr, daß sie ihm jetzt doch wohl sehr lästig fallen mußte. Aber lächelnd küßte er all ihre Sorgen und Ängste hinweg. In den letzten Tagen hatte sich die Leibesfrucht gesenkt, so daß jetzt auch das Sitzen zu einer Last wurde. Sie hatte kaum noch Appetit. Auch an der Unterhaltung nahm sie fast keinen Anteil mehr.

Plötzlich holte sie keuchend Luft und preßte dann die Hand auf den prallen und gespannten Bauch, überrascht von der Kraft, mit der das Kleine sich bewegt hatte. Wulfgar griff nach ihrem Arm, während sie ihm aufmunternd zulächelte.

»Es ist nichts, Liebster«, murmelte sie tröstend. »Es hat sich nur wieder bewegt.« Sie lächelte. »Es scheint die Stärke seines Vaters zu haben.«

Für sie war das Kind unter ihrem Herzen das Kind Wulfgars. Jeder Gedanke, daß Ragnor es gezeugt haben könnte, war ihr zuwider. Doch ihre Worte hatten wieder einmal Gwyneths Boshaftigkeit auf den Plan gerufen. »Außer Ihr hättet überirdische Kenntnis, über die wir nicht verfügen, Aislinn, so wird doch die Herkunft Eures Kindes für immer ungewiß bleiben«, zischte sie. »Im Zweifelsfall könnte es auch reinsten sächsischen Geblüts sein . . .« Gwyneths Augen blitzten böse zu Kerwick hinüber.

Nur langsam begriff er, worauf sie anspielte. Rot vor Zorn wandte er sich stammelnd an Wulfgar. »Nein, Milord, das ist völlig unmöglich, ich meine . . .« Er blickte in seiner Hilflosigkeit zu Aislinn hinüber. Doch dann fuhr er Gwyneth an: »Ihr lügt! Alles nichts als Lügen!«

Wulfgar lächelte wohl, aber seine Stimme klang recht scharf: »In Eurer unnachahmlich feinfühligen Art habt Ihr da wieder eine neue Vermutung in die Welt gesetzt, Gwyneth. Ich dachte immer, Ragnor sei der Übeltäter gewesen, nicht dieser arme Bursche hier.«

Gwyneth zischte ärgerlich: »Denkt doch einmal nach, Wulfgar. Wir haben nur die Behauptungen von der hier, außer ein paar Betrunkenen, die sagen, daß Ragnor Hand an sie gelegt hätte. Ich zweifle sehr, daß Sir Ragnor sich ihr je auf die von ihr behauptete Weise genähert hat.«

Aislinn war sprachlos über diese neue Unverschämtheit. Mit einem Wutlaut sprang Kerwick auf. »Maida kann bezeugen, daß ihre Tochter von ihm dort die Stufen hinaufgeschleppt wurde – und Ihr behauptet, er wäre schuldlos?«

Gwyneth hob verächtlich die Achseln. »Maida, ha! Diese schwachköpfige Alte hat doch keine Ahnung, was sie sagt.«

Aislinn zwang sich zur Ruhe und meinte leise: »Bald wird die Wahrheit ans Licht kommen, Gwyneth. Was aber Kerwick betrifft, so war er damals, wie Ihr sehr wohl wißt, fast dauernd in der Halle angekettet. Es kommen also nur zwei Männer als Väter in Frage, wobei ich ganz sicher bin, daß es jener nicht ist, dem Ihr so viel Wohlwollen entgegenbringt.«

Gwyneth wandte sich wütend nach ihr um, aber Aislinn ließ sich nicht einschüchtern.

»Ich flehe zu Gott, daß er die Wahrheit ans Licht bringt, so daß vor aller Welt kund wird, wessen Same unter meinem Herzen wächst. Wenn Ihr im übrigen daran zweifelt, daß Euer edler Ragnor sich mit Gewalt einer Dame nähert, so solltet Ihr Euch daran erinnern, gute Gwyneth, daß er selbst sich rühmt, mich als erster besessen zu haben.«

Darauf wußte Gwyneth nichts mehr zu erwidern. In ihrer Wut griff sie nach einem Napf und wollte ihn nach Aislinn werfen. Da sprang Wulfgar mit einem Laut des Zorns auf und knallte beide Fäuste auf den Tisch. »Schluß jetzt, Gwyneth!« knurrte er. »Ihr befindet Euch hier an meinem Tisch, und ich verbiete Euch jetzt ein- für allemal, Verdächtigungen über den Vater des Kindes auszusprechen. Es ist mein Kind, weil ich es so will. Haltet in Zukunft also Eure Zunge gut im Zaum, wenn Ihr weiterhin unter meinem Dache leben wollt.«

Gwyneth mußte erkennen, daß sie das Spiel verloren hatte. Mit einem drohenden Blick zu Aislinn hinüber eilte sie auf die Treppe zu und verschwand in ihrer Kammer. Aufschluchzend warf sie sich auf ihr Lager. Zorn, Enttäuschung und Verzweiflung verwirrten ihre Sinne. Wie konnte es das Schicksal nur zulassen, daß dieser normannische Bastard die Macht besaß, ihr den ihr zustehenden Ehrenplatz vorzuenthalten und diese sächsische Dirne zu seiner Frau zu machen! Und Ragnor . . .? Was war, wenn er doch der Vater von Aislinns Kind war? Es wäre für sie unerträglich, wenn die andere das Erstgeborene ihres Liebhabers gebären sollte. Vielleicht würde es die dunkle Haut und das dunkle Haar Ragnors haben und so aller Welt zeigen, wer es gezeugt hatte. Diese Schande würde sie nicht ertragen. Insgeheim schwor sie sich, Ragnor nach seiner Rückkehr aus der Normandie für ihre Pläne einzuspannen, um Wulfgar für all die ihr angetane Unbill büßen zu lassen.

Das Mahl in der Halle wurde in gedrückter Stimmung beendet. Aislinn erhob sich mühsam von ihrem Stuhl. Sie sagte zu Wulfgar: »Mir scheint, ich ermüde in letzter Zeit immer rascher. Würdet Ihr wohl die Güte haben . . .?«

Er erhob sich und nahm ihren Arm. »Ich werde Euch helfen, Liebste.« Langsam und liebevoll half er ihr die Stufen hinauf und öffnete die Tür zu ihrem Gemach.

Aislinn machte sich sofort für die Nacht zurecht. Als sie das Unterkleid abzustreifen begann, strich ihr Wulfgar zärtlich über das schimmernde Haar. Aufseufzend lehnte sie sich gegen ihn. Er beugte sich herab, um ihr einen Kuß auf den sanften, weißen Nacken zu drücken.

»Woran denkst du, Chérie?« fragte er leise.

Aislinn hob die Schultern und zog gleichzeitig seine Hände über ihren Busen, sich noch fester an ihn schmiegend. »Oh . . . Daß Euer Haß gegen die Frauen vielleicht doch nicht jeden Grunds entbehrt.«

Er lachte leise und rieb seine Nase an ihrem Ohr. »Es gibt Frauen, die ich nicht ausstehen kann, aber einige andere . . .« Er legte seine Hände zärtlich auf die Rundung ihres Unterleibs. »Andere möchte ich nicht missen.«

Über ihren vollen, schweren Brüsten klaffte das Unterkleid weit auseinander. Der Druck seiner sie zärtlich umschlingenden Arme hob sie ihm verlockend entgegen. Er konnte der Versuchung nicht widerstehen und ließ eine Hand in den Ausschnitt gleiten, um diese weichen, warmen Halbkugeln zärtlich zu streicheln. Das Feuer in seinen Lenden drohte ihn zu verzehren. Er mußte sich mit aller Kraft zwingen, diesem Verlangen nicht nachzugeben. Wie sehnte er jenen Tag herbei, an dem er endlich wieder seine Sehnsucht zu stillen vermochte!

Bolsgar saß in seinem Lieblingssessel vor dem Feuer. Sweyn gesellte sich zu ihm. Kerwick und die anderen verließen die Halle, um ihr Lager aufzusuchen. Lange saßen die beiden Alten schweigend Seite an Seite. Sweyn wußte, wie sehr Gwyneth' Unbeherrschtheit und Bosheit dem alten Lord zu schaffen machte.

Von oben hörte man, wie eine der Kammertüren geöffnet und gleich darauf wieder verschlossen wurde. Bolsgar hob einen fragenden Blick zu dem Normannen hinüber. Dann schmunzelten sie beide verständnisvoll. Wulfgar hatte sich eigentlich sein Junggesellenbett durch eine zärtliche Gespielin verschönen wollen, doch in diesen Nächten war ihm nun alles verwehrt, was er bisher im Übermaß gekostet hatte.

Als Wulfgar am oberen Ende der Treppe erschien, war ihm sein Mißmut deutlich anzumerken. Ohne sie eines Blickes zu würdigen, ging er zum Faß hinüber und goß sich einen großen Humpen Ale ein. In einem Zug war er geleert und wurde sofort wieder aufgefüllt. Er kam zu den beiden herüber und setzte sich an Bolsgars Seite. Lange Zeit fiel kein Wort. Dann klang es, als ob Wulfgar zum Sprechen ansetzte.

Sweyn warf ihm einen fragenden Blick zu. »Habt Ihr etwas gesagt, Wulfgar?«

»Ja, ich sagte, diese Heirat ist eine verdammte Sache. Meine Lenden verlangen nach ihr, doch sie finden keine Erlösung. Ich wollte, sie wäre nicht so reizvoll! Natürlich könnte ich mich nach Ersatz umschauen, aber ich stehe zu meinen Gelübden. Nacht für Nacht liege ich jetzt voller Verlangen neben ihr und finde keine Ruhe . . .«

»Habt noch ein wenig Geduld, Wulfgar«, mahnte Bolsgar väterlich. »Das ist nun einmal der Lauf der Dinge. Aber Ihr werdet sehen, daß Eure Geduld reich belohnt wird.«

»Ihr sprecht von Dingen, von denen Ihr nichts versteht«, knurrte Wulfgar. »Warum nur bereitet einem ein so schönes Wesen nichts als Sorgen und Schmerzen? Dauernd muß man bereit sein, für ihre Ehre zu kämpfen. Jeder Milchbart läuft ihr nach, wenn sie ihm auch nur einen Blick gönnt. Ihr Anblick genügt, um Gowain zum Einfaltspinsel zu machen. Und immer wieder frage ich mich, welche Erinnerungen wohl Kerwick mit sich herumträgt . . .«

Aufbrausend schalt Bolsgar ihn: »Was sagt Ihr da, Wulfgar? Ihr tut ihr wirklich unrecht. Sie hat bestimmt niemand dazu aufgefordert, ihr auf dem elterlichen Bett Gewalt anzutun oder sie wie eine Hündin in Ketten zu legen.«

»Erspart mir Eure Vorwürfe!« brauste Wulfgar ungestüm auf. »Sie weiß, daß sie die Mutter ist. Ich aber werde nie sicher sein, ob ich der Vater des Kindes bin. Vielleicht muß ich einen Balg aufziehen, den ein anderer ihr gemacht hat . . .«

»Das solltet Ihr aber nicht Lady Aislinn zum Vorwurf machen!« gab Bolsgar scharf zurück.

»Ja«, knurrte Sweyn und nickte zustimmend. »Milady trifft an all dem keine Schuld. Mäßigt Eure Vorwürfe, sonst hätte ich nicht übel Lust, Euch eines bessern zu belehren.«

Wulfgar lachte höhnisch auf. »Ihr solltet Euch lieber in acht nehmen«, drohte er finster. »Es sieht ganz so aus, als ob sie auch Euch Grauköpfe bereits in ihren Schlingen hielte . . .«

Plötzlich fand sich Wulfgar am Wams gepackt und halb aus dem Sessel gezogen. Bolsgars andere Pranke holte weit aus, hielt dann aber inne. Sein Gesicht wurde nachdenklich, und er ließ die Faust wieder sinken. »Schon einmal habe ich dich voll Zorn geschlagen«, seufzte der alte Mann. »Es soll nicht noch einmal geschehen . . .«

Wulfgar lachte höhnisch und bitter zugleich über Bolsgars theatralisches Gehabe. Da schien plötzlich ein Schmiedehammer auf seinen Schädel niederzudonnern. Langsam sank seine mächtige Gestalt auf den Boden und rührte sich nicht mehr.

Sweyn rieb sich die Knöchel der gewaltigen Rechten und zwinkerte Bolsgar an. »Ich fühle mich von derlei Rücksichten frei«, lächelte er und nickte dann auf Wulfgar hinab. »Das hatte er verdient.«

Bolsgar packte den bewußtlosen Wulfgar an den Knöcheln, und Sweyn faßte ihn unter den Armen. Zusammen schleppten sie ihn über die Treppe ins Obergeschoß. Bolsgar pochte leise an die Tür und nach Aislinns schlaftrunkener Anwort stieß er sie vorsichtig auf. Sie richtete sich halb im Bett auf und verfolgte erstaunt, wie die beiden Alten Wulfgar hereinbrachten und neben sie aufs Lager warfen. »Was ist geschehen?« fragte sie mit weit aufgerissenen Augen.

»Er hat zu viel getrunken«, grunzte Sweyn unwirsch.

Aislinn warf ihm einen prüfenden Blick zu. »Wein? Ale? Das muß ja ein ganzer Schlauch voll gewesen sein – und in so kurzer Zeit . . .?«

»Nicht, wenn man mit solchem Unverstand trinkt wie er«, mischte Bolsgar sich ein.

Sie beugte sich über den Gatten und streichelte zärtlich sein Gesicht. Dabei stießen ihre Finger auf die kräftige Schwellung am Kinn. Stirnrunzelnd blickte sie auf. »Wer hat ihm das hier beigebracht?« fragte sie mit Schärfe in der Stimme.

Sweyn rieb sich wieder die Knöchel und grinste. »Ich war das«, sagte er dann selbstgefällig.

Aislinn blickte verwirrt von einem zum anderen.

Bolsgar versuchte es ihr zu erklären. »Er benahm sich wie ein ungezogener kleiner Junge. Leider hatten wir keine Rute zur Hand.«

Dann ließen die beiden Aislinn allein. Nach einem Augenblick des Nachdenkens stand sie auf und streifte Wulfgar die Kleider ab. In dieser warmen Sommernacht brauchte er weder sie noch eine Decke.

Donnergrollen erfüllte das Gemach und ließ Wulfgar aufschrecken. Mit wildem Blick schaute er um sich, bereit, es mit jedem Eindringling aufzunehmen. Dann begriff er, daß es nur die Vorboten eines Sommergewitters waren, das von der See her über Darkenwald hinwegzog. Er legte sich zurück und schloß wieder die Augen. Allmählich verhallte der Donner in der Ferne, und man hörte die ersten schweren Tropfen auf die Steine klatschen. Der Regen verstärkte sich rasch und prasselte schließlich mit Macht gegen die Läden.

Er fühlte, wie es sich neben ihm regte. Als er die Augen aufschlug, beugte sich Aislinn zu ihm herüber. Die langen Flechten fielen ihr vom Haupt und umrahmten das schneeweiße Gesicht. Der besorgte Blick ihrer Veilchenaugen entlockte ihm trotz seines pochenden Schädels ein leises Lächeln. Er streckte eine Hand aus und vergrub sie in der glänzenden Pracht. So zog er ihr Gesicht zu sich herab. Er genoß die wilde Frische ihrer Lippen. Aislinn setzte sich lächelnd auf. »Ich sorgte mich um Eure Gesundheit, aber mir scheint, Ihr fühlt Euch schon wieder recht wohl.«

Wulfgar hob die Arme über den Kopf und streckte sich wie ein schläfriges Tier. Dann spürte er den Schmerz am Kinn und betastete vorsichtig mit den Fingern die Schwellung. Stirnrunzelnd setzte er sich auf. »Sweyn scheint alt zu werden«, murmelte er und ihren überraschten Blick bemerkend, erklärte er: »Andere Kinnbacken, die Bekanntschaft mit seiner Faust machten, sprangen in tausend Stücke.« Sie lächelte mit feucht schimmernden Augen zu ihm auf, und wieder konnte er der Verlockung nicht widerstehen. Seine Lippen drückten sich innig auf die ihren. Aislinn genoß seine Zärtlichkeit. Doch dann erinnerte sie ein dumpfer Schmerz im Unterleib daran, daß ihre Zeit nun bald kommen würde.

Wulfgar bemerkte, wie sich ihr Blick trübte und ihre Heiterkeit verflog. »Hat der Satan dir eine unangenehme Erinnerung geschickt, Aislinn?« fragte er zärtlich. Er legte seine Hand auf die Rundung ihres Leibs. »Immer wieder bedrückt es mein Gemüt, daß dieses Kind, selbst wenn es meines sein sollte, kein Kind der Liebe ist, denn oft habe ich dich gegen deinen Willen gezwungen, nur um meiner Lust zu frönen. Du sollst aber wissen, daß ich es als meines anerkennen will, wer immer es gezeugt haben mag. Es soll meinen Namen tragen und mein Wappen führen. Nie werde ich es aus meinem Haus verstoßen. Vor allem soll es aber von seiner Mutter geliebt werden.«

Herzlich lächelte sie zu ihm auf, wußte sie doch, welch grausame Kindheit er durchlebt hatte. »Habt keine Angst, Wulfgar. Diesem Kind werde ich meine ganze Liebe schenken. Meine Arme werden es wiegen, und ich werde mein Bestes für seine Erziehung tun.« Ein Seufzen entrang sich ihrer Brust. »Doch wie jede Frau mache ich mir Sorgen um das, was kommen wird. Es gibt so vieles, das ich nicht bestimmen kann, und das doch auf sein Leben Einfluß nehmen wird. Außerdem solltet Ihr auch daran denken, daß es ein Mädchen statt eines Jungen werden könnte!« Sie streckte die Hand aus und fuhr ihm übers Haar.

Wulfgar lächelte. »Gottes Wille geschehe, Liebste. Wir werden diesem Land eine Dynastie schenken. Sollte es aber ein Mädchen sein, dann wünschte ich es mir dir ähnlich. Dann könnte es allen Männern genauso den Kopf verdrehen, wie du mir den meinen verdreht hast.« Er wandte den Kopf und küßte ihre Armbeuge. »Du hast mein Leben völlig durcheinandergebracht. Wie oft sagte ich, daß kein Schwur mich an eine Frau binden sollte, und doch hast du mich dazu gebracht! So groß war meine Angst, dich zu verlieren. Ich war geizig, und du warst klug genug, nichts von mir zu verlangen. Und plötzlich hätte ich mein Leben dafür eingesetzt, wenn ich deine Wünsche anders nicht hätte befriedigen können.« Er lächelte kläglich. »Ich gebe es auf, mein Leben nach bestimmten Prinzipien leben zu wollen. Lieber vertraue ich darauf, daß du mir den richtigen Weg weist und meine Hilflosigkeit nicht allzu sehr ausnützt.«

»Wulfgar«, schalt sie, »seit wann kniet ein so mächtiger Ritter vor einem einfachen sächsischen Mädchen und läßt es nach Belieben mit ihm verfahren? Ich glaube, Ihr macht Euch über mich lustig.« Lächelnd beugte sie sich zu ihm hinüber, und er fühlte die schwellenden Brüste sich gegen ihn drängen. Mit großem Ernst forschte sie dann in seinen Augen.

»Ob es nicht doch ein Kind der Liebe ist, das in mir wächst?« fragte sie leise. »Ich sehne mich danach, deine Arme um mich zu fühlen und verlange nach deiner Berührung. Wie kommt es, daß ich freudig jedem Wink von dir folge? Welche

Macht hast du über mich, daß ich sogar dann, wenn ich mich gegen dich zur Wehr setzte, insgeheim nach dir verlangte?«

Wulfgars graue Augen hielten den ihren stand. Kaum weniger ernst erwiderte er: »Das alles ist nicht wichtig. Vergiß alle Zweifel und freue dich unserer Liebe.« Dann fuhr er in gespieltem Ernst fort: »Aber jetzt muß ich mich endlich erheben. Wie leicht könntest du sonst erneut gegen deinen Willen von mir zu etwas gezwungen werden.«

Aislinn lachte glücklich auf und ließ von ihm ab. »Gegen meinen Willen? Nein, jetzt nicht mehr. Vielleicht ist diese Gefahr für dich inzwischen sehr viel größer . . .«

Wulfgar sprang laut lachend auf und begann sich anzukleiden. Als er die Kammer verließ, trällerte er ein fröhliches Liedchen, das ihn bis in die Halle hinab verfolgte.

Bolsgar und Sweyn saßen bereits zu Tisch und machten ihm vorsichtig Platz. Nachdem er sich gesetzt hatte, betastete er mit den Fingern behutsam die deutlich sichtbare Schwellung an seinem Kinn. »Mich dünkt, heute nacht hat mich ein junges Frauenzimmer mit zu viel Leidenschaft geküßt«, bemerkte er dann trocken. »Oder war es vielleicht die Hand des kraftlosen Greises, die nach mir schlug?«

Bolsgar lachte in sich hinein. »Ein kraftloser Greis, fürwahr! Er traf Euch so, daß Ihr keine Zeit zum Gutenachtsagen mehr fandet.« Wulfgar seufzte schwer auf. »Es ist schon eine lästige Aufgabe, sich um zwei so alt gewordene Ritter kümmern zu müssen. Früher, in ihrer lang zurückliegenden Jugend, züchtigten sie mich mit starker Hand, wenn meine Worte oder Taten ihren Unwillen erregten. Aber inzwischen scheint nicht nur ihre Geistes-, sondern auch die Kraft ihres Leibes gelitten zu haben . . .«

»Willst du dich etwa im Ellbogenspiel mit mir messen? Du wirst schon sehen, wie der Tattergreis dir dabei sämtliche Knochen bricht«, gab Sweyn erbost zurück. »Ich wollte nur Rücksicht auf dein hübsches Gesichtchen nehmen, du Gelbschnabel!«

Wulfgar lachte. »Eure Zunge macht mir mehr Angst als Eure Muskeln. Aber laßt es gut sein, alter Sweyn. Euer Hieb traf sein Ziel, und Ihr tatet recht daran. Denn ich hatte keinen Grund, meine Dame auf diese Weise zu beleidigen. Vergeßt meine Unüberlegtheit so rasch wie möglich.«

Bolsgar tauschte mit Sweyn einen Blick aus. Dann nickten die beiden Alten und schoben dem Normannen einen Humpen Ale zu. Alle drei tranken sich schweigend zu, und die gewohnte Eintracht war wieder hergestellt.

Als Wulfgar das Gefäß absetzte, sah er, wie Aislinn vorsichtig die Treppe herabkam. Er sprang auf, und zärtlich besorgt geleitete Wulfgar seine junge Frau zu ihrem Stuhl.

Doch sie hatte sich kaum bequem zurechtgesetzt, als der dumpfe Schmerz in ihrem Unterleib so heftig wurde, daß ihr die Sinne zu schwinden drohten. Nach Atem ringend saß sie da, voller Angst von Wulfgar beobachtet. Nachdem sie wieder etwas Kräfte gesammelt hatte, nickte sie ihm zu und griff nach seiner Hand. »Würdet Ihr mich bitte nach oben bringen. Ich fürchte, ich schaffe es nicht allein.«

Er sprang auf, schob ihre Hand zur Seite und hob sie in seine Arme. Während er auf die Treppe zuschritt, warf er einen barschen Befehl über die Schulter: »Schickt nach Midred. Sie soll sich sofort um Milady kümmern. Ihre Zeit ist gekommen.« Alles lief aufgeregt durcheinander, während Wulfgar Aislinn in ihr Gemach hinauftrug. Mit dem Fuß stieß er die Tür auf und legte seine junge Frau behutsam auf das Lager. Nachdenklich starrte er auf sie hinab.

Aislinn fragte sich, ob diese Sorge ihr galt, oder ob er auch jetzt noch von Gedanken über die Vaterschaft des Kleinen gepeinigt wurde. Tröstend griff sie nach seiner Hand und drückte sie sich gegen die Wange. Mit äußerster Vorsicht setzte sich Wulfgar neben sie auf den Bettrand. Noch nie in seinem Leben hatte er sich so hilflos gefühlt.

Wieder durchzuckte dieser überwältigende Schmerz Aislinns Leib. Ihre Hand umklammerte die seine verzweifelt, und Wulfgar litt auf seine Weise mit ihr. Er, der auf seinen Kriegszügen Schmerzen wie selbstverständlich erduldet hatte, geriet fast von Sinnen, als er sah, wie dieser schmerzgepeinigte Leib sich auf dem Lager wand.

»Ist ja gut, Milady, ist ja gut«, klang endlich Midreds Stimme von der Tür herüber. Sie trat ans Bett heran. »Spart Eure Kraft für später auf, Ihr werdet sie noch brauchen. Wie es aussieht, wird dieser Bursche Euch schwer zu schaffen machen. Aber die Natur hat sich noch immer ihr Recht verschafft. Also entspannt Euch, es wird alles gutgehen.«

Midred warf der werdenden Mutter ein Lächeln der Aufmunterung zu, und tatsächlich atmete Aislinn jetzt etwas leichter. Wulfgars Gesicht dagegen wirkte erschöpft und abgehärmt. Da Midred sah, wie er sich quälte, wandte sie sich mit leiser Stimme an ihn. »Milord, würdet Ihr dafür Sorge tragen, daß Hlynn gerufen wird? Ich brauche ihre Hilfe. Inzwischen wird hier alles für Milady geschehen.« Als sie sah, daß das Feuer erloschen war, rief sie ihm noch nach: »Und sagt Ham und Sanhurst, sie sollen Holz bringen und den großen Wasserkessel füllen.«

Auf diese Weise gelang es, den Normannen von Aislinns Seite zu verbannen. Ängstlich harrte er an der Tür und sah, wie die Frauen sich um Aislinn mühten. Gelegentlich erhaschte er auch ein kleines Lächeln Aislinns, die trotz der schweren Wehen immer auch noch seiner gedachte.

Stunde um Stunde verging, und Wulfgars Befürchtungen wuchsen ins Unermeßliche. Doch Midred und Hlynn waren viel zu beschäftigt, um auf seine ängstlichen Fragen antworten zu können. Und immer wieder wurde er von der Vorstellung gepeinigt, die liebliche, hellhaarige Aislinn könnte einem schwarzhaarigen und dunkelhäutigen Kind das Leben schenken, so daß alle Welt Ragnor als seinen Erzeuger erkennen würde. Doch viel bedrückender war die Angst, seine geliebte Aislinn könnte die schwere Geburt nicht überleben. Er dachte an die vielen Monate an ihrer Seite, an die Stunden gemeinsamer Lust und heiterer Zufriedenheit. Konnte das alles plötzlich vorbei sein? Dunkle Wolken legten sich auf sein Gemüt und er meinte, in dem engen Gemach ersticken zu müssen. Die ängstigende Ungewißheit ließ ihn aus der Halle und hinüber zu den Ställen flüchten.

Hun schnaubte erschrocken auf, als sein Herr ihm den Sattel über den Rücken warf. Ungestüm drückte Wulfgar dem Tier das Gebiß ins Maul und schwang sich dann hinauf. Ziellos jagte er sein mächtiges Roß durch die Landschaft, bis die körperliche Erschöpfung auch die peinigenden Gedanken zum Schweigen brachte.

Schließlich lagerten sie auf einer kleineren Erhebung unterhalb des Burgbergs. Schwer ging der Atem des Tiers. Wulfgars Blicke liefen an den Mauern und Wänden hinauf, die wieder um ein Stück gewachsen waren. Auch jetzt in der Dämmerung wurde noch an ihnen gearbeitet. Er staunte immer wieder, mit welchem Eifer alle bei der Sache waren. Sie arbeiteten ohne zu murren, da sie wußten, daß sie hinter diesen Wällen Schutz und Sicherheit finden würden.

Wulfgars Blick fiel auf den gen Himmel ragenden Bergfried, in dem er und Aislinn bald schon Obdach finden würden. Seine Mauern wuchsen langsamer als die Wälle. Doch bald würden sie undurchdringlich für jeden Feind sein – außer für den Tod . . .

Wieder griff die Angst nach ihm. Vielleicht würde er ganz allein dort hinter jenen Mauern leben müssen. Voller Unruhe schwang er sich wieder in den Sattel und trieb Hun bis an die Grenzen seines Landes.

Sein Land!

Es waren Worte, die sein Herz höher schlagen ließen. Keiner sollte ihn mehr von hier vertreiben! Gleichgültig, was Aislinn ihm schenkte, einen Bastard oder sein eigen Kind, er würde es anerkennen und ihm dieses Erbe hinterlassen. Dieser Gedanke hatte etwas seltsam Tröstliches. Er gab ihm die Kraft, sein Schicksal auf sich zu nehmen, in welcher Gestalt es sich ihm auch nähern mochte.

Hun verfiel in Schritt, und Wulfgar sah, daß Darkenwald wieder unmittelbar vor ihnen lag. In seinem Ungestüm hatte er sein Land umrundet und kehrte jetzt hierher zurück.

Er sah, daß man in der Halle die Fackeln ansteckte, und die Sterne traten ans Firmament. Aber er blieb draußen, verbrachte gegen den Stamm des alten Baumes gelehnt die laue Sommernacht.

Der Morgen dämmerte, als ein lauter Schrei ihn aufschreckte. Eiskalt lief es ihm über den Rücken. War es Aislinns Stimme gewesen? Lange Zeit war es totenstill ringsum. Dann plötzlich hörte man das herzhafte Krähen eines Neugeborenen. Aber noch immer verharrte er. Maida schlich aus dem Tor der Halle und schlug den Weg zu ihrer Hütte ein. Auch andere Schattengestalten huschten heraus und verloren sich im Ort. Jetzt erst erhob er sich und führte Hun am Zügel zu seinem Stall. Mit schwerem Schritt stieg er die Treppe hinauf zum Schlafgemach. Vorsichtig drückte er die Tür auf. Er sah Midred am Feuer sitzen, in ihren Armen den neuen Erdenbürger. Sein Blick wanderte zum Bett hinüber, auf dem er undeutlich Aislinns Gestalt wahrnahm. Erleichtert sah er, daß ihre Brust sich in ruhigem Rhythmus hob und senkte. Sie schien fest zu schlafen.

Auf Zehenstpitzen trat er an Midreds Seite. Sie schlug das Linnen auf und hielt ihm das Neugeborene entgegen. Es war ein Junge, dessen runzliges Gesicht wie das eines Greises wirkte. Auf seinem Schädel sproß ein leuchtend rotes Haarbüschel.

Wulfgar lächelte wehmütig und fuhr sich durch die lohfarbene Mähne. Aber es hätte auch schlimmer kommen können . . .

Behutsam trat er an Aislinns Seite. Als er sich liebevoll über sie beugte, sah er, daß sie die Augen geöffnet hatte und ihm forschend entgegenblickte. Mit äußerster Vorsicht ließ er sich auf dem Bettrand nieder und nahm ihre kleine Hand zwischen seine Pranken. Noch nie war ihm der Blick ihrer Augen so warm und herzlich erschienen. Ein Lächeln umspielte die gekräuselten Mundwinkel, so bleich und erschöpft sie auch wirkte. Der Kampf um das neue Leben hatte seine Spuren in ihren zarten Zügen hinterlassen. Doch jetzt verlieh ihr der Sieg über den Schmerz eine ruhige Heiterkeit, die sich auf Wulfgar übertrug und ihn mit Stolz erfüllte. Das hier war seine Frau! Immer würde er sich auf sie verlassen können, was das Leben auch bringen mochte.

Er beugte sich zärtlich über sie und küßte sie, als ob er Abbitte für etwas leisten wollte. Als er sich wieder aufrichtete, schloß sie aufseufzend die Augen. Nachdem sie ihn gesehen hatte, verlangte ihr ermüdeter Leib sein Recht. Noch einmal drückte er einen sanften Kuß auf die weichen Lippen und verließ dann behutsam das Gemach.

Wieder ging er zum Stall hinüber, wo er sich neben Hun im duftenden Heu sein Lager bereitete. Unwillig schnaubte der Kampfgefährte auf. Doch das störte den Normannen heute in keiner Weise. Lächelnd warf er dem mächtigen Tier einen Blick über die Schulter und beruhigte es: »Laß gut sein! Nur noch für diese eine Nacht!«

23

Das Neugeborene begam den Namen Bryce. Es erfüllte Aislinn mit großer Freude, denn es war aufgeweckten und heiteren Gemüts. Ein fordernder Schrei genügte, wenn Hunger den kleinen Bauch quälte, und gleich darauf nuckelte das Kerlchen zufrieden an ihrer Brust.

Wulfgars Zweifel allerdings waren noch immer nicht ganz verflogen. Denn rasch vermehrte sich auf dem kleinen Schädel das rotgoldene Haar, unter dem die tiefblauen Augen desto strahlender hervortraten.

Maida war bei der Geburt zugegen gewesen, hatte sich aber danach längere Zeit nicht mehr in der Halle blicken lassen. Doch wann immer Aislinn und der Kleine jetzt irgendwo zu sehen waren, konnte man sicher sein, daß auch die alte Frau herbeischlich. Allerdings betrat sie die Halle nur, wenn Aislinn oder Wulfgar sie ausdrücklich dazu aufforderten. An warmen Sommertagen kauerte sie aber auf der Schwelle und ließ den Kleinen nicht aus den Augen. Ein nachdenklicher Ausdruck beherrschte in diesen Augenblicken ihre Miene. Ganz offensichtlich traten alte Erinnerungen wieder in ihr Bewußtsein; sie dachte an jene Zeit, als die Mutter des Kleinen dort gespielt hatte.

Wenn Aislinn ihre Mutter so sitzen sah, keimte die Hoffnung in ihr, die alte Frau würde durch die glücklichen Erinnerungen un die fröhliche Unbekümmertheit des Enkels doch allmählich die schrecklichen Geschehnisse der jüngsten Vergangenheit vergessen und sich wieder voll der Gegenwart zuwenden.

Die langen, warmen Sommertage neigten sich dem Ende zu, und der September brachte des Nachts eine erste Ahnung kommender Winterfröste. Mit Freuden sah man die Ernte reifen. Auf Wulfgars Geheiß verjagten junge Burschen das Wild aus den Feldern und hielten mit Steinen und Schleudern die Vögel fern. Kerwick war bis spätabends unterwegs, um die zu erwartenden Erträge in seinen Büchern festzuhalten.

Von früh bis spät drehten sich in Darkenwald die Mühlsteine, angetrieben von Ochsen, die gemächlich im Kreise trotteten. Aus allen Landstrichen kamen die Leute in den Ort, um sich bei Gavin, dem Schmied, für den Winter mit Gerätschaften und Handwerkszeug zu versorgen. Die späten Früchte reiften noch in der Herbstsonne nach, während die Lager- und Vorratshäuser schon überquollen. In den Speisekammern stapelte sich Räucher- und Trockenfleisch, und von der Decke hingen riesige Würste. Von allem bekam der Lord seinen Anteil, so daß die kühlen Gewölbe unter der Halle sich bald bis zur Decke füllten. Junge Mädchen pflückten Trauben und anderes Obst, woraus Wein und Most gemacht wurden, um in langen Winternächten Leib und Seele zu erfreuen. In irdenen Krügen schmolz man Honigwaben. Das Wachs wurde abgeschöpft und zu Kerzen verarbeitet. Die letzte Schicht aber ließ man erstarren und versiegelte so den süßen Honig. Die ganze Halle summte vor Geschäftigkeit. Über allem aber lag der atembeklemmende Geruch frischen Blutes, denn man schlachtete alle Tiere, die für die neue Aufzucht im Frühjahr nicht geeignet schienen. Und dann durchzogen Gerbsäureschwaden die Halle, als man die Felle und Häute für die Weiterverarbeitung vorbereitete. Auch die Räucherkammer war ständig in Betrieb; hier wurde das Fleisch mit viel Salz für den Winter haltbar gemacht.

Haylan machte sich bei dieser Arbeit besonders nützlich und war von früh bis spät am Werk. Deshalb war sie auch froh, daß ihr Sohn Miles in Sweyn einen treuen Freund und Gefährten gefunden hatte. Bei ihm lernte er alles, was ein Junge wissen mußte. Der alte Nordmann machte Miles mit den Gewohnheiten der Wildgänse und anderer Vögel vertraut, so daß er bald wußte, wann es sich lohnte, einen Pfeil zu riskieren. Er zeigte ihm die Wildwechsel und die Tränken der Tiere und brachte ihm bei, wie man Schlingen und Fallen stellte, um Fuchs und Wolf zur Strecke zu bringen. Bald auch konnte Miles ohne fremde Hilfe die erlegten Tiere fachgerecht auswaiden und brachte seiner Mutter manch warmen Pelz nach Hause.

Das Blattwerk der Bäume funkelte in allen Rot- und

Brauntönen, als ein schwerer Frost den Süden Englands heimsuchte. An diesem Tag war Sweyn mit einem Auftrag nach Cregan geschickt worden, so daß Miles sich selbst überlassen blieb. Er ging die Fallen und Schlingen ab, um zu erkunden, was sich darin gefangen hatte. Gowain sah ihn in der Ferne auf dem Sumpfpfad verschwinden. Erst als alles beim Mittagsmahl versammelt war, vermißte Haylan den Sohn.

Als man ihr in den Ställen erklärte, daß Sweyn schon am frühen Morgen allein ausgeritten sei, geriet sie in große Sorge. Und dann hörte sie von Gowain, welch gefährlichen Weg der Junge eingeschlagen hatte. Sofort erhob sich Kerwick von der Tafel und begab sich zusammen mit dem normannischen Ritter auf die Suche. Auf dem froststarren Boden waren die Spuren kaum noch zu sehen.

Trotzdem war ihre Mühe schon bald von Erfolg gekrönt. Miles war in seinem Eifer in eine der Fallen geraten, die Sweyn für Füchse und Wölfe aufgestellt hatte. Ein schwerer Ast drückte ihn in das eiskalte Wasser eines Baches. Der Junge mußte schon stundenlang hilflos hier gelegen haben. In dem schmächtigen Leib schien kaum noch Leben zu sein. Als sie ihn herauszogen, krächzte er mit blauschwarzen Lippen: »Ich bin ausgerutscht, ich kann nichts dafür, Sir Gowain . . .«

Sie packten ihn warm ein und trugen ihn eilends zur Hütte Haylans. Dort setzte man ihn so nahe wie nur möglich an das lodernde Feuer. Obwohl Haylan immer neue Pelze um ihn warf und ein Scheit ums andere nachlegte, ließ das Zittern nicht nach. Kerwick wollte daraufhin Aislinn holen.

Doch Haylan hielt ihn angstvoll zurück. »Nicht diese Hexe«, kreischte sie. »Sie hat den bösen Blick. Ich will selbst für ihn sorgen.«

Stunde um Stunde verging. Der Junge begann zu fiebern. Seine Augen glänzten angstvoll, und das Luftholen bereitete ihm immer größere Schmerzen. Doch noch immer wollte Haylan von Aislinns Hilfe nichts wissen.

Die Dämmerung war schon hereingebrochen, als Sweyn heimkehrte und von dem Unglück erfuhr. Sofort begab er sich zu Haylans Hütte und kniete sich besorgt neben den fiebernden Jungen. Er barg die kleinen Hände in seinen mächtigen Pranken. Er wandte sich nach Gowain um, der ihm gefolgt war, und befahl barsch: »Holt sofort Lady Aislinn!«

»Nein, ich will das nicht!« brauste Haylan auf. »Sie hat doch sogar Wulfgar verhexet! Sie ist eine Hexe, sage ich Euch, und ich will sie hier nicht haben!«

Sweyn knurrte verärgert: »Ihr beschimpft eine Heilige, weil Ihr wütend auf sie seid. Doch mein Herz hängt an diesem Jungen, und ich weiß, daß er sterben wird, wenn sie ihm nicht hilft. Deshalb wird sie herkommen, Ihr werdet mich nicht daran hindern können. Geht mir aus dem Weg!«

Aislinn spielte mit Bryce vor dem Feuer ihres Gemachs, während Wulfgar den beiden von seinem Stuhl aus zusah. Aislinn lag auf dem Rücken, und der Kleine ritt auf ihrem Bauch. Ein ungestümes Poltern vor der Tür ließ den Kleinen mit schreckgeweiteten Augen aufblicken. Seine Mutter drückte ihn beruhigend gegen die Brust, und Wulfgar forderte den späten Besucher laut zum Eintreten auf.

Sweyn erschien auf der Schwelle. »Um Vergebung, Lady Aislinn«, keuchte er, »aber Miles ist ins Wasser gefallen und hat schweres Fieber. Er vermag kaum noch zu atmen. Ich fürchte das Schlimmste, wenn Ihr ihm nicht zur Hilfe kommt.« Rasch erhob sie sich und warf Wulfgar einen flehenden Blick zu. Auch er war inzwischen aufgestanden und nahm ihr Bryce ab. »Wulfgar, Ihr müßt auf ihn achtgeben. Ich kann ihn nicht mitnehmen. Sollte er zu schreien beginnen, dann laßt Midred kommen.«

Bevor er sich von seiner Überraschung erholt hatte, warf sie sich den Umhang über, griff nach ihren Arzneien und Kräutern und eilte mit Sweyn aus dem Gemach.

Als die Tür hinter den beiden zuschlug, blickte Wulfgar zweifelnd auf den Winzling in seinen Armen. Doch das Kind hatte sich bereits neugierig und vergnügt daran gemacht, die Schlaufen seines Hemdes zu untersuchen. Der Normanne machte den schüchternen Versuch, ihn wie Aislinn in den Armen zu wiegen. Doch an seiner harten Brust schien der Kleine keinen Gefallen zu finden. Sein leises Wimmern ließ Wulfgar innehalten. Aufseufzend sank er auf seinen Stuhl zurück und setzte sich den pausbäckigen kleinen Lord im Schoß zurecht. Hier schien sich Bryce wohl zu fühlen. Zuerst zog er quietschend an Wulfgars weiten Hemdärmeln, bis er die Kragenschleifen entdeckte und sie mit tapsigen Fingern löste.

Aislinn drückte die Tür zu der kleinen Hütte auf und sah

sich Haylan gegenüber, die einen Mistelzweig vor ihr schwenkte, als ob es einen Dämonen abzuwehren gälte. Ohne weiter auf sie zu achten, schob sie die junge Frau beiseite und eilte mit dem Jungen hinüber. Haylan wollte dem ungebetenen Gast gerade in den Arm fallen, als Sweyn hereinstürmte und sie so grob zur Seite drückte, daß sie sich mit offenem Mund auf ihr Hinterteil setzte.

Aislinn verlor keinen Augenblick. Aus dem Feuer sammelte sie Holzkohlen in ein flaches Becken. Sie stellte es neben das Lager, auf dem der Kranke lag. In das Becken kam ein mit Wasser gefüllter Kessel. Als der erste Dampf aufstieg, rieb Aislinn verschiedene Kräuter in das Gefäß und fügte schließlich aus einer Phiole eine dicke, weißliche Substanz hinzu. Bald füllte sich die Hütte mit schwerem, würzigem Rauch, der Augen und Nasen reizte. Inzwischen rührte Aislinn eine Mischung aus Honig und einigen kräftigen Prisen gelben Pulvers an. Sie wurde mit dem Gebräu aus dem dampfenden Kessel aufgefüllt. Vorsichtig hob Aislinn den Kopf des fiebernden Jungen an ihre Brust und flößte ihm einige Löffel davon ein. Behutsam massierten ihre Finger seine Kehle, bis er es schluckte. Dann ließ sie den Kranken auf das Kissen zurücksinken und kühlte ihm mit feuchten Tüchern die heiße Stirn.

Die ganze Nacht harrte sie an seinem Lager. Warf sich Miles unruhig fiebernd hin und her, war sie sofort zur Stelle und drückte ihm kühlende Tücher auf Stirn und Brust. Schien sein Atem noch schwerer zu gehen, verrieb sie etwas von der milchigen Substanz auf Hals und Oberkörper. Die Erschöpfung ließ sie einige Male einnicken, doch bei der geringsten Bewegung ihres Patienten war sie sofort wieder hellwach.

Als der Tag heraufdämmerte, begann Miles heftiger zu zittern und zu keuchen. Aislinn warf jedes nur greifbare Fell und jede Decke über ihn. Gleichzeitig wies sie Sweyn an, das Feuer noch stärker anzufachen. Das Gesicht des Jungen war flammend rot, während der Atem rasselnd und unregelmäßig die schmächtige Brust hob und senkte.

Haylan, die bislang unter den drohenden Blicken Sweyns Aislinn hatte gewähren lassen, trat angstvoll ans Lager ihres Sohnes. Verzweifelt murmelte sie ein Gebet. Auch Aislinn bat insgeheim Gott um seine Hilfe. So verging eine weitere Stunde.

Der helle Tag stand vor den Läden. Plötzlich beugte sich Aislinn gespannt über den Kranken. Auf der Oberlippe bildete sich eine Schweißspur, und auch die Stirn beperlte sich. Aislinn legte ihm die Hand auf die Brust und spürte, daß sie gleichfalls feucht zu werden begann. Alsbald war der Junge am ganzen Körper schweißüberströmt. Gleichzeitig ließ das heftige Zittern nach, und der Atem schien sich etwas zu beruhigen. Ganz allmählich nahm auch das Gesicht wieder die gewohnte Farbe an. Das regelmäßige Heben und Senken der Brust verriet, daß Miles endlich eingeschlafen war.

Aislinn erhob sich mühsam und begann ihre Arzneien und Kräuter einzusammeln. Haylan beobachtete sie mit rot geränderten Augen und zitternden Lippen.

»Euer Miles bleibt Euch erhalten«, murmelte Aislinn. »Ich werde jetzt auch einige Stunden zu schlafen versuchen . . .«

Als sie aus der Tür trat, mußte sie die müden Augen gegen die blendende Morgensonne schirmen. Sweyn griff nach ihrem Arm und geleitete sie zur Halle zurück. Ohne ein Wort zu wechseln, wußten sie doch beide, daß ihre Freundschaft in dieser Nacht noch inniger geworden war.

Im Schlafgemach fand Aislinn Wulfgar und Bryce in tiefem Schlaf. Die Hand des Kleinen war in des Vaters Haar vergraben, und seine winzigen Beinchen stemmten sich gegen dessen mächtigen Oberarm. Die junge Frau streifte rasch die Gewänder ab und ließ sie achtlos auf dem Boden liegen. Erschöpft sank sie dann aufs Lager und schloß die Arme um den Sohn. Als Wulfgar schläfrig aufschreckte, lächelte sie ihn müde und glücklich zugleich an. Gleich darauf umfing sie der wohlverdiente Schlummer.

Ungefähr eine Woche später trat Haylan in der Halle schüchtern an Aislinn heran, die gerade den Sohn fütterte. Ringsum war alles still und friedlich, da die Männer ihren Pflichten nachgingen und die Halle ganz den Frauen gehörte.

»Milady«, richtete die junge Witwe scheu das Wort an die Herrin. »Milady«, setzte sie erneut an, »ich habe erkannt, daß ich Euch großes Unrecht angetan habe. Ich habe den tückischen Einflüsterungen einer anderen Glauben geschenkt und Euch lange Zeit für eine Hexe gehalten, die ihr großes Glück nicht verdient. Deshalb setzte ich auch alles daran, Euch Euren Gatten abspenstig zu machen.« Wieder hielt sie inne, während

Tränen in ihre Augen traten. »Könnt Ihr mir vergeben? Ich weiß, daß ich Euch viel verdanke. Nie werde ich fähig sein, mich dafür erkenntlich zu zeigen.«

Aislinn zog die junge Witwe auf einen Stuhl neben sich und erwiderte mit nachsichtigem Lächeln: »Eigentlich gibt es nichts, was ich Euch verzeihen müßte, Haylan. Keiner Eurer Ränke hat mir geschadet. Wir wollen uns von jetzt an vertragen und vergessen, was gestern gewesen ist.«

Die junge Witwe nickte lächelnd. Ihre Blicke hingen bewundernd an dem wohlgenährten Jungen, der gierig an der Brust der Mutter saugte. Sie wollte gerade eine Bemerkung über Miles machen, da kehrte Wulfgar von einem scharfen Ritt zurück, und sie hielt es für geraten, ihren Abschied zu nehmen.

Fragend blickte der Normanne der jungen Frau nach und wandte sich dann an Aislinn. »Ist alles in Ordnung, Liebste?«

Aislinn sah die Sorge in seinem Blick und lächelte. »Natürlich, Wulfgar, was sollte es auch geben?«

Er setzte sich neben sie, streckte die langen Beine genüßlich von sich. »Mir scheint, in dieser Halle fallen zu häufig harte Worte«, meinte er nachdenklich. »Gwyneth weist jedes Entgegenkommen zurück und versucht immer wieder, Ärger zu erregen. Es ist mir ein Rätsel, warum sie unsere Gesellschaft meidet und tagelang in ihrer Kammer schmollt. Wenn sie sich nur ein wenig umgänglicher zeigte, gäbe es zwischen uns allen ein gutes Auskommen . . .«

Aislinn warf ihm einen liebevollen Blick zu. »Ihr scheint heute Euren nachdenklichen Tag zu haben, Milord. Es kommt nicht oft vor, daß Ihr Euch über Frauen solche Gedanken macht.«

Er blickte sie jetzt voll an, und seine Augen leuchteten auf, als ihm wieder einmal bewußt wurde, wie schön sie doch war. »Vielleicht kommt das davon, daß ich in letzter Zeit an einem Frauenzimmer wichtigeres entdeckte als rosige Brüste und wohlgerundete Hüften.« Er lächelte bedächtig und legte kühn eine Hand auf ihren Schenkel. »Aber wenn es bei einer Frau zu wählen gilt zwischen Geist und Körper, würde ich doch nicht lange schwanken . . .«

Aislinn lachte auf, doch plötzlich preßte sich sein heißer

Mund auf ihren Nacken und sandte feurige Schauer durch ihre Adern.

»Der Kleine ...«, flüsterte sie atemlos. Aber seine Lippen erstickten jeden Einwand. Erst ein Poltern am Tor ließ die beiden erschreckt auseinanderfahren. Mit geröteten Wangen stand Aislinn auf und legte den schlafenden Sohn in die Wiege neben dem Herd. Auch Wulfgar sprang auf und hielt die Hände über die Flammen, als ob es ihn fröre.

Bolsgar erschien auf der Schwelle, über der Schulter eine Tasche mit Wachteln, die er für das morgige Fest erlegt hatte. Freundlich grüßte er zu ihnen herüber, bevor er zu Haylan in die Kochkammer verschwand. Mißmutig blickte Wulfgar ihm nach.

In letzter Zeit war er kaum noch mit Aislinn allein. Wurde er nicht gerade irgendwo gebraucht, dann verlangte man bestimmt im Ort nach Aislinns Hilfe. Und wenn der Kleine einmal nicht nach der Mutter schrie, erschien irgendein Leibeigener, um sich bei seinem Lord eine Gunst zu erbitten.

Würde das in Zukunft sein Los sein – sie immer vor Augen zu haben und trotzdem nicht mehr die traute Zweisamkeit zu finden, die ihm früher so viel bedeutet hatte? War das die Ehe? Mußte er sich damit abfinden, daß in Zukunft der Kleine in ihrem Herzen die erste Stelle einnahm? War er daran schuld, daß ihre Leidenschaft für ihn abgekühlt zu sein schien? Finster starrte er ins Feuer. Glücklicherweise stand der Winter auf der Schwelle mit seinen langen, kühlen Nächten. Die Arbeit war getan, und er würde mehr Zeit haben, sich um sie zu kümmern. Und auch sie konnte sich dann nicht mehr hinter ihren vielen Pflichten verstecken. Auf jeden Fall hatte er sich fest vorgenommen, sie nie mehr gegen ihren Willen seiner Lust gefügig zu machen.

Als Aislinn den Blick hob, sah sie Maida unter der Tür stehen und schüchtern in die Halle spähen. Zu ihrer Freude bemerkte sie, daß die Mutter sorgfältig gewaschen und gekämmt war und endlich saubere Kleider trug. Das Enkelkind schien die Racheträume der alten Frau langsam vergehen zu lassen und sie aus ihrem Wahn zu lösen.

Aislinn winkte der Mutter zu und bat sie einzutreten. Mit einem schnellen ängstlichen Blick hinüber zu Wulfgar huschte Maida an die Seite der Wiege. Sie kauerte sich nieder und machte sich so klein wie möglich. Der Normanne nahm auch kaum Notiz von ihr. Seine Augen hefteten sich vielmehr an die Tochter, die jetzt die Halle durchquerte, um mit Haylan die Vorbereitungen für das morgige Fest zu besprechen.

Mit einem Tag fröhlichen Schmausens und heiterer Geselligkeit sollte die reiche Ernte gefeiert werden. Die Ritter und ihre Damen würden sich um die Mittagszeit auf die Wildschweinjagd begeben – ein Ereignis, dem alle mit großer Freude entgegenblickten.

Während Wulfgar noch gedankenverloren am Feuer stand, kamen die Ritter mit ihren Gefolgsleuten lärmend in die Halle. Als erster füllte Sweyn sich das Horn, und die anderen folgten freudig seinem Beispiel. Bald gesellte sich auch noch Bolsgar zu ihnen, und alle tranken auf den morgigen Tag. Wulfgar mußte, ob er wollte oder nicht, mit seinen Männern feiern.

Unruhig warf sich Aislinn auf ihrem einsamen Lager hin und her. Sie verstand nicht, was Wulfgar so lange in der Halle festhielt. War er ihrer etwa müde geworden?

Als sie endlich entschlummert war, riß sie Bryces Schreien wieder aus dem Schlaf. Sie schlug die Augen auf und sah, daß Wulfgar sich bereits für den Tag ankleidete. Bewundernd glitten ihre Blicke über seine muskulöse Gestalt. Der Kleine verlangte immer ungestümer nach seinem Frühstück. Sie warf sich rasch etwas über und setzte sich vors Feuer, um ihm die Brust zu geben. Als sie die Augen hob, bemerkte sie Wulfgars brennende Blicke. Spöttisch blitzte sie ihn an.

»Es scheint, Milord, Ihr habt ganz wie in alten Zeiten wieder großen Gefallen an Ale gefunden? Der Hahn hatte bestimmt schon gekräht, bevor Ihr Euer Lager fandet . . .«

Er grinste zurück. »Um Vergebung, Chérie, er hatte sogar schon zweimal gekräht, bevor ich mein müdes Haupt aufs Kissen bettete. Aber Ihr tut mir unrecht. Meine Ritter ließen mich nicht gehen. Sie erzählten mir immer neue Geschichten aus längst vergangenen Zeiten und füllten mir ungefragt mein Horn, wann immer ich es geleert hatte. Ihr seht also, mich trifft an all dem wirklich keine Schuld.«

»Und jetzt geht Ihr zur Jagd?« Aislinn hörte, wie es unten in der Halle bereits rumorte, und sie wußte, daß seine Männer ihn bestimmt holen würden, wenn er nicht bald käme. Aufseufzend drückte er Aislinn einen Kuß auf die Stirn, zog sich das Lederwams über und eilte aus dem Gemach.

Als Aislinn ihm einige Zeit später folgte, glaubte sie in ein Tollhaus geraten zu sein. Lautes Gelächter und fröhliche Zurufe vermischten sich zu ohrenbetäubendem Lärm. Etwas verängstigt preßte sich der kleine Bryce an sie. In einer Ecke neben dem Herd breitete sie ein Fell für ihn aus. Bald verfolgte er das Treiben ringsum mit freudig erregten Augen.

Wulfgar stand bei seinen Rittern und einigen Handelsleuten. Jeder bot jedem Wetten an: Welches Pferd würde das schnellste sein? Wer würde den ersten Eber sichten, wer den größten? Und wer würde als erster Reißaus nehmen?

Mit lauten Verwünschungen versuchten sich einige Männer eines großen Jagdhunds zu erwehren, der schließlich aufjaulend und mit eingezogener Rute davonschlich. Man hörte die schneidende Stimme des Lords den allgemeinen Lärm überdröhnen: »Wer ist für die Hunde verantwortlich? Sie laufen hier ohne jede Aufsicht umher und gefährden die Beinkleider unserer Gäste! Wo ist Kerwick, der Vogt dieser Halle?«

Mit hochrotem Kopf trat Kerwick vor seinen Herrn. »Ja, Milord?« Wulfgar legte ihm eine Hand auf die Schulter. Plötzlich wich die Schärfe aus seiner Stimme, und er fuhr mit vergnügtem Spott fort: »Mein guter Kerwick, wir alle wissen, wie sehr Ihr Euch den Hunden verbunden fühlt. Ich denke, wir sollten Euch deshalb zum Hundeführer ernennen. Glaubt Ihr Euch dieser Ehre gewachsen?«

»Gewiß, Milord«, kam die erleichterte Antwort. »Im übrigen hab' ich noch ein Hühnchen mit ihnen zu rupfen. Wo ist die Hundepeitsche?«

Als sie ihm gereicht wurde, ließ er sie laut durch die Luft zischen. »Mich dünkt, dieser rothaarige Köter dort hat sich damals an meinem Schenkel gütlich getan. Ich verspreche Euch, Milord, daß er heute sein Bestes geben wird, ansonsten bekommt er diese scharfe Schnur zu spüren.«

»Also, dann sind wir uns einig.« Wulfgar hieb dem jungen Mann aufmunternd auf die Schulter. »Jagt sie jetzt zunächst einmal unter Bänken und Tischen hervor und legt sie an die Leinen. Gebt aber keinem von ihnen zu fressen! Wir wollen nicht, daß sie mit fetten Bäuchen hinter den Sauen herkeuchen!«

Die Männer lachten und tranken sich zu. Doch prustend und mit erstaunt geweiteten Augen setzte Bolsgar plötzlich sein Trinkgefäß schwer auf den Tisch. Als die anderen seinem Blick folgten, sahen sie Gwyneth in Jagdkleidung die Treppe herabschreiten.

Sie gesellte sich zu der Gruppe am Feuer. Nach einem geringschätzigen Blick auf Aislinn und das Kleine wandte sie sich an Kerwick: »Wenn es Euch nicht zu viel Mühe machte, würde ich Euch bitten, mir ein Pferd zu satteln.«

Kerwick nickte gehorsam und entfernte sich.

Bolsgar trat einen Schritt vor und verbeugte sich spöttisch vor seiner Tochter. »Geruhen Milady sich heute den Bauern anzuschließen?«

»Ich hoffe, es stört Euch nicht, teuerster Vater. Aber diese kleine Abwechslung lasse ich mir nicht entgehen. Wochenlang habe ich jetzt hier das Dienstmädchen gespielt. Es wird Zeit, sich wieder in edleren Tätigkeiten zu üben.«

Der Großteil des Morgens verging wie im Fluge. Überall wurden letzte Vorbereitungen für die Jagd und das anschließende Festmahl getroffen. Kurz vor dem allgemeinen Aufbruch brachte Aislinn den Kleinen zurück in ihr Schlafgemach. Sie säugte ihn und legte ihn dann unter Hlynns zärtlich besorgter Aufsicht zum Schlafe nieder.

Als sie sich wieder den anderen zugesellte, trug sie einen langen gelbbraunen Reitrock aus besonders kräftigem Tuch. Die meisten mußten den kräftigenden Imbiß im Stehen einnehmen, da für die vielen Gäste einfach keine Sitzgelegenheiten vorhanden waren. Draußen vor der Halle spielte eine Gruppe fahrender Sänger auf, umdrängt von den Leuten des Ortes. Dann führten die Knechte die Pferde vor. Gwyneth erlebte wieder eine Enttäuschung, denn Kerwick hatte für sie den kleinen Rotschimmel ausgewählt, der Aislinn einst nach London getragen hatte. Es war wohl ein ausdauerndes und braves Tier, aber es konnte sich in keiner Weise mit der langbeinigen und anmutigen Apfelschimmelstute der jungen Lady messen.

Als die Jagdgesellschaft aufbrach, übertrug sich die allgemeine Erregung auf die Hundemeute. Kerwick hatte alle Hände voll zu tun, sie zurückzuhalten. Jedes der Tiere wollte als erstes die Fährte aufnehmen.

Es war ein schöner Tag, dem sich alle Herzen öffneten, außer bei Gwyneth. Aislinn ritt an Wulfgars Seite und lachte hell über seine scherzhaften Bemerkungen. Stimmte er einen seiner zotigen Gesänge an, hielt sie sich mit gespieltem Entsetzen die Ohren zu. Gwyneth saß steif und verbissen im Sattel. Immer wieder warf die arme kleine Stute schnaubend den Kopf in den Nacken, da Gwyneth sie mit harter Hand zügelte und so schmerzhaft das Gebiß in den Gaumen preßte.

Bald ging es querfeldein und einen kleinen Hügel hinauf. Da sahen sie in einiger Entfernung am Waldessaum eine ganze Herde Wildschweine vor sich, darunter auch einige kapitale Eber. Kerwick sprang vom Pferd und koppelte rasch die Hunde los. Sofort stürzten sie laut bellend den Abhang hinab. Sie sollten die mächtigen, tückischen Tiere hetzen und schließlich stellen, bis die Reiter herangekommen waren.

Waren die Tiere eingekreist, stiegen die Jäger ab und näherten sich ihrer Beute mit dem kurzen Sauspieß. Eine längere Waffe wäre nur hinderlich gewesen, da der Kampf nicht selten im dichten Unterholz stattfand. Ungefähr eine Armlänge hinter der Spitze des Spießes befand sich eine Querstange, die es dem verletzten Tier unmöglich machte, nach der Hand zu schnappen, die die Waffe hielt.

Als die Jäger hinter dem fernen Jaulen der Meute her in den Wald einritten, blieben Aislinn und Gwyneth ein wenig zurück. Aislinn zügelte ihr Tier, weil sie sich noch immer etwas geschwächt fühlte. Gwyneth aber gelang es trotz aller Verwünschungen und Schläge nicht, die kleine Stute zu einer schnelleren Gangart anzuspornen. Erst als Aislinn auf gleicher Höhe ritt, beruhigte sich auch Gwyneths Tier etwas. Die Reiterin ließ die Hand etwas sinken, um sich vor Aislinn keine Blöße zu geben. Eine Zeitlang ritten sie schweigend Seite an Seite.

Schließlich wollte Aislinn eingedenk der Worte Wulfgars ein Gespräch in Gang bringen. »Welch wunderschöner Tag«, meinte sie tief einatmend, und ihr Blick wanderte zu den herbstlich bunt gefärbten Baumkronen hinauf.

Gwyneth erwiderte barsch: »Ein schöner Tag – bah! Ja, wenn ich ein besseres Pferd hätte!«

Lächelnd gab Aislinn zur Antwort: »Ich würde Euch ja meines zur Verfügung stellen, aber ich habe mich inzwischen so sehr daran gewöhnt, daß ich es gerne noch eine Weile behalten würde.«

Gwyneth verzog böse das Gesicht. »Immer gelingt es Euch, das beste aus einer Situation zu machen, vor allem, wenn dabei Männer im Spiel sind. Verliert ihr doch einmal, gewinnt Ihr es sofort doppelt zurück.«

Aislinns Lächeln verstärkte sich. »In manchen Fällen gewinne ich sogar das Zehn- oder Hundertfache – Ihr braucht dabei nur an Ragnor zu denken . . .«

Das war zu viel. Wütend brach es aus Gwyneth heraus: »Sächsische Metze, nimm dich in acht! Diesen Namen lasse ich mir von dir nicht in den Schmutz ziehen.«

Sie hob die Reitpeitsche und hätte sicherlich Aislinns Gesicht getroffen; die aber hatte rasch ihr Tier zur Seite gerissen. So sauste der Schlag auf die Kruppe der Apfelschimmelstute nieder, die erschreckt scheute und ins Unterholz auswich. Eine Dornenranke bohrte sich in die Flanke des Tiers, das sich wild aufbäumte. So entglitten die Zügel Aislinns Händen.

Auf dem frostigen Boden suchten die Läufe verzweifelt Halt. Nach allen Seiten ausschlagend, bäumte sich das Pferd erneut auf und warf seine Reiterin ab. Aislinn schlug hart auf und war für Augenblicke ganz benommen. Als sie dann die Augen hob, stand ein drohender Schatten zwischen ihr und der Sonne. Undeutlich erkannte sie Gwyneths höhnische Miene. Sie hörte, wie die andere befriedigt auflachte und dann ihrem Tier die Sporen gab.

Es dauerte noch geraume Zeit, bis Aislinn wieder so weit zu Kräften kam, daß sie sich aufrichten konnte. Der Schmerz in ihrem Oberschenkel ließ sie aufwimmern. Doch als sie das Bein vorsichtig betastete, stellte sie erleichtert fest, daß nichts gebrochen war. Auf allen Vieren kroch sie aus dem Dickicht und kam dann mit einer letzten Kraftanstrengung wieder auf die Beine. Die Stute stand in einiger Entfernung mit hängenden Zügeln. Doch als Aislinn sich ihr zu nähern versuchte, scheute sie erneut. Nun versuchte es Aislinn mit leisen, zärtlichen Worten, und das Tier schien sich wirklich zu beruhigen. Doch als sie die Hand ausstreckte, um nach den Zügeln zu greifen, prasselte es plötzlich im dichten Unterholz, und ein riesiger Eber brach hervor, der das verängstigte Tier endgültig in die Flucht trieb.

Schnaubend und grunzend nahm der Angreifer die Witterung auf. Es schien, als ob er die Angst und Hilflosigkeit des Menschenwesens vor sich fühlte. Tückisch glommen die winzigen Lichter auf. Die scharfen Hauer waren entblößt. Verzweifelt blickte Aislinn sich um. Sie wußte, daß sie mit dem verletzten Bein nicht weit kommen würde.

Aber dort stand eine Eiche. Den untersten Ast konnte sie vielleicht erreichen. Schwer schlug der lange Reitrock um ihre Beine, als sie darauf zulief, verfolgt von dem zum Jäger gewordenen Tier. Mit zusammengebissenen Zähnen reckte sie sich nach dem rettenden Ast. Doch der Schmerz in ihrem Bein war zu groß. Aufschreiend sank sie am Fuß des Baumes zusammen.

Auch ihr Verfolger hielt inne. Unwillig grunzend scharrte er mit den Hauern in der froststarren Erde und warf große Moos- und Rasenstücke über seinen Rücken. Doch dann schien er erneut Witterung aufgenommen zu haben und setzte sich schwerfällig wieder in Bewegung. In Todesangst dachte Aislinn an die schrecklichen Wunden, die seine scharfkantigen Hauer zu reißen vermochten. Und sie hatte nichts, womit sie sich hätte verteidigen können.

Sie wußte, daß sie auch hinter dem Baum nur kurze Zeit geschützt sein würde. Kaum drei Dutzend Fuß war das schreckliche Tier jetzt noch von ihr entfernt.

Und dann rauschte es hinter ihrem Rücken im Unterholz. Schreckerfüllt wandte sie den Kopf. Zu ihrer großen Erleichterung hörte sie Wulfgars leise und eindringliche Stimme. »Aislinn, keine Bewegung, wenn dir dein Leben lieb ist. Keine Bewegung, hörst du!«

Auch der Eber hatte den Neuankömmling bemerkt. Auf gespreizten Vorderläufen kam er zum Stehen und hob witternd den Schädel. Wulfgar aber war schon aus dem Sattel gesprungen und kroch mit dem kurzen Sauspieß in der Hand an Aislinns Seite. Noch immer verharrte der Angreifer bewegungslos. Erst als Aislinn trotz Wulfgars Warnung den Kopf nach ihm wandte, scharrte er wieder wütend mit den Hufen.

»Halt still, Aislinn!« beschwor Wulfgars Stimme sie von neuem. »Keine Bewegung!«

Er kroch an ihr vorbei, bis er nur noch wenige Speerlängen von dem Tier entfernt war. Kniend preßte er das Schaftende des Spießes fest gegen den Boden und richtete die Spitze gegen das Tier. Er hielt die Waffe mit beiden Fäusten umklammert und belastete sie gleichzeitig mit dem anderen Knie. Der Keiler grunzte wütend auf, wich aber zunächst einige Fuß zurück.

Voller Kampfgeist scharrten die Vorderhufe das Erdreich auf. Dann stemmte er plötzlich die Hinterläufe gegen den frostigen Boden, senkte den Schädel und griff an. Wulfgar schleuderte ihm seinen Jagdruf entgegen und richtete die Speerspitze auf den Rüssel des Tiers. Erst im letzten Augenblick senkte er die Waffe und drückte sie leicht zur Seite. Die scharfe Schneide bohrte sich tief in die Brust des Keilers.

Fast wäre die Querstange unter seinem Ansturm gebrochen. Wulfgar hatte alle Mühe, die Waffe zu halten. Ihr wütendes Ringen wühlte die spärliche Grasnarbe auf. Wulfgar war am Ende seiner Kräfte, als das Lebensblut des mächtigen Gegners aus dessen Leib strömte und den Waldboden tränkte. Mit einem letzten Aufbäumen fiel das Tier zur Seite und starb.

Der Normanne ließ den Speer los und verharrte einen Augenblick auf allen Vieren, um wieder zu Atem zu kommen. Dann erst konnte er sich erneut um Aislinn kümmern. Sie versuchte gerade, sich mühsam am Stamm der Eiche aufzurichten. Doch das verletzte Bein vermochte die Last nicht zu tragen. Schmerzlich aufwimmernd sank das Mädchen wieder in sich zusammen.

Besorgt eilte Wulfgar ihr zu Hilfe. »Hat er Euch angefallen, Liebste? Wo seid Ihr verletzt?«

»Nein, Wulfgar.« Sie lächelte beruhigend zu ihm auf. »Ich fiel nur vom Pferd. Es verfing sich in einem Dornstrauch und warf mich ab. Dabei verletzte ich mir das Bein.«

Seine Hände streiften den Reitrock hoch und entblößten die Wunde am Oberschenkel. Zärtlich betasteten seine Finger die heftige Schwellung. Langsam hob er den Blick zu ihr, und ihre Veilchenaugen gaben ihm zärtlich Antwort. Sie schlang einen Arm um seinen Nacken zog ihn zu sich herab. Sie versanken in einem leidenschaftlichen Kuß.

Behutsam hob er sie auf und trug sie zu einem bunten Blätterbett, wo sie sich beide erneut zärtlich umfingen. Die Wunde war längst vergessen.

Die Sonne stand schon tief am Himmel, als in der Ferne Stimmen laut wurden und Äste unter Hufen brachen. Es dauerte nicht mehr lange, und Sweyn und Gowain bahnten sich ihren Weg auf die Lichtung. Hier gewahrten sie die beiden auf ihrem Lager, das für Liebende wie geschaffen schien.

Völlig unbefangen stützte Wulfgar einen Ellbogen auf. »Wohin des Wegs ihr beiden? Welcher Keiler hat euch hierhergeführt?«

Gowain war blutrot geworden. »Um Vergebung, Milord«, setzte er zu einer Erklärung an. »Wir dachten, Lady Aislinn wäre verunglückt, da wir ihre Stute fanden . . .«

Wieder raschelte es im Unterholz, und Gwyneth erschien. Finster richtete sich ihr Blick auf das Paar, dann riß sie wortlos ihr Tier herum und verschwand wieder zwischen den Bäumen.

»Mir ist nichts geschehen«, gab Aislinn jetzt lächelnd zu verstehen. »Mein Pferd warf mich ab, aber Wulfgar hat mich gefunden . . . Und wir haben uns ein wenig – ausgeruht . . .«

24

Die letzten Früchte waren eingebracht. Die frostigen Oktobernächte hatten die leuchtenden Herbstfarben aus dem Blattwerk gesogen und der Natur ein dunkleres Kleid übergestreift.

Seit dem Jagdtag befleißigte sich Gwyneth zur Überraschung aller einer auffälligen Zurückhaltung gegenüber Aislinn. Manchmal konnte man sie geradezu liebenswürdig nennen.

Kerwick und Haylan waren im Ort inzwischen recht populär geworden. Ein Zusammentreffen zwischen ihnen ging nie ohne Streit ab. Sie konnten endlos über Kleinigkeiten zanken, zur großen Freude der Kinder, die sie vergnügt nachäfften. Haylans Kochkünste hatten ihr die Verfügungsgewalt über die Vorräte der Halle und die Zubereitung der Mahlzeiten eingetragen.

Aislinn freute sich, daß ihre Mutter jetzt immer sauber gewaschen und gekleidet einherging. War Wulfgar nicht in der Nähe, erschien sie sofort, um mit Bryce zu spielen. Immer brachte sie für ihn kleine Geschenke mit, die sie aus Stoffresten gefertigt hatte. Gab Aislinn dem Kleinen die Brust, schaute Maida andächtig zu. Noch immer sprach sie kein Wort. Aber von Tag zu Tag glich sie wieder mehr der früheren Herrin von Darkenwald.

Der kleine Junge hatte Aislinns helle Haut, und sein Haar nahm allmählich einen rotgoldenen Schimmer an. Die einzige Bitternis dieser Tage brachte Wulfgars Verhalten. Er hielt sich auffällig von dem Jungen zurück und schien ihn mehr als ein notwendiges Übel zu betrachten. Aislinns ganze Liebe schien sich jetzt auf den Knaben zu richten, und alle sahen, daß er dabei prächtig gedieh.

Die Wälle der Burg näherten sich ihrer Vollendung. Am Bergfried jedoch ging die Arbeit nur schleppend vonstatten.

Mühsam mußten riesige Granitblöcke aus dem Steinbruch herbeigeschafft und sorgfältig behauen werden. Erst dann konnten sie mit Hilfe kräftiger Pferde und komplizierter Seilwinden an ihren Platz gehievt werden.

Dann erschien Anfang November ein Bote mit Meldungen, die Wulfgars Miene verdüsterten. Aufständische flandrische Herren hatten sich mit den ehemaligen englischen Lords von Dover und Kent verbündet. Zwischen den weißen Kreidefelsen waren fremde Truppen gelandet und gen Dover marschiert, das von Wilhelms Leuten gehalten wurde. Der neue englische König führte nun seinerseits ein Heer von der Normandie nach Norden und fiel in Flandern ein, um den Aufstand an der Wurzel zu treffen. Unglücklicherweise war aber dem Edeling Edgar die Flucht nach Schottland gelungen, wo er die dortigen Herrscher gegen Wilhelm aufzuwiegeln versuchte.

Zugleich zogen versprengte flämische Soldatenhaufen marodierend durchs Innere Südenglands und nahmen für ihre Niederlage Rache. Im Augenblick war es Wilhelm unmöglich, seinen bedrohten Vasallen zu Hilfe zu kommen. So bat er Wulfgar, den fremden Kriegshaufen den Rückweg zur Küste abzuschneiden.

Wulfgar machte sich sofort an die Musterung seiner Hilfsquellen. Die Burg mochte in ihrem jetzigen Zustand ausreichenden Schutz bieten. Vorläufig jedenfalls konnte nicht an ihr weitergebaut werden, da man jede Hand für dringlichere Aufgaben benötigte. Das Land ringsum mußte von sämtlichen Gütern entblößt werden, die dem Feind hätten nützen können. Man trieb Ziegen, Schafe, Kühe und Schweine in der Nähe der Burg zusammen und leerte sämtliche Scheunen und Vorratskeller. Ihren Inhalt lagerte man in den riesigen Speichern entlang der inneren Burgmauer und unter dem halbfertigen Bergfried ein. Auch Cregan, das nur schwer zu verteidigen war, sollte alle seine Schätze nach Darkenwald verlagern. Auch seine Bewohner sollten hinter den Gräben und Mauern der neuen Burg Schutz und Sicherheit finden.

Inzwischen sicherten Wulfgar und Ritter die Grenzen des Landes. Die Einheimischen bildeten unter Beaufontes und Bolsgars Befehl die Garnison der Burg und waren zugleich beim Einlagern der Vorräte behilflich.

Mit jedem verfügbaren Karren, Pferd und Maultier strömten Cregans Einwohner nach Darkenwald und brachten alle ihre Nahrungsmittel ein. Kerwick vermerkte jede Kleinigkeit sorgfältig in seinen Büchern und verteilte dann die einzelnen Vorräte auf die verschiedenen Speicher und Gewölbe. Auch aus den Hütten und Höfen im Lande strömten die Menschen hinter Darkenwalds schützende Mauern.

Die Frauen wurden ins Moor gesandt, um dort Weiden und Eibenäste zu schneiden, aus denen sich Pfeil- und Speerschäfte fertigen ließen. Gavin und seine Söhne hämmerten dafür Tag und Nacht Spitzen zurecht, die von den übrigen Männern mit den Schäften verbunden wurden. Auch neue Bogen und ungefüge Schwerter wurden hergestellt, so daß für jeden bald eine Waffe zur Hand war. In großen Kübeln holte man von bestimmten Stellen des Moores eine schwarze, stinkende Brühe. Sie wurde hinter den Mauerzinnen bereitgestellt. Bei einem Angriff sollte sie in Brand gesetzt und dann über die Mauer auf die Anstürmenden gegossen werden.

Aislinn sorgte dafür, daß die Webstühle in Darkenwald nicht zur Ruhe kamen. Was sie in fieberhafter Eile fertigten, verbrachte sie hinter die sicheren Mauern des Bergfrieds. Insgesamt reichten die Vorräte nun aus, um die Bevölkerung der Gegend sicher über den Winter zu bringen.

Da machte sich der Feind erstmals bemerkbar. Nicht weit von Cregan stieg blauschwarzer Rauch gen Himmel. Wulfgar und seine Männer machten sich sofort auf, um die Brandbuben zu stellen. Nicht weit hinter Darkenwald begegneten ihnen Flüchtende, die sich erst jetzt in den Schutz der Burg begeben wollten. Wulfgar erfuhr, daß in der Morgendämmerung eine kleine Gruppe von Rittern und Bogenschützen über die Stadt hergefallen war und alles niedergemacht hatte, was sich ihnen in den Weg stellte. Die wenigen Verteidiger hatten sie in die Flucht geschlagen, und die Mordbrenner hatten ihre Brandfackeln in die Häuser geworfen. Zum Erstaunen der Einwohner hatten die Angreifer kaum Beute gemacht, sondern waren von blinder Zerstörungswut beseelt.

Bruder Dunley, den Wulfgar ziemlich am Ende des Flüchtlingszugs erblickte, zog einen Handkarren, auf dem er die Kirchengeräte mit sich führte. Er wischte sich den Schweiß von der Stirn, als er zu dem Normannen hochblickte.

»Sie haben meine Kirche niedergebrannt«, keuchte er. »Nicht einmal vor Gottes Haus machten sie halt! Selbst die Winkinger hausten nicht wie sie. Ihnen geht es nur ums Zerstören, während die Nordleute vor allem Beute zu machen suchten.«

Wulfgar ließ den Blick in Richtung Cregan schweifen. »Wenn Eure Kirche auch zerstört ist, Priester, wir müssen überleben! Ihr könnt Euren Gottesdienst in der alten Halle Darkenwalds abhalten. Dort ist der richtige Platz, um für unseren Sieg zu beten.«

Der Mönch murmelte seinen untertänigsten Dank und zog mit seinem Karren weiter. Wulfgar wies Milbourne und einige andere an, die Flüchtlinge sicher nach Darkenwald zu geleiten.

Als der Normanne mit den Seinen in Cregan einritt, fand er nur noch verkohlte Überreste des einst so blühenden Ortes. Dazwischen lagen einige Erschlagene. Der Anblick gemahnte Wulfgar an einen anderen Tag und einen anderen leichenübersäten Ort. Sein Blick verfinsterte sich und eisige Entschlossenheit ergriff von ihm Besitz. Keiner dieser Mordbrenner sollte seinem rächenden Arm entkommen, und müßte er sie bis ans Meer verfolgen!

Mit schwerem Herzen ritten er und seine Männer nach Darkenwald zurück. Sie wurden sehnlichst von Aislinn und Bolsgar erwartet. Er sah die fragenden Blicke in ihren Augen.

»Die Strauchdiebe hatten sich bereits aus dem Staub gemacht. Aber ich bin sicher, sie werden wiederkommen. Sie haben so gut wie nichts in Cregan gefunden. Sie ließen einen Toten zurück. Er und sein Pferd schienen dem Hungertod nahe zu sein. Sie müssen also unbedingt für sich und ihre Pferde Nahrung finden. Deshalb werden sie bestimmt weiter in unserer Nähe bleiben.«

Bolsgar nickte zustimmend. »Ja, sie werden irgendwo lagern und ihre Pferde auf unsere reichen Weiden schicken, während sie selbst auf die Jagd gehen. Erst wenn sie wieder zu Kräften gekommen sind, ziehen sie weiter. Es gilt, auf unsere Herden acht zu geben, damit sie ihnen nicht zum Opfer fallen.«

Aislinn befahl, Wulfgar und seinen Männern Essen aufzutragen. Der Normanne ließ sich schwer auf seinen Stuhl fallen.

Bolsgar leistete ihm Gesellschaft, um mit ihm zu beraten. Haylan brachte große Schüsseln mit Fleisch und Brot und versorgte die Heimgekehrten dann mit Humpen schäumenden Ales.

Plötzlich ging ein kalter Luftzug über sie alle hinweg. Sweyn stürmte in die Halle und bahnte sich seinen Weg zur Tafel. Ungeniert griff er nach einer ganzen Hammelkeule und machte sich darüber her. Genüßlich kauend setzte er sich und griff dann nach einem Trinkhorn, um das Fleisch mit einem mächtigen Schluck hinunterzuspülen. Gleich darauf wurde das Tor erneut aufgestoßen, und die drei Ritter erschienen in der Halle. Auch sie machten sich sofort über das Essen her. Haylan hatte Mühe, ihnen die Zug um Zug geleerten Humpen und Hörner immer wieder nachzufüllen.

Wulfgar, der sich das alles bis jetzt schweigend mitangesehen hatte, verschaffte sich mit einem Blick auf die geplünderten Schüsseln endlich Gehör. »Selbst wenn ich der König wäre, müßte ich wahrscheinlich Hungers sterben mit so gefräßigen Gefolgsleuten wie euch!«

Die Männer brüllten vor Lachen. Ihre Fröhlichkeit schien Gwyneth anzuziehen, denn sie kam aus ihrer Kammer herab und beugte sich sofort wieder über ihre Handarbeit. Kurz darauf erschien auch Kerwick. Wie üblich beklagte er sich über das Durcheinander der letzten Tage. Unter solchen Umständen war es äußerst schwierig, mit den Eintragungen Schritt zu halten. »Hier, schaut her!« rief er und hob die Hand. »Ich habe schon ganz krumme Finger vom vielen Schreiben!«

Doch die anderen lachten nur über sein Mißgeschick.

Mit traurigem Blick wandte sich der Vogt an seinen Herrn. »Mit schwerem Herzen habe ich heute den Tod von acht Einwohnern Cregans vermerkt.«

In der Halle wurde es still; schweigend gedachten sie der Erschlagenen.

»Ich habe sie alle gekannt«, fuhr Kerwick fort. »Darunter waren auch gute Freunde von mir. Am liebsten würde ich meine Bücher zur Seite legen und mich Euch bei der Jagd auf die Barbaren anschließen.«

»Beruhigt Euch, Kerwick«, sagte Wulfgar. »Wir werden sie zur Rechenschaft ziehen. Ihr seid hier von größerem Wert; ohne Euch würde schon bald das Chaos herrschen.«

Dann wandte er sich an die anderen. »Die Beobachtungsposten werden wieder ihre alten Positionen einnehmen«, erklärte er. Dann bat er Bolsgar: »Sorgt dafür, daß nur Männer ausgewählt werden, die mit den Signalen vertraut sind. Sie sollen noch heute nacht ausschwärmen, so daß sie von den Räubern unbemerkt bleiben und morgen früh auf ihren Posten sind.«

Ernst heftete er dann den Blick auf seine Ritter. »Wir werden Tag und Nacht bereitstehen, um sofort die Verfolgung dieser Mordbrenner aufzunehmen. Dabei bleiben wir über Spiegelsignale dauernd in Verbindung mit der Burg. Beaufonte, Ihr bereitet inzwischen alles für einen etwaigen Angriff vor. Seid Ihr heute gut vorangekommen?«

Der ältere Ritter nickte. »Die Männer kennen jetzt ihre Pflichten und Aufgaben und üben sich fleißig im Gebrauch der neuen Waffen. Eine Sache allerdings macht mir noch Kopfzerbrechen, Herr.« Er hielt kurz inne und runzelte die Stirn. »Die Leute aus Cregan leben im Außenhof sehr beengt. Viele haben ihre Behelfsunterkünfte direkt an die äußere Mauer gebaut. Bei einem Angriff wäre das für uns sehr von Nachteil.«

»Ja, da habt Ihr recht«, stimmte Wulfgar zu. »Morgen früh sorgt Ihr dafür, daß sie ihr Lager jenseits des Burggrabens aufschlagen. Durch die Beobachtungsposten bleibt uns genug Zeit, sie beim Anrücken des Feindes hinter die Mauern zurückzuholen.«

Fragend ließ er den Blick in die Runde schweifen. Doch keiner meldete sich mehr zu Wort. »Damit können wir das beenden.« Er hob den Humpen. »Auf den morgigen Tag, und daß die Übeltäter bald ihre gerechte Strafe finden!«

Am nächsten Morgen hämmerte ein junger Leibeigener die Bewohner der Halle wach. Während Wulfgar sich hastig ankleidete, erstattete der Bursche schwer atmend Bericht.

Am späten Abend hatte sich eine kleine Schar von Reitern seiner Hütte genähert. Voller Mißtrauen gegen Fremde war er ins Unterholz geflüchtet, um sie von dort aus zu beobachten. Ohne zu zögern, steckten sie Hütte und Scheune in Brand und machten sich dann wieder davon. Der junge Bauer verfolgte sie vorsichtig und sah, daß sie bei einem kleinen Bache ihr Lager aufschlugen. Daraufhin hatte er sich auf den Weg nach Darkenwald gemacht, um hier vielleicht Hilfe zu finden.

Wulfgar und seine Männer warfen sich sofort in die Sättel und nahmen die Verfolgung auf. Doch als sie sich durch eine überwachsene Schlucht dem angegebenen Lagerplatz näherten, stießen sie nur noch auf die Überreste hastig gelöschter Feuerstellen. Die Fremden hatten einen jungen Ochsen aus der Herde des gebrandschatzten Bauern geschlachtet, davon aber nur die besten Teile gegessen. Wulfgar starrte nachdenklich auf den Kadaver.

Gowain konnte sich die Bestürzung seines Herrn nicht erklären. »Was bedrückt Euch denn, Herr?« fragte er schließlich. »Sie haben ein Tier geschlachtet, um ihren Hunger zu stillen, weiter nichts . . .«

»Nicht ganz«, erwiderte Wulfgar. »Sie haben sich die Bäuche vollgeschlagen, das stimmt. Aber sie scheinen überhaupt nichts mit auf den Weg genommen zu haben. Das heißt, daß sie ganz sicher sind, schon bald wieder Nahrung zu finden. Und ich fürchte, sie dachten dabei an uns und unsere Vorräte.«

Seine Besorgnis schien sich auf den Jüngeren zu übertragen. »Ja, Wulfgar, auch ich habe immer mehr den Eindruck, daß es hier nicht mit rechten Dingen zugeht. Das sind keine plündernden Soldaten, sondern heimtückische Mordbrenner, die irgendeinen Plan verfolgen.«

Unverrichteter Dinge und recht niedergeschlagen gelangten sie wieder nach Darkenwald. Dort empfing sie eine neue Schreckensnachricht. Denn inzwischen wurde im Norden ein Hof niedergebrannt und eine Ziegenherde abgeschlachtet. Wieder hatten die Übeltäter keine Beute gemacht, sondern alles den Aasgeiern überlassen, als ob es ihnen nur darum ginge, so viel wie möglich zu zerstören.

Wulfgar machte sich Vorwürfe. Wütend stapfte er durch die Halle und fragte sich, wie lange diese Räuber und Mörder noch ungestraft ihre Verbrechen begehen konnten. Aislinn hielt sich zurück. Schließlich gelang es ihr sogar, ihn zum Essen zu überreden.

Er warf das schwere Kettenhemd ab und besprach mit Bolsgar und Sweyn das weitere Vorgehen. »Sie waren erst in Cregan, dann im Süden und heute im Norden. Wir werden uns morgen bei Tageslicht aufmachen und nach Westen reiten. Vielleicht bekommen wir sie dort zu fassen.«

An diesem Abend hatte die ganze Halle unter Gwyneths böser Laune zu leiden. Immer wieder erregte sie sich darüber, daß es Wulfgar und seinen Männern einfach nicht gelingen wollte, der Übeltäter habhaft zu werden.

»Nur mit Angst denke ich an die Zukunft! Welchen Schutz bieten schon diese morschen Wände hier. Ein kräftig geworfener Speer durchdringt sie ohne Mühe«, klagte sie und warf einen Blick auf die alten Balken der Halle. »Was gedenkt Ihr zu tun, um unser Leben zu schützen, Wulfgar?«

Er senkte den Blick und starrte wortlos ins Feuer.

»Ihr reitet Eure Pferde zuschanden und scheucht das Wild auf. Aber bis jetzt hat Euer Schwert noch keinen einzigen der Übeltäter zur Rechenschaft gezogen. Sie können tun, was ihnen beliebt. Wahrscheinlich werde ich demnächst selbst das Schwert zur Hand nehmen müssen, um mich zu schützen, während Ihr durch die Landschaft reitet.«

Wulfgar warf ihr einen wütenden Blick zu, fand aber keine Erwiderung.

Bolsgar dagegen wandte sich mit bitterer Schärfe an die Tochter. »Eines Schwertes braucht es wohl nicht, Gwyneth. Eure Zunge reicht vollauf. Da sie schon Euren Wohltätern Wunde um Wunde zugefügt, wie sollte sie dann nicht erst Euren Feinden gefährlich sein?«

Aislinn mußte an sich halten, um nicht laut herauszulachen. Gwyneth bedachte sie mit einem bösen Blick. Dann beugte sie sich tiefer über ihren Spinnrocken und zog einen langen Faden aus dem Wollknäuel.

»Mein Vater beliebt zu scherzen, während unser Land von Mordbrennern verwüstet wird und wir uns hinter unseren Mauern verbergen müssen«, zischte Gwyneth. »Nicht einmal ausreiten kann ich mehr, um auf andere Gedanken zu kommen.«

Sweyn scherzte. »Aber das hat auch seine Vorteile – so brauchen wir uns wenigstens nicht um unsere Pferde zu sorgen.«

Bolsgar nahm die Anspielung auf. »Hoch zu Roß reitet sie aus und zu Fuß kehrt sie heim, sehnsüchtig von ihrem Tier erwartet . . .«

Gwyneth legte ihre Stickerei zur Seite und warf den beiden Alten drohende Blicke zu.

»Lacht nur, ihr groben Klötze! Zumindest verschwende ich nicht meine Zeit darauf, auf Türme zu steigen und mit Spiegeln zu spielen! Lernt zuerst einmal Tischsitten, bevor ihr euch über anderer Leute Reitkünste erregt!«

Da hörte man Bryce leise aufwimmern. Gwyneth fuhr herum und sah, daß der Kleine ihre Handarbeit zu sich herangezogen hatte und nun verzweifelt mit den vielen Fäden kämpfte. Mit einem Aufschrei beugte Gwyneth sich zu ihm hinab und riß ihm das Gewebe grob aus der Hand.

»Du Balg!« keuchte sie und schlug nach einem winzigen Ärmchen. Die kleinen Lippen verzogen sich zu einem kläglichen Weinen. »Du ungezogener Balg!« fauchte sie. »Ich werde dich lehren . . .« Und wieder holte ihre Hand aus.

Doch da saß sie plötzlich auf dem Boden; Aislinn hatte ihr mit einem kräftigen Tritt die Füße unter dem Leib weggeschlagen. Mit funkelnden Augen stand sie über Gwyneth. Das kupferfarbene Haar leuchtete im Feuerschein auf, und in der Hand hielt Aislinn die Spindel wie einen Speer, bereit zum Zustoßen.

»Was Ihr mir antut, Gwyneth, nehme ich hin, aber vergreift Euch nicht noch einmal an meinem Kind! Solltet Ihr wieder einmal in Versuchung kommen, werde ich Euch nicht schonen. Habt Ihr mich verstanden?«

Mit erschreckt geweiteten Augen nickte Gwyneth zögernd. Aislinn beugte sich zu ihrem Kind hinab und nahm es zärtlich auf den Arm. Sie flüsterte ihm tröstende Worte ins Ohr, so daß es sich rasch beruhigte. Gwyneth erhob sich mit zusammengepreßten Lippen, sammelte ihr Arbeitszeug ein und zog sich unter hämischen Blicken in ihre Kammer zurück.

Bald darauf waren auch Wulfgar und die Seinen in ihrem Schlafgemach. Der Normanne beobachtete seine junge Frau dabei, wie sie den Kleinen für die Nachtruhe vorbereitete. War sie gerade noch die wilde, kämpferische Wölfin gewesen, die für ihr Kleines das eigene Leben gewagt hätte, so erinnerte sie ihn jetzt eher an eine zarte Elfe, die im Licht des Mondes ihren nächtlichen Reigen tanzt, so anmutig und selbstvergessen wirkte jede ihrer Bewegungen.

Er fühlte, wie das Verlangen in ihm wuchs. Als sie ihm nahekam, schlang er einen Arm um sie und zwang ihre Lippen auf die seinen.

Doch ein leises Aufweinen Bryces ließ sie sofort wieder zu ihm hineilen. »Warte, bis der Kleine schläft«, gab sie Wulfgar zu verstehen. »Dann werden wir deine Brunst zu stillen versuchen.«

»Brunst?« knurrte er. »Wie sollte man dann das Verhalten einer Frau nennen, die in aller Öffentlichkeit verführerisch ihre Hüften kreisen läßt und mich so mit Liebkosungen überhäuft, daß ich um meinen guten Ruf fürchten muß?«

Darauf erwiderte sie nichts. »Gebt bitte kurze Zeit auf den Kleinen acht«, bat sie den Gatten lächelnd. »Ich muß noch mit Midred einige Haushaltsdinge besprechen.«

Sie schlug einen Schal um die Schultern und ließ ihn mit Bryce allein.

Einen Augenblick lang genoß er, sich wohlig streckend, die Wärme des Feuers. Dann spürte er die sanfte Berührung kleiner Finger an seinem Knöchel. Bryce hatte sich zur Seite gerollt und versuchte nun, sich aufzurichten. Er umklammerte den kräftigen Unterschenkel des Vaters und setzte sich so tatsächlich auf. Stolz blickte er mit weit aufgerissenen blauen Augen zu Wulfgar hoch. Er streckte die kugelrunden Ärmchen nach ihm aus und gluckste voller Freude.

Dabei verlor er aber das Gleichgewicht und kippte zur Seite. Die kleinen Lippen zuckten kläglich, und große Tränen rollten ihm über die Wangen. Der Normanne, schon jeher Tränen gegenüber völlig hilflos, beugte sich zu dem Kleinen hinab und hob ihn in seinen Schoß. Das ließ die Tränen sofort versiegen.

Erneut begann der kleine Mann vor Freude zu glucksen und zupfte mit neugierigen Fingern an Wulfgars Hemdkragen. Dann streckte er sich noch weiter und fuhr mit suchenden Fingern über die lächelnden Mundwinkel des Vaters. Als das Wulfgar zuviel wurde, griff er nach einer Puppe Maidas, die neben dem Stuhl lag, und drückte sie Bryce in die kleine Hand. Doch ein herzhaftes Gähnen zeigte an, daß der Knabe jetzt zu müde war. Das Spielzeug entglitt seinen Händen, und er kuschelte sich auf dem ungewohnten Lager zum Schlafe nieder.

Wulfgar verharrte lange Zeit völlig bewegungslos, aus

Angst, den Jungen wieder zu wecken. Eine tiefe, warme Beglückung erfüllte ihn. Mit welch selbstverständlichem Zutrauen sich dieses kleine Wesen an ihn schmiegte . . . Die winzige Brust hob und senkte sich. War dies Kind wirklich die Frucht seiner Lenden, entsprossen der erzwungenen Vereinigung mit einer wehrlosen Gefangenen, zu der ihn seine übergroße Lust getrieben hatte?

Dieser kleine Junge schenkt mir rückhaltlos sein Vertrauen, dachte Wulfgar. Was treibt ihn dazu, sich mir so zu nähern?

Plötzlich war sich der Normanne seiner Vorbehalte nicht mehr sicher. Er spürte, daß ihn mehr als Gelübde an Aislinn und den kleinen Bryce banden. Es gab zärtliche Widerhaken, die sich tief in seiner Seele festgesetzt hatten. Zum erstenmal legte Wulfgar sich Rechenschaft darüber ab, daß in ihm Gefühle wirkten, die stärker waren als alle Worte.

Zärtlich blickte er auf das unschuldig schlummernde Kind hinab und wußte plötzlich, daß es völlig gleichgültig war, wer es gezeugt hatte. Von diesem Tag an wollte er es für immer als sein Kind betrachten.

Er beugte sich über das kleine Gesichtchen an seiner Brust und drückte einen zarten Kuß auf die glatte Stirn.

Und dann spürte er, daß er nicht mehr allein war. Aufblikkend gewahrte er Aislinn, die ihn mit feucht schimmernden Augen beobachtete. Ihr Herz floß über vor Liebe für diesen wilden Krieger und das kleine Wesen, ihr Kind.

In der Dämmerung des neuen Tages machte sich der Normanne an der Spitze seiner Männer auf nach Westen. Sie waren erst wenige Meilen geritten, als ein Spiegelsignal ihnen meldete, daß im Osten Darkenwalds ein neuer Überfall stattgefunden hatte. Wulfgar riß fluchend sein Tier herum und trieb es zu größter Eile an.

Als sie unterhalb der Burg vorbeiritten, machte ihn einer seiner Bogenschützen auf ein neues Signal aufmerksam. Die Banditen hatten sich geteilt und brannten jetzt im Norden und im Süden Anwesen nieder. Wulfgars Wut war grenzenlos. Er ließ dem Ausguck signalisieren, daß auch sie sich teilen wollten.

Doch kaum hatte er sich von Gowain und Milbourne verabschiedet, um nach Norden zu reiten, als er erfuhr, daß jetzt einer der Höfe im Westen brannte. Wulfgar raste; sein Gesicht wirkte fast schwarz vor Zorn. Noch vor wenigen Stunden hatten er und seine Männer dort kurz Rast gehalten. Wie konnten nur diese ortsunkundigen flämischen Räuber sich so geschickt vor ihm verbergen und ganz offensichtlich immer wissen, wohin er seine Männer führte?

Durch ein neues Signal befahl er Gowain und Milbourne, in der Nähe Darkenwalds wieder zu ihm zu stoßen. Doch der Tag endete so erfolglos wie er begonnen hatte. Sie bekamen keinen der Brandstifter zu Gesicht. Wo sie auch hinkamen, stießen sie nur noch auf glimmende Überreste niedergebrannter Hütten und Scheunen.

Am Spätnachmittag konnte keiner ihrer Beobachtungsposten ihnen neue Hinweise geben. Wulfgar vermutete, daß die Bande sich in irgendein unzugängliches Waldstück oder gar in die unwegsamen Sümpfe zurückgezogen hatte. Niedergeschlagen und völlig erschöpft machten er und seine Männer sich auf den Heimweg.

Wulfgars Zorn schien eher noch gewachsen, als er kurze Zeit später das Tor zur Halle aufstieß. Bryce, der nicht weit davon auf seiner Decke spielte, wurde durch das Ungestüm des Normannen erschreckt. Er brach in klägliches Schluchzen aus. Es versiegte sofort, als seine Mutter ihn hochhob und zärtlich an sich drückte. Besorgt folgten ihre Blicke dem Gatten, der erregt vor dem Feuer auf und ab schritt.

»Man könnte meinen, daß sie meine Absichten schon kennen, bevor ich sie in die Tat umsetze«, überlegte er laut. Plötzlich verhielt er den Schritt und richtete einen überraschten Blick auf die Gattin. »Das ist doch nur möglich, wenn . . .« Er schüttelte den Kopf. »Aber wer sollte das tun?«

Er setzte seine Wanderung fort, blieb aber dann abrupt vor Aislinn stehen. »Wer hat heute den Ort verlassen?«

Sie hob die Schultern. »Genau kann ich das nicht wissen. Aber fast alle arbeiteten bei der Burg, und ich habe niemand wegreiten sehen.«

Wulfgar ließ nicht locker. »Ist Kerwick nicht ausgeritten? Oder vielleicht Maida?«

Aislinn schüttelte mit Nachdruck den Kopf. »Nein. Kerwick war mit Beaufonte zusammen den ganzen Tag über bei der Burg beschäftigt, und Maida leistete Bryce Gesellschaft.«

»Es war auch nur eine Vermutung«, seufzte Wulfgar. Aber Aislinn wußte, daß er seinen Verdacht noch nicht völlig aufgegeben hatte.

Er beauftragte Sanhurst, Bolsgar und Sweyn zu holen. Die drei Männer erstiegen zusammen den Turm, um vor jedem lauschenden Ohr sicher zu sein.

Wulfgar wies mit dem Arm über das umliegende Land. »So klein mein Land auch ist, so scheine ich doch unfähig, es vor einer Bande streunender Soldaten zu schützen. Außerdem scheinen uns die Beobachtungsposten mehr zu schaden als zu nützen.«

Bolsgar gab zu bedenken: »Sie melden uns lediglich ganze Trupps. Wenn Fremde allein oder zu zweit reiten und außerdem normannische Gewänder tragen, erregen sie keinerlei Verdacht. Vielleicht vereinigen sie sich erst wieder kurz vor ihrem nächsten Überfall, so daß wir keine Chance haben, sie zu stellen.«

»Das könnte sein«, gab Wulfgar zu. »Dann wollen wir unsere Beobachter anweisen, alle Reiter zu melden. Wir werden dazu einige neue Signale benötigen. Bitte, Bolsgar, sorgt dafür, daß dies geschieht.«

»Wulfgar«, meldete sich Sweyn jetzt zu Wort, »da ist noch etwas, das mir keine Ruhe läßt. Wir benachrichtigen Darkenwalds Ausguck über jede unserer Absichten – und wir bekommen nie einen der Spitzbuben zu Gesicht. Der Verdacht liegt also nahe, daß es einen Verräter in unserer Mitte gibt. Wir sollten morgen niemand sagen, wohin wir reiten und auch den Ausguck nicht mehr benachrichtigen.«

»Ich stimme Euch zu, Sweyn.« Wütend hämmerte Wulfgars Faust auf das Geländer. »Es könnte aber auch sein, daß jemand unsere Signale mitliest. Wir wollen also tun, wie Ihr vorgeschlagen habt, Sweyn. Haltet jedermann gegenüber Stillschweigen über unser Gespräch.« Dann wandte er sich nochmals an Bolsgar. »Sorgt dafür, daß Eure Beobachter unser Vorrücken nicht weitermelden. Vielleicht gelingt es uns diesmal . . .«

So trafen sie ihre Vorbereitungen für den morgigen Tag. Dann versammelten sie sich in der Halle, um Haylans Kochkünsten Gerechtigkeit widerfahren zu lassen.

Nach beendetem Mahl nahm Wulfgar Bryce aus dem Arm

der Mutter und schritt mit ihm zur Treppe hinüber, gefolgt von Aislinn. Bolsgar und Sweyn tauschten erstaunte Blicke aus über diesen ungewohnten Anblick. Dann tranken sie sich lächelnd zu.

Bryce gluckste vor Freude, als Wulfgar mit ihm auf seiner Decke vor dem Feuer spielte. Doch bald gähnte der Kleine und Aislinn legte ihn in seine Wiege. Dann goß sie dem müden Gatten einen Becher Wein ein und setzte sich zu ihm auf die Decke.

Über den Becherrand hinweg hielten seine Augen sie warm umfangen. Rasch setzte er das Trinkgefäß ab und zog sie zärtlich an sich. Seine Lippen fanden die ihren. Doch sie löste sich wieder von ihm und streichelte mütfühlend seine Wange. »Ihr seid müde, Milord.«

»Aber Ihr seid im Besitz des Elixiers der Jugend und der Frische, das besser wirkt als jeder Wein«, flüsterte er zärtlich. »Ich fühle mich, als ob der Tag gerade erst beginnen würde . . .« Damit löste er die Schleifen ihres Unterkleids, bis ihre Brüste bloß vor seinen Augen lagen.

Sie schlang die Arme um seinen Nacken, und sie verschmolzen in einer überaus innigen Umarmung. Bryce aber ließ sich durch ihr wildes Liebesspiel nicht einen Augenblick stören.

Kurz nach Sonnenaufgang waren Wulfgar und seine Männer schon unterwegs. Verborgen in dichtem Unterholz warteten sie auf die ersten Signale vom Turm. Als sie wußten, wo die Mordbrenner heute zuschlagen wollten, gaben sie den Pferden die Sporen. Wohl brannte das Anwesen schon, als sie dort anlangten, aber es gelang ihnen, die Flammen zu ersticken und einen Großteil der Gebäude und der Ernte zu retten. Die Spuren zeigten deutlich, daß die Übeltäter von ihrem schnellen Auftauchen überrascht worden waren.

Dann blitzte ein neues Signal auf, und Wulfgar trieb seine Männer erneut zur Eile an. Und diesmal hatten die Brandstifter keine Zeit mehr gefunden, ihre Absicht zu verwirklichen. Bei ihrer hastigen Flucht in die Wälder hatten die Fremden so viele Spuren gelegt, daß es Wulfgar und den Seinen leicht war, ihnen zu folgen.

Noch nie hatte sich die Beute in so greifbarer Nähe befunden, und alle wurden von neuem Jagdeifer beflügelt. Ein neues Signal ließ sie nach Süden schwenken. Diesmal erkannten sie sogar die flandrischen Farben, bevor die Verfolgten zwischen den Bäumen untertauchten.

Sie mußten erneut nach Norden geflohen sein, denn von dort wurde jetzt das Signal gegeben. Und als die Jäger auf einer Anhöhe haltmachten, um sich zu orientieren, sahen sie, wie sich ihre Feinde am Fuß des Hügels neu formierten. Doch noch einmal gelang den meisten von ihnen die Flucht. Nur zwei der flämischen Marodeure stellten sich dem Kampf. Bevor ihre Schwerter jemand verletzen konnten, sanken sie von Pfeilen durchbohrt zu Boden. Da sie keine Wappen trugen, blieb weiterhin ungewiß, unter wessen Befehl sie standen.

Wulfgar und seine Männer legten eine kurze Rast ein. Sie warteten darauf, daß die Beobachter den neuen Standort der Bande durchgaben. Doch der Tag war schon weit fortgeschritten, und die Späher mußten ihre Arbeit einstellen. So befahl Wulfgar seine Leute zur Halle zurück.

Dieser Tag war trotz allem ein Erfolg gewesen. Sie waren der Bande dauernd so dicht auf den Fersen, daß die Marodeure keinen Augenblick hatten Ruhe finden können. Vor dem Morgengrauen würden sie bestimmt kein neues Unheil anrichten, dazu waren sie heute viel zu erschöpft und hungrig.

Insgeheim war Wulfgar sicher, der Verbrecher schon bald habhaft zu werden. Jetzt kam es vor allem darauf an, den Verräter in den eigenen Reihen unschädlich zu machen. Doch auch dafür hatte er bereits einen Plan.

Nach dem Nachtmahl lud er Aislinn und Bolsgar zu einem kurzen Spaziergang ein. Die Nacht war recht kühl, überstrahlt von einem vollen Herbstmond.

»Es ist jetzt sicher, daß sich ein Verräter unter uns befindet«, begann er. »Morgen früh werden meine Leute heimlich Darkenwald verlassen und sich an einem geheimen Treffpunkt sammeln. Sweyn, Gowain und ich reiten erst später los, so daß uns alle sehen können. Es wird dann so aussehen, als ob wir uns allein auf die Jagd machen.«

Aislinn wandte sich heftig gegen diesen Plan. »Aber Wulfgar, das ist doch viel zu gefährlich! Die Bande ist noch immer zumindest zwanzig Mann stark. Ihr reitet in Euer Unglück!«

»Aber nein, Liebste, laßt mich doch ausreden«, beruhigte er sie. »Wir werden uns natürlich ebenfalls zu dem geheimen Treffpunkt begeben und zusammen dorthin reiten, wo wir heute abend die Suche aufgeben mußten. Nicht weit davon dürften sie wohl die Nacht verbracht haben. Während wir unterwegs sind, habt ihr beiden die Aufgabe, jede Bewegung in der Halle und im Ort zu überwachen. Sollte sich irgend jemand verdächtig machen, schickt ihr uns einen Boten. Wir wissen dann, daß sie gewarnt sind und können uns entsprechend vorsehen. Vielleicht gelingt es uns, einige von ihnen zu stellen, aber auf jeden Fall wissen wir morgen, wer sie gewarnt hat. Und damit dürfte ihr Schicksal besiegelt sein.«

Bolsgar stimmte dem Plan zu. Auch Aislinn ließ sich überzeugen, daß Wulfgar dabei keine größere Gefahr drohte. Wulfgar legte zärtlich den Arm um ihre Schulter. »Mein Liebling, sei ganz ruhig. Diesmal wird es uns gelingen!«

Wulfgar erhob sich schon lange vor Tagesbeginn. Vom Fenster aus beobachtete er, wie sich seine Männer wegschlichen. Er war sicher, daß niemand in der Halle oder im Ort ihr Verschwinden bemerkte. Als die Sterne im Osten zu verblassen begannen, kleidete er sich an. Er wartete, bis auch Aislinn bereit war, und schritt dann an ihrer Seite in die Halle hinab. Wehrgehänge und Kettenhemd trug er über dem Arm. Bolsgar und Sweyn erwarteten sie bereits an der Tafel, und kurz darauf schloß sich ihnen auch Beaufonte an. Als letzte erschien Gwyneth, die sich noch den Schlaf aus den Augen rieb und gähnte, als ob man sie viel zu früh geweckt hätte. Nachdem sie zusammen gegessen hatten, erhob sich Wulfgar und ermahnte den Gefährten. »Kommt jetzt, Sweyn. Die Mordbuben werden kaum warten, bis wir uns die Bäuche gefüllt haben. Laß uns nach Gowain sehen, und dann aufs Pferd!« Unwirsch folgte Sweyn dem Beispiel seines Herrn und wappnete sich für den Tag. Wulfgar legte das Kettenhemd an und setzte den Helm auf, während sein Gefährte das Schwert umgürtete und liebevoll mit dem Daumen die Schneide seiner Streitaxt prüfte. Sweyns Augen leuchteten auf.

»Auch sie knurrt heute vor Hunger. Aber vielleicht tut sie schon bald einen herzhaften Biß in einen dieser Verbrecherschädel.«

Gwyneth verzog verächtlich das Gesicht. »Aber nur, wenn Ihr Euch geschickter anstellt als in den vergangenen Tagen! Fürwahr, es wird wohl besser sein, Darkenwalds Türen zu verrammeln, solange Ihr weg seid. Wie leicht könnte sonst meine jungfräuliche Tugend in Gefahr kommen.«

Wulfgar musterte sie mit spöttischem Grinsen. »Ich bitt' Euch, liebste Schwester, diese Gefahr scheint mir doch sehr weit hergeholt. Es gibt wohl andere Dinge, um die Ihr Euch mehr sorgen solltet.«

Gwyneth warf ihm einen unheildrohenden Blick zu. Doch Sweyn streute weiteres Salz in die offene Wunde.»Ich glaube kaum, Wulfgar, daß sie sich wirklich Sorgen macht. Wahrscheinlich zählt sie die Minuten, bis es so weit ist . . .«

Lachend verließen Wulfgar und Sweyn die Halle. Unterwegs schloß sich ihnen Sir Gowain. Die drei ritten unter den Augen des ganzen Orts nach Westen.

Bolsgar stand neben dem Beobachtungsposten auf dem Turm und wandte kein Auge von dem Ort unter ihnen. Beaufonte übernahm dieselbe Aufgabe in der Umgebung der Burg. Aislinn saß hinter den nur spaltbreit geöffneten Läden ihres Schlafgemachs und behielt das untere Ende des Dorfs mit dem Sumpfpfad im Auge. Allerdings war es ihr nicht möglich, auch Maidas Hütte zu beobachten. Insgeheim befürchtete sie noch immer, daß die Mutter hinter ihrem Rücken Rachepläne gegen Wulfgar hegte. Wie leicht konnte Wulfgar in eine Falle geraten und nie mehr wiederkehren . . . Der Gedanke schien ihr unerträglich, und ihre Angst wuchs von Augenblick zu Augenblick.

Plötzlich schreckte sie auf. Irgend etwas bewegte sich am Rande des Unterholzes, hinter dem das Sumpfland begann. Und dann sah sie eine Frauengestalt, die sich vorsichtig im Schatten der Büsche und Bäume hielt. Ihr wurde eiskalt ums Herz – wenn nun die Mutter die Verräterin war? Doch so sehr sie ihre Augen auch anstrengte, sie konnte keine Gewißheit erlangen, da ein schwarzer Umhang die Person von Kopf bis Fuß einhüllte. Wer mochte es sein? Haylan vielleicht? Versuchte sie sich einen flandrischen Lord zu angeln, nachdem sie bei Wulfgar kein Glück gehabt hatte?

Dann traf ein Strahlenbündel der Morgensonne das Gesicht der Frau, die mit flinken Bewegungen voranschritt. Aislinn atmete erleichtert auf: es war das hagere Gesicht Gwyneths. Aislinn sah, wie Gwyneth noch einige Schritte tiefer in die Wildnis eindrang. Dort wurde sie von einem Mann in bäuerlicher Tracht erwartet. Die beiden steckten die Köpfe zusammen, dann verschwand der Mann wieder im Dickicht des Waldes. Gwyneth wartete noch einen Augenblick im Schatten der Bäume und kam dann wieder auf die Halle zu.

Mit einem Blick auf Bryce, der noch immer friedlich schlummerte, eilte Aislinn aus der Kammer, um Bolsgar von ihrer Entdeckung zu unterrichten. Es dauerte eine Zeitlang, ehe man ihn vom Turm geholt hatte. Voll innerer Unruhe erwartete Aislinn ihn neben dem Feuer.

»Was ruft Ihr mich, Herrin?« fragte er etwas atemlos und nicht ohne Vorwurf in der Stimme. »Ich mußte meinen Ausguck verlassen – Ihr wißt, was alles davon abhängt . . .«

Aislinn holte tief Luft und stieß dann heraus: »Ich kenne den Verräter, Bolsgar! Es ist Gwyneth. Ich sah, daß sie sich am Rand des Sumpfes mit einem Fremden traf.«

Schmerzhaft zuckte es im Gesicht des alten Mannes. Er forschte in Aislinns Gesicht. An ihrem Mitgefühl erkannte er, daß sie die Wahrheit gesagt hatte.

»Gwyneth«, wiederholte er leise. »Natürlich, wer sonst wäre zu so etwas fähig . . .?«

»Sie wird gleich hier sein«, warnte ihn Aislinn.

Bolsgar nickte gedankenverloren. Mit gesenktem Haupt und hängenden Schultern starrte er ins Feuer.

Das Tor flog auf, und Gwyneth erschien beschwingt auf der Schwelle. Selbstzufrieden summte sie vor sich hin, und ihre Wangen glühten. Bolsgar fuhr herum und musterte finster die Tochter.

»Was bedrückt Euch denn, Vater?« fragte sie heiter. »Liegt Euch etwa das Frühstück schwer im Magen?«

»Nein, Tochter«, knurrte er drohend, »mich drücken ganz andere Dinge. Vor allem eine Verräterin, die ihre eigene Familie ans Messer liefert . . .«

Gwyneths Augen weiteten sich erschreckt. Zornbebend schrie sie Aislinn an: »Welche Lügen hast du ihm jetzt wieder aufgetischt, du falsche Hündin?«

»Ich weiß, daß sie nicht lügt!« dröhnte Bolsgar zurück. Dann fuhr er beherrschter fort: »Ich kenne dich lange genug.

Noch nie hast du an etwas anderes gedacht als an dich selbst! Du würdest alles und jeden verraten, wenn es dir nur nützt. Doch warum dieser Verrat?« Er wandte sich ab, denn er konnte ihren Anblick kaum noch ertragen. »Was nützt es dir, wenn dieses Land ausblutet? Welche falschen Freunde hast du dir jetzt wieder erwählt? Zuerst dieser hinterlistige großmäulige Ragnor, und jetzt auch noch fremde Marodeure!«

Als Ragnors Name fiel, sah Aislinn, daß die andere stolz das Haupt hob und triumphierend zu ihrem Vater hinüberstarrte. Es bedurfte keiner weiteren Fragen mehr, um Aislinn die Zusammenhänge erkennen zu lassen. Sie sprang von ihrem Stuhl auf.

»Ragnor ist es! Er ist der Anführer der Mordbrenner! Wer sonst könnte über diese genauen Ortskenntnisse verfügen? An Ragnor hat sie uns verraten!«

Bolsgar herrschte die Tochter an: »Bei Gott, das ist der schwärzeste Tag meines Lebens!«

»Schwärzer als jener, an dem Ihr erfuhrt, daß Euer kostbarer Sohn ein Bastard ist?« schleuderte sie ihm entgegen. »Ihr und diese sächsische Schlampe habt mir das Letzte genommen, was mir noch geblieben war! Was war ich hier anderes als eine bessere Dienstmagd, wo es mir doch zugestanden hätte, Herrin zu sein! Und wenn ich mich gegen all die Lügen und Verleumdungen von der hier zur Wehr setzte, dann fiel mir mein eigener Vater in den Rücken!«

Bolsgars Hand schnellte zurück und klatschte Gwyneth quer über das Lügenmaul. Sie taumelte zur Seite und wich bis zum Tisch zurück.

»Nenn mich nie mehr Vater«, kam es grollend aus seiner Brust. »Ich habe keine Tochter mehr!«

Gwyneth stützte sich mit beiden Händen auf die Tischplatte und erwiderte: »Ihr liebt also Wulfgar noch immer, obwohl er der Welt als Bastard gilt?« Ihr Gesicht verzog sich vor Haß. »Dann kostet diesen Tag bis zur Neige, denn noch vor Einbruch der Nacht wird ihn der Tod ereilt haben.«

Aislinn zuckte zusammen. »Sie haben ihm eine Falle gestellt ... Oh, Bolsgar, sie werden ihn aus dem Hinterhalt überfallen und töten!« Drohend trat sie auf Gwyneth zu. Ihre Augen verengten sich, und die Hand umfaßte den Griff des kleinen Dolchs in ihrem Gürtel.

»Wo lauern sie ihm auf, Hündin?« zischte sie mit einer Wildheit, die sogar Bolsgar zusammenzucken ließ. »Sag mir, wo es ist, oder ich kitzle es damit aus dir heraus!«

»Es ist bereits zu spät, diesen Bastard von einem Bruder noch zu retten. Ihr könnt es also ruhig erfahren: sie warten im Wald von Cregan auf ihn. Wahrscheinlich wälzt er sich dort schon in seinem Blut!« Damit wandte sich Gwyneth ab und setzte sich.

»Bolsgar, reitet zu ihm!« flehte Aislinn. »Nehmt das schnellste Pferd und versucht ihn zu warnen! Vielleicht ist es noch nicht zu spät. Er reitet langsam und harrt unserer Nachricht . . .«

Bolsgar griff nach seinem Umhang und stürmte aus der Halle.

Wulfgar, Sweyn und Gowain hatten sich hinter einer schützenden Hügelkuppe mit den übrigen Normannen vereinigt. Nun ritten sie gemächlich dahin, in sicherem Abstand von ihrer Vorhut und auf beiden Seiten durch Späher abgeschirmt. Von Zeit zu Zeit machte der Haupttrupp halt, und Wulfgar ließ den Blick über den Horizont schweifen.

Dann plötzlich sah er auf dem Weg hinter ihnen in der Ferne eine kleine Staubwolke. Sie hielten an und erwarteten den Reiter mit großer Spannung. Erstaunt hoben sich Wulfgars Brauen, als er Bolsgar erkannte. Knapp vor Wulfgar zügelte der alte Ritter das Pferd.

»Ragnor führt die Mordbrenner an«, keuchte er. »Gwyneth hat uns verraten. Sie haben Euch kurz vor Cregan eine Falle gestellt. Wir müssen weiterreiten, ich erzähle Euch unterwegs die Einzelheiten.«

Die Miene des Jüngeren wurde finsterer und finsterer, als ihm durch Bolsgars Bericht die Zusammenhänge klar wurden. Nie hätte er seiner Halbschwester eine solche Niedertracht zugetraut. Dann sahen sie jenseits des Waldes eine Rauchsäule gen Himmel steigen, die sie wahrscheinlich anlocken sollte. Doch bevor der Weg ins Freie mündete, ließ Wulfgar anhalten.

Kurz und bestimmt kamen seine Befehle. »Gowain und Sweyn, Ihr bleibt bei mir. Haltet die Waffen bereit. Bolsgar und Milbourne, Ihr umgeht mit der Hälfte der Männer die Feinde. Wartet mit dem Angriff, bis Ihr meinen Kampfruf hört. Wir werden sie ins Freie treiben und dort zum offenen Kampf zwingen.«

Der Wald war totenstill. Riesige, moosüberwachsene Eichen säumten den Weg. Immer wieder mußten gefallene Bäume umritten werden. Kein Tier regte sich. Beklommenheit bemächtigte sich der Männer.

Bolsgar und Milbourne führten ihre Männer tiefer in den Wald hinein. Dann schwenkten sie und rückten parallel zum Weg vorsichtig weiter. Als der Wald sich vor ihnen zu lichten begann, schwenkten sie erneut und näherten sich wieder dem Weg. Erst als sie leise Stimmen vor sich hörten, machten sie halt und harrten auf Wulfgars Zeichen.

Endlich schrillte sein Kriegsruf durch die Luft. Die überraschten Mordbrenner sahen sich plötzlich von zwei Seiten angegriffen. Mit eingelegter Lanze sprengte Wulfgar an der Spitze seines Trupps gegen die Feinde, Gowain und Sweyn dichtauf.

Im ungewissen Halbdunkel des Waldes vervielfältigten sich die Angreifer auf wundersame Weise, so daß die Fremden bald ihre Rettung in der Flucht suchten. Erst kurz vor Cregans Ruinen sammelten sie sich wieder. Der einzelne Ritter, der sie führte, ließ sie mit den Schilden einen notdürftigen Schutzwall formen. Einige Bogenschützen verschanzten sich dahinter und sandten ihre Geschosse hinüber zum Waldrand, wo jetzt Wulfgars Bogenschützen abgesessen und in Deckung gegangen waren.

Wulfgar, flankiert von Bolsgar und Gowain auf der einen, Sweyn und Milbourne auf der anderen Seite, zeigte sich mit flatterndem Banner dem Feinde. »Ergebt euch!« dröhnte seine Stimme. »Der Sieg ist unser!«

Doch der gegnerische Ritter weigerte sich. »Niemals! Wir wissen, wie Wilhelm mit Marodeuren verfährt. Lieber sterben wir hier als unter dem Henkersbeil!« Lärmend schlug er mit dem Schwert gegen den Schild. »Ihr müßt schon kommen und uns holen, Normanne!«

Wulfgar legte erneut die Lanze ein und gab Hun die Sporen. Gleichzeitig ging ein Pfeilhagel über den Gegner nieder. Ein Mann versuchte, hinter seinem Schild hervor mit einem Speer Wulfgar vom Pferd zu stoßen, doch die Lanze des Normannen war länger und durchbohrte den Gegner. Huns Ansturm brach in den Schilderwall eine Bresche, die durch den Angriff der übrigen normannischen Ritter noch verbreitert wurde. Hinter den Feinden wendeten sie die Pferde und griffen erneut an. Der gegnerische Ritter versuchte, seine Leute neu zu formieren.

Diesmal stürmte Wulfgar gegen den Flügel der Verteidiger. Er warf die Lanze weg, zog das lange Schlachtschwert und bahnte sich eine blutige Gasse. Die Getreuen folgten ihm. Inzwischen hatte auch ein Teil der Bogenschützen zu Speer und Schwert gegriffen und kämpfte nun zu Fuß gegen den Feind. Die übrigen verharrten mit schußbereitem Bogen in sicherer Entfernung. Wann immer sich irgendwo eine Lücke im Schilderwall zeigte oder einer der Mordbrenner zu fliehen versuchte, traf ihn der tödliche Pfeil.

Bald war der Boden übersät mit Toten. Hie und da hörte man das Wimmern eines Verletzten oder das letzte Röcheln eines Sterbenden. Allein der gegnerische Ritter behauptete noch das Feld. Wulfgar rief seine Männer zurück und sprang aus dem Sattel.

Mit Schild und Schwert rangen die beiden miteinander. Doch der andere hatte gegen den Normannen nicht viel auszurichten. Schon nach wenigen Hieben lag er am Boden, besiegt in ritterlichem Kampf.

Sweyn und Bolsgar suchten unter den Feinden nach Ragnor und Vachel, doch ohne Erfolg. Drei Normannen hatten bei dem Scharmützel den Tod gefunden. Sechs waren verwundet, doch sie konnten noch reiten. Man nahm den toten Feinden die Waffen und Rüstungen ab und legte sie in eine rasch ausgehobene Grube.

Wulfgar aber ließ unruhig den Blick über den Horizont schweifen. Hun scharrte kaum weniger nervös mit den Hufen.

Wo mochten Ragnor und Vachel wohl sein?

Die Angst um Wulfgar ließ Aislinn keine Ruhe. Zornig blitzten ihre Augen zu Gwyneth hinüber. Aber die andere beachtete sie überhaupt nicht, sondern blickte unverwandt zum Tor der Halle, die Hände gelassen im Schoß gefaltet. Aislinn fragte sich, was das wohl zu bedeuten habe.

»Wir wußten, daß wir einen Verräter in unserer Mitte hatten, Gwyneth«, begann Aislinn einen Köder auszulegen. »Wulfgar reitet sehr langsam. Wahrscheinlich erreicht Bolsgar ihn noch rechtzeitig. Dann wird es Ragnor sein, der das Ende dieses Tages nicht mehr erlebt . . .«

Gwyneth zeigte kaum eine Regung. Selbstsicher erwiderte sie: »Ragnor wird nicht sterben.«

»Die übrigen Männer sind schon vor Morgengrauen weggeschlichen und warteten an einem Treffpunkt auf Wulfgar und die anderen«, fuhr Aislinn fort und beobachtete Gwyneth aufmerksam.

Aber wieder kam nur die Antwort: »Ragnor wird nicht sterben.«

Aislinn wurde plötzlich klar, was das zu bedeuten hatte. Sie sprang auf und bohrte ihren Blick in Gwyneths Augen. »Ragnor wird nicht sterben, weil er gar nicht bei den anderen ist, sondern auf dem Weg hierher?« An Gwyneths triumphierend aufblitzendem Blick erkannte sie, daß sie richtig vermutet hatte. Sie durfte keinen Augenblick verlieren.

Sie ließ Beaufonte holen und wies ihn an, jeden wehrfähigen Mann mitzubringen. Von draußen drang Hufgetrappel herein. Aislinns Hand legte sich auf den kleinen Dolch, während sie drohend an Gwyneths Seite trat. Sie würde als erste sterben müssen, wenn Ragnor über sie herfiele.

Doch es war Beaufonte, der in Begleitung eines der Normannen auf der Schwelle erschien. Der Ritter wandte sich fragend an Aislinn: »Ja, Herrin?«

Doch da eilte Kerwick atemlos herein, gefolgt vom Turmwächter.

»Ragnor ist auf dem Weg hierher, während seine Leute Wulfgar in einen Hinterhalt zu locken versuchen«, erklärte Aislinn den Männern. »Wir müssen die Halle in Verteidigungsbereitschaft versetzen!«

In größter Eile schlossen sie die Läden und verriegelten sie; Beaufonte schob einen mächtigen Riegel vors Tor. Dann sah Aislinn wieder jenen Abend vor sich, als Ragnor zum erstenmal hier erschienen war und mit ihm Tod und Vernichtung. Plötzlich fiel Aislinn noch etwas ein. »Beaufonte, die Beobachtungsposten! Signalisiert Wulfgar, er solle sofort nach Darkenwald zurückkehren! Und laßt uns zu Gott beten, daß er die Zeichen sieht!«

Doch als der alte Ritter dem Beobachtungsposten die notwendigen Anweisungen gab, pochte es schon ungestüm gegen das Tor und Ragnors Stimme erschallte. Bevor sie jemand daran hindern konnte, war Gwyneth aufgesprungen und hatte den Riegel zur Seite geschoben. Die schweren Flügel aus Eichenholz schwangen auf, und zwei fremde Kriegsleute standen auf der Schwelle. Ihnen folgten Ragnor und Vachel mit zwei weiteren Kriegern, alle in normannischer Tracht.

Mit gezogenem Schwert stellte Beaufonte sich den frechen Eindringlingen entgegen. An seiner Seite standen der Turmwächter und die anderen Gefolgsleute Wulfgars. Einer der Begleiter Ragnors schleuderte einen Speer und traf den Turmwächter mitten in die Brust. Vachel kämpfte gegen einen Mann, der gegen den geübten Ritter keine Chance hatte. Nur Beaufonte konnte Ragnor und die übrigen längere Zeit hinhalten. Kerwick zerrte Aislinn hastig die Treppe hinauf, um sie in ihrer Kammer in Sicherheit zu bringen.

Nachdem Vachel seinen Gegner erledigt hatte, schlich er sich hinter Beaufontes Rücken. Er schwang sein Schwert mit beiden Händen und ließ es auf den Nacken des wackeren alten Kriegers niedersausen. Es biß sich durch die eisernen Glieder seines Kettenhemdes und fraß sich tief in seinen Hals. Mit einem Schmerzensschrei sank Beaufonte zu Boden. Die brechenden Augen starr zur Decke gerichtet, verschied er.

Kerwick stieß Aislinn in die Kammer und schloß die Tür hinter ihr. Dann griff er nach einem morschen Schild und einem schartigen Schwert, die neben der Tür an einem Nagel hingen. Er war entschlossen, die Eindringlinge so lange wie möglich in Schach zu halten. Zwei von ihnen stürmten jetzt die Treppe hoch, dichtauf gefolgt von Ragnor.

»Mach die Tür frei, Sachsenschwein«, herrschte Ragnor ihn mit siegessicherem Lächeln an. »Was nützt es schon, wenn du die Dame noch kurze Zeit verteidigst und dabei dein Leben läßt? So oder so ist sie mein.«

Kerwick aber wich nicht. »Wenn mein Leben alles ist, was ich ihr geben kann, dann kommt und holt es Euch! Ich habe diesen Augenblick herbeigesehnt, seit Ihr mir die Verlobte entrissen habt.«

»Also auch du, kleiner Sachse?« lachte Ragnor. »Sie scheint wirklich jeden in ihren Bann zu schlagen!«

Kerwick wehrte einen Speerstoß ab und stieß seine Klinge einem der Angreifer in den Unterleib. Ragnors kräftiger Hieb ließ Kerwicks altes Schwert zerbrechen. Trotzdem gelang es dem Sachsen, mit dem Schild den nächsten Schlag aufzufangen. Doch der dritte Angreifer durchbohrte mit seinem Speer Kerwicks Arm, und fast gleichzeitig traf Ragnors Schwert ihn am Kopf. Blutüberströmt sank der junge Vogt zu Boden.

Achtlos stieg Ragnor über ihn hinweg und stieß die Kammertür auf. Schreckerfüllt starrte Aislinn ihm entgegen.

»Ich sagte, daß Ihr die meine werden würdet«, begrüßte er sie mit höhnischem Grinsen, »und jetzt ist die Zeit gekommen.«

Nur am Aufblitzen ihrer Augen konnte man erkennen, was in ihr vorging. Doch als Ragnor die Hand nach ihr ausstreckte, ließ ein Geräusch aus der Wiege ihn herumfahren. Er trat an den Kleinen heran und hob das Schwert. Mit einem Aufschrei klammerte sich Aislinn an seinen Arm. Er schüttelte sie mit roher Gewalt ab, und sie taumelte gegen das Fußende des Bettes. Dort sank sie in sich zusammen. Blut rann ihr aus den Mundwinkeln. Trotzdem war sie sofort wieder auf den Beinen. »Ihr wollt Euren eigenen Sohn erschlagen?« keuchte sie.

»Vielleicht ist er es tatsächlich, doch vieles spricht dagegen«, erwiderte er ungerührt. »In jedem Falle sehe ich ihn lieber tot, denn als Wulfgars Erbe.« Und wieder hob sich das Schwert.

»Nein!« schrie Aislinn.

Etwas in ihrer Stimme ließ ihn innehalten und sich ihr zuwenden. Sie hatte sich die Spitze ihres Dolches aufs Herz gesetzt.

»Wenn der Kleine auch nur einen Kratzer abbekommt, werde ich mich töten. Ihr kennt Wulfgar. Er würde Euch bis in die schwärzeste Hölle verfolgen, um mich zu rächen!«

Mit gellender Stimme höhnte er: »Der Bastard kann mich nicht mehr schrecken. Wahrscheinlich häufen meine Leute gerade die Erde auf sein Grab!«

»Das ist nicht so sicher, mein Liebster«, hörte man plötzlich Gwyneths Stimme von der Tür. Sie war Ragnor nachgekommen, da sie ihn nicht allein mit der anderen lassen wollte. »Wulfgar wurde gewarnt. Sie beobachteten, wie ich mit Eurem Gefolgsmann sprach, und mein Vater ist ihm nachgeritten. Er wird nicht unvorbereitet in Eure Falle tappen.«

Ragnor stieß grollend das Schwert in die Scheide zurück. »Das ist schlecht für uns, meine Schöne.« Und laut überlegte er weiter: »Wie ich das Glück des Bastards kenne, wird er wieder einmal mit dem Leben davonkommen. Es wird dann nicht genügen, die hier als Geisel zu nehmen. Ich fürchte, wir müssen fliehen. Seinem Schwert wird kaum einer meiner Leute entkommen, und meine Mittel sind erschöpft, um weitere für meine Zwecke anzuwerben.«

Er warf einen Blick zu Aislinn hinüber, die den kleinen Bryce an sich drückte. Es würde nicht leicht sein, sie von ihrem Sohn zu trennen – und jeder Augenblick war jetzt kostbar. Er wandte sich an Gwyneth. »Holt Vorräte aus dem Keller. Wir werden nach Norden reiten und Edgar den Treueeid leisten. Säumt nicht, mein Liebling, die Zeit drängt.«

Barsch forderte er Aislinn auf: »Nehmt den Jungen mit! Er ist als Geisel kaum weniger wertvoll als Ihr selbst, obwohl es durchaus sein könnte, daß Wulfgar ihn manchmal zum Teufel wünscht.« Schneidend warnte er sie: »Aber seht Euch vor, meine Taube! Wenn Euch das Leben des Kleinen lieb ist, macht jetzt keine weiteren Schwierigkeiten. Versucht nicht etwa, unterwegs Hinweise auf unseren Fluchtweg auszulegen!«

Voller Verachtung trotzte sie ihm. »Wo Ihr reitet, bleibt immer eine Spur des Schreckens zurück! Es stimmt nicht, daß der Kleine Wulfgar im Weg ist. Aber warum sollen wir ihn mitnehmen? Er wird unser Vorankommen behindern. Lassen wir ihn doch hier. Auch wenn Wulfgar denkt, daß er Euer Sohn ist, läßt er immerhin für ihn sorgen.«

Ragnor musterte sie finster. »Gwyneth sieht das aber ganz anders. Sie erzählte mir, daß er in letzter Zeit häufig mit dem Kleinen spielt und ihn in aller Öffentlichkeit als Sohn und Erben anerkannt hat. Wir werden ihn mitnehmen!«

»Diese Hündin ist Euch wirklich ergeben«, zischte Aislinn.

»Sprecht nicht so von ihr, meine Taube«, erwiderte Ragnor. »Sie hat mir treue Dienste geleistet.«

»Ja«, bestätigte Aislinn, »aber alle anderen hat sie hintergangen – wahrscheinlich sogar sich selbst.«

»Sie hätte eben gern jemand, der ihr die Welt zu Füßen legt«, lächelte er. »Und wer könnte einer solch zarten Blüte etwas vorenthalten?« Es war deutlich zu hören, was er wirklich von Gwyneth hielt. Jetzt aber wurde er wieder ernst und befahl barsch: »Genug der müßigen Schwätzereien! Packt rasch etwas zusammen.«

Aislinn suchte rasch ein paar Sachen für Bryce zusammen und schnürte sie zu einem kleinen Bündel. Dann griff sie nach ihrem pelzgefütterten Umhang, der sie beide wärmen würde.

»Das reicht«, mahnte er rauh. »Es wird Zeit, daß wir uns davonmachen!«

Er schob sie aus der Kammer und zwang sie, über Kerwick hinwegzusteigen, der reglos am Boden lag. Auch an der Seite des armen Beaufonte gönnte er ihr keinen Augenblick.

Gwyneth saß bereits hoch zu Roß. Natürlich hatte sie Aislinns herrliche Apfelschimmelstute gewählt und trug ein feines Gewand. Für Aislinn führte man die altersschwache kleine Mähre vor. Sie drückte Bryce an die Brust und ließ ihn nie aus ihrem Schutz. Ragnor half ihr in den Sattel, mißtrauisch von Gwyneth beäugt, die jede seiner Bewegungen verfolgte.

Noch einmal warnte Ragnor die junge Frau: »Vergeßt nicht, was ich sagte, meine Taube. Ich werde den Kleinen töten, wenn Ihr mich dazu zwingt!«

Aislinn nickte voll verhaltenen Grimmes. Er schwang sich jetzt in den Sattel. Doch Gwyneth verzögerte den Aufbruch um kostbare Minuten. Sie riß sich den einfachen Wollumhang von den Schultern und reichte ihn mit bösem Blick Aislinn hinüber. Diese verstand und händigte ihr stumm Wulfgars prächtiges Geschenk aus. Ragnor hatte das Geschehen unwirsch verfolgt, doch insgeheim belustigte ihn das wütende Ringen der beiden Frauen.

Gwyneth setzte sich an seine Seite und lächelte triumphierend. »Nun, wie gefalle ich Euch, Liebster?« fragte sie kokett.

Während sie ihren Tieren die Sporen gaben, nickte Ragnor ihr lächelnd zu. Doch gleich darauf wanderten seine Augen an Gwyneth vorbei zu Aislinn hinüber.

25

Wulfgar ließ von neuem den Blick über die Hügelkette schweifen. Es war ihm, als ob in seinem Innern Stimmen flüsterten. Sie wurden lauter und lauter, und plötzlich verstand er: Ragnor! Aislinn! Bryce! Darkenwald!

Ein scharfer Ruck an den Zügeln, der Hun erschreckt aufschnauben ließ. Dann der kurze Befehl an Bolsgar: »Ihr bleibt hier und bestattet unsere Leute. Sie haben tapfer gekämpft. Ihr, Milbourne, helft ihm mit Euren Leuten. Alle anderen kommen mit mir!«

Sweyn, Gowain und ein gutes Dutzend weitere bestiegen die Pferde. Sie trieben sich und ihre Tiere gnadenlos an, bis sie vor Darkenwalds Halle haltmachten.

Wulfgar fiel auf, daß kein Ruf vom Turm sie angekündigt hatte. Auch Aislinn stand nicht wie gewöhnlich unter dem Tor. Er warf Sweyn die Zügel zu, eilte in die Halle und fand seine schlimmsten Befürchtungen bestätigt. Überall sah man die Spuren eines kurzen, aber heftigen Kampfes.

Der Wächter lag tot am Turmaufgang, nicht weit von ihm Beaufonte, dessen gebrochene Augen noch immer zur Decke starrten. Drüben auf der Treppe hielt Haylan Kerwicks Haupt, das durch eine heftig blutende Wunde entstellt war. Die Hände des jungen Sachsen umklammerten noch immer den Schwertgriff mit der abgebrochenen Klinge. Das fehlende Stück ragte aus der Brust eines fremden Kriegsmannes, der auf dem oberen Treppenabsatz lag. Laut klagend versuchte Miderd in der Halle wieder etwas Ordnung zu schaffen. Maida kauerte neben der leeren Wiege in einer dunklen Ecke.

»Es war Gwyneth!« rief Haylan Wulfgar anklagend zu. »Sie hat ihnen das Tor geöffnet. Und sie ist auch mit ihnen geflohen.« Sie schluchzte auf. »Sie haben Lady Aislinn und Bryce mit sich genommen.«

Äußerlich schien Wulfgar völlig gefaßt. Doch die gebräunten Wangen wirkten plötzlich fast grau, und die Augen verengten sich zu schmalen Schlitzen.

Während ihr die Tränen über die Wangen liefen, fuhr Haylan fort: »Ich hörte ihn sagen, er würde den Kleinen töten, wenn sie ihm Schwierigkeiten machen würde . . .«

Wulfgar fragte mit ruhiger, fast sanfter Stimme: »Wer, Haylan? Wer hat das gesagt?«

Sie starrte ihn einen Augenblick lang verstört an, dann begriff sie. »Es war dieser Ritter aus des Königs Begleitung – Ragnor. Er hatte noch einen Ritter bei sich und vier Gefolgsleute. Beaufonte hat einen von ihnen getötet, bevor er selbst erschlagen wurde. Und ein anderer fiel durch Kerwicks Schwert. Die übrigen bemächtigten sich Aislinns und Eures Sohnes.«

Wulfgar beugte sich über seinen Vogt. »Kerwick?«

Die Augen des Jüngeren öffneten sich, und er sagte mit kläglichem Lächeln: »Ich tat, was ich konnte, Herr, aber es waren zu viele. Ich . . .«

»Ruht Euch jetzt aus, Kerwick«, murmelte Wulfgar und legte ihm tröstend die Hand auf die Schulter. »Ihr habt es verdient, denn schon zum zweitenmal habt Ihr Euer Leben für die Dame meines Herzens gewagt.«

Sweyn stürmte in die Halle, die Streitaxt in der Hand. Voller Bitterkeit in der Stimme rief er: »Sie haben den Stalljungen ermordet! Er war kaum vierzehn und unbewaffnet. Die Kehle haben sie ihm aufgeschlitzt . . .«

Bestürzt gewahrte er Beaufonte. Wulfgars Miene verfinsterte sich, als sein Blick wieder den erschlagenen Gefolgsmann streifte. Mit grollender Stimme wies er Sweyn an: »Füttert Hun und Euer eigenes Pferd und reibt sie ab!« Dann fiel ihm noch etwas ein. »Wir reiten ohne Rüstung und ohne großes Gepäck!«

Der Wikinger nickte und stürmte wieder hinaus.

Wulfgar wandte sich an Midred. »Geht in die Vorratskammer«, bat er, »und schneidet uns etwas von dem getrockneten Wildbret ab. Außerdem brauchen wir zwei kleine Beutel Mehl und zwei Schläuche mit Wasser.«

Dann eilte er in seine Kammer hinauf. Als er kurze Zeit später wieder erschien, trug er nur ein Rehlederhemd und darüber ein Wams aus Wolfsfell. Am Gürtel hingen sein

Schlachtschwert und ein scharfer Dolch. Über den Stiefeln waren nach Art der Nordleute Wolfspelze zu Gamaschen verschnürt. Er blieb bei Haylan und Kerwick stehen.

»Jetzt bekomme ich den Lohn für meine Nachlässigkeit! Viel früher schon hätte ich mich dieses Schurken entledigen sollen. Während ich weg bin, führt Ihr, Kerwick, die Aufsicht über die Halle; Bolsgar und meine Ritter werden Euch dabei zur Hand gehen.«

Midred brachte den Proviant. Wulfgar eilte damit aus der Halle und hinüber zu den Ställen, wo er die Hälfte Sweyn überreichte. Sein alter Gefährte trug jetzt ebenfalls leichte Reitkleidung. Er hatte für jedes der Pferde ein Säckchen Hafer bereitgelegt.

Wenige Augenblicke später hatten die beiden Ritter Darkenwald hinter sich gelassen.

Bolsgar und seine Helfer waren ihrer traurigen Pflicht nachgekommen. Nachdem sie die Gräber durch Kreuze gekennzeichnet hatten, beluden sie die Pferde der getöteten Mordbrenner mit deren Waffen und Rüstungen und machten sich auf den Heimweg.

In der Halle stieß der alte Ritter auf Haylan und Kerwick. Finster vor Scham und Zorn lauschte Bolsgar Kerwicks Bericht.

»Gwyneth ist das Kind meiner Lenden, und es ist an mir, sie für ihre Taten zu bestrafen«, murmelte er wie zu sich selbst. »Wulfgar mag seine Schwester schonen, ich aber nicht. Ich will ihnen folgen und dafür sorgen, daß die Verräterin nie mehr jemandem schaden kann.«

Mit schweren Schritten verschwand er in seiner Kammer. Gleich darauf erschien er wieder mit einem starken Bogen in der Hand; dazu trug er wie gewöhnlich sein Schwert an der Seite. Als Proviant führte er nichts als ein Säckchen Salz mit. So gerüstet schwang er sich auf sein Pferd und trieb es gen Norden.

Ragnor ritt an ihrer Spitze, als ob ihm der Teufel auf den Fersen sitzen würde. Jeder Aufenthalt ließ ihn aufbrausen. Bryce machte Aislinn große Mühe, denn es war nicht leicht, ihn sicher im Arm zu halten und gleichzeitig das Pferd zu lenken.

In weitem Bogen umritten sie London. Jeder Normannenstreife wichen sie aus. Nachts gönnte ihnen Ragnor nur wenige Stunden Schlaf; beim ersten Lichtstrahl saßen sie wieder im Sattel. Kalte Hafergrütze und ein paar Fleischbrocken stillten den schlimmsten Hunger.

Bald war Aislinn am Rande der Erschöpfung. Doch wußte sie, daß nur die Kürze ihrer Rastpausen sie vor Ragnors Zudringlichkeiten bewahrte. Selbst des Nachts ließ er sie kaum aus den Augen, so heftig sich Gwyneth auch an ihn drückte und durch Liebkosungen aufzumuntern versuchte.

Die meiste Zeit schlief Bryce in Ailsinns Armen. Doch wenn er erwachte, brüllte er desto lauter und strampelte wild. Aislinn war immer wieder gezwungen, ihr Tier zu zügeln und das Kind neu zurechtzulegen. Ragnors Unmut über diese Verzögerungen wuchs von Stunde zu Stunde. Auch Gwyneth blieb jetzt von bösen Schimpfworten nicht mehr verschont.

Aislinn fragte sich insgeheim, was ihr Entführer wohl beabsichtigte. Denn selbst wenn er die Grenze nach Schottland erreichte und es ihm gelang, sich dort dem Edeling Edgar anzuschließen, hätte er noch immer Wulfgar auf seiner Spur und müßte jeden Augenblick um sein Leben bangen.

Tränen stiegen ihr in die Augen. Wie konnte sie so sicher sein, daß Wulfgar noch am Leben war? Woher wußte sie, daß er sie und ihren Sohn befreien würde? Schließlich war es nicht mehr als eine schwache Hoffnung, daß Bolsgar ihn rechtzeitig erreicht und vor der Falle gewarnt hatte. Vielleicht deckte den Gatten jetzt schon die Erde . . .

Die Sonne stand hoch. Der Weg verschlechterte sich. Bryce wachte auf und bekam die Brust. Als ihn die Mutter danach aber nicht wie gewohnt zum Spielen auf sein Fell setzte, begann er vor sich hin zu jammern.

Ragnor drehte sich im Sattel um und herrschte sie an: »Sorgt dafür, daß dieser Bastard Ruhe gibt!«

Aislinn summte dem Kleinen vertraute Weisen ins Ohr. Allmählich beruhigte er sich und schlief wieder ein.

Das Flachland mit seinen breiten Flüssen lag jetzt hinter ihnen, und sie mühten sich durch die heidekrautüberwucherte Hügellandschaft Mittelenglands. Sie passierten die Überreste einer kleinen Ortschaft. Als sie den früheren Marktplatz überquerten, löste sich eine zerlumpte alte Frau aus dem

Schatten einer Hausruine. Sie hatte nur noch ein Auge, und ihr rechter Arm war verkrüppelt. In der Linken hielt sie eine roh geschnitzte Holzschüssel.

Flehend hob sie sie Ragnor entgegen. »Einen Nickel, Euer Lordschaft«, bat sie mit zahnlosem Grinsen, »einen Nickel für eine arme alte Frau . . .«

Ragnor trat nach ihr. Doch mit erstaunlicher Geschicklichkeit wich sie ihm aus. Dann wandte sie sich an Aislinn: »Nur einen Nickel für ein Stückchen Brot, hohe Dame!«

Die Alte erbarmte sie so, daß sie ihr das letzte trockene Brot zuwarf, obwohl sie kaum wußte, wann sie selbst wieder etwas zu essen bekommen würde.

Ragnor lachte verächtlich. Doch plötzlich zog er sein Pferd an Aislinns Seite. »Dieser Balg hier hält uns viel zu sehr auf, und mir genügt eine Geisel!«

Aislinn drückte den Kleinen an sich. »Ihr habt Euer Wort gegeben, Ragnor! Wenn Ihr ihn töten wollt, müßt Ihr zuerst mich umbringen – Euch bleibt dann überhaupt keine Geisel, wenn Wulfgar Euch aufspürt.«

Unter dem Wollumhang hervor erschien ihre Hand mit dem kleinen Dolch. Neugierig verfolgten die Anderen das Geschehen. Ragnor verfluchte seinen Leichtsinn; warum hatte er ihr auch die Waffe gelassen?

Vachel beobachtete ihn und fragte dann lächelnd: »Was wollt Ihr tun, Vetter? Wollt Ihr riskieren, daß diese Wölfin von einer Mutter sich wirklich entleibt?«

Gwyneth wußte, wie ernst Aislinn ihre Drohung meinte. Sie gab ihrem Pferd die Sporen und trieb es gegen das Tier der anderen. Aislinn hatte Mühe, sich und den Sohn im Sattel zu halten; so war es Gwyneth ein leichtes, ihr den Dolch zu entwinden.

»Verräterin!« zischte die junge Mutter die andere an. »Nichts als Hinterlist und Verrat? Arme Gwyneth, wie bald schon werdet Ihr das bereuen!«

Auflachend schob Ragnor das Schwert in die Scheide. »Ah, meine Taube, Ihr gebt wohl nie auf? Aber jetzt seid Ihr völlig machtlos. Ich könnte Euren kostbaren Sohn mühelos ins Jenseits befördern. Aber ich gab Euch mein Wort. Also werden wir ihn jener alten Hexe dort überlassen und sie mit ein paar Münzen für ihre Mühe entschädigen.«

»Nein!« entsetzte sich Aislinn. »Das dürft Ihr nicht tun!«

»Dort drüben sehe ich Ziegen«, versuchte er sie zu besänftigen. »An Milch wird es ihm also kaum mangeln. Und sollte uns Wulfgar tatsächlich folgen, wird er ihn bestimmt finden und zurückbringen.«

Das leuchtete Aislinn ein und gab ihr zugleich neue Hoffnung. Zudem würde sie allein viel leichter fliehen können. Aufschluchzend reichte sie Gwyneth den Sohn hinüber. Sie wandte keinen Blick von der andern, als Gwyneth zu der Alten zurückritt, mit dem laut protestierenden Bryce im Arm.

Mit offenem Mund nahm die Alte den Jungen entgegen. Man sah, wie die beiden kurz miteinander feilschten. Dann zählte Gwyneth einige Münzen ab und reichte sie zusammen mit etwas Fleisch und einem kleinen Schlauch Wein der Greisin. Verwundert folgten die Augen der Alten Gwyneth, die sich gleich darauf wieder entfernte. Offensichtlich hatte sie noch immer nicht begriffen, was gerade geschehen war.

Auch Aislinn blieb keine Zeit zum Nachsinnen. Erbarmungslos trieb Ragnor jetzt alle zu größter Eile an, bis den Pferden Schaum vor dem Maul stand und ihre Flanken zitterten.

Unter einigen Bäumen machten sie halt. Man nahm den Tieren Sättel und Zaumzeug ab. Ragnor und Gwyneth hatten sich etwas abseits der übrigen niedergelassen und schienen miteinander zu scherzen. Dann standen frische Tiere aus Wulfgars Ställen bereit, und Aislinn schwang sich erneut in den Sattel. Voll Wehmut blickte sie ihrer geliebten Apfelschimmelstute nach, die langsam davontrabte.

Plötzlich war Ragnor an ihrer Seite. Er griff ihr in die Zügel und entriß sie ihren Händen. »Ich werde Euch jetzt eine Zeitlang führen, meine Taube. Wie leicht könnte es sonst sein, daß Ihr Euch verirrt und die andere Richtung wählt . . .«

Laut auflachend gab er seinem Pferd die Sporen und zog Aislinns alte Mähre mit sich. Es gelang ihr gerade noch, sich festzuklammern. Über die Schulter rief er ihr zu: »Ich würde Euch nicht raten, einfach vom Pferd zu springen, Aislinn, Ihr könntet dabei sämtliche Knochen brechen. Sonst sähe ich mich gezwungen, Euch quer über Euer Tier zu binden – ohne jede Rücksicht auf Euren Stolz!«

Mit letzter Kraft klammerte sich die junge Frau an ihr Tier.

Unter ihr flog Meile um Meile dahin. Ständig wuchs der Abstand zwischen ihr und dem Sohn.

An diesem Abend gelang es ihr kaum, einige Löffel der lauwarmen Hafergrütze hinunterzuwürgen, bevor das Feuer gelöscht wurde. Man fesselte sie mit ausgestreckten Armen an einen Baumstamm. Doch trotz der schmerzhaften Lage fiel sie sofort in tiefen Schlaf, übermannt von äußerster Erschöpfung.

Wulfgar und Sweyn jagten Seite an Seite dahin. Ohne die schweren Rüstungen konnten sie die riesigen Rösser noch schneller über das Land jagen. Kaum ein Wort wurde zwischen ihnen gewechselt. In Ortschaften oder bei Einzelgehöften hielten sie kurz an und erkundigten sich nach Ragnors kleinem Trupp.

Jeder, der ihnen begegnete, sah die tödliche Entschlossenheit in ihren Mienen. Jeder ahnte, daß ihr Opfer keine Chance hatte. Sweyn lockerte nicht einen Augenblick den Griff um die schwere Streitaxt, und Wulfgars Hand legte sich immer wieder fast zärtlich um den Schwertgriff.

Seine Kräfte schienen unerschöpflich. Er schien völlig entspannt im Sattel zu sitzen, doch seine Gedanken eilten ihm weit voraus. Vielleicht waren Aislinn und der Kleine bereits nicht mehr am Leben? Ein Dasein ohne Aislinn und ihr glückliches Lachen schien ihm öde und leer. In der Schwärze der Nacht wurde ihm bewußt, daß er Aislinn über alle Maßen liebte.

Er wandte den Blick zu dem treuen Gefährten, der neben ihm durch die Nacht jagte. »Ragnor ist mein! Was auch geschehen mag, Ragnor ist mein!«

Endlich stießen sie auf die ersten sichtbaren Hinweise – hastig ausgetretene Lagerfeuer, geknicktes Gras und Pferdemist. Die Verfolger fühlten neue Kräfte in sich und verstärkten ihre Anstrengungen.

Dann, im Hügelland, nahe der schottischen Grenze und nicht weit vom Meer, sahen sie von einer Anhöhe aus in der Ferne sechs Reiter; einer davon führte das Pferd eines anderen am Zügel. Das Jagdfieber packte jetzt auch die mächtigen Schlachtrösser und schien ihren Hufen Flügel zu verleihen.

Der Abstand verringerte sich zusehends. Auch schien es, als

ob drei der Verfolgten langsamer wurden und zurückfielen, während der vierte Ritter mit den beiden Frauen die Flucht fortsetzte.

Als Vachel sah, wer ihnen auf den Fersen saß, wußte er, daß es ein harter Kampf werden würde. Da jede weitere Flucht sinnlos war, riß er sein Tier herum und stellte sich mit gezogenem Schwert den Verfolgern. Seine beiden Begleiter folgten seinem Beispiel.

Wulfgars markerschütternder Kriegsruf schallte durch die Luft. Das lange Schwert flog aus der Scheide und seine stählerne Klinge blitzte in der Sonne. Der Wikinger ließ die mächtige Streitaxt über dem Kopf kreisen.

Auch Ragnor hatte Wulfgars Schrei gehört. Das Glück schien mit dem Rivalen im Bunde zu sein, und schon bald würden sie sich Aug in Aug in einem erbarmungslosen Kampf gegenübertreten ...

Die beiden Gefährten richteten sich in den Steigbügeln auf und sprengten kraftvoll auf die Feinde zu. Mit Schenkeln und Knien spornte Wulfgar Hun zu einer letzten gewaltigen Anstrengung.

Knapp eine Speerlänge vor den Gegnern riß er die Zügel an die Brust, und das mächtige Tier bäumte sich auf. Huns Vorderhufe sausten auf den Schild des Feindes nieder und zermalmten den Unglücklichen auf der Stelle. Fast gleichzeitig bohrte sich Wulfgars Schwert in den Schild des zweiten Gegners und zerschmetterte dessen Linke. Ein zweitesmal blitzte die todbringende Klinge auf, und auch Vachels zweiter Begleiter sank aus dem Sattel.

Hun bäumte sich erneut auf, befreite die Vorderläufe und wirbelte herum. Doch die Entscheidung war bereits gefallen. Vachel lag gefällt am Boden.

Sweyn dankte Odin für den raschen Sieg. Doch plötzlich knickte sein treues Roß unter ihm zusammen, und er sah Vachels Schwert aus der Seite des Tieres ragen. Der Nordmann sprang aus dem Sattel, das Gesicht von Trauer für das edle Tier überschattet, dessen schmerzliches Schnauben ihm ins Herz schnitt. Rasch hob er die Streitaxt und bereitete dem Leiden des treuen Gefährten ein Ende.

Auch Wulfgar stieg ab. Er wischte am Umhang eines der Gefallenen die blutverschmierte Klinge ab. Er trat dann an

Vachels Leichnam und warf einen Blick auf die gebrochenen Augen.

»Ich muß weiter«, erklärte er dann dem Gefährten. Sein Blick war in die Ferne gerichtet, wo die Gestalten der drei Fliehenden rasch kleiner wurden. »Kümmert Euch um diese hier und kehrt dann nach Darkenwald zurück. Wenn es Gottes Wille ist, werden wir uns dort alle wiedersehen.«

Sweyn nickte. Dann mahnte er Wulfgar: »Denkt daran, daß keiner Euch den Rücken deckt!«

Ihre Hände ruhten einen Augenblick fest ineinander. Dann schwang Wulfgar sich erneut in den Sattel und trieb Hun wieder zu höchster Eile an.

So schnell wie möglich klommen Ragnor und seine beiden Begleiterinnen die steilen Anhöhen hinauf. Seit langer Zeit fühlte Aislinn sich jetzt zum erstenmal wieder etwas ruhiger. Nun wußte sie ja, daß Wulfgar noch unter den Lebenden weilte und ihr zu Hilfe eilte. Ein glückliches Lächeln umspielte ihre Lippen.

Ragnor kannte die Ursache ihrer Heiterkeit und stieß eine zornige Verwünschung aus.

Den ganzen Nachmittag hindurch verlangten sie ihren Tieren Höchstleistungen ab. Sie ritten jetzt entlang einer Klippe, von der aus man tief unten die glitzernde Fläche eines der vielen Meeresarme sehen konnte. Dann machten sie sich vorsichtig an den Abstieg. Angstvoll schnaubend und mit weißen Atemwolken vor den Nüstern stemmten die erschöpften Tiere die Vorderläufe ein. Doch Schritt um Schritt kamen sie tiefer.

Aislinn klammerte sich mit froststarren Fingern an die Mähne ihrer zittrigen Stute. Mehr als einmal sah sie sich über die steile Felswand abstürzen. Aber sie erreichten sicher den schmalen Sandstrand. An einer Stelle erweiterte er sich zu einer kleinen Halbinsel. Darauf erkannte man die Überreste einer uralten piktischen Feste.

Sie war Ragnors Ziel. Er führte sie in den Hof, der auf drei Seiten von einer niederen Mauer umschlossen war. Seewärts erhob sich eine höhere Wand, die offensichtlich einst zu einem Tempelbau gehört hatte. Davor sah man einen großen Felsblock mit groben, aus dem Stein gehauenen Scharten. In grauer Vorzeit hatten die Heiden hier ihre Menschenopfer gebracht.

Ragnor hob Aislinn aus dem Sattel und trug sie zu dem Opferblock, Gwyneth überließ er sich selbst. Mit bösem Blick stieg sie aus dem Sattel und band ihr Tier neben den anderen fest. Aislinn wurde mit Lederstreifen über den Opferstein gebunden.

Ragnors Augen wanderten mit einer Mischung aus Verlangen und Hochachtung über ihre verlockende Gestalt. Als er sah, daß der harte Stein und die Kühle der sich herabsenkenden Nacht sie vor Kälte schaudern ließen, deckte er sie mit seinem Umhang zu. Wie wäre wohl sein Leben verlaufen, wenn er diese Frau an seiner Seite gewußt hätte? Vielleicht hätte er dann nicht zu verbrecherischen Mitteln gegriffen, um seine Ziele zu erreichen . . . Er sah wieder jene erste Nacht vor sich, in der ihn seine unbeherrschte Lust den ersten Schritt ins Verderben tun ließ. Er wußte: Wenn Wulfgar Vachel und seinen Männern entkommen war, würde er schon sehr bald dafür büßen müssen. Der Wolf verlor eine einmal aufgenommene Spur nie wieder . . .

Wulfgar verlangte Hun nun das letzte ab. Aber bald spürte er, daß der Hengst am Ende seiner Kräfte war. Er brachte ihn zum Stehen und stieg ab. Das treue Tier bekam eine letzte Handvoll Hafer und wurde dann mit dem leeren Futtersack sorgfältig abgerieben. Mit einem freundschaftlichen Schlag auf die Kruppe schickte er es zurück zu Sweyn.

Wulfgar setzte zu Fuß die Verfolgung fort. Das Wehrgehänge hatte er abgenommen und über die Schulter geschlungen. Der Schwertgriff lag an seinem Nacken auf und die lange Klinge hing am Rückgrat entlang. Er fiel jetzt in leichten Trab, den Kopf tief über den harten Boden gesenkt, auf dem die Hufabdrücke nur sehr schwer zu erkennen waren.

Es dämmerte schon, als er den Rand der Klippe erreichte. Tief unten sah er auf einer kleinen Halbinsel ein Feuer glimmen. Doch die Flut stieg, und bald würde der Zugang überschwemmt sein. Ragnor hatte seinen Zufluchtsort gut gewählt!

Im Schatten eines Felsvorsprungs erwartete Wulfgar das Aufgehen des Mondes. Die Abendnebel verflüchtigten sich in der Kühle der Nacht. Die dunklen Klippen, die die tief eingeschnittene Bucht umsäumten, schienen sich schwarze Umhänge über die Schultern zu legen.

Mit äußerster Vorsicht machte sich Wulfgar auf den Weg in die Tiefe. Bald konnte er in der Nähe des Feuers drei Gestalten erspähen. Gwyneth schien gerade von den Pferden zurückzukommen, Ragnor hatte sich so gesetzt, daß er die Furt zum Strand im Auge behalten konnte; und Aislinn schien sich unter einem dunklen Umhang auf einen großen Felsblock gekauert zu haben. Aber wo war der Kleine, wo war Bryce?

Wie ein praller, roter Feuerball hing der Mond jetzt am Himmel. Der Wolf wußte, daß seine Zeit gekommen war – und die seines Feindes. Er warf den Kopf in den Nacken und ließ seinen schaurigen Kriegsruf erschallen. Der Nachtwind warf den Schrei gegen die Klippen, von denen er vielfach gebrochen widerhallte.

Ragnor schreckte auf. Furchtsam schweiften seine Augen in die Runde. Er wußte, wen dieser Wolf suchte, und meinte bereits den Atem des Todes zu spüren. Auch Aislinn hob den Kopf und versuchte, die schwarze Wand jenseits des Feuers mit den Augen zu durchdringen. Sie würde dieser Wolf bestimmt nicht verschlingen; trotzdem fühlte auch sie Schauer über den Rücken jagen. Mit einem Schreckensschrei war Gwyneth herumgefahren. Ihr geisterhaft bleiches Gesicht starrte angstvoll zu Ragnor hinüber.

Als das letzte Echo des furchtbaren Schreis verstummte, fand Ragnor mühsam zu seiner Selbstbeherrschung zurück. Ein verächtliches Lächeln verzerrte seine Züge, als er mit langen, wütenden Schritten auf Aislinn zukam. Er zog einen scharfgeschliffenen Dolch aus dem Gürtel. Dem Mädchen drohte der Atem zu stocken, doch Aislinns Augen musterten ruhig den Feind. Sie meinte schon die tödliche Klinge in ihrem Herzen zu fühlen, als Ragnor mit rascher Bewegung ihre Fesseln durchtrennte. Voller Angst hob sich ihr Blick zu ihm, noch immer im Dunkel über seine Absichten.

Mit bösem Lächeln riß er sie hoch und preßte sie verlangend an die eisenbewehrte Brust. Seine dunklen Augen bohrten sich in die ihren. Kraftlos hing sie in seinen Armen. Seine Rechte streichelte langsam und liebevoll ihre Wange, als ob sie ein letztesmal ihre Schönheit erkunden wollte. Dann schlossen sich seine harten Finger um ihr Kinn. Ohne Rücksicht auf Gwyneth, die mit angehaltenem Atem das Geschehen verfolgte, senkte sich sein gieriger Mund auf Aislinns Lippen. Vergeblich stemmte sie eine Hand gegen seine Brust. Heiß und leidenschaftlich schlug ihr Ragnors Atem entgegen, und hilflos wand sie sich in seiner Umarmung.

»Er wird dich nicht bekommen, meine Taube, das schwöre ich«, flüsterte er heiser. »Er wird dich nicht bekommen!«

Gwyneth näherte sich ihm von hinten und verzerrte das verhärmte Gesicht zu einem künstlichen Lächeln. »Ragnor, Liebster«, sagte sie mit lockender Stimme, »weshalb diese Beweise der Gunst für die da vor den Augen meines Bruders? Wollt Ihr damit seinen Zorn weiter schüren? Treibt es nicht zu weit!«

Ragnor warf den Kopf in den Nacken und stieß ein lautes Lachen aus. Er trat hinter Aislinn, preßte die geschmeidige Gestalt fest an sich und bohrte die Augen in die schwarze Wand jenseits der Furt. »Wulfgar! Schaut her! Hier ist Eure Gespielin!« rief er mit höhnischer Stimme. Er streifte die beiden Umhänge ab, die sich nun zu Aislinns Füßen verknäulten. Im lodernden Feuerschein leuchtete die gelbe Samtgunna auf. Und dann legten sich seine beiden Hände frech auf ihre schwellenden Brüste und begannen, sie sanft zu streicheln. Schamgepeinigt hielt Aislinn den Atem an.

»Schaut sie Euch gut an, Bastard von Darkenwald!« schrie Ragnor mit sich überschlagender Stimme in die Dunkelheit hinaus. »Sie ist wieder mein, wie sie es schon einmal war. Kommt und holt sie Euch, wenn Ihr den Mut dazu habt!«

Doch alles blieb still. Aislinn hörte nichts als Ragnors schweren Atem. Aufschluchzend nahm sie alle Kräfte zusammen, um sich aus der Umklammerung zu befreien. Aber vergebens, grausam auflachend ließ er seine Hände über ihren Leib wandern.

»Ragnor!« rief Gwyneth mit schriller Stimme. »Wollt Ihr etwa auch mich damit foltern?«

»Seid still!« herrschte er sie an. Und seine Hand glitt langsam über Aislinns Unterleib tiefer hinab.

»Wollt Ihr zuschauen, wenn ich sie mir unter Euren Augen gefügig mache, Bastard?« brüllte er hohnlachend in die Nacht.

Doch wieder blieb alles ringsum totenstill. Ragnor mußte einsehen, daß sich sein Rivale zu keiner Tollkühnheit hinreißen lassen würde.

»Ihr müßt Euch noch ein wenig gedulden«, zischte er in Aislinns Ohr. »Zuerst muß ich noch Euren Gatten in Odins Halle schicken.«

Mit raschem Griff fesselte er ihre Rechte wieder an den Opferstein. Dann verfuhr er mit der Linken genauso. Diesmal stand sie mit schmerzhaft nach hinten gerenkten Armen gegen den rauhen Fels gepreßt, dicht vor sich das lodernde Feuer.

Gwyneth versuchte, sich an den Geliebten zu drängen. Doch Ragnor stieß sie mit einem Unmutslaut von sich. »Aus dem Weg, Hündin«, knurrte er mit giftiger Stimme und böse blitzenden Augen. »Ich habe den Met der Götter gekostet! Wie könnt Ihr annehmen, daß mich noch nach Euren kümmerlichen Reizen verlangt?«

Verzweiflung breitete sich im Gesicht der Geschmähten aus. »Ragnor, versündigt Euch nicht! Schon bald werdet Ihr Wulfgar entgegentreten müssen. Es kann Euch kein Glück bringen, von unwilligen Lippen geküßt in den Kampf zu gehen. Nehmt dieses Zeichen meiner Zuneigung . . .« Sie versuchte, ihn zu umarmen.

Doch erneut stieß Ragnor sie zur Seite. »Haltet endlich den Mund!« herrschte er sie an.

Er entfernte sich ein wenig vom Feuer und ließ den Blick über die hoch aufragenden Klippen schweifen.

Aufschluchzend eilte Gwyneth ihm nach und unklammerte seinen Arm. »Oh, mein Liebster!« jammerte sie. »Alles habe ich Euch gegeben. Warum nur verlangt Euch noch immer nach jener dort? Nehmt dieses Zeichen meiner Liebe mit in den Kampf!«

Ragnor schüttelte sie voller Zorn ab. Doch sie drängte sich erneut an ihn. Da griff er nach einem am Boden liegenden Ast und holte aus. Das harte Holz traf Gwyneths Kopf und ließ sie gegen die steinerne Umfassung des Hofes taumeln. Sie sank langsam zu Boden. Dennoch gelang es ihr endlich, sich mühsam auf allen Vieren aufzurichten und leise wimmernd auf Ragnor zuzukriechen. Zwischen ihren flachsfarbenen Flechten zeigte sich jetzt ein dunkler Fleck, der rasch größer wurde.

Ohne jedes Erbarmen hob Ragnor erneut den Ast und schlug ihn ihr über den Schädel. »Scher dich zum Teufel, du Knochengerippe!« bellte er. »Ich kann dich hier nicht mehr brauchen!«

Gwyneth taumelte. Nun mußte sie jede Hoffnung fahren lassen. Sie kroch auf den schmalen Einlaß zu und verschwand im Dunkel. Ragnor warf ihr noch einen höhnischen Blick nach und musterte dann erneut den dunklen Sandstreifen unterhalb der Klippen.

Doch von Wulfgar fehlte noch immer jede Spur. Voll ängstlicher Unruhe stapfte Ragnor auf und ab. Er fühlte die Nähe des Wolfes ganz deutlich. Aber wie sollte er ihn hervorlocken? Schließlich warf er sich auf sein Pferd und suchte das Gelände außerhalb der Festungswälle ab. Tief beugte er sich über den Hals des Tiers, um auch die geringste Spur noch wahrzunehmen. Scharf zügelte er an der dem Strand genau gegenüberliegenden Seite der Landzunge sein Pferd. Hier kam eine Spur aus dem Wasser und verlor sich nicht weit davon zwischen einem Haufen herabgestürzter Mauersteine. Mit einem unterdrückten Fluch spornte er sein Pferd zur anderen Seite hinüber und versuchte, sich dort im Schatten einiger Bäume zu verbergen. Wieder war kein Laut ringsum zu hören; nur das unruhige Schnauben der beiden im Hof angebundenen Pferde durchbrach ab und zu die gespenstische Stille.

Auch Aislinn hielt den Atem an und lauschte gespannt in die Nacht. Obwohl auch sie spürte, daß der Geliebte ganz in ihrer Nähe sein mußte, erschrak sie aufs heftigste, als dann plötzlich hinter ihr seine Stimme ertönte.

»Ragnor, frecher Verwüster Darkenwalds, zeigt Euch, damit ich Euch meine Klinge kosten lassen kann! Wollt Ihr denn immer nur Krieg gegen Frauen und Kinder spielen? Hier steht ein Mann, der Euch in ritterlichem Kampf besiegen will!«

»Wulfgar!« hallte Ragnors Erwiderung durch die Nacht. »Tretet ins Freie, und ich werde Eurem Beispiel folgen, Bastard! Oder seid Ihr dazu zu feige?«

Ganz plötzlich stand Wulfgar wie aus dem Boden gewachsen im geräumigen Innenhof des alten Gemäuers. Die lange Klinge blitzte im Mondlicht.

»Zeigt Euch, Mordbrenner!« forderte er. »Oder muß ich erst die Steine umdrehen, um Euch zu finden?«

Plötzlich brach aus dem Dunkel jenseits des Feuers Ragnors Schlachtroß hervor. Aislinn schrie ängstlich auf, als es zum Greifen nahe an ihr vorbeistürmte. Ihre Handgelenke begannen zu bluten, so heftig zerrte sie an ihren Fesseln.

Ragnor schwang an einer Kette eine mit Eisenspitzen versehene Kugel. Er wußte nur zu gut, daß Wulfgar ihm an Körperkräften wie Ausdauer überlegen war. Er mußte also so rasch wie möglich eine Entscheidung erzwingen.

Wulfgar ließ den Gegner gefährlich nahe herankommen. Erst als die tödliche Kugel bereits niedersauste, warf er sich zur Seite und tauchte unter dem Pferdehals hindurch. Am Boden liegend, hieb er mit dem Schwert nach den Läufen des Tiers und durchtrennte ihm unmittelbar über den hinteren Sprunggelenken die Sehnen. Schmerzhaft aufschnaubend taumelte das Pferd zu Boden. Ragnor mußte aus dem Sattel springen.

Mit kreisendem Morgenstern griff er an. Doch Wulfgar war es ein leichtes, ihm auszuweichen. Immerhin hatte Ragnor nun Zeit, sein Schwert zu ziehen und damit auf den Gegner einzudringen. Haß sprühte aus seinen Augen. Voller Genugtuung sah er, daß der andere keine Rüstung trug. Selbst wenn er ihn nur mit der Klinge streifte, würde er ihn heftig verletzen. Vielleicht sah man schon bald den einst so stolzen Lord als Krüppel in den Straßen betteln ... Höhnisch grinsend nahm er den Schild hoch und griff an.

Wulfgar jedoch sprang gewandt und leichtfüßig zur Seite und ließ das mächtige Langschwert mit aller Kraft auf den Rand des gegnerischen Schildes herabsausen.

In seiner schweren Rüstung war Ragnor recht unbeweglich. Er mußte die mit beiden Händen geführten Hiebe des Normannen zumeist hinnehmen und konnte nur ab und zu selbst einen Schlag anbringen. Zunächst ging es Wulfgar nur darum, den Gegner durch einen dauernden Schlaghagel zu schwächen und zu ermüden. Die schwere Rüstung und der kaum weniger gewichtige Schild waren dabei seine Verbündeten.

Trotz allen Bemühens gelang es Ragnor nicht, eine Lücke in der gegnerischen Verteidigung auszumachen. Seine Bewegungen schienen an Schnelligkeit und Entschiedenheit bereits eingebüßt zu haben.

In diesem Augenblick bedrängte ihn Wulfgar heftig. Die

beiden Gegner hoben sich auf die Zehenspitzen, und ihre Klingen kreuzten sich über ihren Häuptern. Doch keiner errang einen Vorteil gegenüber dem andern. Ragnor sah, daß die Anstrengung auch Wulfgars Gesicht zu zeichnen begann. Da sein Gegner keine Rüstung trug, mußte er jeden Schlag parieren oder ihm mit dem ganzen Körper ausweichen, was sehr viel Kraft verschlang.

Jetzt gelang es Wulfgar gerade noch, einen Hieb abzublokken, der auf ein unvorsichtig weit vorgesetztes Bein zielte. Aber die Spitze der gegnerischen Klinge zerfetzte ihm dennoch Gamaschen und Stiefel und riß ihm eine heftig blutende Fleischwunde. Ragnor heulte triumphierend auf und setzte sofort nach.

Wulfgar fiel auf das unverletzte Bein nieder. Aislinn entrang sich ein Schreckensschrei. Noch immer am Boden, legte Wulfgar das mächtige Schwert mit flacher Klinge auf die dem Gegner zugewandte Schulter. Ragnors Waffe glitt mit hellem Klirren daran ab, drückte aber Wulfgar die eigene trotz Wams und Hemd tief in die Schulter.

Allerdings war Ragnors Schwertarm nach dem mit großer Wucht geführten Schlag wie gelähmt, so daß es Wulfgar gelang, auf die Beine zu kommen und einen Gegenschlag anzubringen. Ragnor taumelte, seine Rechte war bis auf den Knochen bloßgelegt. Die Waffe entglitt seiner Hand. Mit einem Schmerzensschrei versuchte er, sich auf der anderen Seite des Feuers in Sicherheit zu bringen.

In panischer Angst sah er Wulfgar mit blanker Klinge auf sich zukommen – ein finster entschlossener Todesengel. Ragnor warf jetzt auch den schweren Schild weg und versuchte, sich durch den Toreinlaß zu retten. Schwer atmend preßte er die unverletzte Hand um den hilflos an seiner Seite baumelnden Arm und lehnte sich gegen die zerbröckelnden Quader.

Als Wulfgar sah, daß der andere im Augenblick nicht mehr gefährlich werden konnte, trat er rasch an Aislinn heran und durchschnitt ihre Fesseln.

Ein leiser Aufschrei des Verletzten ließ sie beide die Blicke heben. Ungläubig starrten seine Augen auf den juwelenbesetzten Griff von Aislinns kleinem Dolch, der aus Ragnors linker Brust ragte. Die schmale, spitze Klinge hatte sich zwischen den Kettengliedern seiner Rüstung hindurch ihren Weg in sein Herz gesucht. Fast besinnungslos vor Schmerz zerrte die Linke daran und riß den tödlichen Stachel schließlich heraus. Dem Dolch folgte ein starker Strahl hellen Blutes. Ragnors Blick suchte Aislinns Augen, und mit tonloser Stimme keuchte er: »Sie hat mich erstochen, diese Hündin . . .«

Seine Knie gaben unter ihm nach, und er fiel nach vorn auf sein Gesicht. Er verhauchte seinen letzten Atem gegen den harten Boden. Gwyneth taumelte aus dem Mauerdurchlaß. An ihrer Schläfe klaffte eine scheußliche Wunde. Ihr blutiges Gesicht starrte einen Augenblick auf Ragnors leblose Form hinab. Dann hoben sich die glasigen Augen zu Wulfgar und Aislinn.

Ein flehender Ausdruck schien Gwyneth ein letztes Mal zu beleben. »Er sagte, er liebe mich, und ich gab ihm alles, was ich hatte. Er nahm es, um mich dann wie eine schmutzige Vettel von sich zu stoßen . . .« Aufschluchzend sank sie in sich zusammen.

Aislinn kniete sich an ihrer Seite nieder und legte mitleidsvoll das Haupt der Sterbenden in ihren Schoß.

»Oh, Aislinn, ich war eine Närrin«, seufzte Gwyneth, als ihre Augen die der anderen fanden. »Ich habe mich durch nichts als meine Eitelkeit leiten lassen. Vergebt mir, denn ich habe Euch sehr viel Böses zugefügt, aus Neid auf Eure Schönheit und Eure ehrenhafte Stellung. Doch ich hatte keinen Anspruch darauf, denn ein Bastard hat keine Rechte . . .«

Wulfgar war ebenfalls herangetreten; bei diesen Worten forschte er erstaunt im Gesicht der Halbschwester. Sie suchte ihn mit den Augen und fuhr mit kläglichem Lächeln fort:

»Ich hatte nicht die Kraft, dieses Los auf mich zu nehmen. Meine Angst war zu groß, von der Welt verachtet und verhöhnt zu werden. Ihr dagegen habt dieses Schicksal auf Euch genommen und doch Respekt für Euch abgefordert.« Sie nahm alle Kraft zusammen, um zu gestehen: »Unsere Mutter wollte sich an Eurem Vater rächen. Sie hat gelogen – ihr Leben lang. Auf ihrem Totenbett bat sie mich, Euch die Wahrheit zu sagen. Aber ich war zu feige, erst jetzt finde ich den Mut dazu . . .« Sie öffnete die Augen und heftete sie auf ihn. »Ihr seid kein Bastard, Wulfgar, sondern Bolsgars leiblicher Sohn.« Mit schwachem Lächeln hob sie die Brauen. »Ich und mein Bruder, der jetzt schon viele Jahre tot ist, hätten diesen

Schandtitel tragen müssen. Wir wurden vom Liebhaber unserer Mutter gezeugt, während Bolsgar für seinen König auf Kriegszug war. Vergebt mir, Wulfgar . . .« Wieder keuchte sie, von Schmerzen gepeinigt, und ein Blutrinnsal lief aus ihren Mundwinkeln. »Oh, Gott, vergebt mir meine Schuld, vergebt mir, was ich . . .«

Mit einem letzten Röcheln verschied sie.

Wulfgar kniete sich nieder und beobachtete gedankenverloren Aislinn, die mit zarten Händen Gwyneths Gesicht von Blut- und Schmutzspuren säuberte. Jetzt, im Tode, erschien dieses Gesicht heiterer und glücklicher, als es je im Leben gewesen war.

Dann sagte Wulfgar gepreßt: »Ich hoffe, sie hat jetzt ihren Frieden gefunden. Ich habe ihr vergeben. Die größte Schuld trägt unsere Mutter, deren unmenschliche Rachsucht unser aller Leben vergiftet hat.«

»Ich werde ihr erst vergeben können, wenn wir unseren Sohn wiedergefunden haben«, erwiderte Aislinn mit bitterem Unterton. »Sie hat ihn einem alten Weib überlassen, das uns in einer zerfallenen Ortschaft anbettelte.«

Wulfgar keuchte auf. Schon schritt er zu den beiden Pferden und griff nach einem am Boden liegenden Sattel. Doch dann mußte er an die gefräßigen Möwen denken, die sich im Morgengrauen auf die Leiche seiner Halbschwester stürzen würden. Er warf den Sattel wieder auf die Erde und drehte sich zu Aislinn um.

»Auf ein paar Stunden mehr kommt es jetzt nicht mehr an«, meinte er aufseufzend und breitete etwas abseits der beiden Toten die Decken aus. Er zog Aislinn neben sich und wickelte sie wie sich selbst sorgsam in ihre Umhänge, zum Schutz gegen die eisigen Winde, die von der See her um die zerfallenen Mauern pfiffen.

Endlich konnte Aislinn wieder ihr erschöpftes Haupt gegen seine Schulter drücken und den festen Druck seiner kräftigen Arme um sich spüren. Es dauerte nicht lange, und beide waren erschöpft eingeschlafen.

Als die ersten Strahlen der Morgensonne die Nebel im Osten aufschimmern ließen, waren sie bereits am Werk. Während Aislinn ein karges Frühstück bereitete, grub Wulfgar im feuchten Sand zwei flache Gräber. Er bestattete Ragnor mit Schwert, Schild und Sattel und faltete Gwyneths Hände über dem kleinen Dolch, der wie ein Kreuz auf ihrer Brust lag. Dann bedeckte er die Toten mit Sand und häufte schwere Felsbrocken zum Schutz gegen Wölfe und andere Aasfresser auf die Gräber. Schweigend blickte er auf die beiden Hügel hinab.

Schließlich wandte er sich ab und schritt zu den Pferden. Nachdem sie beide den schlimmsten Hunger gestillt hatten, hob er Aislinn in den Sattel und führte die beiden Tiere durch die flache Furt zum Strand. Ihre Gedanken eilten ihnen weit voraus zu dem halb zerfallenen Ort, wo sie Bryce zu finden hofften.

Doch als sie die schweißüberströmten Pferde dort zügelten, war von der Alten weit und breit nichts zu sehen. Sie stießen wohl auf eine ärmliche Hütte, in der eine Strohschütte und ein kalter Feuerplatz vermuten ließen, daß sie ihr als Obdach gedient haben mochte, doch sie selbst war verschwunden. Keine Spur verriet, wohin sie sich gewandt haben mochte.

In einem neuerlichen Gewaltritt umkreisten sie in großem Bogen den verlassenen Ort und fragten überall nach dem Weib. Einige kannten sie wohl, doch keiner konnte sagen, wo sie geblieben sein könnte.

Am Abend diesen Tages standen sie wieder zwischen den Ruinen des toten Ortes. Die Dämmerung brach herein, und Aislinn sank erschöpft und verzweifelt zu Boden. Zärtlich beugte der Normanne sich zu ihr hinab und half ihr wieder hoch. Die starken Arme umschlossen sie tröstend. Sanft drückte er ihr Haupt gegen das Fellwams und strich ihr zärtlich über die Haare.

Diesmal schien es, als ob Aislinn unter der Last ihres Unglücks zusammenbrechen würde. Jeder Lebensmut hatte sie verlassen. Erschöpft hing sie hilflos schluchzend in seinen Armen. Es dauerte lange, bis sie sich wieder etwas gefaßt hatte. Behutsam hob Wulfgar sie in seine Arme und trug sie in den Schutz einer halb zerfallenen Mauer.

Mit großer Mühe gelang es ihm, ein kleines Feuer gegen die Kälte der hereinbrechenden Nacht zu entfachen. Der westliche Horizont glomm noch einmal blutrot auf, doch dann überzogen nachtblaue Schatten das Firmament, gesprenkelt von kalt glitzernden Wintersternen.

Wulfgars Blick wanderte hinüber zu Aislinn, die mit ausdruckslosen Augen ins Feuer starrte. Er kniete sich neben sie, nahm ihre kalten Hände zwischen die seinen . . . Die Veilchenaugen suchten schließlich sein Antlitz; der Schmerz um das verlorene Kind hatte sie stumpf gemacht.

»Ach, Wulfgar«, seufzte sie, »ich möchte meinen kleinen Sohn zurückhaben . . .«

Erneut wurde ihre zarte Gestalt von heftigem Schluchzen geschüttelt. Er umschlang sie mit seinen Armen und zog sie auf seinen Schoß.

»Was Liebe ist, habe ich lange nicht gewußt, Aislinn«, begann er mit mühsam beherrschter Stimme. »Dafür weiß ich sehr wohl, was Schmerz ist. Nie gelang es mir, die Zärtlichkeit meiner Mutter zu gewinnen. Meines Vaters Liebe wandte sich ganz plötzlich von mir ab und verwandelte sich in Haß. Deshalb habe ich bis jetzt auch meine Liebe gespart wie ein Geiziger seine Groschen. Jetzt ist so viel davon in mir, daß es mir mein Inneres zu versengen droht . . .«

Keines seiner Worte entging ihr. Sie meinte, im Grau seiner Augen die Unschuld der Jugend zu entdecken, die sich willig und arglos der Welt öffnet.

Voller Zärtlichkeit streifte er eine rotgoldene Flechte aus ihrem Gesicht. »Aislinn, du meine erste Liebe«, flüsterte er heiser. »Mein Herzblut, laß dich von mir trösten. Nimm, was ich dir zu geben vermag. Verwahre es wohl in deinem Herzen, denn es gehört dir. Trage meine Liebe in dir, wie du unser Kind getragen hast. Wenn es soweit ist, bringe sie mir fröhlich dar, damit wir beide uns daran erfreuen können. Ich gebe mein Leben in deine Hände, Liebste, dir gehört mein Arm und mein Schwert, mein Auge und mein Herz.«

Das Lächeln der Liebe überzog Aislinns Gesicht.

»Wir werden andere Söhne haben, vielleicht auch eine Tochter, und keiner wird zweifeln können, wer ihr Vater ist.«

Aislinn schlang ihre Arme um seinen Nacken und murmelte glücklich aufschluchzend: »Ich liebe dich, Wulfgar. Halte mich in deinen Armen – für alle Zeit.«

Sie kuschelte sich in seinen Arm und streichelte seine Wange. »Laß uns weiterreiten«, bat sie dann. »Ich will nicht noch eine Nacht hier verbringen. Laß uns heimreiten nach

Darkenwald. Ich sehne mich nach den Dingen meiner Kindheit.«

»Wohlan«, sagte er, erhob sich und trat das Feuer aus. Als sie zusammen zu den Pferden hinübergingen, meinte Aislinn mit kläglichem Auflachen: »Ich glaube, ich werde mich auf einem Pferderücken nie mehr so wohl fühlen wie früher.« Dabei betastete ihre Hand das wundgeriebene Gesäß.

Wulfgar musterte sie nachdenklich. »Als ich am Fluß meinen Durst stillte, habe ich etwas entdeckt. Ich glaube, das würde Euch gefallen. Kommt, es ist nicht weit.«

Er nahm ihre Hand, mit der anderen führte er die Pferde. Unter einigen Weiden hielt er an. Als er die tief hängenden Äste teilte, sah sie einen grob behauenen Einbaum.

Mit höfischer Verneigung lud er sie ein: »Eure königliche Barke, Milady.« Da er ihren verwunderten Blick bemerkte, erklärte er: »Das Flüßchen hier mündet in den Bach, der den Sumpf hinter Darkenwald durchströmt.«

Mit dankbarem Lächeln strahlte sie ihn an. Man sah, wie froh sie war, nicht mehr einen der harten Sättel besteigen zu müssen. Er nahm den beiden Tieren Zaumzeug und Sättel ab und ließ sie dann frei. Einen der Sättel legte er so in die Mitte des Boots, daß Aislinn bequem ihr Haupt darauf betten konnte. Nachdem er noch sorgsam ihren Umhang über sie gebreitet hatte, tauchte er das Paddel ins Wasser und steuerte das Gefährt in die Strömung.

Die Zeit schien aufgehoben zu sein. Aislinn sank in einen Halbschlummer. Wachte sie auf, hörte sie das gleichmäßige Eintauchen des Paddels und spürte, wie das Boot durch das Wasser schoß. Und wieder entschlummerte sie.

Der Normanne hing wehmütigen Gedanken nach. Gerade erst hatte er begonnen, sein Herz an den Sohn zu hängen, und jetzt war er ihm von einem erbarmungslosen Schicksal schon wieder genommen worden. Er sah das rotblonde zerzauste Haar seines Bryce vor sich und hörte sein vergnügtes Krähen. Verbissen zog er das Paddel noch heftiger durch das Wasser.

Im ersten Dämmerlicht des neuen Tages grüßte aus der Ferne der vertraute Umriß einer alten Eiche. Sie erhob sich auf einem kleinen Hügel, zu dessen Füßen das Ziel ihrer Reise lag – die kleine Ortschaft, überragt durch die große, dunkle Halle in ihrer Mitte. Jetzt erkannte man auch auf einem dicht benachbarten Hügel Mauern und Gebäude der Burg, deren Bergfried kurz vor der Vollendung stand.

Endlich knirschte der Kiel über den Ufersand, und Wulfgar sprang ins knöcheltiefe Wasser, um das Boot vollends auf den Strand zu ziehen. Dann trug er die im Halbschlaf befangene Aislinn aufs Trockene und setzte sie sanft ab. Als er auf dem schmalen Pfad voranging, führte er sie sorgsam an der Hand.

Ein anderer Novembermorgen trat ihm in die Erinnerung. Damals war er hier auf Huns Rücken zum erstenmal entlanggeritten. Und plötzlich hatte er zwischen den Weiden und Binsen hindurch ein wunderschönes Mädchen gesehen, das in den kalten Wassern ein Bad nahm . . .

Mit einem Seufzer hob Aislinn den Blick dem trüben Tageslicht entgegen. Auch in ihrem Innern war alles grau und leer, weil ihre Gedanken zu der verwaisten Wiege vorauseilten. Endlich standen sie vor Darkenwalds Tor. Wulfgar öffnete es fürsorglich seiner jungen Frau.

Verblüfft blieben sie einen Augenblick auf der Schwelle stehen, denn vor ihren Augen herrschte trotz der frühen Stunde reges Leben. Alle schienen sie da zu sein und ihrer zu harren. Bolsgar und Sweyn wechselten laute Worte mit Gowain und Milbourne. Kerwick saß in einem bequemen Stuhl nahe beim Feuer, liebevoll umsorgt von Haylan. Mit dem Rücken zu den anderen kauerte Maida in ihrer Ecke und schien alles ringsum vergessen zu haben. Nichts hier deutete darauf hin, daß unter diesem Dach erst vor wenigen Tagen ein blutiges Gemetzel stattgefunden hatte und der Herr und die Herrin der Halle zusammen mit ihrem kleinen Sohn vermißt wurden. Erst als Wulfgar und Aislinn näher an das Feuer herantraten, hatte Bolsgar sie erspäht und erhob sich zu ihrer Begrüßung.

»Hier seid Ihr ja endlich«, meinte er lächelnd und streckte beide Hände aus. »Willkommen! Willkommen! Der Ausguck hat Eure Ankunft mitgeteilt.« Aufmerksam musterte er Aislinn und sagte dann erleichtert: »Nun, Tochter, dieser feige Schurke scheint Euch kein Leid zugefügt zu haben.« Mit fragend gehobener Braue wandte er sich an Wulfgar. »Ihr habt ihm doch hoffentlich das Handwerk für immer gelegt?«

Wulfgar schüttelte gedankenverloren den Kopf. Da hielt es den Wikinger nicht länger in seinem Stuhl. Aufspringend dröhnte er: »Was soll das heißen? Könnt ihr jungen Leute eigentlich überhaupt nichts allein vollbringen?« Lachend klopfte er Bolsgar auf die Schulter. »Sieht ganz so aus, als ob wir zwei Grauköpfe uns wieder in den Sattel schwingen müssen, um diese Sache zu einem guten Ende zu bringen.«

Wulfgars Blicke wechselten zwischen den beiden Alten hin und her. Doch er konnte im Augenblick das Mißverständnis nicht aufklären, denn Bolsgar erwiderte: »Ja, scheint mir auch so. Doch ich glaube, es ist besser, ich verlasse mich dabei nicht auf Euch, Sweyn, denn schon einmal habt Ihr mir Eure Hilfe versagt, als ich ihrer dringend bedürftig war . . .«

Sweyn warf den Kopf in den Nacken und lachte laut heraus. »Du altes sächsisches Streitroß! Auch Ihr konntet doch sehen, daß ich alle Hände voll zu tun hatte mit diesem brünstigen Hengst, der jede von Ragnors Mähren besteigen wollte.«

Der Wikinger wandte sich erklärend an Wulfgar. »Am Morgen nach unserer Trennung schlief ich noch fest, als eine feuchte Pferdenase mich weckte. Zuerst träumte ich noch, es wäre der Kuß eines hübschen jungen Mädchens, doch dann sah ich, daß es Euer feuriger Hengst war. Ich schwang mich in seinen Sattel und ritt hinter den Pferden her, die Ragnor bei seiner Flucht zurückgelassen hatte.« Wieder lachte er auf. »Leider waren es alles Stuten, und Eure dickköpfige Bestie, Wulfgar, hätte mich mit seiner Liebestollheit fast umgebracht.« Er wies auf Bolsgar, der ihm schmunzelnd lauschte. »Und nun behauptet dieser unwissende Sachse, ich hätte ihm meine Hilfe verweigert.«

»Fürwahr, eine schwache Entschuldigung«, knurrte Bolsgar amüsiert. »Ihr saht sehr gut, daß ich in sehr viel größerer Bedrängnis war.«

Wulfgars Blick hing fragend an seinem Vater. »Was war es denn, was Euch so zu schaffen machte?«

Der alte Mann hob die Schultern. »Oh, nichts besonderes, etwas, das irgend jemand offensichtlich zurückgelassen hatte . . .«

Sweyn mischte sich wieder ein, so daß Wulfgar seine Neugier erneut zügeln mußte. »Aber was ist nun wirklich aus Ragnor geworden? Gelang ihm und Gwyneth die Flucht über die nördliche Grenze?«

Wulfgar schüttelte den Kopf. »Nein«, sagte er mit tonloser Stimme, »die beiden brachten sich gegenseitig um.«

Bolsgar schüttelte traurig das Haupt. »Oh, Gwyneth – armes Mädchen. Vielleicht hat sie jetzt endlich Frieden gefunden.« Einen Augenblick lang herrschte betretenes Schweigen.

Aislinn lehnte sich erschöpft gegen Wulfgar, dessen Arm sie fest umschlungen hielt. Ja, hier war sie zuhause. Alles hier war ihr von klein auf vertraut. Aber noch nie zuvor war ihr diese Halle so leer und öd erschienen. Wie suchend schweiften ihre Augen umher. Sie sahen Kerwick und Haylan, deren Gefühle füreinander ganz offensichtlich waren, blieben kurz an Midred und Hlynn hängen, die mit der Vorbereitung des Frühstücks beschäftigt waren, und wanderten schließlich hinüber zu Maida, die noch immer teilnahmslos in ihrer Ecke hockte. Doch was Aislinn suchte, fand sie nicht . . .

Sweyn räusperte sich und brach das Schweigen. »Wir haben den tapferen Beaufonte mit allen Ehren bestattet.«

»Fürwahr«, lachte Milbourne auf, aber Sweyns Art zu trauern hat uns in nicht geringe Verlegenheit versetzt.«

»Ja«, bestätigte Bolsgar. »Sie hat uns einen nicht geringen Teil unserer Ale- und Weinvorräte für den Winter gekostet . . .«

»Er tat es, um einen langjährigen Gefährten zu ehren«, murmelte Wulfgar zur Verteidigung des Freundes. Düster wandte er sich dann direkt an ihn. »Ruht Euch heute gut aus, denn morgen werden wir zurückreiten und nach einer alten Vettel mit verkrüppeltem Arm forschen.«

»Was interessiert Euch diese Alte?« wollte Bolsgar wissen. »Sie wird Euch den letzten Nickel aus der Tasche betteln!«

Wulfgar warf dem Älteren einen überraschten Blick zu. »Kennt Ihr sie etwa?« fragte er mit neu erwachter Hoffnung. Auch Aislinns Augen hingen voller Angst an des alten Ritters Gesicht.

»Ach, ich hatte einen Handel mit ihr«, wich Bolsgar aus. »Sie hat mir ein kleines Bündel verkauft. Allerdings mußte ich heftig mit ihr feilschen, denn sie wollte es zuerst nicht hergeben. Aber eine Handvoll Silbermünzen und der diskrete Hinweis auf meine Klinge stimmten sie schließlich um.«

Wulfgar verstand noch immer nicht. »Wovon sprecht Ihr eigentlich? Was ist das für ein Bündel . . .?«

Bolsgar rief über die Schulter: »Maida!«

Die alte Frau zuckte zusammen. Langsam wandte sie sich nach der kleinen Gruppe um.

»Bringt dieses Bündel her! Ja – bringt mir meinen Enkel.«

Aislinns Herz tat einen Sprung. Wulfgar starrte noch immer fast ungläubig den Vater an.

Maida trat vor sie und hielt ein kleines Bündel in den Armen, aus dem ein winziges Köpfchen mit rotblonden Locken blinzelte. Tränen des Glücks flossen über Aislinns Wangen; mit einem sehnsüchtigen Aufschrei nahm sie den Kleinen aus den Armen der Mutter entgegen und preßte ihn zärtlich an sich. Immer wieder küßte und koste sie ihn, drehte sie sich zwischen Weinen und Lachen im Kreise. Bryce krähte laut seinen Protest.

Wulfgar mahnte lachend seine junge Frau: »Liebste, Ihr müßt vorsichtiger sein. Eure übergroße Liebe erdrückt ihn.«

»Oh, Wulfgar! Wulfgar!« flüsterte sie überglücklich.

Wulfgar lächelte zärtlich auf sie hinab. Eine übermächtige Last war ihm von der Seele genommen. Behutsam griff er nach seinem kleinen Sohn und hob ihn hoch über sein Haupt. Vergnügt jauchzte Bryce auf.

Sofort mahnte ihn Maidas Stimme: »Das Kleinchen wird noch den Tag verwünschen, an dem Ihr es gezeugt habt. Ich bitte mir aus, daß Ihr meinen Enkel etwas sanfter behandelt!«

Wulfgar blickte sie aufs höchste überrascht an. Wie konnte diese Alte so mit ihm zu reden wagen? Und warum schien sie plötzlich davon überzeugt, daß er der Vater des Kindes war? War es wieder der Wahnsinn, der aus ihr sprach? Doch als er sie näher musterte, konnte er sehen, daß ihre Züge eine neue Entschlossenheit und Schönheit gewonnen hatten. Die letzten Narben ihres Gesichtes waren ausgeheilt, und der Blick ihrer Augen war frei und unbefangen. Jetzt konnte er sich vorstellen, wie sie in Aislinns Alter ausgesehen haben mochte; damals hatte sie im Aussehen der Tochter wohl kaum nachgestanden.

»Wieso meint Ihr, daß ich der Vater Eures Enkels bin?«

»Natürlich bist du sein Vater«, mischte sich Bolsgar ein, »genau wie ich der deine bin!«

Wulfgar wurde immer verwirrter. Der alte Mann aber streckte die Hand aus und streifte Bryce die Windeln ab. Auf einer der beiden kleinen Hinterbacken sah man ein rötliches Muttermal.

»Genau dasselbe habe ich auch«, erklärte der alte Mann. »Du mußt mir schon glauben, weil ich nicht vorhabe, vor dir die Hosen herabzulassen«, schmunzelte er. »Als ich unterwegs dem Kleinen die Windeln wechseln mußte, habe ich es entdeckt. Es ist der Beweis dafür, daß du mein und er dein leiblicher Sohn ist ...«

Wulfgars Verwirrung schien eher noch zu wachsen. »Aber ich habe doch kein solches Mal ...?«

Bolsgar erwiderte: »Auch mein Vater besaß keines, dafür aber mein Großvater. Jeder, der es trägt, vererbt es seinen Enkeln.«

»Gwyneth beichtete mir, daß ich Euer leiblicher Sohn bin«, murmelte Wulfgar. »Und unsere Mutter gestand Gwyneth, daß sie und Falsworth von ihrem Liebhaber gezeugt wurden.«

Bolsgar seufzte kummervoll auf. »Vielleicht hätte ich Eure Mutter nicht so oft allein lassen dürfen. Doch immer wieder zog es mich hinaus in den Krieg. Das gibt mir die Schuld an all den Erniedrigungen, die Ihr während der vergangenen Jahre hinnehmen mußtet ...«

Wulfgar legte dem Alten lächelnd die Hand auf die Schulter. »Vielleicht verliere ich jetzt Wilhelms Gunst, doch auf jeden Fall habe ich einen Vater gewonnen.«

Bryce ließ neugierig den Blick von einem zum andern wandern, während er strahlend an seiner kleinen Faust nuckelte. Maida strich dem Kleinen, der noch immer in Wulfgars Armen ruhte, zärtlich mit der Hand über die Wängchen.

»Es gab nie einen Zweifel, daß er das Kind Eurer Lenden ist«, sagte sie leise. Scheu hob sie den Blick zu Wulfgar. »Wie kommt es eigentlich, daß Ihr eine Jungfrau nicht zu erkennen vermögt, selbst wenn Ihr mit ihr das Lager teilt?«

»Was wollt Ihr damit sagen?« brauste Wulfgar auf. »Ragnor ...«

Maida wandte sich kichernd der Tochter zu. »Dieser hier schwang das Zepter gut, das dem anderen den Dienst versagte – nicht wahr, Tochter? Ragnor, dieser eingebildete Gockel, rühmte sich einer Tat, die er nie vollbrachte!«

»Mutter!« flehte Aislinn.

Maida zog einen kleinen Beutel aus dem Gürtel und schwenkte ihn vor den Augen der Tochter. »Kennst du das hier?«

Aislinn blickte einen Augenblick lang nachdenklich auf den Beutel. Dann lachte sie plötzlich auf und sagte: »Oh, Mutter, wie konntet Ihr nur so etwas tun . . .«

Ihr Lachen steigerte Wulfgars Verwirrung. »Aislinn, was ist das da?« wollte er wissen.

»Ein Schlaftrank, Liebster«, erwiderte Aislinn und wandte sich strahlend nach ihm um.

»Ja, ein Schlafkraut«, bestätigte Maida. »In jener Nacht, als Ragnor sie sich zu eigen machen wollte, gab ich etwas davon in den Wein. Es war nur für ihn gedacht, aber er zwang Aislinn, ebenfalls davon zu kosten. Ich hatte mich heimlich in einer dunklen Ecke meines früheren Schlafgemachs verborgen. Er versuchte ihr Gewalt anzutun – riß ihr die Kleider vom Leib, warf sie aufs Bett und stürzte sich auf sie . . . Aber bevor er fähig war zu tun, wonach ihn gelüstete, wirkte meine List, und sie schliefen ineinander verschlungen beide ein . . . Bei Tagesanbruch weckte ich dann meine Tochter. Ich hatte mit ihr fliehen wollen.« Sie zuckte mit den Schultern. »Ich hätte ihn gern getötet, aber seine Leute würden dafür bestimmt Aislinn verantwortlich gemacht haben. Und dieses Los wollte ich ihr ersparen.«

Wulfgar war noch immer nicht überzeugt. »Wenn Eure Geschichte stimmt, hätte es einen sicheren Beweis ihrer Jungfräulichkeit geben müssen . . .«

Maida lachte. »Den habe ich an mich genommen.« Ihre Augen blitzten ihn an. »Ich kann Euch das zerrissene Unterkleid zeigen, das meine Tochter in jener Liebesnacht mit Euch trug – es trägt noch die Spuren des Jungfernblutes . . .«

»Mutter!« hörte man plötzlich Aislinns zornige Stimme. »Warum habt Ihr mich nur so viele Monate im Zweifel gelassen?«

Maida wandte sich der Tochter zu und hob stolz den Kopf. »Weil er einer der normannischen Eindringlinge war, die unser Glück zerstört hatten. Wahrscheinlich hättest du nichts Besseres zu tun gehabt, als ihm die Neuigkeit mitzuteilen. Ich aber wollte, daß es in ihm nagt.« Sie zuckte mit den Schultern. »Doch inzwischen sieht die Sache anders aus – wir wissen jetzt zumindest, daß er nur ein halber Normanne ist und somit wenigstens ein halber Sachse.«

Als Wulfgar sich wieder etwas gefangen hatte, murmelte er: »Der arme Ragnor, er wird es nun nie mehr erfahren . . .« Er überreichte den Kleinen seiner Großmutter und schloß Aislinn in seine Arme.

Über ihr schimmerndes Haar hinweg schweiften seine Blicke durch die Halle. Hier gab es nur freundliche und vertraute Gesichter. In ihrer Mitte durften er und die Seinen sich sicher fühlen. Da war Bolsgar, der endlich wiedergefundene Vater; der treue Sweyn, der ihn so vieles gelehrt und ihm im Kampfgetümmel den Rücken gedeckt hatte; Milbourne und Gowain, auf die er sich immer verlassen konnte; und dann die neuen Freunde Maida und Midred, Hlynn, Ham und Sanhurst. Schließlich blieb sein Blick an Haylan und Kerwick hängen. Schmunzelnd meinte er zu seinem gewissenhaften Vogt: »Kerwick, ich gebe Euch Urlaub, um diese junge Witwe zu freien. Die Burg wird in wenigen Tagen fertiggestellt sein. Das wollen wir mit einem großen Fest begehen. Es wäre auch der rechte Tag für eine Hochzeit . . .«

Kerwick warf Haylan einen Blick zu. »Es sei, Milord – sofern ich bis dahin wieder auf den Beinen bin.«

Haylan versicherte mit einer leichten Verbeugung zu Wulfgar und Aislinn: »Das wird er sein, dafür laßt mich nur sorgen! Ansonsten wird bald eine noch größere Beule seinen Kopf zieren als diese hier!«

Auflachend zog Wulfgar seine junge Frau mit sich aus der Halle, hinaus in den frischen Morgen. Eine kalte Brise ließ Aislinn frösteln, und er drückte sie noch fester an sich. Eng umschlungen schlenderten sie über den Hof und schlugen dann den Weg zur Burg ein. Kurz davor zog er sie unter die tief herabhängenden Äste einer alten Eiche und breitete lächelnd die Arme aus. Gegen den Stamm gelehnt, küßte er zärtlich ihre Wange und dann die Beuge ihres Halses.

»Nie hätte ich gedacht, jemals eine Frau so lieben zu können, wie ich Euch liebe«, gestand er glücklich. »In Eurer Hand haltet Ihr meine ganze Welt.«

Aislinn lachte zärtlich und rieb ihr Näschen an seinem Wams aus Wolfsfell. »Es hat lange gedauert, bis Ihr es endlich einsaht . . .«

Sie drehte sich in seinen Armen, bis sie ihm den Rücken zuwandte. Hoch ragten die Zinnen und Türme der neuen Burg vor ihr auf.

»Hier werden unsere Söhne in Frieden leben können«, murmelte Wulfgar dicht an ihrem Ohr.

»Ja – und wir werden viele davon haben«, erwiderte sie zärtlich. Dann wies ihre Hand auf die Spitze des höchsten Turms. »Schaut nur!«

Unter Gavins Hammer war ein riesiger eiserner Wolf entstanden, der sich mit der Morgenbrise nach allen Seiten drehte, als ob er Beute wittere. Nachdenklich verfolgte Wulfgar das Schauspiel. Dann räusperte er sich und sagte mit fester Stimme: »Laßt ihn dort oben ruhig nach den Winden des Krieges fahnden. Ich habe hier bei Euch meinen Frieden gefunden. Nie wieder will ich hinausziehen, um auf dem Felde der Ehre mein Heil zu suchen. Von nun an bin ich Wulfgar von Darkenwald – und Ihr seid meine Herrin.«

Sanft drehte er sie sich wieder zu, und im Licht des neuen Tages verschmolzen die beiden Schatten zu einem.

So wurde Darkenwald zu einem neuen Zuhause für sie alle.